DAVID HAIR
EIN STURM ZIEHT AUF

DAVID HAIR

Ein Sturm zieht auf

DIE BRÜCKE DER GEZEITEN I

Übersetzt von Michael Pfingstl

penhaligon

Die englische Originalausgabe erschien unter dem Titel »Mage's Blood«
(Pages 1-319 + Appendix) bei Jo Fletcher Books, London, an imprint of Quercus.

Verlagsgruppe Random House FSC® N001967
Das für dieses Buch verwendete FSC®-zertifizierte Papier *Pamo House*
liefert Arctic Paper Mochenwagen GmbH.

1. Auflage
Copyright © der Originalausgabe 2012 by David Hair
Originally entitled MAGES'S BLOOD
First published in the UK by Quercus Editions Ltd.
Copyright © der deutschsprachigen Ausgabe by Penhaligon Verlag,
in der Verlagsgruppe Random House GmbH, München
Redaktion: Sigrun Zühlke
Lektorat: Hannah Jarosch
Herstellung: sam
Satz: Uhl + Massopust, Aalen
Druck und Einband: GGP Media GmbH, Pößneck
Printed in Germany
ISBN: 978-3-7645-3128-7

www.penhaligon.de

Dieses Buch ist meiner Frau Kerry gewidmet:
Was habe ich für ein Glück!

Ebenso in Liebe meinen Kindern Brendan und Melissa;
meinen geduldigen Testlesern (ihr wisst, wer gemeint ist)
und Freunden und Familie überall.

Und Hallo zu Jason Isaacs.

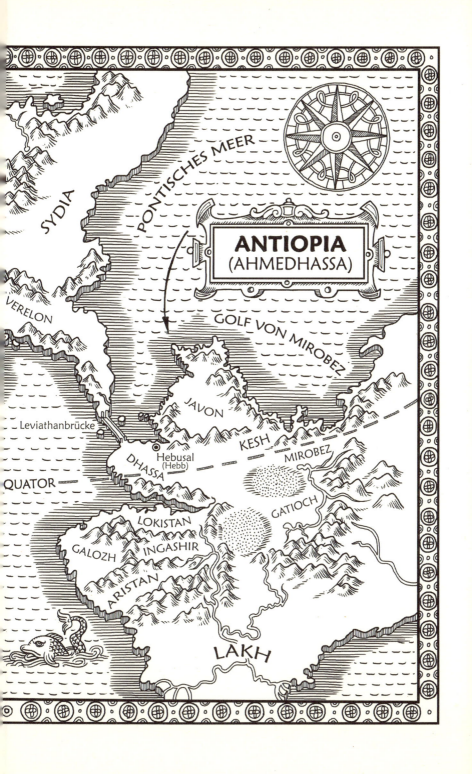

INHALT

Prolog: Ein Netz aus Seelen 11

1. Die Plagen Kaiser Constants (Teil 1) 21
2. Trag dein Amulett 53
3. Die Standarten von Noros 77
4. Was kostet die Hand deiner Tochter? 109
5. Die pflichtbewusste Tochter 129
6. Worte aus Feuer und Blut 146
7. Verborgene Gründe 160
8. Ein Akt des Verrats 183
9. Reicher Lohn 222
10. Kämpfer der Fehde 264
11. Abschluss 272
12. Kriegsrat 301
13. Feindkontakt 332
14. Die Straße nach Norden 339
15. Magusgambit 372
16. Ein Stück Bernstein 423
17. Wüstenstürme 449

Anhang 485

Prolog

Ein Netz aus Seelen

Das Schicksal der Toten

Was erwartet uns, wenn die Seele den Körper verlässt? Paradies oder Verdammnis? Wiedergeburt? Einssein mit Gott oder Vergessen? Die Religionen der Menschen vertreten diese und noch viele andere Theorien, aber wir vom Ordo Costruo lehren dies: Nachdem die Seele den Körper verlassen hat, bleibt sie als körperloser Geist noch eine gewisse Zeit hier auf Urte. Ob sie sich schließlich auflöst oder an einen anderen Ort weiterwandert, entzieht sich jeglicher Kenntnis. Was wir jedoch wissen, ist, dass ein Magus mit jenen Geistern kommunizieren und sich so Zugang zu allem verschaffen kann, was sie wahrnehmen. Millionen dieser Geister streifen durch unsere Welt, und so ist es theoretisch möglich, über alles unterrichtet zu sein, was auf Urte geschieht.

ORDO COSTRUO, PONTUS

NIMTAYA-GEBIRGE, ANTIOPIA
JULSEPT 927
1 JAHR BIS ZUR MONDFLUT

Von Osten drangen die ersten Sonnenstrahlen über die zerklüfteten Berge, ein dünner Schrei ertönte aus einem Misthaufen an der windabgewandten Seite einer Ansammlung heruntergekommener Lehmhütten. Zitternd hing der Schrei in der Luft, eine Einladung für jedes Raubtier. Schon bald tauchte ein Schakal auf und schnupperte vorsichtig in der Luft. In der Entfernung jaulten und kläfften noch andere, doch dieser, so nahe an seiner Beute, huschte lautlos dahin.

Da: ein zuckendes Stoffbündel zwischen Unrat und Müll. Kleine braune Gliedmaßen, die sich freistrampelten.

Der Schakal beobachtete es, dann kam er vorsichtig näher. Das hilflose Neugeborene rührte sich nicht mehr, als der Schakal sich über es beugte. Es war noch zu klein, um zu verstehen, dass das warme, fürsorgliche Wesen, in dessen Armen es vor Kurzem noch gelegen hatte, nicht wiederkommen würde. Es hatte Durst, und die Kälte begann wehzutun.

Der Schakal sah kein Kind, er sah Nahrung. Seine Kiefer öffneten sich.

Einen Wimpernschlag später wurde er durch die Luft gewirbelt, seine Hinterläufe schlugen gegen einen Fels. Er wand sich vor Schmerz und versuchte zu fliehen, schlitterte den Abhang hinunter, den er zuvor so lautlos und grazil heraufgekommen war. Sein Blick schoss hin und her auf der Suche nach der unsichtbaren Gefahr. Ein Hinterbein war gebrochen; er kam nicht weit.

Eine unförmige in Stofffetzen gehüllte Gestalt erhob sich und glitt auf das Tier zu. Der Schakal knurrte und schnappte nach der Hand mit dem großen Stein, die sich über ihm hob. Ein gedämpftes Knacken, Blut spritzte. Ein Gesicht schälte sich aus den Lumpen. Ledrige Haut, drahtiges, stumpfes Haar. Eine alte Frau. Sie beugte sich herab, bis sie die Schnauze des Schakals beinahe mit den Lippen berührte.

Dann atmete sie ein.

Später am selben Tag saß die alte Frau im Schneidersitz in einer Höhle hoch über einem ausgetrockneten Tal. Die Landschaft unterhalb war rau und karg, ein Wechselspiel aus Licht und Schatten zwischen kantigen Felsvorsprüngen. Sie lebte allein, niemand rümpfte die Nase über den Gestank ihres ungewaschenen Körpers oder wandte die Augen von ihrem verschrumpelten Gesicht ab. Ihre Haut war dunkel und spröde, das verfilzte Haar grau, ihre Bewegungen jedoch, als sie Feuer machte, waren elegant. Der Rauch stieg in eine Felsspalte und zog von dort nach draußen – einer ihrer zahllosen Großneffen hatte den Kamin für sie in den Fels geschlagen. Und auch wenn die Frau sich an seinen Namen nicht erinnern konnte, hatte sie doch ein Gesicht vor Augen.

Mit einem Löffel träufelte sie Wasser in den geschürzten Mund des Neugeborenen. Es war eines von Dutzenden, die die Dörfler jedes Jahr aussetzten, unerwünscht und zum Tode verdammt vom ersten Atemzug an. Alles, was sie von ihr wollten, war, dass sie die Babys auf ihrer Reise ins Paradies begleitete. Die Dörfler verehrten sie als eine Heilige und ersuchten sie oft um Hilfe. Die Schriftgelehrten tolerierten sie – oder sahen weg –, denn auch sie waren auf ihre Dienste angewiesen, hatten ihre eigenen Toten, die versorgt werden mussten. Von Zeit zu Zeit versuchte irgendein Fanatiker, die Jadugara – die Hexe – zu vertreiben, aber die hielten selten lange durch. Die Jadugara war schwer loszuwerden. Und wenn man sie mit vielen Leuten suchte, konnte sie sehr schwer zu finden sein.

Die Dörfler brauchten sie als Vermittlerin, um Kontakt mit ihren Vorfahren zu halten. Sie sagte ihnen, was sie wissen wollten, und im Gegenzug bekam sie zu essen und zu trinken, Kleidung und Brennholz – und die unerwünschten Kinder. Sie fragten nie, was aus den Kindern wurde. Das Leben hier war hart, der Tod kam schnell. Es war nie genug für alle da.

Das Kind auf ihrem Schoß schrie. Seine Lippen zuckten, suchten nach Nahrung, während die alte Frau mitleidlos auf das Baby hinabblickte. Auch sie war ein Schakal, wenn auch von anderer Art, und Urgroßmutter ihres eigenen Rudels. Als sie jünger gewesen war, hatte sie Liebhaber gehabt und selbst ein Kind bekommen. Ein Mädchen, das zu einer Frau herangewachsen war und viele weitere Kinder in die Welt gesetzt hatte. Die Jadugara wachte über ihre Vorfahren, Figuren in ihrem unsichtbaren Spiel. Sie lebte schon länger hier, als irgendjemand ahnte, tat so, als würde sie altern und sterben und eine andere an ihre Stelle treten – seit Jahrhunderten. Die Grabhöhle, in der angeblich ihre Vorgängerinnen ruhten, war leer. Stattdessen hatte sie die Gebeine Fremder dort begraben. Von Zeit zu Zeit machte sie sich auf und streifte in zahllosen Verkleidungen und unter ebenso vielen Namen durch die Welt, wandelte mal als junge Frau, mal als altes Kräuterweib oder irgendetwas dazwischen durch die Lande wie eine Jahreszeitengöttin des Sollan-Glaubens.

Sie fütterte das Kind nicht, denn das wäre reine Verschwendung gewesen. Nichts durfte verschwendet werden, nicht hier, und am allerwenigsten von ihr, die sich ihre Lebenskraft so teuer erkaufte. Sie warf eine Prise Pulver in die Flammen und beobachtete, wie das Feuer sich von einem blassen Orange zu einem tiefen Smaragdgrün verfärbte. Innerhalb von Sekunden wurde es kälter in der Höhle, obwohl die Flammen immer höher loderten. Dicker Rauch stieg auf, und die Nacht horchte wachsam auf.

Es war Zeit. Aus einem Haufen Tand und Trödel neben ihrem Schoß zog die Frau ein Messer und presste es auf die weiche Brust des Babys. Einen Moment lang fing sie den Blick des Neugeborenen auf, doch sie hielt nicht inne, bereute nichts. Diese Gefühle hatte sie schon in ihrer Jugend verloren. Mehr als tausend Male hatte sie dies hier im Lauf ihres langen Lebens bereits getan, in zahllosen Ländern und auf zwei verschiedenen Kontinenten. Es war genauso unvermeidlich wie essen und trinken.

Sie stieß zu, und der kurze Schrei des Babys verstummte. Als der kleine Mund sich öffnete, legte die Hexe ihre Lippen darauf. Sie atmete ein und spürte, wie sie Kraft schöpfte, mehr als zuvor bei dem Schakal. Wäre das Kind ein wenig älter gewesen, hätte sie noch mehr bekommen, aber sie nahm, was immer sie kriegen konnte.

Die Frau legte das tote Baby auf den Boden. Fleisch für die Schakale draußen. Sie hatte, was sie brauchte, und wartete, bis sich die Energie, die sie eingesogen hatte, in ihrem Innern setzte. Sie spendete ihr Lebenskraft, wie nur die Seele eines Menschen es vermochte. Ihr Blick wurde schärfer, die Lebensgeister kehrten zurück. Erfrischt konzentrierte sie sich auf die Geisterwelt. Es dauerte eine Weile, denn die Geister kannten sie. Aus freien Stücken kamen sie nicht, nur unter Zwang. Doch ein paar von ihnen hatte sie an sich binden können, und aus diesen wählte sie nun ihren Liebling aus. »Jahanasthami«, sang sie seinen Namen und streckte die klebrigen Geistfühler nach ihm aus. Sie stocherte im Feuer herum, fachte die Glut zu neuen Flammen an und streute noch etwas Pulver hinein, damit der Rauch dicker wurde. »Jahanasthami, komm!«

Die Zeit verstrich langsam, bis sich schließlich das Gesicht ihres Geisterführers im Rauch abzeichnete, leer wie eine unbemalte lantrische Karnevalsmaske. Die Augen waren leer, der Mund ein schwarzes Loch. »Sabele«, flüsterte er. »Ich habe gespürt, wie das Kind gestorben ist… Ich wusste, dass du nach mir rufen würdest.«

Sie und Jahanasthami wurden eins. Bilder aus dem Bewusstsein des Geistes strömten in das ihre: Orte und Gesichter, Erinnerungen, Fragen und Antworten. Und wenn der Geist ihr keine Antwort geben konnte, beriet er sich mit den anderen und gab dann an sie weiter, was er erfahren hatte. Sie waren wie ein Netz, aus Myriaden von Seelen gewoben und alle miteinander verbunden, ein Wissensschatz von so gewaltigem Umfang, dass ein einzelnes Gehirn unweigerlich bersten würde bei dem Versuch, alles in sich aufzunehmen. Doch Sabele versuchte, sich durch die endlosen Belanglosigkeiten von Millionen von Leben hindurchzuarbeiten auf der Suche nach dem einen Juwel, das ihr die Zukunft enthüllen würde. Ihr Körper bebte vor Anstrengung.

Stunden vergingen, doch für die Jadugara waren es ganze Zeitalter. Galaxien von Wissen wurden geboren, erblühten und verloschen wieder. Sie trieb in Ozeanen aus Bildern und Geräuschen, wurde verschlungen vom unendlichen Strudel des Lebens, sah Könige ihre Diener um Rat fragen, Priester feilschen und Kaufleute beten. Sie sah Geburten und Tode, Liebe und Mord, bis sie schließlich durch die Geisteraugen eines toten Lakh-Mädchens, das den dörflichen Brunnen heimsuchte, das Gesicht entdeckte, nach dem sie gesucht hatte. Nur einen winzigen Moment lang erblickte sie es, als der Geist durch einen Spalt in einem Vorhang spähte, dann wurde er von den Wächtern vertrieben. Doch dieser winzige Augenblick war genug, und Sabele arbeitete sich näher heran, sprang auf der Jagd von Geist zu Geist. Sie konnte ihre Beute spüren wie eine Spinne am Beben der Fäden in ihrem Netz, und schließlich war sie ganz sicher: Antonin Meiros war endlich zur Tat geschritten. Hatte seine Zuflucht in Hebusal verlassen und war nach Süden gegangen, um nach einem Weg zu suchen, den drohenden Krieg abzuwenden – oder ihn wenigstens zu überleben. Wie alt er geworden war. Sabele erinnerte sich daran, wie er in seiner Jugend ausgesehen hatte, an ein Gesicht, das nur so gebrannt hatte vor Tatkraft und Entschlossenheit. Damals war sie ihm gerade noch entwischt, als er und sein Orden sie und die Ihren – Liebhaber ebenso wie Familie – beinahe ausgelöscht hatte. *Besser, du hältst mich nach wie vor für tot, Magus.*

Sie verscheuchte Jahanasthami mit einer nervösen Handbewegung. *Also hat der große Antonin Meiros endlich beschlossen zu handeln.* Sie hatte lange genug die sich ständig wandelnden Möglichkeiten der Zukunft erforscht, um zu wissen, wonach er suchte. Sie war lediglich überrascht, dass er so lange gewartet hatte. Es blieb nur noch ein Jahr bis zur Mondflut und zu dem Gemetzel, das sie mit sich bringen würde. Das Spiel war schon weit fortgeschritten, und Meiros' andere Optionen waren gescheitert.

Sie waren beide Weissager, hatten beide die möglichen Zukünfte gesehen. Seit Jahrhunderten hatten sie sich in der Geisterwelt bekämpft, um die Zukunft gerungen. Sie hatte seine Fragen gehört und die Antworten darauf gespürt. Manche davon hatte sie ihm selbst geschickt: Lügen, aus Vermutungen gesponnen, Köder an hauchdünnen Fäden.

Ja, Antonin, komm nach Süden. Empfange das Geschenk, das ich für dich bereitet habe! Schmecke neues Leben. Schmecke den Tod.

Sie versuchte zu lachen und weinte stattdessen – vor Wut und Zorn über all das, was sie verloren hatte, vielleicht auch aufgrund irgendeines anderen Gefühls, von dem sie gar nicht mehr wusste, dass sie es empfinden konnte. Sie ging dem nicht nach, kostete nur davon und genoss die willkommene, kurzzeitige Veränderung.

Die Sonne war inzwischen so hoch gestiegen, dass ihr Licht in die Höhle drang. Noch immer kauerte Sabele dort, eine alte Spinne, verstrickt in einem noch älteren Netz. Neben ihr lag, still und kalt, das tote Baby.

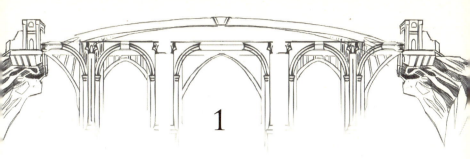

1

DIE PLAGEN KAISER CONSTANTS (TEIL 1)

Die Welt von Urte

Urte ist nach Urtih benannt, einem Erdgott der Yothic. Es gibt zwei bekannte Kontinente: Yuros und Antiopia, auch Ahmedhassa genannt. Gewisse Ähnlichkeiten bei primitiven Artefakten und Übereinstimmungen in der jeweiligen Tierwelt haben manche Gelehrte zu der Vermutung geführt, dass die beiden einst durch die Pontische Halbinsel verbunden waren. Diese Vermutung ist nach wie vor unbewiesen, gewiss ist jedoch, dass ohne die Macht der Magi keinerlei Kontakt zwischen den beiden Kontinenten bestehen könnte, denn sie sind durch über 300 Meilen unbefahrbarer See voneinander getrennt. Wir gehen davon aus, dass durch ein kosmisches Ereignis in prähistorischer Zeit Lune, der Mond, in eine nähere Umlaufbahn gebracht wurde, wodurch die Meere unruhiger wurden und ein nicht geringer Teil der einstigen Landmasse verloren ging.

ORDO COSTRUO, PONTUS

Pallas in Nordrondelmar, Yuros
2 Julsept 927
1 Jahr bis zur Mondflut

Gurvon Gyle zog die Kapuze seiner Robe über den Kopf wie ein bußfertiger Mönch, als sei er einfach nur ein weiterer unbekannter Priester der Kore. Er wandte sich einem Begleiter zu, einem eleganten Mann mit silbrig glänzendem Haar, der sich gedankenverloren über den Bart strich und durch das vergitterte Fenster nach draußen blickte. Das wechselnde Licht auf seinem Gesicht ließ ihn alterslos erscheinen. »Du trägst immer noch den Gouverneursring, Bel«, merkte Gyle an.

Der Mann schreckte aus seinen Gedanken hoch und steckte den verräterischen Ring in die Tasche. »Hör dir diese Menge da draußen an, Gurvon.« Seine Stimme klang nicht wirklich verängstigt, aber immerhin beeindruckt, und das war selten genug. »Es müssen sich mehr als hunderttausend Bürger auf dem Platz versammelt haben.«

»Ich habe gehört, über dreihunderttausend würden der Zeremonie beiwohnen«, erwiderte Gyle. »Auch wenn nicht alle bei der Parade zusehen. Setz deine Kapuze auf.«

Belonius Vult, Gouverneur von Noros, lächelte säuerlich und tat mit einem leisen Seufzer, wie ihm geheißen. Anonymität war einer der Grundpfeiler von Gurvons Gewerbe, aber Vult hasste sie. Doch heute war nicht der Tag, um sich öffentlich zu zeigen.

Es klopfte leise an der Tür, und ein weiterer Mann betrat den kleinen Raum. Er war schlank, hatte den olivenfarbenen Teint und die schwarzen Locken eines Lantriers, trug ein Gewand aus teurem rotem Samt und einen reich verzierten Hirtenstab. Seine Lippen waren voll, fast weiblich, die Augen in dem rundlichen Gesicht schmal. Gyle spürte ein Prickeln auf der Haut – die Gnosis-Schilde des Priesters. Kirchenmagi waren stets übervorsichtig.

Der Bischof warf die schwarzen Locken zurück und streckte eine überreich mit Ringen geschmückte Hand vor. »Herren von Noros, seid Ihr bereit, der heiligen Zeremonie beizuwohnen?«

Vult küsste die Hand des Bischofs. »Ganz begierig darauf, Vater Crozier.« Alle Bischöfe der Kirche Kores legten ihren Familiennamen ab und nahmen den Nachnamen Crozier an. Dieser hier war mit dem Grafen von Beaulieu verwandt und galt als der kommende Mann in der kirchlichen Hierarchie.

»Nennt mich Adamus, meine Herren.« Der Bischof lehnte seinen Stab an die Wand und streifte mit dem Lächeln eines Kindes, das sich gerade verkleidet, eine ebenso graue Kutte über, wie seine beiden Begleiter sie trugen. »Wollen wir?«

Er führte sie einen dunklen Gang entlang und dann eine bröckelige Steintreppe hinauf. Mit jedem Schritt wurde der Lärm von draußen lauter: Rufe und Geschnatter der aufgeregten Menge, schmetternde Trompeten, das Donnern von Trommeln, Priestergesänge, das Gebrüll der Soldaten und das Getrampel von tausend Paar Stiefeln. Sie fühlten es durch die Mauern hindurch, und die Luft selbst schien auf ihrer Haut zu vibrieren. Dann hatten sie das Ende der Treppe erreicht und traten hinaus auf einen winzig kleinen Balkon über dem Place d'Accord. Wie eine Wand schlug ihnen der Lärm entgegen und betäubte ihre Sinne.

»Großer Kore!«, rief Gyle Vult zu, der voller Staunen nur lachte. Beide Männer waren weit herumgekommen, aber keiner von ihnen hatte je etwas Vergleichbares gesehen. Dies war der Place d'Accord, das Herz der Stadt Pallas, die das Herz von

Rondelmar war, dem Herzen von Yuros und damit des ganzen Reiches. Und dies war die Bühne, auf der sich sogleich vor einer beängstigend großen Menschenmenge eine gigantische Zurschaustellung von Macht und Politik zutragen würde. Monumentale Gold- und Marmorstatuen ließen die Menschen zu ihren Füßen wie Zwerge aussehen – Riesen, die gekommen waren, um das Schauspiel zu bezeugen. Kohorte um Kohorte marschierten die Soldaten vorbei, der Schritt der Legionäre wie Trommelschlag, der Puls der Macht. Über ihnen kreisten Windschiffe, gigantisch große Kriegsmaschinen, die der Schwerkraft trotzten und in der Mittagssonne riesige schwarze Schatten warfen. Scharlachrote Banner wehten im sanften Nordwind, darauf der Löwe von Pallas, das Szepter und der Stern des Herrschergeschlechts Sacrecour.

Gyle blickte hinüber zur königlichen Loge etwa eine Furchenlänge zu seiner Linken, unter der die Legionäre mit zum Gruß erhobenem Arm vorbeimarschierten. Winzig glitzerten die hohen Herrschaften in Scharlachrot und Gold: seine Kaiserliche Majestät Constant Sacrecour mit seinen kränklichen Kindern, verschiedenste Grafen und Lordschaften, Prälaten und Magi. Alle waren sie gekommen, um Zeugen eines noch nie da gewesenen Ereignisses zu werden: Heute sollte eine Lebende in den Heiligenstand erhoben werden.

Gyle stieß einen leisen Pfiff aus. Er war immer noch verblüfft darüber, dass jemand den Mut zu solcher Blasphemie aufbrachte, aber dem Jubel der Menge nach zu urteilen, schien das Volk die Heiligsprechung gutzuheißen.

Eine Abordnung der Kavallerie ritt im Tölt vorbei, gefolgt von einer Gruppe auf dem letzten Feldzug erbeuteter Elefanten, dahinter die karnischen Reiter auf ihren riesenhaften Kampfeidechsen. Ohne auf das erschrockene Keuchen und die weit aufgerissenen Augen der Menge zu achten, führten sie die Tiere, deren Schuppen in allen Farben des Regenbogens schillerten, durch das Spalier der Zuschauer. Die Echsen fauchten und schnappten in alle Richtungen, aber ihre Reiter hielten sie eisern im Zaum und starrten stur geradeaus bis auf den Moment, als sie die kaiserliche Loge passierten und den Kopf zum Gruß erhoben.

Gyle dachte mit Schaudern daran, wie es war, einer solchen Streitmacht in der Schlacht gegenüberzutreten. Die Noros-Revolte war ein Desaster gewesen. Ein Desaster und sein ganz persönlicher Albtraum. Sie hatte ihn geformt, hatte ihn aller Illusionen und jeglicher Moral beraubt. Und wofür? Noros gehörte wieder – durchaus zu seinem Nachteil – zum Kaiserlichen Bund der Nationen. Für das Kaiserreich war Noros nicht mehr als eine lästige Fliege gewesen, die vorübergehend seine Expansion aufgehalten hatte, aber Noros' Wunden schwelten noch immer.

Gyle schob den Gedanken beiseite. Niemanden außerhalb von Noros kümmerte diese Erinnerung noch und hier schon gleich gar nicht. Er blickte in die Richtung, in die der Bischof deutete, und bestaunte pflichtschuldig das Fliegende Korps, das gerade auf den Place d'Accord zujagte. Dicht auf dicht kamen die Reihen geflügelter Reptilien hinter den Dächern der Heilig-Herz-Kathedrale in Sicht und stießen vor der Loge nach unten, begleitet von einem ehrfürchtigen – und durchaus verängstigten – Aufschrei der Menge. Kiefer, länger als ein ausgewachsener Mann und mit unterarmlangen Zähnen bewehrt, schnappten zu, und nicht wenige der geflügelten Kreaturen spien Feuer, als sie ihren Kriegsschrei ausstießen. Kreaturen, die es unmöglich geben konnte, ins Leben gerufen von den Kräften der Magi.

Wie sind wir nur auf die Idee gekommen, wir hätten sie schlagen können?

Dann erschallten die Trompeten, und weiße Banner wurden über der kaiserlichen Loge gehisst – das Zeichen für die versammelte Menge zu verstummen, denn nun würde der Kaiser das Wort an sie richten. Gehorsam schwieg das Volk, während eine kleine schmale Gestalt sich von ihrem Thron erhob und vorn an den Balkon trat.

»Mein Volk«, begann Kaiser Constant, und seine hohe Stimme hallte gnostisch verstärkt über den gesamten Platz, »mein Volk, der heutige Tag erfüllt mich mit Stolz und Ehrfurcht. Stolz ob der Erhabenheit unserer versammelten Gemeinschaft, der Gemeinschaft des rondelmarischen Volkes! Zu Recht nennt man uns die größte Nation von Urte! Zu Recht nennt man uns die Kinder Kores! Zu Recht sitzen wir über den Rest der Menschheit zu Gericht! Zu Recht seid ihr, selbst die Geringsten unter euch, unserem Gott mehr wert als alle anderen Völker! Und Ehrfurcht erfasst mich, weil wir trotz aller Widrigkeiten so viel erreicht haben. Ehrfurcht, weil Kore uns für seinen göttlichen Auftrag erwählt hat!«

Constant wurde nicht müde, sein Volk – und damit auch sich selbst – zu verherrlichen, zählte seine Ruhmestaten auf, angefangen von der Niederwerfung des Rimonischen Reiches und der Eroberung Yuros' bis hin zu den Feldzügen über die Mondflutbrücke und der Unterwerfung der Heiden in Antiopia.

Gyle beeindruckte die kaiserliche Sicht der Geschichte wenig. Er schätzte sich glücklich, zu den wenigen zu gehören, die in einer Version der Ereignisse unterrichtet worden waren, die der Wahrheit ein ganzes Stück näher kam. Das Arkanum, das er besucht hatte, war um Unvoreingenommenheit bemüht gewesen, und die Geschichte, die er kannte, lautete, dass Yuros noch vor fünfhundert Jahren vollkommen zersplittert gewesen war. Die stärkste Macht, das Rimonische Reich, hatte gerade einmal ein Viertel der bekannten Landmasse beherrscht, zu der aber immerhin Rimoni, Silacia, Verelon und ganz Noros, Argundy sowie Rondelmar gehörten. Ständig herrschte Krieg, in der Hauptstadt Rym intrigierten die Dynastien gegeneinander und bekämpften sich. Verschiedene Glaubensrichtungen, die jetzt alle als heidnisch galten, kämpften um die Vorherrschaft. Seuchen kamen, Hungersnöte gingen. Unpassierbar tobte die See. Niemand wäre im Traum auf die Idee gekommen, dass sich hinter den östlichen Meeren ein ganzer Kontinent verbergen könnte.

Dann änderte sich mit einem Mal alles: Wie ein Komet kam Corineus über die Welt und setzte sie in Flammen. Corineus der Retter, geboren als Johan Corin, Sohn einer adligen Familie aus der Grenzprovinz Rondelmar. Er kehrte dem verschwenderischen höfischen Leben den Rücken und entschied sich für ein einfaches, ungebundenes Leben unter freiem Himmel. Johan Corin reiste umher, predigte von freier Liebe und anderen verheißungsvollen Dingen, scharte eine Anhängerschaft um sich, die im Lauf der Zeit auf gut und gern tausend junge Leute anwuchs. In Scharen strömten die Verlorenen und die leicht zu Beeindruckenden zu ihm und seiner Verheißung von der Errettung im nächsten Leben und zügelloser Ausschweifung in diesem. So zogen sie, bekannt als Unruhestifter, durch die Lande, bis sie eines Tages in die Nähe einer Stadt kamen, deren Bewohner in Panik gerieten und Soldaten eines nahe gelegenen Lagers zu Hilfe riefen. Auch sie waren der Meinung, es sei an der Zeit, den lächerlichen Umtrieben Johan Corins und seiner Anhänger ein Ende zu machen. Noch in derselben

Nacht wurde Corins Lager von einer ganzen Legion umstellt, und um Mitternacht stürmten sie es, um alle zu verhaften.

Was dann geschah, wurde zunächst zur Legende und dann zur geheiligten schriftlichen Überlieferung. Es wurden Lichter gesehen, Stimmen ertönten, und die Soldaten starben auf tausenderlei Arten und bis auf den letzten Mann. Viele von Corins Anhängern ereilte dasselbe Schicksal, auch Corin selbst, der von Selene, seiner Schwester und Geliebten, ermordet wurde. Doch wer überlebte, fand sich für immer verwandelt: Ein jeder von ihnen verfügte fortan über die Macht eines Halbgottes, konnte über Feuer und Sturm gebieten, Felsbrocken schleudern und Blitze lenken. Sie waren die Gesegneten Dreihundert, die ersten Magi.

Sie entsagten Corins Lehre von Liebe und Frieden und nahmen in einer Orgie der Zerstörung Rache an den Bewohnern der Stadt, die heutzutage namentlich nur noch als »Hort des Bösen« bekannt ist. Als sie begriffen hatten, von welchem Ausmaß die Veränderung war, die mit ihnen geschehen war, verbündeten sie sich mit einem rimonischen Senator und gründeten eine neue Bewegung, die zu einer Armee wurde. Bald hatten sie gelernt, ganze Legionen zu vernichten, ohne dabei selbst nur einen einzigen Mann zu verlieren. Sie löschten die Rimoni aus, machten Rym dem Erdboden gleich und erschufen eine neue Welt, das Rondelmarische Reich.

Die Dreihundert schrieben ihre Macht Johan Corin zu, nannten ihn Sohn Gottes, der in einem Tauschhandel sein Leben gegeben hatte, um seine Anhänger mit magischen Kräften auszustatten. Und dann machten sie sich daran, die Welt der Sterblichen zu erobern. Jung und allmächtig, wie sie waren, schliefen sie in jedem Land, in das sie kamen, mit wem immer sie wollten. Zunächst war es ihnen egal, dass die Mischlinge, die aus diesen Verbindungen hervorgingen, über weniger Macht verfügten als sie selbst. Doch erst als ihre Nachkommen sich über ganz Yuros verbreiteten und Lehensgüter für sich einforderten, begriffen sie ihre eigene Macht. Sie gründeten Arkana, in denen sie sich gegenseitig unterrichteten, und schließlich eine Kirche und predigten dem Volk fortan ihre eigene Göttlichkeit.

Und jetzt, fünfhundert Jahre später, trugen Tausende das heilige Blut der Dreihundert in sich: die Magi. Ihre Herrschaft wurde von der kaiserlichen Dynastie weitergetragen, den Nachkommen Sertains, der nach der Verwandlung Corins Platz eingenommen hatte. Und der jetzige Kaiser war Constant Sacrecour. Auch Gyle konnte seinen Stammbaum direkt bis zu den Dreihundert zurückverfolgen. *Ich bin von ihrem Blut*, dachte er. *Ich bin Magus, aber ich bin auch Norer*. Er blickte hinüber zu Belonius Vult und dann zu Adamus Crozier, die ebenfalls Magi waren, Herrscher von Urte.

Adamus deutete auf das Ende des Platzes, als sei er der Zeremonienmeister dieser Darbietung. Eine riesenhafte Statue von Corineus erhob sich dort, die Arme weit ausgebreitet, wie sie ihn am Morgen nach der Verwandlung gefunden hatten: tot, mit dem Dolch seiner Schwester im Herzen. Jeder der Dreihundert hatte behauptet, nach dessen Tod mit Corin gesprochen und Unterweisungen von ihm erhalten zu haben. Manche sagten, sie hätten in Visionen seine Schwester Selene gesehen, wie sie unflätige Worte brüllte. Doch als sie in der Dämmerung zu sich kamen zwischen all den toten Soldaten, sei sie nirgendwo mehr zu finden gewesen. Die Schilderungen der Dreihundert wurden zur heiligen Überlieferung: Johan hatte sie durch die Verwandlung geleitet und war dann von seiner fehlgeleiteten Schwester Selene ermordet worden. Er war der Sohn Gottes, und sie war die Hurenhexe der Verdammnis. Er wurde Corineus der Retter, überall verehrt. Sie wurde Corinea die Verfluchte.

Auf Brusthöhe der Corineus-Statue erstrahlte schimmernd ein rosig-goldenes Licht. Die Menge hielt vor Anspannung und Ehrfurcht den Atem an, während das Licht immer heller wurde und seinen gleißenden Schein über den Platz ergoss. Gyle sah, wie nicht wenigen Tränen übers Gesicht rannen.

Innerhalb des Lichtscheins war jetzt eine Silhouette zu erkennen, eine Frau in einem schlichten weißen Gewand, doch der Eindruck trog, denn Adamus flüsterte ihnen zu, dass das Gewand gänzlich aus Diamanten und Perlen bestehe. Langsam betrat sie die Plattform, die aus dem goldenen Dolch bestand, der aus dem Herz der Statue ragte. Sie war die Frau, die am heutigen Tag heiliggesprochen werden sollte.

Wie aus einer Kehle begann die versammelte Menge zu schluchzen, als würden all ihre Hoffnungen und Träume allein auf ihr ruhen. Lautstark holten sie Luft, als die Frau das Ende des Dolches erreichte und in die Leere hinaustrat, wo sie etwa zwanzig Doppelschritt über ihren Köpfen auf die kaiserliche Loge zuschwebte. Wie von Sinnen schrie und bejubelte die Menge den plumpen Trick, den jeder nur halb ausgebildete Magus bewerkstelligen konnte.

Adamus Crozier zwinkerte ihnen zu, als wolle er sagen: »Seht euch nur dieses Theater an«, aber Gyle tat, als habe er es nicht gesehen.

Die Frau schwebte an ihnen vorbei, die Hände zum Gebet gefaltet, und ein Meer von Gesichtern folgte ihrer Bahn. *Ich hoffe, sie trägt ihre beste Unterwäsche*, dachte Gyle unwillkürlich, rief sich aber sofort zur Ordnung. Sich über dieses Volk lustig zu machen, und sei es nur in Gedanken, war gefährlich.

Selbst in der Welt seiner eigenen Gedanken war man hier nicht sicher.

Die Frau schwebte auf den kaiserlichen Thron zu, und der Große Kirchenvater Wurther erhob sich steif, um sie, umringt von seiner Dienerschaft, in Empfang zu nehmen.

Die Hände immer noch in demütiger Gebetshaltung, sank die Frau auf die Knie. Die Menge jubelte und verstummte abrupt, als der Große Kirchenvater die Hand hob.

Adamus Crozier zupfte Gyle am Ärmel. »Wollt Ihr noch mehr sehen?«, flüsterte er.

Gyle blickte Vult an, dann schüttelte er kaum merklich den Kopf.

»Gut«, erklärte Adamus. »Ich habe einen feinen Tropfen für uns bereitstellen lassen, und es gibt viel zu besprechen.«

Bevor sie gingen, nahm Gyle sich noch Zeit für einen langen und eingehenden Blick auf jenen jungen Mann, dem sie morgen persönlich gegenübertreten würden. Mithilfe seiner gnostischen Sicht musterte er diesen Halbwüchsigen, der Herrscher über Millionen war, als stünde er ihm direkt gegenüber. Constants Gesicht quoll geradezu über vor Stolz, Neid und Furcht, mehr schlecht als recht verborgen hinter einer Maske aus Frömmigkeit. Er tat Gyle beinahe leid.

Aber wie sollte man auch anders reagieren, wenn die eigene Mutter gerade in den Heiligenstand erhoben wurde?

Am nächsten Tag konnte Gyle es in den prächtigen Palastgärten kaum erwarten, die letzten Minuten vor der Audienz hinter sich zu bringen. Wie immer war er der Außenseiter, ein Sonderling im Paradies. Er schlug seinen Kragen hoch, um den Nieselregen abzuhalten, und nahm einen etwas abseits gelegenen Weg, während seine Gedanken ganz woanders waren. Gyle fiel hier auf, weil er nicht so fein herausgeputzt war wie die anderen. In diesem Jahr waren grelle Farben in Mode, der traditionellen Kleidung auf dem östlichen Kontinent nachempfunden, und überall in den Gärten hatte er Adlige in soldatisch anmutender Kleidung gesehen. Der dritte Kriegszug stand kurz bevor, weshalb es schick war, sich zu geben wie ein Krieger, aber dennoch ließ Gyles abgewetzte Ledermontur ihn hier wie eine Krähe in einem Papageienkäfig aussehen. Er trug ein Schwert wie die anderen auch, aber seines hatte eine rasiermesserscharfe Klinge und einen abgenutzten Griff. Sein faltiges Gesicht und die von der Wüstensonne tiefbraun gegerbte Haut ließen ihn bedrohlich aussehen unter den blassen Menschen des Nordens. So verweichlicht und affektiert sie auch aussahen, versuchte Gyle doch lieber, ihnen aus dem Weg zu gehen. Jeder in diesem Garten hatte Magusblut in den Adern und konnte mit einem einzigen Gedanken einen ganzen Trupp Soldaten auslöschen. Wenn nötig, konnte Gyle das auch, aber sich in den kaiserlichen Gärten mit einem jungen Heißsporn anzulegen schien ihm nicht ratsam. Da erblickte er Belonius Vult, der am Eingang zu den Gärten stand und ungeduldig winkte.

Also dann. Es sind stets die kleinen Schritte, die uns zu großen Dingen führen.

Als Belonius Gyles Umhang sah, verzog sich das glatte Gesicht des Gouverneurs zu einem herablassenden Lächeln. Vult trug eine silberblaue Seidenrobe – der Inbegriff des gut gekleideten Magus'. Gyle kannte ihn seit Jahrzehnten, und nie hatte er ihn anders gesehen als aufs Feinste herausgeputzt: Belonius Vult, Gouverneur von Noros im Namen seiner Kaiserlichen Majestät, auch genannt Verräter von Lukhazan. Der einzige General der Noros-Revolte, der in die Dienste des Reiches getreten war.

»Hättest du dir nicht wenigstens eine saubere Tunika überwerfen können, Gurvon?«, fragte Belonius. »Wir treten vor den Kaiser und seine erst gestern heiliggesprochene Mutter.«

»Sie *ist* sauber«, erwiderte Gyle. »Frisch gewaschen zumindest. Die Flecken gehen nicht mehr raus. Genau das erwarten sie doch von mir: den ungehobelten Südländer direkt aus der Wildnis.«

»Ihren Erwartungen wirst du in diesem Aufzug zumindest gerecht. Komm, wir müssen los.« Falls Vult jemals nervös wurde, verbarg er es gut. Gyle konnte sich an keinen Moment erinnern, in dem Magister Belonius nicht die Ruhe selbst gewesen wäre, nicht einmal während der Kapitulation von Lukhazan.

Sie gingen durch ein Labyrinth marmorner Innenhöfe, verbunden durch palisanderverkleidete Torbogen, passierten Statuen von Herrschern und Heiligen, verneigten sich vor noblen Herren und Damen und drangen immer tiefer in den Palast vor – eine Gunst, die nur wenigen zuteilwurde. Seltsame Wesen streiften unbeaufsichtigt durch die Hallen im Innern des Palasts. Zwischenwesen aus dem kaiserlichen Bestiarium, gezüchtet mithilfe der Gnosis. Manche sahen aus wie Sagentiere, wie Greife und Pegasi, andere waren namenlose Schöpfungen, der Fantasie ihrer Erschaffer entsprungen.

Durch eine letzte Tür betraten sie eine Halle, in der Soldaten mit geflügelten Helmen wie Statuen Wache standen. Ein Diener bedeutete ihnen, ihre Amulette abzulegen – jene Steine, mit denen die Magi die Kraft der Gnosis kanalisieren. Bei Belonius war es ein Kristall an der Spitze seines kunstvoll mit Silber verzierten Akazienholzstabes. Gyle beschied sich mit einem ungefassten Onyx, den er an einem einfachen Lederband um den Hals trug. Er lehnte sein Schwert an die Wand und hängte sein Amulett an den Griff. Dann warf er Vult einen letzten Blick zu. *Bereit?*

Vult nickte, und gemeinsam betraten die beiden Norer das Allerheiligste ihrer Eroberer.

Sie befanden sich in einem runden Saal mit Wänden aus weißem Marmor, an der Decke prangten Reliefs der Gesegneten Dreihundert. Über einem Tisch schwebte eine sich langsam um die eigene Achse drehende Statue – Corineus, wie er gerade in den Himmel aufstieg. Der Retter blickte nach oben, das Gesicht andachtsvoll im Moment des Todes. In den Händen hielt er Laternen, die den Raum erhellten. Um eine runde Tafel aus schwerem, zu Spiegelglanz aufpoliertem Eichenholz standen neun Stühle – eine Reminiszenz an die Schlessen-Legende von König Albrett und seinen Rittern. Kaiser Constant beliebte es jedoch, dieses traditionelle Symbol der Gleichheit zu verhöhnen, indem er sich selbst auf einem erhöhten Podium platzierte. Dort saß er auf einem aus Kamelknochen geschnitzten und mit Gold verzierten Thron. Beutegut vom letzten Kriegszug, wenn Gyle sich nicht täuschte.

»Eure Majestät«, kündigte der Diener die Besucher an, »Magister-General Belonius Vult, Gouverneur von Noros, und Volsai-Magister Gurvon Gyle von Noros.«

Seine Kaiserliche Majestät Constant Sacrecour blickte unter buschigen Augenbrauen auf und runzelte die Stirn. »Sie sind Norer«, klagte er mit hoher Stimme und wand sich unbehaglich in seinem schweren hermelinbesetzten Mantel. »Mutter, du hast mir nicht gesagt, dass sie Norer sind.« Er war ein schmaler Mann Ende zwanzig, aber er benahm sich, als sei er wesentlich jünger. Er wirkte gehetzt, eine Art launisches Misstrauen stand ihm deutlich im Gesicht geschrieben. Nervös nestelte er an seinem Bart herum und machte ganz den Eindruck, als wäre er lieber an einem anderen Ort oder hätte wenigstens ein angenehmeres Unterhaltungsprogramm.

»Natürlich habe ich das«, erwiderte seine Mutter strahlend. Die geheiligte Mater-Imperia Lucia Fasterius erhob sich nicht, begrüßte die beiden Neuankömmlinge aber mit einem freundlichen Lächeln. Gyle war überrascht. Er hatte sich die Frau kälter vorgestellt. Sie hatte Fältchen um Augen und Mund, was bei den eitlen Magusfrauen ein seltener Anblick war, und trug ein vergleichsweise schlichtes himmelblaues Kleid. Ihr einziger Schmuck war ein goldenes Lichtdiadem, mit dem sie das blonde Haar zusammenhielt. Sie sah aus wie eine Lieblingstante aus Kindheitstagen.

»Ihr erstrahlt in ebenso hellem Glanz wie gestern, Eure Heiligkeit«, sagte Belonius Vult mit einer tiefen Verbeugung.

Belonius' Kompliment war so offensichtlich eine Lüge, dass die Kaiserinmutter eine Augenbraue hochzog. »Mit dem Geld, das ich für das Gewand ausgegeben habe, das ich gestern trug, hätten wir bequem den nächsten Kriegszug finanzieren können«, erwiderte sie trocken. »Ich hoffe, Ihr wollt mir damit nicht sagen, ich hätte mich lieber mit einem einfachen Bauernrock begnügen sollen, Gouverneur Vult?«

»Ich meinte lediglich, dass kein Gewand dieser Welt an den Glanz Eures Antlitzes heranreicht, geheiligte Dame«, antwortete Belonius, ohne mit der Wimper zu zucken. Im Honig-ums-Maul-Schmieren war Vult unübertroffen.

Lucia bedachte ihn mit einem wohlwollenden Blick und deutete auf zwei Stühle an einer Tafel. Vier weitere Männer saßen an dem Tisch, und jeder davon starrte sie an. Die Blicke, denen sie begegneten, reichten von neutral bis offen feindselig.

»Gestattet mir, Euch zu Eurer Heiligsprechung zu gratulieren, edle Mutter. Noch nie wurde eine so vortreffliche Person so passend geehrt.«

Lucia lächelte geschmeichelt wie ein junges Mädchen, das sich über ein anzügliches Kompliment freut, nicht wie eine Kaiserinmutter und Heilige. Doch Gyle hatte Geschichten darüber gehört, was sie mit denen anstellte, die ihr Missfallen erregten, und diese Geschichten ließen ihn bis ins Mark erschauern. Aber was wusste er denn schon darüber, wie Heilige aussahen und sich zu benehmen hatten?

»Willkommen im Hoherat Rondelmars.« Lucia deutete galant in die Runde. »Ich nehme an, Ihr kennt die edlen Herren noch nicht, also gestattet mir, Euch vorzustellen.« Sie nickte einem groß gewachsenen Mann mit beginnender Glatze zu, der aussah wie vierzig, aber wahrscheinlich mindestens achtzig war. »Dies ist Graf Calan Dubrayle, der kaiserliche Schatzmeister.« Dubrayle nickte knapp, der Blick seiner alten Augen undurchdringlich.

Der Mann neben ihm hatte silbernes Haar, aber jugendliche Gesichtszüge und den Körperbau eines Helden. »Mein Name ist Kaltus Korion«, erklärte er kühl. »Ich erinnere mich an Euch, Vult.« Kaltus sah aus, als würde er am liebsten auf den Boden spucken. Er wandte sich an Lucia. »Ich sehe keinen Grund, warum die beiden hier sein sollten. Dies ist der Hoherat, kein Kaffeestand auf einem Markt, wo fahrende Händler versuchen, ihren Tand zu verscherbeln. Ich kenne den Plan bereits. Ich brauche die nicht, damit sie ihn mir schmackhaft machen.«

»Der Plan, den wir umsetzen wollen, wurde von den beiden Herren erdacht, mein lieber Kaltus. Also, seid höflich.«

»Ich behandle alle Norer genauso höflich, wie ich es während der Revolte getan habe.« Er warf Belonius ein schiefes

Grinsen zu. »Ich habe immer noch Euer Schwert in meiner Beutekammer, Vult.«

»Und Ihr dürft es gerne behalten«, erwiderte Vult aalglatt. »Ich habe mächtigere Waffen, die obendrein nur durch meine Hand gebraucht werden können.«

Sei vorsichtig, Belonius, um Kores willen, dachte Gyle. *Du sprichst hier mit Kaltus Rukker Korion!*

Kaltus rümpfte unbeeindruckt die Nase und ließ den Blick zu Gyle wandern. »Und das ist der berüchtigte Gurvon Gyle? Gibt es denn wirklich keine Möglichkeit, die kaiserliche Amnestie aufzuheben und ihn zu hängen?«

»Die Revolte liegt lange zurück«, antwortete Gyle ruhig und blickte dem General fest in die Augen. Siebzehn Jahre war es jetzt her, dass die Norer sich gegen ihre Eroberer erhoben hatten. Anfangs hatte es den Anschein gehabt, als würden sie den Sieg davontragen, doch dann hatte sich Lukhazan unter dem Kommando von Belonius Vult kampflos ergeben, und das Blatt hatte sich gewendet. Gyle war damals ein junger Mann gewesen, idealistisch und unerschrocken, doch wie viel war davon jetzt noch übrig? Ein ausgebrannter Meisterspion? Ein verschlagener Intrigant mit einem letzten Ass im Ärmel, das ihm ein Auskommen im Alter sichern sollte? Wahrscheinlich.

»Gut gesprochen. Der Aufstand liegt viel zu lange zurück, um uns jetzt noch zu beschäftigen«, stimmte ein fetter Mann in priesterlichem Gewand zu. Seine Robe war mit so vielen Juwelen und Gold verziert, dass es wahrscheinlich göttlicher Unterstützung bedurfte, wenn er sich darin bewegen wollte. Der Große Kirchenvater Dominius Wurther wirkte aus der Nähe sogar noch übergewichtiger als gestern von der Loge am Place d'Accord aus. »Sie gehört längst der Vergangenheit an, und wir haben unsere norischen Brüder schon vor langer Zeit wieder im Schoß des Reiches willkommen geheißen. Ich zumindest freue mich auf diese Besprechung.« Seine fetten Wangen bebten, und er grinste schmierig. »Ich hoffe, der junge Adamus hat Euch gestern gut unterhalten?«

Die anderen Männer blickten sich an. Wenn diese Norer Gäste des Bischofs waren, welche Rolle spielte dann die Kirche in diesem Plan und welche eigenen heimlichen Ziele verfolgte sie?

Gyle musste sich zusammenreißen, um sich nichts anmerken zu lassen. *Sollen sie nur spekulieren.*

Der Mann, der links vom Kaiser saß, drehte den Kopf leicht in ihre Richtung. »Ich bin Betillon«, erklärte er, als sei damit bereits alles gesagt. Und das war es auch: Aufgrund dessen, was er während der Revolte in Knebb angerichtet hatte, war Tomas Betillon in Noros immer noch als »der tollwütige Hund« bekannt. Sein Gesicht war kantig und grau, der Backenbart ungestutzt, und die Augen lagen unter schweren Lidern halb verborgen.

»Ist diese Unterredung wirklich notwendig?«, wiederholte Korion ungeduldig. »Vult hat also einen Plan für uns ausgearbeitet. Geben wir ihm sein Gold, dann kann er wieder seiner Wege ziehen.« Er grinste. »Mehr brauchte es damals in Lukhazan auch nicht.«

Lucia klopfte auf die Tafel, woraufhin alle verstummten und sich ihr zuwandten. »Genug des Gepländels, meine Herren.« Sie fixierte Korion mit einem kalten Blick und sah mit einem Mal gar nicht mehr aus wie die freundliche Lieblingstante. »Diese beiden Edelmänner sind für unser Vorhaben unverzichtbar, und sie sind uns höchst willkommen. Sie sind auf meine – auf *unsere* – Einladung gekommen, weil sie mit einem äußerst erfreulichen Vorschlag an uns herangetreten sind, und wenn wir ihn umsetzen wollen, brauchen wir ihre Hilfe.« Sie deutete auf die bequem gepolsterten Ledersessel. »Bitte, erweist uns die Ehre und setzt Euch zu uns.«

Der Kaiser wirkte, als würde er gerne etwas zu Korions Verteidigung sagen, tat es aber nicht. Stattdessen zog er nur einen leichten Schmollmund.

Lucia legte die Hand auf einen Stapel Papier vor ihr. »Ihr alle habt die Unterlagen gelesen und wart bei den geheimen Besprechungen zu Magister Vults Plan für den kommenden Kriegszug dabei, doch dies ist die erste Gelegenheit, da wir alle am selben Ort versammelt sind. Lasst mich betonen, dass wir hier über das Schicksal von Millionen Menschen entscheiden – über das Schicksal von ganzen *Nationen*. Wir werden über den Verlauf des dritten Kriegszugs entscheiden, und zwar nicht auf dem Schlachtfeld, sondern hier, in diesem Raum. Wir, die ich hier zusammengerufen habe.« Sie warf ihrem Sohn, dem Kaiser, einen kurzen Blick zu. »Die *wir* hier zusammengerufen haben.«

Gyle fragte sich, ob sie jetzt – als lebende Heilige – über mehr Autorität verfügte als ihr Sohn. *Und er stellt sich wahrscheinlich genau dieselbe Frage.*

Lucia blickte in die Runde. »Zunächst werde ich die Situation genau darlegen, damit wir alle auf demselben Wissensstand sind. Dann werden wir gemeinsam die nächsten Schritte beschließen.« Sie erhob sich und begann, im Kreis um die Tafel herumzugehen. Ihre Stimme war glasklar und vollkommen gefühllos – eher wie die eines Racheengels als einer Heiligen.

»Es dürfte Euch nicht entgangen sein, edle Herren, dass das goldene Zeitalter Rondelmars sich allmählich seinem Ende zuneigt.« Der Kaiser wirkte nicht besonders glücklich über ihre Wortwahl, unterbrach sie aber nicht. »Nach außen hin mag es aussehen, als seien wir stärker denn je zuvor, doch die Reinheit – das Herz von Rondelmars gerechter Herrschaft über die Welt – ist besudelt. Unser Reich wurde verunreinigt von Männern, denen Gold wichtiger ist als die Liebe zu Kore. Kaufleute schmieden ungehindert ihre Ränke, und ihre Geschäfte florieren, während wir, die wir Kore und den Kaiser aufrichtig lieben, kämpfen müssen um das, was uns rechtmäßig zusteht. Ein großes Übel wurde in diese Welt gebracht, und es muss vernichtet werden. Das Übel, von dem ich spreche, ist die unselige Leviathanbrücke, jenes verfluchte Artefakt von Antonin Meiros und seinen gottlosen Spießgesellen.« Von plötzlicher Wut erfasst, schlug sie mit der Faust auf den Tisch. »Als Kore dieses Land schuf, erschuf er zwei große Kontinente, getrennt durch einen noch größeren Ozean, und wies seine Schwester Lune an, die Wasser dazwischen unpassierbar zu machen, um *Ost und West für immer voneinander zu trennen.* Der kluge, edle und rechtschaffene Westen und der tumbe, lasterhafte, ketzerische Osten sollten nie miteinander in Kontakt kommen, nicht unter der Sonne und nicht unter dem Mond – so steht es geschrieben. Doch Meiros, dieser Emporkömmling, der zu feige war, sich der Befreiung Yuros' vom Joch der rimonischen Herrschaft anzuschließen, verließ den Bund der Dreihundert und baute seine verfluchte Brücke. Diese Brücke ist es, über die all unsere Leiden kommen, und ich frage mich, ob Antonin Meiros auch nur im Entferntesten ahnt, was er damit angerichtet hat!«

Das letzte Mal, als ich ihn gesehen habe, schien er sich dessen durchaus bewusst zu sein, dachte Gyle und fragte sich, ob Lucia Fasterius tatsächlich an das bigotte Dogma glaubte, das sie da vertrat. Sie schien intelligent und gebildet zu sein, sogar gütig. Aber in ihren Augen lauerte etwas Fanatisches wie eine Giftschlange, die nur darauf wartet zuzubeißen.

Lucia blieb hinter ihrem Stuhl stehen und hielt die hölzerne Lehne fest umklammert. »Seit einem Jahrhundert sehen wir nun zu, wie sich die Brücke alle zwölf Jahre aus den Fluten erhebt und passierbar wird. Wir haben gesehen, wie unsere Händler sich in Scharen über sie ergießen und mit allen nur erdenklichen Arten von suchterzeugenden Übeln aus dem Osten zurückkehren: mit Opium und Haschisch, mit Kaffee und Tee, mit Seidenstoffen und anderem Tand, der unser Volk verdirbt. Sie können praktisch jeden beliebigen Preis dafür verlangen. Die Bankiers gewähren ihnen Kredit, während sie den Adelsstand ausquetschen – uns, die Schutzmagi, die Rondelmar erst zu dem gemacht haben, was es heute ist. Wer sind die Reichsten in Rondelmar? Händler und Bankiers! Vollgefressener Abschaum wie Jean Benoit und seine Kaufmannsbrut. Und was tun sie mit ihrem gottlosen Gewinn? Sie kaufen unseren *Besitz*, unsere *Häuser*, unsere *Kunst* und, schlimmer noch, unsere Söhne und Töchter, unser *Blut*!« Inzwischen brüllte sie fast, Speicheltröpfchen flogen aus ihrem Mund. »Dieser *Abschaum kauft* unsere Kinder, nimmt sie zu Mann oder Frau, damit ihre gottlosen Nachkommen *alles* bekommen können, sowohl Gold als auch Gnosis, und was dabei herauskommt, ist eine neue Rasse: die Magus-Kaufleute, abscheuliche, habgierige Mischlinge. Aber täuscht Euch nicht, ein Krieg zieht auf zwischen den Geldmachern und denen, die reinen Blutes sind. Denkt einmal darüber nach: Händler und Hausierer von niederer Geburt kaufen unsere Töchter, damit sie Nachkommen ihr Eigen nennen können, die der Gnosis mächtig sind. Und was tun wir, die Magi? Wir sehen zu wie Luden. Wir sind die Luden – unserer eigenen *Kinder*!«

Lucias Augen verengten sich zu bösartigen Schlitzen. »Doch der Thron hat nicht tatenlos zugesehen, oh nein. Vor zwei

Mondfluten schlugen wir zu. Mein Gatte, Kaiser Magnus Sacrecour, möge er in Frieden ruhen, stellte sich dem Ketzer Meiros furchtlos entgegen, und Meiros hat gekniffen. Wir wussten, dass Meiros seine eigene Schöpfung nicht zerstören würde, und sind mit unseren Armeen nach Antiopia marschiert. Wir haben die Ketzer bestraft. Wir haben Dhassa und Javon und Kesh erobert und neue Regierungen dort eingesetzt. In unserem Namen und im Namen Kores sollen die Ungläubigen dort bekehrt werden, doch was noch wichtiger ist: Wir haben die Macht der Händler *gebrochen*, das Vertrauen zwischen den Kaufleuten des Ostens und Benoits Gesindel ist zerstört. Zwar musste auch unser Volk ein wenig Leid ertragen, aber die Macht der Kaufleute und Bankiers ist nachhaltig geschwächt!«

Ein wenig Leid ertragen?, dachte Gyle. *In Form von Hunger, bitterer Armut und ständigen Unruhen. Aber wenigstens konntet Ihr Euren Händlern einen Strich durch die Rechnung machen.*

Lucia nickte Betillon zu. »Tomas und seine Männer werden Hebusal verteidigen und den nächsten Kriegszug vorbereiten, aber unsere Kassen sind noch leer von den letzten Feldzügen. Die Menschen haben gespendet, großzügig gespendet, und doch schulden wir den verfluchten Bankiers Millionen, während sie immer reicher werden und weiter an Einfluss gewinnen – *und weiter unsere Kinder kaufen.*«

Wenn nicht vier Fünftel Eurer unrechtmäßigen Kriegsbeute in den Taschen bestimmter Mitglieder des kaiserlichen Hofes verschwunden wären, wäre die Schatzkammer vielleicht nicht ganz so leer, dachte Gyle und warf Calan Dubrayle, der denselben Gedanken zu haben schien, einen kurzen Blick zu.

Lucia, die Mater-Imperia, setzte sich, das Gesicht immer noch rot vor Eifer. Nur ihre Stimme war wieder absolut kalt.

»Lasst mich ganz offen sprechen, edle Herren: Der Thron war noch nie so schwach... was nicht heißt, dass der Kaiser schwach wäre«, schob sie hastig ein, als sie sah, wie Constant aufhorchte, »denn obwohl er damals noch ein Kind war, entschied Constant weise und mutig und gab den Befehl zum zweiten Kriegszug, der unsere Position im Tal von Hebb festigte. Doch die Kaufleute schachern weiter mit unseren Seelen und verwandeln Kores auserwähltes Volk in eine Nation von Krämern.

Zudem haben wir noch andere Feinde: Herzog Echor von Argundy, der Bruder des vorigen Kaisers, erhebt Anspruch auf den Thron, und ganz Argundy wird seinem Ruf folgen. Dass der einzige Onkel meines Sohnes zu solchem Verrat fähig ist, bringt mein Blut zum Kochen. Er muss ebenfalls vernichtet werden! Und« – wieder trat Speichel auf ihre Lippen – »es gibt noch eine weitere *Verunreinigung*, die in unser Reich gekrochen ist: antiopische Sklaven, hierhergebracht, um die Arbeit der rechtschaffenen Menschen von Yuros zu tun. Ich habe nichts einzuwenden gegen Sklaverei – sie ist das Einzige, wozu die Sydier taugen –, aber *Dunkelhäuter*, die mitten unter uns leben, das geht zu weit. Auch sie *müssen* vernichtet werden!«

Gyle sah, wie Dubrayle ein Stöhnen unterdrückte. Der Schatzmeister verdiente recht gut an den auf Sklavenhandel erhobenen Steuern. *Würde dir wohl nicht besonders schmecken, wenn diese Steuern plötzlich wegfielen...*

Lucia hatte nun überhaupt nichts mehr von einer Heiligen. »Dies sind unsere Feinde, meine Herren: die Händler, Herzog Echor, die Dunkelhäuter und Meiros. Vor allem er.« Sie atmete tief durch. »Sie alle müssen sterben.«

An dieser Stelle hielt sie inne, das Gesicht grimmig, und es wurde still im Raum. Die Männer an der Tafel nickten zustimmend, und Gyle hielt es für ratsam, das Gleiche zu tun. *So denken also Heilige.*

Lucia deutete auf Belonius. »Unser Freund Magister Vult ist hier, weil er eine Lösung für all diese Probleme hat. Ich werde das Wort nun an ihn übergeben, damit wir aus erster Hand hören, wie wir unser Reich retten können.«

Vult stand auf und verneigte sich. »Heiligste, niemand hätte die Lage besser zusammenfassen können. Lasst mich damit beginnen, meinen Freund und Kollegen Gurvon Gyle angemessen vorzustellen. Sein Netz aus Informanten hat diesen Plan erst möglich gemacht. Gurvons Augen und Ohren sind überall, er dürfte wohl der bestinformierte Mann auf ganz Urte sein.«

Gyle spielte mit dem Gedanken, jeden Einzelnen in der Runde mit seinem finstersten Ich-weiß-alles-über-Euch-Blick zu bedenken, ließ es aber bleiben.

Vult redete weiter: »Mein Plan würde die drei Hauptprobleme, die Mater-Imperia Lucia dargelegt hat, aus dem Weg räumen: die Händler, Herzog Echor und die Heiden in Kesh. Vereinfacht ausgedrückt: Wir werden sie alle mithilfe der Brücke vernichten, wie die Mater-Imperia bereits sagte. Die Leviathanbrücke beginnt bei Pontus und führt über dreihundert Meilen schnurgerade bis hinüber zur Küste von Dhassa, ohne auch nur eine Elle von dieser Richtung abzuweichen. Eine bemerkenswerte bauliche Leistung.«

»Das Werk eines Dämons«, murmelte Betillon.

Gewiss, aber eines, das Euch reichlich Profit eingebracht hat.

Vult sprach unbeeindruckt weiter. »Vor dreiundzwanzig Jahren, genauer gesagt im Jahr 904, führte Kaiser Magnus vier Legionen über die Brücke. Antonin Meiros hätte uns aufhalten können, hätte Zehntausende rondelmarischer Soldaten und

Zivilisten töten können – doch dazu hätte er seine Brücke zerstören müssen. Mann und Maus wären jämmerlich ertrunken, und aller Wahrscheinlichkeit nach wäre der Kaiser spätestens den Unruhen im eigenen Reich zum Opfer gefallen, die zweifellos auf das Desaster gefolgt wären. Doch Meiros und der Ordo Costruo unternahmen nichts. Sie ließen Magnus die Brücke überschreiten – und Hebusal erobern. Die Brücke wurde wieder unpassierbar, und wir hofften, wir hätten genug getan. Die Handelsgilden hatten enorme Verluste erlitten, viele gingen in Konkurs. Doch unsere Luftflotte ist nicht allmächtig, und schließlich wurde die Garnison in Hebusal von den heidnischen Horden überrannt – die größte Katastrophe unserer militärischen Geschichte. Im Jahr 916 nahm Seine Majestät« – er verneigte sich in Constants Richtung – »gebührende Rache für das Massaker und festigte unsere Position in Hebusal. Er setzte den edlen Herrn Betillon als Gouverneur ein und ließ die Dunkelhäuter bluten, bis sie weiß wurden.«

Betillon und Korion lächelten geschmeichelt. *Du weißt mit ihnen umzugehen wie kein Zweiter, mein Freund,* dachte Gyle anerkennend.

»Und jetzt steht der dritte Kriegszug bevor. In einem Jahr wird sich die Leviathanbrücke aus dem Ozean erheben, und wir werden ein weiteres Mal marschieren. Ganz Kesh wartet bereits auf uns. Die Zusammenkunft der Amteh in Gatioch hat uns den Krieg erklärt, und nun ist es die heilige Pflicht ihrer Anhänger, die Waffen gegen uns zu erheben. Der dritte Kriegszug wird keinem der vorangegangenen gleichen: Er wird allumfassend sein. Er wird die kommende Epoche nachhaltig prägen. Wir müssen der Tatsache ins Auge sehen, dass wir einige Rückschläge erlitten haben. In Javon, das eine strategische Schlüsselrolle auf dem östlichen Kontinent einnimmt, wurde die Dorobonen-Dynastie gestürzt, die wir dort eingesetzt hatten. Jetzt herrschen dort die Nesti, ein altes rimonisches Senatorengeschlecht. In Javon leben Rimonier und eine Untergruppe der Keshi, die sich Jhafi nennen. Das Königreich liegt nordöstlich von Hebusal und kontrolliert aufgrund seiner Lage die Hügel oberhalb des Tals von Zhassi. Wer Javon kontrolliert, kontrolliert auch Hebusal und Kesh. Um unseren Vormarsch zu sichern, müssen wir zunächst die Kontrolle über Javon erlangen. Es ist ein komplexes Reich, und mein Kollege Gurvon kennt es wie seine Westentasche. Er wird Euch jetzt unsere Pläne für Javon darlegen.«

Gyle blickte in die Runde und leckte sich die mit einem Mal trockenen Lippen. Kaiser Constant sah gelangweilt aus, doch Lucia beugte sich vor, ganz auf Gyle konzentriert. Korion und Betillon wirkten mürrisch, auf der Hut, und Dubrayle sah aus, als habe man ihn auf ein Nagelbrett gesetzt. Nur der Große Kirchenvater Wurther schien ganz entspannt. *Natürlich, die Religion: Balsam für die Seele.*

Gyle räusperte sich und erhob das Wort: »Eure Hoheiten, als die Javonier vor sechs Jahren die Dorobonen-Dynastie stürzten, wählten sie Olfuss Nesti zum König. Ja, sie ›wählten‹ ihn, denn in Javon halten sie nach wie vor an der alten rimonischen Tradition fest, darüber abzustimmen, wer der nächste Herrscher wird. Und es kommt noch besser: Es mag Euch erschrecken zu hören, dass den Thron nur besteigen darf, wer *gemischten* Blutes ist – rimonischen *und* jhafischen Blutes. Dieses Gesetz wurde eingeführt, nachdem die ersten Rimonier sich in Javon angesiedelt hatten, um künftige Bürgerkriege zu verhindern. König Olfuss ist gemischten Blutes, und seine Frau ist eine Jhafi. Sie haben zwei Söhne und zwei Töchter. Letztes Jahr habe ich dafür gesorgt, dass der ältere Sohn und Erbe des Throns einen tödlichen Unfall hatte. Die beiden Töchter sind jetzt siebzehn und sechzehn Jahre alt, der jüngere Sohn ist sieben. Die beiden werden keine weiteren Kinder mehr bekommen. Würde Olfuss sterben, würde die ältere Tochter die Regentschaft übernehmen, bis der Siebenjährige die Volljährigkeit erreicht.«

»Sohn und Erbe?«, fragte Lucia verwirrt. »Müsste nicht ein neuer König gewählt werden?«

Gyle schüttelte den Kopf. »Javon ist komplex, wie ich bereits sagte. Stirbt der König eines gewaltsamen Todes, erben seine Kinder den Thron – eine Vorsichtsmaßnahme, um Königsmord zu verhindern.«

Korion und Betillon schnaubten verächtlich, ebenso wie der Kaiser – Constant hatte den Thron bestiegen, nachdem sowohl sein Vater als auch seine ältere Schwester eines mysteriösen Todes gestorben waren.

Gyle wartete, bis er wieder ihre volle Aufmerksamkeit hatte. »In wenigen Monaten wird Salim, der Sultan von Kesh, Olfuss ein Ultimatum stellen und verlangen, dass Javon sich der Fehde gegen uns anschließt. Olfuss wird seinen Forderungen selbstverständlich nachgeben, denn er ist halb Rimonier und halb Jhafi – und beide Völker hassen Rondelmar zutiefst. Was wir also tun müssen, ist, einen Umsturz zu veranlassen und die Dorobonen wieder einzusetzen.«

»Wer wird sie in Javon unterstützen?«, fragte Kaltus Korion.

»Die Gorgios sind das zweitgrößte Haus Rimonis. Sie waren es, die während des Dorobonen-Regimes die Strippen zogen. Seit dem Umsturz durch die Nesti sind sie geächtet. Sie sind reich, aber es gibt wenig jhafisches Blut in ihrer Linie, weshalb sie nie den König stellen konnten. Sie sind unsere wichtigsten Verbündeten bei der Wiedereinsetzung der Dorobonen.«

»Wer ist Thronerbe der Dorobonen?«, fragte Calan Dubrayle.

»Francis Dorobon. Er besucht ein Arkanum in Noros und geht in dieselbe Klasse wie Euer Sohn Seth, General Korion. Seine Mutter und Schwester leben im Gouverneurspalast in Hebusal.«

»Schafft mir diesen Drachen von Witwe vom Hals, dann habt Ihr meinen Segen«, brummte Tomas Betillon.

»Wie viele Magi habt Ihr in Javon, Magister Gyle?«, fragte Lucia.

»Eure Heiligkeit, ich betreibe einen Sicherheitsdienst und vermiete Schutzmagi an wichtige Persönlichkeiten. In den letzten zehn Jahren operierte er in Noros, Bricia sowie Lantris und seit vier Jahren auch in Javon, da König Olfuss Nesti dort ebenfalls meine Dienste angefordert hat. Drei meiner Magi operieren ganz offiziell im Palast, um die königliche Familie zu ›beschützen‹. Es wäre ihnen ein Leichtes, die Nesti zu beseitigen. Es braucht nicht mehr als einen kleinen Wink von mir, den ich auf Euren Befehl hin geben werde.«

»Wie lustig«, kicherte Wurther. »Wir können einem Norer befehlen zu winken.«

»Können wir uns hundertprozentig darauf verlassen, dass Eure Agenten Olfuss und seine Familie töten werden? Wer sind sie?«, fragte Lucia mit funkelnden Augen.

»Rutt Sordell ist der persönliche Leibwächter des Königs. Samir Taguine beschützt die Königin …«

»Taguine?«, unterbrach Korion. »Der wandelnde Tod höchstpersönlich?« Der General sah beeindruckt aus.

»Ebenjener. Und Elena Anborn wacht über Olfuss' Kinder.«

»Eine Frau?«, schnaubte Betillon. »Können wir uns darauf verlassen, dass sie das Zeug dazu hat, ihre Schützlinge zu töten?«

»Glaubt Ihr denn, wir Frauen wären nicht in der Lage zu tun, was Kore verlangt, Tomas?«, tadelte Lucia ihn sanft. »Ich bin sicher, Magister Gyle wählt seine Agenten mit größter Sorgfalt aus, oder etwa nicht, verehrter Magister?« Sie blickte Gyle unverhohlen an, ein blutdürstiges Leuchten in den Augen. »Wird diese Frau die Kinder töten, Magister Gyle?«

»Sie ist eine herzlose Hexe, wenn Ihr mir die Wortwahl verzeihen mögt, Eure Heiligkeit«, erwiderte er ruhig. *Siehst du, Elena, jetzt kennt sogar die Kaiserinmutter deinen Namen. Endlich hast du den Ruhm, der dir gebührt.*

Lucia lächelte erfreut. »Bestens. Die Dame gefällt mir jetzt schon...« Dann hielt sie plötzlich inne, die Stirn in Falten. »Wartet. Sie ist eine *Anborn*? Treiben nicht auch die Anborn Unzucht mit dem verfluchten Händlerpack?«

Gyle neigte den Kopf. »Ihr habt natürlich recht. Ihre Schwester Tesla ist mit einem Kaufmann verheiratet, doch sie ist mittlerweile nur noch ein ausgebranntes Wrack. Elena hat seit Jahren nicht mehr mit ihr gesprochen. Während der Revolte gehörte sie zu meinen Grauen Füchsen. Anstelle eines Herzens trägt sie einen Stein in der Brust, Eure Heiligkeit. Sie ist eine Meuchlerin, durch und durch.«

»Mir kam zu Ohren, dass Ihr das Bett mit ihr teilt«, merkte Calan Dubrayle an.

»Das ist lange her, Herr. Es hat sie bei der Stange gehalten.«

»Eine Frau sollte genauso wenig mit ihrer Möse denken wie ein Mann mit seinem Schwanz«, ließ die heilige Lucia vernehmen und genoss es sichtlich, wie die anwesenden Männer zusammenzuckten.

»Wenn Euer Schwanz sie also nicht mehr bei der Stange hält, Gyle, wie versichert Ihr Euch dann ihrer Loyalität?«, wandte Betillon sachlich ein. »Oder der der anderen? Was gedenkt Ihr zu tun, falls sie auf die Idee kommen, sie seien des Tötens müde, weil sie vielleicht schon genug Gold für ein Auskommen im Alter angehäuft haben?«

»Meine Agenten sind sich vollauf bewusst, dass ihnen diese Möglichkeit nicht offensteht, edler Herr. Es gibt keinen Ort, der verborgen genug wäre, um sich dort zu verstecken. Niemand ist unerreichbar. Befehlsverweigerung käme einem Todesurteil gleich, und das wissen sie. Außerdem verwalte ich ihre Vermögen. Sobald sie sich meinen Unwillen zuziehen, verlieren sie alles.«

Betillon grinste finster und nahm schlürfend einen Schluck Wein. »Das dürfte wohl genügen. Wann schlagen wir zu? Je früher, desto besser, würde ich meinen, denn es vergeht nicht ein einziger Tag in Hebusal, an dem diese Dorobonen-Hexe sich nicht über die Zustände in Javon beklagt.«

»Der richtige Zeitpunkt ist in der Tat von größter Wichtigkeit. Die Tötungen werden das Reich destabilisieren, und die Dorobonen brauchen genug Zeit, um Javon noch vor dem nächsten Kriegszug zu unterwerfen. Mein Plan ist deshalb, in drei Monaten, im Okten, zuzuschlagen. Damit bleiben uns noch neun Monate bis zur nächsten Mondflut. Wir werden die eine Tochter töten und die andere mit einem Gorgio verheiraten, was der neuen Regierung Legitimität verschafft und die Machtübernahme durch die Dorobonen beträchtlich erleichtern wird.« Gyle blickte in die Runde und sah, wie alle nickten. »Und wenn sich die Leviathanbrücke nächstes Jahr öffnet, ist Javon bereits in unseren Händen.«

»Welche Notfallvorkehrungen habt Ihr getroffen?«, fragte Dubrayle. »Kein Plan funktioniert jemals fehlerfrei.«

Deine vielleicht nicht, meine schon. Gyle hütete sich, den Gedanken laut auszusprechen. »Ich stehe in bestem Kontakt zu zahlreichen weiteren Magi, unter ihnen auch Gestaltwandler, die besten ihrer Zunft.« Er blickte die Mater-Imperia an und sah, wie ihre Augen kurz aufblitzten. *Ja, du weißt, wen ich meine.* »Sollte irgendetwas schiefgehen, wird es im Handumdrehen wieder zurechtgerückt sein.«

Stille kehrte ein, und Gyle nahm vorsichtig einen Schluck Wein. Es war ein Augheimer Kranz, noch dazu ein guter. *Und nicht mal mit Wasser verdünnt.* Nur ungern stellte Gyle den Kelch wieder ab.

Nach einer halben Minute des Schweigens klatschte Lucia in die Hände. »Danke, Magister Gyle. Der erste Teil Eures Plans klingt äußerst vielversprechend.« Sie blickte in die Gesichter der Anwesenden. »Sicherlich habt Ihr die Einzelheiten bereits den Unterlagen entnommen, die ich Euch übersenden ließ. Gibt es irgendwelche Einwände, oder können wir die Javon-Frage hiermit als gelöst betrachten?«

Gyle hielt den Atem an, doch es kamen keine Einwände.

»Wunderbar«, trällerte Lucia. Sie griff unter die Tafel und läutete eine Glocke. Ein Kammerdiener erschien. »Ugo, würdest du uns bitte Kaffee bringen. Jetzt, da sie uns gehören, können wir die Früchte unserer Eroberungen auch genauso gut genießen.« Sie lächelte in die Runde, wieder ganz die sanfte Mutter ihres Volkes.

Während alle sich erhoben, die Beine streckten und an fingerhutgroßen Tassen schwarzen Kaffees nippten, trat die Kaiserinmutter auf Gyle zu. Er verneigte sich, aber sie winkte jovial ab. »Erzählt mir mehr von dieser Frau, über Elena Anborn. Uns Frauen fällt es schwerer zu töten«, sagte sie entschuldigend. Als wäre das Gerücht, sie habe ihren eigenen Mann umgebracht, um ihrem Schwiegersohn auf den Thron zu verhelfen, und während ihrer Regentschaft zwei Liebhaber sowie seither drei weitere kaltblütig getötet, nicht in aller Munde. Als wäre nicht sie es gewesen, die die beiden Kriegszüge befohlen hatte, die jeder über eine Million Tote gefordert hatten.

»Der einzige Antrieb, den Elena kennt, ist ihre Selbstsucht, Eure Heiligkeit. Alles, was für sie zählt, ist ihr persönlicher Gewinn. Sie wird keine Sekunde zögern.«

Lass mich nicht im Stich, Elena. Trotz allem, lass mich nicht im Stich.

Die verehrte Heilige und Mutter des Volkes lächelte gutmütig. »Ich will für Euch hoffen, dass Ihr Euch nicht täuscht, Magister Gyle. Andernfalls werde ich ihr ein Breitschwert in den Arsch rammen. Und Euch auch.« Sie klatschte freudig in die Hände. Offensichtlich tat der Kaffee auch bei ihr seine Wirkung. »Meine Herren, zurück an die Tafel. Magister Vult wird uns jetzt den zweiten Teil seines Plans unterbreiten.«

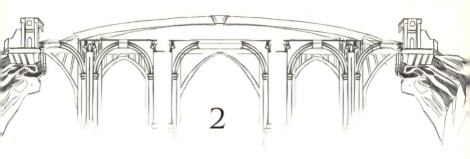

2

Trag dein Amulett

Javon/Ja'afar

Es ist ein trockenes Land und Heimat der Keshi, auch Jhafi genannt. Nach der Öffnung der Leviathanbrücke ließen viele Rimonier sich dort nieder. Die Saaten, die sie aus ihrer Heimat mitgebracht hatten, gediehen gut im dortigen Klima. Nach einem Bürgerkrieg in den 820er Jahren machte der Lakh-Guru Kishan Dev in einer diplomatischen Meisterleistung aus der einstigen Monarchie eine Demokratie. Wer kandidieren wollte, musste nicht nur wohlhabend sein, sondern – so unglaublich es klingen mag – auch gemischter Abstammung aus den Völkern der Jhafi und Rimonier. Bemerkenswerterweise funktionierte das System, bis die Dorobonen aus Rondelmar nach dem ersten Kriegszug die Macht an sich rissen.

Ordo Costruo, Pontus

BROCHENA IN JAVON, ANTIOPIA
SEPTNON 927
10 MONATE BIS ZUR MONDFLUT

Die ersten Strahlen der Morgendämmerung fielen auf das Land und erhellten einen wolkenlosen Himmel. Elena Anborn hob die Hand, um ihre Augen zu beschatten, und blickte nach draußen. Die raue Schönheit des Wechselspiels zwischen hell und dunkel verschlug ihr den Atem. Die Berge leuchteten purpurn, die Olivenhaine schimmerten grau wie Felsen auf einem Strand. Unter ihr breitete sich das Straßengewirr Brochenas aus, der Hauptstadt Javons. Die Stadt regte sich bereits, schwarz gekleidete Frauen und Männer mit weißen Turbanen machten sich auf den Weg zum morgendlichen Gebet. Das erste Licht küsste die gigantische Kuppel des Dom-al'Ahm, und die klagenden Stimmen der Gottessänger riefen die Gläubigen mit Versen zum Gebet, die weit älter waren als die Stadt selbst. Elena verspürte den überraschenden Drang, sich ihnen anzuschließen, wie ein Vogel in das Straßengewirr hinunterzuflattern und teilzuhaben an der Zusammenkunft im Schatten der Kuppel – nicht weil sie den Wunsch verspürte, sich der Religionsgemeinschaft der Amteh anzuschließen, sondern vielmehr, weil sie den immer stärker werdenden Wunsch verspürte, überhaupt irgendwo dazuzugehören.

Gab es einen Ort, an den sie wirklich gehörte? Dieser hier war es sicher nicht, wo sie eine Hellhäutige vom westlichen Kontinent unter den dunkelhäutigen Bewohnern des Ostens war und das Gegenteil all dessen, was von einer Frau erwartet wurde. Sie war nicht verheiratet, und sie war eine Kriegerin. In Javon sollte eine Frau möglichst früh heiraten und sich fortan im Haus ihres Mannes aufhalten. Außerdem war sie Magierin, hier, wo Magie als Werk Shaitans galt. Und trotz alledem war hier der Ort, an dem sie sich am meisten zu Hause fühlte.

Sie war groß gewachsen und kleidete sich wie ein Mann. Ihr Körper war sehnig, die Muskeln kantig und hart. Ihr Gesicht war von Sonne und vielen Kämpfen gezeichnet, das ausgebleichte Haar hatte sie zu einem Pferdeschwanz zusammengebunden, und ihre hellblauen Augen blickten ständig hin und her, als sie sich aus dem Turmfenster des Palasts von Brochena lehnte. Die Nesti hatten ihr diese Kammer als Übungsraum überlassen. »Egal wo, ich möchte nur einen guten Ausblick haben«, hatte sie gesagt. Und was sie bekommen hatte, war ein Ausblick auf die Stadt, die Wüste, die Berge und das Firmament, unverstellt in alle Himmelsrichtungen. Javon war ein hartes, aber großzügiges Land, voll harter, aber großzügiger Menschen.

Einen Moment lang wünschte sie sich, sie könnte hierbleiben, nachdem alles vorüber war. Doch sie wusste, das war unmöglich. Sie hatte die Wüste vom ersten Augenblick an geliebt. Der Sand rührte etwas in ihr an, eine Leere in ihrem Innern. *Ich werde dieses Land vermissen, sogar den Gestank der Märkte, wo die Männer an die Wände pissen und der Unrat einfach liegen bleibt, bis er von selbst verrottet; wo es als Brennstoff nur Tierkot gibt und wo die Menschen in einem Fluss baden, der aussieht wie ein Abwasserkanal.* Doch schon hing der Duft von frischem Kaffee in der Luft, selbst hier oben konnte sie ihn riechen. Die bunten Farben der Seidenstoffe, das Rufen der Händler und der allgegenwärtige Gesang der Priester... all das würde sie niemals mehr loslassen.

Sie nippte an einer Tasse gewürzten Kaffees und versuchte, sich ihre feuchtkalte, düstere Heimat vorzustellen. Es ging nicht. Brochena war viel zu lebendig für solche Gedanken. Die

Luft war kalt, über der Wüste hing noch immer morgendlicher Nebel, vermischt mit dem Rauch der vielen Lagerfeuer. Der Winter nahte, aber die Tage waren immer noch heiß. Die Regenzeit war für das Jahr 927 vorbei, die nächsten Tropfen würden erst im kommenden Julsven fallen. Doch bis dahin würde auch die nächste Mondflut eingesetzt haben, die Leviathanbrücke würde sich aus dem Meer erheben, und Urte würde mit einem weiteren Krieg überzogen werden.

Sie wollte sich gerade abwenden, als eine Rotdrossel mit hellem Tschilpen vom Himmel heruntergeschossen kam und vor ihr auf dem Fenstersims landete. Der Vogel wehrte sich nicht, als sie ihn in die Hand nahm und die Nachricht aus dem Säckchen holte, das an seinem Bein hing. Sie sah Gurvon Gyles Siegel auf dem Beutel, und sein Gesicht blitzte vor ihrem inneren Auge auf: schmal, hart, ernst. *Mein Geliebter. Kann ich ihn überhaupt noch so nennen, jetzt, da ich ihn seit einem Jahr nicht mehr gesehen habe? Mein Vorgesetzter, jedenfalls. Der Hüter und Verwalter meiner Zukunft.*

Beinahe hätte sie die kleine Rolle eingesteckt, ohne sie zu lesen. Sie wollte nicht wissen, was darin stand. Aber das wäre töricht gewesen. Mit einem tiefen Atemzug faltete sie das Zettelchen auseinander. Der Inhalt war kurz und prägnant. *Trag dein Amulett.* Mehr war auch nicht nötig: Diese drei Worte sagten alles. »Trag dein Amulett«, war Gurvons Art, auf freundliche Weise zu sagen: »Der Zeitpunkt zum Handeln steht kurz bevor, pack deine Sachen und halte dich bereit, jeden Moment zu verschwinden.«

Sie machte eine kurze Bestandsaufnahme: Das Schlafzimmer war bis auf die kleine Truhe mit ihrer Kleidung so gut wie leer, dann hatte sie noch die Geschenke der Königsfamilie – ein paar Jhafi-Schals und einen Bekira – und ihr Schwert. Das türkisfarbene Amulett, mit dem sie die Gnosis kanalisierte, trug sie um den Hals. Alles in allem nicht viel. Sie besaß zwar auch Gold – mehr als die meisten in einem ganzen Leben überhaupt verdienen konnten –, aber das hatte sie Gurvon anvertraut.

Sie kannte Gurvon Gyle seit 909, damals war sie einundzwanzig gewesen. Als Halblut-Tochter von Eltern, die beide ebenfalls gemischten Blutes waren, hatte sie 906 ihren Schulabschluss gemacht, zu spät, um am ersten Kriegszug nach Hebusal teilzunehmen. Ihre ältere Schwester Tesla war damals dabei gewesen und wäre beinahe getötet worden. Elena war unterdessen den Volsai des kaiserlichen Geheimdienstes beigetreten. Als 909 abzusehen war, dass es zu einem Aufstand kommen würde, war sie wie alle in Noros geborenen Agenten desertiert und hatte sich der Königlich-Norischen Armee als Späherin angeschlossen. Gurvon Gyle, der gerade erst vom Kriegszug zurückgekehrt war, war ihr Hauptmann. Man merkte ihm an, dass er schon einiges erlebt hatte, und er verfügte über einen zynischen Charme, der sie zum Lachen brachte. Und im Gegensatz zu den meisten anderen behandelte er sie nicht von oben herab. Die gemeinsamen Einsätze hatten sie zusammengeschweißt. In einer feuchtkalten Nacht, damals lagerten sie irgendwo nördlich von Knebb, war Elena nach einem von Betillons Massakern in Gurvons Zelt geschlichen und hatte festgestellt, dass er sie genauso brauchte wie sie ihn.

Der Revolte haftete ein eigenartiger Glanz an, sie hatte sich angefühlt wie ein Triumph, auch wenn sie fehlgeschlagen war. Trotz allem, was Elena getan und gesehen hatte – und egal wie furchtbar es war, es zuzugeben –, sie hatte jene Tage geliebt. Magister-General Robler hatte mit seiner Armee Rondelmars zahlenmäßig weit überlegenen Truppen eine Reihe vernichtender Niederlagen beigebracht, die mittlerweile als mustergültig für die Kriegsführung galten. Gyles Graue Füchse waren wie Helden behandelt worden, die Dörfler versteckten und versorgten sie, und eine Weile hatte es so ausgesehen, als würden die Aufständischen den Sieg davontragen. Aber die von den umliegenden Königreichen versprochene Hilfe kam nicht, die geheimnisvollen Magi, die Garanten für den Sieg, verschwanden einfach, die norischen Legionen wurden isoliert und aufgerieben. Vults Armee ergab sich bei Lukhazan, und Roblers Truppen saßen, gerade als der Winter einsetzte, in den Hochtälern in der Falle. Sie starben wie die Fliegen, bis Robler kapitulierte.

Die Zeit nach der Revolte war für Elena ein einziger Albtraum gewesen. Nach zwei Jahren in ständiger Lebensgefahr war es ihr unmöglich, den Weg zurück in die Normalität zu finden, weshalb sie sich Gyles neu gegründetem Bund von Magusspionen angeschlossen hatte. Offiziell beschützten sie zahlungskräftige Kunden, aber ihre eigentliche Aufgabe war etwas anderes, viel Schmutzigeres: Spionage und Meuchelmorde. In Rondelmar setzte man alles daran, auch noch den letzten Kollaborateur der Noros-Revolte aufzuspüren, und plötzlich hatte Elena sich auf der anderen Seite wiedergefunden und jagte die Feinde des Kaiserreichs. Eine Weile belastete sie das, aber sie lernte, nicht darauf zu achten. Sie ging, wohin Gurvon sie schickte, und tötete, wen immer er befahl. Ihr Gewissen starb, und ihr Herz wurde zu Stein. Sie schlitzte rechtschaffenen Männern die Kehle auf und ermordete Unschuldige, weil sie etwas gesehen hatten, das nicht für ihre Augen bestimmt war. Ihr Leben war zu einem sich ständig verändernden Gespinst aus Lügen und Täuschung geworden. Nichts zählte mehr außer dem Gold, und schließlich hatte sie ihr Weg hierhergeführt, zu dem einträglichsten Auftrag von allen: Sie sollte den javonischen König und seine Familie während des kommenden Kriegszugs beschützen. Tatsächlich *beschützen*. Sie hatte sich nicht einmal einen falschen Namen zulegen müssen – das erste Mal seit Jahren.

Es hatte eine ganze Weile gedauert, bis sie sich wieder erinnerte, dass sie mehr war als nur eine tödliche Waffe. Aber die Kinder hatten es schließlich geschafft – mit ihrem entwaffnenden Vertrauen, mit ihrem aufrichtigen Lächeln und ihren albernen Spielen, die ihr das Lachen wieder beigebracht hatten. Vier Jahre waren es jetzt, in denen sie sich endlich wieder lebendig gefühlt hatte, gemerkt hatte, dass das Leben mehr sein konnte als nur verrinnende Tage. Und jetzt das.

Trag dein Amulett...

Verdammt! Ich gehöre *hierher, Gurvon!*

Sie ließ die Rotdrossel wieder frei und verbannte die vergiftete Nachricht aus ihren Gedanken. Dann wärmte sie sich auf für ihr morgendliches Training. Staub wirbelte auf und schimmerte in den ersten Lichtstrahlen, die den dunklen Raum erhellten. Die entfernte Melodie der Gottessänger und das Gekrächze der Krähen wurden immer leiser, je tiefer sie sich konzentrierte. Sie dehnte sich, trat und schlug in die Luft und wirbelte, bis sie schwitzte, um das mechanische Gerät herum, das regungslos in der Mitte des Zimmers stand. Schließlich hielt sie inne, nahm ein hölzernes Schwert von der Wand und wandte sich der Maschine zu.

»*Bastido, eins*«, sagte sie laut und in Gedanken, und das Gerät begann sich zu bewegen. Blässlich bernsteinfarbenes Licht flackerte in den »Augen« des Dings auf, vier spinnenartige Beine entfalteten sich, dann bewegte sich das mithilfe der Gnosis angetriebene Gerät mit bedrohlicher Eleganz vorwärts. In jedem seiner vier Arme hielt es eine stumpfe Waffe: ein Schwert, einen Dreschflegel, eine Dornenkeule und einen Speer. Unter einem helmartigen Gebilde mit Sehschlitz, der ihren Bewegungen blitzschnell folgte, hing ein kleiner Faustschild. Plötzlich schossen Schwert und Speer gleichzeitig nach vorn.

Elena parierte die Klinge mit Gedankenkraft und den Speer mit ihrem Holzschwert, und der Kampf war in vollem Gang. Vierzig Sekunden lang wehrte sie ab und tänzelte, bis sie den Helm in der Mitte mit ihrem Schwert erwischte.

Das Ding hielt abrupt inne, nur der Sehschlitz beäugte sie immer noch argwöhnisch wie ein Kind, das Prügel bekommen hatte.

»Hab ich dich, Bastido«, keuchte Elena. Die meisten Frauen mit Magusblut fingen erst gar nicht an mit dem Schwertkampf, und die, die es doch taten, waren meist von zu zarter Natur und zu flatterhaft, um die harte Ausbildung durchzustehen. Aber Elena war schon immer eine Raubkatze gewesen. Sie war auf dem Land aufgewachsen, niemand hatte ihr gesagt, was sie zu tun oder zu lassen hatte, und sie hatte Schmerzen und Prügel so lange ertragen, bis Schwertmeister Batto mit ihren Leistungen zufrieden gewesen war. Sie war das einzige Mädchen, das das Arkanum d'Etienne in Bricia mit einem Diplom in Waffenkunde absolviert hatte. Bastido – der Bastard – war Battos Abschiedsgeschenk an sie gewesen.

Sie salutierte und machte sich bereit. »*Bastido, zwei.*«

Diesmal war die Maschine aggressiver, ihre Angriffe geschickter, die Bewegungen weniger vorhersehbar. Bastido schwang jetzt auch die Dornenkeule, und Elena musste drei Waffen gleichzeitig ausweichen. Sie sprang in die Luft, stieß sich von den Wänden ab, wirbelte herum und parierte, kraftvoll und präzise, bis ihr endlich ein zweiter Treffer gelang. Schweißgebadet stand sie vornübergebeugt da und schnappte nach Luft.

Bastido wirkte, als wäre er jetzt erst richtig sauer, als würde er am liebsten einfach zuschlagen. *Komm schon*, schien er zu sagen, *versuch Stufe fünf.*

»Vergiss es, Bastido.« Elena grinste. Ein einziges Mal hatte sie die fünfte versucht, und der Kampf hatte nur Sekunden gedauert: Mit drei blitzschnellen Schlägen hatte Bastido ihr den Schwertarm und drei Rippen gebrochen. Gurvon hatte sie vom Boden aufheben und in Sicherheit bringen müssen. Das hatte gereicht. Sie war einfach noch nicht so weit, würde es vielleicht nie sein. Aber eine Runde machte sie noch weiter, Stufe drei. Sie landete ihren Siegtreffer nur einen Wimpernschlag, bevor die Keule mit den stumpfen Dornen gegen ihre linke Schulter krachte und sie erneut am Boden lag. »He, das war nach meinem Treffer!«, fluchte sie.

Bastido sah aus, als würde er lächeln. Manchmal schien es beinahe, als wäre er lebendig.

Elena wartete, bis sich ihr Atem beruhigt hatte, dann befahl sie Bastido, wieder zu seinem Platz in der Ecke zurückzukehren. Elena fühlte sich vollkommen ausgetrocknet, gierig trank sie das Wasser aus dem Eimer, den sie heute Morgen heraufgeschleppt hatte. Den Rest schüttete sie sich über den Kopf. Die durchnässte Kleidung kühlte ihre leuchtend rote, schwitzende Haut. Elenas Gesicht brannte, und sie stellte sich vor, wie ihre Sommersprossen rosafarben aus den Fältchen unter ihren Augen hervorleuchteten. Sie blickte an sich hinab, sah den einfachen Kittel an ihrer flachen Brust kleben, an ihrem harten Bauch und den muskulösen Oberschenkeln. Sie wusste, dass sie nicht dem klassischen Schönheitsideal entsprach – im Gegensatz zu vielen anderen Frauen, die sie kannte. Nicht einmal dem der Magi. Wieder spürte sie diese Einsamkeit und schob sie zornig von sich.

Wie soll ich Bastido hier rausschaffen? Ich habe ihn nur mitgenommen, weil ich dachte, wir würden das hier mit Anstand zu Ende bringen.

Trag dein Amulett ...

Warum? Machen wir uns einfach aus dem Staub? Was ist bloß los?

Sie zitterte. *Denk einfach nicht darüber nach. Denk an das Geld, nichts anderes.* In eine Jhafi-Decke gewickelt, verließ sie den Raum und machte sich auf den Weg ins Badezimmer. Sie brauchte heißes Wasser.

Eine halbe Stunde später, gewaschen und mit einem frischen Kittel bekleidet, den die Jhafi Salwar nannten, begleitete sie die Kinder der königlichen Nesti-Familie zur Sollan-Kapelle. Die mit Reliefs verzierten Sandsteinwände waren vom Rauch der Fackeln geschwärzt, und die beiden Kupfermasken über dem Altar – Sonne über Mond – konnten ebenfalls eine gründliche Reinigung vertragen. Der alte Druipriester goss den Opfertrank ein und beschwor mit seinem rituellen Gesang den neuen Tag. Alles fühlte sich irgendwie schal und leer an. Der Sollan-Glaube der Rimonier mochte der älteste in Yuros sein und einstmals die Hauptreligion auf dem westlichen Kontinent, aber hier im Osten war er wie ein einsamer Setzling in der Wüste, ohne Hoffnung, je zu gedeihen.

Es waren nur zwölf Menschen in der Kapelle. In der vordersten Reihe sah sie König Olfuss, seine Haut hob sich dunkel gegen die weißen Locken und den Bart ab, das freundliche Gesicht war ernst. Es war seine Pflicht, Javons beide Religionen zu praktizieren, den Sollan-Glauben der Rimonier und den Amteh-Kult der Jhafi, was bedeutete, dass er viel Zeit auf den Knien verbrachte. Neben ihm kniete seine Frau Fadah, in einen Bekira gehüllt. Der Sollan-Glaube bedeutete ihr nichts, ihre Anwesenheit war reine Pflichterfüllung. Hinter ihnen sah Elena die Kinder, dick eingepackt wegen der morgendlichen Kälte. Der junge Timori, er war der Thronerbe und erst sieben Jahre alt, zappelte vor Langeweile herum. Ab und zu drehte er den Kopf nach hinten und winkte Elena zu, bis Solinde es bemerkte und ihn zurechtwies. Solinde war die mittlere der drei Geschwister und dennoch die größte, mit rotbraunem Haar und langen, grazilen Armen und Beinen. Sie galt als die Familienschönheit, aber Elena gefiel Ceras dunkles, exotisches Gesicht besser. Cera war die älteste Tochter, pflichtbewusst und tief ins Gebet versunken.

Elenas Kollegen Rutt Sordell und Samir Taguine standen gelangweilt an der Tür. Sie waren Anhänger Kores. Es kümmerte sie nicht, wenn sie die religiösen Gefühle anderer verletzten, indem sie ihr Desinteresse so offensichtlich zur Schau trugen. Elena mochte die beiden nicht, und sie war froh, dass sie etwas abseits von ihr standen. Es waren auch noch drei Wachen da, zwei junge Männer am Eingang und der Hauptmann, der leise betend neben Elena kniete. Lorenzo di Kestria hatte dichte schwarze Locken und ein Gesicht, das man mit etwas gutem Willen als hübsch bezeichnen konnte. Er war ein jüngerer Sohn aus einer verbündeten Familie, der vor ein paar Monaten zu ihnen gestoßen war. Olfuss hatte ihn in die Garde seiner Ritter aufgenommen. Seine veilchenblaue Tunika sah mitgenommen aus, aber sie war sauber, und Lorenzo roch stets nach Nelken und Zimt. Als er Elenas Blick auffing, lächelte er.

Elena schaute weg. Sie mochte Lorenzo, aber sie wollte – oder besser gesagt: konnte – sich keine emotionalen Verwicklungen leisten. Schon gleich gar nicht jetzt. *Trag dein Amulett...*

»Vater Sol, wir beten zu dir«, sprach Drui Prato. »Schwester Lune, wir beten zu dir. Segnet uns während der kommenden Festtage. Schützt uns während der Winternächte, bewahrt die Saat für den Frühling. Segnet unsere Wege, wir beten zu euch.«

Elena war beinahe genauso unruhig wie Timori. Die leisen Worte des Drui, wie er die Jahreszeiten beschwor, all das spendete ihr keinen Trost. Hier, wo die Jahreszeiten vollkommen anders verliefen, war sein Gebet fehl am Platz. Um Schutz für den Winter zu bitten, während hier in Javon gerade Anbausaison war, kam ihr schlichtweg absurd vor. Trotzdem würde sie es vermissen. In Yuros betete niemand mehr zu Sol und Lune. Dort gab es nur noch Kore, jeder andere Glaube war Ketzerei, eine potenzielle Bedrohung.

Das Ritual endete damit, dass der Drui den Gläubigen einen Schluck Wein gab und ihnen mit dem Daumen einen kleinen Kreis aus Asche und Wasser auf die Stirn malte. Danach kamen alle vor der Kapelle zusammen, und Lorenzo wartete schon gespannt auf Elena. Aber sie wusste, wie man einem Mann die kalte Schulter zeigt, ohne ihn vor den Kopf zu stoßen. Cera stellte sich neben sie und küsste sie auf die Wange.

»Buonsammana, Ella.« Das Licht der Fackeln spiegelte sich in Ceras tiefbraunen Augen. »Deine Haare sind ja ganz nass. Hast du etwa deine Übungen gemacht und dich gebadet? Weißt du nicht, dass heute Feiertag ist?«

»Ich mache jeden Tag meine Übungen, Cera. Du siehst reizend aus heute Morgen. Und du auch, Solinde«, fügte sie, an die jüngere Schwester gewandt, hinzu, die Lorenzo verschmitzt anlächelte. Sie lernte schnell, zu schnell für ihr Alter.

»Morgen wird getanzt, viel getanzt«, sagte Solinde begeistert und behielt den jungen Ritter dabei genau im Auge.

Lorenzo lächelte zurück, doch sein Blick wanderte schnell wieder zu Elena. »Tanzt Ihr, meine Dame?«

Elena zog die Augenbrauen hoch. »Nein.«

»Ich werde mit allen Rittern tanzen«, verkündete Solinde lauthals. Dass Lorenzo Interesse für eine andere bekundete, kränkte sie offensichtlich.

»Auch mit den klumpfüßigen Hässlichen?«, fragte Cera frech.

»Nein, du dummes Ding, nur mit den hübschen«, erwiderte Solinde. »Mit Fernando Tolidi zum Beispiel.«

»Igitt«, meinte Cera. »Mit dem kannst du nicht tanzen, er ist ein Gorgio.«

»Na und? Mir gefällt er. Und Vater sagt, es sei an der Zeit, die Gorgios wieder im Schoß des Königshauses willkommen zu heißen.«

»Der Schoß des Königshauses ist aber nicht derselbe wie deiner«, feixte Cera. »Außerdem finde ich, er hat ein Gesicht wie ein Pferd.«

Timori schob sich zwischen den beiden Mädchen hindurch und schlang die Arme um Elenas Bein. Mühelos hob sie ihn auf die Schultern, und ihr fiel auf, wie Rutt Samir abfällig etwas zuflüsterte, während die beiden sich durch den schummrig beleuchteten Gang entfernten. Sordell war der einzige Vollblutmagus und offiziell der Anführer ihrer Gruppe, doch Samir, ein Dreiviertelblut, war wegen seiner Affinität zur Feuergnosis im Kampf der Stärkere. *Ich wüsste zu gern, was für eine Nachricht sie von Gurvon erhalten haben.*

»Dona Elena?«, rief König Olfuss. »Hättet Ihr einen Moment Zeit?«

»Zu Euren Diensten, Majestät«, antwortete Elena und gab Timori an Lorenzo weiter.

»Haltet meinen Gatten nicht zu lange auf, Ella«, mahnte Königin Fadah liebevoll. »Das Frühstück wartet, und wir haben heute viele Gäste.«

Wie in einem heiteren Ballett folgten die Nesti den beiden Magi den Gang entlang. Elena blickte ihnen lächelnd hinterher, da legte Olfuss ihr eine Hand auf die Schulter und zog sie mit sich in die Kapelle. Der Drui hatte sich mit dem Rest des Opferweins ins Priesterkämmerlein verzogen, sie war also allein mit dem König. Er führte sie zu einer Bank an der Rückseite der Kapelle und setzte sich neben sie. »Es ist gut, Euch lächeln zu sehen, Dona Elena«, sagte er in rollendem Rimonisch. »Ihr wart so hart, als Ihr hier ankamt. Vielleicht sind Sonne und Hitze ja ganz nach Eurem Geschmack?«

»Vielleicht, Majestät.«

»›Mein Herr‹ genügt vollauf, wenn wir unter vier Augen sind, Dona Elena«, beschwichtigte Olfuss, was normalerweise bedeutete, dass er etwas von ihr wollte. »Wusstet Ihr, dass wir Wetten abgeschlossen haben, wer Euch als Erstes ein Lächeln entlocken würde? Solinde hat natürlich gewonnen mit ihrer kleinen komödiantischen Einlage. Erinnert Ihr Euch noch? ›Wie bringt man einen Rimonier zum Schweigen? Man fesselt ihm die Hände.‹ Ihr musstet grinsen, dann habt Ihr sogar laut gelacht, und Solinde hat vor Freude ein kleines Tänzchen aufgeführt.«

Elena erinnerte sich. Es hatte beinahe wehgetan, ihre versteinerten Lachmuskeln wieder zu benutzen. Und sie hatte einen Stich gespürt, als hätte sie ihre kalten Hände beim Aufwärmen zu nah ans Feuer gehalten. Einen Stich im Herzen.

»Ich hoffe, sie hat etwas Schönes gewonnen.«

»Eine Rubinkette aus Kesh. Hat sie es Euch nicht erzählt?«

»Nein, Majestät. Ich wusste gar nicht, dass meine Stimmung

von so großem Interesse ist.« *Waren es wirklich vier ganze Jahre? Aber vier gute Jahre… Die davor waren grässlich. Ich war gefangen zwischen Gurvon und Vedya. Es war eine solche Erleichterung, aus Yuros herauszukommen.*

Olfuss blickte zum Altar. »Es war ein gewagter Schritt, drei Magi bei uns aufzunehmen, aber als die Gorgio einen Magus der Dorobonen anheuerten, um für sie zu spionieren, blieb uns gar nichts anderes übrig. Andernfalls wären sie über alles unterrichtet worden, was ich tue. Dennoch sind Magi hier nicht gern gesehen.«

Was noch ziemlich untertrieben ist. Es ist ein hartes Rennen, wer uns mehr hasst: die Rimonier, deren Reich wir zerstört haben, oder die Keshi, die wir überfallen und versklavt haben.

»Meine Kinder lieben Euch, Ella. Es ist, als würdet Ihr zur Familie gehören. Aber ich frage mich, ob Ihr hier glücklich seid. Und ob Ihr die Kinder ebenso liebt.« Sein Blick war jetzt ganz ernst, und er schaute ihr direkt in die Augen.

Ihre Kehle schnürte sich zu, und sie nickte knapp. »Natürlich tue ich das, mein Herr.« *Deshalb wird es auch so wehtun, hier zu verschwinden.*

Olfuss lächelte. »Meine gute Ella.« Er strich ihr über die Wange, und die Falten in seinem alten Gesicht verzogen sich zu einem Grinsen. »Vielleicht finden wir ja sogar noch einen Mann für Euch. Ihr werdet bei uns leben, und ich kann aufhören, Magister Gyle dieses exorbitante Honorar zu bezahlen.«

»Redet der Kanzler Euch wieder ins Gewissen, strikter zu sparen, Olfuss?«

Der König lachte und blickte ihr weiter fest in die Augen. »Ella, ich bezahle jeden Monat eine Menge Geld für Eure Dienste und für Sordells und Taguines. Das Geld für Euch ist gut angelegt, aber diese anderen beiden… Ich mag sie nicht.

Deshalb würde ich Euch gerne in meine Dienste nehmen und die anderen beiden entlassen. Ich würde Euer Gehalt verdoppeln, und wir würden beide profitieren. Was meint Ihr?«

Elena war starr vor Erstaunen. Ein Teil von ihr jubilierte: frei sein, hierbleiben können, war das nicht genau das, was sie wollte? *Und auf Gurvon pfeifen!* Aber was war mit Tesla? Ihr Mann tat, was er konnte, aber das Schulgeld für Elenas Neffen war immens. In Norostein wartete ein ganzer Schatz auf sie, aber wenn sie Gurvon den Dienst aufkündigte, würde sie nicht eine Krone davon zu Gesicht bekommen, so viel war sicher. In Friedenszeiten mochte es ja einfach sein, die Nesti zu beschützen, aber die Mondflut stand kurz bevor…

Da fiel ihr auf, dass sie noch gar nicht geantwortet hatte, nicht einmal mit einer kleinen Geste. Sie saß da, als sei sie zu Eis erstarrt. Entschuldigend blickte sie König Olfuss an. »Mein Herr, ich fühle mich sehr geehrt. Euer Angebot ist schmeichelhaft, aber ich weiß nicht, wie Gurvon darauf reagieren würde…« Sie runzelte die Stirn. »Er verwaltet meine Ersparnisse, und die belaufen sich auf mehr, als Ihr Euch leisten könnt.«

Seine Augen verengten sich, als er über ihre Worte nachdachte, dann streckte er die Hand aus und tätschelte ihr Knie. »Dona Elena, es gibt Wichtigeres im Leben als Gold. Wir schätzen Euch. Ihr seid eine von uns. Eine Nesti.« Er grinste. »Oder auch eine Kestria, wenn Ihr den jungen Lorenzo endlich erhören würdet.«

Sie ergriff die Gelegenheit, das Thema zu wechseln. »Der arme Lorenzo! Er ist nett, aber ich bin hier, weil ich eine Aufgabe zu erfüllen habe, mein Herr. Ich fühle mich nicht in Versuchung.«

»Ganz die Geschäftsfrau wie immer«, erwiderte Olfuss ein

wenig traurig. »Welche Art Mann würde Euch denn in Versuchung führen, Ella? Ein König vielleicht?«, fügte er mit einem schlitzohrigen Lächeln hinzu.

»Fadah macht einen Kastraten aus Euch, wenn Ihr mir auch nur einen falschen Blick zuwerft!«, antwortete Elena lachend. Sie wusste, er scherzte nur, aber sie freute sich über das Vertrauen, das er ihr entgegenbrachte.

Für einen Moment lächelte er wie ein junger Spitzbub, aber er rief sich schnell wieder zur Ordnung. »Ella, letzte Nacht erhielten wir die Nachricht, dass Fadahs Schwester Homeirah im Sterben liegt. Die Geschwüre in ihrem Bauch werden sie töten, und Fadah muss nach Forensa reisen, um sie noch einmal zu besuchen. Cera und Timori werden sie begleiten. Solinde möchte unbedingt hierbleiben wegen des Balls. Wer könnte es ihr verdenken, wo sie doch so gerne tanzt? Ihr müsst die Kinder nach Forensa bringen, Taguine wird ebenfalls mitkommen, um Fadah zu beschützen. Ihr werdet dortbleiben bis, nun ja, bis nach Homeirahs Beerdigung, wie es aussieht. Ich selbst kann nicht mitkommen. Salims Sondergesandter ist bereits in Javon, und ich muss ihn persönlich empfangen.«

Elena nickte, ihre Gedanken rasten. *Was wird Olfuss dem Gesandten sagen? Bestimmt wird er sich auf Salims Seite stellen. Ist das der Grund, warum Gurvon sich zurückzieht? Tut er es nicht, stehen wir auf der falschen Seite der Fehde. Was ein weiterer Grund ist, warum ich Olfuss' Angebot nicht annehmen kann...*

»Ich bin sicher, wir werden eine Lösung finden«, sagte Olfuss, als hätte er ihre Gedanken gelesen. »Wir Javonier haben gelernt, dass der Kompromiss die größte Kunst von allen ist. Ich werde mit Magister Gyle sprechen, und wir werden einen Weg finden, von dem wir beide profitieren.« Olfuss erhob sich und legte ihr eine Hand auf die Schulter. »Habt in Forensa ein wachsames Auge auf meine Kinder, Dona Elena.«

Sie nickte stumm. Gefühle wallten in ihr auf, als würde Blut durch Adern fließen, die lange trockengelegen hatten. Sie wusste nicht, was sie sagen sollte, wie sie mit den Gefühlen umgehen sollte, die sie vor so langer Zeit abgetötet hatte.

Olfuss schien zu verstehen, was in ihr vorging, denn er humpelte davon, zog die Tür zur Kapelle hinter sich zu und ließ sie allein in der hallenden Stille.

Der Rest des Tages bestand aus einer rauschenden Abfolge von religiösen Zeremonien. Die Rimonier begingen den Abend vor Sammana mit einem höfischen Fest, auf dessen Höhepunkt traditionelle Lieder gesungen wurden und dazu getanzt wurde. Um Mitternacht folgten rituelle Gesänge am offenen Feuer, danach leiteten die Drui die Gebete zu Vater Sol an und baten um seinen Segen für den kommenden Winter. König Olfuss sah so herrschaftlich aus, als wäre er Sol selbst, und Fadah an seiner Seite wirkte so dunkel und geheimnisvoll wie die Mondgöttin Lune. Cera trug ein silbrig graues Gewand, während Solinde in purem Gold erstrahlte und ein ganzer Hofstaat in sie vernarrter junger Männer ihr auf Schritt und Tritt folgte. Sie tanzte beinahe die ganze Zeit mit Fernando Tolidi, einem jungen Gorgio – einer der wenigen, die den Mut gehabt hatten, die Festung bei Hytel zu verlassen, um an den Feierlichkeiten in der Hauptstadt teilzunehmen. Es war typisch für Solinde, genau den Tanzpartner zu wählen, über den sich die Anwesenden am meisten aufregen würden, auch wenn Fernando ein beeindruckender junger Mann war und weit sympathischer als der Rest seines Hauses. Auch am nächsten Tag würde Solinde zweifellos den gesamten Hof schockieren und beim großen Ball wieder mit ihm tanzen.

Alle wichtigen rimonischen Familien waren anwesend, aber kein einziger Jhafi, weil die Jhafi am letzten Tag des heiligen Amteh-Monats fasteten. Nur die Rimonier feierten Sammana – das weit ausgelassenere und beliebtere Eijeedfest der Jhafi würde erst am morgigen Tag die Straßen mit Leben erfüllen, und gemeinsam würden die beiden Festtage die ganze Stadt in einen einzigen Ball verwandeln.

Elena war fasziniert von Javons Geschichte. Nach der Erschaffung der Leviathanbrücke war eine Handvoll Rimonier nach Ja'afar, das sie Javon nannten, gekommen, um Handel zu treiben. Sie fanden Klima und Landschaft ihrem Zuhause sehr ähnlich, kauften Land und versuchten sich im Anbau von Oliven, Trauben und anderen Saaten, die sie mitgebracht hatten. Sie wurden heimisch, und im Lauf der Jahre vor den ersten Kriegszügen emigrierten Zehntausende auf der Flucht vor der Unterdrückung durch die Rondelmarer von Yuros nach Javon. Man hatte viele Kompromisse geschlossen, um keinen Krieg mit den Jhafi zu provozieren, und jetzt war das Königreich wohlhabend und stark. Ein Guru aus Lakh hatte einen Friedensvertrag ausgehandelt, der jeglichen Bürgerkrieg verhinderte. Ein essenzieller Bestandteil dieses Vertrags war, dass jeder Herrscher gemischten Blutes sein musste. Das Gesetz war auf beiden Seiten nicht gerade beliebt, aber der Wunsch, nicht im Chaos des Krieges zu versinken, war groß, und der Guru wurde von allen zutiefst respektiert. Schließlich stimmten alle führenden Häuser beider Volksgruppen zu, und es wurden Gesetze geschaffen, die sowohl die Anhänger des Sollan-Glaubens als auch die des Amteh-Kults schützten. So hatte sich nach und nach ein einzigartiges Volk entwickelt, ein Ort, den Elena zu lieben gelernt hatte.

Sie tanzte nur selten und wenn, nur den Kindern zuliebe.

Sie hatte keine Lust, sich der alleinstehenden Männer erwehren zu müssen. Lorenzo beobachtete sie mit bewundernden Blicken, aber sie hielt sich von ihm fern. Erst als sie Hand in Hand mit Cera und Timori an Mitternacht am Feuer die Lieder sang und mit ihnen betete, die Sonne möge in all ihrer Pracht im nächsten Frühling wiederkehren, spürte sie in sich eine Wärme, die kein Wein und kein Schnaps ihr hätten bescheren können. Es fühlte sich beinahe an wie Glück.

Und die ganze Zeit über war sie sich Rutt Sordells saurer Miene bewusst, der irgendwo herumlungerte, während Samir Taguine mit finsterem Gesicht Becher um Becher in sich hineinkippte. *Ich sehe die Sache genauso wie Ihr, Olfuss, und kann es kaum erwarten, die beiden loszuwerden.*

Gemeinsam mit dem Kindermädchen Borsa brachte sie Cera, Timori und Solinde zurück zum Wohnturm. Die alte Frau hatte eindeutig zu tief ins Glas geschaut, beherrschte sich aber erstaunlich gut. Solinde wirkte, als hätte sie noch die ganze Nacht weitertanzen können, aber Timori schlief schon fast auf Elenas Arm, und Cera konnte die Augen kaum noch offen halten.

»Ich bin so froh, dass ich hierbleiben kann«, erklärte Solinde. »Es wäre furchtbar, wenn ich Eijeed verpassen würde. Und der große Ball morgen wird der schönste, den wir je gesehen haben.«

Cera zuckte die Achseln. »Wenigstens eine von uns sollte Mutter begleiten und Tante Homeirah noch einmal besuchen, bevor sie stirbt«, sagte sie scheinheilig, und Elena musste an ihre eigene Schwester denken. Tesla war ein genauso aufgewecktes Kind gewesen wie Solinde, Elena selbst eher still wie Cera. Vielleicht sah sie in Cera auch die Tochter, die sie nie hatte, denn statt die umliegenden Wälder und Hügel zu erforschen, wie Elena es als Kind getan hatte, vergrub sich Cera lieber in Büchern und Gedanken.

»Natürlich würde ich auch gerne mitkommen«, erwiderte Solinde hastig, weil sie nicht so herzlos dastehen wollte. »Aber, du weißt ja...«

Cera schnitt eine Grimasse. »Ja, ich weiß: Fernando Tolidi hier, Fernando Tolidi da...«

»Du bist gemein! Ich habe mit allen getanzt.«

»Ja, das hast du«, mischte Elena sich ein, »aber jetzt ist es Zeit zu schlafen. Ins Bett mit euch, sofort.«

Sie trug Timori in sein Zimmer, während Borsa die beiden Mädchen auf die ihren scheuchte. Timori war schon fast eingeschlafen, und sie legte ihn ins Bett, wie er war, zog nur die dünne Decke über ihn und gab ihm einen Gutenachtkuss. Der javonische Prinz sah so klein aus in dem riesigen Bett, sein Gesicht so friedlich. Dicke dunkelrote Kerzen erfüllten den Raum mit Rosen- und Zimtduft, und der flackernde Schein der Flammen erweckte die Figuren auf den Wandteppichen zu eigenartigem Leben.

Als sie hinüber zu den Mädchen ging, umarmte Cera sie innig, drehte sich um und schlief anscheinend sofort ein. Unter ihrem Kissen sah Elena ein Buch hervorlugen, ließ es aber dort.

Solinde winkte ihr nur kurz zu, die Gedanken immer noch bei den Rittern, die sie die ganze Nacht umschwirrt hatten wie Motten das Licht.

Wie immer wartete Borsa in der Vorhalle und sah zu, wie Elena in die Mitte des Raums schritt, um dort ihre gnostischen Schutzzauber zu sprechen. Gemessen erhob sie die Arme, und ein Gitternetz aus blassen weißen Linien erschien auf Wänden, Decke und Boden. Am dicksten waren die Linien an Türen und Fenstern. Es waren die Wächter, die sie rief, und nur wer von ihr selbst autorisiert worden war, konnte an ihnen vorbei. Jeder andere würde nur hineinkommen, wenn es ihm gelang, die physischen und geistigen Qualen zu überwinden, die die Wächter über ihn bringen würden. Kein undurchdringlicher Schutz, aber zusammen mit Stein, Schloss und Riegel hielt er jeden ab, der nicht außergewöhnlich geschickt und zum Äußersten entschlossen war. Als sie fertig war, schloss Elena ihr inneres Auge und ließ die Gnosis von sich abfließen.

Borsa, die es mittlerweile gewohnt war, Zeugin solcher Wunder zu werden, beobachtete sie gelassen. »Die Mädchen waren so fröhlich heute Abend«, sagte die alte Amme. »Solinde wird so schnell erwachsen.«

»Zu schnell vielleicht?«

»Aber nein, es ist nichts Schlechtes daran. Es ist gut, wenn sie bald heiraten will. Sie ist ein so gutes Mädchen. Cera sollte sich ein Beispiel an ihr nehmen und ein bisschen offener sein. Sie wird als Erste heiraten müssen, aber sie bemerkt die jungen Männer kaum.« Die Dienerin legte die Stirn in Falten. »Ihr gebt ihr zu viele Bücher, Ella. Sie denkt zu viel und fühlt zu wenig.«

Elena zog eine Augenbraue hoch. »Das ist ein bisschen hart, findest du nicht? Sie ist eine Prinzessin. Eines Tages wird sie eins der Herzogtümer mit regieren, vielleicht das ganze Königreich. Es ist nur gut, wenn sie lernt, logisch zu denken und zu urteilen.«

»Ihre oberste Pflicht wird sein, Kinder zu bekommen«, widersprach Borsa. »Außerdem muss sie sich auf das Leben vorbereiten, das sie führen wird, nicht auf das, das sie gerne führen würde.«

Elena seufzte. Wie oft hatte sie das zu hören bekommen, als

sie selbst noch ein Kind war? »Cera ist intelligent, pflichtbewusst und mutig. Sie hat auch eine sehr sanfte und fürsorgliche Seite, und du weißt das.«

»Ja, ja, das weiß ich.« Borsa schürzte die Lippen. »Ich finde sie nur manchmal ein bisschen ... kalt.«

»Das Gefühl hatte ich bei ihr noch nie.«

»Über Euch würden viele dasselbe sagen«, erwiderte Borsa. »Ihr Magi kommt aus einem kalten Land. Ihr tragt die Kälte in Eurem Herzen.«

Elena wollte verärgert widersprechen, zwang sich aber, den Mund zu halten. Borsa diente schon so lange an diesem Hof, sie hatte das Recht zu sagen, was sie dachte, selbst zu einer Magierin. »Zu Hause in Noros gelte ich als fröhlich, immer und überall«, widersprach sie gut gelaunt.

»Wirklich?«, fragte Borsa.

»Nein.« Elena gähnte demonstrativ. »Zeit fürs Bett.«

»Um den Fängen einer alten nörgelnden Frau zu entkommen, ist jede Ausrede recht, nicht wahr?«, gab Borsa trocken zurück und umarmte sie. Dann ging sie, und Elena konnte endlich auf ihr Zimmer gehen.

Ihre Gedanken waren in Aufruhr. *Trag dein Amulett.*

Aber ich bin noch nicht bereit zu gehen, Gurvon. Ich glaube, das ist der Ort, an den ich gehöre.

Sie dachte an die arme Tesla, wie sie halb dem Wahnsinn verfallen vor sich hin siechte, und sie dachte an Teslas Mann, Vann Merser, den sie eigentlich hatte hassen wollen, doch stattdessen mochte. Er war ein mutiger, bedachter Mann, ehemaliger Soldat, der mit Handel sein Geld verdiente und alle Hände voll zu tun hatte, die Familie in diesen düsteren Zeiten über Wasser zu halten. Er hoffte, ihr Neffe Alaron, ein Viertelblutmagus, würde eines Tages die Familie vor dem Ruin retten.

Elena erinnerte sich an einen dünnen Jungen mit glattem rötlichem Haar und streitlustigem Charakter. Bald wäre er mit dem Arkanum fertig. An ihren eigenen Abschluss konnte sie sich noch erinnern, als sei es erst gestern gewesen: an den Händedruck des Gouverneurs und das eigenartige Lächeln auf Luc Battos Gesicht, als sie die Auszeichnung für die beste Kämpferin unter allen Mädchen der Schule entgegennahm. Es war ein Ende und gleichzeitig ein Anfang gewesen.

Viel Glück, Alaron. Es liegt alles noch vor dir.

3

DIE STANDARTEN VON NOROS

DIE MAGI

Gesegnet sind die Magi, die Nachkommen des Corineus und der Gesegneten Dreihundert, von Gott berührt, um zu herrschen über Erde und Himmel.

DAS BUCH KORE

Shaitan, was hast du getan? Erde und Himmel hast du verpestet mit Dschinns und Ifrits, lässt Dämonen kriechen, unsichtbar unter unseren Füßen. Den Boden hast du verdorben und die Brunnen vergiftet und das Übel Fleisch werden lassen in deiner Brut, den rondelmarischen Magi.

YAMEED UMAFI,
GOTTESSPRECHER DER GROSSEN ZUSAMMENKUNFT, 926

Norostein in Noros, Yuros
Okten 927
9 Monate bis zur Mondflut

Norostein, Noros' Hauptstadt, lag auf einem Hochplateau nördlich des großen Gebirgszugs. Daneben erstreckte sich ein eisig kalter See, der die Hälfte der Altstadt verschlungen hatte, nachdem der Rat beschlossen hatte, den Zufluss aufzustauen, um das Wasser für die Versorgung der Stadt zu nutzen. Manche sagten, Geister würden dort unten auf den überfluteten Friedhöfen leben, Wiedergänger aus der Vergangenheit, und den Unachtsamen hinunter in ihr nasses Grab ziehen. Wenn es lange nicht geregnet hatte, das Wasser klar und der Wasserspiegel niedrig war, konnte man in der Tiefe die alten Gebäude erkennen. Doch heute war kein solcher Tag: Heftige Regengüsse schickten sich an, die Finsterlichtfeier zu verderben – jenes Fest, durch das die Anhänger Kores das sollanische Sammana ersetzt hatten. Unbarmherzig überfluteten Wolkenbrüche die Plätze der Stadt und löschten so manches der offenen Feuer. Mit Pech getränkte Fackeln flackerten und zischten mürrisch im Regen.

Bis auf die Knochen durchnässt, stand das Volk vor der Kathedrale, triefend und mit roten Augen, und wartete auf die Mittagsmesse. Die mit Magusblut durften hinein, aber das gewöhnliche Volk musste auf dem Platz ausharren und betete um den göttlichen Segen genauso wie darum, dass der Regen endlich aufhören möge. Taschendiebe arbeiteten sich durch die Menge, und die Betrunkenen, immer noch taumelnd von der Zecherei der letzten Nacht, pinkelten, wohin sie wollten – meistens auf die Absätze des Vordermanns. Junge Männer streiften umher, begafften die Mädchen und taten so, als würden sie nicht gaffen. Blasse Haut und fettiges dunkles Haar, bedeckt von weißen Hauben und grünen Filzhüten, wogten hin und her wie Wellen auf dem Meer. Immer wieder hallten spontane Gesänge über den Platz, Lieder von der Revolte, traditionelle Lieder, die von den Königreichen im Gebirge erzählten, alte Volksweisen. Ein paar harmlose Raufereien hielten die Stadtwache auf Trab, es roch nach Schweiß und Bier, der Rauch von den Essensständen vermischte sich mit dem Regen, aber die Menschen waren guter Stimmung.

Im Innenhof des Rathauses wartete der Adel. In wenigen Minuten würde der Gouverneur erscheinen und sie in einer Prozession durch den Pöbel hindurch in die Kathedrale führen. Im Rathaushof versammelt standen die Grundbesitzer, die reichsten unter den Händlern und – am wichtigsten von allen – die Magusfamilien Norosteins, die allerdings nicht zahlreich waren. Nur wenige der Nachkommen der Gesegneten Dreihundert hatte es nach Noros gezogen, und die Revolte hatte unter ihnen einen beträchtlichen Blutzoll gefordert. Etwa siebzig waren es insgesamt, die jetzt unter einer Plane zusammengedrängt standen. Ein paar der Jüngeren trugen ihre Fähigkeiten zur Schau und hielten – abseits der Plane – mit der Kraft der Gnosis den Regen ab. Eine junge Frau unterhielt ihre Freunde, indem sie den Regen zu Fantasiegeschöpfen formte. Gelächter lag in der Luft, aber auch Spannung, denn junge Magi suchten stets nach einer Gelegenheit, schwächere Rivalen ihre Überlegenheit spüren zu lassen.

Ein kleiner dürrer Junge mit olivenfarbenem Teint schlängelte sich wie ein Wurm durch die Menge und wischte sich immer wieder das nasse schwarze Haar aus dem Gesicht. Die Farbe seiner Haut sagte jedem, dass er ein Fremder war. Das Stimmengewirr und die Wärme der dicht beieinanderstehenden Menschen schlugen ihm entgegen wie eine Wand, aber er schaffte es, sich selbst an den übermütigsten Jünglingen vorbeizuquetschen, ohne übermäßige Aufmerksamkeit zu erregen. Er spähte in die dunkelsten Ecken, in denen sich die Leichtgewichte unter den Maguskindern verkrochen hatten, bis er fand, was er suchte. Dann stellte er sich neben die schlaksige Gestalt, der das Wasser – oder war es Rotz? – von der langen dünnen Nase troff. Dünnes, rötlich braunes Haar klebte an dem blassen, missmutig dreinschauenden Gesicht.

»Alaron«, begrüßte der dunkelhäutige Neuankömmling seinen Freund und hielt ihm einen kleinen Weidenkorb voll dampfender süßer Schmalzkuchen unter die triefende Nase. Beide trugen die Robe des Zauberturms, der gnostischen Jungenschule in Norostein. »Ganze drei Heller hab ich dafür bezahlt! Rukka Hel, das nenn ich Festtagspreise!« Er nahm ein Küchlein und schluckte es in einem Stück hinunter, dann streckte er den Korb wieder seinem Freund hin. »Verdammte Händler, was?«, fügte er lachend hinzu.

»Danke, Ramon.« Alaron Merser grinste. Sein Vater Vann war selbst Händler. Er stand nur ein paar Schritte weit weg und unterhielt sich mit Jostyn Beler. Alaron schlang ein Küchlein hinunter und blickte sich um. »Was für eine Zeitverschwendung. Der Gottesdienst wird mindestens drei Stunden dauern.«

»Zumindest sind wir drinnen«, merkte Ramon an. »Die Gemeinen werden den ganzen Nachmittag hier draußen im Regen stehen müssen. Und sie können sich nicht mal hinsetzen.« Er ließ den Blick über die Menge schweifen wie ein Frettchen, das vorsichtig aus seinem Bau späht. Ramon Sensini war ein eher verschlossener junger Mann, Sohn eines rondelmarischen Magus', dessen Namen zu nennen er sich standhaft weigerte, und eines silacischen Tavernenmädchens. Die Wachen am Zauberturm hatten ihn zunächst nicht einlassen wollen, obwohl er genug Geld dabeihatte, um für das erste Schuljahr zu bezahlen. Schließlich hatte er dem Vorsteher einen Brief gezeigt, und der hatte ihn aufgenommen.

Wie immer begann Alaron, sich über das Fest auszulassen. »Wusstest du, dass sie jeden einzelnen sollanischen Festtag durch irgendein bescheuertes Kore-Ritual ersetzt haben? Ich meine, das ist doch unglaublich, oder? Es gibt nicht mal Beweise dafür, dass die Gnosis irgendwas mit Kore zu tun hat! Und Johan Corin war selbst Sollaner! Warum erinnert sich keiner mehr daran? In einem Buch hab ich gelesen, dass...«

»Alaron, schhhh! Ich bin ja deiner Meinung, aber das ist Ketzerei.« Ramon legte einen Finger auf die Lippen, dann deutete er auf ein Mädchen ganz in der Nähe. »He, sieh mal, da ist Gina Beler. Habt ihr beide nicht bald Verlobung?«

»Nein!«, brummte Alaron verdrossen. »Zumindest nicht, wenn ich dabei was mitzureden habe.«

»Was du aber nicht hast«, erklärte Ramon mitleidlos.

Alaron beäugte das mollige blonde Mädchen an Jostyn Belers Arm.

Sein Vater Vann winkte ihm, er solle doch herüberkommen.

»Ich rede nicht mit dieser blöden Kuh«, knurrte Alaron und tat so, als hätte er nichts gesehen. Er blickte Ramon von oben herab an. »Ich kann es nicht fassen, dass du drei Heller für vier Schmalzkuchen bezahlt hast. Das ist mehr als das Doppelte vom normalen Preis. Ich dachte, ihr Silacier wärt so gut im Feilschen?«

Ramon grinste schief. »Klar hab ich gehandelt! Die anderen haben alle nur einen pro Heller bekommen, du kannst also von Glück reden, dass einer für dich übrig geblieben ist.«

Eine Fanfare machte jede weitere Unterhaltung unmöglich. Gouverneur Belonius Vult erschien am Tor des Rathauses und schritt unter eher halbherzigem Jubel der Menge die Treppen hinunter. Etwa zwanzig Magi, Rondelmarer im Dienst der Besatzungsarmee, folgten ihm. Alaron konnte sich an Zeiten erinnern, da war Vult noch öffentlich ausgebuht worden, doch kritische Stimmen waren selten geworden, jetzt, da er sich zu seiner vollen Macht aufgeschwungen hatte. Ehrliche Meinungen behielt man besser für sich.

»Sieh mal, da ist Graf Kraven von Lukhazan«, raunte Alaron Ramon um der alten Zeiten willen zu.

Vult bestieg sein Pferd und ritt den Ratsmitgliedern voran aus dem Innenhof. Der Jubel draußen auf dem Stadtplatz wurde für einen Moment lauter und verstummte dann völlig, als der Regen wieder stärker wurde und die versammelten dreißigtausend vor Kälte bibberten.

Alaron wischte sich die Nase am Ärmel ab. »Komm, bringen wir's hinter uns.«

Auf die Stadtoberhäupter folgten die Magi, von Kore gesegnet und der Gnosis mächtig. Die vordersten Reihen in der Kathedrale waren für sie reserviert – und für ihre etwa hundert Schüler, die meisten davon Norer, aber es waren auch Vereloner, Schlesser und, völlig untypisch, ein Silacier darunter: Ramon. Sie waren zwischen zwölf und achtzehn Jahren alt. Pro Jahrgang gab es nur neun bis zehn Schüler, weil Zauberturm teuer und ausschließlich dem männlichen Nachwuchs vorbehalten war. Die Magimädchen der Region besuchten einen Konvent außerhalb der Stadt, aber heute waren sie alle da, von ihren Anstandsdamen gut bewacht. Neugierig beäugten sie die Jungen, denn die Schüler von Zauberturm waren eine gute Partie – eine viel bessere als die der ärmeren Arkana in der Provinz.

Alarons Jahrgang war noch kleiner als die anderen – ein Vermächtnis der Revolte. Neben ihm und Ramon gab es nur noch fünf weitere Schüler: Seth Korion, Francis Dorobon, Malevorn Andevarion, Boron Funt und Gron Koll. Nur Funt und Koll stammten aus Noros, die anderen drei waren hier, weil ihre Eltern irgendein hohes Amt in der rondelmarischen Besatzungsarmee bekleideten. Alle fünf waren reinen Blutes und bezeichneten sich selbst dementsprechend als »die Reinen«. Alaron und Ramon behandelten sie wie Dreck.

Malevorn, der Begabteste von allen, rümpfte affektiert die Nase. »Seht mal, wer da aus der Gosse gekrochen kommt. Wo warst du die ganze Zeit, Merser, hast du draußen Haferfladen verkauft?«

Francis Dorobon kicherte. »Genau, verzieh dich, Merser. Dein Platz ist ganz hinten.« Dorobon war angeblich der Thronerbe irgendeines Reiches in Antiopia.

Die armen Heiden tun mir jetzt schon leid, dachte Alaron. Zähneknirschend musste er zugeben, dass Malevorn sowohl talentiert als auch starken Blutes war. Auf Dorobon traf nur Zweiteres zu, genauso wie auf Seth Korion, den Sohn des berüchtigten Generals. Boron Funt war ein übergewichtiger Junge, dem quer über die Stirn »Priester« geschrieben stand, und Koll… Koll war der geborene Speichellecker.

Alaron schimpfte leise vor sich hin und versuchte, sich an ihnen vorbeizuschieben, aber Malevorn legte ihm mit festem Griff die Hand auf die Schulter. Er war auffällig gut aussehend, hatte einen guten Körperbau und gebräunte Haut, was ihn weit älter erscheinen ließ, als er tatsächlich war. Er strahlte ein unerschütterliches Selbstvertrauen aus. Das schwarze Haar war gelockt, der Blick seiner grauen Augen hart wie Schwertstahl.

»He, Merser, wie ich sehe, versucht diese Beler-Schlampe

immer noch, deinen Vater zu einer Verlobung zu überreden. Schande aber auch, dass sie keine Jungfrau mehr ist. Ich hab sie letztes Jahr gevögelt. Sie hat geweint, kannst du dir das vorstellen? War wirklich rührend.«

»Verzieh dich, Malevorn«, schnaubte Alaron und stieß ihn weg.

Malevorn versuchte, Alaron den Arm auf den Rücken zu drehen. Lichtblitze zuckten durch die Luft, als ihre Gnosis-Schilde aufeinanderprallten.

Die Umstehenden drehten interessiert die Köpfe in ihre Richtung, da kam ein adlergesichtiger Magister mit wallendem schwarzem Haar und Bart angebraust und ging dazwischen. »Genug! Ich habe dich schon mehrmals gewarnt, Merser.«

»Verzeihung, Magister Fyrell.« Alaron beugte den Kopf, aber innerlich kochte er vor Wut. *Fyrell schlägt sich immer auf Malevorns Seite!*

Ramon zog Alaron von den grinsenden Reinblütern weg und legte ihm eine Hand auf den Arm, als der mondgesichtige Gron Koll ihn auch noch anspuckte – Fyrell war immer noch in der Nähe.

Ein schönes Beispiel geben wir ab für die gesegnete Kaste der Magi, dachte Alaron und reihte sich missmutig in die Prozession ein.

Der Weg über den Platz war nicht gerade angenehm. Die meisten starrten sie mit einer Mischung aus Angst und Neid an. Nur die Mädchen schauten freundlich. Sie wussten, die Mutter eines Maguskinds zu sein, war eine Garantie für Wohlstand. Die Augen der jungen Männer funkelten eifersüchtig. Manche Mütter versuchten, ihren Rocksaum zu küssen, oder hielten ihnen ihre Kinder hin, damit sie sie berührten. Offensichtlich glaubten sie, die Magi seien von Kore höchstpersönlich gesegnet. Alaron bekam eine Gänsehaut.

Diese armen Trottel halten uns tatsächlich für eine heilige Bruderschaft oder so was. Eine Zeit lang hatte Alaron etwas Ähnliches geglaubt, aber sieben Jahre mit den »Reinen« hatten ihn eines Besseren belehrt. *Was für ein Schwachsinn! Wenn überhaupt, sind wir eher ein Rudel hungriger Wölfe.* Er verachtete jeden einzelnen der Reinblüter, und das aus verschiedenen Gründen. Malevorn Andevarion war schön, weltgewandt und weitaus geschickter, als Alaron es jemals sein würde – und von Ehrgeiz zerfressen. Die Andevarions hatten harte Zeiten hinter sich, und jetzt setzten sie all ihre Hoffnungen auf Malevorn. Er studierte eifriger als jeder andere, sein Zorn konnte sich gegen alles und jeden richten. Sogar gegen Francis Dorobon, einen zukünftigen König, und Seth Korion, Sohn des größten Generals von ganz Yuros. Denn alle sollten wissen, dass er, Malevorn, hier das Sagen hatte. Aber am meisten genoss er es, auf Alaron herumzuhacken, weshalb Alaron ihn genauso inbrünstig hasste, wie er ihn beneidete.

Dorobon verachtete er ebenfalls wegen seines selbstgerechten Geschwätzes über seine königliche Herkunft, sein Geburtsrecht und seine Privilegien. Kein Silbergeschirr war dem Prinzen sauber, keine Speise erlesen genug. Er beschwerte sich ständig, bis er sogar seinen Freunden auf die Nerven ging.

Ramon nannte Seth Korion nur den »geringeren Sohn«. Magister Hout, der Geschichtslehrer, hatte einmal gesagt, große Männer hätten oft schwache Söhne, die es nicht schafften, die elterlichen Erwartungen zu erfüllen. Ramon spielte ständig darauf an, ganz egal wie oft Seth ihn verprügelte.

Boron Funt war die Scheinheiligkeit in Person, schleimte sich ständig beim Religionsmagister ein und ließ keine Gelegenheit aus, die anderen auf ihre angeblichen moralischen Verfehlungen hinzuweisen, vor allem Alaron. Er aß siebenmal am Tag und trug Roben, die die Größe eines mittleren Zeltes hatten.

Und Gron Koll gehörte zu der Sorte Schüler, die einen neuen Feuerzauber am liebsten an kleinen Tieren ausprobierten.

Es war nicht gerade lustig, sieben Jahre mit diesen Kerlen zu verbringen. Nur Alarons Freundschaft mit Ramon und die Wochenenden zu Hause hatten diese Zeit einigermaßen erträglich gemacht. Aber das Ende war in Sicht. Nur noch fünf Wochen bis zum Abschluss. Nächste Woche würden die Prüfungen beginnen, und in vierzig Tagen würde er sein Amulett haben und ein voll ausgebildeter Magus sein. Dann könnte er sich dem nächsten Kriegszug anschließen und endlich sein Glück machen.

Diese Aussicht hellte seine Stimmung sofort auf, weshalb er es sogar schaffte, sich zusammenzureißen, als Funt und Dorobon ihm beim Betreten der Kathedrale die Ellbogen in die Rippen rammten. Ohne weitere Zwischenfälle drängte er sich bis nach vorn zu den reservierten Plätzen und quetschte sich neben Ramon.

Da tauchte Magister Fyrell wieder auf. Alaron machte sich schon auf eine Standpauke gefasst, doch Fyrell bedeutete lediglich den fünf Reinen, ihm zu folgen. Wenigstens musste Alaron nicht neben ihnen sitzen.

Die nächsten beiden Stunden bestanden aus endlosen Predigten und Gesängen. Hel konnte nicht schlimmer sein. Angesteckt von der durch und durch weltlichen Gelassenheit seines Vaters und Ramons Zynismus war Alaron zu der Überzeugung gelangt, dass diese ganze Kore-Geschichte nichts als eine Lüge der Magi war. Er hatte noch nie einen Engel gesehen, und wenn er sich der Gnosis bediente, spürte er nichts außer seinem eigenen Schweiß auf der Haut – keine Spur von Göttlichkeit. Das war natürlich Ketzerei, für die er sofort ausgestoßen würde. Also behielt er seine Gedanken für sich und neigte folgsam das Haupt, während die Gebete durch die Kathedrale hallten:

»Gesegnet seien die Magi, von Kore berührt, Träger des Lichts. Möge die Macht des heiligen Kore nie versiegen. Gesegnet sei der heilige Corineus, Bringer des Lichts, der Weisheit in unseren Herzen. Möge sein Antlitz uns den Weg zum Himmel weisen. Gesegnet seien Kore, die heilige Kirche, Hüter des wahren Glaubens, deren Licht den finstren Unglauben überstrahlt. Gesegnet seien die Kirkegar, Ritter des wahren Weges. Mögen die Schwerter der Amteh unter ihrem Ansturm zerbrechen. Verflucht sei Corinea, Schwester und Verräterin des Corineus. Mögen alle Frauen ihre Sünden bereuen.«

Alaron fiel auf, wie Gina Beler in seine Richtung schaute. Er fragte sich, ob es stimmte, was Malevorn erzählt hatte, ob er sie wirklich entjungfert hatte. Wahrscheinlich nicht. Es war nicht einfach, mit einem Mädchen allein zu sein. Andererseits schien Malevorn so gut wie alles fertigzubringen, und es entsprach durchaus seinem Charakter, den Ruf eines Mädchens aus purer Bosheit zu ruinieren.

Damit wäre die Sache wohl endgültig erledigt. Ich will nicht, was er für mich übrig lässt.

Der ältliche Bischof beschloss das Gebet und kündigte Gouverneur Belonius Vult an. Mit einem Mann wie Vann als Vater und Ramon als bestem Freund war Alaron schon immer sehr an Politik interessiert gewesen. Vult war eine wichtige Persönlichkeit des öffentlichen Lebens. Ein reinblütiger Magus aus einer altehrwürdigen Familie, aufgrund seiner Herkunft während der Revolte zum General ernannt – gegen den ausdrücklichen Wunsch des großen Generals Robler, der auf oberster Entscheidungsebene nichts mitzureden gehabt hatte. Es waren Vults Truppen gewesen, die Robler den Rücken hätten freihalten sollen. Stattdessen hatten sie sich auf schändlichste Weise bei Lukhazan kampflos ergeben, was zugleich der Anfang vom Ende der norischen Revolte gewesen war. Manche Stimmen sagten, Vult habe Noros verraten, habe sich in einem Akt des Hochverrats an Rondelmar verkauft. Es war darüber nachgedacht worden, ihn zu verhaften. Andere jedoch behaupteten, der Krieg sei bereits verloren gewesen. Vult habe lediglich unschuldige Leben gerettet, den Weg zum Frieden geebnet – und das auf Kosten seines Rufs. War er Held oder Verräter? Eltern, deren Söhne nach dem Krieg wohlbehalten aus den Gefangenenlagern zurückgekehrt waren, zollten ihm höchsten Respekt für das, was er getan hatte. Andere jedoch, deren Söhne für nichts und wieder nichts gestorben waren, hatten ihm bis heute nicht verziehen.

Vult hatte silbrig seidenes Haar und einen gepflegten Bart. Seine Bewegungen waren geschmeidig wie die einer Katze, seine Stimme klang betörend, als er das Wort erhob: »Volk von Noros, die folgenden Worte werden in jeder Stadt und in jedem Dorf unseres großen Reiches verlesen, von Rondelmar, Argundy und Lantris bis Verelon, Schlessen und Pontus. Dies ist ein historischer Moment, denn was ich euch zu sagen habe, betrifft den kommenden Kriegszug.«

Ein Raunen ging durch die versammelte Kirchengemeinde, dann wurde es totenstill. Alaron konnte den Regen draußen hören und das leise Stöhnen des Windes. Vults Stimme schallte durch die Kathedrale, während Redner auf dem Vorplatz alles wiederholten, was er sagte.

»Dies sind die Worte Seiner kaiserlichen Majestät, Kaiser Constant Sacrecours: ›Geliebtes Volk, ihr seid meine Kinder, und ich bin euer Vater, gesandt von unserem Vater hoch im Himmel. Ich bin euer Kaiser und spreche mit der Stimme Kores. Kores Wort ist wie die Gestirne, nach denen wir uns orientieren, es leitet unser Reich seit langer Zeit, denn wir sind eine Nation. So mancher mag nach Rondelmar, Bricia, Argundy, Noros, Schlessen oder sonst wohin in die weiten Lande des Kaiserreichs blicken und Unterschiede sehen, doch ich, euer Vater, sehe nur Gemeinsamkeiten. Wir sind ein Volk, trotz unterschiedlicher Sprachen und Gebräuche. Denn ich habe meine Augen nach dem dunklen Kontinent gewandt und dort gesehen, was wir nicht sind: Wir sind keine Heiden, wir sind die Kinder Kores, des einzigen wahren Gottes. Wir sind nicht dunkelhäutig wie die im Rinnstein geborenen Menschen des Ostens. Unsere Seelen sind so rein, wie unsere Haut weiß ist. Wir sind keine Barbaren, die sich so viele Frauen nehmen, wie die Laune es ihnen eingibt, die tyrannisch herrschen in überbordenden Palästen, während das arme Volk unter den Sternen schläft. Wir sind keine Heiden, die sich unzüchtig kleiden und Tiergötter anbeten, diese Ausgeburten finstrer Fantasie. Wir sind nicht wie sie. Ihr alle wisst, wir liegen im Krieg mit Antiopia. Zweimal zogen wir nach Osten, um die Heiden zu strafen, und zweimal triumphierten wir. In nur neun Monaten beginnt die nächste Mondflut, die Leviathanbrücke wird sich erneut aus dem Meer erheben, und aufs Neue werden wir marschieren, aufs Neue werden Yuros' Schwerter in Antiopia erklingen. Aufs Neue werden die Kirkegar Kores Banner in den dunklen Landen hissen. Jeden Morgen suchen unsere Brüder in der Festung Hebusal den Himmel nach Windschiffen ab, die ihnen Proviant bringen. Jeden Tag werfen sie die Heiden von ihren

Mauern zurück. Ihre Bedrängnis ist groß, und deshalb sage ich euch, meine Brüder in Kore: Lasst die Musterungen beginnen! Lasst uns erneut zusammenkommen und nach Pontus marschieren. Lasst uns erneut mit den Gesängen Kores auf den Lippen zur Mondflut die Brücke überschreiten. Lasst uns göttlichen Beistand bringen unseren Söhnen, die selbst zu dieser Stunde in Hebusal kämpfen. Lasst uns geben unser Blut, unseren Willen und unser Geld, auf dass der dritte Kriegszug der größte und ruhmreichste werde von allen. Der dritte Kriegszug soll beginnen! Es ist Gottes Wille!«"

An dieser Stelle machte Vult eine Pause, um die Worte zu voller Entfaltung kommen zu lassen.

»So spricht unser Führer, der Gott-Kaiser von Pallas, Constant Sacrecour«, schloss er die Rede.

Applaus setzte ein, zögerlich zuerst, dann begannen die Soldaten draußen auf dem Platz der Kathedrale, ihre Speere gegen die Schilde zu schlagen, und schließlich erhob sich der Jubel der Menge. Der Lärm war ohrenbetäubend.

Oben auf der Kanzel lächelte Vult zufrieden und kostete den Moment aus. Als der Applaus nach einer Minute etwas abebbte, hob er die Hand, und es wurde wieder still, zumindest in der Kathedrale. Draußen hörte das durchnässte Volk erst auf zu klatschen und zu schreien, als er wieder das Wort erhob.

»Volk von Norostein, dies sind die Worte des Kaisers: ein Ruf zu den Waffen, der von Kore selbst kommt. Wie könnten wir anders, als ihm zu folgen?« Er beugte sich vor. »Es gibt nur einen Krieg auf Urte, und er währt ewig. Es ist der Krieg zwischen Gut und Böse, der Krieg Kores gegen die heidnischen Götzen. Dazu wurde die Brücke erschaffen: um Kore den Sieg zu bringen! Und sollte einer glauben, unsere Sache sei nicht gerecht, Freundschaft mit den Heiden sei möglich, so lasst mich euch dies sagen: Sie waren es, nicht wir, die den ersten Schlag führten und die Händler in Hebusal massakrierten. *Unser Krieg ist gerecht!* Zum anderen steht es im Buch Kore, geschrieben von den Schriftgelehrten der Dreihundert selbst, dass nur die, die den Weg Kores gehen, des Himmelreichs wert sind. Und deshalb müssen die Heiden untergehen! Wir hier in Yuros haben das Werkzeug, die Tyrannen, Despoten und Götzenanbeter in die Knie zu zwingen. Die Gnosis ist die einzigartige Kraft unseres Volkes, Kores Geschenk als Lohn für Corineus' Opfer. Ich spreche als einer der Nachfahren der Gesegneten Dreihundert: Wir allein sind die Hüter der Gnosis. Die heidnischen Götzen haben kein solches Geschenk zu geben, die Heiden haben keinen solchen Schild, und *das* ist der Beweis unserer Rechtschaffenheit, das Instrument unserer Herrschaft. Die Gnosis in den Händen der Magi wird uns zum Sieg führen und unseren Platz im Himmelreich sichern.«

Der Lärm von eisenbeschlagenen Keulen und allerlei anderem Kriegsgerät, das auf Pflaster und Schilde trommelte, übertönte seine Worte, und Vult musste innehalten.

Alaron ließ den Blick durch die schummrige Kathedrale schweifen. Er musterte die Gesichter, erfasst von einem patriotischen Rausch, dann schaute er nach hinten zu seinem Vater. Vann Merser jubelte begeistert wie alle anderen. So sah es zumindest aus, aber Alaron kannte seinen Vater besser. »Schau auf die Augen«, sagte er immer, und jetzt zwinkerte er Alaron zu. Alaron lächelte verstohlen und fiel selbst in den Jubel mit ein für den Fall, dass einer der Magister ihn beobachtete.

Als sich der Tumult wieder etwas gelegt hatte, verkündete Vult, dass die Anwerbung noch heute Nachmittag auf dem Platz der Kathedrale beginnen würde. Noros' Truppen mussten aufgestockt werden, es galt, fünf zusätzliche Legionen auszuheben.

Die Feierlichkeiten schienen beendet, doch Vult, der Meisterstratege, hatte sich das Beste natürlich bis zum Schluss aufgehoben. Mit großer Geste hob er die Hand und verkündete: »Ein Geschenk Seiner Heiligkeit Kaiser Constants an das Volk von Noros.« Vult lächelte wohlwollend und hob nun auch die andere Hand.

Alle beugten sich nach vorn.

Hinter einer Säule kam königlichen Schrittes, als hätte er nie etwas anderes getan, Malevorn Andevarion hervor. Vorsichtig trug er die Standarte der neunten norischen Legion, der berühmten und allseits verehrten Bergfüchse unter Roblers Kommando – eine der vielen, die während der Revolte verloren gegangen waren.

Die Menge keuchte laut auf.

Malevorn stellte sich vor der versammelten Kirchengemeinde auf, und alle verstummten. Dann brach der lauteste und ehrlichste Jubel aus, den die alten Gemäuer je zu hören bekommen hatten.

Alaron drehte sich wieder nach seinem Vater um, und diesmal kam auch sein Jubel von Herzen – Vann Merser hatte unter diesem Banner gekämpft.

Hinter Malevorn kam Francis Dorobon mit dem Silberfalken der sechsten Legion, Gron Koll mit dem Grauen Wolf der dritten, und Boron Funt trug die Gebirgsblume der achten. Als Letzter kam Seth Korion und gab dem Volk von Noros den Wegstern zurück, das Banner von Vults Armee, das bei Lukhazan verloren gegangen war.

Als die fünf Halbwüchsigen die Standarten nach draußen auf die Stufen vor der Kathedrale trugen, waren Regen und

Kälte vergessen. Der Stolz Norosteins war wiederhergestellt, der Kaiser liebte die Norer also wirklich, seine getreuen Untertanen. Vann Merser weinte haltlos wie viele der anderen älteren Männer auch. *Die Veteranen*, schoss es Alaron durch den Kopf. *Es waren ihre Banner.*

Ab jetzt konnte Vult gar nichts mehr falsch machen. Als er nach draußen ging und sich zwischen den Bannern postierte, bejubelte die Menge ihn, so laut sie nur konnte. Zufrieden beobachtete er, wie die Männer um die vorderen Plätze in den Schlangen vor den Rekrutierungsständen kämpften. Es goss immer noch wie aus Eimern, aber niemand nahm mehr Notiz davon – die Finsterlichtfeier war doch noch ein richtiger Festtag geworden.

Die fünf Bannerträger ritten auf der Welle der Begeisterung, und Alaron hörte, wie gestandene Männer sie mit »unser Stolz« und »die Hoffnung von Noros« anriefen, obwohl drei von ihnen nicht einmal Norer waren. Aber auch er selbst und Ramon bekamen etwas von dem Ruhm ab und wurden immer wieder ehrfürchtig gefragt, welcher Legion sie sich denn anschließen würden. Sie blieben noch eine Weile auf dem Platz, aber die neuerliche Aufmerksamkeit wurde schnell lästig, und irgendwann konnte Ramon den überschäumenden Patriotismus der Massen nicht mehr ertragen. »Von der Revolte wart ihr Idioten bestimmt genauso begeistert, und jetzt seht, was es euch gebracht hat«, murmelte er. Sie suchten Alarons Vater und überredeten ihn, schnell zu verschwinden.

»Was hältst du von der Rede des Gouverneurs?«, fragte Alaron ihn auf dem Nachhauseweg. Morgen würden er und Ramon sich wieder im Zauberturm einfinden müssen, aber für diese eine Nacht durften sie nach Hause.

Vann Merser strich sich übers Kinn. Er war groß und immer noch kräftig gebaut, trotz eines kleinen Speckrings um die Taille, wie Männer mittleren Alters ihn sich gerne zulegten. »Nun, Sohn, ich weiß, was ich denke. Aber wie steht's mit dir?«

Alaron sammelte seine Gedanken. Vann hielt ihn stets an, sich seine eigenen zu machen. »Tja, Vult hat behauptet, der Kaiser würde uns lieben, aber wir haben uns erst vor wenigen Jahren gegen ihn erhoben. Wie kann er uns da lieben?«

»Zumindest eure Steuern wird er lieben«, warf Ramon ein.

»Du warst schon mal in Kesh, Pap, und du hast immer gesagt, die Leute dort seien fast genauso wie wir. Dass Hautfarbe nichts damit zu tun hat, ob jemand gut oder schlecht ist. Aber Magister Fyrell hat uns erklärt, wenn zwei Volksgruppen aufeinandertreffen, kämpfen sie so lange, bis eine der beiden ausgelöscht ist. Er sagt, das sei das Gesetz der Natur.« Bei den letzten Worten rümpfte er angewidert die Nase.

»Ist das der Unterricht, für den ich so viel Geld bezahle?« Vann schüttelte traurig den Kopf. »Was sagst du dazu?«

Alaron dachte einen Moment lang nach. »Nun ja, die Magi behaupten zwar, sie hätten die Gnosis direkt von Kore bekommen, aber jedermann weiß, dass man mit dieser Gabe geboren wird... Ich habe zumindest noch nicht viele fromme Magi gesehen«, fügte er hinzu und dachte an Malevorn und seine Kumpane.

»Die Banner zurückzugeben war nur ein Köder, damit sich möglichst viele Männer für die Armee einschreiben«, erklärte Ramon mit einem Funkeln in den Augen. »Am letzten Kriegszug hat so gut wie kein einziger Norer teilgenommen.«

»Also war das Ganze nur ein Trick, um an neue Soldaten zu kommen«, überlegte Alaron. »Aber warum hat der Kaiser 904 überhaupt Soldaten über die Brücke geschickt? Hat er sich nicht dumm und dämlich verdient am Zoll und an den Steuern der Händler?«

Vann zog an seiner Pfeife. »Was erzählen sie euch denn im Zauberturm?«, beantwortete er Alarons Frage mit einer Gegenfrage.

Ramon schnaubte. »Sie erzählen uns, Kore habe dem Kaiser eine Vision geschickt, dass er die Welt vor den Heiden retten solle.«

Vann lächelte dünnlippig. »Der älteste Trick der Welt: Behaupte einfach, dein Gott sei der einzig wahre, und schon ist der Rest der Welt von Natur aus böse. Ich war damals dabei, in einem der ersten Windschiffe über Hebusal. Den Tag werde ich nie vergessen.«

Und auch nie darüber reden, dachte Alaron. Es war der Tag, an dem seine Frau, Alarons Mutter, ihr Augenlicht verloren hatte.

Doch zu seiner Überraschung sprach Vann weiter: »Die Kommandanten der Windschiffe erzählten uns, der Sultan habe seine Armee zusammengezogen, um sie über die Brücke zu entsenden. Sie behaupteten, wir müssten unsere Händler vor dem sicheren Tod retten. Wir wussten nicht, ob das stimmte. Es war die Zeit, zu der die ersten bankrotten Magusfamilien begannen, in Händlerfamilien einzuheiraten. Gegen eine stattliche Mitgift natürlich. Der Osten hatte eine Menge Kaufleute sehr reich gemacht, und die traditionelle Gesellschaftsordnung war gefährdet. Manche glaubten, der einzige Weg, diesen Prozess aufzuhalten, sei, den Handel mit dem Osten zu unterbinden.«

Alaron wartete auf mehr, aber sein Vater verstummte. Er zog nur ab und zu an seiner Pfeife, und Ramon lutschte ein Karamellbonbon. Den Rest des Weges legten sie schweigend zurück. Alaron versuchte sich vorzustellen, wie es gewesen war damals in Kesh, wo sein Vater seine Mutter kennengelernt, sich in sie verliebt und ihr das Leben gerettet hatte.

»Merser! Pass gefälligst auf!«, bellte Fyrell.

Alaron blinzelte. *Verdammt.* »Verzeihung, ich denke nur gerade über Vektorrechnung nach.« Er und Ramon hatten sich fast die ganze Nacht unterhalten und von ihrer Zukunft nach dem Schulabschluss geträumt, aber jetzt waren sie wieder hier zwischen den moosbewachsenen Wänden des Zauberturms. Die Schule befand sich in den Gemäuern eines alten Schlosses, mindestens vierhundert Jahre alt. Magister Fyrell, den er von allen Lehrern am wenigsten mochte, hatte die Füße auf den Tisch gelegt und bombardierte die Klasse aufs Geratewohl mit Fragen, um den Stoff zu wiederholen. Alaron hatte schon eine ganze Weile lang nicht mehr zugehört.

»Netter Versuch, Meister Merser«, erklärte Fyrell herablassend, »aber Infinitesimalrechnung hatten wir letztes Jahr. Wovon wir hier sprechen, ist Zaubertheorie.«

Wie peinlich.

»Soll ich die Frage wiederholen?«

Die fünf Reinen kicherten, und Ramon lehnte sich kopfschüttelnd zurück.

Alaron wurde rot. »Bitte. Es tut mir leid, Magister.«

Fyrell rollte die Augen und fuhr sich über den schwarzen Kinnbart. »Nun gut. Wir wiederholen den Stoff für die Prüfungen – du hast sie doch nicht vergessen, oder? Ich habe dich gebeten, die vier Klassen der Gnosis und deren Definition aufzuzählen. Eine recht simple Frage, würde ich meinen. Glaubst du, du könntest das für uns tun, Meister Merser?«

Alaron seufzte erleichtert. *Puh, das ist einfach.* Er stand auf. »Die Gnosis ist in vier Klassen unterteilt. Die erste ist die

Thaumaturgie, die sich mit allem Greifbaren und Unbelebten beschäftigt, mit den Elementen. Die vier Teilgebiete der Thaumaturgie sind Feuer, Wasser, Erde und Luft. Die zweite ist die Hermetik. Hier geht es um das Greifbare und Belebte wie wir selbst und unsere Mitmenschen. Die vier Teilgebiete der Hermetik sind Heilkunst, Morphismus, Animismus und Sylvanismus. Theurgie beschäftigt sich mit dem Nichtgreifbaren und Belebten. Mithilfe der Gnosis bedienen wir uns der unsichtbaren Kräfte und stärken damit zum Beispiel unsere eigene Gnosis, heilen die Geister der Lebenden, treiben Wahnsinn aus, besänftigen Menschen oder manipulieren ihre Gefühle. Die vier Teilgebiete der Theurgie sind Spiritismus, Mystizismus, Mesmerismus und Illusionismus. Die letzte Klasse ist die Zauberei, die sich mit dem Ungreifbaren und Unbelebten beschäftigt. Wir setzen die Gnosis ein, um mit der Welt der Geister in Kontakt zu treten – mit den Toten also –, um uns selbst zu stärken oder etwas über Vergangenheit, Zukunft oder das Jetzt zu erfahren. Die vier Teilgebiete der Zauberei sind Hexerei, Hellsehen, Divination und Geisterbeschwörung.«

Fyrell grunzte verächtlich und schaute Boron Funt an. »Merser klingt, als würde er aus einem Buch vorlesen. Boron, sag mir, was Merser bei der Zauberei vergessen hat.« Die Reinen nannte er immer beim Vornamen.

Funt blies sich auf. »Er sagte, die einzigen Geister seien die Geister der Toten, Magister. Er hat die Engel Gottes und die Dämonen von Hel vergessen.«

Weil ich nicht an sie glaube, murmelte Alaron in sich hinein.

»Gut gemacht, Boron.« Fyrell lächelte. »Malevorn, nenne mir die Affinitäten. Nimm deine eigenen als Beispiel.«

Malevorn erhob sich, die Augen halb geschlossen. »Jeder Magus ist anders. Die Gebiete, in denen er besonders gut ist, hängen von seiner Persönlichkeit ab. Die meisten von uns haben eine besondere Affinität zu einem oder mehreren Gebieten der Gnosis. Außerdem ist meist eine dieser Affinitäten stärker als die anderen. Mein Element ist das Feuer, am besten bin ich in Thaumaturgie und Hermetik.«

Fyrell sah ihn freudestrahlend an, wie er es immer tat, wenn Malevorn etwas gesagt hatte. »Gut gemacht, Malevorn.« Dann wandte er sich seinem anderen Lieblingsschüler zu. »Gron, was bedeutet Blutrang?«

Gron Koll strich sein dünnes fettiges Haar glatt. »Es gibt sechs Blutränge. Zum ersten gehören die Reinblütigen, die direkt von einem Nachfahren der Dreihundert abstammen oder zwei Reinblüter als Eltern haben. Der zweite Rang sind die Dreiviertelblute, der dritte die Halbblute, der vierte die Viertelblute, der fünfte die Achtelblute und der sechste die mit nur einem Sechzehntel Magusblut. Es gibt keine niedrigeren Ränge, weil jeder, der weniger als ein Sechzehntel Magusblut hat, nicht die Fähigkeit besitzt, sich der Gnosis zu bedienen.« Nach einer Pause fügte er hinzu: »Und über allen stehen die Dreihundert, die Vorfahren aller Magi.«

»Sehr gut«, kommentierte Fyrell. »Und wie verhalten sich die Blutränge qualitativ zueinander?«

»Ihre Kraft steigt etwa im Quadrat, Magister Fyrell. Von einem Viertelblut ausgehend ist ein Halbblut doppelt so stark, ein Reinblüter viermal und ein direkter Nachkomme sechzehnmal.«

»Oder anders ausgedrückt: Wir Reinblüter sind so viel wert wie vier Mersers«, warf Malevorn ein und winkte Alaron höhnisch zu. »Und sechzehn Sensinis.«

Alaron kochte vor Wut, aber Ramon zuckte lediglich die Achseln.

»Seth«, sprach Fyrell mit einer beiläufigen Geste weiter, »was kann man tun, um die eigene Gnosis zu stärken?«

Seth Korion hatte ein friedliches Gesicht, kurzes blondes Haar und einen breiten Körperbau. Alle hatten die höchsten Erwartungen in ihn gesetzt, den einzigen ehelichen Sohn des berühmten Generals Kaltus Korion, aber er hatte sie enttäuscht. Seth war fleißig, aber nur ein mittelmäßiger Magus und Kämpfer. Er hatte nichts von dem strategischen und taktischen Geschick seines Vaters geerbt. Das Einzige, worin er gut war, war die Heilkunst, die unter den Jungs als »Mädchenzauber« galt. Seth war noch der umgänglichste von den fünf Reinblütigen.

»Es gibt verschiedene Stufen von Geschick, Talent und Ausrüstung, Magister. Ein schlecht ausgerüsteter, untalentierter oder schlecht ausgebildeter Magus vermag weniger auszurichten als ein gut ausgerüsteter, geschickter und gut ausgebildeter.«

»Und glücklicherweise verfügen wir in jedem dieser Bereiche nur über das Beste«, warf Francis Dorobon ein und streckte die Brust heraus. Das dunkle Haar hatte er stramm nach hinten gekämmt, und er trug ein kleines Schnurrbärtchen, das seine blasse Haut noch weißer aussehen ließ. An den Fingern trug er schwere Ringe, und er hatte Diamantstecker in den Ohren. Wenn er sich mit jemandem unterhielt, ließ Dorobon immer ein paar Brocken Rimonisch mit einfließen, um alle daran zu erinnern, dass er der rechtmäßige König von Javon war, das jetzt nominell zu Rimoni gehörte, obwohl es sich in Antiopia befand. Er hob eine Hand und stellte den großen Diamanten an seinem Mittelfinger zur Schau. »Das hier ist ein *primo* Amulett.«

Schüler durften zwar Amulette besitzen, aber solange sie

die Abschlussprüfungen nicht bestanden hatten, war ihnen die Benutzung nur in der Schule gestattet. Alarons Amulett war ein Kristall, Ramons sogar noch einfacher. Alaron wusste, sein Vater versuchte, ein besseres für ihn zu bekommen, aber hochwertige Amulette waren selten und teuer.

Fyrell klatschte in die Hände. »Gut. Nächste Woche beginnen die Examina. Ihr werdet in allen Gebieten der Gnosis geprüft und auf den akademischen Lehrstoff. Dann werden wir sehen, ob ihr den Titel Magus verdient und das Recht habt, der Gemeinschaft als solcher zu dienen.« Er ließ den Blick über die Reinen schweifen. »Es war mir ein Vergnügen, euch zu unterrichten, zumindest die meisten von euch.« Verächtlich schaute er kurz zu Alaron und Ramon hinüber, dann wieder zurück zu den Reinen. »Ich wünsche euch für die kommenden Wochen das Beste.«

Malevorn stand auf. »Magister, es war mir eine Ehre, von Euch lernen zu dürfen.« Er machte eine herrschaftliche Verbeugung. »Ich werde stets an Euch denken, wenn wir den Heiden eine Lektion erteilen.«

Einer nach dem anderen schlossen sich die übrigen Reinen Malevorns Lobrede an, und Fyrell strahlte mit jeder Dankesbekundung noch zufriedener.

Alaron und Ramon schlichen sich unbemerkt davon.

»Malevorn mafft daf ftändig! Iff frage miff, wie er überhaup' durff die Tür pafft mit feinem Ego. Un' Fyrell ift immer auf feiner Feite. Iff hab daf hier fo fatt!« Alaron laborierte an einer aufgeplatzten Lippe, die er sich bei der letzten Rauferei mit Malevorn zugezogen hatte. Die Wunde schmerzte, aber weder er noch Ramon waren besonders gute Heiler. Nur noch drei Tage Unterricht, und er war vollkommen niedergeschlagen.

Natürlich hatte er es wie üblich nicht geschafft, Malevorn auch nur ein Haar zu krümmen. Aller Wahrscheinlichkeit nach war er der schlechteste Kämpfer in der gesamten Schulgeschichte. Die jüngeren Schüler, die meisten von ihnen vom selben Schlag wie Malevorn, lachten ihn unverhohlen aus.

Er hockte auf dem winzigen Balkon des Zimmers, das er sich mit Ramon teilte. Sein Freund saß neben ihm, und Alaron blickte düster auf die Stadt hinaus, über die sich gerade die Abenddämmerung senkte. Die Luft war kalt, weshalb der Gestank der Abfallgruben direkt unter dem Balkon halbwegs erträglich war. Die Reinen residierten selbstverständlich auf der anderen Seite, von wo man den Sonnenaufgang beobachten konnte und einen herrlichen Ausblick auf die Gärten hatte. Jeder hatte ein Zimmer für sich, viermal so groß wie Alarons und Ramons.

Alaron sah die großen Umrisse am Himmel zuerst, die dunklen Silhouetten, die sich von Nordosten her näherten. Er deutete in die Richtung, und Ramon folgte seinem Blick.

»Windschiffe!«, rief Ramon. »Händler aus Verelon vielleicht oder Pontus.« Seine Augen leuchteten. Alle Jungen in ihrem Alter träumten von Windschiffen. Gemeinsam schauten sie zu, wie der Passatwind sie vom Brekaellental entlang des Flusslaufes nach Norostein trug. Die geflügelten Rümpfe waren verzaubert und mit fantastischen farbigen und goldenen Mustern verziert. Am Bug prangten Adler und Schlangen, und an den hohen Masten blähten sich prächtige Segel. Ganz oben flatterte eine scharlachrote Flagge. »Aus Pontus, würde ich sagen.«

In stummer Ehrfurcht beobachteten sie, wie die Schiffe sich zur Anlegestelle am Fuß des Bekontorhügels herabsenkten. Windschiffe hatten schlanke Rümpfe, um den Widerstand zu verringern, und einziehbare Landegestelle. Der mithilfe der Gnosis verzauberte Kiel hielt sie in der Luft, aber es war der Wind, der sie antrieb. Luftthaumaturgen beeinflussten die Winde, und ein außerordentlich begabter konnte sogar gegen den Wind segeln. Die Magusschüler lernten lediglich, ein kleines Skiff zu fliegen. Alaron bekam es gerade mal so hin, aber Ramon hatte einiges Talent an den Tag gelegt, trotz seines wenigen Magusblutes. Vann hatte immer gehofft, Alaron würde eines Tages ein Handelsschiff für ihn bauen und es auch steuern, aber Alarons stärkste Affinität war die zu Feuer, wie sich herausgestellt hatte. Als Luftmagus war er kaum zu gebrauchen und deshalb, wie sie ihm in der Schule erklärt hatten, eher für eine militärische Laufbahn geeignet. Die Lehrer hatten auch gesagt, er habe einiges Talent in Hexerei, doch Hexerei machte ihm eine Riesenangst. Geister und Dämonen... Alles, bloß das nicht!

Ramon schaute ihm in die Augen. »Solltest du nicht schon zu Cym unterwegs sein? Du bist dran.«

Alaron überlegte. Seine Lippe war immer noch geschwollen, sein Kiefer tat weh, und die Rippen schmerzten bei jeder Bewegung. Mit einem Wort: Er fühlte sich beschissen. Andererseits wusste er, ein Lächeln von Cym würde seine Stimmung sofort aufhellen, auch wenn seine Chancen, ihr tatsächlich eins zu entlocken, gleich null waren. Trotzdem, heute war nun mal er an der Reihe.

Als Ramon vor all den Jahren in der Schule aufgetaucht war, hatte er ein klein gewachsenes, unglaublich selbstbewusstes Landstreichermädchen mit großen leuchtenden Augen, kirschroten Lippen und zimtfarbener Haut mitgebracht. Alaron hatte sie nur ein einziges Mal sehen müssen, um sich hoffnungslos in sie zu verlieben. Ihr Name war Cymbellea di Regia, und sie hatte Magusblut, aber in Saint Yvette, dem Arkanum von Norostein für Mädchen, weigerten sie sich, Cymbellea aufzunehmen, weshalb sie in der Zeltstadt vor den Toren Norosteins lebte. Ohne die Hilfe der beiden Jungen würde sie nie lernen, ihre Kräfte zu benutzen. Ramon hatte erzählt, sie sei von ihrer Mutter ausgerissen, was Alaron herzzerreißend romantisch fand. Außerdem sprach das Unglück des Mädchens seinen Gerechtigkeitssinn an, weshalb ihm Ramon nicht lange gut zureden musste, um Alaron als Co-Lehrer für Cymbellea zu gewinnen. Mittlerweile schlichen sie sich seit sieben Jahren abwechselnd nach dem Abendessen nach draußen, um sich beim Tor der verfallenen Stadtmauer mit ihr zu treffen.

Alaron liebte die Abende mit Cym. Sie brachten ihm zwar nichts als Kummer und Verzweiflung ein, aber um nichts in der Welt hätte er auf die Treffen mit ihr verzichtet. »Natürlich gehe iff. Ift ja mein letftef Mal.« Er überlegte einen Moment lang. »Wenn wir unferen Abfluff haben, gehft du furück nach Filacia, und wer weif, wohin ef Tfym verflägt. Vielleicht fehe iff fie nie wieder. Pap will, daff iff ihm bei feiner Arbeit helfe und heirate. Könnte fein, daff iff nifft mal am Kriegftfug teilnehmen kann.«

»Was gar nicht so schlecht wäre«, warf Ramon ein. »Das ist nichts, wo man dabei sein möchte. Ein Haufen Reinblüter, die jede Menge Keshi und Dhassaner abschlachten. Besser, du hältst dich da raus.«

»Aber *alle* gehen…« Er seufzte schwer. »Alle aufer mir.«

Ramon zuckte die Achseln. »Krieg wird überbewertet, Amiki.«

»Wenn du meinft.« Alaron stand auf und streckte sich. »Ich geh dann mal beffer. Tfym wird fich fon fragen, wo iff bleibe.«

Er fand sie am üblichen Ort, einer verfallenen Hütte an der alten Stadtmauer, in der es nach Pisse und Abfall stank. Cym hatte sich in eine braune Decke gewickelt, um den Kopf ein großes Tuch gewickelt. Sie hatte ein Feuer gemacht, klein genug, um von keiner der Stadtwachen bemerkt zu werden, aber groß genug, um ihnen ein bisschen Wärme zu spenden. Cym vertrieb sich die Zeit damit, kleine Energieblitze auf die Stadtmauer abzufeuern. Alaron sah die Brandflecken auf den alten Ziegeln, und ein seltsam metallischer Geruch hing in der Luft. Solche Blitze waren die Standardwaffe der Magi, stark genug, um einen gewöhnlichen Menschen zu töten, aber vollkommen wirkungslos gegen jeden, der der Gnosis mächtig war.

»Hast du wieder einen Kampf verloren?«, fragte sie und begutachtete Alarons blutende Lippe. »Zeig mal her.« Es war eine traurige Tatsache, dass Cym, sobald sie den Bogen einmal raushatte, die meisten Dinge, die sie ihr beibrachten, besser beherrschte als ihre Lehrmeister. Alaron hegte den Verdacht, dass ihre geheimnisvolle Mutter – Cym sprach nie über sie – wohl über einige Zauberkraft verfügt haben musste. Außerdem war Cym offensichtlich ein Naturtalent, und die häufigen Prügeleien mit Malevorn verschafften ihr jede Menge Gelegenheit, ihre Fähigkeiten als Heilerin zu verbessern. Er schloss die Augen.

Cym befingerte die Wunde, und Alaron zuckte zusammen. Er spürte einen schmerzhaften Stich in der Lippe, der Schnitt schloss sich, und die Schwellung ging zurück.

»Fertig. In ein paar Tagen müsste es weg sein. Du Idiot. Hat er dich nicht schon oft genug zusammengeschlagen?« Es verging kaum eine Woche, in der Alaron sich nicht mit Malevorn eine mittlere Schlägerei lieferte, entweder beim Waffenunterricht oder in irgendeinem Hinterzimmer. Alaron konnte die Reinen einfach nicht ausstehen.

»Danke«, erwiderte er und fuhr sich mit der Zunge über den

verheilten Schnitt. Er versuchte, ihre Hand zu drücken, aber Cym zog sie geschickt weg und tat so, als habe sie die Geste nicht bemerkt.

»Es ist so weit«, sagte sie. »Das ist unsere letzte Unterrichtsstunde. Morgen gehen eure Prüfungen los, und ich werde einen anderen Weg finden müssen, weiter zu lernen.«

»Wir können nach den Prüfungen weitermachen«, schlug Alaron vor. »Wir haben dann einen offiziellen Abschluss und müssten es nicht mal mehr heimlich machen.«

Cym schüttelte den Kopf. »Wir brechen am Freyadag auf. Wir müssen in Lantris sein, bevor der erste Schnee fällt.«

»Kommst du im Frühling wieder?« Alaron schaffte es einfach nicht, den Kummer in seiner Stimme zu verbergen.

»Vielleicht. Wer weiß?« Sie beugte sich nach vorn, die Augen voll Wissbegier. »Was kannst du mir heute beibringen?«

Die nächsten beiden Stunden verbrachte er damit, Cym die Übungen zu zeigen, die er neu gelernt hatte, und ihren Fortschritt bei den alten zu überprüfen. Wie üblich hatte sie ihn mit ihrem Können bereits überholt, und schließlich half sie ihm genauso viel wie er ihr. Alaron hoffte so sehr, eines Tages ein besserer Magus zu sein, aber bis dahin würde wohl noch einige Zeit vergehen. Er versuchte, die Flammen des kleinen Feuers zu formen, aber es zischte nur kurz, dann verloschen sie mit einem entmutigenden Ploppen.

»Lass es fließen, Alaron«, tadelte sie ihn. »Du bist zu verkrampft. Entspann dich, lass es durch dich hindurchfließen. Wie Wasser.«

»Das kann ich nicht!«, stöhnte er. »Ich *kann* es einfach nicht.«

»Du bist ein Magus, lass es einfach passieren! Wie das Normalste auf der Welt.«

»Magie ist nicht normal, sie ist so unnormal, wie etwas nur sein kann«, gab er niedergeschlagen zurück. Er war müde und kam sich vor wie ein Idiot. Draußen ging gerade der Mond auf. Das große Halbrund bedeckte beinahe die Hälfte des Himmels, so groß und nah, als könne er es berühren – eher als Cym zumindest.

Das Mädchen folgte seinem Blick. Cym schauderte und zog die Decke enger um sich. Der riesige Mond war ihr nicht geheuer. »Besser, du gehst jetzt. Du bist zu müde, um weiterzumachen. Geh nach Hause.«

Er wusste, sie hatte recht, aber jetzt einfach nur gute Nacht zu sagen war, als würde sich eine Tür zu so vielen unerfüllten Träumen schließen. Alaron überlegte noch, was er sagen könnte, da war Cym schon unter dem zerfledderten Ledervorhang, der als Türersatz diente, nach draußen geschlüpft. Ihm blieb nichts anderes übrig, als ihr zu folgen.

Cym drehte sich um. »Es ist so weit: Nach sieben Jahren ist das jetzt das Ende für uns beide. Ich weiß gar nicht, wie ich dir für all die Unterrichtsstunden danken kann.«

Alaron wollte etwas Charmantes, Witziges oder Romantisches erwidern, aber er blieb stumm.

»Schhh.« Cym legte ihm einen Finger auf die Lippen und drückte ihm etwas in die Hand.

Alaron blickte nach unten: ein Kupferamulett mit einer Rose – der Rimonischen Rose. Er hielt sie fest umschlossen und merkte, dass er weinte.

»Oh Alaron, du Dummkopf!« Cym kniff ihn in die Wange, dann war sie schon einen Schritt weit weg, dann zwei, dann zehn. Dann hatten die Schatten der alten Stadtmauer sie verschlungen, und sie war fort. Vielleicht für immer.

Am letzten Tag des Schuljahres sprach der Vorsteher zu ihnen. Die anderen Schüler waren bereits abgereist, und der normalerweise so belebte alte Turm fühlte sich seltsam ausgestorben an. Schulvorsteher Lucien Gavius war aus politischen Gründen ernannt worden, Gouverneur Vult höchstpersönlich hatte sich für ihn starkgemacht und den blutleeren Faulpelz zum Direktor befördern lassen. Gavius schwafelte von den kommenden Prüfungen, aber sie wussten auch so, was kommen würde: Der Novelev dauerte noch vier Wochen, und in jeder davon erwartete sie eine Reihe Prüfungen. In der ersten kamen die wissenschaftlichen Fächer dran: Geschichte, Theologie, Infinitesimalrechnung und natürlich Rondelmarisch, um zu sehen, ob sie lesen und schreiben konnten. *Infinitesimalrechnung wird das Schlimmste*, dachte Alaron, auch wenn die Abschlussarbeit eigentlich viel entscheidender war. Am nächsten Freyadag mussten sie sie präsentieren. Musterungsoffiziere würden da sein und auch Gelehrte. Die Abschlussarbeit war *die* Gelegenheit, etwas Wertvolles zum Wissensschatz der Magiegemeinschaft beizutragen. Viele sahen darin den wichtigsten Teil der Prüfungen.

Die zweite Woche war ganz dem Kampf gewidmet. Sie würden ihre Fähigkeiten mit Projektilwaffen und ihr reiterliches Können unter Beweis stellen müssen. Außerdem mussten sie gegen aus den Reihen der Wachsoldaten ausgewählte Gegner antreten, ohne sich der Gnosis zu bedienen. Auch wenn dabei nur stumpfe Waffen zum Einsatz kamen, diese Männer waren gut in dem, was sie taten. Die Woche würde anstrengend, anspruchsvoll und gefährlich werden.

In Woche drei und vier war schließlich die Gnosis dran: grundlegende Energiemanipulation und Theorie, hermetische und theurgische Gnosis, dann in der letzten Woche Thaumaturgie und Zauberei. All ihre Lehrer würden mitmischen, und es erwartete sie ein großes Publikum: Anwerber der Kirkegar, der Volsai, der Legionen, der anderen Arkana und der Stadtwache. Auch andere, die Verwendung für einen Magus hatten, sahen zu: Kaufleute auf der Suche nach Leibwächtern und Beamte von anderen Schulen, die neue Lehrer brauchten. Es war ein großes Schaulaufen, der Tag, an dem anhand ihrer Leistung über ihre Zukunft entschieden wurde.

Allerdings nicht im Fall von Malevorn, Francis und Seth – ihre Zukunft war von Geburt an gesichert. Grons und Borons Stammbaum sprachen ebenfalls für sich. Ramon, einen Fremden, würden sie nur bestehen lassen, wenn er sich freiwillig für die Legion meldete. Nach seiner Dienstzeit konnte er als gemachter Mann in sein Heimatdorf zurückkehren. Er wäre der einzige Magus in seinem Heimatdorf, vielleicht sogar in der ganzen Region, denn es gab nicht viele in Rimoni.

Für Alaron, einen weiteren Magus aus der Stadt, der weder einer angesehenen Familie entstammte noch besonders reines Blut hatte, würde es schwerer werden. Viertelblute gab es wie Sand am Meer, viele von ihnen waren unehelich. Die meisten fanden sich als Schlachtmagus an vorderster Front wieder – ein willkommenes Ziel für Armbrust- und Bogenschützen und nicht einmal von den eigenen Soldaten sonderlich geschätzt. Die meisten machten es nicht lange. Vann Merser wollte, dass sein Sohn einen weiten Bogen um die Legion machte. All die Jahre hatte er versucht, ihn für den Handel zu begeistern, aber Alaron hatte Träume, und in diesen Träumen ging es um große Taten, Heldentaten in der Schlacht, um Ruhm und Anerkennung. Um die Anerkennung der anderen Magi, vor allem der Reinen, und eines ganz bestimmten rimonischen Mädchens.

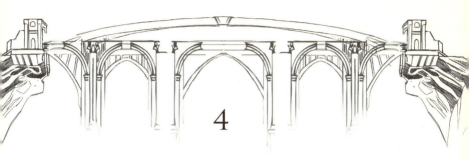

4

Was kostet die Hand deiner Tochter?

Die Abstammung der Magi

Die Gesegneten Dreihundert, die ersten Magi, machten sich daran, ihre neu gewonnenen Kräfte zu erproben und das Rimonische Reich zu stürzen. Als sie sich fortpflanzten, stellten sie fest, dass die Gnosis vererbbar war: Magi zeugten Magi, und die Zauberkraft der Kinder hing von der Menge an Magusblut ab. Neue Dynastien wurden gegründet, je reiner, desto besser. Doch stellten sie ebenso fest: je reiner das Blut, desto geringer die Fortpflanzungskraft der Nachkommen. Um also die Zahl an Magi zu zeugen, nach denen das Reich verlangte, waren sie angehalten, auch mit gewöhnlichen Menschen Kinder zu haben. Fortan herrschten die wenigen Familien reinen Blutes über die anderen, welche sie als »von geringerem Blut« verachteten und auf deren Dienste als Schlachtmagi in den Legionen sie doch angewiesen waren.

ORDO COSTRUO, PONTUS

Aruna-Nagar-Markt in Baranasi, Nordlakh, Antiopia
Rami 1381 (nach yurischer Zeitrechnung: Septnon 927)
10 Monate bis zur Mondflut

Selbst wenn Ispal Ankesharan blind und taub gewesen wäre, hätte er allein am Geruch erkannt, wo er war: auf dem Markt von Aruna Nagar. Jeder Duft war ihm vertraut, die Gewürze, der Kaffee, der Tee, der Gestank von Schweiß und Urin. Es war der größte Markt in ganz Baranasi, dem Juwel von Lakh. Es war ein Pilgerort, gelegen an einer Biegung des Flusses, den einst der Elefant Gann mit Wasser aus seinem heiligen Rüssel gefüllt hatte. Bis zum heutigen Tag floss er langsam und majestätisch durch die roten Ebenen, hin zum Saum des unüberwindlichen Ozeans. Dies war der Ort, an dem Ispal alles kaufte und verkaufte, von dem er glaubte, er könne einen Gewinn damit erzielen. Dies war die Arena, in der er mit Kunden und Lieferanten Wortgefechte austrug, sich Freunde oder Feinde machte, lebte und liebte. Es war seine Heimat, in der er lachte und weinte und den Tausend Göttern der Omali für sein erfülltes Leben dankte.

Denn Ispal Ankesharan hatte alles: Er lebte in einer wundervollen Gemeinschaft, konnte sich der Liebe seiner Götter sicher sein, hatte eine pflichtbewusste Frau und viele Kinder, die seinen Namen weitertragen und für ihn beten würden, wenn er selbst nicht mehr war. Sein Haus stand nicht weit vom heiligen Fluss Imuna. Er war arm genug, um sich nicht den Argwohn der Mächtigen zuzuziehen, aber immer noch reich genug, dass andere ihn und seine Familie beneideten. Er führte ein glückliches Leben, auch wenn er Krieg und Tod aus nächster Nähe gesehen hatte.

Er öffnete die Augen und spähte hinaus in die dunstige Herbstluft. Das gleißende Sonnenlicht vertrieb die morgendliche Kühle zusehends. Er hatte seinen Blutsbruder Raz Makani und dessen Familie mit zum Fluss genommen, und das, obwohl Raz ein Amteh war. Mit seinen beiden Kindern hatte Raz zugesehen, wie Ispal und die Seinen zu Vishnarayan und Sivraman gebetet hatten und natürlich zu Gann, denn Gann war der Gott des Glücks. Er war eher unscheinbar im Vergleich zu den mächtigeren Göttern, aber nichtsdestoweniger war es wesentlich besser, mit seiner Gunst zu leben als ohne sie.

Danach brachte seine Frau Tanuva die Kinder nach Hause, während er mit Raz bei einer Pfeife zusammensaß und sie ein wenig über die alten Tage plauderten. Für alle, die ihn nicht kannten, war Raz die Ausgeburt eines Albtraums, auch nach zweiundzwanzig Jahren immer noch schrecklich entstellt durch seine Brandnarben. Raz war ein Mann, der sich oft in bitteres Schweigen hüllte. Er und Ispal hatten sich im Jahr 904 kennengelernt. Ispal war nach Norden gereist, weil er gehört hatte, dass auf dem Markt in Hebusal mit den hellhäutigen Ferang viel Geld zu verdienen sei. Es war das erste Mal, dass er Baranasi verließ, ganz zu schweigen von Lakh. Und was für eine beeindruckende Reise das gewesen war: durch Wüsten, Gebirge und Flüsse, eine unbeschreibliche Erfahrung! Und was für ein schrecklicher Albtraum, denn diesmal hatten die Ferang nicht Händler, sondern Soldaten geschickt. Ispal hatte all seine Waren verloren und beinahe auch sein Leben. Er, ein Mann des Friedens.

Doch er hatte überlebt und dem grimmigen Keshi-Krieger Raz Makani das Leben gerettet. Raz war so entsetzlich verbrannt gewesen, dass kaum Hoffnung für ihn zu bestehen schien. Nachdem der Krieg zu Ende war, hatte er ihn und seine

Frau mit nach Süden genommen, und jetzt waren sie Brüder – Männer, die gemeinsam dem Tod ins Auge geblickt und überlebt hatten. Raz' Frau blieb bei ihm, obwohl er so entsetzlich zugerichtet war, und gebar ihm zwei Kinder, bevor sie starb. Die beiden Männer hatten viel miteinander erlebt, und Raz hatte seinen Sohn Ispals Tochter versprochen. Ein Zeichen ihrer Verbundenheit, das die Götter erfreuen würde.

Wie üblich ließ Ispal seinen Freund schließlich allein zurück, an seiner schattigen Lieblingsstelle, von der aus er den Fluss beobachten konnte. Er ließ ihm ein Säckchen Tabak da, gut mit Ganja gemischt, und ein Fläschchen Arrak. Es würden auch noch andere Freunde nach Raz sehen und Zeit mit ihm verbringen. Er mochte furchterregend aussehen, aber er gehörte zu ihnen, war Teil ihrer Gemeinschaft.

Ispal schlenderte über den Marktplatz und begutachtete die neue Ware. Gerade kam eine Karawane mit Teppichen aus Lokistan. Die Träger luden sie unter dem wachsamen Blick von Ramesh Sankar ab.

Als Ramesh ihn sah, rief er: »Ispal, alter Halsabschneider, Interesse an einem Teppich?«

»Nicht heute, Ram. Vielleicht morgen. Gute Qualität, wie? Und keine unliebsamen Überraschungen diesmal?« Dann lachten sie beide, denn bei der letzten Lieferung hatte sich eine schlafende Kobra in einer Teppichrolle versteckt. Ein Schlangenbeschwörer hatte das völlig verängstigte Tier beruhigen können und es behalten – so hatten schließlich alle von der Sache profitiert.

Gemeinsam beobachteten sie, wie weitere Lieferungen abgeladen wurden. Keiner der beiden hatte einen Stand hier auf dem Markt. Sie verkauften nur in großen Mengen direkt von ihren Lagerhäusern aus, aber der Markt war der Ort, an dem jedes Geschäft eingefädelt wurde. Immer mehr Händler kamen hinzu, Männer, die einander kannten wie Brüder, und alle inspizierten sie alles, was geliefert wurde, boten auf alles, was ihnen interessant erschien. Gewürz- und Teeblätter aus dem Süden verbreiteten ihren erdigen Duft, Frauen mit von der Sonne geschwärzter Haut leerten ganze Säcke voll Chilischoten, Kardamomsamen und Zimtstangen auf die bereitgelegten Decken, über Kohlefeuern wurden Erdnüsse geröstet. Man ging nicht einfach über diesen Markt, man schlenderte von Stand zu Stand, während immer noch mehr Leute hinzuströmten. Dies war die Wiege des Lebens, und ihr Lärm hing in der Luft, dicker als der Rauch der Feuerstellen. Musik erschallte, Affen führten ihre Kunststückchen vor, und Fremde glotzten – leichte Opfer für die Skrupellosen, und von denen gab es viele.

Der Markt war heute besonders voll, denn morgen war der letzte Tag des heiligen Monats der Amteh. Die Amteh machten etwa ein Viertel der Bevölkerung Baranasis aus, und heute erwiesen sie Ahm zum letzten Mal ihre Ehrerbietung, indem sie weder aßen noch tranken, solange die Sonne am Himmel stand. Morgen Nacht jedoch würde der Wahnsinn losbrechen: Ganze Fässer würden leer getrunken und Wagenladungen voll Essen verschlungen. Die Leute würden singen und tanzen bis in die Morgenstunden und Eijeed feiern, das Erntedankfest. Und wie jedes Jahr würden sich die Händler an dem Fest eine goldene Nase verdienen.

»Ispal! Ispal Ankesharan!«

Ispal blickte sich um und sah, wie Vikash Nooradin winkend auf ihn zukam. Vikash war hager, er hatte gewelltes Haar und erstaunlich helle Haut für einen Lakh. Er war eher Konkurrent als Freund. Ispal klopfte Ramesh zum Abschied herzlich auf die Schulter und begrüßte Vikash verhalten. »Vikash, was kann ich für dich tun?«

Vikash warf Ramesh einen kurzen Blick zu, dann zog er Ispal an sich heran. Sein schmales Gesicht war so aufgeregt, wie Ispal es noch nie bei ihm gesehen hatte. »Mein Freund, ich habe etwas zu berichten, das dich interessieren könnte. Es geht um ein Geschäft. Ein sehr exklusives Geschäft.«

Ispal zog überrascht die Augenbrauen hoch. Normalerweise war Vikash Nooradin niemand, der ihm derartige Informationen zukommen lassen würde. »Was für eine Art von Geschäft?«, fragte er.

Vikash sah ihn unverwandt an. »Das Geschäft unseres Lebens, Ispal, und nur wir beide können es abwickeln.« Vikash presste einen Finger auf die Lippen. Er sprach erst weiter, als sie ein ganzes Stück vom Markt entfernt waren und irgendwo im Gassengewirr in einem schattigen Durchgang standen, wo sie garantiert niemand hören konnte. Verschwörerisch trat er ganz nah an Ispal heran. »Mein Freund, es ist ein Fremder in der Stadt. Er sucht nach etwas, das nur du hast.«

Ispal neigte verwirrt den Kopf. »Was könnte ich haben, das niemand sonst hat?«

»Eine Frau, die nur Zwillinge und Drillinge zur Welt bringt und deren Mutter und Großmutter ebenfalls nur Zwillinge und Drillinge zur Welt gebracht haben.« Vikash kam noch näher heran. »Dieser Fremde sucht nach einer solchen Frau. Er ist *sehr* reich, und er hat es überaus eilig. Ich habe mit seinem Agenten gesprochen. Was er braucht, ist wirklich äußerst speziell.«

»Soll das ein Witz sein?« Ispal war nicht sicher, ob er lachen sollte. »Meine Frau ist meine Frau. Ich will mich nicht von ihr trennen, nicht einmal, wenn das Omali-Gesetz es erlauben würde, was es nicht tut.«

Vikash schüttelte den Kopf. Er schwitzte, was vollkommen untypisch für ihn war. Ispal hatte ihn nie anders als leicht überheblich und gelassen gesehen. »Nein, es geht um deine *Tochter*, Ispal. Dieser Fremde, dieser *reiche* Fremde, könnte sich für deine Tochter Ramita interessieren. Sein Agent betonte, wie wichtig die Angelegenheit sei, und wie wichtig es außerdem sei, dass sie geheim bleibt. Er hat eine unfassbare Menge Geld in Aussicht gestellt. Unfassbar viel, Ispal!« Er wischte sich über die Stirn.

»Aber Ramita ist bereits dem Sohn meines Blutsbruders versprochen. Wenn dieser Fremde vielleicht ein oder zwei Jahre wartet, wird eine meiner jüngeren Töchter im richtigen Alter sein und...«

»Nein, Ispal, sie muss jetzt im heiratsfähigen Alter sein, sonst wird nichts aus dem Geschäft. Er möchte, dass die Hochzeit noch diesen Monat stattfindet. Er kann es sich nicht leisten, noch länger zu warten.«

Ispal schüttelte den Kopf. »Vikash, das ist verrückt. Die Ehe ist etwas Heiliges, sie ist ein Bund, den man vor den Göttern schließt. Wir geben unsere Töchter nicht an Fremde.« Er wandte sich zum Gehen. »Danke für dein Vertrauen, Vikash, aber ich muss ablehnen.«

Vikash fasste ihn am Arm. »Warte, Ispal. Dieser Mann ist wirklich *sehr, sehr reich*. Bitte, sprich wenigstens mit ihm...«

»Nein, Vikash. Also wirklich, jetzt wird's langsam lächerlich.«

»*Bitte*, Ispal. Sein Agent zahlt eintausend Rupal, wenn ich dich ihm nur *vorstelle*. Wenn das Geschäft zustande kommt, noch viel mehr. Stell dir vor, wie viel Geld du verdienen könntest...«

Wie vom Donner gerührt blieb Ispal stehen. *Eintausend Rupal nur für ein Gespräch? Bei Laksimi, wie viel zahlt ein so* reicher und verschwenderischer Mann dann erst bei Zustandekommen des Geschäfts? Er zögerte. Fantasiebilder von Marmorpalästen, einer ganzen Heerschar von Dienern, Soldaten unter seinem eigenen Kommando und Karawanen von Wagenlieferungen stiegen vor seinem inneren Auge auf. *Bei allen Göttern, wenn ich mir ein mehrstöckiges Lagerhaus leisten könnte, bis oben hin voll mit den erlesensten Waren, sodass selbst der Maharadscha bei mir einkauft…*

Vikash schaute ihn durchdringend an. »Es kann doch nicht schaden, wenigstens mit dem Mann zu sprechen, oder, mein Freund?«

Ihre Blicke begegneten sich. Ispal atmete einmal tief durch. Ihm war schwindlig. Schließlich nickte er.

Vikash Nooradin führte Ispal in den halb verfallenen Innenhof eines alten Hawli. Das hölzerne Eingangstor hing schief in den Angeln, in einem stillgelegten Brunnen wucherten die Algen, und überall standen Schalen mit brennendem Räucherwerk, um den Fäulnisgestank zu überdecken, der über allem lag. Im Schatten einer Palme nahmen sie auf einer dunklen Veranda auf klapprigen Stühlen Platz, ein Diener brachte kalten Tee. Vikash nahm einen Schluck, dann erhob er das Wort. »Ispal, mein Freund, dies ist die Gelegenheit, auf die wir unser ganzes Leben gewartet haben. Drinnen wartet ein Mann namens Lowen Graav. Er kommt aus Rondelmar. Du kennst die Rondelmarer, Ispal, du hast gegen ihre Soldaten gekämpft, nicht wahr? Nun, dieser Graav ist der Agent eines reichen Ferang, und dieser Ferang sucht eine Frau – eine fruchtbare Frau, die ihm unter Garantie Zwillinge oder mehr gebiert. So wie deine Tochter.« Er lachte. »Alle sprechen von dir und deinen Kindern, Ispal. Du bist eine Berühmtheit in Baranasi: Der arme

Ispal, was für ein Unglück, bei jeder Geburt bekommt er gleich eine ganze Armee, heißt es über dich.«

Tatsächlich? Ich hielt es immer für einen Segen.

»Der reiche Ferang ist eigens von Norden angereist.« Vikash fuhr sich durchs Haar, dann senkte er die Stimme. »Aus Hebusal«, flüsterte er.

Ispal war wie vom Donner gerührt: Hebusal, der Geburtsort des Propheten der Amteh, der Ort, an dem er all seine Ware und beinahe auch sein Leben verloren hatte. Wo er Raz Makani vor dem sicheren Tod gerettet hatte. *Vishnarayan, steh mir bei.*

Vikash musste ihm seinen inneren Aufruhr angesehen haben und redete beschwörend auf ihn ein. »Ispal, dieser Mann hat ein ganzes Vermögen für die Hand einer Frau wie deiner Tochter geboten. Ein *Vermögen*, denk dir nur. Ist das nicht, wovon wir alle träumen? Ein einmaliges, großes Geschäft, das unser Leben für immer verän…«

»Aber meine Tochter…«

»Eine Tochter ist eine Ware wie jede andere auch, Ispal«, unterbrach ihn Vikash schroff. »Ich weiß, wir alle reden gern von Liebesheirat und ewigem Glück, aber die Wahrheit ist: Töchter müssen den heiraten, der der Familie am meisten einbringt.«

»Das stimmt, aber sie ist bereits versprochen.« Ispal verstummte, wie betäubt von der Aussicht auf Einfluss, darauf, etwas zu sagen zu haben unter den Mächtigen der Stadt, auch wenn er wusste, dass man in diesem Land oft besser beraten war, sich still und unbemerkt im Hintergrund zu halten. »Aber zumindest sprechen kann ich ja mit ihm«, sagte er schließlich und hasste sich noch im selben Augenblick dafür.

Vikash ging nach drinnen und kam mit einem weißhäutigen

Mann mittleren Alters zurück. Unverkennbar ein Rondelmarer. Das Kinn war glatt rasiert, aber auf der Oberlippe trug er einen buschigen Schnauzbart und am Körper das traditionelle Gewand der Keshi. Er war schweißdurchtränkt, obwohl es auf der Veranda vergleichsweise kühl war. Aus seiner Heimat war er eindeutig ein kälteres Klima gewohnt.

»Meister Graav ist Handelsagent. Ursprünglich kommt er aus Verelon, aber jetzt hat er sein Kontor in Hebusal«, erklärte Vikash, wobei er einige Mühe hatte, die fremdländischen Namen auszusprechen.

Graav beherrschte die lakhische Sprache, wenn auch etwas ungelenk und mit yurischem Akzent, aber er war gut zu verstehen. Er erkundigte sich nach Ispals Familie. Ispal versicherte ihm, dass aus jeder Schwangerschaft seiner Frau oder ihrer Vorfahren, an die auch nur irgendjemand sich erinnern konnte, mindestens Zwillinge hervorgegangen waren.

Graav nickte nachdenklich. »Dann muss Eure Sippe groß sein«, merkte er an. »Viele Mädchen aus derselben Blutlinie.«

Ispal legte die Stirn in Falten. »So viele sind es nicht. Diese Besonderheit scheint nicht an die männlichen Nachkommen weitergegeben zu werden. Meine Schwäger bekommen nicht so viele Kinder. Außerdem sind so viele Mehrlingsgeburten sehr hart für eine Frau. Meine Frau hatte sechs Schwestern, drei sind mittlerweile tot. Eine lebt in einem Dorf nicht weit von hier, aber sie hat spät geheiratet, ihre Kinder sind noch sehr klein. Ihre Töchter kommen frühestens in sechs oder sieben Jahren ins heiratsfähige Alter. Die andere Schwester brachte nur Söhne zur Welt, dann hatte sie eine Fehlgeburt, und jetzt ist sie unfruchtbar.«

»Wie steht es mit Eurer eigenen Familie?«

Ispal fragte sich, ob es klug war, einem Fremden von diesen

Dingen zu erzählen, aber Vikash lächelte ihm aufmunternd zu. »Ich heiratete meine Frau Tanuva, als sie fünfzehn wurde, nach der Rückkehr von meiner ersten Reise nach Hebusal, während des ersten Kriegszugs, wie ihr Ferang ihn nennt. Unsere ersten Kinder waren mein ältester Sohn Jai und tot geborene Zwillinge. Es war das einzige Mal, dass uns ein solches Unglück widerfuhr. Im folgenden Jahr hatten wir zwei Töchter, Jaya und Ramita. Zwei Jahre später bekamen wir Zwillinge, zwei Jungen, dann wurde ich eingezogen und musste erneut nach Norden marschieren. Das war während des sogenannten zweiten Kriegszugs. Was für ein Fiasko! Der Mogul und der Sultan konnten sich nicht einigen, wir waren vollkommen auf uns allein gestellt. Wir hatten Hebusal noch nicht erreicht, da hatten wir schon nichts mehr zu essen und kein Wasser mehr. Nur aufgrund meiner Erfahrung und des Ranges, den sie mir gegeben hatten, konnte ich meine Kompanie retten. Als wir zurückkamen, hielten die Leute uns für Geister, so abgemagert und zerlumpt waren wir, so schwarz von der Sonne.« Er tätschelte seinen leicht gerundeten Bauch. »Es hat Jahre gedauert, bis ich wieder bei Kräften war.«

»Der zweite Kriegszug fand 916 statt«, sinnierte Lowen. »Das waren schlechte Jahre für die Händler. Und seitdem?«

Ispal trank seinen Tee aus. Als er sich nach der Kanne umsah, gab Vikash einem der Diener ein Zeichen, neuen zu bringen. »Nachdem ich zurück war, brach die Pest aus. Nach fast jedem Krieg ist das so. Unsere arme Jaya fiel ihr zum Opfer, die beiden Jungen ebenfalls, und wir waren nur noch zu viert. Zumindest für eine Zeit, denn Tanuva und ich bekamen noch mehr Kinder: zuerst zwei Jungen, dann drei Töchter. Eins der Drillingsmädchen starb zwei Jahre später an einem Fieber. Jai ist jetzt siebzehn Jahre alt, und Ramita wurde gerade sechzehn.

Die Zwillinge sind zehn, die beiden überlebenden Drillingsmädchen acht. Macht zusammen sechs Kinder. Genug, wie ich finde.« Er lachte. »Meine arme Tanuva sagt, sie hat auch so schon jeden Tag so viel Arbeit.«

Graav beugte sich vor. »Dann ist Ramita Eure einzige Tochter im heiratsfähigen Alter?«

Lowen Graav war ganz offensichtlich darauf bedacht, das Geschäft möglichst schnell abzuwickeln und nach Hebusal zurückzukehren. Gut. *Nur ein törichter Mann macht überhastete Geschäfte.* »Absolut, Lowen-Saheb«, erwiderte Ispal. »Sie ist jedoch einem anderen versprochen, dem Sohn meines Blutsbruders. Es ist schon lange abgemacht, und die beiden sind sehr glücklich miteinander. Sie lieben sich sogar.« Er lächelte wohlwollend – Ispal, der gütige Vater, der für seine Tochter genau den Richtigen ausgesucht hatte.

Vikash Nooradin legte die Stirn in Falten, als erwarte er von Ispal, das Geschäft hier und jetzt unter Dach und Fach zu bringen, statt noch lange herumzufeilschen.

Ispal ignorierte ihn. »Wer ist Euer Klient, mein werter Herr?«, fragte er. »Wie lautet sein ehrenwerter Name?«

Lowen schüttelte den Kopf. »Mein Klient ist ein älterer Herr von großem Reichtum, ein Yurer. Vor Kurzem verstarb sein einziger Sohn und Erbe. Er braucht Kinder. Hautfarbe oder Religion sind ihm egal, aber er verlangt, dass sie fruchtbar ist. Sehr fruchtbar.« Er grinste unvermittelt. »Er gestattete mir weiterzuleiten, dass bei einem Mann in seinem Alter jeder Pfeil ein Treffer sein muss. Das waren seine Worte. Meister Ankesharan, es klingt, als wäre Eure Tochter die Beste, die ich nur finden kann. Ich bin weit gereist und niemandem mit einer vergleichbaren Erblinie begegnet.«

Gut, noch ein Verhandlungsvorteil für mich. Ispal beugte

sich nach vorn und tat, als spreche er nur aus rein theoretischem Interesse. »Nehmen wir nur für den Moment einmal an, ich wäre bereit, meiner Tochter das Herz zu brechen, und würde die Verlobung mit dem Mann, den sie liebt, auflösen. Nehmen wir an, rein theoretisch, ich würde tatsächlich darüber nachdenken, sie nach Norden zu schicken, wo ich sie nie wiedersehen würde, sie, den Sonnenschein meiner bescheidenen Existenz.« *Die Götter sind meine Zeugen, Ramita ist eine reine Freude, die pflichtbewussteste Tochter, die man sich nur vorstellen kann.* »Selbst wenn ich also bereit wäre, mir den Zorn meiner Frau zuzuziehen, indem ich ihre Träume zerstöre: wozu? Ist Euch nicht zu Ohren gekommen, dass die Große Zusammenkunft eine Fehde ausgerufen hat? Tod den Ferang und Tod den Soldaten des Kriegszugs! So lauteten die Worte des Moguls. Überall heben die Amteh und sogar die Omali Truppen aus. Aus meinem Blutsbruder haben die verfluchten Magi einen brandnarbigen Krüppel gemacht. Warum also sollte ich den Wunsch haben, mit Euch Geschäfte zu machen? Was sollte mich davon abhalten, noch in diesem Moment hinaus auf die Straße zu gehen und fünfzig tüchtige Männer zusammenzurufen, die lieber heute als morgen damit anfangen wollen, es den Ferang heimzuzahlen? Könnt Ihr mir diese Frage beantworten?«

Graav zupfte nervös an seinem Schnauzbart herum. »All das ist wohl wahr«, stimmte er zu, »aber mein Klient wünscht, dass Ihr folgendes Angebot überdenkt: Als Gegenleistung für eine anonyme Heirat erhaltet Ihr ein Crore im Voraus, ein Lak für jedes Jahr Ehe und ein weiteres für jedes Kind, das Eure Tochter zur Welt bringt. Das Geld wird selbst nach Eurem Tod weiter an Eure Hinterbliebenen ausgezahlt.«

Ispal Ankesharan zuckte so heftig zusammen, dass der

alte Stuhl unter seinem Gewicht zusammenbrach. Bilder von Rupal, die sich wie ein Sternenschauer auf ihn ergossen, tanzten vor seinem inneren Auge. Er merkte kaum, wie er mit dem Hintern auf dem dreckigen Fußboden aufschlug. Ein Crore: zehn Millionen Rupal! Ein Lak: hunderttausend! Jedes Jahr! *Jedes einzelne Jahr, und das für immer*, wiederholte er wie einen Refrain.

Ein schöner Verhandlungsführer bist du, Ispal Ankesharan! Er ließ sich von Vikash aufhelfen, während Lowen Graav dahockte wie eine fette weiße Kröte, die sich das Lachen verkneifen muss. Schnaufend hievte Ispal sich in einen anderen Stuhl. *Ein Crore und ein Lak für jedes Jahr, das meine Tochter lebt.* Ein Lak war mehr Geld, als er je geträumt hatte, in seinem ganzen Leben zu verdienen. Ein Crore ging weit darüber hinaus. Eine so unfassbare Menge Geld würde reichen für Diamanten und Perlen und Gold zuhauf. Für Seide aus Indrabad und einen Palast direkt am Fluss, für feinste Kleidung, Dienerschaft und eine eigene kleine Armee: genug, um jeden Prinzen von Baranasi zu übertreffen. *Das ist irre viel Geld. Der Ferang ist irre!*

Er staubte seine Kurta ab und versuchte verzweifelt, einen klaren Kopf zu bewahren. *Das muss entweder der verrückteste Scherz sein, von dem ich je gehört habe… oder es ist echt.*

»Darf ich folgern, dass Ihr zumindest ansatzweise interessiert seid?«, hakte Lowen mit amüsiertem Unterton nach.

Ispal Ankesharan atmete tief durch. Einmal, dann noch einmal, dann schloss er die Augen. *Denk nach, Ispal, denk nach! Ist dieses Angebot echt? Würdest du es annehmen, wenn es echt wäre? Geld ist das eine, aber die Leute werden Fragen stellen. Alles müsste absolut diskret ablaufen. Es müsste so aussehen, als hätte ich Glück gehabt, einen riesigen Auftrag bekommen, ein Geschäft mit einem sehr, sehr wohlhabenden Händler aus dem Norden abgeschlossen vielleicht. Irgendeine glaubwürdige Geschichte. Das Auskommen meiner Familie wäre für alle Zeiten gesichert. Ich könnte Jai mit einer Prinzessin verheiraten!*

Ispal wusste, es würde Tränen geben wegen des Opfers, das Ramita für diese Sache bringen müsste. Aber das war das Los einer pflichtbewussten Tochter: zu tun, was zum Vorteil der Familie war, das Feuer zu sein, in dem das Glück der Familie geschmiedet wurde. Er würde es Raz sehr vorsichtig beibringen müssen und erst recht seinem temperamentvollen Sohn Kazim. Kazim liebte Ramita leidenschaftlich. Und Tanuva würde ein Meer von Tränen weinen, das selbst Ganns heiligem Rüssel Konkurrenz machte. Sie würde einen zweiten Fluss weinen.

Aber wäre es nicht letztendlich das Beste für alle? Würden sie nicht alle, wenn sie eines Tages zurückblickten, zu diesem Schluss kommen? Mit so viel Geld könnten sie Ramita ohne Probleme jedes Jahr besuchen. Sie würden sie nicht auf immer und ewig verlieren. Graavs Klient war ein alter Mann. Sicher würde er nicht mehr lange leben. Nur lange genug, damit Ramita ihm ein paar Kinder gebären könnte. Das wäre schon genug. Zitternd fuhr Ispal sich mit der Zunge über die Lippen.

Mit einem Lächeln streckte Graav ihm die Hand hin.

Ispal betrachtete sie kurz, dann schlug er ein. »Aber ich werde mit Eurem Klienten sprechen müssen, bevor ich zusage. Ich brauche seine Versicherung, dass es meiner Tochter an nichts fehlen wird. Ich brauche glaubwürdige Garantien für seine Zahlungsfähigkeit und dafür, dass er verlässlich ist. Ich muss seinen Namen wissen.«

»Selbstverständlich.« Graav blickte zur klapprigen Verandatür hinüber, die in diesem Moment aufschwang. Eine groß gewachsene Gestalt trat aus dem Hawli. In einem Rubin auf seiner Stirn spiegelte sich das Sonnenlicht. Ispal hielt den Atem an. *Das kann doch nicht...*

Der Neuankömmling war dürr wie ein Getreidesetzling, aber groß. Fast vier Ellen. *Diese Ferang, sie sind alle Riesen.* Er war sehr blass, sein Bart von einem schmutzigen Aschgrau und das dünne Haar zerzaust, aber sein Gewand war vom Feinsten: tiefblauer, mit Gold durchwobener Seidenbrokat. Das Auffälligste jedoch war der Rubin auf seiner Stirn. So groß wie ein Daumennagel, an Ort und Stelle gehalten von einem filigranen Goldreif – einem Schmuckstück von unschätzbarem Wert, das pulsierte wie ein schlagendes Herz. Ein Amulett also, was bedeutete, dass der Mann ein Magus war.

Ispal verneigte sich tief, sehr tief. Er bekam es mit der Angst zu tun.

Die Stimme des alten Mannes war heiser und brüchig, und doch ließ ihr Klang keinen Zweifel an seiner absoluten Autorität. Er war vom Alter gezeichnet, wirkte aber, als ob man ihn besser nicht unterschätzte. Die dunkel umrandeten Augen sahen aus, als blickten sie einen aus längst vergangenen Zeiten an, wie die Augen eines Gottes vielleicht, der auch noch den letzten seiner Anbeter überlebt hatte. »Ispal Ankesharan«, flüsterte er. »Ich bin der Mann, der Eure Tochter zu heiraten wünscht. Mein Name ist Antonin Meiros.«

Ispals Zunge verweigerte ihm den Gehorsam. Er konnte sich nicht bewegen vor Angst, nicht einmal sprechen, wie vor all den Jahren in Hebusal. Sein Herz schlug so heftig, dass er glaubte, sein Brustkorb würde bersten. Er glaubte, er würde jeden Moment vor Furcht sterben. *Ich, ich sollte auf die Knie fallen. Oder meinen Dolch ziehen und ihn ihm ins Herz stoßen...*

Der alte Mann streckte die Hand aus und berührte seinen Ärmel. »Fürchtet mich nicht«, sagte er sanft. »Ich will Euch nichts Böses. Mein Angebot ist aufrichtig. Bitte, setzt Euch zu mir.«

Ispal setzte sich wieder. Als Meiros sich zu ihm gesellte, zogen Lowen und Vikash sich diskret ein Stück zurück. Meiros sprach fließend Lakhisch, was keine Überraschung war, wenn man bedachte, wie lange er schon hier lebte. Bestimmt hatte er alles mit angehört. *Er ist ein Magus, natürlich hat er uns gehört.*

»Aber wie ... weshalb ...«

Meiros verstand. »Mein Sohn wurde getötet, das Licht meines Lebens, und ich bin ein alter Mann. Ein sehr, sehr alter Mann. Wir Magi bekommen nur selten Kinder, vielleicht als Strafe, weil wir Gottes Macht hier auf Urte an uns gerissen haben ... Aber ich habe so viel weiterzugeben, bevor ich sterbe. Dinge, die ein Vater nur dem eigenen Kind anvertrauen kann, in dessen Adern dasselbe Blut fließt. Deshalb brauche ich eine Frau, eine fruchtbare Frau. Es ist nicht wichtig, ob sie eine Lakh ist, aus Rondelmar oder Rimoni oder das Kind eines Plünderers, solange sie nur fruchtbar ist.«

Ispals Kopf drehte sich. *Das kann alles unmöglich wirklich sein.* Er kniff sich in den Arm, aber er wachte nicht auf. »Meine Frau und ihre Vorfahren haben stets Mehrlinge zur Welt gebracht, edler Herr«, sagte er mit belegter Stimme.

Meiros nickte ernst. »Ich brauche Aufzeichnungen. Beweise, Belege, falls es sie gibt.«

Vikash hob wie ein Schüler im Klassenzimmer den Finger. »Dazu kann ich vielleicht etwas beitragen. Es gibt solche Aufzeichnungen in den Archiven des Prinzen, ich kann sie Euch zeigen. Doch ich beschwöre auch so, dass Ispal die Wahrheit spricht.«

Wieder nickte Meiros. »Ich spüre die Aufrichtigkeit in seinen Worten«, sagte er, und sein Amulett funkelte. Ispals Mund wurde trocken. Der alte Mann beugte sich vertraulich zu ihm herüber. »Beschreibt sie mir, Ispal Ankesharan, aber nicht wie ein Vater seine Tochter beschreibt. Schönheit und Anmut interessieren mich nicht. Ich muss ihren Charakter kennen. Beschreibt sie mir, als sei sie ein Händler, mit dem Ihr überlegt, ein Geschäft abzuschließen.«

Ispal blinzelte. *Frauen machen keine Geschäfte.* Doch er wagte es nicht, das gegenüber dem Ferang auszusprechen, dessen Gebräuche nicht die seinen waren. Also dachte er an seine Tochter und wählte seine Worte sorgsam. »Sie ist ein gutes Mädchen, Herr, aufrichtig und ehrlich, aber nicht dumm. Sie weiß, wie man verhandelt, und sie weiß, wann sie Nein sagen muss. Sie kichert und tratscht nicht wie die meisten anderen Mädchen in ihrem Alter. Sie ist vernünftig, und man kann ihr in Bezug auf Geld oder Kinder bedenkenlos vertrauen. Ich schätze mich glücklich, ein solches Mädchen zur Tochter zu haben.«

»Es ist genau, wie Ispal sagt, Herr«, warf Vikash begeistert ein. »Sie gilt als gute Partie für jeden jungen Mann in Baranasi. Und auch wenn Ihr sagt, es sei Euch egal: Sie hat ein hübsches Gesicht, Herr.«

Ispal lächelte dankbar. »Aber ich verstehe immer noch nicht, Herr«, sagte er, während er all seinen Mut zusammennahm. »Ihr lebt bereits seit Jahrhunderten. Müsstet Ihr nicht alle Zeit der Welt haben?«

Meiros seufzte. »Das wünschte ich, Meister Ankesharan.«

Ispal wartete darauf, dass Meiros weitersprach, aber der Magus schwieg. *Dann ist er also doch nicht unsterblich...*

»Meine Kinder werden Reichtum und Macht erben«, sagte Meiros schließlich. »Das *Blut* wird in ihren Adern fließen, Magusblut, das Blut eines direkten Nachkommen der Dreihundert. Ich bin ein Mann des Friedens, Ispal Ankesharan, ganz gleich, was Ihr gehört haben mögt. Wenn stimmt, was Ihr über Eure Tochter sagt, und Ihr mir gestattet, sie zu heiraten, werde ich sie gut behandeln. Und ich halte meine Versprechen.«

Hier sitze ich, Ispal Ankesharan, Sohn eines Ladenbesitzers, und trinke Tee mit dem meistgehassten Mann in ganz Urte. Antonin Meiros. Der Name allein erzeugt Furcht und Abscheu bei Jung und Alt. Er ist der Mann, der die beiden Kontinente, von den Göttern getrennt durch unbefahrbare See, mit der größten Brücke verbunden hat, die je erschaffen wurde, und dann hat er die Soldaten über sie hinwegmarschieren lassen. Ein Wunderwirker, ein fleischgewordener Mythos – und jetzt ist er hier und hält um die Hand meiner Tochter an! Es klang wie eine Geschichte aus den heiligen Büchern, eine Geschichte vom Dämonenfürsten, der einen rechtschaffenen Mann in Versuchung führt. Ispals Hände zitterten. *Halt still, mein Herz, birst mir nicht in der Brust!*

»Angenommen, die Aufzeichnungen bestätigen Eure Worte«, sagte Meiros. »Sind wir uns dann handelseinig? Darf ich Eure Tochter heiraten?«

Wankend ging Ispal nach Hause. Ihm war schwindlig, immer wieder musste er anhalten und sich setzen. Vikash war ganz aufgeregt, aufgeregter als selbst Ispal. *Und, wie viel Gold hast du dir verdient, Vikash?* Aber Ispal konnte die Frage nicht weiterverfolgen. Es gab so vieles, worüber er nachdenken musste: Wie konnte er es Raz sagen und sein Blutsbruder bleiben? Wie sollte er es Tanuva beibringen, ohne dass sie ihn aus dem Haus jagte? Was sollte er Jai erzählen, der seine Schwester so sehr liebte? Wie sollte er Kazim die Nachricht überbringen und es überleben?

Und erst Ramita.

Es war ein blasser, zitternder Ispal, der an diesem Nachmittag sein glückliches Heim betrat, um genau dieses Glück zu zerstören. Er hörte, wie seine Frau beim Kochen mit den Kindern Lieder sang. Jai und Ramita würden erst nach Einbruch der Dunkelheit vom Markt zurückkehren. Ispal hielt sich am Türrahmen fest und dankte Vikash mit gedämpfter Stimme. Dann scheuchte er ihn fort. Voll Tatkraft ging Vikash federnden Schrittes davon, nur Ispal war vollkommen erschöpft, als habe er noch einmal mit viel zu wenig Wasser und Proviant die Wüste durchquert, als seien noch einmal seine Männer um ihn herum gestorben wie die Fliegen. Doch es war diese Erinnerung, die ihm schließlich Kraft verlieh. *Es hatte alles einen Sinn, dass ich dem Tod in zwei Kriegszügen von der Schippe gesprungen bin. Es war alles für diesen einen heutigen Tag.*

Er atmete tief durch und rief nach seiner Frau.

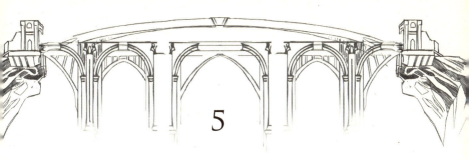

5

Die pflichtbewusste Tochter

Lakh

Südlich der großen Wüsten erstreckt sich ein weites Land, bewohnt von einem der größten Völker Urtes. Sie selbst nennen sich Lakh. Der Name kommt von ihrem Wort »Lak«, das für »einhunderttausend« steht, ursprünglich jedoch nichts anderes bedeutete als »viele«. Sie sind die vielen, und mannigfaltig sind sie in der Tat! Alles nur Erdenkliche kann man dort sehen: Schönheit und Schande, Liebe und Hass, Frömmigkeit und Tyrannei, Reichtum und Überfluss neben jämmerlichem Elend. Lebendig und laut berauscht dieses Land die Sinne und lässt einen nie wieder los.

Wesir Damukh von Mirobez, 634

ARUNA-NAGAR-MARKT IN BARANASI,
NORDLAKH, ANTIOPIA
RAMI 1381 (SEPTNON 927 IN YUROS)
10 MONATE BIS ZUR MONDFLUT

Ramita Ankesharan trug ein rotes Armband mit stacheligen Ochsennussschalen daran, ein Verlobungsbändchen von Kazim Makani. Sie röstete Nüsse für den Marktstand und sang leise vor sich hin. Die dunkle Haut und das fließende schwarze Haar schützten sie mit einem gelben durchscheinenden Dupattavor der erbarmungslosen Sonne. Das Tuch war dick genug, um ihr Gesicht zu verbergen, aber immer noch dünn genug, damit sie etwas sehen konnte. Ihr Kleid, ein Salwar, war ebenfalls gelb, nur ein wenig geschwärzt von der Asche des Feuers. An den Händen hatte sie Schwielen von den vielen Jahren körperlicher Arbeit, und ihre nackten Füße waren genauso hart wie das Steinpflaster des Marktplatzes. Doch ihr Gesicht war immer noch weich und hatte nichts von seiner Mädchenhaftigkeit verloren. Sie maß etwa drei Ellen, was für eine Lakh weder groß noch klein war. Das Lied, das sie sang, war ein Liebeslied. Sie dachte an Kazim.

Vorn am Stand verkaufte ihr Bruder Jai die Ware: Kräuter, Gewürze und geröstete Nüsse, eingelegte Pfefferblätter und Mohnkuchen, den ihre Mutter am Morgen gebacken hatte. Für die Durstigen hatten sie immer einen Eimer Zitronenwasser bereitstehen. Die Handelsgeschäfte ihres Vaters brachten nur unregelmäßig etwas ein, weshalb sie diesen Stand betrieben, um für den täglichen Bedarf immer etwas Bargeld zur Verfügung zu haben. Tausende von Menschen tummelten sich hier, Käufer, Verkäufer, Diebe, Arbeiter und Soldaten, sogar eine Traube Amteh-Frauen in ihren Bekira-Gewändern, und die beiden Geschwister hatten immer etwas zu tun. Jai plapperte in einer Tour und pries auch noch das letzte Samenkörnchen an: »Hallo, Saheb, wie wär's mit einem Blick? Ein Blick kostet nichts!« Überall wurde gescherzt oder gezankt. Ramita stritt sich schon seit Stunden mit einem Jungen vom Nachbarstand, der sich ständig über den Rauch ihres Feuer beschwerte. Einmal hatte er sogar versucht, es zu löschen.

Ständig kamen Leute vorbei, die sie kannte. Mädchen, viele davon mit Babys auf dem Arm, Jungen, angeblich auf der Suche nach Arbeit, die sich in Wirklichkeit aber nur die Zeit vertrieben. Und alle fragten, wann Ramita endlich heiraten würde. »Bald! Vater hat versprochen, er würde nach Eijeed mit den Vorbereitungen beginnen. Sehr bald!«, antwortete sie jedes Mal. So hatte Vater es ihr versprochen. Ramita war jetzt sechzehn und ungeduldig. Kazim war ein schöner und leidenschaftlicher junger Mann. Er füllte sie aus, war ihre Welt. Sie küssten sich heimlich, aber Ramita wollte mehr.

Sie schickte gerade ein Stoßgebet zum Himmel, die Zeit möge schneller vergehen, als sie aus dem Augenwinkel eine Bewegung sah. »He!«, rief sie. Ein Rhesusäffchen hatte sich herangeschlichen. »Wage es bloß nicht!« Ramita drohte mit der Faust, aber das freche Tier bleckte nur die Zähne, schnappte sich eine Handvoll Nüsse und verschwand. Wie ein Blitz huschte es durch die Menge und sprang schließlich einem der Tierbändiger auf die Schulter. »He, halte gefälligst deinen kleinen Dieb im Zaum!«, schrie sie den Mann an, der sich gerade die Nüsse in den Mund stopfte. »Gib sie sofort wieder her!«

Aber der Mann kaute nur grinsend weiter.

»He, Schwester, mehr Chilis!«, rief Jai über die Schulter, ohne sich umzublicken, während eine ganze Traube alter Weiblein gleichzeitig auf ihn einredete.

Ramita hob einen schweren Sack auf den Leiterwagen, der als ihr Verkaufsstand diente. *Bei den Göttern, ist das heiß heute!* Wenigstens hatte der Karren ein kleines Sonnendach. Die ärmeren Verkäufer, die ihre Ware nur auf Teppichen vor sich ausgebreitet hatten, litten zusehends unter der Hitze.

»Ramita!«, rief eine Stimme, und als sie aufblickte, machte ihr Herz einen Satz: Es war Kazim, der mit einem Kalikitischläger in der Hand vor ihr stand. Grinsend ließ er seine weißen Zähne unter dem kurzen Spitzbärtchen aufblitzen, das ihn so verwegen aussehen ließ.

Allein wenn sie ihn nur sah, wurden ihre Hände feucht, und ihr Bauch rumorte. »Kazim...« Seine Augen waren von einem dunklen Grauschwarz, funkelnd wie glühende Kohlen aus Ebenholz.

Er schwenkte den Schläger. »Ich bin gerade auf dem Weg zu diesem Lakh-Spiel, das ihr hier so sehr liebt. Kannst du deinen Bruder entbehren?«

Jai warf ihr einen flehenden Blick zu.

»Hmm...«

»Du bist doch fertig mit Kochen«, platzte es aus Jai heraus. »Jetzt musst du nur noch verkaufen, bis alles weg ist. Es ist schon fast Mittag, Huriya wird bald hier sein und dir helfen.« Huriya war Kazims Schwester, Ramitas beste Freundin. »*Bitte...*«

Kazim eilte ihm mit einem hoffnungsvollen Lächeln zu Hilfe, und die Sache war entschieden.

»Na gut, geht schon. Geht!« Sie fuchtelte mit den Händen, die Augen fest auf ihren Verlobten gerichtet. »Geht und vergnügt euch. Männer und ihre sinnlosen Vergnügungen.« Bei den letzten Worten lachte sie.

Kazim streckte den Arm aus und fuhr ihr verstohlen über

den Handrücken. Eine kleine heimliche Intimität, die sofort ihr Herz entflammte und ihre Knie weich werden ließ. Die Luft um sie herum vibrierte. Dann schlenderten die beiden Jungen davon.

»Sieh sie dir nur an!« Huriya kam lachend aus der Menge auf sie zugehüpft. »Männer werden einfach nie erwachsen. Sogar dein Vater kann die Finger nicht von diesen albernen Schlägern lassen. Hast du gesehen, wie er vorhin mit Vikash Nooradin verschwunden ist?«

Huriya war größer als Ramita und hatte weiblichere Rundungen. Manche der älteren Jungs waren gemein zu ihr, weil sie eine Fremde war, eine Amteh, und einen kranken Vater hatte. Aber Kazim beschützte seine Schwester, und mit Kazim legte sich niemand zweimal an. Huriya war von oben bis unten in einen schwarzen Bekira gehüllt. »Warum müssen wir Amteh diese blöden heißen Zelte tragen, während ihr Omali-Frauen halb nackt herumlaufen könnt, ohne dass es jemanden stört?«, beschwerte sie sich. Zumindest die Kapuze hatte sie zurückgeschlagen, sodass man ihr Gesicht und die sinnlichen Lippen sehen konnte. Sie umarmte Ramita kurz, dann wandte sie sich dem Ansturm der Kunden zu. Es war Zeit, Geld zu verdienen.

Langsam, aber stetig arbeiteten sie sich durch den Tag. Als die Sonne am höchsten stand und der Markt etwas spärlicher besucht war, dösten sie ein wenig, um sich sofort wieder ans Geschäft zu machen, sobald der Tag sich dem Abend zuneigte. Die beiden Jungen waren immer noch nicht zurück, um ihnen beim Zusammenpacken zu helfen. Gut gelaunt schimpften sie über die beiden, verstauten Pfannen und Löffel und beluden den Karren mit der verbliebenen Ware. Der Boden war mit Abfall übersät, und jedes freie Mauerstück um den Marktplatz herum war nass von Urin. Klumpen zerkauter Pfefferblätter schmatzten unter ihren nackten Zehen, als sie den Leiterwagen durch die dunklen, kühler werdenden Straßen zogen. Kinder, die Fangen spielten, huschten umher, ein altes Kamel zog gemächlich einen großen Planwagen, dessen Fahrer auf der Pritsche ein Nickerchen hielt. Soldaten riefen ihnen unanständige Dinge nach, und Huriya gab ihnen unerschrocken in gleicher Münze zurück, während sich überall in den Gassen der Rauch der flackernden Fackeln verbreitete. Ramita überschlug im Kopf, wie viel sie eingenommen hatten: sechs Rupal ungefähr, dreimal so viel wie sonst. Die letzten Tage vor großen Festen waren stets gute Tage. Ihr Vater würde entzückt sein. Ob er mit Vikash gegangen war, um Geschenke zu kaufen? Er fand immer irgendeine Kleinigkeit auf dem Markt, um seiner Familie eine Freude zu machen, und keiner konnte handeln wie er.

Sie schoben sich durch die Menge, bis sie schließlich ein kleines Tor erreichten, das in einen Innenhof führte, der bis oben hin mit Gerümpel angefüllt war – Ramitas Vater war ein unverbesserlicher Hamsterer. Darüber erhob sich, schlank wie ein Turm, das Eigenheim der Ankesharans. Ganze drei Stockwerke hoch mit einem eigenen Keller darunter, aber kaum drei Schritt breit und mit Nachbarn zu beiden Seiten. Ispals Urgroßvater hatte es zuerst gemietet und dann gekauft. Stück für Stück war die Familie im Lauf der Jahre mit ihrem Heim verwachsen, hatten Böden, Wände und Dach ausgebessert, bis sie selbst ein Teil davon wurden und ihr Schweiß sich untrennbar mit Stein und Mörtel vermischte. Sobald sie verheiratet waren, würden Ramita und Kazim das zweite Schlafzimmer ganz oben bekommen, bis das nächste Stockwerk fertig war. Das würde ihnen dann allein gehören. Sie würden ihr gesamtes Leben in diesem Haus verbringen, wie schon Ramitas Vater und Großvater es getan hatten. Im Moment teilte sie sich das Schlafzimmer noch mit Huriya, die Jungen schliefen auf dem Dach. Für Privatsphäre war hier kein Platz.

Etwas war seltsam heute Abend. Normalerweise saß ihre Mutter um diese Zeit mit den Kindern in der Küche beim Essen und schimpfte, während Ispal mit Raz bei einer Pfeife und einem Gläschen Arrak im Innenhof saß. Doch von den Erwachsenen war keiner zu sehen, und die Kinder rannten wie wild umher. Erstaunt blickten die beiden jungen Frauen einander an. Ramita ging in die Küche und versuchte, die Kleinen zur Räson zu bringen, während Huriya das Geschirr vom Karren lud, um es abzuwaschen. Schließlich kümmerte sie sich um das Essen für die Kinder, und Ramita ging mit einem Eimer die Gasse hinunter zum Brunnen, um Wasser zu holen.

Als sie zurückkam, war zumindest äußerlich die Ruhe wiederhergestellt. Mit gutem Zureden hatte Huriya die Mädchen zum Aufräumen gebracht, und die Jungen beschäftigten sich mit den Schieferplatten, die sie heute in der Schule beschrieben hatten. Laut rezitierten sie die Verse aus dem heiligen Buch der Omali, in denen es um Respekt gegenüber den Eltern ging.

Bloß, wo sind sie, unsere Eltern. Vielleicht oben? Und wo ist Raz? Wo sind Jai und Kazim? Was ist heute hier nur los? Ramita stieg die schmale Treppe hinauf und klopfte leise an die Schlafzimmertür ihrer Eltern. »Vater? Mutter? Seid ihr zu Hause?« Sie glaubte, ihre Mutter weinen zu hören, und spürte einen Knoten im Hals. »Mutter? Was ist passiert?«

Ispal öffnete die Tür und schloss seine Tochter in seine kräftigen, weichen Arme.

Ramita sah ihn an und blickte dann zu ihrer Mutter hinüber, die weinend auf dem Bett lag. »Vater?«

Er drückte sie noch einmal an sich, dann fasste er sie an

den Schultern und musterte sie unsicher. Seine Lippen bewegten sich, als würde er stumm mit sich selbst sprechen. Als er schließlich sagte: »Besser, du kommst erst einmal herein, Tochter«, überfiel Ramita nackte Angst.

Eine Stunde später taumelte sie wie benommen aus dem Schlafzimmer und brach über ihrem Bett zusammen, schreiend vor Schmerz und Trauer. Dies war das Zimmer, das sie sich mit Kazim hätte teilen sollen, aber dazu würde es nun nicht mehr kommen. Huriya brüllte auf Ramitas Vater ein in dem Versuch, ihn umzustimmen, und die Nachbarn, aufgescheucht von all dem Lärm, schrien zurück. Irgendwann hatte Ispal aufgehört, ihr die Gründe zu erklären, und sie einfach nur so fest umarmt, dass Ramita kaum noch Luft bekommen hatte.

Warum tat er ihr das an? War sie nicht immer eine gute Tochter gewesen? War Kazim ihr nicht schon seit Langem versprochen? *Versprochen!* Und jetzt genommen... Jeden Traum, den sie gemeinsam unterm Sternenhimmel geträumt hatten, hatte er ihnen genommen, und wofür? Hatten sie nicht so viel Geld, wie sie sich nur wünschen konnten? Welches Glück sollte all das Gold ihnen erkaufen? So viel Gold, mehr als sie überhaupt begreifen konnte... Omali-Mädchen sollten eine Aussteuer mit in die Ehe bringen, nicht mit einer *gekauft* werden. Mit einem alten Mann verheiratet zu werden, dessen Namen ihr Vater nicht einmal nennen wollte...

Sie ließ sich vom Bett gleiten und sank auf die Knie, bombardierte die Götter mit Fragen, schluchzte und flüsterte abwechselnd mit zitternder Stimme. »Die Götter sind in der Stille«, sagte ihr Guru immer. Doch wo waren sie jetzt, diese Götter? *Denke ich immer nur an mein eigenes Glück?*, fragte sie sich. Würde sie sich genauso elend fühlen, wenn Ispal ihr gesagt hätte, Huriya würde zwangsverheiratet, damit sie alle reich wurden? War sie deshalb eine Heuchlerin? Eine pflichtbewusste Tochter hatte zum Wohl der Familie zu heiraten, nicht zu ihrem eigenen.

Aber sie hatte von so viel mehr geträumt, von einer Liebe, die alle Zeiten überdauern würde. Ihr Vater hatte es versprochen.

Ramita hörte, wie Kazim und Jai spät nach der Abendessenszeit nach Hause kamen. Sie lag auf ihrer Pritsche, versuchte, Huriyas leises Schnarchen auszublenden und ihre Gedanken zu betäuben. Sie wünschte, sie hätte eine Wasserpfeife voll Haschisch, um die Welt darin zu ertränken. Da hörte sie, wie die Eingangstür unten aufging. Leises Gelächter ertönte.

Ispal erwartete die beiden schon, und es dauerte nicht lange, da wurde es ein weiteres Mal laut. Wenn Kazim wütend war, war er nicht zu überhören. Er ließ seinen Gefühlen freien Lauf, und es war ihm egal, wer es mitbekam. Ramita sah die funkelnden Augen und den schreienden Mund förmlich vor sich. Kazim war schon immer aufbrausend gewesen, aber normalerweise beruhigte er sich ebenso schnell wieder. Doch so wie heute hatte sie ihn noch nie erlebt. Er tobte und wütete, fluchte und warf mit Gegenständen um sich. Männer aus der Nachbarschaft kamen herbeigeeilt, um zu sehen, was vor sich ging, und wurden im Handumdrehen in den Streit hineingezogen. Schließlich sah Ramita, wie Kazim auf die Straße hinausgeworfen wurde und davonrannte, die Fäuste immer noch geballt. Es war schrecklich.

Danach war an Schlaf nicht mehr zu denken. Stunde um Stunde verbrachte sie wie unter Schock, fühlte sich innerlich vollkommen leer. Sie konnte nicht fassen, was geschehen war.

Kurz vor Einbruch der Dämmerung hörte sie ein leises Klopfen, und Guru Dev kam herein. Huriya verdrückte sich, um sie mit dem alten Gelehrten, dem Mentor und spirituellen Führer der Familie, allein zu lassen. Trotz all des Zorns, der in ihr wütete, stand sie auf und kniete sich vor seine schwieligen Füße, hörte aus Respekt, was er zu sagen hatte.

Guru Dev sprach von Opfern, von kleinen Tropfen, die eines Tages einen Ozean füllen, und davon, Teil eines großen Ganzen zu sein. Eine pflichtbewusste Tochter gehorcht, rief er ihr ins Gedächtnis. Er sprach von Belohnungen im Jenseits und davon, wie der Himmel sich freute über jede gute Tat jedes noch so unbedeutenden Mädchens. Er sprach von den Mühen ihrer Eltern und deren Eltern, wie stolz sie sein mussten, wenn sie herabblickten und sahen, wie Ramita die Zukunft ihrer Familie gesichert und sie in den höchsten gesellschaftlichen Rang erhoben hatte.

»Dieser alte Ferang, recht viel älter kann er nicht mehr werden. Und wer weiß, was das Leben danach noch für dich bereithält? Du wirst sehen, in ein paar Jahren bis du wieder hier, kehrst als reiche Witwe zurück, in Seidengewänder gehüllt. Stell dir vor, die Freude bei eurem Wiedersehen!«

Die tröstenden Worte des alten Mannes klangen vernünftig. Sie klangen, als könnte Ramita es schaffen, als wäre es vielleicht sogar das Richtige. Doch sie hatte Kazims Augen gesehen, den unsäglichen Schmerz darin, hatte gesehen, wie die Nachbarn ihn blutig geschlagen hatten. Sie hatte seine herzzerreißenden Schreie gehört, halb wahnsinnig vor Kummer. Sie fragte sich, wo er jetzt sein mochte, allein in der kalten Nacht, seine Zukunft in Trümmern.

In den frühen Morgenstunden merkte sie, dass sie zu Guru Devs Füßen eingeschlafen war. Der alte Mann döste in seinem

Stuhl, und Huriya blickte sie unverwandt an. Ramita lächelte matt. Ihr Magen knurrte, und ihre Blase war kurz davor zu platzen. Das Leben musste weitergehen. Ganz langsam stand sie auf, nahm Kazims Verlobungsbändchen vom Handgelenk und verstaute es behutsam. Schweigend nahm Huriya ihre Hand, dann schlichen sie gemeinsam nach unten, um sich zu waschen und für den neuen Tag bereit zu machen.

Zwei Tage später war das Eijeedfest noch in vollem Gang. Es gab viele Amteh-Anhänger in Nordlakh, selbst hier in Baranasi am Saum des heiligen Flusses, und die Trommeln hallten durch die gesamte Stadt. Huriya war gegangen, um sich um ihren Vater zu kümmern. Kazim war nicht nach Hause gekommen. Seit zwei Tagen hatte niemand ihn gesehen.

Noch vor dem Morgengrauen wurden die Kinder unter der Wasserpumpe auf der Gasse abgeschrubbt. Tanuva hatte ihre beste Seife mitgebracht, und Ramita meisterte die schwierige Aufgabe, sich in der Öffentlichkeit zu waschen, ohne nackte Haut zu zeigen, mit bewundernswertem Geschick. Sie spülte ihr Haar und wrang das Wasser in einem schäumenden Strom heraus. Mutter und Tante Pashinta malten mit einer Paste Muster auf ihre Füße, Hände und Unterarme, dann zogen sie ihr ihren schönsten Sari an. Schließlich ging die ganze Familie zum heiligen Fluss Imuna, um die aufgehende Sonne zu preisen und Ringelblumen ins dunkle Wasser zu werfen. Überall waren andere Stadtbewohner beim Morgengebet. Jai trug seine sauberste Kurta, um den Kopf hatte er einen großen Turban. Er sah müde aus und lustlos in allem, was er tat. Für seinen Vater hatte er nichts als verächtliche Blicke übrig. Ramita wünschte, er würde endlich nachgeben. Es ließ sich nicht mehr ändern, und Jais Verhalten machte die Sache nicht ge-

rade leichter. Es war schon schwer genug für sie, eine Stunde zu überstehen, ohne zu weinen, und der Zorn ihres Bruders verschlimmerte nur alles. Sie befeuchtete Stirn, Lippen und Brust mit dem heiligen Wasser des Imuna.
Ich schaffe das.
Irgendwann im Lauf der Nacht hatte sie ihren Frieden gemacht mit dem Schicksal, das ihr zugedacht worden war. Es würde schwer werden, denn sie konnte immer noch nicht an Kazim denken, ohne sofort in Tränen auszubrechen, aber sie würde es ertragen. Sie würde die Bürde auf sich nehmen, wie die Götter es von ihr verlangten. Sobald der alte Mann tot war, würde sie zu Kazim zurückkehren. Es würde nicht lange dauern. Sie würde es ertragen.

Die gesamte Nachbarschaft würde heimlich zusehen, dessen war sie absolut sicher. Ispal hatte niemandem den Namen ihres Freiers genannt, und die Gerüchte schossen nur so aus dem Boden. Es hatte eine Rauferei gegeben zwischen den Ankesharans und den Makanis, das wussten alle, und jetzt hatten sie die Verlobung gelöst, die die beiden Familien auf ewig hätte vereinen sollen. Ramitas neuer Mann würde zur Mittagszeit kommen, und jede Frau, die nicht von ihrem Fenster aus einen Blick auf den Innenhof hatte, würde irgendeine Entschuldigung finden, um sich genau zu dieser Zeit draußen auf der Gasse zu tummeln. Es wurde wie wild spekuliert, entweder laut oder hinter vorgehaltener Hand. Hatte ein Prinz vom Mogulnhof Ramita auf dem Markt gesehen und sich in sie verliebt? Oder gab es einen anderen Jungen? Jeder hatte seine Theorie darüber, nur Ispal, Tanuva und Ramita wussten Bescheid. Das Geheimnis brannte in ihrem Innern, auch wenn der Name des Mannes eigentlich kaum mehr war als eine verblasste Legende, ein Märchen, an das kaum noch jemand wirklich glaubte.

Als Jai einen Soldaten des Raja hereinließ, der nachsehen wollte, was hier los war, wurde aus dem Gemurmel auf der Gasse aufgeregtes Geschnatter. Ramita sah, wie ihr Vater ihn mit eifrigen Worten und etwas Geld besänftigte, dann war er wieder weg. Ispal wirkte erleichtert, ihn loszusein. Die ganze Zeit über rebellierte Ramitas Magen – immer stärker, bis ihr schließlich nichts anderes mehr übrig blieb, als zum Schmutzwasserbottich zu laufen und ihr Frühstück wieder hochzuwürgen. Ramita konnte sich lebhaft vorstellen, was die Nachbarn sich dabei dachten: Ah, hat sie doch tatsächlich schon ihre Jungfräulichkeit verloren, die kleine Schlampe. Ich hab ja immer gesagt, mit der würde es kein gutes Ende nehmen. Es war alles so unglaublich ungerecht. *Kazim, mein Prinz, wo bist du? Rette mich aus all diesem Unglück!*

Als die Sonne über die Häuserdächer geklettert war und ihre Strahlen bis in den Innenhof vordrangen, hörten sie Stiefel die Gasse heraufkommen. Das Gemurmel draußen wurde lauter, doch als die Schritte vor dem Haus der Ankesharans haltmachten, verstummte es abrupt. Ispal erhob sich mit aschfahlem Gesicht und bedeutete Tanuva, die Kinder ruhig zu halten, während Jai sich abmühte, das Tor aufzustemmen. Wie gelähmt hielt Ramita sich an ihrem Vater fest, noch immer den Geschmack des Erbrochenen im Mund.

Ein Riese schritt durch das kleine Tor. Er maß bestimmt vier Ellen und war so breit wie eine Scheune. Unter seinem blauen Umhang trug er Helm und Rüstung. Das Gesicht war grimmig und vernarbt, aber unverkennbar weiß. *Ein Ferang!* Ramita spürte, wie sie vor Angst zitterte. Sie hatte noch nie zuvor einen weißen Mann gesehen, und dieser hier sah so… seltsam aus, hässlich, irgendwie nicht wie ein Mensch.

Mit funkelnden Augen inspizierte er den vollgestopften Innenhof, beäugte die Gaffer an den Fenstern, und Ramita sah das Unbehagen in seinem fremdartigen Gesicht. Er war wie ein Wachsoldat, der hinter jeder Ecke einen Hinterhalt vermutete. Er winkte vier weitere Soldaten herein, dann Ispals Freund Vikash Nooradin. Auf ihn folgte eine Gestalt in einer langen Robe, ebenfalls sehr groß, aber gebeugt und dürr wir eine Zaunlatte.

Ramitas Hände zitterten, der Schweiß lief in Strömen an ihr herab. *Ist er das?* Das Gewand des Mannes war sandfarben, sein Gesicht unter einer Kapuze verborgen. Sand und Weiß waren Farben für eine Beerdigung, aber das hier war eine Verlobung! Wollte er sie beleidigen, oder war es einfach nur Ignoranz? Er stützte sich auf einen mit poliertem Silber beschlagenen Stock aus Ebenholz und einer Spitze aus Metall. War das sein Zauberstab? War er wirklich ein Jadugara, ein Hexer? War er wirklich *der* Antonin Meiros aus den Legenden? Die Sekunden verstrichen, und ihre Angst wuchs mit jedem Augenblick.

Sie spürte, wie die Blicke der Nachbarn ihr folgten, als Ispal sie zu ihrem Bräutigam führte. Leise Worte wurden gewechselt, und falls der alte Mann irgendetwas zu ihr sagte, hörte sie es nicht. Eine runzlige Hand zog ihr den Schleier vom Gesicht und hob ihr Kinn an.

Ramita blickte auf und sah über sich die Kapuze, in deren Schatten ein roter Edelstein funkelte wie das Auge eines Dämons. Sie schnappte nach Luft, wollte wegrennen und wäre beinahe gestolpert, aber Ispals Hände ergriffen ihren Arm und hielten sie.

Plötzlich hatte sie das Gefühl, als lese jemand etwas in ihrem Geist wie in einer Schriftrolle. War das dieser Greis? Es war entsetzlich. Ramitas Erinnerungen, ihre Gefühle, was ihr wichtig war, was sie hasste – alles, was sie ausmachte, lag ausgebreitet da wie das Inventar eines Lagers, und der Mann begutachtete es nüchtern. Sie wollte nichts mehr, als sich zu verstecken, aber eine Art verängstigter Trotz in ihr gewann die Oberhand, und sie blieb, wo sie war.

Gutes Mädchen, hörte sie die Worte in ihrem Geist, warm und wohlwollend. Am liebsten hätte sie laut geschrien.

»Sie hat ein schönes Gesicht«, sagte der Mann auf Lakhisch. Selbst seine Stimme war vom Alter gezeichnet. »Bist du bereit, Mädchen?«

»Achaa«, krächzte sie. Alles, was sie sah, war ein fahles Gesicht, faltige Haut und einen strähnigen Bart. Grässlich.

Die Kapuze wandte sich ihrem Vater zu, und Ramita bekam endlich wieder Luft. »Gut, Meister Ankesharan. Sie ist tauglich. Beginnt mit der Zeremonie.« Er schien der Meinung, alles würde sofort über die Bühne gehen.

Ispal schüttelte den Kopf. »Aber nein, Saheb. Es gibt Vorbereitungen, die noch getroffen werden müssen. Mein Guru wird die Zeremonie leiten. Die Hochzeit findet am Tag vor dem heiligen Fest statt.«

»Ausgeschlossen«, zischte der Jadugara. »Ich muss unverzüglich nach Norden zurückkehren.«

Ispal setzte eine hilflose Miene auf, die Ramita von unzähligen Verhandlungen auf dem Marktplatz nur allzu gut kannte. Sie fragte sich, wie er so ruhig bleiben konnte. »Aber nein, Saheb. Die Zeremonie muss genau so stattfinden, wie Guru Dev sagt. Das gebietet die Tradition.«

Meiros' leere Kapuze drehte sich zu Vikash um. »Ist das so?«

Vikash wackelte mit dem Kopf. »Aber ja, Saheb.«

Meiros schnaubte verächtlich. »Aber ja, Saheb, aber nein, Saheb«, murmelte er mit einem Seufzen. »Nun gut, Meister

Vikash, dann trefft Eure Vorbereitungen. Aber alles muss mit Hauptmann Lem abgesprochen sein, verstanden?«

»Aber ja, Saheb.«

Verärgert blickte Meiros sich um. »Gibt es irgendein anderes Ritual, das jetzt an Ort und Stelle erledigt werden muss?«

Ispal sah verwirrt aus. Er winkte Guru Dev heran, und nach einer kurzen Debatte wurde ein kleines Kästchen mit einem Bild von Parvasi und einer Siv-Linga gebracht. Guru Dev tauchte die Fingerspitze in eine Schale mit einer karmesinroten Paste darin und malte Ramita einen kleinen Kreis auf die Stirn. Als er bei Meiros dasselbe tun wollte, hielt seine Hand irritiert vor dem Rubin inne.

»Genug«, zischte der Magus. »Ich habe keine Geduld für solche Dinge. Hiermit betrachte ich uns als verlobt. Du auch, Mädchen?«

Ramita zuckte zusammen, als sie merkte, dass er sie meinte. »Achaa. Ich meine: ja, Herr«, stammelte sie. Sie wagte nicht, irgendetwas anderes zu erwidern.

»Dann sind wir hier fertig?«, fragte Meiros.

Ispal verneigte sich. »Ja, Herr.« Seine Stimme versagte. »Wenn Ihr jetzt bitte mit nach drinnen kommen und mit uns Tee trinken wollt? Wir haben...«

»Wohl kaum. Einen angenehmen Tag noch, Meister Ankesharan.«

Und dann war er fort, genauso schnell, wie er gekommen war. Hinter ihm füllte sich die Gasse im Nu mit allen, die von den Fenstern aus zugesehen hatten. Jeder gab zum Besten, was er beobachtet hatte, und jeder hatte Fragen: »Wer war das? Hast du sein Gesicht gesehen? Ja, hab ich, er ist ein Prinz aus Lokistan, wie ich's dir gesagt hab! Aber nein, er ist ein...«

Ispal kaute einen Moment lang auf der Unterlippe herum.

»Nun, ich nehme an, er ist Besseres gewohnt«, sagte er schliesslich zu seiner zutiefst gekränkten Frau. Der Tisch drinnen konnte die vielen Speisen kaum tragen, die sie, Ramita und Pashinta über die letzten beiden Tage hinweg zubereitet hatten. »Und bei dir wird das bald genauso sein«, flüsterte er Ramita zu.

Ramita zitterte am ganzen Körper. Sie war wütend auf diesen alten Kauz, der einfach so hereingeplatzt war und sich einen Dreck um ihre Gefühle geschert hatte, um die ganze Arbeit, die sie sich seinetwegen gemacht hatten. Hatten diese Ferang denn überhaupt kein Benehmen? Was für ein arrogantes Pack! Sie funkelte ihren Vater an. »Er ist ein unhöflicher Rüpel«, erklärte sie ihm unumwunden, »ungehobelt und eingebildet. Ich mag ihn nicht.« Jetzt war Ispal es, der zusammenzuckte, doch Ramita liess ihn stehen und ging stampfend auf ihr Zimmer. Sie wollte allein sein.

Wo bist du, Kazim? Bitte, komm über die Häuserdächer geflogen wie Hanumar und rette mich vor diesem Dämonenfürsten! Wo bist du, Kazim? Warum kommst du nicht?

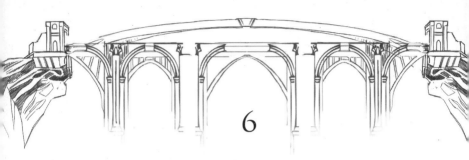

6

WORTE AUS FEUER UND BLUT

DIE RELIGION DER AMTEH

Ahm schuf Urte und alles Gute und Tugendhafte und gab es den Menschen, um darüber zu herrschen. Alles kommt von Ahm, deshalb tragt die Worte immer auf den Lippen: »Aller Lobpreis sei Ahm!«

KALISTHAM, HEILIGES BUCH DER AMTEH

Jedes Übel, das du in dieser Welt verbrichst, wirst du in Hel tausendfach büßen. Doch alles Gute, das du tust, wird dir im Paradies einhunderttausendfach vergolten. Und wer im Kampf für Ahm stirbt, wird auf ewig in seinem Schoße wohnen.

KALISTHAM, HEILIGES BUCH DER AMTEH

Baranasi in Nordlakh, Antiopia
Rami 1381 (nach yurischer Zeitrechnung: Septnon 927)
9 Monate bis zur Mondflut

Am Stadtrand von Baranasi, tief in den Elendsvierteln, in denen die meisten der Amteh wohnten, stand ein Gebäude aus roten Lehmziegeln, der Dom-al'Ahm. Weshalb die Amteh so verarmt waren, wo doch der Mogul selbst einer von ihnen war, war Kazim schon immer ein Rätsel gewesen. Aber jetzt hatte er andere Probleme, und wichtigere Fragen drängten sich ihm auf: Wie war es möglich, dass sein Leben von einem Tag auf den anderen so völlig auf den Kopf gestellt worden war?

Er hatte die letzten vier Tage im Dom-al'Ahm verbracht, denn es war der einzige Ort, der ihm geblieben war. Damit war er nicht allein: Viele Obdachlose kamen her, weil sie hier einen trockenen Platz zum Schlafen fanden und etwas zu essen. Nachdem er drei Tage lang verzweifelt versucht hatte, zu vergessen und so zu tun, als mache ihm das alles nichts aus, war seine Geldbörse leer. Er hatte getanzt und gesungen mit den Huren, und ja, er hatte auch mit ihnen geschlafen. Und jetzt brachte ihn seine Scham beinahe um. Wie sollte er je wieder nach Hause zurückkehren? Nach all dem Gift, das er verspritzt hatte? Wie sollte er Jai je wieder in die Augen sehen? Und erst Ispal? Was, wenn er Ramita begegnete? Was sollte er ihr sagen nach allem, was er getan hatte?

Ispal Ankesharan hatte Seite an Seite mit seinem Vater gekämpft, mit den eigenen Händen hatte er den schwerverletzten Raz vom Schlachtfeld getragen und ihm das Leben gerettet. Ohne Ispal wären er und Huriya nicht einmal geboren worden. Er hatte seine Eltern bei sich aufgenommen, obwohl sie

Flüchtlinge waren, hatte sich mit ihnen gefreut, als Kazim und Huriya zur Welt gekommen waren, hatte gemeinsam mit Raz den Tod seiner Mutter betrauert. Kazim hatte Ispal geliebt wie einen zweiten Vater.

Und er hatte gelernt, Ispals sechs Jahre jüngere Tochter zu lieben, ihr sanftes Gesicht. Ruhig und stur war sie gewesen, aber Kazim hatte gewartet, weil er gewusst hatte, sie war die Eine. An ihrem vierzehnten Geburtstag hatte er schließlich um ihre Hand angehalten. Alle waren glücklich gewesen, auf den Straßen hatten sie tagelang gefeiert. An ihrem sechzehnten Geburtstag, so waren sie übereingekommen, würden sie heiraten. Diesen Herbst. Und jetzt war sie ihm geraubt worden…

Wer war dieser Mann? Wieso durfte er so etwas tun? Es ging um Geld, aber wie viel musste es sein, dass Ispal Raz, seinem Blutsbruder, die Treue brach? Keiner konnte ihm darauf eine Antwort geben, und das brachte ihn um den Verstand.

Ein junger Mann hatte sich im Schneidersitz neben ihn auf die warmen Steinfliesen des Dom-al'Ahm gesetzt. Es war gerade früher Vormittag. Kazim hatte die letzten zwanzig Stunden nichts anderes getan, als zu schlafen, auf der Seite zusammengerollt wie ein kleines Kind. Jetzt hatte er rasenden Hunger, und er kam um vor Durst.

»Hast du Hunger, Bruder?«, fragte der junge Mann neben ihm mit einem freundlichen Lächeln. Sein dünner Bart war gekräuselt, sein Kaftan weiß, aber etwas schmutzig. Das karierte, blaue Kopftuch zeigte, dass er aus dem Hebbtal stammte. »Möchtest du etwas zu essen?«

Kazim nickte stumm. *Anscheinend sehe ich genauso erbärmlich aus, wie ich mich fühle.*

»Ich heiße Haroun. Ich bin hier, weil ich die heiligen Schriften studiere. Wir sind Glaubensbrüder, Kazim Makani.«

Er kennt meinen Namen. Seine Neugierde erwachte. *Haroun. Also ist er aus Dhassa.* Er ließ sich von dem Jungen zur Rückseite des Dom-al'Ahm führen, wo in einer Schlange zerlumpte, verzweifelt aussehende Männer jedes Alters um kostenloses Essen anstanden. Sie drängelten nicht einmal, so erschöpft waren sie.

Haroun brachte ihn zu einem Stuhl in einer Ecke. Den Mann, der darin saß, verscheuchte er mit stummer Autorität. »Warte hier, mein Freund«, sagte er und kam schon bald mit einer Schale Daal, einem Chapati-Fladen und einer Tasse kaltem Chai zurück. Um ein Haar wäre Kazim in Tränen ausgebrochen.

»Warum bist du hier, Kazim? Welches Unglück ist dir widerfahren?«, fragte Haroun, ohne zu drängen, während Kazim sein Essen hinunterschlang.

Nachdem der schlimmste Hunger gestillt war, wurde Kazim etwas vorsichtiger. »Verzeih, Bruder, aber woher weißt du meinen Namen? Ich kenne dich nicht.« Doch jetzt, da er dessen Gesicht genauer betrachtete, fiel ihm ein, dass er ihn schon einmal gesehen hatte. Haroun hatte ab und zu beim Kalikiti zugeschaut und war oft am Dom-al'Ahm gewesen.

»Ich bin ein Sohn Ahms und studiere das heilige Buch. Mein oberster Wunsch ist, Gott zu dienen.« Er zuckte mit den Schultern. »Mehr gibt es nicht zu sagen. Es ist die Wahrheit und die ganze Wahrheit. Ich habe deine Verzweiflung gesehen, von der Schande gehört, die dir widerfahren ist, und das hat mich traurig gemacht. Ich habe nach dir gesucht.«

»Warum?«

»Ist der Wunsch, eine gute Tat zu vollbringen, nicht Grund genug?«

Nicht in dieser Welt, dachte Kazim misstrauisch.

Haroun lächelte. »Wir setzen große Hoffnungen auf dich in dieser Gemeinde, Kazim. Du bist ein Mann von großer Begabung, eine Seele, die hell erstrahlt unter den Menschen. Ich wollte dir sagen, dass Ahm dich liebt. Ich möchte dich nach Hause bringen.«

»Ich habe kein Zuhause mehr.«

»Ich bin hier, um dir den Weg dorthin zu zeigen.« Haroun deutete himmelwärts. »Erzähl mir, Freund, was dir angetan wurde.«

Kazim spielte mit dem Gedanken, gar nichts zu sagen. Eigentlich sollte er jetzt bei seinem Vater und seiner Schwester sein. Ob sie immer noch in Ispals Haus wohnten, oder standen auch sie jetzt auf der Straße? Kazim, selbstsüchtig, wie er war, hatte nicht einen Gedanken an sie verschwendet in seiner Wut und Trauer. Er sah Haroun an und spürte ein überwältigendes Bedürfnis, sich alles von der Seele zu reden. *Darüber zu sprechen wird mir guttun…*

Es war so ein wunderbarer Tag gewesen. Sie hatten ein Kalikitispiel gegen Sanjay und seine Jungs vom Koshi Vihar organisiert, von dem kleineren Markt eine halbe Meile südlich. Sanjay war in Kazims Alter, und er war der »Raja« von Koshi Vihar, so wie Kazim der Anführer der Jugendlichen in Aruna Nagar war. Seit Jahren standen sie miteinander im Wettstreit, waren Feinde, Rivalen und beinahe Freunde gewesen, aber nur beinahe. Sanjay hatte sie zu dem Spiel herausgefordert, weil er wusste, dass die Amteh einen ganzen Monat lang tagsüber gefastet hatten und entsprechend geschwächt waren. Kazim hatte sich vor Tagesanbruch noch einmal den Magen vollgeschlagen, als gäbe es danach nie wieder etwas zu essen, und seine Mannschaft hatte einen triumphalen Sieg davongetragen. Danach hatte es natürlich eine Rauferei gegeben, aber wie jedes Mal hatten sie sich schnell wieder versöhnt. Dann waren sie in eine Dhaba gegangen, in der es Bier gab – das Lieblingsimportgut von den Barbaren aus Rondelmar –, und viel gemeinsam gelacht.

Als sie schließlich nach Hause gingen, schwebten Kazim und Jai wie auf einer Wolke, so berauscht waren sie vom Alkohol. Doch Ispal stand bereits hinter der Tür und erwartete sie, was er sonst nie tat. Sie waren erwachsen, sie konnten tun und lassen, was sie wollten, sagte er immer. Doch dieses Mal hatte er auf sie gewartet, um Kazim die Nachricht zu überbringen, die sein Leben zerstören würde.

Ramita wird einen anderen heiraten.
Wir werden so reich sein, wie wir es uns niemals erträumt hätten.
Er ist ein alter Mann, er wird nicht mehr lange leben.
Nein, ich kann nicht sagen, wer er ist.
Dein Vater versteht es.

Der Zorn hatte ihn wie tollwütig gemacht. Kazim erinnerte sich, wie er Ispal, den Mann, dem er so viel verdankte, an der Kehle gepackt und ihn geschüttelt hatte wie einen Hund. Jai hatte er ins Gesicht geschlagen, als er versuchte dazwischenzugehen. Er erinnerte sich, wie er nach Ramita gerufen hatte, immer wieder, aber es waren nur Männer gekommen, Dutzende, die ihn blutig geschlagen und ihm das Messer aus der Hand gerissen hatten. Getreten und mit Fäusten traktiert hatten sie ihn und nach draußen geschleift, wo er nicht mehr als zwei Gassen entfernt bewusstlos zusammengebrochen war. In einer Pfütze kalter Kuhpisse war er am nächsten Morgen aufgewacht, blutverschmiert, dreckig und zerschlagen.

Wie sollte er da jemals wieder nach Hause zurückkehren?

»Man kann diesen Omali einfach nicht trauen«, sagte Haroun. »Sie haben keinen Glauben. Sie verstehen nur die Sprache des Geldes. Man kann ihnen nicht trauen.«

»Ramita ist so wunderschön, schöner als selbst der Morgen«, erwiderte Kazim. »Sie liebt mich. Sie wartet auf mich.« Er machte Anstalten aufzustehen. »Ich muss zu ihr.«

Haroun zog ihn zurück auf seinen Stuhl. »Nein. Das ist zu gefährlich. Du wärst dort nicht willkommen. Sie werden Angst haben, dass du alles zerstörst.« Er beugte sich vor und senkte die Stimme. »Weißt du, wer dieser Ferang ist?«

Kazim schüttelte den Kopf. »Nein, ich kenne seinen Namen nicht. Niemand wollte mir irgendwas sagen.«

Haroun sah enttäuscht aus, und Kazim senkte niedergeschlagen den Blick. Er hatte keine Lust, noch weiterzureden. Er wollte Haroun nichts davon erzählen, wie er die drei Tage des Eijeedfestes an den schlimmsten Orten der ganzen Stadt verbracht hatte, für Schnaps, Haschisch und Huren sein letztes Geld ausgegeben hatte. Es war zu beschämend.

Doch Haroun wusste es auch so. »Komm, Bruder«, sagte er sanft. »Lass uns gemeinsam beten.«

Draußen riefen die Gottessänger die Gläubigen zum Gebet. Kazim, dessen Körper zwar wieder gestärkt, aber dessen Seele immer noch leer war, ließ sich von seinem neuen Freund an einen Ort bringen, wo er Buße tun und beten konnte, Ahm darum bitten, ihm seine Ramita zurückzugeben.

Oder ihm die Möglichkeit zu geben, Rache zu nehmen.

Ein Schriftgelehrter las aus dem Kalistham, ein Kapitel mit dem Titel »Worte aus Feuer und Blut«. Ein Prophet aus Gatioch hatte es einst geschrieben. Gatioch war ein Land, in dem den Menschen von Geburt an bedingungsloser Glaube und Gehorsam eingetrichtert wurden. Es waren flammende Verse, seit jeher wurden sie herangezogen, um Kriege zu rechtfertigen, egal gegen wen. Die Große Zusammenkunft hatte gesprochen, und die roten Wände des Doms hallten wider vom Ruf zu den Waffen. Eine Fehde war über die Ferang verhängt worden. Kazim fühlte sich wieder besser, denn er war nicht mehr allein. Er hatte jetzt Brüder, die genauso wütend auf die Welt waren wie er, auch wenn ihr Zorn erhabenere Gründe zu haben schien als eine geraubte Verlobte.

»Was sagen dir die Worte, die du soeben gehört hast?«, fragte Haroun, als sie hinterher in einer kleinen Dhaba im Amteh-Suk Geshanti saßen. Sie tranken dicken schwarzen Keshi-Kaffee und beobachteten den unaufhaltsamen Strom der Leute auf den Straßen. Die Männer hier trugen alle Weiß, die Frauen schwarze Bekiras.

»Tod den Ferang!«, bellte er und hob das kleine Tässchen. Er hatte noch nie wirklich über die Ferang nachgedacht. Sein Vater stammte aus Kesh, wären die Ferang nicht gewesen, wäre er jetzt immer noch dort, aber nun war Baranasi ihr Zuhause. Huriya betete nicht einmal mehr zu Ahm und benahm sich ganz wie ein Omali-Mädchen, trug Saris, einen Schönheitsfleck auf der Stirn und tanzte lakhische Tänze.

Haroun schüttelte den Kopf. »Hörst du überhaupt, was du da sagst, Kazim! Du sagst ›Tod den Ferang‹, doch in Wahrheit denkst du nur an dein Mädchen. Begreifst du nicht, dass dein Unglück Teil einer noch viel größeren Ungerechtigkeit ist? Du bist ein junger Mann voll Tatkraft und wilder Entschlossenheit. Verschwende diese Gaben nicht in deiner Verzweiflung. Ahm ruft dich, er wartet, dass du die Ohren spitzt und ihm zuhörst. Ahm will dich.«

»Warum mich?«

»Ich beobachte dich schon seit Langem. Du bist der geborene Anführer, die jungen Männer folgen dir. Du bist hervorragend in allem, mit dem sie sich gerne die Zeit vertreiben: Du kannst rennen wie der Wind und ringen wie ein Python. Du bist begnadet, Kazim! Würdest du diese kindischen Spielereien sein lassen und dich einer ernsthaften Aufgabe widmen, würden auch die anderen nicht lange zögern. Du suchst das Licht, und dieses Licht ist Ahm, du musst nur dein Herz für ihn öffnen.«

Kazim hatte solche oder ähnliche Worte schon öfter von Schriftgelehrten gehört, und jedes Mal hatte er sich gesagt: »Mag sein, aber ich werde ein Omali-Mädchen heiraten und Hunderte von Kindern mit ihr haben.« Und das war immer noch sein Traum. Mehr als ein Traum, es war seine Bestimmung. Eine Wahrsagerin, die ausgesehen hatte, als sei sie älter als die Zeit selbst, hatte in seine Zukunft geblickt und ihm gesagt, es sei seine Bestimmung, Ramita zu heiraten. Wie konnte es also sein, dass sie ihm genommen wurde? Er würde zu ihrer Hochzeit gehen, genau das würde er tun! Er würde ihr in die Augen sehen und sie fragen, ob sie ihn liebte, und sie würde Ja sagen. Und dann würde er diesen Fremden zertreten und sich die Frau nehmen, die das Schicksal für ihn bestimmt hatte. Die Liebe würde siegen. Es konnte gar nicht anders sein.

Haroun schüttelte seufzend den Kopf. »Bruder, du musst dich der Fehde anschließen. Du musst die Schwertkunst erlernen. Du musst uns helfen, die jungen Männer vom Krieg zu überzeugen. Sag, dass du dich uns anschließt, Bruder.«

Kazim blickte seinem Gegenüber fest in die Augen. *Ja, das sollte ich, aber meine Bestimmung liegt bei Ramita...* Er ließ den Kopf hängen. »Gib mir Zeit, darüber nachzudenken. Meine Schwester, mein Vater... Ich weiß nicht einmal, wo sie sind. Ich habe meine Pflichten ihnen gegenüber vernachlässigt. Und Ramita, sie liebt mich immer noch, ich weiß es!«

Harouns Miene verdüsterte sich, aber schließlich zuckte er mit den Schultern. »Dann lass mich dir helfen, mein Freund. Wenn alles kommt, wie du sagst – schön und gut. Falls nicht... Wirst du dich uns dann anschließen, Bruder?«

Kazim schluckte. *Wenn das passiert, wo sollte ich denn sonst noch hin?*

Kazim und Haroun suchten die Ghats, die Treppen am Flussufer, nach Raz Makani ab. In Baranasi war der Imuna der Quell allen Lebens, und alles Leben endete auch dort. Die Stadt stand am Westufer des breiten, seichten Flusses, der das Land von Nord nach Süd durchquerte, das Wasser trüb von den vielen Zwecken, denen es weiter flussaufwärts bereits gedient hatte. Am Morgen kam beinahe die ganze Stadt an sein Ufer, um zu beten, sich zu waschen und zu läutern für den kommenden Tag. Die reicheren Bewohner fuhren mit kleinen lederbezogenen Kanus hinaus aufs Wasser, um abseits der Massen des gewöhnlichen Fußvolks den Sonnenaufgang zu beobachten. Der Prinz von Baranasi hatte eine Barke, auf der er an Feiertagen für alle gut sichtbar die heiligen Rituale ausführte, obwohl er selbst Amteh war. Er tat es, um die Bewohner – hauptsächlich Omali – zu beschwichtigen.

Nach Sonnenaufgang wurden die Betenden allmählich von den Waschfrauen verdrängt, die Kleider einweichten, um sie danach auf den Steinplatten sauber zu reiben und in der Sonne zum Trocknen auszulegen. Andere sammelten Kuhdung und rollten ihn zu Kugeln, die sie als Brennstoff verkauften. Den ganzen Tag lang kamen und gingen die Menschen, während das Geläut der schweren Tempelglocken übers Wasser hallte.

Weiter flussabwärts, am südlichen Ende der Stadt, brannten die Begräbnisfeuer. Dort wurde die Asche der Toten dem Fluss überantwortet, damit er sie ins Meer trug.

Die Sonne brannte immer heißer. Gemeinsam mit Haroun suchte Kazim Raz' Lieblingsplätze ab. Niemand hatte ihn gesehen, schon seit Beginn des Eijeedfestes nicht mehr, und schließlich war es Haroun, der auf die Idee kam, zum Devanshri-Tempel zu gehen, wo die Priesterheiler ein Krankenhaus für die Armen eingerichtet hatten. Er wartete draußen, während Kazim in den Tempel eintrat.

Kazim war anderen Glaubens, senkte aber aus Respekt gegenüber den religiösen Gefühlen der Omali den Kopf, als er an der lächelnden Statue des Heilergottes vorbeiging. Aus dem Krankenraum schlug ihm das leise Stöhnen der Patienten entgegen. Er nahm einen letzten Atemzug sauberer Luft, zog sich seinen Schal über den Mund und betrat das Hospital.

Es roch nach Räucherwerk, das die giftigen Ausdünstungen und Dämonen vertrieb. Orangefarben gewandete Priester und Priesterinnen kamen und gingen, junge Tempeldiener brachten Wasser vom Imuna, um die Kranken zu waschen. Überall lagen Sieche und Verletzte, viele davon alt, manche würden bald sterben. Knorrige Hände reckten sich nach Kazim, als er an den Pritschen vorbeiging.

Zwei Männer trugen eine alte Frau auf den Schultern, steif wie ein Brett, die offenen Augen starr aufs Jenseits gerichtet. Kazim drückte sich gegen die Wand, um sie vorbeizulassen. Ihm wurde übel, und er wandte sich zum Gehen.

»Kazim! Kazim!« Huriya rannte auf ihn zu und schloss ihn in eine kurze Umarmung. Dann versetzte sie ihm eine Ohrfeige.

Kazim starrte sie fassungslos an. Seine Wange schmerzte, aber er war wie gelähmt.

»Wo warst du die ganze Zeit, du nichtsnutziger Scheißkerl?!«, schrie sie ihn an. »Ich habe Vater am anderen Flussufer gefunden. Er hat versucht, sich zu ertränken. Das Wasser war nicht tief genug, und er war so benebelt vom Opium, dass er nicht auf die Idee kam, sich hinzulegen.« Wieder umarmte sie Kazim, und diesmal erdrückte sie ihn beinahe. »Er liegt im Sterben! Du musst etwas tun!«

Kazim hielt seine Schwester fest. Sie schluchzte hemmungslos, und er ließ sie gewähren. Schließlich führte sie ihn zu einer Pritsche. Raz schlief, den Helm, den er in Hebusal getragen hatte, mit beiden Armen an die Brust gepresst. Er war rund mit einer Spitze auf dem Scheitel, auf der Stirn prangte das Symbol eines Schakals. Ein Kettenpanzer schützte die Wangen. »Wenn du groß genug bist, dass er dir passt, gehört er dir«, hatte Raz immer gesagt, als Kazim noch ein Kind gewesen war. Dann hatte er ihn jahrelang nicht mehr hervorgeholt.

»Huriya, draußen wartet ein Schriftschüler, sein Name ist Haroun. Sag ihm, ich habe meinen Vater gefunden. Und sag ihm, ich werde ihn suchen, sobald ich getan habe, was zu tun ist.«

Huriya warf ihm einen eigenartigen Blick zu, nickte aber. Kurz danach kam sie zurück. Sie fand Kazim, wie er neben ihrem Vater kniete.

Er streichelte sein Gesicht, Tränen liefen ihm über die Wangen. »Hast du ihn gefunden?«, fragte er, ohne aufzublicken.

»Ja. Er hat mich gefragt, ob ich weiß, wer Ramitas Bräutigam ist«, erwiderte sie verärgert. »Das geht ihn nichts an.«

»Er ist mein Freund«, gab Kazim zurück. »Was sagen sie über Vaters Zustand?«

Huriya setzte sich im Schneidersitz auf den schmutzigen Boden, ohne auf ihren ohnehin verdreckten Salwar zu achten.

»Sie sagen, er hat sich ein Fieber geholt, weil er zu lange im kalten Wasser gelegen hat. Seine Lunge muss ständig entwässert werden. Sie drehen ihn regelmäßig auf den Bauch, dann klopfen sie ihm so lange auf den Rücken, bis er Schleim und Blut spuckt. Ich muss dann alles aufwischen. Die Geschwüre auf seinem Rücken haben sich wieder entzündet.« Huriyas Augen wurden feucht. »Ich glaube, es geht zu Ende mit ihm.«

Kazim dachte dasselbe. »Ich werde mich um dich kümmern«, sagte er instinktiv.

»So wie du dich die letzten drei Tage um mich gekümmert hast? Vielen Dank, großer Bruder.«

Kazim zuckte zusammen. *Geschieht mir recht.* »Ich werde mich um dich kümmern, ich verspreche es!«

»Ha! Ich kann mich schon selbst um mich kümmern.« Huriya streckte das Kinn vor. »Ich werde fragen, ob ich Ramita nach Norden begleiten darf. Ich brauche deinen Schutz nicht!« Sie erdolchte ihn förmlich mit ihren Blicken. »Ispal war jeden Tag hier und hat sich um Vater gekümmert. Genauso wie Jai und Ramita und Tanuva. Alle waren da, nur du nicht.«

Von brennender Scham überwältigt, begrub Kazim das Gesicht in den Händen. Doch alles, was er denken konnte, war: *Wenn ich hierbleibe, vielleicht sehe ich dann Ramita.*

Aber nicht einmal das funktionierte. Ramita kam nicht, bestimmt weil Huriya ihr gesagt hatte, dass er da war. Kazim sah nur Jai und Ispal, aber er brachte es nicht über sich, ihnen unter die Augen zu treten. Er durfte neben der Pritsche seines Vaters auf dem Boden schlafen, aber die Priesterheiler weckten ihn immer wieder auf, damit er beim Entwässern der Lunge und Wechseln der Verbände half. Die Geschwüre eiterten und stanken entsetzlich. Die ganze Welt stank. Wachen und Schlafen wurden eins. Sein Vater stöhnte oft, erkannte selten, wer mit ihm sprach, und rief immer wieder etwas von einer Flammenfrau, bis die Heiler ihn schließlich ruhigstellten. Auch nach Ispal hatte er oft gerufen. Kazim kam sich vor, als würde er gefoltert, ohne dass seine Antworten seine Peiniger je zufriedenstellen könnten.

Das Ende war wie ein Segen. Sein Vater wachte auf und rief noch einmal nach Ispal, dann packte ihn ein Krampf, und er schnappte nach Luft wie ein Fisch an Land. Noch bevor sie ihn umdrehen konnten, zuckte er ein letztes Mal, dann rührte er sich nicht mehr. Kazim hielt ihn fest, weinte und schluchzte, wie er es nicht mehr getan hatte, seit er ein kleines Kind gewesen war in den Armen seiner längst verstorbenen Mutter.

Als er aufwachte, fand er sich in einem Meer aus dunklen Gesichtern wieder. Sein Schlaf war zu oft unterbrochen worden, um auch nur das kleinste bisschen Kraft oder Erholung zu spenden. Lakh-Männer und -Frauen schauten auf ihn herab, dann wandten sie den Blick ab.

Schließlich kamen die Priester. Sie wollten, dass er die Leiche entfernte, weil sie die Pritsche brauchten. Einer fragte nach Geld für die Träger, die Raz' Leiche zu den Begräbnisfeuerstellen bringen würden. Aber Raz war Amteh und musste beerdigt werden.

Kazim beschloss, seinen Vater selbst zu tragen. Ohne ein weiteres Wort hob er Raz auf seine Arme. Sein toter Vater war leicht wie eine Feder und schwer wie der heilige Berg selbst. Kazim taumelte Richtung Ausgang und wäre beinahe gestürzt.

Haroun war immer noch da. Er sah so müde aus, wie Kazim sich fühlte. Er hatte die ganze Zeit gewartet, um die Last mit ihm zu teilen, wie es sich für einen wahren Freund gehörte.

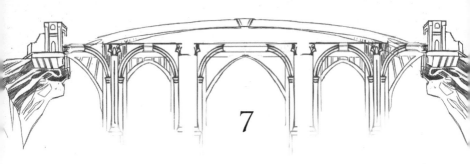

7

VERBORGENE GRÜNDE

DER AUFSTIEG DES CORINEUS

Ohne jeden Zweifel war der Aufstieg des Corineus das tief greifendste Ereignis in der Geschichte Urtes. In einem entlegenen Dorf des Rimonischen Reiches hatten sich tausend Schüler eines aufrührerischen sollanischen Philosophen versammelt, und die Rimonier entsandten eine Legion, um sie zu verhaften. Was danach geschah, liegt im Dunkeln. War es Kore selbst, der Corineus' Schülern die Gnosis schenkte? Oder war es ein eher irdisches Phänomen? Tatsache ist, dass die Überlebenden, die »Gesegneten Dreihundert«, die Legion mit übernatürlichen Kräften vernichteten. Ihre Nachfahren, die Magi, herrschen noch fünfhundert Jahre später in Yuros.

ORDO COSTRUO, PONTUS

Arkanum Zauberturm in Norostein,
Hauptstadt von Noros, Yuros
Okten 927
9 Monate bis zur Mondflut

Es war so weit: Dies war der erste Tag der Prüfungen, Abschluss und Höhepunkt der letzten sieben Jahre von Alarons Leben. Mit leerem Blick starrte er auf die Wand gegenüber und wartete, dass endlich die Glocke des alten Turms läutete. Die Prüfungen dauerten je eine Stunde, und die Schüler wurden in alphabetischer Reihenfolge aufgerufen. Alaron war der Vorletzte, es war bereits später Nachmittag.

Das erste Prüfungsfach war Geschichte. Er mochte Geschichte, auch wenn sein Vater vieles von dem, was man ihnen beigebracht hatte, für zweifelhaft hielt. Vanns Skepsis und Ramons anarchische Uminterpretationen hatten ihn gehörig verwirrt, aber zumindest war es interessant gewesen.

Endlich läutete die Glocke. Die Tür schwang auf, und Seth Korion kam mit glasigen Augen heraus.

War wohl doch nicht so einfach, Seth, was? Vielleicht hättest du besser aufpassen sollen, anstatt nur rumzusitzen wie ein wandelnder Toter und dich in Sicherheit zu wiegen, dass dir schon niemand eine schwierige Frage stellen wird.

Erst als Seth sich langsam umdrehte, bemerkte er Alaron.

Alaron bereitete sich innerlich auf eine abfällige Bemerkung vor, aber Korion sagte nur tonlos: »Viel Glück, Merser.« Die Worte kamen so überraschend, dass Alaron einen Moment lang nur verdutzt dreinschaute, um sich dann bei Korions Rücken zu bedanken.

Mehrere Minuten, die ihm vorkamen wie Stunden, wartete er, dann streckte Magister Hout endlich den Kopf heraus.

»Merser, komm rein.« Seine Stimme klang so herablassend wie immer.

Nervös stand Alaron auf und ging auf wackligen Beinen durch die Tür, ihm war, als würde der Boden unter seinen Füßen schwanken. Vor ihm erstreckte sich eine erschreckend lange Reihe Gesichter, bekannte und unbekannte. Sie sahen aus wie Geier, die nur darauf warteten, ihm die Augen auszuhacken. Ganz vorn saß Lucien Gavius, der Schulvorsteher, die Magister um ihn herum. In dem schummrigen Licht wirkte Fyrells dunkles Gesicht wie das eines Wilden. Alaron spähte etwas weiter nach hinten und erstarrte: Gouverneur Belonius Vult. *Was auf Urte ... aber warum auch nicht? Schließlich sind wir die Zukunft, oder etwa nicht?* Die anderen erkannte er eher an den Uniformen als am Gesicht: einen Großmeister der Kirkegar mit undurchdringlichem Blick, einen bärtiger Zenturio der Legion, einen Crozier der Kore. Alaron fühlte sich schrecklich nackt und verletzlich.

Der Schulvorsteher erhob sich. »Der Name des Schülers ist Alaron Merser, Sohn von Tesla Anborn aus der Blutlinie Berials. Sein Vater ist Nichtmagus. Der Schüler ist ein Viertelblut, geboren in Norostein.«

Alaron bemerkte, wie Gouverneur Vult aufhorchte, als er den Namen seiner Mutter hörte. Vielleicht kannte er sie oder Tante Elena.

»Bereit, Meister Merser?«, fragte Gavius.

Alarons Kehle wurde staubtrocken. All diese starrenden Gesichter ... Er schluckte. »Ja, Schulvorsteher.«

»Gut. Beginnen wir mit den Rondelmarischen Eroberungen. Lass dir Zeit ...«

Alaron atmete tief durch. Anfangs tat er sich unglaublich schwer, doch nach einer Weile entspannte er sich und ließ die

Worte einfach fließen, beantwortete Fragen zum Rimonischen Reich, dann über die Verbreitung der Lehre Kores in Sydia. Voll Selbstvertrauen erzählte er von der Leviathanbrücke und dem ersten Kriegszug. Beim zweiten brachte er ein paar Daten durcheinander, aber nichts Schlimmes.

Als es vorbei war, war er fast ein wenig enttäuscht, aber der leise Applaus, mit dem sein Vortrag bedacht wurde, hob seine Stimmung gleich wieder. Er hatte es geschafft. Als Alaron das Zimmer verließ, saß Ramon im Warteraum. Er zitterte wie Espenlaub. Alaron blieb nicht mehr Zeit, als kurz den Daumen zu heben. »Buonfortuna, Ramon!«

Er hatte das Gefühl, auf einem guten Weg zu sein.

Am Tydag war Infinitesimalrechnung dran. Ein Albtraum. Den ganzen Tag mussten sie Formeln entwickeln und Gleichungen lösen. Malevorns Selbstvertrauen war wie immer unerschütterlich, aber alle anderen waren nervös, selbst Dorobon. Alaron glaubte, sich einigermaßen wacker geschlagen zu haben, mehr aber auch nicht. Seth Korion ging erst einmal kotzen, nachdem er fertig war – was sich auch an jedem weiteren Prüfungstag wiederholen sollte. Zuerst fand Alaron es eklig, dann lustig, und schließlich tat ihm der Generalssohn sogar leid.

Wotendag wurde Rondelmarisch geprüft, eine willkommene Erleichterung. *Ist immerhin meine Muttersprache, aber der arme Ramon!* Die Prüfung bestand hauptsächlich aus Gedichtrezitationen und Inhaltsangaben der traditionellen Sagen. Alarons Meinung nach reine Zeitverschwendung. *Und die Prüfer haben's wahrscheinlich gemerkt*, dachte er, als er aus dem Prüfungsraum schlurfte.

Torsdag war Theologie dran. Alaron krümmte und wand sich unter den kritischen Blicken der Prüfer, und als er fertig war, hasste er Fyrell mehr denn je. Mit allen Mitteln hatte der Kerl versucht, ihn als Ketzer zu entlarven. Als hätte er am liebsten gleich an Ort und Stelle einen Scheiterhaufen für ihn errichten lassen. Es war der schlimmste Tag bis dahin, aber Alaron verbannte ihn schnell aus seinen Gedanken. Morgen war Freyadag, der Tag, an dem er seine Abschlussarbeit präsentieren würde – der Tag, der über ihre Zukunft entscheiden würde, wie die Magister ihnen immer wieder eingeschärft hatten.

Das Auditorium war voll, Gesichter überall: Gouverneur Belonius Vult, der ein weiteres Mal die Absolventen inspizierte. Jeris Muhren, Held der Noros-Revolte und jetzt Hauptmann der Stadtwache von Norostein. Vertreter aller Waffengattungen, Abgesandte der Legion, Windschiff-Kommandanten und sogar Rekruteure der Volsai und Kirkegar waren da. Ein ganzer Haufen Kirchenangehöriger schwirrte um einen erschöpft aussehenden Crozier herum, hier und da sah man Grüppchen grau gewandeter Gelehrter von den Arkana. Alle wirkten gelangweilt. Alaron war immerhin schon der sechste Prüfling heute. Er schluckte nervös. *Nicht ans Publikum denken. Heute wird's auch nicht schwieriger als an den anderen Tagen. Du schaffst das...*

Mit gerunzelter Stirn blickte Gavius auf. »Der Name des Prüflings ist Alaron Merser«, verkündete er und verlas Alarons Stammbaum für die, die neu dazugekommen waren. Dann wandte er sich an Alaron. »Fang an, Meister Merser. Du hast eine halbe Stunde für deine Präsentation, die zweite halbe Stunde ist für unsere Fragen reserviert. Fang an.«

Alaron verneigte sich und breitete seine Notizen vor sich aus. »Erhabene Magi, der Titel meiner Abschlussarbeit lautet: ›Die verborgenen Gründe der Noros-Revolte‹.«

Das Thema schien auf einiges Interesse zu stoßen. *Gut.*

Nervös hob er die Hände, um die Wolke funkelnden Lichtstaubs zu verteilen, die er eigens für seinen Vortrag vorbereitet hatte. Eine gnostische Standardtechnik. Allmählich vergaß er seine Unsicherheit und nach einer Weile beinahe auch das Publikum. »In den Geschichtsbüchern steht, die Noros-Revolte sei durch eine extrem hohe Besteuerung, schlechte Ernten und ein umstürzlerisches Militär ausgelöst worden. Ich möchte jedoch zeigen, dass noch ein vierter Grund eine Rolle spielte. Einer mit fundamentalen Auswirkungen. Ich betone: *fundamental*.«

Er gestattete sich einen kurzen Blick in die Runde. Die Gesichter der Magi waren hoch konzentriert. Er hatte ihre ungeteilte Aufmerksamkeit. Selbst der Gouverneur und der Bischof schienen gespannt zuzuhören. Alaron war überrascht. Keine Spur mehr von der anfänglichen Langeweile.

»Bevor ich zu diesem verborgenen Grund komme, möchte ich ein paar Dinge zu den Ursachen sagen, die an dieser Stelle normalerweise angeführt werden. Es stimmt zwar, dass die Steuern stiegen, aber wie wir hier sehen« – die leuchtende Wolke zeigte eine Kurve mit der Entwicklung der Steuerlast, eine Technik, die sie an der Schule »Graphen« nannten – »waren die Erhöhungen alles andere als exorbitant und wurden zusätzlich durch Handelserlöse und Beutegut aus dem ersten Kriegszug abgefedert. In Wirklichkeit stand Noros sogar besser da als vor dem Kriegszug. Aussagen und Erzählungen von Stadtbewohnern und -beamten bestätigen dies.«

Alaron riskierte einen weiteren Blick, und wieder war er überrascht: So manche Stirn lag in tiefen Falten, und alle machten nachdenkliche Mienen. Der Gouverneur strich sich den Bart, Hauptmann Muhren biss sich sogar auf die Lippe. *Wenigstens hören sie zu…*

»Zu den Ernten: Die Getreidespeicher wurden nie ganz geleert, sie waren sogar noch voll genug, um die leidenden Kleinbauern zu unterstützen.« Er führte noch ein paar weitere Graphen an. »Und zum dritten Punkt: Es wird oft behauptet, die Legionen seien im Zustand der halb offenen Meuterei vom Kriegszug nach Noros zurückgekehrt. In Wahrheit jedoch kehrten viele der Offiziere als reiche Männer nach Hause zurück. Sie waren zwar gegen die neue Kopfsteuer, wollten aber eine friedliche Lösung für den Konflikt. In Denkschriften aus der Zeit *nach* der Revolte zitierten General Robler und Gouverneur Vult aus Reden *gegen* die Revolte, die sie 907, 908 und Anfang 909 gehalten hatten.« Alaron blickte kurz in Richtung des Gouverneurs, bereit, die angeführten Texte zu projizieren, falls nötig, aber Vult nickte verhalten. »Selbst Anfang Februx war die gesamte militärische Führung noch gegen die Revolte, und der Meinungsumschwung fand noch *vor* Einführung der neuen Steuern im Martris statt. In seiner Denkschrift spricht Gouverneur Vult von einem ›ebenso unerklärlichen wie unausweichlichen Stimmungsumschwung zugunsten einer Rebellion‹ noch im Februx 909.«

Alaron breitete die Hände aus. »Es ist möglich, dass es in den niederen Rängen bereits einen Stimmungsumschwung gegeben hatte, aber mir scheint, dass im Februx 909 auch unter den Generälen die Meinung sich grundlegend änderte. Es ist dieser Meinungsumschwung, den ich näher untersuchen möchte.«

Jetzt hatte er in der Tat die ungeteilte Aufmerksamkeit aller. Hauptmann Muhren sah aus, als würde er den Vortrag am liebsten abbrechen lassen. Vult lächelte süffisant und stützte gespannt die Ellbogen auf die Knie. Alaron fühlte sich geschmeichelt. »Ich werde nun vier bisher nicht berücksichtigte

Tatsachen anführen, von denen ich glaube, dass sie noch nie in dieser Weise miteinander verknüpft wurden.« Er beschwor ein dreidimensionales Bild von drei Marmorbüsten herauf und ließ sie um die eigene Achse rotieren. Er hatte diesen Trick lange und oft geübt und war glücklich, weil die Mühe sich offensichtlich gelohnt hatte. »Es gab eine Zeit, da kannte jedes Kind diese drei Norer. Auf allen öffentlichen Plätzen standen Statuen von ihnen, ihre Porträts waren in jedem Lehrbuch zu finden. Die Menschen beteten sogar für ihr Heil. Unter allen Kanonikern sind diese drei die einzigen Norer: Fulchius, Keplann und Reiter. Alle drei waren Aszendenten, haben vom Kaiser für ihre Dienste und Tapferkeit das Ambrosia erhalten. Während der Revolte lebten sie als gefeierte Helden des Kaiserreichs in Pallas. Nach der Revolte jedoch wurden sämtliche Standbilder von ihnen niedergerissen, alle Bücher, in denen von ihren Taten die Rede war, aus dem Verkehr gezogen. Sie seien inzwischen an Altersschwäche verstorben, hieß es. Die Kirche erklärte die norischen Unterrichtsbücher für veraltet und zog sie ein. Sie ließ verlautbaren, als Strafe für Noros' Rebellion würden die Bilder der drei nicht mehr öffentlich gezeigt. All das klingt zwar halbwegs glaubwürdig, aber ist es nicht seltsam, wenn drei Aszendenten innerhalb eines Jahres an Altersschwäche sterben, wo ihre Lebensspanne doch mehrere Jahrhunderte umfasst? Hätte es als Strafe für die Revolte nicht genügt, ihre Standbilder zu entfernen? Warum wurde ihr Andenken so restlos aus dem öffentlichen Gedächtnis gelöscht?«

Alaron war wie hypnotisiert von dem konzentrierten Ausdruck auf Vults Gesicht und von Muhrens Anspannung. Er zögerte einen Moment, dann blendete er sein Publikum wieder aus und fuhr fort: »Die zweite Tatsache, auf die ich hinweisen möchte, ist die anhaltende Besetzung Noros'. In Schlessen und

Argundy gab es mehrere Aufstände, in Noros lediglich einen, und der verlief weit weniger blutig. Dennoch besteht die Besatzungsmacht hier in Noros aus acht Legionen. Acht! Das sind mehr Soldaten, als die gesamte norische Streitmacht während der Revolte umfasste. Weshalb? Die meisten Norer haben sich mit der Niederlage abgefunden, sie betrachten die einstige Rebellion sogar als töricht und falsch. Niemand in Noros hat die Absicht, je wieder eine Revolte anzuzetteln, und dennoch werden wir strenger und mit weit größerem finanziellem Aufwand überwacht als selbst Argundy, wo es in den letzten fünf Jahrhunderten ganze fünf Revolten gegeben hat! Was tun all diese Besatzungssoldaten hier? Acht Legionen, das entspricht vierzigtausend Mann. Die Antwort lautet: Sie graben! Die Villen und Landsitze aller an der Revolte beteiligten Generäle wurden bis auf die Grundmauern ausgegraben. Der Königspalast wurde Stein für Stein auseinandergenommen und wieder aufgebaut. Und sie graben noch immer. Es scheint beinahe, als würden die Rondelmarer hier *nach etwas suchen*.«

Alaron fiel die Totenstille auf, die sich über das Auditorium gesenkt hatte. Hauptmann Muhren fing seinen Blick auf und schüttelte unmerklich den Kopf. War das eine Warnung? Was wollte er ihm sagen? Alaron blinzelte kurz, dann besann er sich wieder auf seinen Vortrag. Es fehlte nicht mehr viel. Er würde das hier durchziehen. »Drittens möchte ich auf das Schicksal von General Jarius Langstrit zu sprechen kommen und auf eine Tatsache hinweisen, die so gut wie unbekannt zu sein scheint. General Langstrit war nach Robler einer unserer höchstdekorierten Generäle und gilt bis heute als eine der zentralen Figuren der Revolte. Doch wo ist er jetzt? Ist er verstorben, oder lebt er noch? Ich dachte immer, er wäre im Ruhestand und hätte sich auf sein Landgut zurückgezogen. Doch als ich ihn dort besuchen wollte, um mit ihm über die damaligen Ereignisse zu sprechen, fand ich das gesamte Grundstück verlassen vor. Einer unserer bekanntesten Generäle ist einfach verschwunden!« Er ließ das Abbild eines berühmten Gemäldes erscheinen, das einen zerzausten, aber resolut auftretenden General zeigte, wie er einem rondelmarischen Kommandanten sein Schwert zu Füßen legte. »Wir alle kennen dieses Gemälde: Angeblich zeigt es General Robler, der sich am Berg Tybold Kaltus Korion ergibt. Wie einem jedoch jeder Veteran bestätigen wird, war Robler zu stolz und zu verbittert, um zu kapitulieren, also hat der ›große Jarius‹ das für ihn übernommen. Fragt man jedoch die Bewohner Norosteins, erfährt man, dass Langstrit schon am nächsten Tag hier gesehen wurde, wie er allein und verwirrt über den Marktplatz irrte, einhundert Meilen vom Berg Tybold entfernt! Wie konnte er so schnell hierhergelangen, wenn er erst am Tag zuvor in seinem Lager in den Bergen festgesetzt worden war? Und viertens: Wie konnten Robler und seine Armeen die Rondelmarer so oft und so vernichtend schlagen, wo sie doch über keinen einzigen Vollblutmagus verfügten und somit für die reinblütigen Magi keine wirklichen Gegner waren? Acht Reinblüter aus Rondelmar haben in Noros gekämpft, mehr als im Kriegszug, und irgendwie haben unsere Halbblute es geschafft, vier von ihnen zu töten!« Alaron hielt vier Finger in die Höhe. »Lasst mich noch einmal zusammenfassen. Erstens: Noch während der Revolte verschwinden drei berühmte norische Kanoniker, und ihr Andenken wird aus den Geschichtsbüchern getilgt. Zweitens: Noch immer halten Legionen aus Rondelmar Noros besetzt und suchen nach etwas. Drittens: Ein General büxt aus dem Lagerarrest aus, wird einen Tag später verwirrt und orientierungslos in Norostein gesichtet und verschwindet dann spurlos. Viertens:

Norische Halbblutmagi besiegen die Reinblüter aus Rondelmar.« Er hob die Hand. »Ich glaube, dass zwischen diesen vier Fakten ein erklärbarer Zusammenhang besteht.«

Jetzt kommt's ...

»Dies ist meine Hypothese: Die drei norischen Kanoniker, Fulchius, Keplann und Reiter, sind nicht in Pallas eines natürlichen Todes gestorben, wie uns erzählt wurde. Sie schlossen sich der Revolte an, mehr noch, sie haben sie in Gang gesetzt. Ich vermute, sie haben etwas sehr Wichtiges aus Pallas mitgenommen. Warum sonst sollten acht Reinblüter, die sich nicht einmal für den heiligen Kriegszug interessiert hatten, auf einmal alles daransetzen, Noros zur Räson zu bringen? Wie konnte ein General sich nach der Kapitulation unbemerkt aus dem Lagerarrest entfernen, und wo ist er jetzt? Die Rondelmarer nehmen unser Königreich Stück für Stück auseinander und suchen nach etwas: Wonach?«

Alaron ließ die Frage einfach so im Raum stehen und genoss den Aufruhr, den seine Worte verursacht hatten. *Ich werde mit Bestnote bestehen!*

Er zeigte das Abbild einer Schriftrolle. »So sieht die Urkunde einer Heiligsprechung aus. Bitte beachtet den Passus: ›In die Aszendenz erhoben‹. Jeder noch lebende Heilige wurde in die Aszendenz erhoben – bis zur Noros-Revolte. Jeder Anwärter wurde in die Katakomben der Pallas-Kathedrale geführt, wo die Skytale des Corineus aufbewahrt wird, und dort kam er entweder als Aszendent wieder heraus oder als Leiche. Seit der Revolte wurden zwei noch lebende Personen heiliggesprochen, doch in keiner der Urkunden findet sich der Vermerk ›In die Aszendenz erhoben‹, nicht einmal bei unserer geliebten Imperia-Mater Lucia!«

Gemurmel erhob sich im Auditorium. »Wurde es übersehen? Hat man einfach *vergessen*, die Kaiserinmutter zur Aszendentin zu machen?«

Er machte eine Pause, ließ das Gemurmel noch weiter anschwellen. Das Gefühl, das Publikum so im Griff zu haben, war unbeschreiblich. Als Alaron die Hand hob, und das Auditorium augenblicklich verstummte, fühlte er sich beinahe wie ein Gott.

»Was, wenn es eine andere Erklärung gibt? Was, wenn der Gegenstand, den Fulchius, Keplann und Reiter gestohlen haben, der ist, der die norischen Magusgeneräle so kampfstark machte, nämlich der, nach dem die Rondelmarer bis heute suchen? Was, wenn es der Gegenstand ist, der einen Sterblichen in die Aszendenz erhebt? *Was, wenn Fulchius die Skytale des Corineus gestohlen hat?*«

Das Gemurmel wurde zum Tumult, und aus diesem Tumult stachen zwei Gesichter hervor: Hauptmann Muhren, aschfahl und so rasend vor Wut, dass Alaron beinahe schützend den Arm vors Gesicht gehalten hätte. Und Gouverneur Vult: Vollkommen ruhig saß er da mit nur dem leisesten Anflug eines Lächelns auf den Lippen.

Zu spät fielen Alaron Ramons Worte wieder ein: »Es könnte gefährlich sein, diese Version der Revolte da drin vorzutragen, Amiki.«

Aber zumindest beeindruckt mussten sie doch sein. Die meisten wussten nicht einmal, dass Langstrit in Norostein verhaftet worden war – in den Aufzeichnungen der Legion hatte sich kein Hinweis darauf gefunden. Alaron hatte Dutzende von Veteranen befragen müssen, um all diese Informationen zusammenzutragen. Und in der Bibliothek seiner Mutter fanden sich Bücher, die selbst viele Gelehrte nicht besaßen, geschweige denn die Magister.

»Meine Folgerung ist schlüssig«, erklärte Alaron. »Die norischen Kanoniker stahlen Corineus' Skytale und haben dann die Revolte angezettelt. Schwachblütige Magi aus Noros wurden über Nacht mächtig, die Revolte ging unter dubiosen Umständen zu Ende, und seitdem suchen die Rondelmarer hier verzweifelt nach etwas. Meine Schlussfolgerung erklärt all diese Ungereimtheiten und fügt der offiziellen Geschichtsschreibung eine wichtige Neuinterpretation hinzu.«

Im Auditorium brodelte es. Vorsteher Gavius hob die Hand. »Ruhe, bitte, werte Herren. Ist dein Vortrag hiermit beendet, Meister Merser?«

Alaron nickte. Sein Kopf drehte sich, eine Riesenlast fiel ihm von den Schultern. Er hatte ihre Aufmerksamkeit errungen, das Auditorium sogar gefesselt. Er hatte alle optischen Effekte hinbekommen und gut gesprochen. Er war zufrieden – und absolut erschöpft.

Jetzt hob auch Magister Fyrell die Hand. »Hast du irgendwelche Belege, dass man in Pallas nicht einfach beschlossen hat, den Wortlaut der Heiligenurkunden zu ändern? Oder basiert deine Argumentation womöglich auf einem Fehler eines Schreibers, Merser?«

Alaron musste sich zusammenreißen. »Diese Urkunden werden vom Großen Kirchenvater selbst aufgesetzt, Magister. Sie gelten als das Wort Kores, als die unumstößliche Wahrheit. Somit kann die Auslassung kein Fehler sein. Sie *muss* Absicht sein.«

Jetzt war es Gouverneur Vult, der sich zu Wort meldete. Alaron spürte einen Anflug von Nervosität. »Wenn die Generäle der norischen Revolte alle mit solch wundersamen Kräften ausgestattet worden wären, wie du sagst, wie kommt es dann, dass auch ich kein Aszendent bin?« Vults Speichellecker lachten pflichtschuldig.

Alaron versuchte, die verschiedenen Bedeutungsebenen der Frage abzuschätzen. Er merkte, dass er sich jetzt auf sehr dünnem Eis bewegte. »Edler Herr, es ist möglich, dass nicht ein einziger der Generäle in die Aszendenz erhoben wurde, dass diese wundersamen Kräfte, die sie plötzlich an den Tag legten, in Wahrheit das geheime Werk Fulchius', Keplanns und Reiters waren. Außerdem erklärt Euer Einspruch nicht die anhaltenden Grabungen. Es wäre möglich, und ich sage das mit dem allergrößten Respekt Euch gegenüber, dass die Mitwisser auf General Roblers engsten persönlichen Kreis beschränkt waren.« *Und wir alle wissen, was Robler von Euch hielt, Belonius.*

Vults Augen verengten sich, und er bedachte Alaron mit einem kalten, abschätzenden Blick.

Der wird mich so schnell nicht vergessen!

Hauptmann Muhren erhob sich. »Werte Herren«, sagte er in die Runde, »ich möchte eines vollkommen klarstellen: Die historische Aussagekraft dieser Abschlussarbeit, wenn auch mit ehrlichem Fleiß und Eifer erstellt, entspricht in etwa der eines Haufens Pferdeäpfel.« Alaron spürte, wie etwas in ihm zerbrach. Mit schneidender Stimme sprach der Hauptmann weiter. »Ich habe in der Revolte gekämpft. Es gab keine Kanoniker, die heimlich ums Schlachtfeld herumschlichen. Ich war Schlachtmagus in erster Reihe, ich hätte sie gesehen! Wir haben unsere Siege durch sorgfältige Planung und Tapferkeit errungen. Krieg ist kein Brettspiel! Selbst die mächtigsten Magi können von einem Pfeil oder einem Schwertstreich niedergestreckt werden. Ich hege nicht den geringsten Zweifel daran, dass die Skytale des Corineus genau dort ist, wo sie hingehört, wo sie sein *muss*, um das Reich zu bewahren: in den Katakomben der Kathedrale von Pallas.« Er blickte Alaron kalt an. »General Roblers Siege wurden durch den Mut seiner Soldaten erkämpft!« Muhren warf ihm noch einen letzten wütenden Blick zu, dann setzte er sich wieder. Die anderen Zuhörer flüsterten entrüstet, bewegt von seinen Worten.

Alaron merkte, wie er nach Luft schnappte wie ein Fisch auf dem Trockenen. Seine Augen wurden feucht, die Haut abwechselnd heiß und kalt. Er schaffte es gerade noch, sich aufrecht zu halten.

Die Tirade des Hauptmanns hatte alle weiteren Fragen verstummen lassen. Alaron riskierte einen Blick zum Gouverneur, der gerade einem Mann neben sich etwas zuflüsterte. Seine silbrig blauen Augen schienen Alaron zu durchbohren, und ihm war plötzlich, als könne er hinter dem aalglatten Äußeren eine eiserne Faust erkennen.

Vorsteher Gavius richtete nun das Wort an Alaron. »Danke, Meister Merser. Der Prüfungsausschuss wird über deine Arbeit beraten wie über alle anderen Abschlussarbeiten auch. Du kannst jetzt gehen.«

Alaron wankte nach draußen, vorbei an Ramon und hinein in den nächsten Abtritt, wo er sich erst einmal übergab. Als er wieder aus dem stinkenden Kämmerlein herauskam, verkroch er sich in ein stilles Eckchen des Turmhofs und vergrub das Gesicht in den Händen. Zu mehr war er nicht mehr in der Lage.

Alaron brauchte lange für den Nachhauseweg, sehr lange. Und als er dort ankam, fand er alle Unterlagen gestohlen, die er für seine Abschlussarbeit zusammengetragen hatte.

»Na, Jungs, wie läuft's?«, fragte Vann, als sie in der zweiten Prüfungswoche am Sabadag beim Abendessen zusammensaßen.

»Schlimm, Herr«, stöhnte Ramon. »Die Prüfer hassen uns. Sie durchbohren uns mit ihren Fragen wie mit tödlichen Messern.«

Vann schaute Alaron fragend an.

»Stimmt, Pap.« Alaron nickte. Er hatte ihm nicht im Detail von der Präsentation seiner Abschlussarbeit erzählt, und den Diebstahl hatte er erst recht nicht angesprochen. Der Schmerz war noch zu frisch, und Vann hatte ihm immer wieder eingeschärft, seine Unterlagen gut unter Verschluss zu halten. Ramon hatte er natürlich davon erzählt, und der war gleich mit einem halben Dutzend Theorien bei der Hand gewesen, aber was konnten sie schon tun? Alarons einzige Hoffnung war, dass sie ihn zumindest würden bestehen lassen. Doch erst einmal ging es mit den anderen Prüfungen weiter.

In der zweiten Woche war Kampfkunst dran. Als Alaron sich am Minasdag bei der Arena einfand, sah er Seth Korion in sich zusammengesunken auf einem Stuhl sitzen. Eigentlich wurde Seth gerade geprüft, er hätte kämpfen sollen, statt hier herumzusitzen. Alaron brauchte einige Sekunden, bis er merkte, dass Korion weinte. Er hatte ein blaues Auge, Rotz und Blut liefen ihm aus der Nase. Seth starrte Alaron an wie eine Geistererscheinung. Die Vorderseite seiner Stiefelhose war nass: Er hatte sich in die Hose gepinkelt.

»Rukka mio! Was haben sie denn mit dir gemacht?«, keuchte Alaron. *Was werden sie erst mit mir machen?*

Seth blickte ihn aus leeren Augen an. Sieben Jahre lang hatten die Magister ihn immer nur verhätschelt – eine denkbar schlechte Vorbereitung auf die Prüfungen. Er war dabei durchzufallen. Unvorstellbar, vor allem für einen Korion.

»Ich kann das alles nicht«, stöhnte Seth. »Sie schlagen mich. Dauernd. Ich halte das nicht mehr länger aus.«

»Was ist denn passiert?«, fragte Alaron vorsichtig. Er konnte den armen Tropf jetzt nicht noch mehr quälen, ebenso wenig, wie er ein neugeborenes Kätzchen hätte ertränken können.

Die Tränen strömten nur so über Korions Gesicht. »Zuerst lassen sie dich gegen einen antreten, dann gegen zwei, schließlich gegen drei. Gleichzeitig. Sie sind nur gewöhnliche Soldaten, aber es ist so schwer, sie alle im Auge zu behalten. Dann fangen sie an, auf dich einzuschlagen, es wird immer schlimmer. Sie haben mir Sachen zugeflüstert, ganz leise, damit die Kampfrichter es nicht mitbekommen. Was sie mit mir machen würden, wie weh es tun würde, was für ein erbärmlicher Schlappschwanz ich sei ... Ich halt das nicht aus. Ich kann da nicht wieder reinge ...«

»Du musst wieder da rein«, sagte Alaron leise. »Und wenn sie dich schlagen, dann stehst du wieder auf.« Er bedachte ihn mit einem durchdringenden Blick. »Wenn Malevorn mich verprügelt hat, hat's dir immer ganz gut gefallen.« Er packte Korion am Kragen und zog ihn auf die Beine. »Reiß dich zusammen, Seth. Rein mit dir!«

»Ich kann nicht«, wimmerte Korion. »Ich kann's einfach ...«

»Rein jetzt mit dir, du Feigling!«

Bei dem Wort Feigling ging ein Zittern durch Korion, als sei er vom Blitz getroffen worden. Er lief kreidebleich an, und seine Augen wurden feucht. Einen Moment lang glaubte Alaron, Seth würde ohnmächtig zusammenbrechen, doch schließlich wankte er auf steifen Beinen zurück in die Arena.

Kurz darauf hörte Alaron das Klappern hölzerner Schwerter, Stöhnen und Schreie. Zehn Minuten später trugen zwei Männer Korion auf einer Bahre an ihm vorbei. Bewusstlos.

Alaron starrte der Bahre hinterher, dann wanderte sein Blick zum Eingang der Arena.

Heiliger Kore ...

Eine weitere Stunde später verließ er den Kampfplatz, humpelnd und erschöpft. Seth hatte nicht übertrieben: Sie hatten ihn gegen kampferprobte Soldaten der Stadtwache antreten lassen, zuerst gegen einen, dann zwei... Ihre Schwerter waren aus Holz gewesen, aber die Verletzungen, die sie einem damit beibringen konnten, waren nicht zu unterschätzen. Alaron hatte die Gnosis benutzen dürfen, aber nur zur Verteidigung, nicht zum Angriff. Parieren, Abwehren, Luftsprünge und dergleichen – harte Arbeit, aber er hatte es überstanden. Nur zwei Treffer hatte er kassiert, und das kurz vor Schluss, als er schon ziemlich am Ende gewesen war. Zweiundneunzig Punkte, gar nicht so schlecht für ihn! Und was die geflüsterten Drohungen und Beschimpfungen der Soldaten betraf: Von Malevorn war er Schlimmeres gewohnt, er hatte sie einfach ausgeblendet.

Allerdings hatte Seth ihm nichts vom letzten Teil der Prüfung erzählt, der darin bestand, einem Schlachtmagus gegenüberzutreten. Alaron war völlig erschöpft gewesen, und aus dem »Kampf« war die kürzeste und schlimmste Abreibung seines Lebens geworden. Erniedrigend. Wenigstens hatten sie auf der Krankenstation gute Heiler.

Tydag war Bogenschießen dran, schwiwig und überaus anspruchsvoll, aber nicht so kräftezehrend. Diesmal war keine Gnosis erlaubt. Ein paarmal hatte er getroffen, ein paarmal vorbeigeschossen, wahrscheinlich hatte er bestanden. Wotendag war dem Reiten vorbehalten, und da hatte Alaron keine Probleme: Er war ein guter Reiter und kannte die Pferde. In Reitkunst konnten sie ihn gar nicht durchfallen lassen.

Torsdag wurde der Umgang mit der Ausrüstung geprüft: Auf Zeit eine komplette Rüstung auseinandernehmen und wieder zusammensetzen, einem Pferd einen Harnisch anlegen, all die langweiligen Grundlagen.

Freyadag war der schlimmste, denn da ging es zurück ins Auditorium: Strategie auf dem Schlachtfeld. In der Nacht zuvor träumte Alaron, er würde gefragt, was Vult in Lukhazan hätte tun sollen, und es war der Gouverneur selbst, der ihn benotete. So weit kam es glücklicherweise nicht, aber als er Roblers Taktik in Geisen erklären sollte, war er schlichtweg überfordert. »Er war der Beste«, stammelte Alaron nur, »er konnte die Schlacht gar nicht verlieren.« Immerhin war er schlau genug gewesen, nicht die Thesen seiner Abschlussarbeit ins Spiel zu bringen.

»Alles in allem keine schlechte Woche, glaube ich«, sagte er schließlich zu Vann.

»Besser als die erste«, stimmte Ramon zu und nickte entschlossen.

»Aber nächste Woche geht's ans Eingemachte: Gnosis. Alles andere ist nur Beiwerk«, erklärte Alaron. »Die letzten beiden Wochen sind die eigentliche Prüfung.«

»Ist das so?«, fragte Vann in seiner bedächtigen Art. »Ich hätte gedacht, es sei eher andersherum.«

»Wie meinst du das, Pap?«

»Natürlich sind eure gnostischen Fähigkeiten wichtig, aber ich glaube, worum es tatsächlich geht, ist eure Einstellung. Seid ihr bereit, Befehle zu befolgen? Auf Kommando zu töten? Habt ihr den Mut, dem Tod ins Auge zu sehen? Mich zumindest würde das interessieren, wenn ich Rekruteur wäre.«

Die beiden Gnosisschüler blickten einander unbehaglich an. Keiner von ihnen war der gehorsame Typ.

In Woche drei waren es immer zwei Prüfungen, eine am Vormittag und eine am Nachmittag, weshalb sie den ganzen Tag an der Schule verbringen mussten. Gleich am ersten Morgen nahmen die Reinen den Aufenthaltsraum in Beschlag, also begnügten Alaron und Ramon sich mit dem Garten. Sie sprachen nicht viel. Zuerst wurden die Grundlagen geprüft: Schutz, Abwehr, Ziele mit Gnosisfeuer zerstören. Zu diesem Zweck wurde ihnen ein Bernsteinamulett zur Verfügung gestellt, und beide fanden, dass es sich gut anfühlte, etwas in die Luft sprengen zu dürfen. Irgendwie beruhigend.

Auch das Mittagessen nahmen sie im Garten ein, um den Reinen aus dem Weg zu gehen, deren prahlerisches Gelächter durch das ganze Gemäuer hallte. Am Nachmittag wurden die Aufgaben anspruchsvoller. Sie mussten ihr Geschick mit den Runen unter Beweis stellen, alle möglichen Konstellationen aus dem Gedächtnis abrufen, um mal diesen, mal jenen Effekt zu erzielen. Die Prüfer ließen Alaron jede Anwendung demonstrieren, die sie durchgenommen hatten. Angriff und Abwehr, Verhüllen und Finden, Verschließen und Aufbrechen – all jene Gnosisaufgaben, die sie als Absolventen später tagtäglich würden erledigen müssen. Als sie endlich mit allem durch waren, war Alaron schwindlig. Er war komplett durchgeschwitzt, die Luft um ihn herum immer noch aufgeladen mit knisternder Energie.

»Etwas schwerfällig. Eindeutig nicht mehr als ein Routinemagus«, merkte Fyrell an, und Alaron zuckte zusammen. Routinemagus war ein abwertender Ausdruck für einen Magus, der die Gnosis nur in Grundzügen beherrschte, plump und uneffektiv. Alaron wusste, er konnte mehr.

Der Rest der Woche war Hermetik und der Theurgie gewidmet. Sie mussten alles vorführen, was sie in diesen Bereichen während der letzten sieben Jahre gelernt hatten, vom billigsten Trick bis zur komplexesten Verwünschung. Jeder hatte seine ganz eigene Affinität zu einem Bereich der Gnosis. Alaron tat sich mit Zauberei am leichtesten, Ramon bevorzugte eher die Hermetik, das genaue Gegenteil der Zauberei, womit Alaron wiederum Schwierigkeiten hatte. Aber wenigstens kam er mit Theurgie einigermaßen zurecht. Es stand viel auf dem Spiel, aber irgendwie spornte die Anspannung sie beide zu Höchstleistungen an, und ihnen gelangen Dinge, mit denen sie im Unterricht die größten Schwierigkeiten gehabt hatten. So konnte Alaron einen Wolf bezähmen, bevor dieser ihn angriff, etwas, was ihm noch nie zuvor gelungen war. Es war wie eine Rehabilitation nach sieben Jahren quälenden Unterrichts von herablassenden Lehrern, die taten, als sei es unter ihrer Würde, sich mit einem Viertelblut und Händlerssohn abzugeben.

Am Sabadag schliefen sie lange, und nachdem es ihnen gelungen war, Vann davon zu überzeugen, dass sie Erholung nötiger hatten als göttlichen Segen, erlaubte er ihnen, auch den Kirchgang auszulassen. Stattdessen stießen sie nach dem Abendessen auf die letzte Runde des Rennens an, wie Ramon es nannte.

In der letzten Prüfungswoche streckte der Winter seine kalten Finger von den weißen Spitzen der Arken hinunter ins Tal und suchte Norostein mit den ersten Schneefällen heim. Wenigstens hielt Feuerthaumaturgie die Finger warm! Die Elemente zu beeinflussen war nicht sonderlich kompliziert, aber für Alaron immer noch schwierig genug. Er war ein passabler Feuermagus und konnte einigermaßen mit Erde umgehen. Mit Luft klappte es weniger gut, und mit Wasser konnte er überhaupt nichts anfangen.

Sein Problem war das Zaubern selbst. Laut seinen Eingangstests hätte es seine Stärke sein sollen, aber alle vier Teilgebiete – Geisterbeschwörung, Hexerei, Divination und Hellsicht – machten ihn nervös. Geister ließen ihm das Blut in den Adern gefrieren. Er konnte die theoretischen Aspekte zwar erklären, aber als er versuchte zu hexen, versagte er kläglich.

Dasselbe passierte bei der Geisterbeschwörung. Er konnte den Geist eines kürzlich verstorbenen jungen Mannes einfach nicht herbeirufen, weil er den Anblick der Leiche nicht ertrug. Mit gesenktem Haupt schlurfte er, begleitet vom Tuscheln der Lehrer, aus dem Raum. Die Prüfung in Hellsicht war komplett in die Hose gegangen. Keinen der versteckten Gegenstände hatte er identifizieren können. Auch Divination, die letzte Teilprüfung, verlief nicht gerade angenehm. Er sollte seine eigene Zukunft vorhersagen, und die sah nicht besonders gut aus, wie sich herausstellte: Alaron hatte eine Vision von gestohlenen Schriftrollen und Schlangen, die ihm überall auflauerten. Er interpretierte sie als eine Verschwörung gegen seine Person, und als er die Augen wieder öffnete, starrte jeder einzelne der anwesenden Magister ihn nur mit hochgezogenen Augenbrauen an.

»Willst du damit sagen, wir vom Zauberturm hätten etwas gegen dich, Junge?«, fragte der Schulvorsteher verächtlich nach Alarons halb garen Ausführungen. »Die Rekruteure bezahlen uns, damit wir Magi hervorbringen. Jeder Ausfall schadet uns ebenso wie der Gemeinschaft. Ich wäre dir sehr verbunden, wenn du etwas mehr Dankbarkeit zeigen würdest für all die Jahre der Anstrengung, die wir dir gewidmet haben.« Er schüttelte den Kopf. »Alles, was wir dir wünschen, ist Erfolg, mein Junge.«

»Ich würde sagen, du versagst auch, ohne dass wir nachhelfen«, merkte Fyrell bissig an. »Wenn du uns nicht noch mit weiteren Verschwörungstheorien unterhalten möchtest, bist du hiermit entlassen.«

Alaron schloss die Augen und wäre am liebsten im Boden versunken.

»Und, wie lief's mit Divination?«, fragte Ramon. Er hatte

das Fach erst gar nicht belegt, also waren sie beide fertig. Endgültig.

Alaron stöhnte. »Ich will nicht darüber reden. Gehen wir nach Hause.«

Ramon hielt eine Geldbörse hoch. »Aber nein, mein Freund, heute Abend werden wir uns betrinken, und zwar auf meine Kosten.«

»Du hast Geld?« Alaron schaute ihn ungläubig an.

Ramon grinste. »Ich bin Rimonier.«

»Du hast es gestohlen?«

»Aber nein! Wie kannst du so was auch nur denken? Ich glaube, ich trinke lieber mit jemand anders.« Er blickte Alaron erwartungsvoll an.

Alaron seufzte. Irgendwo leierte eine Fiedel. Die Sonne senkte sich auf die Hügel im Westen herab und tauchte den Schnee auf den Flanken der Arken in ein feuriges Rot. Die Luft war klar und eisig kalt. Bestanden oder durchgefallen, die Prüfungen waren vorbei.

»Entspann dich, Alaron.« Ramon stieß ihn in die Rippen. »Was vorbei ist, ist vorbei. Sie werden dich schon durchlassen, und ob du Gold, Silber oder Bronze bekommst, ist vollkommen egal. Es kommt, wie es kommt, Amiki. Und jetzt los, besorgen wir uns ein Bier!«

Alaron blies ganz langsam die Luft aus. »In Ordnung, du hast recht. Es ist nur... Nein, du hast recht.«

»Natürlich hab ich recht.« Ramon legte die Hand ans Ohr. »Wenn mich nicht alles täuscht, kommt die Musik von der Taverne am Mühlteich, Amiki. Gehen wir!«

8

Ein Akt des Verrats

Die Grauen Füchse

Die Grauen Füchse waren eine Gruppe Magi, die die Noros-Revolte unterstützten. Vom Kaiserreich geächtet und als Spione gebrandmarkt, wurden sie bei Gefangennahme sofort hingerichtet. Viele blieben bis lange Jahre nach dem Krieg im Untergrund und zeigten sich erst wieder in der Öffentlichkeit, nachdem der Gouverneur eine Generalamnestie erlassen hatte. Obwohl die Grauen Füchse aller Wahrscheinlichkeit nach weniger als dreißig Mitglieder zählten, waren sie während der Revolte die gefürchtetste aller kämpfenden Truppen. Ihr Kommandant, Gurvon Gyle, wurde erst im Jahr 915 amnestiert, und das nur unter der Bedingung, dass er sich als Experte zur Niederschlagung von Aufständen dem zweiten Kriegszug anschloss.

DIE GESCHICHTE VON YUROS, NILS MANNIUS, 921

Brochena in Javon, Antiopia
Okten 927
9 Monate bis zur Mondflut

Elena Anborn ritt neben den Wagen und Kutschen, die mit knirschenden Rädern Richtung Osten nach Forensa unterwegs waren. Sie trug ein blaues Baumwolltuch auf dem Kopf und einen Gazeschal über den Augen, damit sie trotz der grellen Sonne die Straße genau im Blick behalten konnte. Die Luft über dem glühend heißen Boden flimmerte, im Süden tanzten Fata Morganas über den Sand. Sie dankte dem Himmel, dass es Winter war und vergleichsweise mild. *Wahrscheinlich nicht mal halb so heiß wie in Hel. Wir sollten dankbar sein.*

Sie kamen gut voran. Normalerweise brauchte man zwei Wochen bis Forensa, aber jetzt, da es allmählich kühler wurde, würden sie es vielleicht in ein oder zwei Tagen weniger schaffen. Ungefähr die Hälfte der Strecke hatten sie bereits. Lorenzo di Kestria ritt mit einem der Späher etwa fünfzig Schritte voraus. Der Ritter kam beinahe um vor Hitze in seiner Lederrüstung. Die Karawane bestand aus sechs Wagen, eskortiert von zwölf Wachsoldaten. Timori und Fadah befanden sich in der Kutsche gleich hinter ihr, Cera folgte im nächsten, allein. An ihrer Kutsche baumelten rote Bänder, die jeden Betrachter davor warnten, dass sich darin eine menstruierende Frau befand. Amteh-Männer mussten sich von Frauen fernhalten, die »unrein« waren. So gesehen hätte Elena in derselben Kutsche sitzen müssen, aber sie hatte zu viel zu tun. Also trug sie lediglich ein rotes Armband und blieb auf Abstand zu den anderen.

Leider teilte Samir Taguine den Aberglauben der Amteh nicht und preschte schnurgerade auf sie zu. Bei jeder Bewegung seines Pferdes wackelte und schaukelte er hin und her.

Seine Steigbügel waren viel zu kurz, und er hatte kaum Kontrolle über sein Reittier. Er sah beinahe lächerlich aus auf seiner Stute. *Wenn ich je gegen dich kämpfen muss, Samir, dann hoffentlich zu Pferd.*

Samir dirigierte seine Stute neben Elena, seine Glatze leuchtete rot in der Sonne. »Rukka mio, wie ich das Reiten hasse«, stöhnte er. »Was meinst du, soll ich der blutenden Prinzessin ein bisschen Gesellschaft leisten?«

»Ich meine, du solltest deine Zunge etwas besser im Zaum halten, wenn du von der Königsfamilie sprichst.«

Samir schnaubte nur und fuhr sich über den Kinnbart. »Sie ist ohnehin ein bisschen still für meinen Geschmack. Die Jüngere gefällt mir besser. Hat mehr Feuer. Ich hab ein Auge auf sie geworfen.«

»Du rührst die beiden nicht an«, gab Elena kalt zurück.

Er lachte gehässig. »Sieh an, wie besitzergreifend! Bist du etwa selbst auf sie scharf?«

»Verzieh dich, du brünstiger Köter.«

»Könnte dir so passen.« Samir warf ihr einen anzüglichen Blick zu. »Du glaubst, du wärst der Boss, Elena, aber hier, ohne Gyles Schutz, bist du nicht mehr als ein jämmerliches Halbblut!«

»Sonst noch was?«, fragte Elena unbeeindruckt.

Der Magus blickte sie an und senkte die Stimme. »Ja. Trägst du dein Amulett?« Er schien es kaum erwarten zu können, sich aus dem Staub zu machen. Er hasste dieses Land so sehr, wie Elena es liebte.

»Immer. Ich muss mir den Kamm da vorn mal ansehen. Ich glaube, du bleibst besser hier. Nicht dass du bergauf noch vom Pferd fällst.«

Während Elena die Hügelflanke hinaufgaloppierte, hörte

sie Samir hinter ihrem Rücken kichern. Sie wusste, er war gefährlich. Noch nie hatte sie einen Magus gesehen, der eine so starke Feueraffinität hatte wie Samir, das Inferno. *Ignorier ihn einfach. Es ist bald vorbei ...*

Später, es war bereits Nacht, der riesige Sichelmond füllte den nördlichen Himmel aus, ging Elena über die umgebenden Hügel und sog die klare Wüstenluft ein. Von einer kleinen Anhöhe aus blickte sie hinunter auf die Wagen und Zelte. Fadah und Timori würden in einem Pavillon schlafen, normalerweise auch Cera, wenn sie nicht gerade ihre Menstruation hätte. Männer eilten um die Feuerstellen herum und bereiteten das Essen. Timori lieferte sich mit einem der Soldaten ein Holzstockduell, während Lorenzo das Blutzelt für Cera und Elena errichtete.

Sie ging in die Hocke, hob eine kleine Vertiefung aus und versiegelte sie mit einer Berührung, damit das Wasser nicht abfloss. Dann lehrte sie den Inhalt ihrer Trinkflasche hinein. *Mal sehen, was Gurvon zu sagen hat ...* Den ganzen Tag über hatte er sie mit unsichtbaren Gedankenpfeilen beschossen, damit sie Kontakt zu ihm aufnahm, aber Elena hatte es nicht eilig.

Sie berührte den Miniaturteich und ließ ihre Gnosis hineinfließen. Das Wasser begann blau zu leuchten, Rauch stieg auf, und Gurvons vertrautes, hinterhältiges Gesicht erschien.

Elena, wo bist du? Sordell sagt, du seist mit Samir nach Osten geschickt worden.

Wir sind beim Wadi Khodasha, auf halbem Weg nach Forensa. Wo bist du?

Nördlich von Brochena. Trägst du dein Amulett?

Ja. Sie biss sich auf die Lippe. *Aber ...*

Gut. Halte dich bereit. Rund um die Uhr. Sein Gesicht war angespannt, von Sorge gezeichnet. Die Vertrautheit war schmerzhaft. Sie hatte dieses Gesicht so oft geküsst, doch im Moment konnte sie sich nicht mehr erinnern, wie es sich angefühlt hatte. Das letzte Mal lag jetzt beinahe ein Jahr zurück, es war während einer seiner seltenen Besuche gewesen. Elena hatte den Verdacht, dass Gurvon eine andere hatte. Vedya, ganz bestimmt.

Sie nahm all ihren Mut zusammen. *Gurvon, Olfuss möchte, dass ich bleibe – in seinem persönlichen Dienst. Nur ich, die anderen will er nicht.* Jetzt hatte sie es gesagt.

Das Wasser verfinsterte sich. *Hast du ihm gesagt, dass du gehen würdest?*

Natürlich nicht! Er hat mich aus eigenem Antrieb gebeten.

Gut. Dann hegt er also keinen Verdacht. Gurvon runzelte die Stirn. *Warum will er die anderen nicht? Gehen sie ihm schon wieder auf die Nerven? Aber selbst wenn, es spielt jetzt keine Rolle mehr. Sobald ich Nachricht gebe, wirst du dich mit Samir nach Nordosten wenden und…*

Gurvon, du hörst nicht zu. Ich werde das Angebot annehmen. Ich möchte hierbleiben.

Gurvon erstarrte. Sein Gesichtsausdruck veränderte sich von Verwirrung über Verärgerung zu einer undurchdringlichen, bedrohlichen Maske. *Wovon redest du da, Elena?*

Ich will hierbleiben. Das hier ist der Ort, an dem ich mein Leben verbringen, mich zur Ruhe setzen will. Ich will deinen Geheimbund verlassen. Ich habe mich entschieden.

Ungläubig starrte Gurvon sie aus dem blauen Wasser an. *Dann wirst du dich eben verdammt noch mal wieder umentscheiden! Dieser dämliche Bastard Olfuss macht sich gerade zum Feind des Kaiserreichs, und du wirst nicht bei ihm…*

Ich habe mich entschieden.

Du dumme Hure, für wen hältst du dich? Alles Gold, das

du besitzt, ist in meinen Händen, schon vergessen? Du gehörst mir, Weibsstück! Seine Augen blitzten vor Wut, und das Wasser bebte. Einen Moment lang glaubte Elena, er würde sie angreifen, aber dann beruhigte sich das Spiegelbild wieder, und sein Gesicht wurde sanft, beinahe entschuldigend. Doch es war keine Entschuldigung, es war reine Berechnung. *Es tut mir leid, Elena. Ich habe im Zorn gesprochen. Hör zu, du solltest deine Entscheidung noch einmal überdenken. Was du da redest, ist schlichtweg nicht möglich. Dies ist kein Spiel, Elena. Der Befehl, uns zurückzuziehen, kommt direkt aus dem Kaiserpalast.*

Aus dem Kaiserpalast? Seit wann arbeiten wir fürs Kaiserreich? Gurvon, ich ...

Schhh! Rede nicht, hör zu. Denk noch einmal darüber nach, meine Liebe. Triff eine solche Entscheidung nicht übereilt. Sprich mit mir, wenn du in Forensa bist. Bitte, Elena, versprich mir, dass du noch einmal darüber nachdenkst. Es ist zu deinem eigenen Besten.

Sie atmete tief durch und nickte stumm. Was konnte sie im Moment schon tun? Wieder tauchte sie die Finger in das Wasser. Es gab ein Zischen, und der kleine Teich verdampfte in einem blauen Lichtblitz. Sie vergrub das Gesicht in den Händen, und ein kalter Schauder lief ihr über den Rücken.

Als sie endlich wieder aufblickte und hinunter zum Lagerplatz schaute, sah sie Samir Taguine, wie er in einen Eimer starrte, das Gesicht vom Leuchten des Wassers darin erhellt.

Er spricht mit Gurvon ... Elena sah die Überraschung auf seinem Gesicht, als Samir sie bemerkte.

Elena richtete sich im Eingangsbereich des Blutzeltes ein, von wo aus sie alles beobachten konnte.

Cera blickte sie strahlend an. »Elena, sieh mal, Lorenzo hat uns Fleischbrühe gebracht, und er sagt, später gibt es noch gebratenes Huhn.« Sie wirke ein wenig traurig. »Er hat sich in dich verguckt. Die ganze Zeit sieht er dich an.«

»Er ist nur nett zu mir. Wie ein Bruder.«

»Pah! Mich sieht er nicht so an. Dabei will sein älterer Bruder, dass er mir den Hof macht. Und Vater will es auch.«

»Die Kestrias sind die ältesten Verbündeten deiner Familie«, erwiderte Elena. »Es wäre eine gute Verbindung.« *Und ich hätte ihn endlich vom Hals.*

»Hübsch ist er ja schon, glaube ich«, überlegte Cera laut. »Aber mir gefällt er nun mal nicht.«

»Aber du hast gerade gesagt, er sei hübsch«, sagte Elena lachend.

»Wenn einem Stoppeln gefallen.« Cera rümpfte die Nase.

»So sind Männer nun mal. Rau und kratzig.«

Elena sah wieder nach draußen. Sie wollte Samir im Auge behalten. Er stand drüben bei der Quelle und trank aus seiner Feldflasche. In der Dunkelheit begegneten sich ihre Blicke. Elena konnte sich nur zu gut vorstellen, wie er wartete, bis sie eingeschlafen war, um sie dann samt Zelt einzuäschern. *Nein... Gurvon würde das nicht zulassen. Bestimmt nicht... Aber Gurvon ist jetzt weit, weit weg, und was wir miteinander hatten, liegt lange Zeit zurück.*

Mit einem Mal wirkte die Wüste trostlos und leer. Es war leicht, sich vorzustellen, der Rest der Welt wäre einfach verschwunden, und alles, was noch existierte, wäre dieses eine Land, dieses eine Volk.

Cera bekam von alledem nichts mit. »Du solltest mit mir in der Kutsche fahren. Du blutest wie ich, und ich langweile mich zu Tode.«

Es gibt schlimmere Todesarten, meine Kleine. Und jetzt halt die Klappe. Ich muss nachdenken. »Ich muss Wache halten«, murmelte Elena. »Außerdem ist meine Blutung schon fast vorbei. Wenn man älter wird, dauert sie nicht mehr so lange.«

»Mir gefällt es immer, wenn wir zusammen in den Blutzimmern sind. Dann können wir wirklich reden. Wie Schwestern.«

»Du hast eine Schwester.« *Wird Gurvon mir mein Geld geben, wenn ich den Dienst quittiere? Sollte er besser, um seinetwillen!*

»Aber Solinde und ich sind so verschieden. Ständig will sie nur über Jungs und Tanzen reden und über Kleider. Wenn ich mich mit dir unterhalte, ist es ganz anders. Außerdem ist sie die Hübsche von uns beiden«, fügte Cera ein wenig neidisch hinzu.

»Du bist auch hübsch, Cera«, erwiderte Elena. »Jeder sagt das. Nur eben keine so oberflächliche Schönheit.«

Ceras Lippen waren voll, ihre Augen groß und die Wimpern daran lang. Sie war keine klassische Schönheit, aber dennoch betörend.

»Findest du wirklich? Ich komme mir so nichtssagend vor. Ich bin zu klein und zu breit. Dick eben.«

Elena rollte die Augen. »Du bist nicht dick, Cera. Du bist nur nicht so dünn wie Solinde. Lass dir von ihr bloß nichts anderes einreden.« Elena konzentrierte sich jetzt ganz auf Samir Taguine, der ihren Blick mit widerwärtiger Arroganz festhielt. »Du bist genau da schön, wo es drauf ankommt, meine Prinzessin. Ich würde eher sterben, als zuzulassen, dass jemand dir was antut«, fügte sie hinzu, ohne über ihre Worte nachzudenken.

Cera blinzelte. »Ich weiß ... ich meine, das ist doch dein Beruf, oder? Uns beschützen, meine ich.«

»Es ist mehr als ein Beruf, Cera.« Als sie wieder zu Samir schaute, sah sie, wie Lorenzo in ihre Richtung kam. *Verdammt, muss ich ihn jetzt auch noch beschützen?* »Sieh mal, da kommt Lori.«

Lorenzo grinste verhalten. »War die Fleischbrühe nach Eurem Geschmack, Prinzessin? Pietro ist fast fertig mit dem Huhn. Ihr werdet das beste Stück bekommen.«

»Das sollten wir auch, Seir Lorenzo. Unsere Mägen tun schon weh!«

Elena stand auf und winkte ihn näher heran. »Lorenzo«, flüsterte sie. »Seid auf der Hut, wenn Samir in der Nähe ist.«

Er starrte sie an, als traue er seinen Ohren nicht. »Samir? Hat er Olfuss die Treue aufgekündigt?«

»Er ist ein rondelmarischer Magus. Die einzige Treue, die er kennt, gilt seinem Sold.«

Lorenzo wirkte verunsichert. Er wusste, welche Verheerungen Samir anrichten konnte. Der Magus hatte oft genug bei den Rittern mit seinen Fähigkeiten angegeben, vor ihren Augen Felsblöcke gesprengt oder eine ganze Reihe Bogenscheiben in einer einzigen Stichflamme aufgehen lassen. »Ihr seid auch ein Magus«, sagte er leise.

»Aber ich bin auch eine Nesti. Das wisst Ihr, Lori.«

»Si, Ihr seid eine Nesti. Was soll ich Eurer Meinung nach tun?«

»Im Moment gar nichts. Aber seid auf der Hut. Habt ein Auge auf Fadah und Timi. Es gibt keinen Grund anzunehmen, dass irgendetwas passieren wird, aber seid wachsam.« Sie entschied sich für die unverfänglichere Erklärung: »Wegen der Blutfehde.«

»Ihr glaubt, wenn die Nesti sich auf Salims Seite schlagen, könnte Samir etwas dagegen unternehmen wollen?«

»Es schadet zumindest nicht, wachsam zu bleiben, Lorenzo.«

Er lachte nervös. Sie beide wussten, wenn es zu einem

Kampf kam, konnte Samir ihn mit einem Fingerschnippen verdampfen – es sei denn, er stünde hinter Elena. Dennoch schaffte er es irgendwie, halbwegs entspannt auszusehen, als er sich entfernte.

Cera setzte sich auf, die großen Augen feucht vor Sorge. »Was hast du da gerade zu Lori gesagt, Ella?«

Elena lächelte sie beruhigend an. Hoffte sie zumindest. »Ich hab ihn nur gebeten, die Augen offen zu halten.«

Cera schnitt eine Grimasse. »Ich bin kein Kind mehr, Ella. Ist irgendetwas los? Etwas mit Samir? Ich mag ihn nicht.«

Ich auch nicht, meine Kleine. Sie schätzte die Distanz zwischen dem Zelt und dem Feuermagus ab. »Mach dir keine Sorgen, Cera. Dir wird nichts passieren.«

»Du siehst auf einmal so böse aus.« Cera blickte zu der kleinen Laterne hinauf. »Kannst du kein magisches Licht machen, so eins, wie du es nachts immer bei Sturm gemacht hast?« Der Geist eines kleinen Mädchens schien sie aus den Augen der jungen Prinzessin anzublicken. Sie brauchte eine Bestärkung, dass alles in Ordnung war.

Elena blickte sie sanft an. »Natürlich.« Sie griff nach ihrer Trinkflasche, zog den Stöpsel heraus und goss sich etwas Wasser auf die Handfläche. Als sie anfing, es mit den Fingern zu bearbeiten, beugte Cera sich ganz nahe heran. Elena formte das Wasser, erfüllte es mit dem Licht der Gnosis, das in ihr brannte, vermischte und verband die beiden und versiegelte sie mit einer Rune. Dann warf sie die wabernde Kugel aus Wasser und Licht in Ceras ausgebreitete Hände.

Das Mädchen schnippte sie zu ihr zurück, und ein paar Sekunden lang spielten sie die leuchtende Kugel hin und her, bis sie auf Ceras Kissen fiel und zerplatzte.

»Du gewinnst immer«, beschwerte sie sich. »Als wir noch

kleiner waren, hast du uns gewinnen lassen. Bei Timi machst du es immer noch.« Sie nestelte an dem Wasserfleck herum. »Und jetzt ist meine Decke nass.«

»Und jetzt zeige ich dir, warum ich dich nicht habe gewinnen lassen!« Elena machte eine Handbewegung und ließ das leuchtende Wasser wieder aufsteigen.

Cera lachte, dann sagte sie wehmütig: »Ich wünschte, ich würde auch solche Zaubersprüche beherrschen wie du.«

»Das sind keine Zaubersprüche, es ist die Gnosis. Das Wort kommt aus dem Silacischen und bedeutet Geheimwissen«, erwiderte Elena. Sie sah, wie Samir zurück zu seinem Zelt ging. *Braver Samir, Zeit zu schlafen.* »Wir sprechen sie auch nicht, wir leiten die Energie mit unseren Gedanken. Nur Anfänger und wenig begabte Magi sprechen die Worte laut aus, weil sie sich dann besser konzentrieren und ihre Energie besser bündeln können. Ich tue es nur, wenn ich etwas wirklich Kompliziertes machen will.« Sie beobachtete, wie Samir in seinem Zelt verschwand. *Endlich.*

Elena zog ein Bündel Federn aus der Tasche, ein Geschenk von Gurvon. Tiergnosis. Sie schickte ihren Geist aus, fand eine Wüsteneule und befahl ihr, über ihr Zelt zu wachen. Tiere zu kontrollieren war nicht ihre Stärke, aber mit ein bisschen Hilfe bekam sie einfache Dinge hin, selbst wenn diese Hilfe von ihrem entfremdeten Liebhaber kam.

Triffst du dich immer noch mit Vedya, Gurvon? Du hast mir geschworen, es sei vorbei, aber ich glaube dir nicht.

Cera rollte sich auf den Bauch und schaute sie durch einen Vorhang aus dickem schwarzem Haar an. »Was wird Vater tun, Ella? Wenn er sich wegen der Fehde mit den Keshi trifft?«

Elena sah die sanften braunen Augen im Schein der blauen Wasserkugel. Cera stellte in letzter Zeit immer mehr Erwachsenenfragen. Sie wurde zur Frau, zu einer Frau, die sich für weit mehr interessierte, als nur Kinder zur Welt zu bringen. Sie war noch nicht versprochen, es war längst überfällig. Sowohl rimonische als auch jhafische Adelshäuser hatten schon angefragt. Cera war halb Rimonierin, halb Jhafi, also konnte sie in beide Geschlechter einheiraten, ohne ihren Kindern die Aussichten auf den Thron zu verbauen. »Ich glaube, dein Vater wird sich alle Möglichkeiten offenhalten, solange er kann. Jhafi und Keshi lagen schon miteinander im Krieg, lange bevor die ersten Rimonier sich hier niedergelassen haben, und die Keshi haben mehr als einmal versucht, eine Revolte in Javon anzuzetteln. Unsere Verteidigungsanlagen im Süden sind stark, aber unsere Armee ist klein.«

»Aber wir werden doch wohl kaum neutral bleiben«, gab Cera verdutzt zurück. »Was der Kaiser aus Rondelmar getan hat, war böse. All die Unschuldigen, die in Hebusal gestorben sind! Ich wünschte, alle aus Rondelmar wären wie du, Ella. Dann würde wieder Frieden herrschen.«

»Ich bin nicht aus Rondelmar«, widersprach Elena mit einem Lächeln. »Ich komme aus Noros, und wir mögen die Rondelmarer genauso wenig wie ihr. Wir haben sogar einmal Krieg gegen sie geführt, aber wir haben verloren.« Gesichter aus der Vergangenheit tanzten in ihrer Erinnerung: Gesichter von Toten und Gesichter von Lebenden, Gurvons Gesicht ...

»Ist Samir aus Rondelmar? Und Meister Sordell?«

»Samir, ja. Ein typischer Vertreter seines Volkes, außer dass er eine Glatze hat. Normalerweise tragen sie ihr Haar in langen Locken, lange Mäntel mit Spitzenbesatz und so weiter. Sordell kommt aus Argundy, dort sind sie mehr geradeheraus, geerdeter. Verdammt sturköpfig.«

»Rondelmar, Argu-irgendwas, Noros... Für mich ist das alles das Gleiche.«

»Ist eine Nesti also das Gleiche wie eine Gorgio?«, fragte Elena mit hochgezogenen Augenbrauen.

»Nein, auf keinen Fall!«, rief Cera. »Die Gorgio sind widerlich.«

»Siehst du? Dabei kommen beide Familien aus Rimoni! Norer und Rondelmarer sind nicht einmal Landsleute.«

»Die Gorgio sind ein Haufen inzüchtiger Speichellecker. Sie gehören nicht einmal unserer Spezies an! Solinde hat tatsächlich ein Auge auf Fernando Tolidi geworfen. Kannst du dir das vorstellen? Igitt!« Cera rollte mit den Augen, dann wurde sie wieder ernst. »Kommt Magister Gyle aus Rondelmar? Ich habe ihn nur einmal gesehen. Es war unheimlich. Es war, als würde er sich alles und jeden einprägen und in ein kleines Kästchen sperren, damit er ihn nachher wieder hervorholen und in aller Ruhe untersuchen kann.«

Gut bemerkt. Höchstwahrscheinlich hat er genau das getan.
»Nein, er ist Norer wie ich.«

»War er dein, ähm...« Ceras Stimme versagte.

»Mein Liebhaber? Das geht dich nichts an, meine Kleine.«

»Du sagst immer, eine Herrscherin muss ihre Nase überall hineinstecken, also ist es mein Recht, es zu erfahren.«

»Und wenn du eines Tages Herrscherin bist, erzähl ich dir's vielleicht sogar.«

Cera blickte sie durchdringend an. »Früher hast du oft von ihm gesprochen. Jetzt nicht mehr.«

Elena versuchte, sich nichts anmerken zu lassen. Manchmal war Cera wirklich schon zu erwachsen. »Ach ja?«

»Ja. Und Samir hat zu Magister Sordell etwas von einer Vedya gesagt. Wie nah sie Magister Gyle steht.«

Elenas Herz setzte einen Schlag lang aus. »Es gehört sich nicht, sie zu belauschen.«

»Du sagst immer, ich soll Augen und Ohren offen halten, Ella.«

»Das stimmt, aber jetzt will ich, dass du sie zumachst und ein bisschen schläfst.«

Cera legte sich hin und starrte ins Leere. »Ich wünschte, ich könnte sein wie du und gehen, wohin ich will. Tun, was ich will. Stattdessen werde ich heiraten und mein ganzes Leben lang tun müssen, was andere mir sagen.«

»Oh, mein Leben sieht bei Weitem nicht so romantisch aus, wie du glaubst, Cera. Die meiste Zeit tue ich auch nur, was mir gesagt wird. Und das ist dann meistens gefährlich oder todlangweilig oder beides.«

»Wenn ich als Mann zur Welt gekommen wäre, wäre ich jetzt frei. Männer können alles tun, was Spaß macht.«

Elena dachte daran, wie sie vor Jahren einmal genau dasselbe gesagt hatte. Sie warf der Prinzessin einen liebevollen Blick zu. *Sie ist wirklich wie eine kleine Schwester.* »Weißt du, ich bin sogar deiner Meinung. Trotzdem solltest du jetzt schlafen.«

»Stimmt es, dass Frauen in Rondelmar heiraten können, wen sie wollen?«

Elena schüttelte den Kopf. »Ihr Leben sieht fast genauso aus wie deins: Ein Mädchen hat kaum die erste Blutung, da wird schon die Hochzeit arrangiert. Sogar bei uns Magi. Vielleicht sogar noch früher, weil Magusblut so wichtig ist. Aber selbst das ist bei mir anders.« Sie verzog das Gesicht.

Cera grinste verschmitzt. »Wirst du mal heiraten?«

Elena blinzelte. »Vielleicht.«

»War Magister Gyle dein einziger Liebhaber?«, versuchte sie es weiter.

»Cera!«

Die junge Prinzessin kicherte. »Du kannst es mir ruhig sagen. Wir sind praktisch Schwestern.«

Elena schaute sie entgeistert an. »Geh schlafen!« Sie drehte sich weg, doch Cera lachte nur. *Kleines Biest! Ich wette, Solinde hat ihr diesen Floh ins Ohr gesetzt.*

Als Cera wieder etwas sagte, war ihre Stimme sanfter. »Ich hör ja schon auf, Ella. Hast du die Wächter aufgestellt?«

»Si, Cera, es ist alles bereit. Hast du den Tee ausgetrunken, den ich dir gegeben habe? Er hilft gegen die Krämpfe.«

»Alles weg. Buonnotte, Ella-Amika. Ich wünschte, ich wäre wirklich deine Schwester, und wir könnten zusammen um die Welt reisen.«

»Und was machen wir gerade, du Dummerchen? Schlaf gut.«

»Ich liebe dich, Tante Ella.«

»Ich liebe dich auch, kleine Princessa. Und jetzt um Kores willen, schlaf endlich!«

Als sie am Morgen erwachte, lag eine tote Eule neben dem Zelteingang. An der Stelle, wo einmal ihr Herz gewesen war, gähnte ein Brandloch vom Durchmesser einer Münze. Samir beobachtete sie von der Quelle aus, ein hinterhältiges Lächeln auf den Lippen.

Vier Tage später entdeckten sie eine Gruppe Kamelreiter, die sich von Osten her näherte. Sie waren ganz in Weiß gekleidet und trugen lange Lanzen. Als die Männer die königliche Karawane entdeckten, entrollten sie ein violettes Banner: Es war die Eskorte, die ihnen von Forensa aus entgegenkam. Elena sah hinüber zu Lorenzo, der mit ihr an der Spitze ritt, und seufzte erleichtert. Je mehr Soldaten, desto sicherer würde sie sich fühlen. Die letzten Tage waren angespannt und anstrengend gewesen. Jeder hatte mitbekommen, wie die Kluft zwischen den beiden Magi immer tiefer wurde. Elena spürte förmlich die Angst der anderen, dass ein offener Kampf zwischen ihr und Samir ausbrechen könnte – ein Kampf, den keiner in der Karawane überleben würde. Selbst Fadah hatte es bemerkt. Ängstlich hatte sie gefragt, ob Elena und Samir sich gestritten hätten. Elena hatte ihr versichert, es handele sich nur um eine politische Meinungsverschiedenheit, und sich verzweifelt gewünscht, es wäre tatsächlich so.

Die Landschaft hatte sich verändert, anstelle des zähen Wüstengestrüpps waren große, verwitterte Felsbrocken getreten. Der Sand war jetzt so weich, dass die Pferde ab und zu strauchelten. Die Nächte wurden kälter, die Tage heißer. Schon das kleinste Lüftchen wäre eine willkommene Erleichterung gewesen, aber wenn so weit im Landesinnern der Wind wehte, dann nur in Form eines heftigen Sandsturms, und da wollten sie definitiv nicht hineingeraten.

Elena sah Lorenzo an. Der Ritter war eine gute Reisebegleitung gewesen. Er war selbstbewusst und weit herumgekommen, bevor er nach Brochena gekommen war. Das machte ihn zu einem interessanten Gesprächspartner. *Ich werde die Menschen hier vermissen, wenn ich weg bin.*

»Wartet hier.« Elena ritt im Trab auf die festlich mit Bändern und Glöckchen geschmückten Kamele zu, die sie stoisch ignorierten.

Der Reiter an der Spitze hob zum Gruß die Hand und nahm den Turban vom Kopf. Zum Vorschein kam das feierliche glatzköpfige Gesicht Harshal al-Assams. Er war der Bruder des Emirs von Forensa. Mit einem breiten Lächeln ließ er seine weißen Zähne aufblitzten. »Dona Elena! Ich danke Ahm, dass Ihr es wohlbehalten geschafft habt.«

»Ich ebenso, Harshal.« Sie blickte zurück. »Aber wir sind noch nicht am Ziel.«

Harshal blinzelte wie eine Eidechse in der Sonne. »Gibt es ein Problem, Dona Ella?«

»Nein. Macht Euch keine Sorgen. Wir sind alle nur ein bisschen angespannt, das ist alles. Es ist schön, Euch zu sehen.«

Harshal al-Assam war einer der Bewerber um Solindes Hand, wenn sie erst erwachsen war. Aber die Prinzessin war nicht sonderlich begeistert von ihm – Harshal war Ende zwanzig, ein alter Knacker in ihren Augen. Aber er war anständig, und Elena fand, er würde einen guten Ehemann für ein so eigensinniges Mädchen abgeben. »Was für Neuigkeiten gibt es, Harsh? Wie geht es Fadahs Schwester?«

»Nicht gut. Ahms Wille geschehe.« Er seufzte. »Waren die Botschafter aus Kesh bereits da, als Ihr Brochena verlassen habt?«

Elena schüttelte den Kopf. Sie warf einen kurzen Blick über die Schulter, dann sagte sie leise: »Samir ist beunruhigt wegen der Gesandten. Er ist Rondelmarer und steht König Olfuss' Entschluss weit weniger neutral gegenüber als eine Norerin wie ich.« *Eine einfache und plausible Antwort. Gurvon wäre zufrieden mit mir.* Sie biss sich auf die Lippe. *Ich muss aufhören, alles, was ich tue, nach seinen Maßstäben zu bewerten.*

Harshal nickte stumm. »Wir werden wachsam sein. Keine Sorge.«

Sie kamen gut voran, obwohl Cera darauf bestand, auf einem Kamel zu reiten, und Timori, als er das sah, natürlich auch. Elena blieb hinter Cera, gemeinsam sangen sie javonische Volkslieder von Prinzen und Liebesabenteuern und Oasen im Sternenlicht. Dann und wann fiel sogar Lorenzo mit seinem

Tenor mit ein. Elena kam sich beinahe vor, als wären sie Wandermusikanten auf dem Weg zu ihrem nächsten Engagement.

Nur Samir teilte die gute Stimmung nicht. Stumm und abschätzig beobachtete er alles wie ein Geier, der darauf wartet, dass ein verwundetes Tier endlich verendet, damit er es fressen kann. Er provozierte Elena jedes Mal, wenn sie in Hörweite kam, also machte sie schließlich einen weiten Bogen um ihn.

Drei Tage nachdem sie auf Harshal und seine Männer getroffen waren, kamen sie kurz nach der Mittagszeit von Westen her nach Forensa. Wie eine glühende Kugel hing die Sonne hoch am Himmel, einsam und weit weg. Die Kamele spürten, dass sie ganz in der Nähe der Ställe waren. Es wurde schwierig, sie im Zaum zu halten, und auch die Pferde wurden unruhig. In leicht verschärftem Tempo ritten sie durch den Gestank, der über den endlosen Müllhaufen am Rand der Stadt hing, vorbei an verarmten Jhafi, die sie unverhohlen anstarrten. Verwahrloste Kinder rannten neben der Karawane her, bettelten um Geld oder etwas zu essen, während sie sich der alten gelben Stadtmauer näherten. Um jeden Wagen und um jeden Reiter bildete sich eine Traube Kinder, außer um Elena. Sie hatten Angst vor ihr, vor der Hexe aus einem fremden Land. Es machte sie traurig, immer noch.

Elena war eine hervorragende Heilerin und hatte in Forensa schon viele Wunden verschlossen, Geschwüre geheilt und gebrochene Knochen gerichtet, aber es war eine anstrengende Arbeit, und es gab immer zu viel zu tun. Nie verlangte sie einen anderen Lohn als ein paar neue Worte, und es kam ihr vor, als würde die Leute das freuen: zumindest ein kleiner Sieg für Verständnis und Verständigung. In Yuros galten die Kräfte der Magi als etwas Gutes, als Geschenk Kores, aber hier in Antiopia hielten alle, selbst die Rimonier, ihre Fähigkeiten für ein Werk der Dämonen.

Sie seufzte und fuhr sich mit den Fingern durch das verfilzte Haar. Das ständige Warten darauf, dass irgendetwas in Flammen aufging, zehrte an ihr. Sie musste sich waschen und vor allem schlafen. *Was Gurvon wohl gerade macht? Und was hat er Samir erzählt? Was geht in Brochena vor?* Es war vor allem dieses Nichtwissen, das an ihr nagte.

Der Tross schlängelte sich durch die Straßen des alten Marktes, vorbei am Palast des Emirs und dann auf den Festungshügel der Nesti hinauf. Krak al-Faradas baufällige Kuppeltürme waren durch zinnenbewehrte Verteidigungsplattformen mit Speerschleudern ersetzt worden, die Mauern verstärkt und teilweise erneuert. Zwischen den violetten Bannern spähten bewaffnete Wachsoldaten zu ihnen hinunter, dann erschallten die Trompeten, um die Karawane zu begrüßen.

Paolo Castellini erwartete sie bereits. Er galt als der größte Mann in ganz Javon. Er hatte breite Schultern, einen strähnigen Schnauzbart, grau meliertes Haar und schwermütige Augen. Er öffnete persönlich die Tür der königlichen Kutsche. Fadah stieg als Erste aus. Sie erwiderte Paolos würdevolle Verbeugung, dann scheuchte sie die Kinder die Treppe hinauf. Sie konnte es kaum erwarten, endlich ihre Schwester Homeirah zu sehen.

Paolo wandte sich Elena zu und nickte nur knapp.

Er traut mir immer noch nicht. Elena stieg ab. Ihre Beine taten entsetzlich weh.

Lorenzo dirigierte seine Männer bereits zu den Ställen. Jeder war froh, dass sie endlich angekommen waren, selbst Samir, der einem Diener die Zügel seines Pferdes zuwarf und dann der königlichen Familie in die Festung hineinfolgte.

Als er verschwand, überkam Elena eine dunkle Vorahnung.

Sie musste handeln. Sie erwiderte Paolos Nicken, dann rannte sie die Stufen hinauf. Als sie hörte, dass jemand ihr folgte, blickte sie sich um: Es war Lorenzo, der genauso angespannt aussah wie sie selbst. »Hab immer einen Plan«, hatte Gurvon stets gesagt. Nun, sie hatte einen Plan: Magi mit einer starken Affinität waren weniger vielseitig, und sie hatte Samir nun vier Jahre lang aus nächster Nähe beobachten können. Es war erschreckend, wie gut er die Feuergnosis beherrschte. Auch mit Erde und Luft konnte er einiges anfangen, aber sein Repertoire war begrenzt. Er verließ sich stets darauf, seine Gegner mit einem einzigen Flammenstrahl einzuäschern. Wenn er Elena mit einem Volltreffer erwischte, würde sie die letzten Sekunden ihres Lebens in unsäglichem Schmerz verbringen, das Fleisch würde ihr von den Knochen brennen, selbst wenn sie ihre stärksten Schilde aufbrachte. Wenn sie das jedoch vermeiden konnte, hatte sie vielleicht eine Chance.

Samir war gerade eine halbe Minute lang weg. Elena hastete an den Wachen vorbei, Lorenzo folgte ihr mit klapperndem Schwert. Sie stürmten in die Vorhalle, von der aus zwei Treppen vier Stockwerke hoch nach oben führten. An den mit Schnitzereien verzierten Teakholzwänden hingen Wandteppiche und Gemälde, Marmorstatuen standen Spalier. Die Doppeltür zum großen Innenhof auf der gegenüberliegenden Seite stand offen. Bittsteller und Untertanen, die Genesungswünsche überbrachten, tummelten sich dort, mindestens hundert an der Zahl. Nervös blickte Elena sich um: keine Spur von Samir oder den Nesti.

Von oben war ein leises Kichern zu hören. Samir lehnte an der Balustrade und ließ die Fingergelenke knacken. Er lächelte verächtlich. *Es wird keine Vorwarnung geben*, sagte sein Lächeln. *Keine Warnung, nichts.*

Es gab keine Vorwarnung.

Elena stand noch vor dem Morgengrauen auf. Sie war erschöpft, weil sie schlecht geträumt hatte. Leise schlich sie von ihrem kleinen Zimmer im Wohnflügel der Kinder nach unten, nur mit einem Nachthemd bekleidet. Sie hatte sich ihre beste Tunika unter den Arm geklemmt, aber auch ihre Waffen hatte sie in dem Bündel versteckt. Etwas, das sie in Brochena nie getan hatte. Sie fühlte sich immer noch steif und zerschlagen von der Reise. Die Aussicht auf ein Bad, bevor sie die Kinder für den Morgengottesdienst fertig machen musste, war verlockend.

Auf Zehenspitzen ging sie den Korridor zum Badehaus entlang, als sie aus dem Krankenzimmer Fadahs Stimme hörte. Elena war letzte Nacht bei Homeirah gewesen. Sie hatte eher wie neunzig ausgesehen statt wie achtundvierzig, was ihr tatsächliches Alter war. Krebsgeschwüre wucherten überall in ihrem Körper, sie bekam kaum Luft und konnte außer Flüssigkeit nichts mehr bei sich behalten. Sie würde bald sterben, so viel war sicher.

Elena blickte den Korridor entlang, da hörte sie eine weitere Stimme. *Fang an*, sagte sie. Sie hörte die Worte nicht mit den Ohren, sondern in ihrem Kopf wie einen Gesprächsfetzen, den man im Halbschlaf auffängt: Es war ein Gedankenbefehl, ausgesprochen von Gurvon Gyle.

Fang an...

Fadah kam aus dem Krankenzimmer. Sie sprach immer noch und drehte sich gerade um, als Elena einen gellenden Warnschrei ausstieß.

Die Königin wurde von unsichtbaren Kräften gepackt und gegen die Wand geschleudert. Elena warf Handtuch und Kleidung zu Boden und packte Schwert und Dolch. Sie wollte gerade um Hilfe schreien, als ein Feuerstrahl von entsetzlicher Schönheit sich über die Königin ergoss. Einen Moment lang sah Elena in dem grellen Blitz nur Fadahs Knochen, die sich schwarz unter durchsichtigem Fleisch abzeichneten, dann fegte die Druckwelle des Hitzeschwalls sie von den Beinen. Ihr Hinterkopf schlug auf die Holzdielen, alles drehte sich, während Elena verzweifelt versuchte, Halt auf den glatten Dielen zu finden. Flüssiges Feuer schoss über sie hinweg, und als sie wieder aufblickte, war von Königin Fadha nur noch ein kleines Häufchen schwelender Knochen übrig.

Samir das Inferno trat in einer scharlachroten Robe aus dem Krankenzimmer. Hinter ihm schrien und kreischten die anderen Frauen unter Schock. Er streckte einen Finger aus, ein weiterer Feuerstrahl zerriss die Luft, und die Schreie verstummten. Doch sein Blick war bereits fest auf Elena geheftet. Langsam ging er auf sie zu und zog sein Schwert. Er war ganz in Scharlachrot gekleidet, der Rubin an seinem Hals leuchtete wie der Eingang zu Hel. Als die rote Glut darin auf Samirs Hände übersprang, hätte Elena beinahe laut geschrien vor Angst.

»Gurvon hat gesagt, ich könnte dich haben, bevor ich dich töte, aber ich wüsste nicht, wozu.« Mit einer plötzlichen Bewegung streckte er einen Finger in Elenas Richtung, und Flammen schossen den Korridor entlang auf sie zu.

Elena konnte sie mit ihren Schilden abwehren, aber die Hitze drang durch, versengte ihre Füße, Haar und Nachthemd.

»Du bist nicht mein Typ. Ich sehe mir lieber an, wie du verbrennst.« Samir breitete die Arme aus und sammelte Kraft für den Todesstoß.

Elena nutzte die Gelegenheit, einen weiteren Schild vor sich aufzuspannen, diesmal von Wand zu Wand und vom Boden bis zur Decke, aber leicht in Richtung der Dielen geneigt. Ihre Füße warfen schon Blasen. Es fühlte sich an, als stünde sie auf tausend Nadelspitzen. Ganz langsam ging sie rückwärts, weg von dem Feuermagus, bis sie mit den Schultern die Wand in ihrem Rücken berührte. Den Bruchteil einer Sekunde lang sah sie noch das Gleißen der Flammen in Samirs Händen, dann hechtete sie zur Seite. Ein glühend weißer Energieblitz raste auf die Stelle zu, an der sie eben noch gestanden hatte, doch die zuckenden Flammen wurden von dem Schild zurückgeworfen und auf die Holzdielen zu Samirs Füßen gelenkt, die sich sofort in Asche auflösten. Sie sah noch Samirs verdutztes Gesicht, als die Flammen ihm entgegenschlugen, dann war er weg, stürzte ins Leere.

Elena rannte los zu der Treppe, die sie eben erst heruntergekommen war. Sie brüllte, so laut sie nur konnte, um möglichst viele zu warnen.

Die gesamte Feste wurde aufgeschreckt, alles schrie durcheinander, unten erhob sich Tumult. Mit einem ohrenbetäubenden Krach barst der Boden vor Elena, ein Flammengeysir fuhr von unten durch die Dielen und pulverisierte die Treppe, die sie gerade hatte hinaufrennen wollen – Samir feuerte blind von unten.

Ihre Gedanken rasten, während Samir zu ihr heraufbrüllte: »Du entkommst mir nicht, Elena!«

Sie musste sich zwischen ihn und die Kinder stellen. Das war das Einzige, was sie tun konnte. Sie sprang in die Luft und jagte zwei Ellen über dem Boden auf einem Kissen aus Luftgnosis den brennenden Korridor entlang, als ein weiterer Feuerstrahl die Dielen an der Stelle einäscherte, an der sie eben noch gestanden hatte. Unten hörte sie Paolo Castellini, wie er die Wachen zu sich rief.

»Paolo! Die Kinder!«, brüllte Elena durch den beißenden Rauch nach unten. Wie ein Falke raste sie drei Stockwerke hinauf, stürzte sich in die Vorhalle und blieb dort mitten in der Luft stehen. Samir war jetzt direkt unter ihr, ihm gegenüber Paolo Castellini und ein Wachsoldat, der vom Eingang herbeigerannt kam. Sie feuerte einen blauen Gnosisblitz auf den Magus ab und sah, wie er knisternd Samirs Schilde durchschlug.

Samir schrie auf, statt Paolo traf sein Feuerstrahl den ausgestopften Kopf eines Hirschs an der Wand.

Elena wirbelte herum und projizierte drei Spiegelbilder ihrer selbst, die Samir weiter mit blauen Gnosisblitzen beschossen.

Samir entschied sich für das falsche. Flammen und Rauch sprühten, und eins der Trugbilder verschwand. Der Feuermagus lachte nur hämisch und feuerte weiter.

Aus einem Korridor kam Lorenzo di Kestria angelaufen, nur mit einer Kniehose bekleidet, einen Faustschild in der linken Hand und ein Breitschwert in der rechten.

Er starrte Elena erschrocken an, die vor ihm in der Luft schwebte, doch sie ignorierte ihn und führte mit der Hand einen Streich wie mit einer unsichtbaren Sense, der die Seile durchtrennte, an denen der große Kronleuchter befestigt war. Wie eine Lawine raste das Ungeheuer aus Glas und Messing auf Samir zu. Samirs Augen weiteten sich, als der Kronleuchter über ihm mitten in der Luft zerbarst. Glas- und Metallsplitter schossen in alle Richtungen, aber nicht ein einziger durchschlug den Gnosisschild des Magus'.

Unfassbar, wie stark er ist!

»Lori, die Kinder!«, brüllte Elena noch einmal und schoss zum Wohnflügel.

Cera kam gerade in einem weißen Nachthemd aus ihrem Zimmer, ein ebenso bleicher Timori hielt sich an ihr fest. Un-

gläubig begafften sie das brennende Treppenhaus und den dicken Rauch, der sich überall ausbreitete.
»Wo ist Mama?«, fragte Cera mit panischem Blick.
Elena jagte auf sie zu, während Samir Paolo zur Seite schleuderte wie einen Spielzeugsoldaten und dann wieder nach oben schaute.
»Was ist denn los?«, fragte Timori verängstigt, trat an das hölzerne Geländer und spähte nach unten, wo das Echo vom Aufprall des Kronleuchters immer noch von den Wänden hallte.
»Timi!«, schrien alle gleichzeitig, aber Lorenzo reagierte am schnellsten. Mit hochgerissenem Faustschild stürzte er sich auf den verwirrten Kleinen, nur einen Wimpernschlag bevor ein Feuerstrahl sich über das Geländer ergoss.
Lorenzo heulte auf vor Schmerz, als die Flammen alles versengten, das nicht von dem Schild geschützt wurde: seine Schulter, das linke Bein und sein Gesicht. Aber Timori war verschont geblieben.
Cera packte ihn und zog ihn weg von dem zitternd am Boden liegenden Ritter.
Elena eilte zu ihnen, unten schwirrten Armbrustpfeile, dann ertönte das Geschrei der Wachen. Es waren Schmerzensschreie, unterbrochen nur von Samirs Gelächter.
Cera zog Timori ganz fest an sich, dann ließ sie all ihre Angst, all ihre Hoffnung in ein einziges Wort fließen: »Ella!«
Elena schob Cera zurück ins Kinderzimmer. »Rein, sofort!« Als sie zurück zum Geländer schaute, gefror ihr das Blut in den Adern: Samir lief senkrecht die Wand hinauf, als sei das ein Spaziergang. Sein Gesicht war eine Maske aus glühender Lava, der Bart eine lodernde Flamme. Sie zog Lorenzo auf die Beine. »Komm schon, Lori, wir brauchen dich!«, brüllte sie ihn an, während der Ritter noch um Atem rang.

Cera hatte das größte Zimmer, an der gegenüberliegenden Wand stand ein Bett, an den Ecken befanden sich zwei große Fenster. Elena sprengte die Scheiben in beiden Fenstern, dann riss sie einen Spiegel von der Wand und stellte ihn auf einen Stuhl. »Klettert durch das Fenster. Stellt euch aufs Sims!«, befahl sie, und als Cera, den zitternden Timori auf dem Arm, sich nicht rührte, brüllte sie: »Los! Tut, was ich sage!« Sie schubste das Mädchen in Richtung des Fensters. »Lorenzo, heb sie aufs Sims!«

Elena wirbelte herum und klatschte in die Hände. Gnosisbänder wickelten sich um die Türflügel, schlugen sie zu und verriegelten sie.

»Was bei Hel geht hier vor, Ella?«, schrie der Ritter.

»Es ist Samir, er hat es auf die Kinder abgesehen!« *Nie im Leben hätte ich geglaubt... Sei verflucht, Gurvon.* Sie riss einen weiteren Spiegel von der Wand und stellte ihn dem anderen gegenüber auf, dann wandte sie sich zur Tür.

Rauch kroch durch den Spalt. Elena blickte in die endlose Reflektion ihres Spiegelbilds, ließ die Finger kreisen, richtete die Spiegel aus und markierte ihre Position. Da begann es an der Tür zu rütteln.

Lorenzo hob die Kinder aufs Sims, dann drehte er sich um, das Gesicht starr und entschlossen. Es war das Gesicht eines Mannes, der wusste, die nächsten Augenblicke würden seine letzten sein.

Elena konnte nur noch schreien: »In Deckung, Lori!«

Diesmal kamen keine Rufe, keine Schmähungen, nur eine schwarze Faust, die genau in dem Moment durch die Tür brach, als Elena zur Seite sprang. In einem der Spiegel sah sie, wie die Tür aufflog. Rauch strömte herein und verhüllte alles. Elena zog sich noch ein Stück weiter zurück und verschwand.

Samir schnitt eine Grimasse. Gurvon hatte ihn gewarnt, das Miststück sei schnell, und das war sie in der Tat, obwohl sie nur ein Halbblut war und eine vertrocknete alte Jungfer obendrein. *Aber ich habe absolute Feueraffinität*, dachte er hämisch.

Nur wenige auf Urte überlebten auch nur einen einzigen halbherzigen Angriff von ihm, und Samir hatte sich die ganze Nacht vorbereitet, hatte meditiert und seine Kräfte konzentriert. *Kurz vor dem Morgengrauen sei bereit*, hatte Gurvon gesagt. *Wir werden sie töten, jeden Einzelnen.*

Was für eine willkommene Überraschung! *Also hauen wir nicht nur einfach ab, Gurvon?*

Nein, wir bringen sie alle um. Sordell und ich übernehmen den König, du die Königin und die Kinder.

Was ist mit Elena?

Wir können ihr hierbei nicht trauen. Sie ist eine von ihnen geworden. Tu, was immer zu tun ist.

Alle wussten, dass Gurvon sich mittlerweile Vedya zur Geliebten genommen hatte. Elena bedeutete ihm nicht mehr das Geringste. *Mit Vergnügen, Gurvon.* Und ein Vergnügen war es in der Tat. Als der Befehl kam, hatte er direkt hinter der fetten alten Fadah gestanden, und der erste Flammenstrahl, der die Königin zu Asche zerblies, war wie ein Orgasmus gewesen. Dann war Elena aufgetaucht, und Gurvon hatte recht behalten: Sie war verdammt schnell und gerissen. Wie sie ihre Schilde ausgerichtet hatte, damit sein eigenes Feuer den Boden unter seinen Füßen einäscherte – nicht schlecht. Den Trick würde er sich merken.

Er riss die Tür zum Kinderzimmer auf. *Zeit, es zu Ende zu bringen.* Er blies einen Rauchschwall in das Zimmer und machte seine Schilde bereit, aber nichts geschah. Elena mochte schnell sein, aber sie hatte keine Feuerkraft, und jetzt gingen ihr langsam die Rückzugsmöglichkeiten aus. Irgendwo zwischen den Schwaden stöhnte Lorenzo di Kestria vor Schmerz. Samir lächelte zufrieden. Das war das Schöne an Feuer: Es richtete nicht nur immensen Schaden an, es fügte auch unvorstellbare Schmerzen zu. Schmerzen, wie Folterknechte sie sich in ihren schönsten Fantasien erträumten. Schmerzen, wie er sie dieser verschrumpelten Anborn-Hexe in allen Facetten zufügen würde, bevor er sich den Kindern widmete...

Der Rauch wurde aufgewirbelt und stieg zur Zimmerdecke. Zwischen zwei Spiegeln stand Elena direkt vor ihm, einen Dolch in der linken Hand. Mit der rechten feuerte sie ein blaues Gnosisblitzchen auf ihn ab, das wirkungslos an seinem Schild verpuffte. Sie sah erschöpft aus, musste am Ende ihrer Kräfte sein.

Lächelnd hob Samir die Hände und gab alles, was er hatte. Er schrie auf vor Entzücken, als die Luft selbst zu glühen anfing, so heiß waren die Flammen. Alles flimmerte in der Hitze, das durchscheinende Gnosisfeuer ergoss sich über Elena und durchschlug sie, verdampfte das Bett und das Stück Wand dahinter.

Dann stand Elena erneut vor ihm, genau dort, wo sie zuvor schon gewesen war, nur hielt sie diesmal zwei lange dünne Messer in den Händen.

Unversehrt. Wie ist das möglich? Samir spürte etwas hinter sich, doch es war zu spät: Er fühlte zwei Einstiche knapp unterhalb der Achselhöhlen, dann hörte er ein metallisches Klirren, mit dem die Spitzen der Klingen sich tief in seiner Brust trafen. Mit weit aufgerissenen Augen starrte er Elenas Abbild an, das ihm zuzwinkerte und dann verschwand.

Eisige Kälte breitete sich in ihm aus. Er versuchte, seine Kraft heraufzubeschwören, griff jedoch ins Leere. Er versuchte zu sprechen, aber seine Zunge gehorchte ihm nicht mehr. Auch die Beine wollten ihn nicht mehr tragen, und er spürte, wie sein Herz stehen blieb.

»Ich bin Rechtshänderin, falls du's noch nicht gemerkt hast«, flüsterte Elena ihm ins Ohr.

Rukka! Spiegel... Illusion...
Der Boden raste ihm entgegen.

Erschöpft sank Elena neben dem toten Magus zu Boden. Sie sammelte all ihre verbliebene Kraft und zog ihre Messer aus der Leiche, zitternd vor Erleichterung. Samir war auf die Spiegelillusion hereingefallen. Sie hatte ihn dort angegriffen, wo er am schwächsten war: in seinem Verstand, und sie hatte einen Volltreffer gelandet. Aber es war verdammt knapp gewesen. Und Fadah war tot.

»Schneid ihm den Kopf ab«, flüsterte sie Lorenzo zu.

Der Ritter starrte sie entsetzt an.

»Tu es. Es gibt Zauber, die ihn selbst jetzt noch wiederbeleben könnten. Wir müssen ganz sichergehen.« Röchelnd schnappte sie nach Luft und kroch durch die Rauchschwaden aufs Fenster zu. »Cera? Timi?«

Die Nesti-Kinder reckten die Köpfe, und Elena hörte, wie Lorenzo sein Schwert aus der Scheide zog. Ein dumpfes, schmatzendes Geräusch hallte durchs Zimmer, und Cera schrie kurz auf. Dann kletterte sie mit Timi über die Glaszacken, die aus dem Fensterrahmen ragten, und stürzte sich in Elenas Arme.

Elena drückte die beiden fest an sich, auch Lorenzo kam heran, das Gesicht geschwollen und verbrannt. Samirs Kopf lag in einer immer größer werdenden Blutlache, die Augen weit aufgerissen in ungläubiger Überraschung.

Wenige Augenblicke später kamen violett gekleidete Wachsoldaten hereingestürmt, Paolo Castellini an der Spitze, das zerklüftete Gesicht rasend vor Zorn. Sanft zogen die Soldaten die Kinder weg, um zu sehen, ob sie verletzt waren, aber Cera wollte Elena nicht loslassen, und Timi krallte sich leise wimmernd an Lorenzo fest.

Elena ließ sich von den Soldaten aufhelfen und auf wackligen Beinen aus dem verwüsteten Zimmer führen, vorbei an dem enthaupteten Leichnam des Mannes, der das alles angerichtet hatte.

»Ist Mutter...? Und Tante Homeirah?« Cera lag in einem Bett in einem Zimmer neben der Kapelle. Vier Wachen standen vor der Tür, überall liefen Ärzte und Diener umher. Sie und Elena trugen immer noch ihr versengtes Nachthemd. Ihre Füße sahen schlimm aus, aber der Schmerz drang erst allmählich durch.

»Es tut mir so leid«, stammelte sie. »Es tut mir so entsetzlich leid.«

Cera starrte ins Leere. Die Diener, die ihre Schnittwunden auswuschen und verbanden, nahm sie nicht einmal wahr. Das Einzige, was sie registrierte, war der Schmerz in ihrem Innern. Plötzlich schlug sie sich eine Hand vor den Mund. »Vater!«

Elena fühlte sich so hilflos. »Ich weiß es nicht. Ich habe versucht, etwas herauszufinden, aber ich kann ihn nicht erreichen.« *Das ist alles meine Schuld. Ich hätte Samir in seinem Bett töten sollen. Ich hätte wissen müssen, dass Gurvon sich nicht einfach so zurückziehen würde. Nicht wenn die Möglichkeit bestand, einen Haufen Geld zu machen, indem er alle umbringen lässt. Olfuss, Solinde. Wen noch? Die ganze Nesti-Familie? Die Palastwachen in Brochena können Gurvon und Rutt nicht aufhalten. Und wer weiß, vielleicht haben sie auch noch den Rest der Mörderbande mitgebracht. Ich bin so eine Idiotin! Und jetzt steht dieses unschuldige kleine Mädchen ganz allein*

Dutzenden von Feinden im eigenen Reich gegenüber. Ich habe sie alle im Stich gelassen...

Der Tag zog wie im Nebel vorüber, Gesichter kamen und gingen, während draußen die Klagerufe nicht abrissen. Elena erwachte aus unruhigem Schlaf. Sie war auf dem Stuhl neben Ceras Bett eingeschlafen, den Kopf auf der Matratze. Eine Hand streichelte ihre Schulter.

»Ella«, flüsterte Cera.

Sie setzte sich auf und ließ den Kopf hängen. »Ich habe euch alle im Stich gelassen, Cera.«

»Hast du nicht! Du hast uns *gerettet*, Ella. Ohne dich wären wir jetzt alle tot.« Sie legte Elena einen Finger auf die Lippen. »Schhh. Du hast uns alle gerettet: mich, Timi, Lorenzo, alle. Du bist eine Nesti. Du bist jetzt eine von uns.« Sie zog Elena an sich und streichelte ihr übers Haar, als sei sie jetzt die große Schwester. »Ich werde dir einen Orden verleihen und einen Titel. Ich werde dir Land geben und den besten Hengst aus unseren Ställen. Du wirst in Forensa bleiben und ein freies Leben führen können.« Dann fügte sie mit ernstem Gesicht hinzu: »Ich habe nachgedacht. Ich muss vor die Leute treten. Sie müssen sehen, dass ich noch am Leben bin. Es wird alle möglichen Gerüchte geben, bis mich jeder mit eigenen Augen gesehen hat. Alle müssen wissen, dass es die Nesti noch gibt.« Sie tätschelte Elenas Wange. »Du solltest jetzt weiterschlafen, Ella. Du siehst schlimm aus.«

Elena blickte das junge Mädchen verblüfft an. Es war, als sei das Kind über Nacht erwachsen geworden. »Wie könnte ich schlafen, wenn meine Princessa so viel zu tun hat?«, flüsterte sie.

»Wenn Vater eines gewaltsamen Todes gestorben ist, wird

es keine Wahlen geben. Timori ist sein Erbe, und damit bin ich jetzt die Regentin«, erklärte Cera mit erstaunlich gefasster Stimme. »Ich trage jetzt die Verantwortung.«

»Bist du bereit dazu?«, fragte Elena leise. »Die Männer werden versuchen, dich kaltzustellen. Selbst wenn sie es nicht bewusst tun, aber sie werden in dir nicht mehr sehen als… Nun ja, du weißt schon.«

»Ja: nur ein kleines Mädchen.« Cera richtete sich auf und reckte das Kinn vor. »Das Gesetz schreibt vor, dass ich jetzt die Regentin bin, und genau das werde ich sein. Die Blutfehde wird bald beginnen. Javon braucht eine Anführerin, keine zerstrittenen Splitterfraktionen. Und ich werde diese Anführerin sein, bis Timori alt genug ist.«

Sieh dich an, Kind. Nein. Sie ist jetzt kein Kind mehr. Elena schluckte. *Ich bin stolz auf dich. So stolz, dass ich beinahe Angst vor dir habe.*

Sie standen auf und halfen einander beim Ankleiden. Elena band sich einen Schwertgurt um den locker sitzenden Kittel, Cera legte ihre Purpur- und Goldgewänder an. Schließlich setzten die Diener ihr die Prinzessinnenkrone auf, die staatlichen Festakten vorbehalten war. Gemeinsam gingen sie durch die verkohlten Überreste der Empfangshalle, vorbei an dem zertrümmerten Kronleuchter, und traten nach draußen.

Auf der Haupttreppe schlug ihnen die flirrende Hitze aus dem Innenhof entgegen. Sowohl Jhafi als auch Rimonier waren gekommen, es waren Hunderte, die sich auf dem kleinen Platz drängten. Ihr Schweißgeruch lag stechend in der Luft. Als die Menge sie erblickte, brach Gemurmel aus. Harshal al-Assam kam von einem der Türme herbeigeeilt. Als alle begriffen hatten, wer da auf der Treppe stand, verstummten die Rufe der Klageweiber, und alle drängten nach vorn.

Elena stand unbehaglich neben ihrer Schutzbefohlenen. Die unüberschaubare Menschenmenge machte sie nervös, aber auf den Gesichtern derer, die näher kamen, sah sie nichts als Trauer und Mitgefühl. Ein Mädchen küsste ehrfürchtig den Saum von Ceras Gewand, während Elena die Mauern absuchte für den Fall, dass Gurvon als Rückversicherung noch einen zweiten Attentäter geschickt hatte. Sie spürte aber nichts. War ihm überhaupt in den Sinn gekommen, dass Samir versagen könnte?

Cera hob die Hand, und sofort trat Totenstille ein. Die Menge zog sich zurück, und alle sanken auf die Knie. Als Cera sprach, war ihre Stimme hell, aber fest. »Bürger von Forensa, ihr kennt mich. Ich bin Cera Nesti, eure Prinzessin, und ich habe schlimme Kunde zu überbringen: Meine Mutter, Fadah Lukidh-Nesti, eure Königin und Königin von ganz Javon, ist tot. Außerdem ihre Schwester, meine Tante Homeirah Lukidh-Ashil. Der Verlust ist schwer, doch mein Bruder Timori, der Thronerbe, ist unverletzt und wohlauf. Ein Attentäter hat heute versucht...« Sie hielt kurz inne und schluckte schwer – das erste Anzeichen dafür, wie viel Kraft sie dieser Auftritt kostete. »Ein Attentäter hat heute versucht, die gesamte Familie auszulöschen, und es wäre ihm ohne Zweifel gelungen, wären nicht unsere tapferen Leibwächter gewesen.«

Leiser Jubel erhob sich, vor allem unter den Rimoniern.

»Die größte Heldin von allen war die Frau, die hier neben mir steht: Elena Anborn, meine persönliche Leibwächterin und Beschützerin. Obwohl sie selbst verletzt war, kämpfte sie weiter, rettete meinen Bruder und mich und tötete den Attentäter. Sie ist meine teure Freundin, und ich preise sie vor Euch allen.«

Plötzlich fand sich Elena im Fokus des Interesses wieder,

und sie spürte, wie ihr die Schamesröte ins Gesicht stieg, während sie mit ihren Gewissensbissen kämpfte. Ihre Beine zitterten und gaben schließlich nach. Wortlos sank sie auf die Knie und legte wie benommen die Stirn auf Ceras Füße. Es war gar nicht ihre Absicht gewesen, aber diese öffentliche Ehrbezeigung, diese demütigste aller Unterwerfungsgesten, trug Elena das Wohlwollen all der trauernden Menschen ein. Mit einem Mal begriff Elena, dass sie ihre typisch norische Art, alles und jeden gleich zu behandeln, als Arroganz aufgefasst hatten. Ihre unbeabsichtigte Huldigung verstanden die Menschen als eine verspätete Wiedergutmachung, eine öffentliche Anerkennung ihres niederen Ranges. Als Cera sie aufhob und auf beide Wangen küsste, wurde allen klar, wie nahe die beiden sich standen.

Eine Frau aus der Menge stand auf und verneigte sich vor Elena, die rechte Hand an die Stirn gelegt. »Sal'Ahm«, flüsterte sie, »Friede sei mit dir.« Unzählige folgten ihrem Beispiel.

Noch während Elena die unerwarteten Respektsbekundungen entgegennahm, spürte sie, wie Gurvon Gyle seine Geistfühler nach ihr ausstreckte, aber Elena verscheuchte sie. *Gurvon, du blutrünstiges Schwein. Dafür wirst du bezahlen.*

Die Nacht war erfüllt von grässlichen Träumen, aber erst nachdem sie es geschafft hatte, die Schmerzen in ihren verschorften Füßen und Unterschenkeln auszublenden. Als sie aufwachte, war Minasdag, 13. Okten, wie sie kurz im Kopf überschlug. Vorsichtig sah Elena nach ihren Wächtern. Sie hatten standgehalten, waren aber definitiv angegriffen worden. Sie reparierte die Schäden und nahm die Fährte auf. Es gab keinen Zweifel: Gurvon Gyle hatte versucht, einen Kontakt zu erzwingen.

Was mochte Gurvon noch geplant haben? Elena musste davon ausgehen, dass Olfuss tot war, und mit Sicherheit hatte er auch Soldaten einmarschieren lassen. Bestimmt die Gorgios aus Hytel. Kein anderes rimonisches Haus hielt den Dorobonen immer noch die Treue. Mit größter Wahrscheinlichkeit hatten sie Brochena schon unter Kontrolle. Und auch hier in Forensa hatte Gurvon mit Sicherheit Informanten. Elena wusste, wie er arbeitete. Überall, wohin er kam, errichtete er seine Netzwerke. Er hatte ihr stets eingeschärft, dasselbe zu tun, aber hier in Javon hatte sie genau das vernachlässigt. Sie war Leibwächterin, hatte sie sich gedacht, wozu brauchte sie da Spione? *Und wieder hast du versagt, Idiotin!* Jetzt waren ihre Augen blind für alles, was andernorts vor sich ging. Sie war ganz auf sich allein gestellt.

Sie hob die Wasserschale, die neben ihrem Bett stand, in ihren Schoß und spähte hinein. Blass schimmerte das Licht der Gnosis, während sie versuchte, irgendein Anzeichen von Olfuss oder Solinde zu entdecken. Aber sie fand nichts. Elena stellte die Schale wieder auf den Boden, zog die Beine an die Brust und schlang die Arme um die Unterschenkel. Dann ließ sie ihrer Trauer freien Lauf.

Etwas später ging sie zum Lazarett. Lorenzo lag allein dort. Seine gesamte linke Seite war hellrot verbrannt, das linke Auge verbunden, das rechte direkt auf sie gerichtet, als sie hereinkam. »Ella«, krächzte er.

»Lori. Haben sie Euch etwas gegen die Schmerzen gegeben?«

Er verzog den Mund. »Ein bisschen. Mehr wäre besser«, gab er unwillig zu.

Elena blickte sich um, aber die Ärzte schienen alle anderswo beschäftigt zu sein. Vorsichtig entfernte sie die Bandagen und versetzte sich in eine Halbtrance. Sie ließ ihr Bewusstsein in die Wunden fließen, reinigte sie, betäubte die Schmerzen und regte

Lorenzos Heilungskräfte an. Es war ein langer und anstrengender gnostischer Prozess, der ebenso viel Kraft kostete wie ein Kampf in der Schlacht. Es dauerte eine ganze Weile, und während der gesamten Zeit beobachtete Lorenzo sie mit einer Mischung aus Angst und Erstaunen. Schließlich war sie bei seinem Gesicht angelangt und zog vorsichtig den Verband herunter.

»Wie schlimm ist es?«, fragte er flüsternd. »Werden die Frauen jetzt vor mir davonlaufen?«

»Nicht mehr als vorher«, antwortete sie und zwang sich zu einem Lächeln. »Ihr habt Euch gerade noch rechtzeitig ein Stück weggedreht. Wartet ein paar Monate, dann wird niemand mehr etwas bemerken.«

»Wie habt Ihr das gemacht? Das mit dem Spiegeltrick?«

»Es ist ganz simpel: Ich habe meine Reflektion mithilfe der Spiegel in die Mitte des Raums projiziert, damit er das Trugbild angreift, während ich mich von hinten anschleiche.«

»Ein Wunder.«

»Nein, nur Gnosis. Samir war Thaumaturg und nicht besonders bewandert darin, Illusionen zu durchschauen.« Sie zuckte die Achseln. Eigentlich wollte sie gar nicht darüber sprechen.

»Kommen Eure Kräfte tatsächlich von Eurem Gott?«, fragte er mit todernstem Gesicht.

Elena schüttelte den Kopf. »Nein. Sie kommen von mir.«

»Dann müsst Ihr ein Engel sein.« Lorenzo hob die Hände an ihr Gesicht, legte die Finger an ihr Kinn und zog ihren Mund zu sich heran.

Elena hätte nur den Kopf zurückziehen müssen, aber sie tat es nicht. Seine Lippen schmeckten süß und würzig, fühlten sich fest und gleichzeitig weich an, als sie die ihren erkundeten. Sie schloss die Augen und genoss, wenigstens für diesen einen kleinen Moment, dann richtete sie sich ohne Eile wieder auf.

Lorenzo lächelte triumphierend: Er war der Erste, dem es gelungen war, der Hexe einen Kuss abzuringen. Elena bereute schon jetzt, dass sie ihn hatte gewähren lassen.

Das Gesicht des Ritters wurde wieder ernst. »Warum hat er das getan, Ella? War er allein, oder hat er auf Befehl gehandelt?«

Elena schüttelte den Kopf. »Ich weiß es nicht«, log sie. »Noch nicht, aber ich versuche, es herauszufinden.«

Lorenzo nickte ein wenig ungläubig, und Elena erhob sich. Wieder zu gehen war schwerer, als sie gedacht hatte. Für diesen kurzen Augenblick hatten sich seine starken Arme angefühlt wie eine Trutzburg, wie eine Zuflucht inmitten des Sturms, der um sie herum tobte. *Nein. Ich kann mir keine solche Schwäche leisten...*

»Schlaft Euch aus, Lori.« Dann verließ sie das Zimmer.

Cera und Timori saßen an der großen Tafel, Timori auf einem Kissen. Elena stand hinter Ceras Stuhl, die rechte Hand auf dem Schwertknauf. Ihre Unterschenkel waren vernarbt, taten aber nicht mehr weh. Sie fühlte sich ausgelaugt und müde, Schuldgefühle zehrten an ihr. Die Bewunderung, die ihr alle entgegenbrachten, machte es nur noch schlimmer.

Harshal al-Assam und Paolo Castellini waren da sowie ein Dutzend anderer Vertreter beider Völker, Adlige und Beamte, Heilige und Sippenoberhäupter. Die meisten davon kannte sie, wenn auch nicht gut. Elena sah, dass Cera etwas zitterte. Sie hatte Angst, war aber fest entschlossen – ganz die Tochter ihres Vaters. *Wie stolz er wäre, wenn er sie so sehen könnte. Wenn er noch am Leben wäre. Wer weiß, vielleicht...*

Ein junger Amteh-Priester sprach einen Segen, danach ein Sollan-Drui mit buschigem Bart. Dann beteten sie alle gemeinsam, baten um Kraft und Mut, um Gottes Segen für die Sündigen, für den Prinzen und die Prinzessin. Elena warf Cera ein aufmunterndes Lächeln zu. Am Morgen hatten sie alles besprochen, die wichtigsten Männer und Meinungsführer ausfindig gemacht und ihnen erklärt, was passieren würde. Alle hatten erwartet, dass Cera in den Hintergrund treten und es ihnen überlassen würde, die Lage wieder unter Kontrolle zu bekommen. Doch zu Elenas Überraschung hatte auch keiner irgendwelche Einwände dagegen vorgebracht, dass Cera die Führungsrolle übernahm. Es war, als wären sie dankbar, jemanden zu haben, unter dessen Banner sie sich versammeln konnten. »Ihr seid die Männer, denen mein Vater am meisten vertraut hat«, hatte Cera zu ihnen gesagt. »Ich bin die Tochter meines Vaters, und ich bitte Euch hiermit, mir jetzt ebenso zu vertrauen.« Elena hatte Widerspruch erwartet, aber es kam keiner. Vielleicht waren sie wegen ihrer Gegenwart eingeschüchtert.

Cera sprach vor der Versammlung, als habe sie ihr Leben lang nichts anderes getan: »Edle Herren, wir sind hier zusammengekommen, um eine Beratung in höchster Not abzuhalten. Ich habe Boten nach Brochena entsandt, um die Lage dort zu überprüfen, aber es wird eine Zeit dauern, bis wir eine Antwort erhalten. Meine Leibwächterin Elena hat ebenfalls ihre Kräfte benutzt, aber auch sie konnte nicht herausfinden, ob mein Vater, der König, noch lebt. Oder meine jüngere Schwester.«

Einige der Anwesenden öffneten den Mund, um Fragen zu stellen, aber Cera gebot ihnen mit erhobener Hand zu schweigen. *Wie sehr sie schon aussieht wie eine Königin*, dachte Elena. *Wie stolz Olfuss auf sie wäre!*

»Ich hoffe inständig, dass das Attentat eine Einzeltat war«, sprach Cera weiter, »aber ich befürchte, das ist nicht der Fall. Wir haben starken Grund zu der Annahme, dass die gesamte

Aktion von langer Hand vorbereitet wurde, um die Nesti zu entmachten und einen Umsturz herbeizuführen. Ich gehe ebenfalls davon aus, dass der Anschlag eine direkte Reaktion auf die Haltung meines Vaters zur Blutfehde war. Im Moment bleibt mir nichts anderes, als zu hoffen, dass wir bald die Nachricht erhalten, dass mein Vater in Sicherheit ist, aber tief in meinem Herzen fürchte ich, wir sind auf uns allein gestellt und befinden uns bereits mitten im Krieg.«

9

Reicher Lohn

Religion: Omali

Und hierin liegt das Mysterium: Es gibt nur einen Gott und viele Götter, denn alle Götter sind Aum, und Aum ist die Gesamtheit aller Götter.

SAMADHISUTRA (PFAD DER ERLEUCHTUNG),
HEILIGES BUCH DER OMALI

Baranasi in Nordlakh, Antiopia
Shawwal 1381 (Okten 927 nach yurischer Zeitrechnung)
9 Monate bis zur Mondflut

Trotz Tod und Zank in Ramitas Familie und obwohl Meiros keinerlei Anstalten machte, die traditionelle Rolle des Mannes in einer lakhischen Hochzeitszeremonie zu erfüllen, kam nicht infrage, dass Ispal und Tanuva ihre älteste Tochter ohne die vorgeschriebenen Rituale und Gebete würden gehen lassen. Alles andere hätte den Zorn der Götter erregt, und das bei einer Ehe, die ohnehin schon unter keinem allzu guten Stern stand. Guru Dev und Pandit Arun, ein dürres Priesterlein, das aussah, als bestünde es nur aus Zweigen und Haaren, wurden zu Rate gezogen, um Ramitas spirituelle Reinigung anzuleiten. Eine Hochzeit mit einem Ungläubigen erforderte spezielle Vorbereitungen. Vikash Nooradin fungierte als Botschafter zwischen Ramitas Familie und ihrem Verlobten und unterrichtete beide Seiten darüber, was erlaubt war und was nicht. Glücklicherweise waren die erfahrenen Vermittler vom Aruna-Nagar-Markt dem alten Ferang mehr als ebenbürtig, und am Ende sollte die Zeremonie nicht allzu weit von der Tradition abweichen, wenn auch viel Fasten und Beten nötig waren.

Ramita verbrachte die meiste Zeit allein in ihrem Zimmer eingeschlossen, während Huriya sich um ihren sterbenden Vater kümmerte. Sie fastete von Sonnenaufgang bis Sonnenuntergang, wie die Amteh es im heiligen Monat taten. Das Hungern schwächte sie, denn auch wenn es dunkel war, bekam sie nur Käse und Chapati zu essen. Das würde ihren Körper reinigen, hatte man ihr erklärt. Schließlich wurde sie nach unten gerufen, wo die beiden Weisen ihr darlegten, wie die Hochzeitsvorbereitungen aussehen würden. Es war eine ganze Liste mit Aufgaben, und soweit sie es verstand, ging es hauptsächlich darum, praktisch jedem Gott der Omali ein Opfer zu bringen, um sich seiner Gunst zu versichern.

Ramitas Läuterung begann eine Woche vor der Hochzeitszeremonie. Ein ganzer Schwarm Frauen aus der Nachbarschaft, alle in safrangelbe Saris gehüllt, kam noch vor Tagesanbruch zum Haus, um Ramita unter der Führung von Tante Pashinta zu den Ghats zu bringen. Unter einem aus Bettlaken provisorisch zusammengenähten Baldachin schlüpfte Ramita aus ihrem weißen Hemdkleid. Dann watete sie nackt ins kalte Wasser des Imuna und tauchte unter, insgesamt sechs Mal: einmal für Baraman den Erschaffer, dann für seine Frau Sarisa, die Göttin des Lernens und der Musik. Es folgte eine Waschung für Vishnarayan den Beschützer und für seine Gemahlin Laksimi, die Götter des Wohlstands. Die nächste war zu Ehren Sivramans, des Gebieters über Zerstörung und Wiedergeburt, die letzte für seine Frau Parvasi, die Ramitas Vorbild und Patronin für die kommende Zeit war. *Tritt in mich ein, heilige Königin. Mach mich zu einem Gefäß deiner Geduld und Tugend. Erfülle mich mit deinem Gehorsam und deiner Treue.* Ramita betete mit einer Inbrunst, die sie selbst erschreckte. Als hätten das Fasten, all die Angst und Einsamkeit der letzten Tage einen Teil von ihr zum Leben erweckt, von dessen Existenz sie nie etwas geahnt hatte. Sie war selbst überrascht von dem Wesen, das aus ihr geworden war, das wie in Trance den Frauen vorbetete, die sich um sie versammelt hatten und ihre Worte wiederholten. Und irgendwann nahm Ramita nichts mehr wahr außer ihrer eigenen verzweifelten Suche nach der Kraft, das alles durchzustehen.

Nachdem sie gebadet hatte, wanderte sie am Ufer des Imuna

entlang. Bekleidet nur mit einem Tuch, bat sie laut um Schutz vor Dämonen, um Glück und Segen. Die Frauen wiederholten ihre Rufe und sangen Gebete für Aum, den allumfassenden Gott, während Ramita barfuß durch Wasser, Schlamm, verrottenden Abfall und Kuhdung schlurfte, ohne es zu bemerken, bis die Prozession schließlich die Begräbnisfeuer erreichte. Dort erwarteten sie Guru Dev und Pandit Arun in safrangelben Lendenschurzen, die Gesichter mit einem weißen Brei bemalt als Schutz gegen böse Geister.

Die beiden heiligen Männer schaufelten Hände voll Asche von den Begräbnisfeuern auf ihr nasses Haar und verteilten sie über ihr Gesicht. Dann riefen sie Sivraman um Schutz an.

Die Frauen flochten das ascheverklebte Haar zu dicken Knoten. Mit schwieligen Fingern verteilten sie noch weitere Asche auf Ramitas Brüsten und Bauch, um ihre Fruchtbarkeit zu stärken.

Ramita sank auf die Knie und bombardierte Aum mit Gebeten, schrie und kreischte, ohne darauf zu achten, was für einen Anblick sie dabei abgab. Sie fühlte sich leer, und ihr war schwindlig, sie kam sich mehr als nur ein bisschen wahnsinnig vor. Sie schrie ihre Ängste in die Flucht, reinigte sich von Zweifel und Schmerz, bis sie spürte, wie eine neue Kraft in sie fuhr, sie auf die Beine zog und sie zu einer Musik tanzen ließ, die nur sie hörte. Sie scherte sich nicht um das verdreckte Laken, das ihren Körper kaum bedeckte, denn es war ein Geist in ihren Körper gefahren, der ihre Glieder bewegte. Es war etwas Ursprüngliches, und es war echt: Ramita spürte die Augen der Götter auf sich.

Endlich sank sie erschöpft in Pashintas Arme. Die Frauen drängten sich um sie, die Augen groß und besorgt. *Sie spüren es auch*, dachte Ramita.

Als sie sich wieder beruhigt hatte, zeichnete Guru Dev ein heiliges Tilak auf ihre Stirn. Pandit Arun interpretierte Ramitas Tanz als verheißungsvolles Zeichen. »Nehmt Euch in Acht, ihr Dämonen«, sagte er. »Dieses Mädchen ist stark.«

Ramita fühlte sich wild und unbezähmbar. *Zittre vor mir, Antonin Meiros!*

Den Rest der Woche musste sie zu allen dreiundsiebzig Tempeln Baranasis pilgern. Ramitas Gefolge wurde immer größer, denn immer mehr junge Frauen, die bald heiraten würden, schlossen sich ihr an. Für kurze Zeit wurden Ramita und ihre Entourage fast genauso berühmt wie die vielen Verrückten, die auf den Ghats lebten. Baranasi zog solche Menschen an. »Die von den Göttern Berührten« wurden sie genannt. Pilger kamen und wollten unbedingt den Saum ihres verdreckten Lakens mit der Stirn berühren, denn heiliger Wahnsinn war ein mächtiger Zauber. Die Tempelpriester betrachteten zufrieden die Pilgerströme und sammelten ihre Almosen, Straßenverkäufer kamen hinzu und machten ebenfalls ihr Geschäft.

Nach Einbruch der Dunkelheit aß sie wie ein halb verhungerter Tiger, dann schlief sie wie eine Tote, um am nächsten Morgen wie ein Zombie wiederaufzustehen. Der einzig halbwegs klare Moment war der, wenn sie ins winterlich kalte Wasser des Imuna stieg. Ramita fühlte sich ausgehöhlt wie eine Kokosnuss, aus der alle Milch gegossen und alles Fruchtfleisch herausgekratzt worden war, um sie mit etwas Neuem, Stärkerem zu füllen. *Die Rituale geben mir Kraft, ich spüre es.* Kazim schien weit, weit weg.

Als Ramita zwei Tage vor der Hochzeit wieder nach Hause gebracht wurde, nass und zitternd in der kühlen Morgenluft, erwartete ihre Mutter sie bereits. »Die beiden alten Männer haben dich zu einer Heiligen gemacht«, flüsterte Tanuva. »Und jetzt machen wir eine Braut aus dir. Zuallererst mit Wasser und Essen. Sieh dich an! Ich kann deine Rippen zählen!« Ramita bekam etwas zu essen, dann wurde sie ins Bett geschickt. Und während sie schlief, brummte es im Haus nur so vor Geschäftigkeit.

Am nächsten Tag stand sie früh auf und half bei der Arbeit. Es gab so viel zu tun. Der Innenhof musste dekoriert und das Pflaster mit Rangoli-Mustern aus Reispuderfarbe bemalt werden. Ramita half Jai mit den Piris, den niedrigen Hockern, auf denen das Brautpaar sitzen würde. Menschen kamen und gingen, brachten Essen, Gewürze und Farbtöpfe. Jeder hatte freundliche Worte für sie, und in all der hektischen Betriebsamkeit und zerbrechlichen Fröhlichkeit kam Ramita sich seltsam entrückt vor. Erst als sie innehielt und ein wenig zu sich selbst kam, spürte sie die Tränen in ihrem Innern. All diese Menschen, sie würde sie so sehr vermissen!

An diesem Tag ging Ispal mit Jai zu Raz' Beerdigung. Als sie zurückkamen, hatten sie auch Huriya dabei. Ispal brachte das schluchzende Mädchen direkt zu Ramita und sagte: »Tröste deine Schwester.«

Huriya blickte Ispal mit glänzenden Augen an: Er hatte sie Ramitas Schwester genannt und Huriya damit einen Platz in der Familie angeboten – für immer. Es kam nicht wirklich unerwartet, aber damit war es offiziell, ihre Gebete waren erhört worden.

»Meine Schwester«, flüsterte Ramita, als Huriya weinend in ihre Arme sank.

Huriya drückte ihre Schultern. »Nimm mich mit nach Norden«, murmelte sie.

Ramitas Kehle wurde trocken. Sie hatte Huriya fragen wollen, aber sie hätte es egoistisch und grausam gefunden, Huriya an einen so schrecklichen Ort wie Hebusal mitzunehmen. Doch jetzt, da sie selbst darum bat... »Natürlich! Ich hätte mich nicht getraut zu fragen.« Gemeinsam weinten sie, während der Rest des Hauses sie geschäftig umschwirrte.

Sie hoben die Feuerstelle in der Küche aus und bauten sie um, damit sie als Mandap dienen konnte – der Ort, an dem die Hochzeitsschwüre ausgetauscht würden. Über allem lag ein eigenartiger Schatten angespannter Erwartung, ganz anders als bei den anderen Hochzeiten, bei denen sie gewesen war – und das waren viele, denn außer Hochzeiten gab es nicht viel zu feiern hier in Baranasi. Ramita wusste nicht, wie viel, aber sie wusste, es würde eine Menge Geld den Besitzer wechseln. Die Familie würde in einen anderen Stand erhoben, die ganze Nachbarschaft würde zusammenkommen. In ihren finstersten Momenten argwöhnte Ramita, dass sie nur wegen des Goldes kamen, aber dann besann sie sich. Die Menschen hier kamen zu allen Hochzeiten zusammen, genauso wenn jemand Hilfe brauchte. Zualleroberst würden sie kommen, weil sie alle eine Familie waren.

Jai fuhr mit dem Karren mit den Geschenken für den Bräutigam davon, gespendet von Freunden der Braut. Größtenteils handelte es sich um Essen, vor allem Fisch, der der Fruchtbarkeit zuträglich war. Ramita versuchte, nicht daran zu denken, aber all das Getue um Fruchtbarkeitssymbole machte sie nervös. Ungeachtet dessen verlangte die Tradition, dass sie den Karren beim Hinausfahren segnete, und sie tat es. Der durchaus makabre Hintergrund dabei war: Die Fische aus dem Imuna hatten so viele Gräten, dass eine Hochzeit, die das Missfallen der Götter erregte, gar nicht erst stattfinden würde, weil der Bräutigam zuvor an den Gräten erstickte. Mehr als einmal war es so geschehen.

Um die Mittagszeit kam der Karren zurück. Jai saß neben dem Fahrer, all seine Freunde hatten sich irgendwie daneben, darüber oder darunter dazugequetscht. Der groß gewachsene rondelmarische Hauptmann Jos Lem und drei seiner Soldaten gingen mit misstrauischer Miene voraus. Die Pritsche selbst war mit einem schmutzig braunen Leinentuch verhüllt. In jedem Fenster und über jedem Zaun erschienen Gesichter, als der Wagen in den Innenhof einbog. Jai und dessen Freunde brachten die Geschenke von Ramitas Verlobtem nach oben. Sie würden erst am Morgen des Hochzeitstags geöffnet. Dann kamen alle bei einer Tasse Chai zusammen, und Jai erzählte der Familie unter viel Gelächter, wie der Ferang auf die ganze Wagenladung voll Fisch aus dem Fluss reagiert hatte. »Ganz verstört war er. Vikash musste ihm alles erklären. Ich frage mich, ob sie überhaupt heiraten, dort, wo er herkommt!«

Bei Ramitas letzter Jungfernmahlzeit waren alle da, Schwestern und Cousinen und Freundinnen. Aber alles war überschattet von dem Geheimnis um die Identität ihres Bräutigams, und sie wussten nicht recht, ob sie sich mit Ramita freuen oder mit ihr trauern sollten. So wurde aus dem Abend, der ein Freudenfest hätte sein sollen, eine eher angespannte Angelegenheit. Ramita fühlte sich schon, als gehöre sie gar nicht mehr dazu.

Lange nach dem Abschiedsfest klopfte Ispal leise an Ramitas Tür.

Sie und Huriya waren noch wach, Arm in Arm saßen sie am Fenster und schauten den riesigen Mond an. Er war jetzt zu drei Vierteln voll und füllte den gesamten nordöstlichen Himmel aus. Sein Antlitz sah aus wie gemeißelt, das Licht, das er spendete, war kalt und hart.

Ispal setzte sich ans Fußende von Ramitas Bett. »Ich möchte

Euch beiden etwas erzählen«, sagte er leise. »Darüber, was ich dort oben im Norden gesehen habe, über meinen Freund Raz und wie wir uns zum ersten Mal begegnet sind.«

Das hast du schon hundertmal erzählt, dachte Ramita, aber sie nickte stumm.

Ispal blickte zum Mond, dann schloss er die Augen. Zuerst klang seine Stimme noch unsicher, dann wurde sie allmählich voller, und schließlich sprach er wie ein Gelehrter, der aus einem Epos rezitierte. »Meine Töchter, ich habe euch schon öfter von meiner Reise nach Norden erzählt. Dreiundzwanzig Jahre liegt sie jetzt zurück. Damals beschloss ich, mich dem Händlerstrom anzuschließen, der alle zwölf Jahre nach Hebusal aufbrach, um dort mit den Rondelmarern Geschäfte zu machen. Ich hatte eine ganze Wagenladung voll Seidenstoffe aus Baranasi, meine ganzen Ersparnisse hatte ich dafür ausgegeben. Die Reise dauerte Monate, und sie allein liefert schon Stoff genug für eine eigene Erzählung. Irgendwann erreichte ich Hebusal. Die Stadt war komplett überfüllt, also schlug ich mein Lager außerhalb der Mauern auf. Alle waren ganz aufgeregt und bejubelten die Brückenbauer. Laut träumten wir von dem Vermögen, das wir verdienen würden an den törichten Weißen mit Börsen voller Gold. Aber es waren riskante Zeiten. Nicht allen Keshi waren die Ferang willkommen, und es hatte bereits Zwischenfälle gegeben. Beide Seiten hatten Schuld auf sich geladen, weshalb diesmal viele Soldaten nach Hebusal entsandt worden waren. Ein Trupp Keshi-Soldaten hatte sein Lager direkt neben meinem. Sie kamen aus Istabad, trugen weiße Roben, hatten geflochtene Bärte und Zöpfe im Haar. Sie tranken und vergnügten sich mit den Mädchen, ein ziemlich undisziplinierter Haufen. Ständig musste ich sie von meinem Wagen verscheuchen – sie wollten ihn als Bett für sich und ihre Weiber.« Ispal schüttelte den Kopf. »Einer von ihnen war Raz. Er entschuldigte sich jedes Mal, wenn er fertig war, und gab mir eine Goldmünze. Und ich durfte ein weiteres Mal die oberste Lage Seide waschen. Dieser Dreckskerl!«

Huriya hob den Kopf von Ramitas Schulter, und sie blickten einander an. So hatte Ispal die Geschichte noch nie erzählt.

»Ja, mein Freund Raz… Er sprühte nur so vor Leben, und er war ein Meister mit dem Krummsäbel. Wir sahen den Soldaten oft beim Üben zu. Raz war der Beste. Er hatte mächtige Schultern, sein Bauch war flach und straff, die Oberschenkel dick und hart. Manchmal trat er gegen zwei oder drei gleichzeitig an, aber er gewann immer. Wir sahen zu und schlossen Wetten ab. Ich setzte immer auf ihn.« Er seufzte. »Seine Frau Falima hatte Haare, die bis zu den Hüften reichten, und ihre Augen waren voll wie der Mond. Sie war die schönste Frau im ganzen Lager, und jeder wusste, sie gehörte Raz allein.« Er blickte Huriya an. »Es tut mir leid, dir das über deine Mutter erzählen zu müssen, aber heute ist die Nacht, in der die Wahrheit einmal ausgesprochen werden muss. Sie hatten Falima auf dem Marsch nach Hebusal aufgelesen. Sie war nicht die Tochter eines Händlers, wie dir immer gesagt wurde. Die Dinge, die ich euch jetzt sage, dürfen diesen Raum nie verlassen.«

Huriya nickte.

»Was haben wir nicht geträumt von dem Vermögen, das wir machen würden, indem wir die Ferang-Händler übers Ohr hauen. Mit angehaltenem Atem warteten wir auf ihre Ankunft, doch stattdessen sandte der Kaiser von Rondelmar seine Legionen. Den ganzen Monat über, während wir in Hebusal warteten, war er mit seinen Soldaten über die Brücke marschiert. Es heißt, Antonin Meiros hätte sie aufhalten können, aber er tat es nicht. Der Kaiser hatte sich zuerst der Rückendeckung des

Ordo Costruo versichert. Meiros ließ seine Armee passieren, und die Welt versank im Krieg.«

Ispal verstummte und nahm Ramitas Hand. »Das ist der Mann, den du heiraten wirst: der Mann, der die Legionen über die Große Brücke marschieren ließ. Manche sagen, er hatte keine andere Wahl, aber die meisten hassen ihn dafür.«

Ramita erwiderte nichts. Diese Ereignisse lagen so weit zurück, dass sie schon beinahe nicht mehr real waren.

Nur Huriya blickte Ispal entsetzt an, und er packte ihr Kinn mit festem Griff: »Ja, meine Tochter. Ramita wird Antonin Meiros heiraten, und du musst dieses Geheimnis für dich behalten. Du musst es mir schwören.«

Huriya konnte nichts erwidern, so überrascht war sie – und so bestürzt.

Ispal fuhr mit seiner Erzählung fort. »Ich habe mit ihm darüber gesprochen, als wir wegen der Hochzeit verhandelten. In meinem Herzen hatte ich beschlossen, wenn er meine geliebte Tochter zur Braut haben will, muss er mir vor allem eine Frage beantworten: ›Warum habt Ihr es zugelassen?‹, habe ich ihn gefragt und dabei in seine Seele geblickt. Ich wollte wissen, ob er ein böser Mensch ist, ein schwacher Mensch oder ein ehrenhafter, der keine andere Wahl hatte. Und was ich sah, war Schmerz. Echt und immer noch frisch. Ich sah keine Bosheit, keinen Rassenhass und keine Verschlagenheit, sondern nur schrecklichen, alles verzehrenden Schmerz. Ich sah, dass er immer noch litt unter seiner Entscheidung, dass er sie jeden einzelnen Tag bereute. ›Ich glaubte, ich würde damit Leben retten‹, erklärte er mir. ›Um sie aufzuhalten, hätte ich die Brücke zerstören müssen, das war meine einzige Option zu dieser Zeit. Einhunderttausend Mann wären jämmerlich im Ozean ertrunken, und die einzige Verbindung zwischen Yuros und Antiopia wäre zerstört gewesen, vielleicht für immer. Man versicherte mir, die Soldaten wären nur zum Schutz der Händler. Ich hatte meine Zweifel, aber was sie dann taten, das Schlachten, die Versklavung, von all diesen Grausamkeiten hatte ich nichts geahnt.‹«

Ispal fuhr sich mit den Fingern durchs dünne Haar und seufzte schwer. »Das waren seine Worte, Ramita, und ich glaube ihm. Ich glaube, er saß selbst in der Falle. Er ist nicht böse. Er sagte mir, er liebt Hebusal und hat all seine Kraft darauf verwendet, es zum Paradies auf Erden zu machen. Er hat Aquädukte gebaut, die Wasser aus den Bergen bringen und das Land fruchtbar machen. Er baute Krankenhäuser, seine Magi kümmern sich um die Kranken. Dem Sultan von Dhassa schenkte er einen Palast aus vergoldetem Marmor, und er hat einen großen Dom-al'Ahm errichtet, den größten im ganzen Norden. Seine Tochter gründete einen Heilerorden, und sein Sohn richtete eine öffentliche Bibliothek ein, größer noch als die des Moguls. Sein Ordo Costruo stand überall hoch in Ehren, manche hielten dessen Mitglieder sogar für Engel Ahms. Aber sie hatten nur die gütige Seite kennengelernt, hatten nie einen Magus in der Schlacht gesehen, doch das sollte sich ändern. Die Legionen aus Rondelmar marschierten bereits über die Brücke, aber vor ihnen kamen die Windschiffe. Über dem Meer hatten sie sich zusammengezogen, hinterm Horizont. Niemand ahnte etwas, bis sie in der Morgendämmerung jenes schrecklichen Tages über die Stadt kamen. Stellt euch diesen Anblick vor, Töchter, all die Windschiffe, die über uns am Himmel standen, voll besetzt mit Bogenschützen und Magi in wehenden Roben, wie Galionsfiguren standen sie am Bug. Zuerst jubelten die Leute, denn sie glaubten, es wäre eine Händlerflotte, die größte, die Urte je gesehen hatte. Wir dachten, wir wären gemachte Leute, auch ich glaubte das. Wir standen auf unseren Wagen und winkten den Schiffen zu. Wie kleine Kinder, die sich auf Süßigkeiten freuen, sprangen wir auf und ab. Doch Raz blickte mich an und sagte: ›Das sind Kriegsschiffe.‹ Ich werde nie den Klang seiner Stimme dabei vergessen. ›Kümmer dich um Falima‹, sagte er, dann sprang er auf und rannte ins Lager seiner Männer: ›Zu den Waffen, ihr Faulpelze!‹, brüllte er. Zuerst verstand ich nicht, aber vielleicht wollte ich auch nicht verstehen. Dann schlugen die Rondelmarer zu. Sie hatten Katapulte auf ihren Schiffen und bombardierten uns mit brennendem Pech, überall regnete es Feuer vom Himmel. Zelte, Häuser und Wagen gingen in Flammen auf, fürchterliche Schreie kamen von drinnen. Dann kamen die Schiffe weiter herunter, die Bogenschützen ließen Pfeile auf uns herabregnen, und die Magi streckten mit ihren blauen Blitzen jeden nieder, der versuchte, die Gegenwehr zu organisieren. Es war grässlich. Wir waren absolut hilflos. Ich erinnere mich, wie ich Falima festhielt, damit sie Raz nicht folgte. Sie wehrte sich wie ein Dämon. Raz rannte zu seinem Zelt, und als er mit Brustpanzer, Faustschild und Krummsäbel wieder herauskam, explodierte das Zelt hinter ihm. Die Druckwelle schleuderte mich und Falima gegen meinen Wagen, und als wir wieder etwas sehen konnten, gähnte ein Krater an der Stelle, wo eben noch das Zelt gestanden hatte. Über uns hing der Schatten eines Kriegsschiffs, ein junger Magus stand am Bug und beschoss die fliehenden Menschen mit Feuer aus seinen Händen. Direkt vor unseren Augen ging eine ganze Handelskarawane auf der Flucht in Flammen auf. Schließlich fiel sein Blick auf uns. Er hob die Hände, und ich zog Falima unter den Wagen. Dann war um uns herum nur noch Hitze und Feuer, die Luft kochte, und der Sand verschmolz zu Glas, genau an der Stelle, wo wir eben noch gestanden hatten. Falima und ich krochen auf der anderen Seite unter dem Wagen hervor, und diesmal war es Falima, die mich zurückhalten musste, damit ich in meinem Wahnsinn nicht versuchte, meine Seidenstoffe zu retten! Wir fanden Raz, wie er vor dem Krater kniete. Er starrte in das Loch, das einmal sein Zelt gewesen war, und auf die schwarz verkohlten Leichen darin. Überall hallten die Schreie der Sterbenden wider. Das Kriegsschiff über uns wandte sich nach Osten, zum nächsten Lager, aber sie waren überall, es gab keine Richtung, in die wir uns wenden konnten. Raz beschloss, sich mit uns bis in die Stadt durchzuschlagen. Unterwegs schlossen sich noch andere an, in ganzen Trauben flohen sie durch die engen Gassen in Richtung der Tore. Aus irgendeinem Grund glaubten wir, innerhalb der Mauern wären wir in Sicherheit. Zwischen den großen Windschiffen flogen Dutzende kleinere umher, die die Rondelmarer Skiffs nennen. Jedes davon war mit einem Magus und mehreren Bogenschützen bemannt. Sie waren schneller als die großen Kriegsschiffe, wie die Schwalben schossen sie über unseren Köpfen hin und her und griffen wahllos an. Manche kamen so nah, dass ich die Gesichter der Männer sehen konnte. Sie waren so jung und aufgeregt wie kleine Kinder, die zum ersten Mal auf Hasenjagd sind. ›Ist das etwa ein Sport für euch?!‹, brüllte Raz rasend vor Zorn und fuchtelte mit seinem Krummsäbel. Die Bogenschützen konnten kaum danebenschießen, so vollgestopft waren die Straßen mit Menschen. Der Lärm wurde immer lauter, wir rannten weiter, immer weiter, dann kam der Flüchtlingsstrom mit einem plötzlichen Ruck zum Stehen. Wie ein Dämon fuhr das Entsetzen in uns: Die Stadttore waren geschlossen worden. Hinter mir erhob sich panisches Geschrei, weil eins der Skiffs aus der aufgehenden Sonne direkt auf unser Spalier zukam. Am Bug stand eine einzelne Gestalt, von hinten von der Sonne angestrahlt, die Arme erhoben. Wir waren eingekeilt zwischen mehrstöckigen Gebäuden, standen Wange an Wange. Als das Skiff uns erreicht hatte, machte der Magus am Bug irgendetwas, das den Boden erzittern ließ, sodass die Häuser auf beiden Seiten über unseren Köpfen einstürzten. Der Magus war eine Frau, sie trug eine rote Robe, und ihr Mund war weit geöffnet, als würde auch sie schreien vor Entsetzen über sich selbst. Ich sah, wie Haus um Haus hinter ihr einstürzte. Wie Würfel auf einem Spielbrett fielen Ziegel und Mauersteine auf die Flüchtenden, erschlugen und zerquetschten sie. Wir wurden einfach mitgerissen von der Menge, jeder versuchte nur panisch, dieser Göttin der Zerstörung zu entfliehen. Menschen stolperten und wurden zu Tode getrampelt. Ich hielt mich an Falima fest, während wir über die Leichen kletterten und immer näher auf die geschlossenen Stadttore und hohen Mauern Hebusals zugetrieben wurden. Raz bahnte uns einen Weg, er schrie und schubste und stieß, aber wir hörten nichts, alles wurde vom grässlichen Donner der einstürzenden Häuser und den Schreien der Sterbenden übertönt. Plötzlich verschwand er um eine Ecke und riss Falima und mich aus dem Strom der Fliehenden in eine winzig kleine Dhaba. Die Menge trampelte weiter, direkt in den sicheren Tod. Falima hatte sich verletzt, aber dafür hatten wir keine Zeit. ›Kommt!‹, brüllte Raz und legte sie sich über die Schulter. Er führte uns durch den kleinen Innenraum, vorbei an einer Familie, die sich verängstigt in eine Ecke gekauert hatte. ›Raus! Raus!‹, schrie er, ohne stehen zu bleiben. Schließlich erreichten wir den Innenhof, in dem, so unglaublich es auch war, ein Esel stand und auf seinem Stroh herumkaute. Dann hörte ich ein furchtbares Krachen, als wäre der Boden unter unseren Füßen entzweigebrochen. Die Dhaba stürzte mit einem ohrenbetäubenden Donnern ein, und ein

Luftstoß schleuderte mich gegen den Esel, der mir gegen die linke Schulter trat. Ich spürte, wie mein Schulterblatt zerschmettert wurde, ein grässlicher Schmerz. Dann sprang er auf und davon, Gott allein weiß, wohin. Unterdessen zog die Zerstörung weiter, von Haus zu Haus, bis die ganze Welt um uns herum in dichte Staubwolken gehüllt war. Wir husteten und bekamen kaum Luft, und als wir endlich wieder etwas sehen konnten, erkannten wir erst das ganze Ausmaß der Verheerung: Der gesamte Straßenzug war zerstört, niedergerissen von der Magusfrau in dem Skiff, das über unsere Köpfe hinweggefegt war. Bald hörten wir neue Geräusche, andere diesmal, aber mindestens genauso schrecklich: Sie kamen von den Menschen, die unter den Trümmern eingeklemmt waren. Raz kniete am Boden, Falima in seinen Armen. Er blickte mich an. ›Lakh-Mann, du bist noch am Leben!‹, keuchte er. ›Ahm schütze uns. Was haben sie getan?‹ Ja, was hatten sie getan? Und warum? Was in aller Welt konnte ein solches Massaker rechtfertigen? Was konnten sie von uns wollen, das nicht durch friedlichen Handel zu bekommen war? Weshalb Krieg? Wo waren Meiros und seine Brückenbauer? Wo waren die Götter, wie konnten sie ein so grausames Verbrechen einfach geschehen lassen? ›Wir müssen weiter‹, sagte Raz. Er erschien mir wie ein Halbgott, so unbeugsam und mutig war er, und sein Glanz strahlte auf mich ab, er gab mir Kraft. Meine Schulter schmerzte entsetzlich, aber ich war entschlossen, nicht zurückzubleiben. Wir kletterten über Schutt und Trümmer und versuchten, nicht an die Hunderten, vielleicht Tausenden zu denken, die darunter begraben waren. Hinter uns fegte das Skiff die Stadtmauer entlang, ließ Feuer und Pfeile auf die Bogenschützen auf der Mauerkrone regnen. Dann schwenkte es wieder um und kam in unsere Richtung, flog genau auf die Gasse zu, zu der wir uns durchschlagen wollten. Wie angewurzelt blieben wir stehen. Die Magusfrau war vielleicht hundert Schritte entfernt, ich konnte sie deutlich sehen, und sie kam schnell näher. Ihr Gesicht war weiß wie ein Totenschädel, ihr Haar hatte die Farbe einer Orange. Hinter ihr stand ein großer Mann mit fahlem Haar, sein Gesicht vollkommen ungerührt. Sie hielten auf den Eingang der Gasse zu, nur ein Stück oberhalb der Dächer, dann begannen die Bogenschützen wieder wahllos draufloszuschießen. Die Gasse war genauso voll mit Menschen, wie unsere es zuvor gewesen war. Und die Leute wussten nicht, was sie erwartete, denn sie hatten die Zerstörung nicht gesehen, die das Skiff angerichtet hatte. Raz küsste Falima und sagte ihr, sie solle hier auf ihn warten, dann rannte er los – auf die Gasse zu, die die Magusfrau jeden Moment zerstören würde. Ich dachte, er wäre wahnsinnig geworden. Höher, als ich es je bei einem Menschen gesehen hatte, sprang er über einen Zaun und dann in ein Fenster im ersten Stock des Gebäudes dahinter! Ich war fassungslos. Ich hatte von Männern und Frauen gehört, die Übermenschliches vollbrachten, wenn sie nur vergaßen, dass das, was sie da taten, eigentlich gar nicht möglich war ... aber es mit eigenen Augen zu sehen! Raz verschwand in dem Haus, und ich begriff immer noch nicht, was er vorhatte. Schließlich kam er auf dem Dach wieder heraus, gerade als die Magusfrau mit einem weiteren Krachen begann, die Häuser zum Einsturz zu bringen. Raz stand genau in der Bahn des Skiffs. Falima wollte sich losreißen und ihn zurückholen, ich konnte sie kaum bändigen mit meiner gebrochenen Schulter. Der Lärm der einstürzenden Gebäude und das Geschrei der Menschen, die in der Falle saßen, machten mich beinahe taub. Falima krallte sich an mich, und wie gebannt starrten wir zu Raz hinüber. Er hatte sich einen langen Dachsparren unter den Arm geklemmt und ging in die Hocke. Als das Haus neben seinem zu bröckeln begann, sprang er auf und rannte auf das Skiff zu. Das Nachbarhaus brach zusammen, und das Dach unter Raz' Füßen gab nach. Falima bedeckte die Augen. Raz erreichte gerade noch rechtzeitig den Rand und sprang ab. Es war das reinste Wunder: Der Balken, den er mitschleppte, war so groß, es hätte vier Männer gebraucht, um ihn auch nur zu tragen, doch Raz flog damit genau auf das Skiff zu! Ich sah, wie er damit die gesamte Besatzung von den Beinen riss, die in die verängstigte Menge darunter stürzte. Ich jubelte, doch die Hexe am Bug schwankte nicht einmal, und auch der Offizier an ihrer Seite stand unerschüttert. Raz musste den Balken loslassen und krachte gegen den Mast des Skiffs. Nur noch die drei waren jetzt an Bord. Raz zog seinen Krummsäbel und stürzte sich auf den Offizier, während die Hexe versuchte, das schwankende Skiff wieder unter Kontrolle zu bekommen. Es brach zur Seite aus und verlor an Höhe, schlingerte genau auf mich und Falima zu. Ich werde nie vergessen, wie Raz und der Rondelmarer mit seinem Schwert wie von Sinnen aufeinander einschlugen, während das Luftschiff gegen eine Mauer prallte und mit geborstenem Rumpf zu Boden krachte. ›Bleib hier!‹, schrie ich Falima an und kletterte über die Trümmer auf das abgestürzte Schiff zu. Überall um mich herum strömten Dhassaner aus den verschont gebliebenen Gebäuden auf die Straße. Raz hatte sie gerettet, und jetzt packten sie Messer, Speere und Schwerter, alles, was sich als Waffe verwenden ließ, um sich zu rächen an denen, die sie hatten töten wollen. Ich konnte meinen linken Arm kaum gebrauchen, also kletterte ich auf das nächstgelegene Dach und beobachtete von dort aus, wie die Dhassaner sich auf die Magusfrau stürzten. Sie schien starke Schmerzen zu haben, und ich erkannte entsetzt, wie jung sie noch war, vielleicht gerade einmal zwanzig. Sie hatte ein kantiges Gesicht und Sommersprossen auf der blassen Haut. Ihr gelocktes Haar war von Asche durchzogen. Neben ihr kam auch der Offizier wieder auf die Beine und hob sein Schwert, als der erste Dhassaner sie beinahe erreicht hatte. Die Hexe hob die Hände und feuerte einen blauen Blitz auf die Brust des Angreifers ab. Er war nur ein Junge, mit einem Stock bewaffnet. Er wurde in hohem Bogen zurückgeschleudert, aber schon kamen zwei weitere, und wieder verbrannte die Hexe sie mit ihren blauen Blitzen. Einer taumelte heulend rückwärts, aber der andere schaffte es bis zum Skiff, doch der Offizier durchbohrte ihn mit seinem Schwert. Ich war wie gelähmt vor Angst, wagte nicht, mich zu bewegen, aus Furcht, sie könnte mich erblicken und ihre entsetzliche Flammen gegen mich richten. Aber ich konnte auch nicht wegsehen. Die Hexe schrie hinauf zu ihren Göttern, Feuerstrahl um Feuerstrahl schoss aus ihren Händen und verbrannte Mann um Mann, aber immer noch griffen sie an! Raserei hatte sie gepackt, jetzt, da ihr Feind in Reichweite war. Auch Frauen schlossen sich dem Angriff an, bewaffnet mit Knüppeln aus Brennholz, und auch sie starben, wurden zu schwarzer Asche verbrannt. Die verkohlten Leichen stapelten sich nur so, und der Offizier streckte die nieder, die nahe genug herankamen. Er kämpfte wie ein in die Enge getriebener Löwe und sie ebenso. Ich konnte jedes Fältchen in ihrem Gesicht erkennen, und erst jetzt merkte ich, dass sie weinte! Sie weinte, während sie die Menschen tötete! Sie konnte sie nicht einmal mehr sehen durch ihre Tränen, starrte nur auf ihre Hände, als wäre sie selbst entsetzt über das, was sie anrichteten – als wären es nicht ihre. Und dann entdeckte ich Raz! Immer noch lag er im geborstenen Rumpf des Skiffs, als sei er tot, aber ich sah, wie er sich bewegte. Die

Dhassaner griffen weiter an, sprangen über die schwelenden Leichen hinweg, Männer und Frauen, einige wenige Soldaten, Welle um Welle brandeten sie an. Sie wussten, dass sie sterben würden, aber sie versuchten es trotzdem, und die Magusfrau tötete sie einen nach dem anderen. Ich sah, dass sie eine Verletzung am Bein hatte und ihr Feuer nachließ. Sie war erschöpft, am Ende ihrer Kräfte. Da schlug Raz zu! Gerade noch hatte er auf dem Boden gelegen, die Hand nach seinem Krummsäbel ausgestreckt, da sprang er plötzlich auf die Beine und ließ ihn auf den Hals der Hexe niedersausen. Sie war vollkommen wehrlos in diesem Moment, sah die Klinge nicht einmal kommen, so beschäftigt war sie mit ihrem schrecklichen Werk. Doch der Streich erreichte sie nicht – das Schwert des Offiziers fuhr dazwischen. Er stürzte zwischen Raz und die Magusfrau, sie wurde zur Seite gestoßen, und ich sah, wie ihr Schienbein in der Mitte zerbrach. Die Dhassaner ergriffen die Flucht, nur ein kleines Mädchen blieb zurück, das sich an seiner Mutter festgehalten hatte, als sie sich dem hoffnungslosen Angriff anschloss. Die Mutter war nur noch eine verkohlte Leiche, aber das Mädchen stand unter Schock und lief einfach weiter auf das Schiffswrack zu. Die Hexe sah sie nur aus dem Augenwinkel – und feuerte erneut. Ich konnte erkennen, wie ihre Augen sich vor Entsetzen weiteten, als sie das Mädchen erblickte. Verzweifelt versuchte sie, den Feuerstrahl zu unterbrechen, aber es war zu spät. Sie zögerte, als sie nicht hätte zögern dürfen –mit fatalen Konsequenzen für sie selbst: Jetzt waren es ihre eigenen Hände, die in Flammen aufgingen! Sie kniete in den Trümmern und starrte auf ihre verkohlten Finger. Das Mädchen schrie auf und rannte davon. Auch der Offizier war jetzt für einen Moment abgelenkt, und Raz stieß zu. Sein Säbel fuhr durch das Kettenhemd des Mannes und durchbohrte ihn. Raz drehte die Klinge herum und zog sie mit einem Triumphschrei wieder heraus. Die Hexe drehte sich um, mit wildem Blick, ihre Hände nur noch Stümpfe. Sie musste unsägliche Schmerzen gelitten haben, aber sie mobilisierte ihre letzten Kräfte, und da ihre Hände nutzlos waren, feuerte sie den letzten Blitz aus ihren Augen. Wie eine Leuchtfackel flog Raz durch die Luft. Da erwachte ich endlich aus meiner Trance. Ich sprang von der Scheune herunter, trat Zäune nieder und kämpfte mich durch zu dem schrecklichen Schauplatz. Die Hexe kniete mit hängendem Kopf am Boden, ihre Schultern bebten. Ich konnte ihr Gesicht nicht sehen, aber zwischen den verklebten Haarsträhnen stieg Rauch auf. Der Offizier hielt sich den Bauch und versuchte, zu seinem Schwert zu kriechen. Raz wälzte sich am Boden, brüllte und strampelte. Ich rannte zu ihm, in einem großen Bogen um den Offizier herum. Die Hexe hörte mich und blickte auf, und da hätte auch ich beinahe geschrien: Wo ihre Augen gewesen waren, gähnten zwei schwarze Löcher. Mit ihrem letzten Feuerstrahl hatte sie sich die eigenen Augen aus dem Kopf gebrannt! Sie wimmerte einen Namen, Vann, und der Offizier schleppte sich mit dem Schwert in der Hand in ihre Richtung. Dann richtete er die Klinge auf mich. Das Zeichen war unmissverständlich, aber ich wollte nur Raz zu Hilfe eilen. Ich warf mich auf ihn und schlug auf die Flammen ein. Schließlich hielt er still. Es war grässlich, als ich sah, was das Feuer angerichtet hatte. Aber er war am Leben und ein Held! Ich riss mich von dem schrecklichen Anblick los und hielt Ausschau nach irgendeiner Möglichkeit, ihm zu helfen. Vor einem der Häuser entdeckte ich einen Wassertrog. Ich humpelte hin und schaffte es irgendwie, trotz meiner gebrochenen Schulter zwei Handvoll Wasser herauszuschöpfen. Als ich wieder bei ihm war, waren nur noch ein paar Tropfen übrig. Die ganze Zeit über hatte der Offizier mich beobachtet, einen Arm um die Hexe gelegt. Ihre Lippen bewegten sich, und ein fahles Leuchten spielte um ihre Hände und die pechschwarzen Augenhöhlen. Ich weiß noch, wie blankes Entsetzen mich packte, sie könnte sich heilen und sich dann auf mich stürzen. Aber das tat sie nicht, sie kauerte nur am Boden, auf ihren Offizier gestützt. Doch zu meiner allergrößten Überraschung sagte der Offizier etwas zu mir, und zwar auf Keshi. ›Hier‹, sagte er, nahm seinen Helm ab und warf ihn mir zu. ›Wasser.‹ Zuerst war ich wie vom Donner gerührt, doch dann ging ich zurück zum Trog, füllte den Helm und wusch mit dem Wasser Raz' Wunden. Einen Schluck davon trank ich selbst, dann, aus einem spontanen Impuls heraus, füllte ich ihn erneut und legte ihn auf den Boden, gerade so, dass der Rondelmarer ihn erreichen konnte. Ich wusste selbst nicht, warum ich es tat. Er gab ihn der jungen Hexe, die etwas murmelte, das Gesicht in Raz' Richtung gedreht. Ich kannte das Wort damals noch nicht: dokken. Heute weiß ich, in ihrer Sprache bedeutet es ›dunkel‹. Was sie damit meinte, kann ich nicht sagen. Hätte ich um Hilfe gerufen, wären beide mit Sicherheit getötet worden, aber zuvor hätte der Offizier ebenso sicher noch mich und Raz getötet, denn ich bin kein Held wie Raz, also verhielt ich mich still wie eine Maus. Das Einzige, wozu ich den Mut aufbrachte, war, den Offizier zu fragen, warum. Er zuckte nur die Achseln und sagte: ›Befehle.‹ *Befehle.* Es war unfassbar, ich musste würgen. Sie wussten genauso wenig wie wir, warum sie uns töteten. Ich starrte ihn erschüttert an, und er starrte zurück. Er musste schlimme Schmerzen gehabt haben. Die Wunde in seinem Bauch war von der Art, an der man erst nach Stunden oder Tagen stirbt, und er flüsterte: ›Es tut mir leid. Es tut mir aufrichtig leid.‹ Dann sagte die Hexe etwas, und er wandte sich wieder

243

ihr zu. Sie zitterte unkontrolliert, das Licht an ihren Handstümpfen und in ihrem Gesicht wurde stärker. Ich sah, wie ihre Schnitt- und Schürfwunden sich schlossen, sogar das Schienbein richtete sich von selbst wieder ein. Es war grausig anzusehen. Sie berührte seine Bauchwunde, und das Licht griff auf ihn über, sein Atem wurde ruhiger. Dann sank sie in sich zusammen. Nur noch ihre Brust bewegte sich kaum merklich auf und ab. Ihr Mund stand offen, der Atem ging pfeifend. Der Offizier warf mir den Helm wieder zu und sagte: ›Mehr Wasser. Bitte.‹ Am liebsten hätte ich den Helm weit weggeschleudert für das, was sie getan hatten, aber ich füllte ihn ein weiteres Mal und gab ihn zurück. Wäre ich ein Held, hätte ich ihm vielleicht das Schwert entreißen und sie beide töten können, aber ich tat es nicht. Stattdessen half ich ihm beim Trinken, und wir gingen ein Stück gemeinsam. Sein Name war Vann Merser, er war Hauptmann, Sohn eines Pelzhändlers. Als Kind war er mit seinem Vater schon einmal hier gewesen. Er fragte mich, woher ich kam. Es war bizarr, sich mit einem Feind zu unterhalten, noch während um uns herum die Stadt weiter in Schutt und Asche gelegt wurde, aber in diesem Moment waren wir ganz allein auf der Welt wie die zwei einzigen Überlebenden. Er sagte mir, dass die Hexe erst achtzehn Jahre alt sei und für den Rest ihres Lebens blind sein würde. An seiner Stimme hörte ich, dass er sie liebte und bei ihr bleiben würde. Dann senkte sich ein Schatten auf uns, ein weiteres Skiff, und noch bevor ich wusste, wie mir geschah, waren überall Rondelmarer. Sie trugen die Hexe und den Hauptmann an Bord, und ich war sicher, sie würden mich und Raz töten, aber der Hauptmann sagte etwas in ihrer Sprache zu ihnen, und sie ließen uns in Ruhe. Dann erhob sich das Skiff wieder in die Luft, und sie waren weg.«

Ramita und Huriya sahen einander an. Beide weinten. Entgeistert blickten sie Ispal an. Das war nicht die Geschichte gewesen, die er ihnen schon so oft erzählt hatte. Die Geschichte, die sie bisher gekannt hatten, war fröhlich und bunt gewesen, doch diese Schreckenserzählung klang weit glaubhafter.

Ispal schaute sie eindringlich an. »Ich habe euch stets etwas anderes erzählt, um euch zu schützen, aber das ist die wahre Geschichte, wie Raz und ich zu Blutsbrüdern wurden. Ich habe die beiden mit nach Süden genommen. Falima blieb bei ihm, obwohl er so schrecklich verbrannt war, und gebar ihm zwei Kinder. Sie war genauso eine Heldin wie er, Huriya. Die Liebe zwischen deinen Eltern ist wie ein leuchtender Stern unter uns Sterblichen. Erweise dich ihrer würdig. Und dir, Ramita, erzähle ich diese Geschichte, um meinen Freund und Bruder Raz Makani zu ehren, aber auch, damit du weißt, was dein zukünftiger Mann zu verantworten hat. Ich glaube nicht, dass er ein böser Mann ist, aber er ließ böse Dinge geschehen, und das quält ihn. Er versucht, seine Schuld an der Welt wiedergutzumachen, und du musst ihm dabei helfen. Respektiere ihn, aber fürchte ihn nicht. Denke auch an den Grund, den Hauptmann Vann Merser mir für den heimtückischen Angriff genannt hat: Befehle. Denn auch du wirst jetzt mit Menschen zusammen sein, die Befehle geben. Nimm dich vor ihnen in Acht, darum bitte ich dich. Menschen tun die grässlichsten Dinge, wenn sie glauben, nicht selbst die Verantwortung dafür zu tragen, sondern sie auf andere schieben zu können. Außerdem möchte ich, dass du stets daran denkst, dass diese Ferang mit ihren eigenartigen Kräften und in all ihrer Fremdheit immer noch Menschen sind. In diesem Hauptmann und allen anderen, die ich seither getroffen habe, wohnen Gut und Böse genauso beieinander wie in jedem, den ich hier in Baranasi kenne. Verdamme eine böse Tat, aber wisse, dass nur wenige durch und durch böse sind. Die meisten befolgen nur ›Befehle‹.«

Er schüttelte den Kopf. »Ich hoffe, diese Geschichte hilft euch, die Welt ein wenig besser zu verstehen. Sie ist kompliziert und undurchschaubar, alles kann geschehen, ohne Sinn, Zweck oder Moral. Manchmal frage ich mich, ob die Götter blind sind.« Er schaute den Mond an. »Vielleicht hat der Mond sie alle verrückt gemacht.« Er beugte sich über die beiden Mädchen, gab ihnen seinen Segen und ging.

Stumm saßen sie da, Arm in Arm, erschüttert von der Geschichte ihrer Familie. Stundenlang verharrten sie so, und es dauerte lange, bis sie einschlafen konnten.

Als Tanuva am nächsten Morgen Ramita wach rüttelte, war es draußen noch dunkel. Der Mond stand jetzt auf der anderen Seite des Firmaments, und im Osten war das erste Schimmern der Morgendämmerung zu sehen. »Komm, Tochter. Heute ist dein Hochzeitstag.« Ihre Stimme klang gehetzt.

Huriya schnarchte auf ihrem Stuhl, den Kopf im Nacken, als könne nichts auf der Welt ihren Schlaf stören. Ramita beneidete sie. Sie war erschöpft, hatte den Rest der Nacht von Hexen mit verbrannten Augen geträumt. Ispal wartete unten in der Küche, und gemeinsam knieten sie sich vor das kleine Feuer, das er gemacht hatte. Neben ihnen schliefen die Zwillinge in ihre Decken gehüllt. Ihr Zimmer war für die Hochzeit in Beschlag genommen worden.

Durch die Hintertür kam Pashinta mit einem Eimer Wasser herein. Tanuva rührte gemahlenen Reis in eine Schüssel mit Quark. Doch zuerst musste Ramita noch ein letztes Mal im Imuna baden. Sie wickelte sich in eine Decke, dann gingen sie durch die noch dunklen Gassen den vertrauten Weg hinunter zu den Ghats. In Lakh waren zu jeder Tages- und Nachtzeit Menschen auf der Straße: Betrunkene, die nach Hause stolperten, Diener, die die ersten Aufgaben des Tages erledigten, während ihre Herren noch schliefen, Händler, die auf dem Pflaster schliefen, um die Ware in ihren Ständen – manchmal nicht mehr als eine Decke auf dem Boden – zu bewachen. An einer Ecke stand eine Kuh, die ihnen gleichgültig nachschaute, als sie durch die rauchigen und vom Dunst des Flusses vernebelten Gassen gingen.

Weitere Frauen kamen aus den Türen der Häuser und schlossen sich ihnen an: Tanuvas Freundinnen, die bei den letzten Brautvorbereitungen helfen würden. Ramita kannte sie bereits ihr ganzes Leben, doch jetzt liebte sie diese Frauen, wollte eine von ihnen sein, mit ihnen gemeinsam alt werden. Aber die Götter hatten ihr bestimmt, mit einem unheimlichen Greis, der die Welt in den Abgrund gestürzt hatte, nach Norden zu gehen.

Zehn Frauen, denn Zehn war die glücklichste aller Zahlen, standen um Ramita, während sie ihr Nachthemd ablegte und in den Imuna watete. Das kalte Wasser umspielte ihre Beine, ihren Bauch, dann die Brüste und schließlich das Gesicht. *Wasch mich fort, Imuna. Wasch mich hinfort und lass nur eine leere Hülle zurück. Lass meine Seele auf ewig hierbleiben und die leere Hülle meine sterblichen Tage zu Ende leben. Erhöre mein Gebet, heiliger Fluss.* Falls der Imuna sie hörte, schien er nicht gewillt, Ramitas Wunsch zu erfüllen. Vielleicht war er aber auch zu beschäftigt damit, den Frauen zu lauschen, die für eine glückliche und kinderreiche Ehe beteten. Jedenfalls blieb Ramitas Seele, wo sie war: in ihrem frierenden Körper, der sich zurück ans Ufer schleppte und in eine wärmende Decke gehüllt wurde. Die betenden Frauen warteten, bis die Sonne sich golden über den Morgennebel erhob. Die ersten

Strahlen ergossen sich über die kleine Gruppe und die tausend anderen auf den Ghats, und alle erhoben die Hände, um den neuen Tag zu preisen.

Jetzt gab es keine Ausflüchte mehr, nichts, was noch zu tun war. Ramita war wie betäubt, ganz und gar nicht bereit, trotz all der Gebete und Läuterungen. Tanuva und Pashinta zogen sie auf die Beine. Ihre Gesichter waren hart wie Stein. Die Zeit wartete nicht, nicht einmal auf Ramita.

Zu Hause fütterten ihre Eltern sie mit den Händen, dann führte Ispal sie schweigend ins Schlafzimmer, wo ein frisches Nachthemd lag, ein neues diesmal, und kein abgelegtes von Pashintas Töchtern.

Ramita drückte Ispals Hand, dann scheuchte sie ihn fort, wickelte sich aus der klammen Decke und streifte das jungfräuliche Leinengewand über. Wenige Augenblicke später schnarchte sie ebenso laut wie Huriya, die noch genauso über dem Stuhl hing wie zuvor.

Als Ramita erwachte, war es schon spät am Morgen. Huriya lag mit offenen Augen neben ihr. »Sal'Ahm«, flüsterte sie.

»Sal'Ahm«, erwiderte Ramita. Sie hatte einen Kloß im Hals. *Mein Hochzeitstag.* Ihr war leicht übel. Vor der Zeremonie würde sie nichts mehr hinunterbringen. *Das nächste Mal, wenn ich etwas esse, bin ich mit einem vertrockneten Greis mit toten Augen verheiratet.*

»Komm, wir packen die Geschenke aus«, drängte Huriya. »Und ich suche aus, was du anziehen wirst.« Sosehr sie Ramitas Schicksal auch bedauerte, Huriya konnte es kaum erwarten, nach Norden aufzubrechen und die Welt zu entdecken.

Sie würde nicht das Geringste tun, um diese Hochzeit zu verhindern, selbst wenn sie könnte.

Hand in Hand gingen sie nach unten und fanden die Küche in eifriger Betriebsamkeit. Zahnlückige Freunde und Tanten schaufelten stapelweise Kuchen und Gebäck von der Kochstelle, riesige Töpfe Daal wurden umgerührt, der Duft von Chili und Knoblauch lag in der Luft. Jai saß draußen und spielte mit seinen Freunden Karten, bis sie wieder für die nächste Aufgabe hereingerufen wurden, daneben stimmten die Musikanten ihre Instrumente. Ispal hatte die Koordination übernommen, gab Anweisungen und bezahlte die Helfer, aber das eigentliche Kommando hatte Ramitas Mutter, die ihren Mann unauffällig darauf hinwies, was noch zu tun war. Alle sangen oder tratschten, und der Lärm war so laut, dass Ramita sich fragte, wie in aller Welt sie so lange hatte schlafen können.

Als ihre Eltern Ramita entdeckten, kamen sie sofort angelaufen und umarmten sie. »Jeder Tag ist ein Geschenk«, flüsterte Ispal, »aber an diesen wirst du dich ganz besonders erinnern. Halte ihn in Ehren, geliebte Tochter.«

Wie soll ich? Aber sie setzte eine pflichtbewusste Miene auf, und gemeinsam gingen sie nach oben ins Zimmer der Zwillinge, einer muffigen kleinen Kammer ohne Fenster, in der sich Berge von Gemüse stapelten – und ihre Hochzeitsgeschenke. Ispal zündete eine Kerze an und zog die Decke von dem kantigen Haufen auf dem Bett. Ramita schnappte nach Luft, und Huriya klatschte aufgeregt in die Hände: Der Schein der Flamme spiegelte sich in goldenem Brokat, funkelnden Juwelen, silbernen Kelchen und kleinen Messingfiguren.

»Geschenke«, sagte Ispal heiser, »Geschenke von Antonin Meiros an seine künftige Frau.« Er legte einen Arm um ihre Schulter. »Du wirst die schönste Braut sein, die Baranasi je gesehen hat.«

Ramitas Mund stand offen. Noch nie hatte sie so viel Reichtum auf einem Haufen gesehen oder auch nur davon geträumt, einmal selbst so viel zu besitzen. Sie war sprachlos.

»Sie haben Vikash Nooradin Geld gegeben«, flüsterte Ispal, »dann ist er mit seiner Frau in die teuersten Geschäfte gegangen, wo sonst nur die Prinzen einkaufen. Der Bulle von Ferang-Hauptmann hat ihn begleitet. Vikash meinte, seine Frau sei beinahe ohnmächtig geworden, als sie das erste Geschäft betraten. Komm, such dir was aus. Du auch, Huriya, denn auch du bist meine Tochter. Aber denk daran, Ramita: Du wirst heute den Hochzeitssari deiner Mutter tragen. Die Gewänder hier sind für andere Anlässe bestimmt. Wenn du die Prinzen von Hebusal besuchst vielleicht.« Einen Moment lang sah Ispal beinahe glücklich aus. Dann drehte er sich um und ging hinaus.

Tanuva war die Erste, die sich rührte. Sie nahm zuerst dies zur Hand, dann jenes. Mit feuchten Augen starrte sie die Kostbarkeiten an, dann rannte auch sie aus dem Zimmer. Ramita wollte ihr folgen, aber Huriya hielt sie zurück. »Sie muss ein wenig allein sein, Schwester.« Sie hob eine Kette hoch, liebkoste sie gierig, dann warf sie das Schmuckstück Ramita zu. »Probier die mal!«

Es dauerte lange, bis sie mit allem durch waren. Ramita war zu überwältigt, um zu begreifen, dass all das jetzt ihr gehörte, aber sie genoss Huriyas beinahe ekstatisches Entzücken über all die Reichtümer. Das Keshi-Mädchen war ganz in seinem Element, und ihre grenzenlose Begeisterung griff ein Stück weit auf Ramita über. Gemeinsam arbeiteten sie sich durch die Ohr- und Nasenringe, die Lippenstecker, Arm- und Fußreifen, die Ringe und Halsketten, bis Rubine und Diamanten und sogar die Perlen etwas genauso Alltägliches geworden waren wie die Kichererbsen und Linsen unten in der Küche. Sie streichelten die Seidensaris, die Salware und Dupattas, fuhren mit den Fingerspitzen über den schweren Brokat, bestaunten die fein gewobenen Muster und wundervollen Farben. Die Stücke, die Ramita am meisten den Atem verschlugen, gab sie Huriya, nur um das Entzücken in ihren Augen zu sehen.

»Hat es sich nicht allein schon deshalb gelohnt?«, fragte Huriya. »Er ist ein alter Mann, er wird bald sterben, und wir werden frei und reich sein.« Huriya sprach nur noch von »wir«, jetzt, da sie Ramita nach Norden begleiten würde, und Ramita war ihr dankbar dafür. Sie brauchte dieses Wir, weil sie es allein niemals durchstehen würde.

Spät am Nachmittag kamen die Soldaten aus Rondelmar an, wie Insekten in Rüstungen staksten sie durch das farbenfrohe Treiben. Hauptmann Lems Kiefer klappte nach unten, als er durch das Tor des Innenhofs schritt und all die bunten Bänder und die in grelle Farben gewandeten Frauen erblickte. Nach einer Weile verzog sich sein versteinertes Gesicht zum Anflug eines Lächelns, trotzdem machte ihn der schwer zu überblickende Trubel eindeutig nervös. Alle starrten ihn an, dieses fremdländische Wesen, diesen grimmigen rondelmarischen Riesen, der aussah, als sei er direkt der Legende entstiegen.

Den ganzen Tag über dachte Ramita nur ein einziges Mal an Kazim: Es schien irgendeinen Zwischenfall auf der Straße zu geben, und sie glaubte zu hören, wie er ihren Namen rief, aber nichts geschah. Meiros' Wachmänner hielten jeden fern, selbst die neugierigen Straßenschläger des hiesigen Verbrecherbosses Chandra-bhai. Ispal würde Wachleute anheuern müssen, um sein Haus zu schützen. Bisher hatten sie nie etwas besessen, das zu stehlen sich gelohnt hätte, und zum ersten Mal kam es Ramita in den Sinn, dass dieser neu gewonnene Reichtum ein zweischneidiges Schwert sein könnte. Wie würden die Prinzen es aufnehmen, dass ein Händler mit einem Mal zu solch immensem Wohlstand gekommen war? Immer mehr mögliche Probleme fielen ihr ein, und sie fing an, nervös auf ihren Lippen herumzubeißen.

In dem bunten Treiben fiel niemandem auf, wie still Ramita war. Ein paar der älteren Männer und Frauen tanzten gemächlich, und der Geruch des kochenden Essens zog die unterschiedlichsten Menschen aus der Nachbarschaft an. In Lumpen gekleidete hungernde Kinder bettelten am Tor, und wann immer Ramita auftauchte, starrten alle sie an. Als es ihr unerträglich wurde, ging sie zurück ins Haus und bereitete sich zögerlich auf die ihr bevorstehende Prüfung vor. Die Zeit raste und stand gleichzeitig still.

Gemeinsam mit Huriya wusch sie sich in dem winzigen Abtritt mit heißem Wasser aus einem Eimer. Danach gingen sie ins Ankleidezimmer, wo sogleich eine ganze Schar Frauen herbeigeströmt kam, um ihre Saris zu bewundern. Als die Frauen den Schmuck erblickten, verschlug es ihnen die Sprache. Sie begriffen, dass es handfeste materielle Gründe für diese eigenartige Hochzeit gab, Ramita sah es an ihren Gesichtern. In manchen spiegelte sich der blanke Neid. Sie schauten Ramita an, als fragten sie sich: »Warum sie, warum nicht meine Tochter?« Andere stürzten sich auf Tanuva, priesen sie, was für eine gute Mutter sie sei, und erinnerten sie daran, wie oft sie den Ankesharans in der Vergangenheit großzügig beigestanden hatten. Tanuva wurde es schließlich zu dumm, und sie scheuchte alle hinaus, erklärte, die Mädchen brauchten Zeit, sich vorzubereiten. Nur Pashinta durfte bleiben und half mit stoischer Miene, das Zimmer zu räumen. Als Tanuva schließlich Jai hereinrief, damit er die Geschenke bewachte, schien sie den Tränen nahe.

Stumm kleideten die Mädchen sich an. Nur Huriya konnte die Reichtümer in vollen Zügen genießen, mit denen sie sich ausstaffierten. Der kastanienbraune Hochzeitssari von Ramitas Mutter war reich mit Goldfäden und Mustern verziert. Er war das edelste – und auch das einzige – kostbare Kleidungsstück, das die Familie bis zu diesem Tag besessen hatte. Er war ein Familienschatz, in achtzig Jahren erst vier Mal getragen. Dennoch verblasste er im Vergleich zu den anderen Saris, die Vikash mit Meiros' Geld gekauft hatte.

Für Ramita fühlte es sich eigenartig an, so mit Gold und Juwelen behängt zu werden, wo sie doch bis jetzt immer nur billigen Schmuck aus Messing und Glas getragen hatte. Der große Nasenring mit dem Kettchen, das bis zum Ohr reichte, war besonders unangenehm, und sie hatte das Gefühl, ihr Ohrläppchen würde jeden Moment ausreißen. Die Armreifen aus Gold und Glas klapperten bei jeder Bewegung. Pashinta puderte ihr Gesicht, trug Rouge auf ihre Wangen auf, schminkte ihre Augen mit schwarzem Kajal und malte ihr mit Sandelholzpaste das traditionelle Hochzeitsmuster aufs Gesicht. Es dauerte ewig.

Pashinta musterte sie. »Du bist ein hübsches Mädchen, Ramita. Dein Bräutigam wird erfreut sein.« Sie wusste natürlich, wer der Bräutigam war. Tanuva vertraute ihr in solchen Dingen. »Ramita, Liebes, du tust etwas sehr Tapferes«, murmelte sie, »aber diese Hochzeit scheint mir unter keinem guten Stern zu stehen. Man erwartet zu viel von dir. Wir sind einfache Menschen. Wir sind nicht dafür geschaffen, Gold und Juwelen und Seide zu besitzen und mit Prinzen zu verkehren. Ispal, Vikash und all die anderen Männer, sie denken nur ans Geld, und ich bete darum, dass du nicht diejenige sein wirst, die den Preis für ihre Gier bezahlen muss.«

»Mach dir keine Sorgen, Tante«, erwiderte Ramita mit so

fester Stimme, wie sie nur konnte. »Vater hat das Richtige getan.« Die Worte klangen hohl, selbst in Ramitas Ohren. *Mir bleibt gar nichts anderes übrig, als fest daran zu glauben, dass ich all das zum Wohl meiner Familie tue. Ich kann es mir nicht leisten, daran zu zweifeln.*

Pashinta wandte den Blick ab. »Du bist eine gute Tochter, Ramita. Möge Parvasi dich schützen.« Da erschallte draußen eine Fanfare, und alle schreckten hoch. Pashinta sah aus dem Fenster, das Gesicht versteinert. »Bei allen Göttern, er ist hier.«

Ramita saß in der Küche auf ihrem Piri-Hocker. Die mit Henna bemalten Hände hatte sie so fest in Huriyas Sari verkrallt, dass ihre Knöchel weiß hervortraten. Als Pashinta in Erfüllung der traditionellen Rolle, die ihr als Freundin des Hauses zukam, nach unten ging, um den Bräutigam willkommen zu heißen, hörte Ramita alles und sah nichts. Ihrem Vater lief der Schweiß in Strömen herunter. Muschelhörner wurden geblasen, die versammelten Frauen sangen und besprenkelten Meiros mit Rosenwasser. Ramita schloss die Augen und begann zu beten. Dies war kein Traum. Statt Kazim zu heiraten, wie sie beinahe ihr ganzes Leben lang geglaubt hatte, würde sie einem Greis zur Frau gegeben und in ein anderes Land gebracht werden. Sie beugte sich ganz nahe an Huriyas Ohr. »Wo ist Kazim?«

»Er ist beim Dom-al'Ahm und kümmert sich um Vaters Beerdigung«, flüsterte Huriya durch ihren Schleier zurück. »Er hat mir aufgetragen, dir zu sagen, dass er dich vermisst, dass er dich liebt, dass er für immer Dein sein wird.«

Ramita schaute sie nur an. »Was hat er wirklich gesagt?«

Huriya ließ die Schultern hängen. »Dumme, hässliche Dinge«, erwiderte sie mit flacher Stimme. »Er ist wütend. Er hat jetzt neue Freunde bei den Amteh und will nicht mehr mit mir sprechen.« Ihr Gesicht wurde hart. »Wenn er mich nicht braucht, brauche ich ihn auch nicht.«

Oh nein, Kazim! Bitte, hasse mich nicht. Ich werde immer dir gehören, was auch geschieht.

Und dann war die Zeit plötzlich um. Ihre Mutter strich Ramita mit zitternden Fingern über den Handrücken, dann ging sie nach oben. Es brachte Unglück, wenn eine Mutter bei der Hochzeit ihres Kindes anwesend war.

Huriya gab Ramita zwei Bananenblätter, eins in jede Hand.

Ramita hob die Hände unter ihren Schleier, bedeckte mit den Blättern ihr Gesicht und rang mit der in ihr aufsteigenden Panik. *Ich werde meiner Familie keine Schande machen.*

Jai kam mit seinem Freund Baghi herein. Sie trugen leuchtendes Weiß und Orange, ihre Gesichter waren todernst. Sie beugten sich über Ramita und umfassten die Beine des Hockers. »Ek, do, tin«, flüsterte Jai, dann richteten sie sich auf. Ramita musste Huriyas Sari loslassen, und die beiden trugen sie schwankend hinaus auf den Innenhof, wo Geheul und das Tuten der Muschelhörner Ramita entgegenschlugen wie eine Wand. Sie sah die helle Robe ihres Bräutigams, wie er, umringt von seinen Wachen, in dem winzigen Innenhof stand.

Gemessenen Schrittes trugen Jai und Baghi sie sieben Mal um den Bräutigam herum, wie die Tradition es verlangte. Meiros, das Gesicht unter seiner Kapuze verborgen, folgte der Bewegung. Ramita nahm unter ihrem Schleier nur Ausschnitte wahr: Schweißperlen auf dem Gesicht ihres Vaters, Huriyas gierige Augen, ein Meer aus angespannten Gesichtern. Schließlich waren die sieben Umrundungen vollendet, und der Piri kam vor Meiros zum Stehen. Der Duft des Blumenkranzes um ihre Schultern stieg Ramita in die Nase. Sie hielt die Bananenblätter weiter vors Gesicht und wartete.

Meiros hob die Hände, um die Kapuze zurückzuschlagen, und die versammelte Menge hielt den Atem an. Endlich würden sie den geheimnisvollen Bräutigam sehen. Aber was immer sie auch erwartet haben mochten, bestimmt keinen alten Mann mit kalkweißer Haut. Ramita hörte mitleidige Ausrufe, aber auch zornige, während die Menge ungläubig zwischen Meiros' Runzeln und ihrem faltenlosen Gesicht hin und her blickte. Gemurmel erhob sich: Wie kann Ispal es wagen, seine Tochter an diese bleiche Kreatur zu verkaufen? Es war ein Affront gegen die Natur selbst. Ramita spürte förmlich, wie die Atmosphäre im Innenhof sich auflud.

Pandit Arun schob sich an Meiros' Wachsoldaten vorbei und legte dem Magus einen Blumenkranz um den Hals.

Ramita schloss die Augen. Jai und Baghi hoben den Schleier vor ihrem Gesicht und legten ihn über Meiros' Kopf. Die Welt schrumpfte auf die Größe eines winzigen Käfigs zusammen, schummrig beleuchtet vom rötlichen Schimmern der Fackeln und Laternen rundum. Ramita nahm den Duft des Rosenwassers wahr, hörte Meiros' Atem. *Er riecht so alt.*

Da ertönte Vikash Nooradins Stimme. In der Sprache von Rondelmar erklärte er Meiros die Zeremonie. »Edler Herr, die Braut wird jetzt enthüllt. Ihr müsst auf sie warten. Sie wird die Bananenblätter senken, wenn sie so weit ist, und Euch anblicken. Dann müsst Ihr die Blumenkränze austauschen.«

Es war nicht vorgeschrieben, dass die Braut sich beeilte, und einen Moment lang dachte Ramita darüber nach, auf ewig regungslos zu verharren.

»Nun, Mädchen?«, hörte sie Meiros' rasselnde Stimme auf Lakhisch fragen.

Ramita schluckte. »Mein Vater sagt, Ihr seid kein böser Mensch«, brachte sie schließlich heraus.

Sie hörte ein leises Kichern. »Damit gehört er zu einer äußerst kleinen Minderheit. Ich sollte ihm wohl dankbar sein.«

»Stimmt es, was er sagt?«, wagte Ramita zu fragen.

Meiros schwieg, und als er schließlich antwortete, klang seine Stimme nachdenklich: »Ich unterteile die Menschen nicht in gut oder böse. Taten können gut oder böse sein, aber Menschen sind die Summe ihrer Taten und Absichten, Worte und Gedanken. Ich habe stets getan, wovon ich glaubte, es sei das Beste.« Er lachte bitter. »Doch nicht jeder ist dieser Meinung.«

Ramita öffnete die Augen und blickte auf die zitternden Palmblätter. »Werdet Ihr mich gut behandeln?«

»Ich werde dich mit allem Respekt behandeln, dich in Würde und Ehre halten, wie es dir als meiner Frau gebührt. Aber erwarte keine Liebe. Ich habe keine Liebe mehr in mir. Der Tod hat jene eingefordert, die ich einst liebte, und jetzt ist der Strom versiegt.«

»Vater sagt, Ihr hattet eine Frau und einen Sohn…«

»Meine Frau starb vor vielen Jahren. Meine Tochter ist unfruchtbar. Mein Sohn… wurde ermordet. Sie haben ihn gebannt, damit er sich der Gnosis nicht bedienen konnte, und dann gefoltert. Dann haben sie ihn abgeschlachtet und mir seinen Kopf geschickt.« Meiros' Stimme klang jetzt nicht mehr flach, sie hallte wider von Verlust, Schmerz und Zorn. Doch dann verschwand jegliches Gefühl wieder, trocken sprach er weiter: »Ich bedaure es, dich dem Leben zu entreißen, das du dir vorgestellt hattest. Ich kann dir dieses Leben nicht geben, aber ich kann dein Leben angenehm machen und es mit wunderbaren Dingen füllen.«

Ich will keine wunderbaren Dinge, ich will Kazim.

»Wer ist Kazim?«, fragte Meiros.

Ramitas Herz setzte einen Schlag lang aus, als sie begriff,

dass dieser Mann nicht nur ein Ferang war, sondern auch ein leibhaftiger Jadugara, ein Magus, der die Gedanken in ihrem Kopf sehen konnte. Angst durchzuckte sie wie ein Blitz. »Der Mann, den ich einmal heiraten sollte«, flüsterte sie.

»Das tut mir leid«, erwiderte er mit einem Anflug von Bedauern in der Stimme. »Du musst verbittert sein, dein Leben so über den Haufen geworfen zu sehen, um als Zuchtstute für einen hässlichen alten Mann missbraucht zu werden. Daran kann ich nichts ändern. Ich kann dir lediglich versichern, dass auch dieses Leben seine Belohnungen bereithalten wird, mehr als du dir vorstellen kannst. Aber ich kann dir deine Träume nicht zurückgeben.«

Sie fielen in Schweigen. Die versammelten Hochzeitsgäste verhielten sich mucksmäuschenstill und versuchten angestrengt, die leisen Worte zu erhaschen, die zwischen dem Brautpaar gewechselt wurden. Würde sie ihn zurückweisen? Und was würde passieren, wenn sie es tat? Der Moment zog sich unendlich in die Länge.

Doch schließlich war irgendwo in Ramita das letzte Körnchen der Sanduhr gefallen. *Kazim, vergib mir.* Ganz langsam senkte sie die Palmblätter und blickte in die wässrig blauen Augen des Jadugara. Sie waren fremd und undurchdringlich, das graue Haar und der bleiche Bart dünn und strähnig. Sein Gesicht war kein bisschen zurechtgemacht, wie es die Tradition der Omali für einen Bräutigam verlangte. Seine Lippen waren dünn, sein Gebaren wirkte ungeduldig. Meiros' Augen weiteten sich ein Stück, als er sie betrachtete.

Wie ich ihm wohl vorkomme mit meiner dunklen Haut, dem bemalten Gesicht, den Mustern auf meinen Händen und dem glitzernden Schmuck? Ob er mit seinen Jadugara-Augen bis in meine Seele sieht?

»Warum ich?«, flüsterte sie. »Ich bin nur die Tochter eines Händlers.«

Seine Augen hielten ihren Blick unbeirrt fest. »Ich brauche Kinder, dringend, und du hast die besten Voraussetzungen, mir welche zu schenken. Viele und schnell. Ich habe in die Zukunft geblickt und gesehen, dass der sicherste Weg für mich ist, möglichst schnell möglichst viele Nachkommen zu haben, mit einer Lakh-Frau. Und mit ›sicher‹ meine ich nicht meine eigene Sicherheit, sondern die der ganzen Welt. Für die Sicherheit Urtes braucht es Kinder, viele Kinder, aus derselben Blutlinie: unsere Kinder. Sie werden Magi sein, sie werden den Ordo Costruo einen und Frieden bringen. Ich habe lange gesucht, und du bist die Einzige, die die notwendigen Voraussetzungen mitbringt. Du bist fruchtbar und stammst vom richtigen Volk, und ich habe nicht mehr viel Zeit. Du und die Kinder, die wir haben werden, sind die Chance, die drohende Katastrophe noch einmal abzuwenden, wenn es nicht schon zu spät ist.«

»Ich bin also nur Eure Zuchtstute«, sagte Ramita tonlos.

»Es tut mir leid«, wiederholte Meiros. »Ich kann dich nicht mit einem Märchen von Glück und Liebe trösten. Das Einzige, was zählt, ist diese Tatsache: Du bringst die nötigen Voraussetzungen mit. Ich werde dich mit aller gebührenden Würde behandeln, aber ich muss Kinder haben, und das wird nicht mit gebührender Würde zu machen sein. Wenn du es wissen willst: Es beschämt mich. Ich wollte nie, dass es so kommt. Ich habe meinen Stolz. Ich sehe die Abscheu in deinen Augen, wenn du mich betrachtest. Ich bin kein greiser Lüstling, der eine Schwäche für junge Mädchen hat, aber ich habe keine andere Wahl. Glaub mir, ich wünschte, es wäre anders.« Er verstummte und lächelte beinahe. »Ich glaube, die beiden jungen Männer würden dich jetzt gerne wieder absetzen, Mädchen.«

Es war, als würden ihre Instinkte dem gelähmten Verstand die Entscheidung abnehmen. Mit zitternden Händen zog sich Ramita den orangefarbenen Blumenkranz über den Kopf und legte ihn mit einer linkischen Bewegung um Meiros' Hals. Sie hörte, wie die Menge erleichtert seufzte. Ein paar jubelten, aber die meisten starrten das Brautpaar nur an. Dann wurde der Schleier weggezogen, und Ramita schwamm in einem Meer aus dunklen Gesichtern. Weiße Augen und Zähne schimmerten im Licht der Fackeln. Die Luft war so dick vom Rauch der Duftkerzen geschwängert, dass ihr das Atmen schwerfiel. Ramitas Wangen waren nass von Tränen, die sie nicht wegwischen konnte, weil sie die heftig zitternden Finger in Meiros' Blumenkranz verkrallt hatte.

Meiros wurde in die Küche geführt, wo das Ritual vollendet werden würde. Huriya stand in der Tür und strich über Ramitas Arm, als Jai und Baghi sie schnaufend vorübertrugen. Dann setzten sie den Piri vor der brennenden Feuerstelle ab. Nur Ramitas Vater, Vikash, Guru Dev, Pashinta und Pandit Arun durften mit hineinkommen.

»Jetzt folgt der Schwur, edler Herr Meiros«, erklärte Vikash Nooradin.

Der Jadugara streckte ihr die Hände hin und zog sie mit überraschender Leichtigkeit auf die Füße. Ramitas Knie waren wacklig, ihre Beine schmerzten vom langen Sitzen. Kühle knochige Finger schlossen sich um die ihren, fleckige weiße Haut über ihren dunklen jungen Händen. Ramitas Kehle schnürte sich zu, ihr Atem ging rasselnd.

Sie hörte die Worte kaum, Schwüre von Treue, Vertrauen und Partnerschaft, von Pflicht. Götter wurden angerufen, Segen über sie gesprochen. Dann wies Vikash Meiros an, dreimal um das Feuer herumzugehen. Ramita folgte ihm, trat auf

Teller, zerschmetterte Tontöpfe, stieß Kerzen um und kleine Wasserschalen, wie die Tradition es gebot, während Arun betete und sang, um die Götter gnädig zu stimmen. Dann fassten sie sich wieder an den Händen und gingen gemeinsam um das Feuer. Die letzte Runde. Sie waren verheiratet.

Ihr war schwindlig, und sie hielt sich an Meiros' Arm fest, während die Gäste verhalten jubelten. Ispal rief Tanuva zu sich, und Ramita umarmte beide weinend. Ihre Eltern blickten Meiros nervös an, dann streckte Ispal vorsichtig die Hand aus.

Meiros schüttelte sie kurz und nickte Tanuva flüchtig zu.

Dann kam Huriya angestürmt, küsste Ramita und schloss sie in eine heftige Umarmung. Sie wirkte, als sei sie fest entschlossen, glücklich zu sein, als sei diese Hochzeit etwas, auf das sie lange hingearbeitet hatte.

Du bist die Einzige, die heute wirklich glücklich ist, dachte Ramita.

Das Keshi-Mädchen vollführte einen kecken Knicks vor Meiros und warf den Kopf in den Nacken. »Musik!«, rief sie den Trommlern und Sitarspielern zu. Sie wirbelte herum, streckte die Brust heraus und fing an, sich erstaunlich leichtfüßig zur Musik zu bewegen. Mit den Händen beschrieb sie grazile Muster in der Luft, ihr Gesicht zu immer neuen Grimassen verzogen. Es war ein Erzähltanz aus Kesh.

Ramita sah, wie Meiros' Soldaten Huriyas kurvigen Körper mit ihren Blicken geradezu verschlangen, vor allem der grässliche Lem. An dem goldenen Ring in ihrem Bauchnabel war ein kleines Glöckchen befestigt, das bei jeder Bewegung hell erklang.

Die Gäste klatschten, die Trommeln wurden schneller, und schließlich kam Jai mit einem lauten Ruf an ihre Seite gesprungen, drehte sich und sprang wild in die Luft, wie es die Rolle des Mannes in diesem Tanz verlangte. Ramita hatte ihren Bruder noch nie so männlich gesehen. Eine Woge des Stolzes erfasste sie. Und dann tanzten alle, als sei das hier eine ganz normale Hochzeit, ein Tag der Freude und des gemeinsamen Feierns.

Platten mit Essen wurden aufgetragen. Erst jetzt spürte Ramita, wie hungrig sie war, wie ausgezehrt von der Belastung. Als Meiros sie zu einem mit Kissen ausgelegten Teppich geleitete, bemerkte Ramita, wie die Luft um ihn herum schimmerte. Sie prickelte sogar auf ihrer Haut, als wolle sie sie wegstoßen.

Meiros bemerkte ihre Verwirrung. »Ich bin gegen Geschosse abgeschirmt«, flüsterte er ihr zu. »Du wirst dich daran gewöhnen.«

Abgeschirmt. Noch mehr mysteriöse Magie. Ramita bekam eine Gänsehaut und rückte ein Stück von Meiros weg.

Wie die Tradition es gebot, fütterte der Bräutigam sie mit den Händen, dann sie ihn. Meiros musste lachen, weil ihre zitternden Hände seinen Mund nicht selten verfehlten – und er kam ihr beinahe vor wie ein Mensch. Doch Ramita konnte an nichts anderes denken als daran, wie sie sich diese Zeremonie wieder und wieder ausgemalt hatte: mit Kazim. *Wo bist du, mein Geliebter? Weißt du, was hier gerade passiert? Kümmert es dich überhaupt?*

Da bemerkte sie ein Blitzen in Meiros' Augen und blendete alle Gedanken aus. Sie hatte Angst. *Werde ich jetzt sogar aufpassen müssen, was ich denke?*

»Nein, musst du nicht.«

Ramita zuckte als Erste zusammen, weil er ihre unausgesprochene Frage beantwortet hatte, dann Meiros, als verfluche er sich innerlich selbst. »Verzeihung«, fügte er hinzu. »Ich sollte das nicht tun. Ich werde dich lehren, deinen Geist zu schützen. Es ist nicht schwer. Bis dahin, akzeptiere meine Entschuldigung.«

Ramita erschauerte.

Ihr Mann – *dieser Greis ist jetzt mein Mann!* – schien das Fest tatsächlich zu genießen. Wann immer jemand den Mut aufbrachte, ihm in die Augen zu sehen, nickte er wohlwollend. Doch noch immer kannte niemand außer ihr und ihrer engsten Familie seinen Namen aus Angst vor dem, was andernfalls geschehen würde.

Misstrauisch verfolgte Lem jede Bewegung. Das unübersichtliche Treiben behagte ihm ganz und gar nicht.

Mein frisch Vermählter muss viele und mächtige Feinde haben.

Normalerweise würde das Singen und Tanzen weitergehen, bis das Brautpaar sich zurückzog. Dann würden die verheirateten Frauen ihre Töchter nach Hause bringen, damit die Gastgeber Schnaps und Ganja hervorholen konnten. Spieler würden ihre Karten zücken, und es würde eine lange, wilde Nacht. Doch Ramita war nur gestattet, mit ihrem Mann zu tanzen, und sie glaubte kaum, dass er dafür zu begeistern war. Und selbst wenn: Ihr war nicht nach Tanzen zumute.

Der Mond, jetzt beinahe voll, kletterte über die Häuserdächer und tauchte die Feier in silbriges Licht. Ramita flüsterte ein Gebet zu Parvasi: »Beschütze mich, Königin des Lichts, und beschütze Kazim. Bring ihm meine Liebe.« Sie warf dem alten Magus einen kurzen Blick zu, dann ließ sie wieder Stille in ihre Gedanken einkehren.

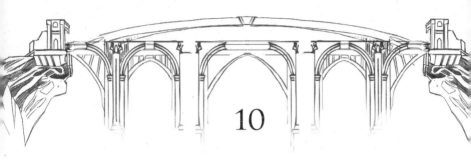

10

KÄMPFER DER FEHDE

DER ERSTE KRIEGSZUG

Im Jahr 904 war ich ein junger Soldat. Die Generäle hatten uns gesagt, die Dhassaner würden unsere Landsleute in Hebusal töten, der Kaiser fordere, dass die Legionen sich aufmachten, unsere Brüder zu retten. Und doch kostete es uns allen Mut, den Fuß auf jene Brücke zu setzen. Ich erinnere mich noch gut an die ungeheure Anspannung – würde Meiros sein Werk unter unseren Füßen einstürzen lassen und Zehntausende einem nassen Grab überantworten? Wie würde er sich verhalten? Manche beteten, andere verharrten schweigend, doch alle hatten entsetzliche Angst. Aber Kore war mit uns, denn wir gelangten sicher zum Südpunkt. Ich kann mich nicht entsinnen, meine Frau je so leidenschaftlich geküsst zu haben, wie ich die Erde küsste an jenem Tag, als wir Dhassa erreichten. Die Überquerung lag hinter uns, und Hebusal stand bereits in Flammen.
DIE MEMOIREN DES JAN BALTO, LEGIONÄR DER PALACIOS V, 904

BARANASI IN NORDLAKH, ANTIOPIA
SHAWWAL 1381 (OKTEN 927 NACH YURISCHER
ZEITRECHNUNG)
9 MONATE BIS ZUR MONDFLUT

Kazim bereute jedes Wort, das er gesagt, jede Beleidigung, die er Huriya entgegengeschleudert hatte, die so offensichtlich entzückt darüber war, mit Ramita nach Norden zu gehen. Und alle Flüche, die er ausgestoßen hatte, weil Ramita einen anderen heiraten würde.

Ich hatte unrecht: Ramita bleibt keine andere Wahl. Es ist nicht ihre Schuld, und mittlerweile hat Huriya ihr bestimmt erzählt, was ich gesagt habe. Sie wird glauben, alles sei mir egal. Sie wird glauben, ich hasse sie... Ich wollte ihr den Tod nicht an den Hals wünschen. Die Wahrsagerin hat mir prophezeit, dass Ramita mein Schicksal ist, wie kann also geschehen, was gerade geschieht?

Aber er hatte all diese Dinge gesagt, seiner selbstzufriedenen kleinen Schwester all seine Trauer und seine Wut entgegengeschrien. Hätte Haroun ihn nicht zurückgehalten und in den Dom-al'Ahm gezerrt, er hätte sie sogar geschlagen. Haroun war bei ihm geblieben, bis er sich wieder beruhigt hatte.

Jetzt war es Nachmittag. Ramita würde im Kreis ihrer Familie in dem kleinen Innenhof sitzen und sich auf die Hochzeit vorbereiten. Ob sie ihn vermisste? *Ich habe es nicht so gemeint, als ich Huriya angeschrien habe, du solltest dir lieber die Kehle durchschneiden, als dich von diesem alten Mann anfassen zu lassen. Bitte, glaub mir!* Aber tief in seinem Innersten fühlte er immer noch so. Das Kalistham war voll von Geschichten von Frauen, die den Mut gehabt hatten, ihrem Leben ein Ende zu machen, anstatt Schande über sich zu bringen. Einer der Gelehrten hatte das gesagt, nachdem Haroun ihm von Kazims Verzweiflung berichtet hatte. Aber sich vorzustellen, dass Ramita es tatsächlich tun würde, ertrug er noch viel weniger.

Ispals Gier ist an allem schuld, und Huriya ist noch schlimmer! Sie geht jetzt nach Norden. Alles, was sie kümmert, ist ihr eigener Vorteil. Sie weiß, wer dieser Freier ist, und weigert sich, es mir zu sagen, die treulose Schlampe!

Er war fest entschlossen, die Hochzeit zu sprengen, egal was Haroun sagte. Nur aus Respekt hörte er die Worte seines neuen Freundes an, und sobald Haroun weg war, stahl er sich davon. *Ich kann nicht einfach untätig zusehen.* Bilder plagten ihn, Bilder von Ramitas Augen, geweitet vor Angst und Schmerz, wenn der Ferang über sie kam und sich nahm, was bald ihm gehören würde. Er stahl den Bambusstock eines Viehtreibers, lief durch die Gassen und nahm unterwegs noch die Flasche eines Betrunkenen mit, der im Rinnstein lag. Der billige Schnaps brannte in seinem Mund – bitteres Öl auf die Glut seines Zorns. So hastete er durch die Stadt, bis kurz vor Ramitas Haus eine dicht gedrängte Menschenmenge jedes Durchkommen unmöglich machte. Alle versuchten, einen Blick auf die seltsamen Vorgänge in dem kleinen Innenhof zu erhaschen.

Einer von Chandra-bhais Schlägern erkannte Kazim und lachte. »Dein kleines Flittchen heiratet jetzt einen anderen!«

Kazim brüllte wie ein Stier und schlug dem Mann den Bambusstab mitten ins Gesicht. Als er am Boden lag, trat er ihm in den Bauch. »Ramita!«, schrie Kazim und kämpfte sich durch die Menge, schlug wahllos nach links und rechts, um sich einen Weg zu bahnen. Ein altes Weiblein stürzte, Kinder drückten sich ängstlich gegen die nächste Wand. »Ramita, ich komme!«

Stolpernd erreichte er eine kleine freie Fläche, wo sich ihm ein hünenhafter Ferang in den Weg stellte. Kazim schlug zu, aber der Ferang wehrte den Schlag mit seinem gepanzerten Unterarm ab. Sein Gesicht war ein hässlicher Fleischklumpen mit einer gebrochenen Nase und schmalen Augen unter dem Visier.

Eine riesige Hand flog auf Kazims Kopf zu.

Er wich aus und rammte dem Riesen mit aller Kraft die Faust in den Bauch. Scheppernd krachte seine Hand gegen einen Harnisch – beinahe hätte Kazim sich alle Knöchel gebrochen. Dann spürte er einen Schlag gegen die Schulter und fiel zu Boden.

Die Leute schrien und bildeten einen Kreis – zu klein, um ausweichen zu können.

Der Rondelmarer beugte sich nach vorn, die Beine angewinkelt, die Arme zu beiden Seiten weit ausgestreckt.

Kazim schnappte sich von einem kleinen Grillwagen eine Bratpfanne. Geröstete Cashewnüsse flogen in alle Richtungen, dann krachte die heiße Pfanne gegen den Helm des Ferang. *Hab ich dich!* Kazim schlug ein zweites Mal zu, aber der Riese wollte einfach nicht zu Boden gehen und rammte ihm nun seinerseits die Faust in den Bauch. Kazim klappte zusammen, die Luft entwich pfeifend aus seiner Lunge, und alles um ihn herum verschwamm.

Die jubelnde Menge zog ihn wieder auf die Beine und schubste ihn auf den Rondelmarer zu. Sie liebten solche Kämpfe, manche stampften sogar mit den Füßen.

Der Riese grinste und breitete die Arme aus.

Kazim bombardierte ihn mit Schlägen, aber es war ganz anders, als mit Sanjay zu kämpfen – es war, als würde er auf einen Fels einschlagen.

Die Arme des Riesen packten Kazim und drückten ihn zu

Boden. Dann ließ der Rondelmarer sich auf ihn fallen wie ein einstürzendes Gebäude.

Kazim versuchte, ihn von sich herunterzustoßen, aber er war zu schwer. Der erste Schlag zermalmte sein Ohr. Kazim hörte nur noch ein lautes Pfeifen im Schädel, dann folgte der zweite mitten ins Gesicht. Seine Nase brach, und nach dem dritten war er kaum noch bei Bewusstsein. Wimmernd wie ein Kind lag er am Boden, da ließ sein Gegner endlich von ihm ab, und die Menge verstummte. Kazim spürte nichts als Schmerz und brennende Schmach.

Der Riese packte Kazim und stellte ihn wieder auf die Beine. »Komm bloß nicht zurück, Junge«, sagte er leise auf Keshi. »Sonst quetsch ich dich zu Brei. Verstanden?«

Kazim nickte stumm. Die minimale Bewegung machte ihn so schwindlig, dass er beinahe ohnmächtig wurde.

»Gut. Und jetzt verzieh dich, du kleiner Drecksack. Komm nicht wieder.« Er drückte Kazim gegen eine Wand und verpasste ihm einen letzten Magenschwinger, dann verschwanden die schweren Stiefel in der Menge.

Kazim übergab sich.

Als der Rondelmarer weg war, schauten alle ihn mitfühlend an. Gütige Hände kümmerten sich um seine Wunden. Ein Mann richtete die gebrochene Nase wieder ein, die auf die Größe eines Kalikitiballs angeschwollen war, andere wuschen die Schnitte aus, die die Panzerhandschuhe des Ferang in seinem Gesicht hinterlassen hatten. Kazim weinte beinahe vor Scham und ohnmächtiger Wut, doch die Leute klopften ihm nur auf die Schulter und sagten, wie mutig es von ihm gewesen sei, gegen den dreckigen Ferang anzutreten. *Aber geholfen hat mir keiner von euch*, dachte er wütend. *Ihr habt mich sogar noch zu ihm hingeschubst!* Doch er sagte nichts.

Ein paar junge Männer begleiteten ihn zurück zum Dom-al'Ahm. Durch das Gewühl auf dem Markt mussten sie ihn beinahe tragen.

Überall versammelten sich die Gläubigen zum Abendgebet. Es war immer noch nicht ganz dunkel. *Selbst jetzt ist es noch nicht zu spät, die Zeremonie hat noch nicht... Nein, denk nicht mal dran!*

Nach dem Gebet kam Haroun zu ihm. »Kazim, mein Freund. Was ist passiert? Wo warst du?«

Kazims Kopf drehte sich. »Bei einer Hochzeit.«

Haroun verstand sofort. »Ah, mein närrischer Freund. Wie ich sehe, wurden die ungeladenen Gäste nicht sehr freundlich behandelt.« Er schüttelte mitfühlend den Kopf. »Ich hol dir etwas Wasser. Du siehst furchtbar aus.«

»Ich werde den Kerl umbringen«, fluchte Kazim.

»Wer war es?«

»Ein hässliches rondelmarisches Warzenschwein mit Schultern wie ein Stier und einem pockennarbigen Gesicht.«

Haroun grinste. »So sehen sie alle aus. Sie sind ein selten hässliches Volk.«

Beide lachten, aber es klang hohl und bitter und konnte die Stille nicht vertreiben, die unweigerlich folgte.

Am Morgen nach Ramitas Hochzeit saß Kazim beim Grab seines Vaters und beobachtete den Sonnenaufgang. Die Nacht über hatten er und der junge Schriftenschüler Flasche um Flasche Arrak geleert, und jetzt schlief Haroun neben ihm, zufrieden wie ein Kind. *Ramita, wo bist du? Hat er dir wehgetan? Hast du dich gewehrt? Hat er deine Schenkel mit Blut besudelt?*

Nachdem sie etwas Essen zusammengebettelt hatten, kehrten sie zur Mittagsstunde zum Dom-al'Ahm zurück. Jai tauchte auf und kniete sich neben Kazim, gerade als ein Gelehrter begann, von der Blutfehde zu sprechen: »Alle gesunden Männer sollen sich einfinden. Wir müssen die Eindringlinge töten und Hebusal zurückerobern. Kinder Gottes, hört den Ruf, seid ihr Amteh oder Omali! Ruhm erwartet euch, ob im Sieg oder im Tod. Ahm belohnt jeden, der in der Schlacht den Heldentod stirbt, mit hundert Jungfrauen. Er ruft jeden Einzelnen von Euch!«

Danach erzählte Jai ihm, dass Ispal auf der Suche nach einem neuen Haus war. Bald würden sie das alte verlassen, das sie mit eigenen Händen erbaut hatten. Seit Generationen war es das Familienheim gewesen, Jai und Kazim waren dort geboren worden. Die ganze Welt war aus den Fugen.

»Und Ramita?«

»Weg«, erwiderte Jai. »Vater und Mutter haben sie heute Morgen verabschiedet. Jetzt ist sie weg.«

Kazims Herz blieb stehen. *Was bleibt mir hier noch?*

Der Dom-al'Ahm wurde sein neues Zuhause. Hinter dem Gebäude befanden sich kleine Garküchen, die die Hungrigen mit bescheidenem, aber gesundem Essen speisten. Kazim aß dort jeden Tag zweimal, die Nächte verbrachte er, in eine Decke gehüllt, hinter dem Schlafsaal der Schriftenschüler. Aus den Trümmern seines alten Lebens erwuchs ein neues.

Auf einem kleinen Feld außerhalb der Stadt, geschützt vor den Blicken der Soldaten des Prinzen, unterrichtete ein Veteran namens Ali die jungen Männer in der Schwertkunst. Selbst Jai kam hin, wenn er konnte. »Es ist gut, mit einem Schwert umgehen zu können«, sagte er. Er war einer der wenigen Omali unter den Dutzenden Amteh und nicht besonders geschickt, aber Kazim sorgte dafür, dass er nicht behelligt wurde. Als Schriftenschüler nahm Haroun selbst nicht teil, aber er schaute aufmerksam zu.

Kazim war immer ein guter Athlet gewesen, und nach einiger Zeit schlug er alle, sogar Ali. Selbst altgediente Krieger sahen ihm beim Üben zu. »Sie sind beeindruckt von dir, mein Freund«, sagte Haroun eines Tages zu ihm, und Kazims Brust schwoll vor Stolz und Genugtuung.

Ramita galt sein erster Gedanke, wenn er morgens erwachte, und sein letzter, wenn er sich schlafen legte. Sie war in all seinen Gebeten, war das Bild, das ihn anspornte, immer noch schneller zu laufen, immer noch härter zu üben. Und in seiner Erinnerung wurde sie von Tag zu Tag schöner.

Am letzten Tag des Monats kehrte Jai nicht mehr ins Haus seiner Eltern zurück. Zu dritt saßen die neuen Freunde beisammen, schlossen Blutsbrüderschaft und verschrieben ihr Leben der Blutfehde. Jai schwor dem Omali-Glauben ab und wurde Amteh. Er verabschiedete sich nicht einmal mehr von seinen Eltern. »Die Gier nach Geld hat sie verdorben«, sagte er. »Sie sind nicht mehr meine Familie. Ahm ist mein Vater, und ihr seid meine Brüder.«

Am nächsten Morgen packten sie das wenige zusammen, das sie besaßen, und schlossen sich der kleinen Karawane an, die durch den Frühnebel nach Norden marschierte, um in der Blutfehde zu kämpfen.

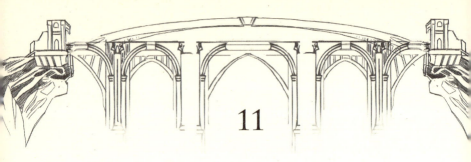

11

Abschluss

Magi und Ethik

Es gibt viele Arten, die Gnosis zu verwenden. Manche davon sind verhängnisvoll, schändlich, amoralisch oder verschaffen unlauteren geschäftlichen oder gesellschaftlichen Vorteil, weshalb das Verhalten der Magi strengen Regeln unterliegt. Überwacht und durchgesetzt wird dieses Regelwerk von der Inquisition. Sie ist fester Bestandteil der Kirche Kores und direkt dem Kaiser unterstellt.

ORDO COSTRUO, PONTUS

NOROSTEIN IN NOROS, YUROS
NOVELEV 927
8 MONATE BIS ZUR MONDFLUT

Der Novelev brachte den ersten Schnee nach Norostein, und die gepflasterten Straßen wurden rutschig. Die Arken im Süden verfärbten sich weiß, die Wolken kamen immer weiter ins Tal herab. Das Wasser in den Eimern fror zu Klumpen, die Kamine spuckten dicken Rauch, und der eisige Wind drang durch jede Ritze. Die Soldaten der Stadtwache wickelten sich dicke Wollschals um die Helme, scharten sich um die Feuerschalen, um die Hände zu wärmen, und nippten immer wieder an dem Branntwein in ihren Feldflaschen. Die bittere Kälte brachte tropfende Nasen, bellenden Husten und Krankheit. Jeden Tag fand man neue Leichen in den Elendsvierteln am Nordrand der Stadt, meist halb verhungerte, obdachlose Kinder, die den Kampf aufgegeben und sich einfach zum Sterben hingelegt hatten.

Jeden Morgen marschierten Rekruten für den Kriegszug am kaiserlichen Stallhof vorüber und schmetterten ihre Lieder. Es waren Tausende, die kamen, um den Umgang mit Speer, Schwert und Bogen zu erlernen. Manchmal gingen Alaron und Ramon zur Kaserne, um zuzusehen. Die jungen Rekruten beäugten sie neugierig, hielten sich aber fern, die Gesichter erfüllt von etwas zwischen Abscheu und Ehrfurcht. Magi standen weit über gewöhnlichen Soldaten.

Heute hatten sie jedoch etwas anderes vor: Sie wollten Alarons Mutter auf ihrem Landsitz besuchen. Vann hatte ihnen Pferde geliehen. Die Stadt erwachte gerade, von vollklingenden Glocken zum Morgengottesdienst gerufen. Die Landschaft außerhalb der Stadtmauern war nahtlos weiß, die Hügel verschmolzen mit den Wolken. Alaron und Ramon kamen sich vor wie unter einer Kuppel. Jedes Geräusch trug meilenweit, von den Axthieben der Holzfäller auf den Berghängen bis hin zu den Rufen der Knechte, die sich ums Vieh kümmerten. Krähen schrien, Eichhörnchen quiekten auf den mit Eis überzogenen Ästen der verschneiten Bäume.

Ramon blies sich in einer weißen Dampfwolke den warmen Atem über die Hände. »Mater-Lune, ist das kalt. Ich sollte im Bett liegen, statt hier auf diesem verdammten Pferd durch die Kälte zu reiten.« Er funkelte Alaron zornig an. »Alles deine Schuld.«

»Du hättest ja nicht mitkommen müssen«, gab Alaron zurück. »Aber jetzt, wo die Prüfungen vorbei sind, muss ich Mutter einen Besuch abstatten. Außerdem, hattest du nicht gesagt, wie schön es wäre, ein bisschen auszureiten? Du solltest mir dankbar sein.«

»Stimmt, aber ich meinte mit dem Mädchen aus der Taverne von letzter Nacht, nicht mit dir!« Ramon grinste. »Ich schwöre, sie hat mit mir geflirtet.«

Alaron rollte die Augen. »Gina Beler ist viel hübscher.«

»Findest du dich also endlich damit ab?«, hakte Ramon nach.

Alaron zuckte die Achseln. »Für alle anderen scheint es sowieso abgemachte Sache zu sein. Ich hab da offensichtlich nicht viel mitzureden, also betrachte ich das Ganze lieber von der positiven Seite.«

»Willkommen im wirklichen Leben«, meinte Ramon. »Mein Dorf hat mich mittlerweile wahrscheinlich längst verkauft. Ich komme heim, und am nächsten Tag bin ich verheiratet. Aber wenigstens mit einer Rimonierin, nicht mit einer fetten norischen Milchmagd, die einen Hintern hat wie eine Kuh.«

Alarons Augen blitzten – hoffte er zumindest. »Besser als

eine zaundürre Silacierin.« Sie tauschten einen wütenden Blick aus, dann lachten beide. »Wie auch immer, am Freyadag backt Mutters Haushälterin immer Honigkuchen. Sie müsste sie gerade aus dem Ofen holen, wenn wir ankommen.«

»In Ordnung, bin dabei.«

»Denkt ihr Silacier immer mit dem Bauch?«, fragte Alaron lachend. »Vater meinte, der Kaiser höchstpersönlich hält sich gerade in seinem Winterpalast in Bricia auf. Das ist doch nur ein paar Tagesritte nördlich von hier, oder? Gleich hinter der Grenze. Gouverneur Vult ist auch dort, hat er gesagt, und sogar Kaiserinmutter Lucia.« Er machte das Zeichen Kores.

»Alles Diebe und Mörder«, schnaubte Ramon, der immer gerne ein wenig provozierte.

»Nicht die Kaiserinmutter!«, widersprach Alaron. »Sie ist eine lebende Heilige. Alle lieben sie.«

»Ich bin immer wieder erstaunt, wie naiv du bist. Die Revolte liegt gerade mal ein paar Jahre zurück, und trotzdem glaubt ihr Norer diesen Unsinn. Eine lebende Heilige, pah! Wir Silacier können uns noch gut erinnern, wie Lucia Fasterius ihren Mann umgebracht hat, um die Erbfolge über den Haufen zu werfen, damit ihr Hätschelsohn den Thron besteigen und sie das Szepter übernehmen kann. In Rimoni haben wir anscheinend ein besseres Gedächtnis.« Er tippte sich an die Schläfe. »Ganz in der Nähe meines Dorfes gibt es ein Tal, wo ein Feuermagus einen rimonischen Zenturio und seine Männer die Bäume hochgescheucht und dann bei lebendigem Leib verbrannt hat. Die Erde dort ist immer noch schwarz. Es gibt zwar eine Kore-Kirche in meinem Dorf, aber in den Wäldern leben immer noch Sollan-Druis, die die alten heiligen Stätten in Ehren halten.«

»Trotzdem eine beachtliche Leistung«, überlegte Alaron,

»mit nur dreihundert Magi den gesamten Kontinent zu erobern.«

»Dreihundert Aszendenten«, berichtigte Ramon. »Genug, um selbst die Sonne einzuäschern! Vergiss nicht, die rimonischen Legionen hatten damals keine Kavallerie und auch keine Bogenschützen. Nur Speere. Keine besonders wirkungsvolle Waffe gegen Aszendenten, die fünfzig Ellen über ihren Köpfen durch die Luft sausen. Wie auf der Truthahnjagd muss das für die Rondelmarer gewesen sein. Heute haben wir bessere Rüstungen, bessere Waffen und bessere Taktik. Und die Aszendenten sind alle tot oder senil oder sabbernde Trinker.«

Alaron warf die Hände in die Luft. »Hättest du das mal im Unterricht gesagt! Kannst du dir Frau Magister Yunes Gesicht vorstellen? Das alte Schlachtross wäre lila angelaufen vor Wut.«

»Ich wollte nicht vor den Abschlussprüfungen rausgeworfen werden«, erwiderte Ramon schniefend.

»Nächste Woche ist alles vorbei«, sagte Alaron mit einem Grinsen. »Schulabschluss. Ich kann's kaum erwarten!«

»Si, das ist das Einzige, was mich hier noch hält. Sobald ich mein Amulett habe, ziehe ich dankbar von dannen. Und selbst wenn sie mir keins geben, werde ich mir irgendwie eins beschaffen. In Silacia kriegt man alles.«

»Aber wenn du keinen Abschluss hast, werden sie dir nie die Erlaubnis geben, die Gnosis zu benutzen!«

»Wie sollten sie es denn erfahren? In meinem Dorf hat sich noch nie ein Rondelmarer blicken lassen. Sie leben alle in ihren Kasernen, und die nächste ist vierzig Meilen von meinem Dorf entfernt. Es gibt so wenige rimonische Magi – selbst wenn ich den Abschluss nicht schaffe, werden sie mich zu Hause behandeln wie einen König.« Er sah Alaron an. »Was ist mit dir,

Amiki? Wirst du ein braver Sohn sein, Gina heiraten und für deinen Vater arbeiten?«

Alaron seufzte. »Weiß noch nicht. Vielleicht konnte ich auf einen der Rekruteure Eindruck machen. Meine Tante Elena war bei den Volsai. Vielleicht nehmen sie mich ja auch.«

Ramon rümpfte die Nase. »Zu diesen Bastido willst du nicht gehören, Al. Es gibt nur eins, was wir mehr hassen als eine Legion Schlachtmagi, und das ist ein hinterhältiger Volsai, der Geheimnisse ausspioniert und Leute ans Messer liefert, sie foltert und erpresst. Wenn diese Drecksäcke dich anwerben wollen, sagst du ihnen gefälligst, wo sie sich ihr Angebot hinschieben können.«

»Tante Elena war nie so... Sie war bei den Grauen Füchsen.«

»Dann ist sie die einzige ehrenhafte Volsai der Geschichte.«

Sie erreichten die Wälder um Teslas Landhaus. Alaron war dort geboren worden, hatte die ersten acht Jahre seines Lebens hier verbracht, großgezogen von einem Kindermädchen und dann einem Privatlehrer, während sein Vater als Händler in der Welt unterwegs war. Seine Mutter hatte die meiste Zeit im Bett oder in einem speziellen Sessel verbracht. Sie hatte ständig Schmerzen wegen ihrer schlecht verheilten Verletzungen. Ihr Gesicht war gezeichnet, die vernarbten Hände sahen aus wie die Klauen eines Geiers. Die ausgebrannten Augenhöhlen waren leer, dennoch konnte sie mithilfe der Gnosis sehen. Für Alaron war es immer ein beunruhigender Anblick gewesen, wenn die dunklen Höhlen seinen Bewegungen folgten.

Die Ehe seiner Eltern war nach und nach zerrüttet. Vann erzählte oft davon, was für ein lebensfrohes, strahlendes Mädchen Tesla in jungen Jahren gewesen war, als er sich in sie verliebt hatte, obwohl sie ein Magus war und er nur Soldat,

Hauptmann ihrer Schutzeinheit. Der Kriegszug hatte sie körperlich und seelisch grausam verstümmelt, aber Vann war bei ihr geblieben, und kurz nach der Hochzeit war Alaron zur Welt gekommen. Eine Zeit lang waren sie beinahe glücklich gewesen, dann hatte Tesla begonnen, sich zurückzuziehen, gepeinigt von ihren innerlichen und äußerlichen Verletzungen. Oft wachte das ganze Haus nachts von ihren Schreien auf, wenn sie, mal wieder von Albträumen geplagt, versehentlich das Bett in Brand gesteckt hatte. Während der Tagesstunden war sie schwermütig und verbittert und ließ ihre Launen vor allem an Vann aus. Alaron hatte das Gefühl, dass sie versuchte, ihn loszuwerden. Trotz allem, was er für sie getan hatte. Er verstand ihr Verhalten nicht, genauso wenig wie Vann es verstand. Als er es nicht mehr ertrug, war sein Vater mit Alaron in das Haus in Norostein umgezogen. Tesla hatte er das Landhaus samt Dienerschaft überlassen, damit jemand sich um sie kümmerte. Er bezahlte für alles, und Tante Elena schickte ebenfalls Geld, wann immer sie konnte. Manchmal glaubte Alaron, sein Vater habe sich nie verziehen, dass er damals gegangen war.

 Alaron hatte seine Tante nur ein paarmal gesehen. Sie war eine strenge Frau mit hartem Gesicht und dem Körper einer Tänzerin. Beim letzten Mal hatte sie ihn ausgiebig nach seinen Fähigkeiten befragt, sich mit ausdruckslosem Gesicht seine Meinung zur Ungerechtigkeit der Welt angehört und schließlich das Interesse verloren. Auch mit Vann verband sie nicht gerade innige Freundschaft: Alaron hatte gehört, wie sie oft stritten, nachdem er ins Bett geschickt worden war. Er hatte sie seit Jahren nicht gesehen, aber wenigstens schickte sie immer noch Geld.

 Der Wald war nasskalt und zugewachsen, die Bäume von Ranken und Efeu überwuchert. Die einzigen Vögel, die zu hören waren, waren Krähen, deren raues Gekrächze den beiden Jungen aufs Gemüt schlug. Dann kam plötzlich hinter den Bäumen das Haus in Sicht, erstrahlte in all seinem heruntergekommenen Glanz. Die Wiesen davor hatten sich in von Eis überfrorene Moosmatten verwandelt, der Teich war schwarz. Die Fensterläden waren kaputt, Dachschindeln fehlten, auf den verwitterten Mauern wuchs der Schimmel. Das ganze Gebäude sah aus, als würde es langsam, aber sicher in sich zusammenfallen. Aus einem einzigen der vielen Kamine stieg ein dünnes Rauchfähnchen, blaugrau vor einem gleichgültigen Himmel.

»Schau, da ist Gredken.« Alaron deutete auf Teslas Haushälterin, sein ehemaliges Kindermädchen.

Sie war in eine ausgebleichte, schmutzig rote Decke gehüllt und trug einen Stapel Brennholz auf den Armen. Ihr Haar war so weiß wie der Raureif auf den Scheiten.

»Meister Alaron«, schnaufte sie. »Kommt herein, kommt herein. Ich werde gleich nach dem Ofen sehen.«

Nachdem sie die Pferde an dem alten steinernen Wassertrog festgemacht und ein Loch in die Eisdecke geschlagen hatten, gab Alaron Gredken eine kurze Umarmung. Ramon bot an, die Pferde abzutrocknen, während Alaron Gredken mit dem Feuerholz half. *Sie muss mittlerweile mindestens sechzig sein*, dachte Alaron mit einem Schaudern. Gredken war nicht gut gealtert in den letzten Jahren.

Seine Mutter saß in der Wohnstube in ihrem alten Schaukelstuhl, eine Decke über sich gebreitet. Als sie hörte, wie die Tür aufging, zuckte sie zusammen. Alaron hatte einmal ein Porträt in Öl von ihr gesehen, angefertigt, bevor sie nach Hebusal gegangen war. Eine rothaarige Schönheit war sie gewesen, sprühend vor Leben wie ein Rotkehlchen, das durch einen

Sommerwald flattert. Jetzt war ihr Haar grau, das augenlose Gesicht eine Fratze.

»Ich bin's, Mam.« Er ging zu dem Schaukelstuhl und gab ihr einen Kuss auf die Stirn. Sie roch nach Einsamkeit und Alter. Eilig richtete Alaron sich auf und suchte sich eine Sitzgelegenheit.

»Ist dir tatsächlich mal wieder eingefallen, dass du auch noch eine Mutter hast, wie?« Ihre Stimme rumpelte wie Mühlsteine.

»Du weißt, dass ich meine Abschlussprüfungen hatte, Mutter. Bis letzte Woche.«

»Ach so?«, erwiderte sie ohne großes Interesse. »Dann bist du jetzt erwachsen, was? Gehst nach Süden zu den Kopftuchträgern, hm?«

»Ich weiß es noch nicht. Vater möchte, dass ich in sein Geschäft einsteige.«

»Immer noch besser als der Krieg, Junge. Ich werd's wohl wissen, meinst du nicht?« Sie ballte die verstümmelten Hände zu Fäusten und öffnete sie wieder. Die Heiler hatten versucht, sie wiederherzustellen – mit wenig Erfolg.

»Alle gehen...«

»Dann lass sie gehen, die Narren. Sollen sie alle brennen. Bleib du hier und gesund, Junge. Das ist mein Rat. Befolge ihn oder lass es bleiben.« Sie runzelte die Stirn. »Versucht dein Vater immer noch, dich mit diesem wichtigtuerischen Beler-Gör zu verkuppeln?«

»Ähm, ja.«

»Wusst ich's doch. Verschwende dich nicht an sie, Junge. Höre ich da draußen deinen diebischen silacischen Freund?«

»J-ja. Gouverneur Vult war bei den Prüfungen anwesend. Beim ersten Teil zumindest.«

»Belonius Rukker Vult?« Sie beugte sich nach vorn. »Dieser doppelzüngige Speichellecker hat uns in Lukhazan alle verkauft. Ich würde ihm nicht mal einen Wurf Kätzchen anvertrauen.«

Alaron gab den Versuch auf, eine normale Unterhaltung zu führen, und schaute sich in der Wohnstube um. Die Fenster waren so dreckig, dass man kaum nach draußen sehen konnte. Das Feuer im Kamin brannte viel zu hoch und war unangenehm heiß. Wie jedes Mal wünschte er sich, er wäre gar nicht erst gekommen.

Schließlich kam Ramon herein. Er schwitzte noch vom Pferdeschrubben. »Guten Morgen, Dame Tesla. Ich habe ein Windschiff über dem Tal gesehen, es kommt von Nordosten. Wird die Route jetzt regelmäßig befahren?«

»Nein, sobald sie hier sind, drehen sie ab und fliegen das Kedrontal hinauf nach Bricia. Die Navigatoren müssen heutzutage alle blind sein.« Sie schnaubte verächtlich.

»Komm und schau dir das an, Al«, sagte Ramon. »Sieht aus wie eins von der Norosteinflotte.«

Sie sahen zu, dass sie nach draußen kamen.

»Wie geht's ihr?«, flüsterte Ramon.

»Gut«, antwortete Alaron. »Sie ist halbwegs bei Laune.« Das stimmte sogar: Bis jetzt hatte Tesla ihn weder einen undankbaren Schuft genannt noch ihn anderweitig beschimpft.

Draußen hoben sie die Hand über die Augen und blinzelten die Silhouette an, die auf das Haus zugeflogen kam.

»Was wollen die hier?«, murmelte Alaron verwundert. »Hier gibt es nichts. Wenn sie nicht bald ein bisschen aufsteigen, schrammen sie sich an den Baumkronen noch den Kiel auf.« Er kniff die Augen zusammen. »Das ist ein Landesignal!«, rief er überrascht und deutete auf einen Matrosen, der mit einer Dreiecksflagge winkte.

»Rukka mio, du hast recht«, keuchte Ramon.

Der Schatten des Windschiffs fiel auf sie, und ein riesiger Anker kam rasselnd heruntergesaust. Er bohrte sich in die Erde und riss die vermooste Wiese auf, bis er endlich festen Halt fand und das Schiff zum Stehen kam. Rufe ertönten, die Matrosen holten die Segel ein, Leitern wurden herabgelassen, und ein Trupp Soldaten, angeführt von einem Feldwebel, kletterte herab.

»Wir sind auf der Suche nach der Dame Tesla Anborn«, sagte er. »Ist dies ihr Anwesen?«

»Ja, Herr«, erwiderte Alaron eifrig. Er wollte einen möglichst guten Eindruck machen. »Sie ist drinnen. Ich bin ihr Sohn.«

Der Feldwebel war ein älterer Mann mit Bartstoppeln und fleischigen Wangen. Er sah einigermaßen freundlich aus. »Vanns Sohn, nicht wahr? Mein Name ist Harft, ich kenne deinen Pap.« Zum Windschiff rief er hinauf: »Wir sind da, Großmagister. Sie ist im Haus.«

»Hervorragend.« Ein Magus kam leichtfüßig aus dem Schiff gesprungen und schwebte sanft wie eine Feder bis zum Boden hinab – seine Kontrolle über die Gnosis war beeindruckend. Er war mittleren Alters, hatte eine beginnende Glatze und einen Bauchansatz. Seine Robe war tiefrot und mit Gold besetzt, um den Hals hing eine schwere Kette: ein Ratsmagus. Alaron glaubte, ihn wiederzuerkennen, konnte sich aber nicht an den Namen erinnern.

»Wer sind die beiden Jungen, Harft?«

»Ich bin Alaron Merser, Herr«, erwiderte Alaron. »Das ist mein Freund Ramon Sensini. Wir sind Gnosisschüler, Herr.«

Als der Ratsmagus Ramons fremdländischen Namen hörte, inspizierte er ihn aus zusammengekniffenen Augen. Sein Blick wanderte zurück zu Alaron. »Meine Angelegenheiten hier betreffen deine Mutter«, erklärte er barsch. »Ratsangelegenheiten.«

Alaron fragte sich, um was es dabei gehen könnte. »Meine Mutter ist gebrechlich, Herr. Ich werde Euch zu ihr bringen.«

Der Magus zuckte die Achseln. »Nun gut. Dein Freund kann hier warten. Ich bin Großmagister Eli Besko. Du wirst von mir gehört haben.« Mit langen Schritten ging er Richtung Haus.

Alaron warf Ramon einen besorgten Blick zu, dann eilte er hinterher. Der Feldwebel brummte irgendetwas und folgte den beiden.

An der Tür blieb der Großmagister stehen, damit Alaron sie für ihn öffnen konnte, dann schritt er ins Haus, ohne Gredken auch nur eines Blicks zu würdigen. »Bring mich zu Dame Anborn«, befahl er.

Alaron spürte, wie der Zorn in ihm aufwallte – Großmagister hin oder her –, aber er gehorchte.

Als Harft eintrat, warf er Gredken einen entschuldigenden Blick zu.

Alaron öffnete die Tür zur Wohnstube, und Tesla versteifte sich. »Mutter, ein Ratsmagus ist hier. Er sagt ...«

»Mein Name ist Großmagister Eli Besko. Ihr werdet meinen Namen kennen«, fiel der Mann ihm ins Wort.

Tesla rümpfte die Nase. »Besko? Ja, ich erinnere mich. Hatte während der Revolte eine nette Aufgabe in der Verwaltung für sich gefunden. Wie geht es denn Eurer *vierten* Frau? Endlich eine gefunden, die Ihr schwängern könnt? Oder wisst Ihr immer noch nicht, in welches Loch er muss?«

»Ich werde es kurz machen«, erwiderte Besko mit leicht gerötetem Gesicht.

»Gut. Je kürzer, desto besser.«

Besko warf ihr einen finsteren Blick zu und streckte das Kinn vor. »Eure Schwester, Elena Anborn, hat Hochverrat begangen. Sie wurde für vogelfrei erklärt, es wurde ein Preis auf ihren Kopf ausgesetzt. Ihr Eigentum wird beschlagnahmt, weshalb ihr Anteil an diesem Landsitz mit sofortiger Wirkung an die kaiserliche Krone fällt. Ihr seid hiermit exmittiert, Dame Anborn, und habt das Haus bis Ende des Monats zu verlassen. Sobald Ihr Kontakt mit Elena Anborn habt, seid Ihr verpflichtet, dem Rat unverzüglich Meldung zu machen. Das wäre alles.« Er blickte sich in dem düsteren Zimmer um. »Es dürfte Eurer Gesundheit ohnehin zuträglich sein, aus diesem rattenverseuchten Loch herauszukommen.«

Alaron starrte den Mann entsetzt an, aber seine Mutter lachte nur rasselnd. »Ist Elena also doch noch ein Sicherheitsrisiko für diesen ruchlosen Widerling Gurvon Gyle geworden? Ich hoffe, sie hat seinen Kopf wenigstens an den Meistbietenden verkauft.«

Besko ignorierte ihre Worte. »Frau, Ihr habt bis zum 30. Novelev Zeit, Euch einen anderen Bretterverschlag zu suchen, um dort Euer Leben auszuhauchen.« Er wollte sich schon zum Gehen wenden, da hielt er noch einmal inne und warf Tesla einen verschlagenen Blick zu. »Ich habe gehört, Ihr verfügt über eine ausgesuchte Bibliothek.« Er hielt ihr eine klimpernde Geldbörse vor die blinden Augen. »Ich habe Gold.«

»Schiebt es Eurem Geliebten in den Hintern.«

Besko spuckte auf ihre Decke und wandte sich ab.

Er lief direkt in Alarons Faust.

Von dem Moment an, da Besko das Wort an seine Mutter gerichtet hatte, hatte Alaron innerlich gekocht, und seine Wut war mit jeder Sekunde größer geworden. Er bezweifelte

Beskos Geschichte: Elena und Hochverrat? Unvorstellbar, egal wie wenig er sie kannte. Und dass der Rat einfach Teslas Haus beschlagnahmte, war so oder so eine himmelschreiende Ungerechtigkeit. Und dazu noch das Benehmen des Magus'. Alaron hatte seine Faust auf ihn abgefeuert, noch bevor er selbst wusste, was er tat.

Mit einem befriedigenden Knacken schlug er ihm die Nase platt, und der Großmagister schlitterte über den Boden.

Doch noch bevor Alaron nachsetzen konnte, packten ihn kräftige Arme von hinten. »Hör auf, du Narr!«, zischte Feldwebel Harft ihm ins Ohr

Alaron wehrte sich nach Leibeskräften, bis Beskos blutende Visage direkt vor seinem Gesicht auftauchte und die Luft in seinem Hals sich weigerte, bis hinunter in die Lunge zu strömen. Im ersten Moment war Alaron nur verwirrt, doch als er begriff, was der Großmagister da tat, brach er in nackte Panik aus. Verzweifelt schnappte er nach Luft, nicht in der Lage, auch nur einen einzigen Laut von sich zu geben. Er versuchte, die Luftgnosis abzuwehren, aber ohne Amulett waren seine Versuche von vornherein zum Scheitern verurteilt. Er spürte Beskos Faust im Gesicht, Tränen vernebelten seine Sicht. Alaron hörte den Großmagister nur schallend lachen.

»Herr, haltet ein! Er ist nur ein Junge!« Der Feldwebel zog Alaron weg, sodass der nächste Schlag ins Leere ging. »Denkt an Eure Karriere!«

Bei diesen Worten kam Besko wieder zur Besinnung. Er wischte sich die blutige Nase am Ärmel ab und funkelte den Feldwebel an. »Wen kümmert es schon, wenn ich die kleine Kröte ersticke?« Er machte eine Bewegung mit der Hand, und der Druck auf Alarons Kehle wurde noch stärker.

Alaron hörte noch ein wütendes Knurren von seiner Mutter,

dann spürte er, wie seine Sinne schwanden. Genau in diesem Moment verschwand der Druck. Sein Kehlkopf brannte, aber er bekam endlich wieder Luft.

Besko spuckte noch einmal aus. »Wahrscheinlich habt Ihr recht, Feldwebel. Er ist es nicht wert.« Der Magus kam noch einmal ganz nah heran. »Hast du gehört, Junge? Du bist es nicht wert und wirst es nie sein.« Er wandte sich endgültig zur Tür. »Am Dreißigsten, alte Hexe«, wiederholte er, dann war er weg.

Harft ließ Alaron los und achtete darauf, dass er stehen konnte. »Alles in Ordnung, Bursche?«

Alaron versuchte zu sprechen, aber sein Kehlkopf schmerzte zu sehr. Er nickte.

»Es tut mir aufrichtig leid. Ich hatte keine Ahnung, worum es bei diesem Besuch geht. Es tut mir leid, edle Dame.«

»Verschwinde, Harft«, keifte Tesla, dann setzte sie mit etwas sanfterer Stimme hinzu: »Und richte Magrie Grüße von mir aus.«

Harft nickte. »Ja, edle Dame.«

Alaron setzte sich auf den Boden und massierte seinen Hals.

»Hast also doch das Familientemperament geerbt, wie?«, meinte Tesla. »Vielleicht gibt es tatsächlich noch Hoffnung für dich. Aber Verstand hast du genauso wenig wie deine Tante.«

»Wa…?«, krächzte Alaron, als der Schmerz etwas nachgelassen hatte. »Was hat Tante Elena denn getan?«

»Ich habe nicht die geringste Ahnung«, schnaubte Tesla. »Was Volsai eben so tun. Nichts als verschlagene Rukker, jeder Einzelne von ihnen. Deine Tante passt bestens zu diesem Haufen Abschaum. Sie war schon immer eine herzlose kleine Hure. Aber mit dem Messer kann sie umgehen. Ich hoffe, sie hat ein paar von ihnen nach Hel geschickt.«

Die Stadthalle von Norostein war randvoll mit den Reichen und angesehenen Bürgern der Stadt, vor allem den Magi. Dies war der Abend, an dem die Nachfahren der Gesegneten Dreihundert all ihren Reichtum zur Schau tragen konnten, der Abend, an dem die Absolventen des Arkanums im Schoß der Gemeinschaft willkommen geheißen würden. Hochzeitsbande würden geschmiedet oder bestätigt und der Grundstein für vielversprechende Karrieren gelegt. Reiche Nichtmagi paradierten mit ihren Kindern auf und ab in der Hoffnung, die Aufmerksamkeit eines der jungen Männer oder einer der jungen Frauen zu erregen, die im Mittelpunkt des Geschehens standen: Der Abend gehörte ganz den frischgebackenen Magi.

Normalerweise hatte der Gouverneur den Vorsitz, aber da Staatsangelegenheiten seine Anwesenheit im Winterpalast in Bres erforderten, ließ er sich vom norischen König vertreten. Seit der Revolte war der König zwar nicht mehr als eine Marionette, dennoch war der zweiundzwanzigjährige Thronfolger in der Öffentlichkeit hoch angesehen. Sein Vater war nach der Revolte hingerichtet worden, und er selbst hatte den größten Teil seines Lebens unter Hausarrest im Palast von Lukhazan verbracht. Neiderfüllt beäugte der eher scheue junge Mann die wahren Machthaber seines Königreichs.

Alaron trug seine beste graue Robe. Sein Haar war frisch geschnitten und schimmerte rötlich im Licht der Gnosislampen, mit denen der Saal geschmückt war. Auch sein Vater war da. Tesla wohnte immer noch auf ihrem Landsitz, nachdem Vann beim Rat einen Antrag auf Fristverlängerung gestellt hatte. Die eingereichten Unterlagen bewiesen außerdem, dass Elenas Geld ganz legal geschenkt worden war und deshalb nicht konfisziert werden konnte. Also konnte Tesla Anborn auch nicht aus dem Haus gejagt werden. Dennoch würden sie ohne Elenas regelmäßige Zahlungen das Haus nicht halten können, was es umso wichtiger machte, dass Alaron jetzt mit der Magusschule fertig war.

Ramon stand neben Alaron. Auch er trug seine schönste Sabadag-Robe, aber im Vergleich zu den Reinen in ihren golddurchwobenen Hosen und Wamsen, den schweren Ringen an den Fingern und den feinen, auf Hochglanz polierten Lederstiefeln verblassten sie beide zu vollkommener Bedeutungslosigkeit.

Seufzend sahen die Frauen Malevorn, Seth und Francis nach, wenn sie vorbeiflanierten, sich vor den Abschlusskandidatinnen des Mädchenarkanums verneigten, Hände küssten und schillernde Komplimente verteilten, die den Mädchen ein ebenso verlegenes wie falsches Lächeln entlockten.

Alaron beobachtete angewidert die Schmeicheleien. Als er die Belers erblickte, versteckte er sich hinter einer Säule, aber es war zu spät. Gina machte sich mit ernstem Blick von ihrem Vater los und ging auf Alaron zu. Das glatte blonde Haar hatte sie zu einem altmodischen Dutt geknotet, als beabsichtige sie, vom Schulmädchen direkt zur Matrone zu werden.

»Hallo, Alaron«, sagte sie und hielt ihm die Hand hin. Gina trug ein grün-goldenes Samtkleid mit einem so tiefen Ausschnitt, dass selbst Alaron sich dem Anblick nicht ganz entziehen konnte.

»Ja, hallo«, erwiderte er verunsichert und starrte ihre Hand an. *Was? Ach, stimmt.* Er lief knallrot an, dann beugte er sich über die Hand, ohne sie jedoch mit den Lippen zu berühren.

Gina warf sich in Pose. »Wie sind deine Prüfungen gelaufen? Bist du zuversichtlich? Ich war am besten in Hellsicht und Divination.«

»Tja. Ganz gut, würde ich sagen.«

Ramon trat neben ihn. »Buonsera, Dona Beler.«

Gina zog ihre Hand weg. »Ach, hallo. Bist du immer noch hier? Wie ist noch mal dein Name?«

»Shaitan. Dies hier ist mein Reich.«

Gina verzog den Mund. »Ja, gewiss. Ah, seht, Vater verlangt nach mir.« Sie deutete, und die beiden sahen, wie ihr Vater mit Vann sprach. »Wollen wir, Alaron?« Sie hielt ihm den Arm hin.

»Ähm, ich glaube, ich hole mir erst mal was zu trinken. Was ist mit dir, Ramon?«

Gina seufzte leicht verärgert und stolzierte davon.

»Hast du deine Meinung schon wieder geändert, Amiki?«

»Sie ist dumm wie Bohnenstroh.«

»Aber schöne breite Hüften hat sie«, bemerkte Ramon. »Gebärfreudig.«

Alaron wurde ein weiteres Mal rot, während Ramon sich halb kaputtlachte, sehr zum Missfallen der feinen Herrschaften ringsum.

»Du bist so ein Widerling«, erklärte Alaron. »Ich werde dich vermissen.«

»Natürlich wirst du mich vermissen. Mutterseelenallein Dona Beler ausgeliefert zu sein, wird kein Spaß, mein Lieber. Sie kennt nicht mal das Wort«, gackerte Ramon. »Aber ihr Mieder füllt sie gut aus.«

Die Reinen ließen es sich nicht nehmen, auch bei den beiden Freunden vorbeizuschauen. »Ah, die zwei Durchfaller«, spöttelte Malevorn. »Ich bin überrascht, dass ihr euch überhaupt die Mühe macht. Ausgeschlossen, dass einer von euch es geschafft hat. Vor allem bei dir, du kleiner silacischer Scheißer«, sagte er zu Ramon.

Francis Dorobon blickte sie von oben herab an. »In meinem Königreich gibt es viel zu viel von diesem rimonischen Abschaum. Man kann ihnen nicht trauen. Alles Diebe und Lügner.«

Ramon funkelte Francis an. »Warum fährst du dann nicht schleunigst hin und findest heraus, wie lange es dauert, bis du einen Dolch zwischen den Schulterblättern hast, oh König?«

»Meine Familie wird ihren Thron schon sehr bald zurückhaben«, gab Dorobon kalt zurück. »Der Kriegszug wird dafür sorgen, dass ich mein Geburtsrecht bekomme. Ich denke, meine erste Amtshandlung als König wird sein, alle rimonischen Landstreicher verhaften und kreuzigen zu lassen.«

Wütend trat Alaron auf Francis zu, aber Malevorn ging dazwischen. Nasenspitze an Nasenspitze standen sich die beiden gegenüber. »Hast du was zu sagen, Merser?«

Alaron dachte an all die Prügel, die er von Malevorn bezogen hatte. All der angestaute Groll stieg in ihm auf. »Und ob ich was zu sagen habe. Du bist ein widerwärtiger Feigling, der...«

Malevorn spuckte ihm ins Gesicht.

Alaron spuckte sofort zurück, aber sein Speichel blieb eine halbe Handbreit vor Malevorns Gesicht mitten in der Luft stehen.

Mit einem nonchalanten Lächeln auf den Lippen blies Malevorn den glitzernden Tropfen zurück in Alarons Gesicht. »Hast du was zu sagen, Merser?«, wiederholte er. »Mach dich nicht jetzt schon zum Trottel. Du willst doch nicht schon vor der großen Abendveranstaltung hinausgeworfen werden, oder?« Dann drehte er sich weg.

Alaron packte ihn bei der Schulter.

»Nimm deine Finger von mir, du elender Wurm«, schnaubte Malevorn und verdrehte Alarons Handgelenk. »Wag es nicht noch einmal, mich zu berühren. Nie wieder, verstanden!« Er stieß Alaron zurück, dann stolzierte er mit seinen Freunden davon.

Alarons Handgelenk schmerzte, aber den weit größeren Schmerz bereiteten ihm die hinter vorgehaltener Hand grinsenden Gesichter der anderen Eltern.

Eine Glocke erklang, und ein Hofdiener kündigte den Beginn der Amulettverleihung an. Alle drängten sich in die Haupthalle, wo der Gouverneur normalerweise die Bittsteller anhörte. Am heutigen Abend war der prächtige Thron jedoch leer. Vults Stellvertreter, der König, musste sich mit einer einfacheren Sitzgelegenheit zu Füßen des Throns begnügen. Die Säulen und Bögen im Saal waren mit vergoldeten Lorbeermotiven verziert. Das Deckengemälde stellte die Himmelfahrt des Corineus dar. Das Licht von Myriaden Gnosislichtern spiegelte sich in den Kristallleuchtern und im Schmuck der erlesenen Gäste. Damen mit unfassbar teuren Perlenketten um den Hals wandelten elegant am Arm großer Magi. Es wurde viel geprahlt, und überall waren die unsichtbaren Spannungen und Rivalitäten spürbar.

Alaron versuchte, seine Stimmung etwas aufzuhellen, indem er sich vorstellte, er würde dazugehören. *Immerhin bin ich ein Viertelblut. So schlecht ist das auch wieder nicht. Wenn ich auf dem Kriegszug auf mich aufmerksam machen kann…* Er stellte sich eine Audienz beim König von Noros vor, der bis dahin keine Marionette des Kaisers mehr war und seine volle Macht zurückerlangt hatte. *Erhebt Euch, Graf Alaron, Befreier von Noros, tretet vor den Thron Eures dankbaren Königs!*

Im Moment wirkte der König eher wie ein eingeschnapptes Kind. »Verehrte Anwesende, hiermit bitte ich Großmagister Besko, die Verleihung zu eröffnen«, erklärte er leidenschaftslos.

Besko! Alarons Hals begann sofort zu schmerzen, als würde sich sein Körper an die Begegnung erinnern.

Der Großmagister las eine Rede vor, die Gouverneur Vult für den Abend geschrieben hatte, erinnerte an die große Tradition norischer Magi und sprach von den Ruhmestaten, die die Absolventen von Zauberturm und Saint Yvette vollbracht hatten. Namen berühmter Absolventen wurden genannt, viele davon anwesend, und jeder einzelne davon Reinblüter. Von den Generälen der Revolte wurde nur Vult selbst erwähnt, und das, obwohl viele von ihnen in Zauberturm gewesen waren. Von einer Elena Anborn war ebenfalls nicht die Rede. Was allerdings Erwähnung fand, waren Vults Erinnerungen an »ach so glückliche Studientage«. Er lobte die Absolventen für ihren Fleiß und wünschte ihnen für ihre schillernde Zukunft im Dienst des Kaisers das Allerbeste. Alaron fürchtete schon, die Rede würde niemals enden, und als Schulvorsteher Lucien Gavius aufs Podium trat und ebenfalls stundenlang schwafelte, hielt er es kaum noch aus. Alaron versuchte, sich zu beruhigen, indem er sich selbst Noten gab für seine Prüfungen. Seiner Einschätzung nach müsste er insgesamt auf jeden Fall siebzig Punkte erzielt haben – weit mehr als die erforderlichen neunundfünfzig und genug für einen Bronzestern, der zwar die niedrigste Auszeichnung war, aber immer noch besser als gar keine.

Schließlich gesellte sich die Vorsteherin von Saint Yvette zu Gavius und rief, eine nach der anderen, ihre Absolventinnen nach vorn. Gina strotzte nur so vor Selbstbewusstsein, als sie ihren Silberstern entgegennahm – eine beachtliche Leistung.

Kein Wunder, dass Pap mich unbedingt mit ihr verkuppeln will. Alaron biss sich auf die Lippe. Irgendwie kam es ihm vor, als würden die Wände sich aufeinander zubewegen: Der Spalt, durch den er seine Zukunft sehen konnte, wurde immer kleiner.

Dann waren die Jungen von Zauberturm an der Reihe. Gavius lächelte in die Versammlung. »Edle Damen und Herren, manche Jahrgänge erstrahlen heller als andere, und das liegt an der Qualität ihrer Absolventen. Dieses Jahr haben wir das Glück, nicht nur einen, sondern gleich drei solch außergewöhnliche Talente in diesen altehrwürdigen Mauern zu verabschieden. Ich bin sicher, man wird sich noch lange staunend an sie und den heutigen Tag erinnern«, verkündete er stolz.

Ramon machte eine Geste, als würde er Gavius einen Knebel in den Mund stopfen.

»Der erste dieser drei außergewöhnlichen jungen Männer ist Malevorn Andevarion.«

Malevorn erhob sich und ging zum Podium. Mütteraugen leuchteten auf, alte Jungfern leckten sich über die Lippen, und Töchter fassten sich an die Brüste. Das Licht der Gnosislampen spiegelte sich in Malevorns schulterlangen Locken und schimmerte auf seinem erhabenen Gesicht, dass das ungeübte Auge glauben konnte, er hätte einen Heiligenschein. Malevorn war die perfekte Verkörperung des Kriegermagus aus der Zeit der Rondelmarischen Eroberungen.

»Malevorn, Sohn des großen Generals Jaes Andevarion, an dessen herausragende Dienste im Angesicht höchster Gefahr sich das Kaiserhaus bis heute jeden einzelnen Tag mit Dankbarkeit und größtem Respekt erinnert«, fuhr Gavius fort.

Alaron schnaubte leise. Malevorns Vater war ein Versager gewesen und hatte Selbstmord begangen, nachdem er Robler während der Revolte mehrmals schmachvoll unterlegen war.

»Malevorn war wie ein leuchtender Stern, nicht nur wegen seines unglaublichen Talents und seiner makellosen Abstammung, sondern auch aufgrund seines unbeirrbaren Ehrgeizes. Er war ein strahlendes Vorbild, stets höflich, bedacht und hilfsbereit gegenüber seinen Mitschülern. Noch während seiner Ausbildung erreichte er den Status eines Trancemagus – als Erster seit Jahren.« Die Worte ließen das Publikum beeindruckt die Luft anhalten, schallender Applaus folgte.

Alaron sah, wie Malevorn sich darin suhlte und sichtlich Probleme hatte, die gebührende Demut zu wahren. *Wenn sie wüssten, was für ein tyrannisches Arschloch du in Wirklichkeit bist*, dachte er verbittert. *Aber wahrscheinlich würde es nicht mal was ändern. Sie würden dich nur umso mehr bewundern.*

Gavius überreichte Malevorn einen Goldstern, die höchste Auszeichnung. »Malevorn wird in die Dienste der Kirkegar treten, der Hüter des wahren Glaubens. Eine ruhmreiche Laufbahn erwartet ihn!« Der Vorsteher nahm ein Perlenamulett und legte es in Malevorns ausgebreitete Hände.

Da konnte Malevorn nicht mehr an sich halten. Er streckte die Arme gen Himmel, brüllte aus vollem Hals und hielt das schimmernde Amulett in die Höhe.

Alle spendeten dem scheinbaren Ausbruch jugendlichen Überschwangs Beifall, aber Alaron sah in der Pose nichts als borniete Arroganz.

Eine volle Minute genoss Malevorn den Jubel der Menge, dann räumte er das Podium und ging zum Thron hinüber.

Der König betrachtete ihn mit sichtlich gemischten Gefühlen und wirkte seltsam unscheinbar neben Malevorn.

Gavius sprach weiter: »Der zweite in diesem goldenen Trio, wie ich es nennen möchte, ist Francis Dorobon, rechtmäßiger König von Javon. Francis war ein vorbildlicher Schüler, den wir bitter vermissen werden. Ihn zu kennen, bedeutet, den wahren Wert von Erziehung zu erkennen, sowohl was die Gnosis anbelangt als auch die Umgangsformen, Würde und Haltung. Preist mit mir, edle Herrschaften, Prinz Francis Dorobon von Javon.« Noch mehr Applaus, noch mehr Prahlerei, noch ein Goldstern.

Angewidert beobachtete Alaron das gegenseitige Schulterklopfen. *Wenn ich mein Amulett bekomme, werde ich es stumm entgegennehmen und nicht herumhüpfen wie ein alberner Zirkushase.*

»Normalerweise verleihen wir die Amulette in alphabetischer Reihenfolge«, fuhr Gavius fort, »aber heute Abend nehme ich mir die Freiheit, ganz leicht von dieser Tradition abzuweichen. Ich entschuldige mich bei den anderen jungen Männern, die sicherlich begierig sind, ihre Ergebnisse zu erfahren, aber es scheint mir nur recht und billig, an dieser Stelle das dritte Mitglied meines goldenen Trios heraufzubitten: Seth Korion, Sohn des Kaltus Korion, Marschall des Südens.«

Diesmal fiel der Applaus verhaltener aus. Alaron fragte sich, ob es daran lag, dass viele sich noch an Korions Rolle während der Revolte erinnerten, oder ob sie wussten, dass Seth ein rückgratloser eingebildeter kleiner Schnösel war. *Wäre schön, wenn Zweiteres zuträfe, aber das ist wohl unwahrscheinlich.*

Gavius erging sich ein paar Sätze lang über Seths Vorzüge, aber seine Worte klangen hohl im Vergleich zu denen, die er Malevorn und Francis gewidmet hatte. Schließlich merkte er noch an, dass General Korion aus demselben Grund wie der Gouverneur am heutigen Abend leider nicht zugegen sein konnte.

»Da muss wirklich etwas Großes im Gange sein«, hörte Alaron jemanden flüstern.

Seth wirkte steif und blass, als er sich vor dem Großmagister verneigte und seinen goldenen Stern entgegennahm.

Du hättest nicht mal bestehen dürfen, Korion. Alaron dachte daran, wie der wehleidige Kerl in der Arena versagt hatte. *Würde zu gern wissen, wen der hochgelobte Marschall geschmiert hat, damit sein Sohn nicht durchfällt.*

Alle drei Absolventen standen jetzt neben dem Thron und blickten einander an. Alaron fragte sich unwillkürlich, wie gut sie in Wirklichkeit miteinander befreundet waren. *Für derart aufgeblasene Wichtigtuer wird es schnell zu eng im selben Raum,* wie sein Vater immer sagte, wann immer er eine Gruppe von Mächtigen beieinanderstehen sah.

Mittlerweile war Gavius bei Boron Funt angelangt, der natürlich in die Dienste der Kirche treten würde. Gron Koll war als Nächster dran. Er grinste die ganze Zeit, als habe er gerade einen unglaublich guten Witz gemacht. Keiner seiner »Freunde« machte Anstalten, ihm die Hand zu schütteln, jetzt, da sich ihre Wege ohnehin trennten. Gron schien es nichts auszumachen.

Gavius bat wieder um Aufmerksamkeit. »Edle Damen, edle Herren, ich rufe Alaron Merser auf.«

Alarons Herz machte einen Sprung. Die Luft schien zäh wie Sirup, jeder Schritt kostete ihn unendliche Mühe, und er kam nur entsetzlich langsam voran. Er sah die Gesichter, die sich neugierig in seine Richtung drehten, hörte leise den höflichen Applaus. Wie im Traum verneigte er sich vor dem König, und dann stand er endlich vor Gavius. Alaron wollte es nur so schnell wie möglich hinter sich bringen. *Lass die Augen einfach gesenkt, bleib ganz locker.* Er fing den Blick seines Vaters auf, und Vann nickte ihm aufmunternd zu.

»Edle Damen und edle Herren, Kandidat Alaron Merser, Magus dritten Ranges, hat sich mit seinem Leistungen während der Abschlussprüfungen einen Bronzestern verdient.«

Puh! Alaron gestattete sich ein Lächeln.

»Doch gibt es noch eine weitere Prüfung, die unsere Schüler zu meistern haben.« Mit unheilvoller Stimme sprach er weiter. »Und diese Prüfung betrifft den Charakter. Im Falle von Alaron Merser kamen wir zu dem Schluss, dass wir den Schüler in Anbetracht der Summe seiner schlechten Eigenschaften – seines unverschämten Gebarens, seiner atheistischen Neigungen und seines Hangs zur Gewalt – als für nicht geeignet befinden müssen, ein Amulett zu tragen und dem Reich zu dienen. Wir enthalten ihm das Amulett vor und erklären Alaron Merser hiermit zum zurückgewiesenen Magus. Ihm ist fortan und für immerdar verboten, die Gnosis zu praktizieren oder ein Amulett zu tragen. So spricht die kaiserliche Krone.«

Das gesamte Publikum starrte verblüfft aufs Podium. Alaron spürte, wie seine Knie zu zittern begannen. Einzig und allein die feste Überzeugung, dass dies nur ein böser Traum sein konnte, hielt ihn noch auf den Beinen.

Doch Gavius' Worte fühlten sich durchaus real an, als er mit hoch erhobenem Haupt auf Alaron deutete und donnernd den Bann sprach: »Alaron Merser, die Kore und das Reich weisen dich zurück! Scher er sich fort von hier!«

Im Saal war es mucksmäuschenstill, alle Augen auf Alaron gerichtet. Seit Jahren war niemand mehr durchgefallen, und schon gleich gar nicht aus solchen Gründen. Alaron fühlte sich, als hätte sich der Boden unter seinen Füßen in nichts aufgelöst, als würde er gleichzeitig schweben und ins Leere fallen, für immer gefangen unter all den vernichtenden Blicken.

Malevorns Gesicht leuchtete aus purem Entzücken, Francis Dorobon strahlte, und Seth Korion starrte ihn mit großen Augen an, als hätte er gerade den Geist eines Toten gesehen.

Dann ertönte die Stimme seines Vaters: »Gavius, du doppelzüngiger Fettsack, das kannst du nicht machen! Zeig mir den entsprechenden Paragrafen, sofort! Zeig mir, woher du das Recht dazu nimmst! Ich fechte deine Worte an, du aufgeblasener Säufer! Zeig es mir, hier und jetzt!«

Andere Stimmen erhoben sich, aber Alaron hörte nicht, was sie sagten. Rufe dröhnten in seinen Ohren, aber sie bedeuteten ihm nichts. Ausdruckslos starrte er in das pausbäckige Gesicht des Vorstehers, dann in die genauso verwirrte wie ohnmächtige Miene des Königs.

Besko grinste schadenfroh und deutete auf den Ausgang.

Hände packten seine Schultern, als er sich, von einem plötzlichen Wutanfall erfasst, auf Gavius stürzen wollte. Die Wachen hielten ihn eisern im Griff und schleppten ihn hinaus in die unendlich große, unendlich leere Empfangshalle. Aus dem Augenwinkel sah er, wie sie seinen Vater hinter ihm herschleiften.

Vann wehrte sich nicht, er brüllte nur: »Ich werde dafür sorgen, dass du gefeuert wirst, Gavius!«

Sie haben mich nicht durchfallen lassen. Das kann unmöglich passiert sein. Unmöglich.

Auf den oberen Stufen der Ausgangstreppe ließen die Wachen die beiden los.

Vann legte Alaron einen Arm um die Schulter. »Dagegen werden wir vorgehen, Sohn. Ich verspreche es dir. Das können sie nicht machen. Es gibt keine Charakterprüfung. Wenn nötig, bringe ich die Sache bis vor den Gouverneur.« Er drückte Alaron fest.

Alaron war übel. Er sah die Reinen, wie sie ihm frech ins Gesicht grinsten, sah Besko und Gavius. Er dachte an Gouverneur Vult, der selbst einer von diesen Reinblütern war. Was kümmerte es ihn, wenn dem Sohn eines Händlers, einem Viertelblut, Unrecht widerfuhr? *Nie und nimmer werden sie mich bestehen lassen.*

Vann Merser kämpfte wie ein Löwe, aber Lucien Gavius weigerte sich, ihn zu empfangen, und der Rat hielt ihn jedes Mal nur hin. Seine eigene Arbeit litt, weil er Stunde um Stunde mit dem Versuch verbrachte, bei einem der Ratsmitglieder vorzusprechen. Die Belers verschwanden spurlos aus seinem gesellschaftlichen Umfeld, genauso wie alle anderen Magifamilien, die er kannte. Viele davon hatte Vann für seine Freunde gehalten.

Ramon hatte gerade so bestanden, unter der Bedingung, dass er sich bei der Legion für den Kriegszug verpflichtete und mindestens vier Jahre Dienst tat. Die beiden verbrachten beinahe jede Minute gemeinsam. Erst später merkte Alaron, dass Ramon ihm nicht von der Seite wich, damit er sich nichts antat wie fast jeder Zurückgewiesene in der Vergangenheit. Aber sein Freund konnte nicht ewig bei ihm bleiben. Er musste nach Silacia zurückkehren, seine Mutter sehen und ein paar Angelegenheiten regeln, bevor seine Dienstzeit in der Legion anbrach.

»Wahrscheinlich bin ich schon verheiratet, bevor ich überhaupt dort bin«, witzelte Ramon vor seiner Abreise, aber der Scherz erinnerte Alaron nur daran, wie die Belers über Nacht von der Bildfläche verschwunden waren. Er schaffte es nicht einmal, zum Abschied zu winken.

Die Festlichkeiten zu Corineus' Geburt gingen unbemerkt an ihm vorbei. Vann hatte alle Geschenke kaufen müssen, weil Alaron nicht wagte, das Haus zu verlassen. Die Leute draußen waren auf einen zurückgewiesenen Magus nicht gut zu sprechen. Für die Verbrecher der Stadt waren sie wehrlose Opfer, weil die Gesetzeshüter nichts zu ihrem Schutz unternahmen.

Als Vann Merser endlich den Bürgermeister stellen konnte, wurde ihm gesagt, er solle aufhören, kaiserliche Beamte zu belästigen und die Zeit des Rats zu verschwenden. Wütend stapfte er nach Hause und schwor, zum Gouverneur höchstpersönlich zu gehen, sobald dieser aus Bres zurück war.

Alaron rollte sich neben dem Kamin unter seiner Wolldecke zusammen und schloss die Augen. Stundenlang lag er so da, bis das Feuer erlosch.

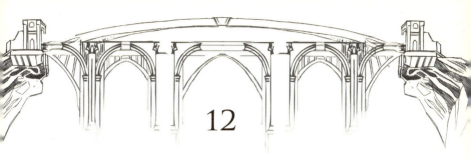

12

Kriegsrat

Die Gnosis

Die Gnosis ist die Macht Gottes, den Magi geschenkt, um Kore zu ehren.

DAS BUCH KORE

Die Kräfte der Magi kommen von Shaitan selbst.

KALISTHAM, HEILIGES BUCH DER AMTEH

Die Gnosis ist ein Werkzeug. Weder gibt es einen Beweis, dass Kore oder irgendeine andere Gottheit bei ihrer Entdeckung die Hand im Spiel hatte, noch dafür, dass eine göttliche Macht moralische Kontrolle über jene hätte, die sie ausüben.

ANTONIN MEIROS, ORDO COSTRUO, 711

FORENSA IN JAVON, ANTIOPIA
OKTEN/NOVELEV 927
9–8 MONATE BIS ZUR MONDFLUT

Elena sah, wie Cera sich mit jedem Tag, an dem sie mehr Verantwortung übernehmen musste, etwas veränderte. Sie half, wo sie konnte, aber es gab so viele neue Herausforderungen, Entscheidungen und Krisen, die zu meistern waren. Borsa wurde ihre Ersatzmutter. Sie wischte ihr die Tränen der Trauer, der Frustration und der Wut von den Wangen und kümmerte sich um Timori. Sie sorgte dafür, dass er glücklich war, und hielt ihn von Cera fern, wenn sie sich auf die anstehenden Aufgaben konzentrieren musste. Borsa spürte instinktiv: Jedes Mal, wenn Cera ihren kleinen Bruder in die Arme schloss und beruhigend auf ihn einredete, brauchte sie genau dasselbe. Dieses Beruhigen wurde jedoch immer schwieriger, nachdem sie wochenlang nichts aus Brochena gehört hatten.

Laut Thronfolgegesetz war Timori nun der rechtmäßige König und seine älteren Schwestern die Regentinnen, bis er selbst das sechzehnte Lebensjahr erreichte. Doch allzu oft musste ein Gesetz mit dem Schwert durchgesetzt werden, und ein großer Teil der Nesti-Armee war bei Olfuss in Brochena geblieben. Also wurde Paolo Castellini damit beauftragt, die Nesti in Forensa auf den kommenden Krieg vorzubereiten. Mit glühendem Eifer drillte er seine Männer. Die Bogenscheiben ließ er in den Farben der Gorgio bemalen. Den Soldaten gefiel es.

Dank Elenas gnostischer Heilkünste erholte Lorenzo sich schnell. Sie freute sich über seine Genesung, machte sich aber Sorgen, er könnte das gemeinsam bestandene Abenteuer als Band zwischen ihnen missverstehen. Immer wieder versuchte er, sie ein weiteres Mal zu küssen, aber Elena ließ es nicht zu.

Sie wusste nicht recht, weshalb sie ihn abwies, vor allem jetzt, da Gurvon mit Vedya ins Bett ging, aber sie widerstand der Versuchung. Es wäre niederträchtig gewesen, seine Zuneigung so zu missbrauchen.

Auf Lorenzos Anraten wurde Harshal al-Assam als Botschafter zu den Jhafi entsandt. Normalerweise lehnten sich die Jhafi bequem zurück, wann immer die rimonischen Häuser miteinander im Zwist lagen, um sich dann auf die Seite des Siegers zu schlagen.

»Diesmal ist die Situation anders«, erklärte Harshal und fuhr sich nervös über den kahl rasierten Schädel. Er entwarf eine Strategie, wie Cera die Jhafi dauerhaft auf ihre Seite ziehen konnte. »Die Gorgio werden nicht damit rechnen«, erklärte er. Sie verabscheuten die Jhafi, bezeichneten sie als »unterlegene Rasse« und achteten darauf, ihr Blut ja nicht mit dem ihren zu »verunreinigen« – selbst wenn sie sich dadurch jeder Aussicht beraubten, jemals auf den Thron gewählt zu werden.

»Aber es wird Euch etwas kosten«, warnte Harshal. »Wenn die Jhafi Euch unterstützen sollen, werden sie das nicht umsonst tun.« Dann ritt er mit Ceras Zustimmung hinaus in die Wüste.

»Falls Brochena sich mittlerweile in Feindeshand befindet, wollen wir doch mal sehen, auf wen wir noch zählen können«, erklärte Cera und schickte weitere Botschafter aus. Nicht nur nach Brochena, sondern auch nach Loctis und Baraz und selbst nach Krak di Condotiori. Paolo persönlich suchte die Botschafter aus, und Elena folgte ihnen mit den Mitteln der Gnosis, so weit sie konnte, aber irgendwann wurden die Entfernungen einfach zu groß. Noch bevor sie zurückkehrten, erreichte ein zerlumpter Haufen Flüchtlinge Forensa, unter ihnen hochrangige Nesti-Beamte, die von Invasion und Königsmord berichteten. Brochena war in den frühen Morgenstunden von den Gorgio überfallen worden, überrollt von einer Armee, von deren Anwesenheit die Nesti nicht das Geringste geahnt hatten. Die Überlebenden waren in Ketten gelegt und in die Minen geschickt worden.

Nun wussten sie es also mit Sicherheit: König Olfuss Nesti war tot. An seiner Stelle residierte nun Alfredo Gorgio in Brochena, beschützt von seinen Soldaten und Unterstützern. Dem Kaiserhof hatte er mitgeteilt, Cera und Timori seien ebenfalls tot. Das Volk von Javon war wie gelähmt. Im Augenblick sorgte die Furcht noch für Frieden – und die Anwesenheit von Gurvon Gyle, Rutt Sordell und weiteren Magi.

Zur großen Erleichterung aller war Solinde noch am Leben, aber Händler berichteten, die Princessa hätte sich öffentlich auf die Seite des neuen Regimes gestellt. »Sie hat sich an die Gorgio verkauft«, murmelten sie finster und erzählten, wie Solinde bei Hofe mit Fernando Tolidi tanzte. Außerdem würde der gut aussehende Ritter jeden Morgen gesehen, wie er aus ihrem Schlafzimmer kam.

Elena versuchte, Cera zu beruhigen. »Es gibt Dutzende Möglichkeiten, jemanden mithilfe der Gnosis zu verführen, Cera. Du musst an deine Schwester glauben.« Doch sie sah, wie Ceras Vertrauen in ihre Schwester ins Wanken geriet. Solinde war ebenfalls rechtmäßige Regentin. Die Gorgio könnten sie benutzen, um ihren Anspruch auf den Thron zu rechtfertigen.

Cera gründete einen neuen Rat. Elena wurde berufen, ebenso Paolo, Harshal al-Assam und Lorenzo, der gleichzeitig das neu ernannte Oberhaupt von Ceras Leibwache war. Sie kamen im Besprechungssaal der Festung zusammen. Der Lärm der durch Samirs Werk der Zerstörung nötig gewordenen Instandsetzungsarbeiten drang deutlich hörbar durch die Wände.

Elena und Cera warteten, bis die Männer sich an die Tafel gesetzt hatten, dann betraten sie den Saal. Elena hatte einen Abdruck von blutverschmierten Lippen auf beiden Wangen, was zuerst für Überraschung und dann für Neugier unter den Anwesenden sorgte.

Mehrere Beamte der Nesti, die überlebt hatten und entkommen waren, waren ebenfalls anwesend: Pita Rosco, der fröhliche und allmählich kahl werdende Zahlmeister, der stets übellaunige Luigi Ginovisi, königlicher Einnahmenverwalter und damit das Gegengewicht zu Roscos chronischem Optimismus, Comte Piero Inveglio, wohlhabender adliger Händler, der weit herumgekommen und mit einem unbestechlichen Urteilsvermögen gesegnet war, sowie Seir Luca Conti, grimmiger Ritter und Vertreter des Landadels. Conti war es gelungen, viele andere Ritter aus Brochena herauszubringen.

Signor Ivan Prato, ein junger gebildeter Sollan-Drui, saß dem misstrauischen und widerspenstigen Gottessprecher Acmed al-Istan gegenüber. Sie hofften, noch von weiteren Jhafi aus Riban und Lybis Nachricht zu erhalten, doch dafür war Harshal zuständig, der gerade erst, müde, aber zufrieden aussehend, zurückgekehrt war.

Bei den Amteh gab es eine Zeremonie, die immer dann durchgeführt wurde, wenn Jhafi-Frauen anwesend waren: das Familienmantra. Alle Anwesenden wurden vor Ahm als Familie bezeichnet, damit die Frauen ihre Schleier ablegen durften.

Cera bedeutete dem Schriftgelehrten Acmed, das Mantra auf Jhafi und Rimonisch zu sprechen, dann erklärte sie die Sitzung für eröffnet.

»Edle Herren, Ihr alle habt die Nachricht vernommen: Mein

Vater ist tot, und sein Kopf wurde auf den Mauern des Palasts von Brochena auf einem Spieß zur Schau gestellt.« Ihre Stimme zitterte vor Wut. »Alfredo Gorgio ist mit seinen Truppen einmarschiert und hat die Stadt besetzt. Die Hälfte unserer Soldaten wurde getötet oder gefangen genommen. Hunderte wurden zu Witwen gemacht und meine Schwester zur Gespielin von Fernando Tolidi. Sollte er sie heiraten, könnte er rechtmäßigen Anspruch auf die Regentschaft erheben.«

Comte Inveglio beugte sich nach vorn. »Gestattet mir, Princessa: Würdet Ihr ebenfalls heiraten, wäre selbst eine Verbindung Eurer Schwester mit Tolidi hinfällig.« Inveglio hatte selbst einen Sohn, der als Thronanwärter infrage kam. »Euer Gemahl wäre Pater-Familia und damit Regent, bis Timori das nötige Alter erreicht. Wenn sie also heiratet, solltet Ihr das auch tun.« Er breitete gönnerhaft die Arme aus. »*Simplicio!*«

»Ich nehme an, Ihr würdet einen Eurer Söhne als Gemahl vorschlagen, Piero?«, warf Luigi Ginovisi ein und löste damit einen Sturm aus Kommentaren aus.

Cera versuchte, für Ruhe zu sorgen, und hob die Hand. Die Männer bemerkten sie erst, als sie auf den Tisch schlug.

»Meine Herren! Ihr mögt so viel streiten, wie Ihr wollt, aber ich fordere Ruhe, wie auch mein Vater es getan hat!« Sie blickte funkelnd in die Runde, und alle baten unterwürfig um Verzeihung. »Heirat und Krieg sind Dinge, die man niemals überhastet angehen sollte, wie mein Vater immer sagte. Ich bin derselben Meinung. Ich brauche nicht zu heiraten, denn ich bin Solindes ältere Schwester, und sie ist noch nicht volljährig. Ohne meine Zustimmung wäre ihre Hochzeit unrechtmäßig. Da Alfredo Gorgio behauptet, die wahren Cera und Timori Nesti seien tot, ich und mein Bruder seien nur Hochstapler, würde auch eine Heirat meinerseits nicht viel an der Situation ändern.«

Alle nickten.

»Was wir tun müssen, ist, Brochena zurückzuerobern. Die Gorgio bewohnen den Königspalast. Damit werfen sie uns den Fehdehandschuh direkt ins Gesicht. Vor sechs Jahren ließ mein Vater das Banner der Dorobonen vom königlichen Hof entfernen. Möchtet Ihr es wieder gehisst sehen?«

Die Anwesenden schnaubten wütend und ballten die Fäuste.

»Heirat und Krieg sind Dinge, die man niemals überhastet angehen sollte, sagt die Prinzessin«, wiederholte der Gottessprecher. »Das sind die Worte des Kalistham. Euer Vater muss sie dort gelesen haben. Und ich stimme zu: Ihr solltet nicht voreilig heiraten. Zumindest nicht in solcher Hast, dass Ihr nicht auch andere Freier in Erwägung zieht als Comte Inveglios Sohn. Es gibt viele junge und starke Prinzen unter den Jhafi, weit mehr Schwerter könnten gewonnen werden, als ein Inveglio Euch geben könnte. Ihr wart lange genug Jungfrau, Prinzessin. Es ist Zeit für Euch, zur Frau zu werden, um Eures Königreichs willen.«

Cera war nicht gerade wohl dabei, ihre Jungfräulichkeit in dieser Runde erörtert zu sehen. »Ich wiederhole: Ich werde nicht übereilt heiraten, egal wen, egal welcher Herkunft. Ich bin kein Pokal, den es zu erringen gilt. In dieser Besprechung geht es um militärische Lösungen für ein militärisches Problem. Haben das jetzt alle verstanden?«

Der adlergesichtige Gottessprecher sah verärgert aus, aber Cera sprach unbeirrt weiter: »Seir Luca, wie sehen die Zahlen aus?«

Luca zupfte an seinem Bart. »Princessa, die Nesti verfügen über ein stehendes Heer von etwa eintausend Speerträgern, falls nötig, können wir das Siebenfache aufbringen. Die Stadtwache von Brochena hat sich im Hintergrund gehalten, als die

Gorgio angriffen. Wem sie treu sein werden, ist schwer zu sagen. Zumindest ihre Offiziere müssen von Gyle gekauft worden sein, bevor seine Magi zuschlugen.« Er warf Elena einen vernichtenden Blick zu. »Und dennoch sehe ich eine von ihnen in dieser Runde.«

»Was wollt Ihr damit sagen, Seir Luca?«, fragte Elena aufgebracht in die entstandene Stille.

Der altgediente Ritter blickte ihr fest in die Augen. »Eure ›Kollegen‹ haben unseren König getötet. Rutt Sordell fungiert als Alfredo Gorgios rechte Hand. Und Ihr seid hier mitten unter uns, genauso wie Sordell stets bei König Olfuss war.« Er deutete drohend mit dem Finger. »Wusstet Ihr, was sie geplant hatten, Dona Elena?«

Alle Augen richteten sich auf sie. Elena holte tief Luft und breitete beschwichtigend die Hände aus. »Eure Frage ist berechtigt. Immerhin stand ich im Sold des Feindes. Doch ich betone: *stand*. Ich wusste genauso wenig wie alle anderen in diesem Raum, was kommen würde. Und ich schwöre Euch: Nie und nimmer hätte ich für möglich gehalten, was er getan hat.«

»Er?«, fragte Comte Inveglio. »Wer ist er?« Selbst verständlich kannte er die Antwort.

»Gurvon Gyle, Comte.«

»Euer früherer Dienstherr?«, fragte er rein rhetorisch weiter.

»Wie Ihr bereits wisst.«

»Und Euer Liebhaber«, fügte er hinzu.

Leises Zischen erhob sich in der Runde, und Elena spürte, wie sie rot wurde, obwohl sie mit genau dieser Frage gerechnet hatte. »Nein, das ist lange her.«

»Lange her, sagt Ihr? Wann seid Ihr zuletzt bei ihm gelegen?«

»Vor einem Jahr oder mehr. Er hat eine andere, und, offen gestanden, sie kann ihn gerne haben, den verlogenen Mistkerl.«

»Wusste König Olfuss von Eurer Verbindung?«

»Wahrscheinlich. Ihr wusstet es ja auch«, erwiderte Elena trocken. »Aber ich wusste nicht das Geringste von den geplanten Angriffen. Warum habt Ihr es nicht kommen sehen?«

»Vielleicht weil niemand es mir nachts im Bett zugeflüstert hat?«, erklärte der Comte. »Ihr seid noch hier, Dona Elena, wie wir alle sehen können, und ich weiß, Ihr habt Samir Taguine getötet. Doch woher soll ich wissen, dass er nicht ein Bauernopfer in Eurem Ränkespiel ist? Woher wissen wir, dass es keine List war, um unser Vertrauen zu gewinnen und uns dann erneut zu verraten? Ich halte Gurvon Gyle für einen der gerissensten Männer auf ganz Urte, ein solcher Plan wäre typisch für ihn. Welche Garantie haben wir also, dass Eure Anwesenheit hier nicht von vornherein von ihm geplant war?«

Er blickte in die Runde, viele Köpfe nickten, manche verhalten, andere eifrig.

Ceras Gesicht war angespannt. »Ella hat mir das Leben gerettet und Lorenzo und Timi ebenfalls – ich habe es mit eigenen Augen gesehen!«, schrie sie, und Lorenzo bestätigte eifrig. »Das ist Zeitverschwendung, Comte. Ich vertraue Ella, und Ihr solltet es ebenfalls tun. Sie hat alles aufgegeben, was sie besaß, als sie uns zur Seite stand. Sie hat ihr gesamtes Vermögen verloren, weil sie mich und meinen Bruder beschützt hat. Sie verdient unser Vertrauen, und meines hat sie.«

Inveglio runzelte die Stirn. »Sie hat ihr gesamtes Vermögen verloren? Soweit ich weiß, obliegt es der treuhänderischen Verwaltung ihres angeblich ehemaligen Liebhabers. Manchmal kann das, was verloren ist, leicht zurückerlangt werden.«

Elena schlug mit der Faust auf den Tisch. »In Ordnung. Ich lasse die Wächter hier und werde den Raum jetzt verlassen. Wenn jemand meinen Rat wünscht, wie unsere Feinde einzuschätzen sind und was zu tun ist, lasst nach mir rufen. Wenn Ihr mir nicht vertraut, schmiedet Eure eigenen Pläne. Ich stehe in Diensten von Cera und Timi. Ihr anderen mögt tun, was Ihr wollt.«

»Bleibt«, befahl Cera. »Ich bin die Regentin. Ich bestimme, wer bleibt und wer nicht. Ihr habt mir die Treue geschworen, und ich sage: Ihr bleibt.« Mit funkelnden Augen blickte Cera in die Runde, ganz die Tochter ihres Vaters. »Ihr alle müsst eins begreifen: Dona Elena ist meine persönliche Beschützerin. Ohne einen Magus im Raum würde dieses Treffen niemals geheim bleiben. Erinnert Euch daran, weshalb mein Vater überhaupt Magi in seine Dienste genommen hat! Wenn Elena nicht hier ist, können wir ebenso gut Alfredo Gorgio einladen, sich zu uns zu gesellen.« Sie sah Elena ernst an. »Gestern Nacht hat Elena Anborn vor Drui Prato und Gottessprecher Acmed dem Haus Nesti die Treue geschworen, unter hochheiligen Bluteiden vor Sol und Ahm. Sie untersteht jetzt meinem Befehl und meinem allein. Ich bin es, die darüber entscheidet, wer um ihre Hand anhalten darf, und ich bin es, die ab jetzt ihr Vermögen verwaltet. Haben das nun alle begriffen? Ella gehört zu uns, bis in den Tod.« Sie deutete auf die blutigen Abdrücke auf Elenas Wangen. »Soll sie die Schwüre noch einmal ablegen, hier in dieser Runde?«

Murmelnd schüttelten die Männer die Köpfe.

Cera bedeutete Elena, sich wieder zu setzen, und Inveglio nickte ihr unmerklich zu. *Gut gemacht.* Alles war so gelaufen, wie sie beide es zuvor gemeinsam geplant hatten: Wenn sie den Nesti beistehen sollte, mussten alle Zweifel an ihrer Loyalität restlos ausgeräumt werden. Ihre Gedanken wanderten zurück zur letzten Nacht, zu der Kapelle, zu dem Räucherwerk und dem Messer, das ihre Handflächen aufgeschnitten hatte. *Ich gebe mein Leben den Nesti.* Die Entscheidung war ihr nicht schwergefallen. Elena hatte sie praktisch schon getroffen, als sie beschloss, Samir aufzuhalten. Und doch hatte sie so etwas wie religiöse Entrückung verspürt, als sie ihr Blut in den Familienkelch der Nesti schüttete und beobachtete, wie Cera davon trank und sie dann auf beide Wangen küsste. Für Rimonier gab es keinen heiligeren Schwur. Jetzt noch an Elena zu zweifeln, war, als würde man an Sol selbst zweifeln.

»Gut. Kein Wort soll mehr über diese Angelegenheit verloren werden«, erklärte Cera und wandte sich an Harshal. »Harshal, Ihr habt mit den Emiren gesprochen. Wie nehmen die Jhafi den Tod meines Vaters auf?«

Harshal wackelte nervös mit dem Kopf. »Selbstverständlich sind sie betroffen. Sie befürchten, die Dorobonen könnten zurückkehren und dafür sorgen, dass Javon sich in der Blutfehde neutral verhält. Das bereitet ihnen Sorgen. Die Stämme der Harkun reden davon, sich zu erheben und die Rimonier zu vertreiben. Alle ohne Ausnahme. Die Nomaden machen keinen Unterschied zwischen Nesti, Kestria, Gorgio und den anderen rimonischen Häusern.«

Den anwesenden Nesti-Beamten platzte der Kragen. »Dieses Land war nichts als unfruchtbare Wüste, bevor wir gekommen sind! Bevölkert von ein paar versprengten Nomaden, die sich um die wenigen Wasserlöcher stritten!«, schnaubte Ginovisi. »Es gab keinen Wohlstand, nichts! Wir haben die Olivenhaine angepflanzt und die Weinberge, wir haben die Bodenschätze entdeckt und die Minen gebaut! Dieses Land gedeiht nur durch unsere Arbeit und unseren Schweiß.« Viele nickten.

Harshal blickte ihn nachdenklich an. »Bei allem Respekt, Herr, dies sind genau die Worte, die den Zorn meines Volkes entfachen. Ihr redet, als hätte es hier nichts gegeben, bevor Ihr kamt. Doch die Städte in Ja'afar sind jahrhundertealt. Nicht Ihr wart es, die unsere Tempel erbaut haben und die Paläste der Emire. Der Wohlstand, von dem Ihr sprecht, erreicht nur selten das Volk der Jhafi, und das, obwohl es unsere Männer sind, die in Euren Minen und Weinbergen und Olivenhainen arbeiten. Es herrscht Waffenruhe zwischen uns, einige Adelshäuser sind miteinander verheiratet, aber die meisten Jhafi haben wenig zu tun mit den Rimoniern. Wir sind getrennte Völker, die lediglich dasselbe Land bewohnen.«

Ein weiterer Ausbruch, diesmal etwas verhaltener, und ein weiteres Mal musste Cera mit der Hand auf den Tisch schlagen, um für Ruhe zu sorgen. Sie erteilte dem Gottessprecher das Wort.

Acmed bedankte sich mit einem mürrischen Nicken und strich sich mit der Hand über den langen Bart. »Auch ich habe nach den Gebeten eingehende Gespräche mit meinen Leuten geführt. Wir teilen Eure Trauer, edle Dame. Unsere Anteilnahme und unsere Wut über die Ermordung Eurer Eltern sind aufrichtig. Eure Tante war eine Jhafi, von allen geliebt und respektiert. Wir erinnern uns noch gut an die unrechtmäßige Herrschaft der Dorobonen und sind vom selben Geiste wie Ihr. Doch wünschen wir, zwei Dinge von Euch zu erfahren: Was ist mit der Blutfehde? Euer Vater hatte sich ihr noch nicht verschrieben, bevor er ermordet wurde. Und, was noch viel wichtiger ist: Wann werden die Rimonier sich endlich mit uns Jhafi vereinen?« Er hob die Hand, um jegliche Einwände von vornherein abzuwehren. »Oh ja, Ihr befolgt den Schlichtungsvertrag des Gurus und geht Mischehen ein, aber stets stellen die

Rimonier dabei den höherrangigen Partner. Ihr nehmt Euch eine Adlige vom Volk der Jhafi und macht eine Rimonierin aus ihr, damit die Kinder aus der Verbindung sich um das Königsamt bewerben können. Aber Ihr selbst bleibt Sollaner, und die Frau muss zu Eurem Glauben konvertieren. Eure Sitten und Gebräuche sind die Rimonis. Ihr nehmt nur an unseren religiösen Feierlichkeiten teil, wenn Ihr müsst, und danach lauft ihr zu Euren Drui, um Euch reinwaschen zu lassen. Was Ihr tut, sind nichts als Lippenbekenntnisse.«

Er ignorierte das Gemurmel am Tisch und fuhr mit ernster Stimme fort: »Ihr hortet Euren Reichtum, statt ihn zu verteilen. Es gibt keine armen Rimonier, während es unter den Jhafi keine Reichen gibt, es sei denn, sie gehören einem Herrscherhaus an. Euer Gesetz verbietet es den meisten Jhafi, bei der Königswahl abzustimmen. Ihr ersucht uns um Hilfe, wenn Ihr verzweifelt seid, doch tut Ihr nichts, um diese Hilfe zu verdienen, und deshalb fragen wir: Warum sollten wir Euch helfen?«

Ein regelrechter Tumult brach aus, und Cera brüllte entschlossen dazwischen: »Silencio! Silencio!« Ihre Augen leuchteten vor Entrüstung. »Meine Herren, bewahrt gefälligst Ruhe und denkt nach, bevor Ihr das Wort ergreift. Hört auf, Euch stets und als Erstes angegriffen zu fühlen. Ich habe Gottessprecher Acmed gebeten, zu uns zu kommen, weil es an der Zeit ist, über genau diese Fragen zu sprechen – über die, die Ihr nicht hören wollt.« Cera deutete auf eine Büste ihres Vaters. »Eins von König Olfuss' Lieblingssprichwörtern lautete: Wahrheit ist Wahrnehmung. Das bedeutet: Was immer Ihr glaubt, wie richtig oder falsch es auch sein mag, es ist *Eure* Wahrheit, beeinflusst und geformt von allem, was Euch ausmacht, was Ihr erlebt habt, von Geschlecht, Herkunft, Religion und Geschichte. Wenn Gottessprecher Acmed Euch also erklärt, dass die Jhafi die Nesti nicht lieben, dann sagt ihm nicht, sie täten es doch! Hört ihn an und fragt Euch: Weshalb ist das ihre Wahrheit? Was kann ich daraus lernen?«

Der ganze Raum verstummte, nur Elena zitterte. Es war, als würde Olfuss Nesti von jenseits des Grabes durch seine Tochter sprechen.

Cera musterte die Anwesenden und beobachtete ihre Reaktionen: Pita Rosco, der noch nicht viel gesagt hatte, nickte bedächtig. Luigi blickte finster drein, Lorenzo und Harshal warfen sich verständnisvolle Blicke zu.

Rosco rieb sich das fleischige Kinn und erhob schließlich das Wort. »Was wäre es also, das Nesti und Jhafi vereinen könnte, Gottessprecher? Was ist der Preis?«

Acmeds Augen verengten sich. »Ihr sprecht wie ein Mann des Geldes, Meister Rosco. Aber ich spreche nicht von Geld. Ich spreche von Glauben und Brüderlichkeit, von Gleichheit vor dem Gesetz und vor Ahm. Wir wurden schon einmal mit Gold gekauft, aber das Gold findet immer wieder den Weg zurück in die Börsen der Rimonier. Uns wurde Land geschenkt, das seit jeher uns gehört, das zu verschenken Euch niemals zustand. Rimonische Geschenke haben immer einen Preis! Was Nesti und Jhafi vereinen kann, muss etwas viel Tieferes sein, und obwohl es bei den Herrschenden beginnen muss, muss es auch die einfachen Leute erreichen. Lasst die Nesti den Glauben der Amteh annehmen. Lasst die Prinzessin einen Jhafi-Prinzen heiraten und ihm Amteh-Kinder gebären. Lasst die Rimonier ihre Geheimnisse über Wein und Oliven und Minen preisgeben, die sie so reich machen! Lasst das Brot der Rimonier die armen Jhafi speisen. Lasst das Eisen aus Euren Minen einen Weg in die Waffenkammern der Emire finden. Gebt beschlagnahmtes Land zurück, oder verkauft es wenigstens zu einem gerechten

Preis. Und lasst Rimonier und Jhafi sich der Blutfehde unserer Brüder in Kesh anschließen und die Eindringlinge vertreiben. Dies sind die Dinge, die die Herzen der Jhafi gewinnen und endlich ein geeintes Volk aus uns machen würden.«

Cera schnitt ihren Beratern das Wort ab, noch bevor diese den Mund öffnen konnten. »Wartet, meine Herren, nur eine Minute. Denkt nach über das, was der Gottessprecher gesagt hat, und dann lasst mich Eure wohlüberlegte Einschätzung hören, nicht Eure spontanen Reaktionen.«

Elena fragte sich, wohin die kleine sanftmütige Princessa verschwunden war. Cera gebärdete sich wie eine Senatorin des alten Rym, nicht wie eine minderjährige Jungfrau. Doch dieser Teil ihrer Persönlichkeit war schon immer da gewesen, hatte sich gezeigt in der Art, wie sie ihre Geschwister herumkommandiert hatte, und darin, wie sie stets jedes Wort ihres Vaters in sich aufgesaugt hatte. Stundenlang hatte sie mit Elena im Blutturm über die Ungerechtigkeit der Welt gesprochen, umgeben von den Schriftrollen der Philosophen und den Texten der rimonischen Senatsreden, von religiösen Traktaten und Abhandlungen über die großen Herrscher. *Sie war immer schon eine Denkerin. Ich habe nur nie begriffen, dass sie auch eine Führerin sein könnte. Und ich wette, wenn es so weit kommt, wird sie die Führung nicht mehr aus der Hand geben wollen…*

Sobald die Minute vorbei war, hob Comte Inveglio die Hand. »Dass wir den Jhafi Waffen und Rüstungen geben, ist ausgeschlossen. Was unsere Minen produzieren, ist die Grundlage unserer Macht. Wir haben sie entdeckt, und wir beuten sie aus. Unsere Soldaten müssen eine überlegene Ausrüstung haben, um unsere zahlenmäßige Unterlegenheit zu kompensieren. Ausgeschlossen! Es wäre reiner Selbstmord!« Er schaute den Gottessprecher düster an.

»Der Glaube der Menschen kommt aus ihrem Herzen«, erklärte Drui Prato sanft. »Alle Nesti-Kinder wachsen mit beiden Religionen auf, doch sie beschließen, Sollaner zu bleiben, weil es das ist, was ihre Herzen ihnen eingeben.« Eine Spur von Überheblichkeit stahl sich in sein Lächeln. »Ich habe selbstverständlich nichts dagegen, wenn sie in beiden Religionen unterrichtet werden, aber es muss ihnen freistehen, eine freie Wahl zu treffen.«

Pita Rosco runzelte die Stirn. »Ich sehe keine Möglichkeit, die Armen mehr zu speisen, als wir das ohnehin schon tun. Wir Nesti sind stolz auf unsere traditionelle Mildtätigkeit gegenüber den Bedürftigen. Wir verteilen Brot und das Wasser unserer Brunnen. Wenn die Jhafi das nicht anerkennen...« Er zuckte mit den Achseln.

Jetzt ergriff auch Lorenzo das Wort. »Wie wir alle wissen, hatte der König bereits vor seiner Ermordung entschieden, sich der Blutfehde anzuschließen. Doch bevor wir nicht die Gorgio aus Brochena vertrieben haben, können wir das auf keinen Fall tun. Alles andere muss danach kommen. Es mag uns allen nicht recht schmecken, Neutralität zu wahren, aber die Vernunft gebietet es.«

»Und unsere Prinzessin weigert sich zu heiraten«, warf Comte Inveglio ein. »Es scheint, als sei keiner der Vorschläge des Gottessprechers durchführbar.« Sein Blick schweifte durch den Raum. »Brauchen wir die Jhafi, um zu gewinnen?«

Alfredo Gorgio hat ungefähr zehnmal so viele Männer wie Ihr, dachte Elena. *Und ob Ihr sie braucht.*

»Typisch Rimonier«, schnaubte Acmed. »Alles, was Ihr uns anbietet, sind kleine Häppchen, um unsere Seelen zu kaufen, und Ihr versucht nicht einmal, es zu verbergen.« Er wandte sich an Cera. »Diese Bedingungen gefallen Euch also nicht, aber vielleicht ist Massimo di Kestria anderer Meinung? Oder Stefan di Aranio von Riban?« Er erhob sich. »Ich wusste, es ist reine Zeitverschwendung herzukommen.«

»Bitte, Gottessprecher«, sagte Cera hastig. »Ich habe weder gesagt, dass ich Eure Ideen ablehne, noch sagte ich, ich sei einer Meinung mit meinen Beratern. So Ahm will, finden wir einen Weg aus diesem Labyrinth.«

»Ahm verhandelt nicht«, murmelte Acmed.

»Aber Menschen verhandeln«, erwiderte Cera ruhig. »Männer wie Frauen.«

Sie wandte sich an ihren Beraterstab: »Es liegt viel Wahres in dem, was der Gottessprecher gesagt hat. Seine Worte stellen uns vor Herausforderungen, und Eure Bedenken sind berechtigt. Seine Anliegen sind ein Schritt ins Unbekannte, sie erfordern einen Vertrauensvorschuss. Wir haben die Jhafi immer behandelt wie Außenseiter, doch wir sind eine Nation und leben im selben Land, die Belange der Jhafi müssen nicht nur Gehör finden, sie müssen auch berücksichtigt werden. Deshalb werden wir Folgendes tun: Wir betrachten jeden von Acmeds Punkten eingehend, und zwar nicht danach, was daran falsch sein könnte, sondern danach, was richtig daran ist. Ihr habt bis zum Ende des Monats Zeit, und Euer Leitsatz soll sein: Wie können wir es möglich machen? Ich wünsche, dass Ihr Eure Gedanken öffnet, meine Herren. Ich will positive und durchführbare Vorschläge. Wir brauchen die Jhafi, und sie brauchen uns.«

Gurvon hatte sich in der Vergangenheit immer wieder dieser Herangehensweise bedient. Elena hatte Cera davon erzählt und ihr vorgeschlagen, nach derselben Methode vorzugehen. Den Männern gefiel es zwar nicht, aber schließlich stimmten sie zu, es zumindest zu versuchen. Zielstrebig und immer noch leise diskutierend, verließen sie den Saal.

Cera sackte auf ihrem Stuhl zusammen. Mit einem Mal sah sie wieder aus wie siebzehn. »Vater hätten sie nicht widersprochen«, murmelte sie.

»Du wirst dich schon noch daran gewöhnen, Cera. Männer streiten nun mal gerne, aber das ist gut so, denn nur so findet man verschiedene Lösungsmöglichkeiten, aus denen man dann die beste auswählt.«

»Aber es ist so anstrengend.«

»Du hast deine Sache gut gemacht.« Sie drückte Ceras Hand. »Sie widersprechen, aber sie respektieren dich.«

Cera hob den Kopf. »Das tun sie, nicht wahr?«

Lorenzos älterer Bruder Massimo di Kestria reagierte als Erster auf Ceras Hilferuf, aber die wichtigste Zusage kam von Emir Ilan Tamadhi aus Riban, einer Durchgangsstadt, in der sich nie viele Rimonier niedergelassen hatten. Zwar war der Rimonier Stefan di Aranio dort der offizielle Herrscher, doch der Emir hatte weit mehr Einfluss. Die Hartgesottenen unter den Jhafi hielten ihn für eine Marionette der Rimonier, während er in Rimoni als jhafischer Aufrührer galt. Der Emir kam mit einem beachtlichen Kontingent von Westen angerückt und errichtete außerhalb der Stadtmauern Forensas ein großes Heerlager. Auch die Provinzfürsten, die eine Rückkehr der rassistischen und tyrannischen Dorobonen fürchteten, sicherten ihre Unterstützung zu.

Außer seinen Truppen brachte Ilan Tamadhi auch eine Nachricht. »Ich habe Neuigkeiten von Eurer Schwester Prinzessin Solinde«, sagte er in entschuldigendem Ton, als Cera ihn auf den Stufen zur Festung begrüßte. »Sie wird Fernando Tolidi heiraten. So wurde es in der Kathedrale von Brochena verkündet.«

Cera senkte entmutigt das Haupt. »Gibt es irgendwelche

Anzeichen, dass es gegen ihren Willen geschieht?«, fragte sie so leise, dass Elena direkt hinter ihr die Worte kaum hörte.

»Es tut mir leid, Prinzessin, aber die gibt es nicht. Alfredo hat erklärt, Fernandos Hochzeit mit Solinde würde ihn zum legitimen Herrscher über Forensa machen. Nach der Hochzeit würde er sein Heer ausschicken und sich nehmen, was ihm gehört.«

Sobald sie allein waren, warf Cera schluchzend die Arme um Elenas Hals. »Sie werden versuchen, uns alle umzubringen, Ella. Timi, mich, dich, alle! Sie werden uns umbringen!« Wie ein kleines Kind hielt sie sich an Elena fest.

All ihre Ängste, sie hat sie nur zurückgehalten... Manchmal vergesse ich, dass sie noch ein junges Mädchen ist. Unbehaglich strich Elena ihr übers Haar. *Borsa kann das besser als ich*, war alles, was sie denken konnte. Laut sagte sie: »Uns wird nichts passieren, Cera. Nächsten Monat tritt der Regentschaftsrat wieder zusammen. Wir werden einen Weg finden, als Sieger aus dieser Tragödie hervorzugehen.«

»Und was, wenn es keinen Weg gibt?«, flüsterte Cera.

Ja, Elena, was dann?

Elena lag auf ihrem Bett in der kleinen Kammer neben dem Kinderflügel. Nur die kleine Lampe neben ihr spendete etwas Licht. Sie hatte ihre Wächter gebannt und hielt einen kleinen Tonklumpen in den Händen – Erdgnosis, um mit Gurvon in Kontakt zu treten. Es war nicht ganz ohne Risiko: Gurvon war ein mächtiger Erdmagus, und wenn sie nicht verdammt aufpasste, konnte er beträchtlichen Schaden anrichten. Aber Elena war noch nie vor einer Gefahr zurückgescheut.

Auf dem Klumpen bildete sich ein Auge, dann noch eines und schließlich ein Mund.

Elena.

Sie hörte das Wort in ihrem Kopf. Die Tonlippen bewegten sich zwar, aber kein Laut drang zwischen ihnen hervor.

Wo bist du, Gurvon? Sie hörte ein leises Echo. Weit weg also.

Sag ich dir nicht. Und du?

In Pallas und treib's gerade mit dem Kaiser.

Gurvon lachte nicht. *Bei Kore, Elena, was tust du?*

Ich folge meinem Gewissen. Wie konntest du glauben, ich würde tatenlos zusehen, wie du die Kinder umbringst, die ich all die Jahre beschützt habe?

Deinem Gewissen? Bis jetzt war dein Gewissen immer deine Geldbörse.

Ich habe etwas gefunden, das mehr wert ist als Geld, Gurvon. Du würdest es nicht verstehen.

Hast du überhaupt eine Vorstellung davon, wie reich wir sind? Reicher als die reichsten Könige! Endlich können wir das Leben führen, von dem wir immer geträumt haben. Erinnerst du dich an das Haus neben dem See, wo wir zusammen alt werden wollten?

Du und ich. Und was ist mit Vedya?

Nur du und ich, Ella. Zwischen mir und Vedya war nie etwas.

Halte mich nicht zum Narren, Gurvon.

Du liebst mich, Ella. Du hast es mir selbst gesagt.

Und du hast mich ausgelacht!

Elena Anborn und Liebe? Ich dachte, du hättest einen Scherz gemacht. Aber das hast du anscheinend nicht, oder?

Was weißt du schon von Liebe?

Das Gesicht im Tonklumpen verzog sich zu einer Grimasse. *Gut gekontert. Aber es kann wohl keinen Zweifel geben, wer von uns beiden jetzt besser dasteht. Ich habe das Geld, du nur ein Todesurteil.*

Hast du irgendwas Wichtiges zu sagen, Gurvon? Wenn nicht, unterbreche ich jetzt...

Nein, warte! Ich habe etwas Wichtiges für dich, ein letztes Angebot: Geh, Ella. Geh nach Hebusal, und ich schicke dir dein Geld dorthin, jeden einzelnen Heller. Du wirst vom Kaiser begnadigt und kannst als freie Frau tun und lassen, was du willst. Du kannst dich überall auf Urte niederlassen, außer in Javon. Du wärst raus aus dem Spiel.

Noch mehr Lügen.

Nein, Elena. Ich schwöre, ich sage die Wahrheit. Sie wollen dich nur aus dem Weg haben, Ella.

Ich überlasse dir Cera und Timori nicht, Gurvon, und auch nicht deinem Kaiser. Sag ihm, wohin er sich seine Begnadigung stecken kann. Ich will dich nie wiedersehen.

Die tönernen Lippen spitzten sich hämisch. *Aber das wirst du, Elena. Mein Gesicht wird das Letzte sein, was du siehst, wenn dir die Klinge zwischen die Rippen fährt. Wir werden dich holen und deine Princessa und ihren kleinen Bruder auch. Sie sind alle da, hier bei mir: Rutt, Anro, Vedya und auch die anderen. Lass sie im Stich, Elena! Geh, jetzt. Es ist deine einzige Chance.*

Du weißt, dass ich ein solches Angebot niemals annehmen würde.

Nein, weiß ich nicht. Die Elena, die ich kannte, hätte es angenommen.

Dann hast du sie nie gekannt.

Verdammt, Elena, hör mir zu! Ergib dich mir, und ich werde dich beschützen. Du bist meine einzige Verbindung zu den alten Zeiten, zu den Tagen der Revolte. Es waren ruhmrei-

che Tage, voll Lebensfreude und Jagdfieber, die beste Zeit unseres Lebens! Samir kümmert mich einen feuchten Dreck, genauso wie Vedya. Du bist es, die ich will, Elena. Du warst es immer.

Mit feuchten Augen starrte sie den Tonklumpen an. Ja, es gab schöne Erinnerungen: wie sie sich unter Brücken versteckt hatten, unterm freien Sternenhimmel miteinander geschlafen hatten, der Fuchs, der direkt vor ihrem Gesicht vorbeigeschlichen war, der ständige Wechsel zwischen Anspannung und Lachen. Gurvon, wie er sie küsste, in sie eindrang, sie endlich wieder etwas spüren ließ …

Doch es gab auch andere Erinnerungen: wie sie ihr Messer einem nichtsahnenden Wachmann zwischen die Schulterblätter stieß. Blut, das aus der Kehle eines Bauernjungen spritzte, weil er zufällig mitten in einen Überfall hineingestolpert war. Männer, die brannten wie Fackeln oder hilflos erstickten, weil sie ihre Lungen mit Wasser gefüllt hatte. Die Schreie des rondelmarischen Offiziers, als Sordell ihm mit einem glühenden Schürhaken die Augen ausbrannte. Erinnerungen, die sie so gerne für immer auslöschen würde.

Vergiss es, Gurvon. Ich werde das Letzte sein, was du siehst, nicht umgekehrt.

Der tönerne Mund verzog sich zornig. *Dann ist es also wahr: Du bist eine Safia geworden. Hast du dich in deine kleine Princessa verknallt?*

Werd erwachsen, Gurvon. Sie spürte, wie Galle ihre Kehle hochstieg. *Ich habe hier etwas gefunden, was du nicht kennst. Etwas, das es wert ist, erhalten zu werden. Die Menschen hier sind gute Menschen, und ich bin jetzt eine von ihnen. Das ist mehr wert als all dein Geld. Oder das, was du Liebe nennst.*

Seit wann kümmert Elena Anborn sich um Dinge wie Liebe

oder Zugehörigkeit? Was bei Hel ist mit dir passiert? Er klang aufrichtig verwirrt.

Das war eine gute Frage. Elena wusste selbst nicht, ob sie die Antwort kannte, und trotzdem würde sie bleiben, wo sie war. *Ich kann es dir nicht erklären, Gurvon. Dazu bräuchte es noch so viele andere Worte, deren Bedeutung du nicht kennst.*

Dann bist du tot, Elena. Du hast soeben dein eigenes Todesurteil unterzeichnet.

Der Tonklumpen nahm plötzlich die Gestalt eines übergroßen Flohs an und sprang ihr ins Gesicht. Er zerplatzte an Ellas Schilden, bildete sich aber noch im Fallen neu, um sofort wieder anzugreifen.

Elena hüllte ihn in blaues Feuer und brannte ihn trocken. Mit Genugtuung hörte sie Gurvons leises Stöhnen.

War das dein bester Trick, Ella?, höhnte Gurvon noch, dann zerbröckelte der spröde Klumpen, und die Stimme war weg.

Sie legte sich aufs Bett und ging in Gedanken noch einmal das Gespräch durch. Was hatte Gurvon erreichen wollen? Hatte er wirklich geglaubt, sie jetzt noch umstimmen zu können? Wo war er, und was hatte dieses Echo zu bedeuten? *Das Echo!*

Mit einem Ruck setzte Elena sich auf, warf sich ein Tuch über die Schultern und ging Cera suchen.

Durch die hohen Fenster strömte vormittägliches Licht in den Ratssaal. Sie hatten einen langen Tag vor sich, doch die Atmosphäre war ganz anders als beim letzten Mal. Elena und Cera waren den größten Teil der Nacht wach gewesen und hatten, in Decken gehüllt, über Gurvon Gyle gesprochen. Jetzt galt es, Pläne zu schmieden.

»Guten Morgen, meine Herren. Es ist Zeit, Eure Vorschläge vorzubringen.« Cera blickte Pita Rosco an. »Pita, Ihr und Paolo hattet die Aufgabe, Euch um die Armenhilfe für die Jhafi zu kümmern. Beginnt.«

Pita Rosco umriss die Grundlagen für ein neues Verteilungssystem, von dem die Jhafi nach und nach profitieren würden, ohne den Markt ins Chaos zu stürzen oder das Auskommen der Rimonier zu gefährden. Es ging viel um Anteile, Eigentumsrechte und Anpassung des grundbesitzbasierten Stimmrechts. Elena verlor bald den Anschluss, aber Cera schien aufmerksam zuzuhören. Schließlich verfügte sie die Bildung eines Unterkomitees, das die Sache weiter vorantreiben sollte. Stunde um Stunde verging mit intensiven, aber höflich ausgetragenen Debatten, und die beiden Frauen glaubten beinahe, sie könnten den Tag ohne weitere Streitigkeiten hinter sich bringen.

Was natürlich ein Trugschluss war.

Drui Prato begann mit dem letzten Thema der Tagesordnung: Religion. »Princessa, Ihr habt Gottessprecher Acmed und mich gebeten, eine Lösung für die Religionsfrage zu finden. Aber das ist ganz und gar unmöglich. Die beiden Religionen sind zu verschieden«, erklärte er mit einer gewissen Herablassung, während der Schriftgelehrte mit verschränkten Armen ins Leere starrte.

Cera zog die Augenbrauen hoch. »Dann habt Ihr die letzten drei Wochen womit verbracht, Signor?«

Der Drui blinzelte. »Ich habe gebetet, edle Dame, um Erkenntnis.«

Ceras Augen funkelten. »Und, wurde Euch eine solche zuteil? Irgendwelche Erkenntnisse, Signor Ivan? Die Erkenntnis beispielsweise, dass ihr tun solltet, was Eure Regentin verlangt?«

Pratos Gesicht lief rot an. Offensichtlich war er Kritik, wenn überhaupt, nur von ranghöheren Priestern gewohnt.

Sie wandte sich an den Gottessprecher, der das Unbehagen seines Rivalen sichtlich genoss. »Was ist mit Euch, Gottessprecher? Wie verliefen Eure Versuche, Euch den Sollan-Brüdern anzunähern?«

»Sie waren nicht bereit gewesen, mit mir zu sprechen«, gab er tonlos zurück.

»Das ist nicht, worum ich Euch gebeten habe.«

»Ich bin es nicht gewohnt, dass eine Frau so zu mir spricht oder ein Mann. Mein Status…«

»Euer Status ist unter meinem, solange Ihr an diesem Tisch sitzt. Ihr solltet dankbar sein, dass ich Euch überhaupt mein Ohr leihe. Ich habe Euer Recht, hier zu sprechen, unterstützt, genauso wie Eure Vorschläge…«

»Das hier ist keine Unterstützung! Es ist reine Augenwischerei!«, fiel der Gottessprecher ihr ins Wort. »Verhandeln, über Hirngespinste debattieren! Nichts als Zeitverschwendung, der Zeitvertreib eines kleinen Mädchens. Ein starker Anführer würde sich gar nicht erst dazu herablassen!«

Ah, dachte Elena. *Wären wir also so weit. Ein Jammer, dass es ausgerechnet von seiner Seite kommt. Aber es war wohl unvermeidlich…*

Ceras Blick wurde kalt. »Ein starker Anführer, Gottessprecher? Ist es das, was Ihr respektiert: Stärke?« Sie spuckte beinahe aus bei dem Wort. »Was genau bedeutet Stärke für Euch? Ist Tyrannei Stärke? Ist es ein Zeichen von Stärke, seine Untergebenen anzuschreien, sie zu schlagen? Ist es Stärke, Soldaten gegen die Bedürftigen auszusenden, um einen Brotaufstand niederzuschlagen? Gewalt anzuwenden und zu behaupten, es wäre Gottes Wille?«

Der Gottessprecher wurde blass vor Zorn. »Prinzess…«

»Silencio!«, polterte Cera. »Ich habe noch nicht zu Ende

gesprochen.« Sie stand auf und ging im Kreis um den Tisch herum. »Ist die Fähigkeit, mit der Klinge umgehen zu können, Stärke?« Sie schnappte sich das Schwert einer der Wachen und warf es Elena zu. »Ella, zeigt es uns.«

Was tust du da, Mädchen? Doch dann begriff sie. Es brauchte Erde und Feuer, und Elena war ein schlechter Feuermagus, aber hierfür sollte es genügen ... Sie verbog die Klinge zu einem Knoten und gab das Schwert Cera zurück, die es verächtlich in die Mitte des Tisches warf.

Elena versuchte, sich die Anstrengung nicht anmerken zu lassen, während die Männer in der Runde ihr unbehagliche Blicke zuwarfen.

»Ist Gold Stärke?«, fragte Cera weiter. Sie zog ihren Diamantring vom Finger und warf ihn durchs offene Fenster.

Alle Blicke folgten der Flugbahn, Münder standen weit offen.

Elena zuckte innerlich zusammen. *Bestimmt wird sie mich später nach draußen schicken, ihn zu suchen.*

»Oder liegt sie in den geheiligten Schriften?« Cera nahm das heilige Buch des Sollan-Glaubens zur Hand. Einen Moment lang befürchtete Elena, sie könnte auch das Buch zum Fenster hinauswerfen, doch Cera legte es lediglich neben dem Kalistham auf den Tisch und schob beide von sich weg. »Ihr alle in diesem Raum, Ihr habt mich gesehen und gedacht, Ihr bräuchtet mich nur ein wenig einzuschüchtern, dann würde ich schon nach Eurer Pfeife tanzen. Nun, das kann ich auch: Ich habe die größte Kriegerin in ganz Javon in meinen Diensten. Soll ich ihr befehlen, Euch ein wenig einzuschüchtern?«

Stumm stellte Elena sich neben Cera. *Vorsichtig, Mädchen. Ihre Furcht nutzt dir nichts. Du brauchst ihre Herzen.*

Als hätte Cera sie gehört, nahm sie die Schärfe aus ihrer

Stimme. »Wenn es um die Anwendung von Gewalt geht, mögt Ihr mich gerne auf die Probe stellen, doch wie mein Vater glaube ich, dass Führung nicht durch Unterdrückung erreicht werden kann, sondern durch Übereinstimmung und Weitblick. Ich bin die rechtmäßige Regentin von Javon. Wenn nicht ich, wer dann? Alfredo Gorgio? Oder einer von Euch?« Sie blickte funkelnd in die Runde. »Würdet Ihr lieber gegeneinander um die Vorherrschaft kämpfen und uns noch weiter schwächen? Oder seid Ihr bereit, dieser Frau zu folgen, die offen ist für echten Rat, die entschlossen ist, eine Lösung zu finden, die uns alle vereint?«

Die Ratsmitglieder schluckten und blickten einander an. Schließlich sagte Inveglio: »Prinzessin Cera, Eure Aufrichtigkeit verwirrt mich, doch ich verstehe, was Ihr damit zu erreichen sucht. Ich unterstütze Euch.« Er blickte noch einmal in die Runde. »Alle Vertreter Rimonis tun das«, fügte er hinzu, um seine Kollegen zu etwaigem Widerspruch zu provozieren, doch alle nickten.

Noch bevor der Gottessprecher Luft holen konnte, hob Harshal al-Assam die Hand und sprach mit lauter, klarer Stimme: »Auch ich unterstütze Euch, Prinzessin Cera.« Damit war allen anderen Jhafi fürs Erste der Wind aus den Segeln genommen.

Ilan Tamadhi nickte mit leicht gerunzelter Stirn, dann wanderten alle Blicke zu Acmed.

Der Gottessprecher seufzte und sagte zerknirscht: »Wir verhandeln weiter. Erst einmal.«

Cera lächelte. »Vorzüglich. Dann erkläre ich Euch jetzt, was wir tun werden. Ich versichere hiermit, dass wir innerhalb eines Jahres – ob wir Brochena zurückerobert haben oder nicht – jeden einzelnen von Acmeds Vorschlägen so weit wie möglich umgesetzt haben werden. Stimmt Ihr dem zu? Mein

Vater sagte, ein Herrscher muss legitimiert sein, willensstark und vorausschauend. Ich bin die rechtmäßige Herrscherin, bis mein Bruder alt genug ist, den Thron zu besteigen. Und bis zu diesem Zeitpunkt beabsichtige ich zu herrschen. Ich bin eine Frau, Signori, doch in meiner Brust schlägt ein starkes Herz, und ich bin umgeben von starken Männern. Ich habe einen Traum, den wir, so glaube ich, alle teilen: Ich träume von einem geeinten Volk. Und dies ist meine Aufgabe, edle Herren: zurückzugewinnen und zu halten, was Javon gehört, was Ja'afar gehört: unsere Souveränität.« Sie blickte den Gottessprecher durchdringend an, der schützend die Arme um sein heiliges Buch geschlungen hatte. »Haltet Ihr mich immer noch für schwach, Gottessprecher?«

Er lächelte beinahe. »Nein, Prinzessin. Ihr seid... beeindruckend.«

»Wenn es Euch hilft, Signori, dann denkt an mich nicht als Frau, sondern als Euren Regent. Denn ich sage Euch dies: Ich werde nicht heiraten, bis Timori volljährig ist. Gewöhnt Euch daran. Alles andere mag verhandelbar sein, aber das nicht.« Sie grinste. »Meine Aufgabe gefällt mir, und ich werde sie nicht so einfach aus der Hand geben.«

Die Ratsmitglieder lächelten anerkennend.

»Signori, seht Euch an: Ihr seid die besten Männer, die wir haben. Ich betrachte Pita und Luigi und sehe Klugheit, unschätzbares Wissen über unser Wirtschaftssystem. Luca, Lorenzo und Elena, Ihr seid mein Schwert und mein Schild. Ivan und Acmed, Ihr seid meine Weisen, die mir den rechten Weg weisen werden, den auch unser Volk als den rechten erkennen wird. Wenn ich Paolo betrachte, sehe ich bedingungslose, unsterbliche Treue. In Harshal erkenne ich das Volk meiner Mutter, das seit unzähligen Generationen in diesem Land lebt, genauso wie ich in Comte Piero die Linie meines Vaters erkenne. Und wenn ich Timori betrachte, sehe ich mein eigenes Herz.« Sie legte sich eine Hand auf die Brust und beugte das Knie. »Ich bitte Euch, mir zu dienen, Signori. Dient mir, und ich werde Euch dienen.«

Natürlich verweigerte nicht einer ihr die Gefolgschaft. Elena hatte schon öfter miterlebt, wie Offiziere widerspenstige Truppenteile für sich gewannen. Es brauchte Verstand, Selbstvertrauen und vor allem ein gemeinsames Ziel. All das hatte Cera mit einfließen lassen. Sie hatte ihnen das Gefühl gegeben, wichtig zu sein, an etwas Besonderem teilzuhaben, und gleichzeitig hatte sie keinen Zweifel daran gelassen, wer die Anführerin war.

Cera sah die Ratsmitglieder lächelnd an. »Wir haben heute viel erreicht. Wir haben eine Kommission ins Leben gerufen, die die Getreidepreise erheben wird und Möglichkeiten, wie wir sie beeinflussen können. Wir werden den Senat von Brochena für rechtswidrig erklären und die Legalus Re ausrufen, bis die rechtmäßigen Verhältnisse wiederhergestellt sind. Und meine geistlichen Berater werden weiterforschen, wie eine religiöse Einigung aussehen könnte.« Sie warf Prato und Acmed einen vielsagenden Blick zu.

»Doch was noch wichtiger ist: Ich möchte, dass Ihr daran denkt, dass Eure Stimme gehört wird. Ihr habt das Ohr der Frau, die dieses Land führt. Hattet Ihr das auch zu Zeiten meines Vaters? Im alten Rimoni wurde der Krieg erklärt, indem man einen Speer auf das Hoheitsgebiet des Feindes schleuderte, und genau das werde ich tun, morgen Nachmittag vor meinem versammelten Volk.« Sie klatschte in die Hände. »Womit noch ein Punkt zu besprechen wäre. Ella?«

Elena erhob das Wort. »Signori, ich habe Nachricht von Gurvon Gyle erhalten.« Alle hielten den Atem an. »Er bot mir eine kaiserliche Amnestie an und die Rückerstattung meines Vermögens, wenn ich mich von Euch abwende.« Sie machte eine verächtliche Geste. »Ich hoffe, ich brauche nicht zu erwähnen, dass ich abgelehnt habe, und ich bin sicher, Gyle wusste, dass ich so reagieren würde. Doch habe ich etwas Wichtiges dabei herausgefunden: Die Kommunikation wurde gnostisch verstärkt. Wir Magi tun das nur, wenn wir über extrem große Entfernungen kommunizieren. Dabei entsteht ein, wenn auch sehr leises Echo.« Sie beugte sich vor. »Begreift Ihr, was das bedeutet? Gurvon Gyle hält sich nicht in Javon auf! Andernfalls wäre die Verstärkung nicht notwendig gewesen. Er ist nach Yuros zurückgekehrt!« Sie grinste. »Wahrscheinlich um seinen Auftraggebern zu erklären, warum Cera Nesti noch am Leben ist. Das verschafft uns die Gelegenheit, den Krieg vor die Tür unseres Feindes zu tragen.« Sie hob den Kopf. »Eine Gelegenheit, Signori, die ich beabsichtige, nicht ungenutzt verstreichen zu lassen.«

Am letzten Tag des Novelev schleuderte Cera der alten Tradition ihres Volkes gemäß einen Speer auf ein Stück Land, das mit den Bannern der Gorgio geschmückt war. Tausende Rimonier und Jhafi jubelten ihr zu. Drui und Gottessprecher peitschten die ohnehin schon aufgebrachte Menge noch weiter an. Überall erschallten zornige Rufe, als die Priester an die Gräueltaten der Dorobonen erinnerten, an die Ermordung von König Olfuss und Königin Fadah Nesti, an das Schicksal der armen Prinzessin Solinde, die von den feigen Gorgio gefangen gehalten und für ihre Zwecke missbraucht wurde. Unter Hochrufen der Rimonier und Jhafi wurde Cera zur Königin-Regentin ausgerufen, dann setzte sie sich zu Emir Ilan, während Speisen und Wein verteilt wurden. Traditionelle Musik wurde gespielt, und alle tanzten. Sie waren im Krieg.

Wer nach der Magusfrau Ausschau hielt, der Leibwächterin der Königin-Regentin Cera, suchte vergebens, denn Elena Anborn war bereits Hunderte Meilen weit weg an Bord eines Windschiffs auf dem Weg nach Brochena.

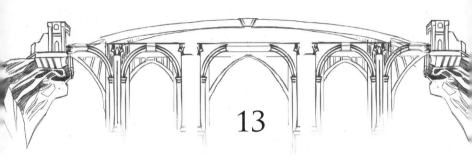

13

Feindkontakt

Die Noros-Revolte

Die Noros-Revolte der Jahre 909–910 war der emotionalste und gleichzeitig erfolgloseste aller Versuche eines Vasallenstaates, sich nach den Kriegszügen der Ausbeutung durch Pallas zu erwehren. Je höher die Schuldenlast der Kaiserkrone stieg, desto mehr mussten die kleineren Königreiche bezahlen. Die Norer gingen davon aus, sie könnten durch eine Reihe schnell aufeinanderfolgender Siege ihre Nachbarstaaten, die sich in einer ähnlichen Misere befanden, dazu bewegen, sich der Revolte anzuschließen, und so den Weg für Verhandlungen bereiten. Nach mehreren durch Nachlässigkeit verursachten Rückschlägen besiegten die Rondelmarer jedoch die norischen Legionen. Die viel geschmähte Kapitulation der strategisch wichtigen Stadt Lukhazan beschleunigte lediglich das Unausweichliche.

Die Bestrafung war hart: Der König wurde hingerichtet, sein Erbe eingekerkert, alle Macht einem von Pallas eingesetz-

ten Gouverneur übertragen und das Land von rondelmarischen Legionen besetzt. Noros stagniert seither.

ORDO COSTRUO, PONTUS

Kaiserlicher Sommerhof in Bres, Rondelmar auf dem Kontinent Yuros
Novelev 927
8 Monate bis zur Mondflut

Mit Elena zu verhandeln war ein unnötiges Risiko gewesen. Es war dumm. Glaubten sie wirklich, sie wäre so blöd, sich einfach zu ergeben? Es zeigte in aller Deutlichkeit, mit welch bescheidenen Denkern er es hier zu tun hatte. Lucia war nicht da gewesen, sie hatte ihre Pflichten als Heilige zu erfüllen, und Kaiser Constant hatte darauf bestanden. Ohne die Unterstützung der Kaiserinmutter war es unmöglich gewesen, Constant den Befehl zu verweigern. Gurvon hatte versucht, so wenig wie möglich preiszugeben, aber es war schwer zu sagen, wie viel Elena herausgehört hatte.

Allein machte er sich auf den Weg zu einem der vielen Geheimzimmer, dem natürlichen Lebensraum des kaiserlichen Verschwörers. Belonius war bereits dort. In dem Moment, da sie die Nachricht von Elenas Verrat erhalten hatten, war er auf Distanz zu Gyle gegangen. Nichts anderes war zu erwarten gewesen. Das war Vult, wie er leibte und lebte.

Alle Augen waren auf Gurvon gerichtet, als er vor die Tafel trat. Drei Wochen war er ohne Unterbrechung geflogen, die meiste Zeit durch miserables Wetter. Die Ozeanüberquerung war besonders qualvoll gewesen. Das Frustrierendste jedoch war, überhaupt hier sein zu müssen. Als Constants engster Kreis von dem vereitelten Attentat erfahren hatte, waren sofort Stimmen laut geworden, die Gurvons Kopf verlangten. Als hätte er ahnen können, dass die kaltschnäuzige Elena Anborn plötzlich ein Gewissen entwickeln könnte. Unvorstellbar! Und wie bei Hel war sie mit Samir fertiggeworden? Der Magus hatte nicht umsonst den Beinamen »das Inferno« getragen.

Ich habe ihnen weit mehr gegeben, als sie selbst jemals hätten erreichen können. Ich habe Olfuss Nesti gestürzt und ihnen Brochena zu Füßen gelegt. Die Dorobonen können ihre Rückkehr vorbereiten. Ich sollte jetzt in Javon sein und Sordell helfen, sollte mich um Elena kümmern, und stattdessen lassen diese Schwachköpfe mich fünftausend Meilen zurücklegen, um mich zu verhören. Wie können sie es wagen!

Vorsicht, Gurvon. Kein Zorn. Selbstvertrauen. Entschlossenheit. Konzentrier dich auf das, was es zu gewinnen gilt. Beruhige sie. Überlebe.

Der Kaiser saß auf einem beleuchteten Thron, alle anderen im Dunkeln, selbst die Mater-Imperia. Gyle achtete darauf, zuerst vor Lucia das Knie zu beugen, als Zeichen, dass er sie als oberste Autorität anerkannte. Und um sich ihrer Unterstützung zu versichern. Falls sich der Kaiser übergangen fühlen sollte – sein Problem.

»Darf ich mich setzen?«

Lucia wedelte mit der Hand. »Natürlich, Magister. Ihr müsst erschöpft sein nach dieser langen Reise.« Ihre Stimme klang ruhig und besonnen.

Keine Vorverurteilung von ihrer Seite also, wie Gyle dankbar feststellte. Er betrachtete die dunklen Gestalten im Raum. Dubrayle fehlte. Zweifellos war er in Pallas mit Geldzählen beschäftigt. Tomas Betillon sah wenig erfreut darüber aus, von

Pontus hierherzitiert worden zu sein. *Wahrscheinlich denkt er, er hätte mich ebenso gut gleich dort aufknüpfen können.* Kaltus Korion betätigte sich als Schürzenjäger in seinem monströsen Palast direkt vor den Toren von Bres, er hatte es also nicht weit gehabt. *Trotzdem stinkt es ihm wahrscheinlich, dass sie ihn an einem so kalten Tag aus dem Bett gezerrt haben.* Der Große Kirchenvater Wurther blickte Gurvon nur bedächtig an. *Kümmert ihn wahrscheinlich einen Dreck, was hier beschlossen wird. Hauptsache, es gibt hinterher heißen Wein.*

Gurvon sah zu Belonius Vult hinüber, der ihm wohlwollend zulächelte und aufmunternd zuzwinkerte. *Ah, immer schön beide Seiten warmhalten, nicht wahr, Bel? Du wirst dich nie ändern!*

Tomas Betillon ergriff das Wort: »Was bei allen Dämonen geht hier vor, Gyle? Ihr sagtet, Eure Leute würden das gesamte Haus Nesti auslöschen – nicht nur die Hälfte! Ihr sagtet, wir könnten dieser Hure Anborn vertrauen, stattdessen hat sie Euren besten Mann getötet und sich auf die Seite der Eingeborenen geschlagen! Wieso baumelt Ihr nicht schon an Euren Eiern aufgehängt vom Deckenbalken?«

Wurther kicherte, als hätte Betillon soeben den besten Scherz gemacht, den er je gehört hatte. »Da hat Tomas nicht ganz unrecht«, murmelte er. »Auch ich glaube, mich erinnern zu können, dass Ihr sagtet, auf Eure Leute wäre Verlass. So was, so was.« Seine Augen verengten sich um einen Hauch, dann wanderte sein Blick zu Belonius. »Andererseits ist Gyle *Euer* Mann, Vult.«

Belonius schaute gleichmütig zurück. »Gurvon hat mich noch nie enttäuscht … bisher.«

Gyle blickte Lucia an. »Darf ich, Majestät?«

Mit einem neutralen Nicken gab sie ihm die Erlaubnis

zu sprechen, und Gurvon wandte sich an die Versammlung: »Meine Herren, niemand ist so überrascht von Elena Anborns Verrat wie ich selbst. Die Schuld liegt bei mir, denn ich habe es nicht vorhergesehen. Mir war entgangen, wie sehr sich ihre Loyalitäten verschoben hatten. Hätte ich es gewusst, hätte ich Samir nicht mit ihr allein gelassen, denn Samir war stark, aber Elena ist gerissen. Der edle General Korion pflegte zu sagen, dass kein vorgefasster Plan den ersten Feindkontakt übersteht, und die Ereignisse geben ihm recht. Doch ist es vor allem die Art, wie man sich von derartigen Rückschlägen erholt, die einen über die anderen erhebt. Wir müssen die Standhaftigkeit besitzen zurückzuschlagen. Wir müssen aus unseren Fehlern lernen und lernen, mit der veränderten Situation zurechtzukommen.«

Er blickte Lucia an. »Schlachten werden nicht durch Strategie gewonnen, sondern durch ständige Anpassung der Taktik«, zitierte er ein weiteres Mal General Korion, um ihm möglichst viel Honig ums Maul zu schmieren.

»Was ist also Euer Plan, um die Situation zu retten, Meister Gyle?«, fragte der General überraschend wohlwollend.

Gut, wenigstens du glaubst, ich könnte diesen Raum lebend wieder verlassen. »Bereits jetzt habe ich neue Kräfte in der Region zusammengezogen. Sechs Magi sind schon dort, weitere sind unterwegs. Meine Taktik umfasst drei Hauptpunkte, die alle unabhängig voneinander sind. Erstens: Rutt Sordell wird die Gorgio bei der Vernichtung der Nesti anleiten. Zweitens: Ich werde die Nesti mit einem Agenten infiltrieren. Drittens: Ich werde die Wiedereinsetzung der Dorobonen beschleunigen. Lasst uns nicht vergessen, was wir bereits erreicht haben: Olfuss Nesti wurde eliminiert, wir halten die Hauptstadt, seine zweite Tochter ist unsere Geisel. Ich bitte Euch um Vertrauen, denn ich weiß, wie ich meine Taktik anpassen muss, um unser Ziel zu erreichen.«

»Was unterm Strich von Euren Worten übrig bleibt, ist: Ja, ich habe versagt, aber Ihr seid auf mich angewiesen, also vertraut mir und gebt mir Zeit, das Desaster wieder in Ordnung zu bringen. Das Ganze versetzt mit ein paar kleinen Zitaten, um Kaltus auf Eure Seite zu ziehen«, bemerkte Lucia trocken.

Gurvon spürte, wie Lucias gnadenlose Analyse ihn leicht erröten ließ.

Betillon brummte zustimmend, und Korion schien sich zu fragen, ob die Kaiserinmutter ihn gerade getadelt hatte. Wurther wirkte auf der Hut, als versuche er, Lucias Laune einzuschätzen. Nur Vult war wie immer die Gelassenheit selbst.

»Tatsächlich bin ich jedoch geneigt, Euch recht zu geben, Magus Gyle«, fuhr Lucia zu Gurvons unendlicher Erleichterung fort. »Ich bin nicht nachtragend und außerdem der Meinung, dass Dinge manchmal schiefgehen, weil es nun mal so in ihrer Natur liegt. Vollkommen Unvorhergesehenes geschieht und wirft die ausgeklügeltsten Pläne über den Haufen. Euer zuversichtliches Auftreten bestätigt mein Vertrauen in Euch.« Dabei sagten ihre Augen ihm unmissverständlich, wie tief er in ihrer Schuld stand. *Gut gemacht, Magus. Es war richtig, nicht in heller Panik davonzulaufen oder Euch zu verstecken. Ihr habt die Schuld nicht auf andere abgewälzt, und Ihr habt einen Plan, um die Situation zu retten. Solltet ihr jedoch ein weiteres Mal versagen, seid Ihr mehr als tot.*

Betillon schaute säuerlich, und der Kaiser schien enttäuscht. Alle anderen nickten zufrieden. Gurvon sah ein Lächeln auf Vults Gesicht, als würde Belonius sich für seinen Freund freuen. *Sicher, Bel. Danke auch für deine Unterstützung.*

»Wie habt Ihr denn nun vor, dieser Anborn-Hure den Kopf

in den eigenen Arsch zu schieben?«, fragte die heilige Lucia fröhlich und genoss ihre obszöne Wortwahl.

Alle lachten schallend.

Wenn die eine Heilige ist, dann bin ich auch einer. »Natürlich«, erklärte Gyle. »Wir werden Folgendes tun...«

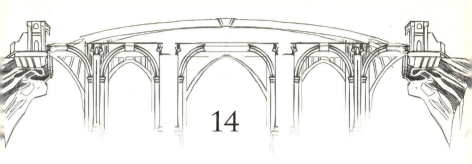

14

DIE STRASSE NACH NORDEN

HEBUSAL

...und dich, Hebusal, Geburtsstätte von Ahmed-Aluq. Alle Gläubigen sollen dich vor ihrem Tod besuchen, auf dass ein Platz im Paradies sie erwarte.

KALISTHAM, HEILIGES BUCH DER AMTEH

NORDLAKH, ANTIOPIA
SHAWWAL (OKTEN) BIS ZULHIJJA (DEKORE) 927
9–7 MONATE BIS ZUR MONDFLUT

»Habt ihr es schon gemacht? Wie war es?«, fragte Huriya mit genauso viel Mitgefühl wie Neugierde in der Stimme.
»Du warst die ganze Zeit bei mir«, erwiderte Ramita höflich. *Das geht dich gar nichts an. Außerdem ist noch nichts passiert.*

»Er ist letzte Nacht in dein Zimmer gekommen, als ich noch unter der Blut-Pratta war«, merkte Huriya an und kniff Ramita in den Arm. »Also, wie war es?«

»Er kam nur, um sich mein Zimmer anzusehen. Er ist nicht geblieben. Sieh mal, wir kommen ins nächste Dorf.«

Huriya spähte aus dem Fenster. »Noch so eine erbärmliche Ansammlung von Hütten. Sieht genauso aus wie all die anderen. Glaubst du, er kann überhaupt noch?«

»Huriya!«

»Schon gut! Du bist nur irgendwie so langweilig.«

Ramita rechnete zurück. Die Hochzeit war am Elften gewesen. Sie waren früh gegangen. Das Letzte, was sie vom Haus ihrer Eltern gesehen hatte, war der strahlende Schein der Fackeln gewesen, die ganze Nachbarschaft war dort gewesen, hatte gefeiert und getanzt. Ramita war starr gewesen vor Angst davor, was in der Hochzeitsnacht geschehen würde. Aber Meiros hatte sich zurückgezogen und Ramita mit Huriya in einem kahlen Zimmer allein gelassen, dessen Einrichtung lediglich aus zwei Schlafpritschen bestanden hatte. Huriya war sofort eingeschlafen, aber Ramita hatte stundenlang wach gelegen in ständiger Furcht, Meiros könne an die Tür klopfen. Aber er war nicht gekommen, und Ramita hatte sich seltsam leer gefühlt, unerfüllt. Die Prüfung, auf die sie sich so sorgfältig vorbereitet hatte, schwebte immer noch drohend über ihr. Irgendwann war sie eingeschlafen, und als sie aufwachte, blutete sie.

»Du menstruierst während des vollen Mondes«, kommentierte Meiros, als sie ihm am nächsten Morgen davon erzählte. »Also bist du während des wachsenden Mondes fruchtbar, in der zweiten Woche jedes Monats.«

Das war am Shanivaar gewesen, Sabadag in seiner Sprache, dem wöchentlichen Feiertag, und Meiros hatte die beiden

Mädchen von Lem zu einem nahe gelegenen Tempel bringen lassen. Als sie zurückkamen, war beinahe alles gepackt gewesen. Huriya hatte gestrahlt. »Wir brechen bald auf, sagt Jos!« Mit Jos meinte sie anscheinend Hauptmann Lem. Huriya war fasziniert von seiner Bärenstatur und dem kahl rasierten Schädel. Ramita fand ihn widerlich.

Inmitten all der Geschäftigkeit waren Ramitas Eltern mit ihren Kleidern und anderen Besitztümern aufgetaucht. Huriyas Sachen hatten sie auch mitgebracht. Selbst mit den Hochzeitsgeschenken war es nicht viel. Sie hatten den letzten Klatsch ausgetauscht, wer auf dem Hochzeitsfest was zu wem gesagt hatte, wer sich bis zur Besinnungslosigkeit betrunken hatte, und Ispal hatte davon gesprochen, nach einem neuen Heim direkt am Fluss zu suchen. Nach einem Haus mit Marmorböden. Es hatte alles vollkommen unwirklich geklungen.

Ispal war sehr erfreut darüber gewesen, dass seine pflichtbewusste Tochter die Familie so reich gemacht hatte, aber er hatte nicht nur Gutes zu berichten. Er machte sich Sorgen um Jai. »Nachdem du fort warst, ist er gegangen und seitdem nicht mehr nach Hause gekommen«, hatte er nachdenklich erzählt.

»Er hat laute Reden geschwungen, wie viel männlicher die Religion der Amteh doch sei als die der Omali. Das gefällt mir nicht«, hatte Tanuva gesagt. »Sie sind beide noch so junge Hitzköpfe, er und Kazim. Wer weiß, was sie anstellen?«

Die letzten kostbaren Minuten hatten sie mit belanglosem Geplapper verbracht. Was die Zukunft bringen mochte, hatten sie konsequent vermieden. »Ich werde für euch beiden beten, immer«, hatte Tanuva ihr mit feuchten Augen zugeflüstert. »Ich werde euch jede Sekunde vermissen. Lass nicht zu, dass dieser furchtbare Greis dich schlecht behandelt, Mita.«

Ob furchtbarer Greis oder nicht, ihre Eltern verneigten sich tief vor Meiros, nachdem er von irgendeiner Erkundung zurückgekehrt war, und hörten gar nicht auf, sich bei ihm zu bedanken. Ramita fand die Szene unwürdig und peinlich, dennoch hatte sie geweint, als ihre Eltern schließlich gingen.

Das war jetzt fünf Tage her, und seitdem war die kleine Karawane auf schlechten und noch schlechteren Straßen in Richtung Norden unterwegs. Zwei Kutschen, eine für die Mädchen und eine für Meiros, und zwei Wagen für die Vorräte. Meiros' Männer begleiteten sie zu Pferd. Eine Kutschfahrt war der reinste Albtraum, wie Ramita feststellen musste. Es war unbequem, und ständig wurde ihr und Huriya schlecht. Nachdem sie zwei Tage hintereinander das Frühstück gleich wieder erbrochen hatten, hatten sie beschlossen, die Morgenmahlzeiten ganz wegzulassen und sich stattdessen mit Flüssigkeit zu begnügen. Auf das Abendessen stürzten sie sich umso gieriger.

Am Tag zuvor hatten sie einen heruntergekommenen Tempel besuchen dürfen. Alle Kinder aus dem Dorf waren zusammengelaufen und hatten sie angestarrt wie ein Krähenschwarm, der darauf wartete, dass die erhoffte Beute endlich stirbt. Für heute hatte Meiros ihnen etwas Besseres versprochen: Sie würden die Nacht im Hawli eines Freundes verbringen und ein paar Tage dortbleiben.

Meiros' Freund stellte sich als Raja heraus, eine Persönlichkeit, deren Bekanntschaft eine Ankesharan normalerweise niemals machen würde. Er lebte in einem Palast mit riesigen Gärten. An der Außenmauer standen mehrere Hütten für die Bediensteten. Es gab keine Kanalisation, und der Gestank war fürchterlich, aber hinter den Mauern lag ein Paradies aus grünen Wiesen, marmornen Brunnen und Statuen und Birken, die sich sanft in der Brise wiegten. Der Raja war ein dicklicher

Mann mit einem unglaublich langen Schnauzbart, der mit viel Pomade zu zwei komplett geschlossenen Ringen frisiert war.

»Willkommen, willkommen, seid mir dreifach willkommen, edler Herr Meiros!«, rief er mit ausgebreiteten Armen. »Mein Herz erzittert vor Freude, einen so erlesenen Gast begrüßen zu dürfen.« Er verneigte sich tief und führte sie rückwärtsschlurfend zum Palast, während seine acht Frauen die Neuankömmlinge unverhohlen begafften.

Ramita zog ihren Gesichtsschleier etwas höher und folgte ihrem Gatten. Meiros trug wieder seine dunkle Robe mit Kapuze, und bei jedem Schritt berührte sein schwerer schwarzer Stab mit lautem Klacken den Boden. Huriya folgte einen Schritt hinter Ramita und sah sich schamlos alles ganz genau an.

Es dauerte eine Ewigkeit, bis alle einander vorgestellt waren, dann brachten die Gattinnen des Raja die beiden Mädchen in den Frauenflügel. Die weißen Wände waren mit roten und grünen Blumenmustern bemalt, die geschwungenen Durchgänge waren kunstvoll verziert, aber überall blätterte die Farbe ab, und in den Ecken stapelte sich der Schmutz. Irgendwo sah Ramita einen stillgelegten Brunnen mit veralgtem Teich.

»Wir leben in schwierigen Zeiten«, erklärte die Hauptfrau des Raja, eine dicke Matrone. Sie brachte die beiden zu einer Zweizimmersuite, von der aus sie Blick auf einen Innenhof mit immergrünen Blumenbeeten hatten. Dazwischen stolzierte ein Pfau umher.

Sobald sie allein waren, sprang Huriya in die Luft vor Freude. »Getrennte Zimmer!«, rief sie. »Eine ganze Nacht ohne dein Schnarchen. Das nenne ich Leben!«

»Und eine ganze Nacht ohne dein Furzen«, konterte Ramita. »Pure Glückseligkeit!«

Sie streckten einander die Zunge raus, dann schlugen sie lachend die Verbindungstür zu.

Diener brachten sie zu den Waschräumen. Keine der beiden hatte je im Leben einen Diener gehabt, und es war ein eigenartiges Gefühl, vor den Augen Fremder die weiten Badesalware überzustreifen. Aber das Wasser war warm und parfümiert, sogar ein paar Rosenblüten trieben darin.

Alle acht Frauen gesellten sich zu ihnen, fragten sie nach Baranasi und ihrer bisherigen Reise aus. Die meiste Zeit antwortete Huriya, und Ramita war erstaunt über ihre fantastischen Erzählungen.

Schließlich fragte die Hauptfrau unumwunden: »Haben alle Adelsfrauen im Süden so dunkle Haut?« Die Frauen des Raja hatten helle Haut und waren dick – ganz anders als die beiden Mädchen, die von der Sonne auf dem Markt beinahe schwarz gebacken waren und neben den Gattinnen des Raja aussahen, als seien sie halb verhungert.

»Aber ja«, antwortete Huriya. »Wir in Baranasi sind bekannt für unsere dunkle Haut. Aber jeder weiß, dass die Frauen im Norden die schönste Haut von allen haben.«

Die Gattinnen des Raja gurrten geschmeichelt.

Dann erzählte sie bis ins Detail von dem Palast, in dem Huriya und Ramita aufgewachsen waren. Sie schwadronierte über die neueste Sarimode am Hof von Baranasi, als wäre sie eine Intimfreundin des Emirs. Offenherzig tratschte sie über die Hofdamen, und Ramita nickte ab und zu. Es war wie ein Spiel.

»Nun…« Die Hauptfrau zwinkerte Ramita verschwörerisch zu. »Euer Gatte, er ist sehr alt… Wird sein Werkzeug überhaupt noch hart, wenn es soll?«

Huriya kicherte, als habe sie den Verstand verloren. Ramita

lief feuerrot an und dachte darüber nach, sich an Ort und Stelle zu ertränken.

Sie genossen das gute Essen und die vielen Zerstreuungen. Musik-, Tanz- und Zirkusdarbietungen reihten sich endlos aneinander. Feuerschlucker führten ihre Kunststücke vor, danach kam ein Dompteur mit einem Tanzbären herein, aber das Tier war völlig vernarbt und verängstigt – Meiros schnalzte mit der Zunge, um sein Missfallen zum Ausdruck zu bringen, und der Mann wurde wieder fortgeschickt. Sie wurden durch die Menagerie geführt, wo Vögel in schillerndem Federkleid kopfüber von den Bäumen hängend ihre Lieder zwitscherten, während sich am Boden Schlangen mit glitzernden Schuppen in den Schatten verkrochen. Tiger liefen ruhelos in ihren verkoteten Käfigen auf und ab, ein bemalter Elefant, offensichtlich das Lieblingstier des Raja, ließ Haufen von der Größe eines menschlichen Kopfs auf den Boden fallen, wo sie einfach liegen blieben. Die Mädchen waren fasziniert und angewidert zugleich.

Meiros unterhielt sich lange und eingehend mit dem Raja, dann ließ er nach Ramita rufen. Der Raja lobte ihre Schönheit, aber seine Furcht vor Meiros war so offensichtlich, dass sie nicht viel auf seine Worte gab. Schließlich flüsterte er dem Magus verschwörerisch etwas zu, und Meiros lächelte.

»Schon in wenigen Tagen wird Wesir Hanouk deinen Namen kennen«, sagte Meiros leise zu Ramita. »Er wird dir seine Freundschaft anbieten, Frau.« Dann schickte er sie wieder fort.

Weshalb sollte sich der wichtigste Berater des Moguls für mich interessieren? Ehefrauen sind dazu da, Kinder zur Welt zu bringen. Sie sind unwichtig, und ich bin die Unwichtigste von allen…

Natürlich hatte Meiros ihre Gedanken gehört. »Du bist jetzt die Dame Meiros«, erklärte er. »Wesir Hanouk wird dankbar dafür sein, dich seine Freundin nennen zu dürfen.«

Dankbar, weil ich seine Freundin bin? Parvasi steh mir bei!

Nach dem Abendessen war Ramita immer noch wie benommen, aber da kamen sie bereits zum nächsten Punkt des Unterhaltungsprogramms: Derwische aus Lokistan. Sie heulten wie von Dämonen besessen und wirbelten wie Blütenblätter in einem Sturm aus Musik und Farbe – es war absolut faszinierend, die Mädchen konnten gar nicht anders, als im Rhythmus in die Hände zu klatschen und mit den Füßen zu stampfen.

Als die Frauen des Raja sahen, wie die beiden sich mitreißen ließen, fingen auch sie an, zu rufen und mit den Füßen zu stampfen. Danach flüsterte eine der jüngeren Ramita zu: »Sonst müssen wir uns immer still verhalten, aber nachdem auch Ihr geklatscht habt, konnte der Raja es nicht riskieren, Euren Mann zu beleidigen, indem er uns zurechtweist.« Sie lächelte. »Es hat solchen Spaß gemacht.« Sie sah aus, als sei sie erst vierzehn, und sie war im vierten Monat schwanger.

»Gute Nacht, Huriya.« Ramita küsste ihre Freundin auf beide Wangen, bevor jede in ihr eigenes Zimmer ging. »Heute war der schönste Tag bis jetzt.«

Huriya grinste. »Du lächelst, Mita. Das ist gut. Wenn es dir gut geht, geht es mir auch gut. Wir werden so glücklich sein da oben im Norden, du wirst sehen.«

Ramita spürte eine kalte Hand auf der Schulter und erwachte. Beinahe hätte sie geschrien, doch sofort kam eine zweite Hand und legte sich über ihren Mund. Das fahle Licht des abnehmenden Mondes fiel durch die dünnen Vorhänge auf die Gestalt, die sie festhielt.

»Schhhh.« Es war ihr Mann.

Ramita spürte nackte Angst in sich aufsteigen.

»Still, Mädchen. Ich werde dir nicht wehtun«, sagte Meiros mit kratziger Stimme. Ramita roch den Alkohol, der wie eine Dunstwolke unter seiner Kutte aufstieg. Er schlug die Kapuze zurück, und das Mondlicht fiel auf sein faltiges Gesicht. Es ließ ihn noch älter aussehen, die zahllosen Furchen noch tiefer, die Erhebungen dazwischen kantiger.

»Ich dachte ...« Ramita verstummte. *Ich dachte, Ihr würdet erst kommen, wenn meine fruchtbare Woche beginnt.*

Seine Stimme war mitfühlend, beinahe nachdenklich, und Ramita wusste nicht, ob er mit sich selbst sprach oder zu ihr. »Es wäre falsch, es so lange aufzuschieben. Die Dinge türmen sich zu scheinbar unüberwindlichen Hürden auf, wenn wir ihnen aus dem Weg gehen. Sie gewinnen mehr Gewicht, als ihnen zusteht.« Er gab ihr eine kleine Phiole. »Trag dieses Öl auf. Es wird die Sache erleichtern.« Seine Hand zitterte, ob wegen seines Alters oder aus Unsicherheit, konnte Ramita nicht sagen.

Stumm nahm sie das Fläschchen und drehte sich weg. Sie hob sich auf die Knie und schlug das Nachthemd hoch. Die Nachtluft fühlte sich kalt an auf ihrer Haut. Sie entkorkte die Phiole, roch das Parfüm, spürte etwas Glitschiges auf ihren Fingern. Ramita fasste sich zwischen die Beine und versuchte, das Öl auf ihren Schamlippen zu verteilen, ohne dabei zu erschaudern. Da merkte sie, wie Meiros sich aufs Bett setzte, und wirbelte erschrocken herum.

»Sieh mich nicht an«, flüsterte er. »Bleib, wo du bist.«

Ramita spürte, wie seine kalten Hände das Nachthemd aus dem Weg schoben und sie näher heranzogen. Dann drückte er grob ihre Schenkel auseinander. Seine knochigen Finger berührten ihre Yoni, und sie zuckte zusammen. Als er das Öl in ihrer Scheide verteilte, vergrub Ramita den Kopf in den Kissen, um einen Schrei zu unterdrücken: Es war ihre Pflicht, es über sich ergehen zu lassen. Sie hörte, wie Meiros spuckte, dann ein nasses, reibendes Geräusch.

Ramita wartete und wartete. Sie zitterte, und ihr Hintern fror, da hörte sie ihn endlich stöhnen. Wieder hätte sie um ein Haar geschrien, als sie die Spitze seines Glieds an den Schamlippen spürte, wie sie sich durch die Falten kämpfte, bis sie fühlte, wie etwas in ihrer Yoni zerriss. Sie biss die Zähne zusammen.

Immer tiefer drang er ein, und sein Becken, genauso kalt wie seine Hände, schlug klatschend gegen ihre Pobacken. Verkrampft und völlig verängstigt hielt Ramita den Atem an, während Meiros' Becken sich vor und zurück bewegte, einmal, zweimal, ein Dutzend Mal. Dann stöhnte er, und sie spürte etwas Nasses, Warmes in sich. Einen Moment lang stützte er sich ganz leicht auf sie, dann zog er seinen Penis heraus.

Ramita ließ sich auf den Bauch fallen. Sie kämpfte mit den Tränen.

Er seufzte bedauernd. »Es tut mir leid«, flüsterte er. »Ich bin nicht mehr der Mann, der ich einmal war.« Meiros zog sich ans Ende des Betts zurück, und Ramita rollte sich zusammen wie ein kleines Kind, das Gesicht von ihm abgewandt. »Siehst du, Mädchen: Es ist gar nicht so schlimm.« Er schob seine Kutte wieder herunter und erhob sich, gebrechlich und durchscheinend wie ein Gespenst, als würde er schweben. Und dann war er weg.

Wenige Augenblicke später kam Huriya ins Zimmer gelaufen und stellte sich vors Bett. Ungerührt sah sie zu, wie Ramita eine Brühe aus Samen und Urin in die Nachtschüssel pinkelte. »Und, wie war es?«

Ihre nächste Station war kein Dorf, sondern eine richtige Stadt. Nach und nach wurden die Bauernhäuser von immer dichter beieinanderstehenden, halb verfallenen Hütten und eilig zusammengezimmerten Bretterverschlägen verdrängt. Sie waren in den Jhuggis, wie man sie am Saum beinahe jeder Stadt fand. Der Gestank von Fäkalien und fauligen Lebensmitteln hing in der Luft, Rauch verdunkelte den Himmel, und lautes Stimmengewirr schlug ihnen entgegen, während die Karawane sich durch die verdreckten Straßen kämpfte.

»Ihr seid in Kankritipur!«, rief ein Junge, der gerade einem Huhn hinterherjagte, auf Huriyas Frage. Er sprang auf das Trittbrett und spähte zu ihnen hinein. »Schöne Frauen, Geld für Chapati!«, bettelte er.

Ramita drückte ihm ein paar Kupfermünzen in die Hand, doch der Junge sah sie nur beleidigt an und streckte auch die andere vor.

»Das ist genug, du Wicht«, fauchte Huriya.

Der Junge streckte ihr die Zunge raus, dann sprang er lachend zurück auf die Straße.

Das nächste Gesicht erschien am Fenster: ein verwahrlostes Mädchen, das nur noch die Hälfte seiner Zähne hatte. Sie machte Kaubewegungen. »Kein Mama, kein Papa. Bitte, schöne Frauen.«

Huriya rollte mit den Augen. »*Chod!* Wenn das so weitergeht, hängt sich noch jeder Bettler dieser Stadt an unser Trittbrett.«

Ganz langsam schlängelten sie sich durch das Elend, bis sie das Stadttor erreichten, wo Wachsoldaten auf die Bettler einschlugen, bis sie von der Kutsche abfielen wie Zecken von einem Hund. Dem verzweifelten Chaos endlich entronnen, tauchten sie ein in ein hektisches Pandämonium: Winzig kleine Stände und Geschäfte säumten die Straßen, Männer wie Frauen priesen schreiend ihre Waren an, als würden sie umso mehr verkaufen, je lauter sie brüllten. Gewobene Kopftücher, Palmwedel, Saris, Salware, Messer, Wurzelknollen und Blätter, Kardamom aus Teshwallabad, Ingwer aus dem Süden, selbst Imunawasser aus Baranasi, das in kleinen Fläschchen für heilige Zeremonien verkauft wurde. Ihre Eskorte hielt sich dicht an der Kutsche, und Lem brüllte wütend die Leute an, die immer wieder versuchten, zum Trittbrett zu kommen: verkrüppelte Bettler mit grässlichem Ausschlag, blutjunge Mädchen, die ihre Babys stillten.

Gerade als sie dachten, es würde nie enden, bogen sie auf den Innenhof eines Gasthauses ein, in dem vergleichsweise Ruhe herrschte. Schwindlig stolperten sie aus der Kutsche. »Was für eine grässliche Stadt!«, schimpfte Huriya, ohne sich um die betretenen Gesichter der herbeigeeilten Diener zu kümmern. »Was für ein verfluchtes Dreckloch!«

In dieser Nacht kam Meiros nicht, auch nicht in der nächsten oder übernächsten, bis Ramita beinahe glaubte, es sei nur ein böser Traum gewesen. Irgendwann konnte sie sogar wieder schlafen.

Huriya wurde immer lebendiger, je weiter sie nach Norden kamen. Sie flirtete mit Meiros' Soldaten, gackerte über ihre eigene Dreistigkeit und hielt sich manchmal selbst den Mund zu wegen ihrer Albernheit. Sie hatte ihre Augen überall, nichts entging ihr. Ramita beneidete sie, konnte aber nicht teilhaben an Huriyas freudiger Entdeckungsreise und zog sich immer tiefer in sich selbst zurück.

Nach Kankritipur kam Latakwar. Noch während des schwindenden Mondes erreichten sie die Ufer des Sabanati. Der Fluss war breit, aber flach, sein Wasser bestand zu zwei Dritteln aus Schlamm. Krokodile glitten zwischen den Barken umher, mit denen sie über den dunklen, langsam dahinkriechenden Fluss setzten. In einiger Entfernung erhoben sich östlich und westlich die ersten Hügel, die dahinterliegenden wilderen Berge nur eine Andeutung, der Horizont im Norden eine schnurgerade Linie. Die Landschaft war graubraun, das spärliche Gras spröde und trocken. Goldgrüne Bienenfresser flatterten zwischen den Büschen, hoch über ihnen kreisten Habichte. Einmal sahen sie sogar eine Kobra am Straßenrand. Fauchend zog sie sich mit gespreiztem Nackenschild ins Gestrüpp zurück. Und überall waren Menschen: Bauern, die schwarz gebrannt von der Sonne auf den Feldern arbeiteten, abgemagerte Kinder, die ebenso abgemagertes Vieh, zumeist Rinder mit spitzen Hörnern und reizbarem Temperament, vor sich hertrieben. Sie füllten ihre Wasservorräte auf, kauften einen zusätzlichen Wagen für weiteren Proviant und tauschten ihre Pferde gegen alte Kamele ein. In Latakwar lebten ausschließlich Amteh, die einzigen religiösen Bauten waren Dom-al'Ahms, die aussahen, als habe der Wüstenwind sie wie den Rest der Stadt mit einer dicken Sandschicht überzogen. Die Männer trugen Weiß, die Frauen schwarze Bekiras. Sie bewegten sich langsam, wie entrückt, als gäbe es nichts, was sie in dieser knochentrockenen, schweißtreibenden Hitze zur Eile antreiben könnte.

Zwei Nächte blieben sie in Latakwar, und als die zweite Woche des wachsenden Mondes anbrach, vollzog Meiros erneut mit ihr das plumpe, freudlose Hochzeitsritual. Ramita hielt ihren Hintern in die Höhe, während der Magus seinen Samen in sie hineinspritzte. Sie kam sich vor wie ein Stück Vieh. Meiros ließ sie nie seinen Körper sehen, doch die paar flüchtigen Blicke, die sie erhaschte, zeigten einen knochigen, aber für Meiros'

Alter erstaunlich gut geformten Körper. *Er ist eitel*, dachte sie überrascht.

»Habt Ihr Freude an mir?«, fragte Ramita, als Meiros sich daranmachte, ihr Zimmer zu verlassen. Die Frage kostete sie all ihren Mut.

Er runzelte die Stirn. »Du machst mir Freude, sobald du schwanger bist«, gab er scharf zurück. »Mein Samen ist dünn, wie bei allen Magi. Wir werden hartnäckig sein müssen, und wir werden etwas Glück brauchen.«

»Und den Segen der Götter«, gab Ramita zurück.

Meiros schnaubte. »Ja, das auch.« Dann ließ er sie allein.

Huriya kam herein. Sie kicherte leise. »Ich habe ihn gefragt, wie es war, und er hat mich nur mit großen Augen angeschaut. Ich glaube, er hat tatsächlich Humor, man muss nur ein bisschen danach suchen.«

Ramita war fassungslos über die Unverschämtheit ihrer Freundin. Später betete sie um Sivramans Segen, doch als der Mond wieder voll war, blutete sie wie sonst auch, also wurde ein Blutzelt errichtet, und Ramita verbrachte die Nächte wieder allein. Die Enttäuschung ihres Gatten schwebte über der Karawane wie ein Leichentuch. Ein paar Tage später kam auch Huriya zu ihr ins Blutzelt, und die beiden zogen sich wieder in ihre eigene kleine Welt zurück.

Als Ramitas Blut-Pratta zwei Tage vor Huriyas endete, waren sie bereits Hunderte von Meilen weiter nördlich. Doch die Landschaft hatte sich kaum verändert. In der letzten Woche des Zulqeda – oder Novelev, wie ihr Mann den Monat nannte – war Dunkelmond. Nachts wurde die Luft bitterkalt, und Ramita musste mit zwei Decken schlafen. Sie genoss es, ein paar Tage ihre Ruhe vor Huriya zu haben. Ihre Freundin hatte sich verändert. Aus dem zurückhaltenden Mädchen war eine Heranwachsende geworden, die geradezu besessen war von Reichtum und Männern und von nichts anderem mehr redete. Außerdem ging ihr Huriyas Begeisterung über die Reise auf die Nerven, aber sie konnte es sich nicht leisten, mit ihrer einzigen Freundin zu streiten, also hielt sie den Mund und genoss stattdessen die Zeit allein.

In dieser Nacht kam Meiros nach dem Abendessen und setzte sich neben Ramita an das kleine Feuer, das Lem für sie gemacht hatte.

Mit zitternden Fingern nahm sie das Buch entgegen, das er ihr gebracht hatte. Noch nie zuvor hatte sie auch nur eins in den Händen gehalten. Die eigenartig verschnörkelte Schrift war offensichtlich sehr alt und sagte ihr rein gar nichts. Aber es gab ein paar Abbildungen von seltsamen Menschen mit blasser Haut und noch seltsamerer Kleidung.

»Das ist ein Kinderatlas von Urte«, erklärte Meiros. »Er wird dir helfen, Rondelmarisch zu lernen.«

Wieder eine neue Erfahrung, aber diesmal eine ganz andere als ihre Entjungferung: voller Wunder und spiritueller Erfüllung, es war wie ein Erwachen. Die Symbole stellten Sprache dar, sie transportierten Wissen. Konzentriert sprach Ramita Meiros die einzelnen Buchstaben nach, bis er schließlich zufrieden war.

Er legte das Buch weg und bestieg sie, diesmal eher zum Vergnügen als zu Fortpflanzungszwecken, wie es schien. Es war weniger schlimm, und als Meiros ging, ließ er ihr das Buch da.

Ramita drückte es an die Brust und schlüpfte unter ihre Decken. Ihr Kopf schwirrte nur so vor lauter neuen Dingen. Als sie schließlich die vor ihrem inneren Auge tanzenden Bilder nicht mehr aufnehmen konnte, schlief sie ein.

Zu Huriyas Entsetzen reiste Ramita von nun an in Meiros' Kutsche, damit er ihr weiter Unterricht geben konnte. Huriya war wieder allein in der Frauenkutsche. Die Landschaft hatte sich ein weiteres Mal verändert: Um sie herum war nichts als Sand, zu sanften goldenen Wogen aufgeschüttet. Kein einziger Baum, nur ein paar vereinzelte Felsbrocken, zwischen denen sich Eidechsen und Schlangen versteckten und in deren Schatten Schakale dösend auf den Anbruch der Dämmerung warteten. Gleichmütig setzten die Kamele einen Fuß vor den anderen, endlos, den ganzen Tag über. Sie waren erstaunlich sanfte Kreaturen, ganz anders als die in Aruna Nagar, die von ihren Besitzern ständig geschlagen wurden, bis sie endlich gehorchten. Meiros' Kamele wurden gut behandelt, und dafür revanchierten sie sich mit gutem Betragen. Nur die Hitze unter dem Sonnendach war beinahe unerträglich.

Meiros hatte die Kapuze zurückgeschlagen, und Ramita nutzte die willkommene Gelegenheit: Das lange dünne Haar passte nicht zu ihm, den strähnigen Bart hätte sie am liebsten abgeschnitten. Seine Augen waren ruhelos, doch manchmal lächelte er, während er ihr Sprachunterricht gab. Er entschuldigte sich, dass sie nicht in einem Windschiff reisten, was wesentlich schneller gegangen wäre, aber das hätte zu viel Aufmerksamkeit erregt. Doch Ramita war gar nicht traurig: Sie hatte noch nie eins dieser fliegenden Dinger gesehen, und die Vorstellung, selbst in einem zu reisen, jagte ihr Angst und Schrecken ein.

Allmählich verlor Ramita die Furcht vor ihrem Mann. Hinter den halb durchsichtigen Vorhängen der Kutsche konnten sie freier miteinander sprechen, und sie entdeckte, dass Meiros, wenn auch manchmal barsch, so doch ein eher geduldiger Mensch war. Wenn er entspannt war, wirkte er beinahe jung.

»Das kommt von der Wüstenluft«, antwortete er, nachdem sie den Mut gefunden hatte, ihre Beobachtung auszusprechen. Ramita glaubte eher, es hatte damit zu tun, dass er hier für eine Weile seine Sorgen und Pflichten vergessen konnte.

Nicht alles, was er ihr beibrachte, hatte mit Sprache zu tun. Meiros zeigte ihr ein Mantra, mit dem sie ihre Gedanken vor neugierigen Magi schützen konnte. Zwar nur für kurze Zeit, aber immerhin lange genug, um jemanden zu Hilfe zu rufen. Die Vorstellung, dass andere ihre Gedanken lasen, fand Ramita beängstigend, und sie übte verbissen, um das Mantra auch unter den widrigsten Umständen anwenden zu können. Meiros lobte ihren Fortschritt, und das freute Ramita. Auch Huriya lehrte er, ihre Gedanken zu schützen, und sie lernte schnell.

Ab und zu erzählte er ihr von dem Ort, zu dem sie unterwegs waren. »Hebusal ist eine der heiligen Stätte der Amteh«, erklärte er. »Eine von den drei wichtigsten überhaupt, was ein weiterer Grund ist, warum sie dort etwas gegen die rondelmarische Besetzung haben. Hebusal war eine große und wichtige Stadt, lange bevor die Brücke gebaut wurde.« Er erzählte von den Sultanen in Dhassa und von weit zurückliegenden Kriegen, aber Ramita interessierte sich mehr für die jetzigen Verhältnisse.

»Wer ist diese Justina, von der Ihr manchmal sprecht?«

Meiros hielt mitten im Satz inne. »Justina? Sie ist meine Tochter, meine einzige. Meine zweite Frau war ihre Mutter.«

»Lebt sie noch bei Euch? Wie alt ist sie? Ist sie verheiratet? Hat sie Kinder?«

Meiros war sichtlich amüsiert über den plötzlichen Ansturm von Fragen. »Ja, sie lebt bei mir, aber sie hat ihren eigenen Wohnflügel, kommt und geht, wie es ihr gefällt. Nein, sie ist nicht verheiratet. Sie hat Liebhaber, vermute ich. Aber das geht mich nichts an. Sie hat keine Kinder – wir Magi pflanzen uns nicht leicht fort, fürchte ich. Was ihr Alter betrifft...« Er blickte ihr in die Augen. »Justina ist einhundertdreiundsechzig Jahre alt.«

Ramita wurde eiskalt. Es war so leicht, zu vergessen, dass Magi anders waren als normale Menschen. Nach einer Weile fragte sie: »Wie sieht sie aus?«

Meiros überlegte, dann sagte er: »Wie eine Dreißigjährige, würde ich sagen. Sie hat langes dunkles Haar und helle Haut. Man sagt, sie wäre schön. Sie kommt nach ihrer Mutter, wie man sieht«, fügte er selbstironisch hinzu.

Ramita ließ nicht locker. »Was ist mit Eurer Frau geschehen?«

»Sie starb an Altersschwäche. Das war vor vierzig Jahren.« Sein Blick wanderte ins Leere. »Ihr Vater war ein Anhänger Corineus' wie ich. Wir heirateten, als ich mich in Pontus niederließ.«

»Wer war Corineus? Ist er nicht Euer Gott?«

Meiros schüttelte den Kopf. »Nein. Zumindest damals nicht. Baramitius und seine Gefolgsleute haben im Nachhinein einen Gott aus ihm gemacht, aber für mich war er immer nur Johan – ein bisschen verrückt, undurchschaubar, fesselnd, aber durch und durch Mensch. Er hat mein Leben verändert, und das mehrmals. Ich war der jüngste Sohn eines Barons aus Bricia, die Zukunft hielt für mich nichts bereit als eine Laufbahn in der Legion. Dann kam Johan in unser Dorf und lockte mich fort. Das war zur Zeit des Rimonischen Reiches. Wir waren alle Sollaner, und die Drui lehrten, Erlösung sei unter anderem zu erreichen, indem man seinem inneren Ruf folgt. Folglich wimmelte es nur so von Wanderpredigern. Ich hörte Johan Corin auf dem Marktplatz sprechen. Er redete von Freiheit und Gleichheit, doch ich war gefangen. Er beschrieb eine Welt, die von Liebe, Wahrheit und Verständnis regiert wurde, eine Traumwelt. Er hatte eine Frau dabei, Selene, und noch ein Dutzend andere Jünger. Noch am selben Tag ließ ich das Leben hinter mir, das meine Familie mir zugedacht hatte, und schloss mich ihm an. Damals war ich dreizehn. Mehrere Jahre zogen wir durch ganz Rondelmar und predigten Johans Version des Sollan-Glaubens. Wenn der Stadtrat uns verjagte, schliefen wir auf dem freien Feld oder unter Bäumen, aber es gab auch Orte, an denen wir willkommen waren, und Johans Gefolgschaft wuchs ständig. Bald waren wir hundert, im Frühling darauf schon fast zweihundert, jeden Tag kamen Neue hinzu. Und ein neues Wort wurde in Umlauf gebracht: Messias. Das bedeutet Retter. Aus Corin wurde Corineus, und es hieß, er sei gekommen, um uns in ein besseres Leben hier auf Urte zu führen. Die militärischen Befehlshaber bekamen es allmählich mit der Angst zu tun, weil wir so viele waren. Es kam zu Zwischenfällen, einige von uns wurden getötet. Johan schritt persönlich ein und konnte die Offiziere schließlich überzeugen, keine Gewalt anzuwenden. Ab diesem Zeitpunkt schossen die Gerüchte über seine Wundertaten nur so aus dem Boden. Das war natürlich alles Unfug, aber am Ende des Sommers war unsere Gruppe auf über tausend angewachsen. Johans – Corineus' – Reden wurden immer aufgeblasener. Er sprach von Visionen, die Sol und Lune ihm geschickt hätten. Selene behauptete, Sol und Lune höchstpersönlich hätten Corineus und sie verwandelt, hätten sie zu Bruder und Schwester gemacht, und sie begann, sich Corinea zu nennen.« Meiros schüttelte den Kopf. »Hüte dich vor allen, die behaupten, das Wort Gottes zu sprechen, Frau. Höchstwahrscheinlich lügen sie. Die größten Lügner, die Urte je gesehen hat, behaupten, im Auftrag Gottes zu sprechen.«

»Aber Priester ...«

»Vor allem Priester! Traue ihnen nie. Und traue vor allem keinem Magus, der behauptet, seine Kräfte kämen von Kore, Ahm oder Sol oder wem auch sonst.« Er wackelte mit dem Finger. »Niemals!«

»Aber Ihr selbst habt Eure Kräfte von Gott. Das hat Guru Dev mich gelehrt.« In Wirklichkeit hatte Guru Dev gesagt, die Kräfte der Magi kämen von den Dämonen aus Hel, aber Ramita hielt es für unklug, das zu wiederholen.

Meiros lachte. »Hah! Ja, die Anhänger Kores haben wirklich das Beste aus der Corineus-Legende herausgeholt.« Er beugte sich nach vorn. »Das Geheimnis der Gnosis liegt in etwas, dem Baramitius den klangvollen Namen ›Skytale des Corineus‹ gab. Baramitius war gut im Legendenspinnen – und im Tränkebrauen. Er war Corins ältester Schüler, ein Alchemist. *Er* war der eigentliche Wunderwirker. Baramitius entdeckte einen Trank, den er Ambrosia nannte. Wer davon kostete und überlebte, erhielt die Gnosis – die Macht, die Natur zu manipulieren. Ich zumindest habe keinen Gott gesehen in jener Nacht.«

Verdutzt blickte Ramita ihn an. Sie war verwirrt. »Waren es also die Dämonen aus Hel, die Ihr gesehen habt?«, fragte sie gedankenlos und hätte sich am liebsten die Zunge abgebissen.

Zu ihrer großen Erleichterung lachte Meiros wieder. »Nein, und auch keine Engel. Liebe Frau, in meinem ganzen Leben habe ich weder einen Dämonen noch einen Engel gesehen, und ich rechne auch nicht damit, noch welche zu sehen zu bekommen.« Er war sichtlich erheitert. »Die Gnosis hat nichts mit irgendeiner Gottheit zu tun, verstehst du?« Er fuchtelte mit dem Finger, um seinen Worten Nachdruck zu verleihen. Dann hielt er plötzlich inne und starrte seinen eigenen Finger an, erstaunt über seine eigene Erregung. Ramita spürte, wie ihr Herz sich noch ein Stück mehr für ihn erwärmte. Irgendwie erinnerte er sie an Guru Dev.

»Nein, die Skytale hatte nichts mit Religion zu tun«, sprach er schließlich weiter. »Dieser Trank, den Baramitius gebraut hatte, Johan hatte damit unseren Geist für die Götter öffnen wollen. Er war auf die Idee gekommen, nachdem er Rauschmittel aus Sydia genommen hatte, was wiederum einiges darüber sagt, in welcher geistigen Verfassung er sich damals befunden hat. Baramitius rackerte sich ab, um die richtige Zusammensetzung zu finden. Er probierte herum und verabreichte Versuchspersonen seine Mixturen. Einige davon sind gestorben, aber Johan hat es immer vertuscht, um ihn zu schützen. Erst Jahre später habe ich von diesen Experimenten erfahren. Ich war entsetzt. Aber wie dem auch sei, schließlich fand Baramitius, wonach er gesucht hatte, und Johan ließ ihn den Trank an alle verteilen. In jener Nacht sagte Corin zu uns, wir würden den Wein der Götter trinken, um zu ihnen aufzusteigen und sie zu grüßen. Eine Legion hatte unser Lager umstellt. Beunruhigte Bürger aus der nächsten Stadt hatten sie herbeigerufen, aber Corineus ließ sich nicht beirren und setzte die Zeremonie fort. Das war in Nordrondelmar an einem warmen Spätherbsttag. Es wurde allmählich dunkel, in den Wäldern heulten die ersten Wölfe, und wir sprangen mit Blumenkränzen behängt und berauscht vom Wein über die Lichtung. Corineus lallte etwas von Opfer und Liebe und Errettung, während an alle ein Fingerhut voll Ambrosia verteilt wurde. Jeder bekam nur einen Tropfen, und auf Corineus' Zeichen hin tranken wir, während schon die ersten Legionäre ins Lager kamen. Ganz allmählich verteilte sich der Trank in unserem Blut: Er wirkte wie ein Lähmungsgift, und wir brachen alle zusammen. Wir waren bei Bewusstsein, konnten uns aber nicht bewegen. Ich sah alles wie eingefroren und vergrößert. Ich konnte die verschiedenen Farben in dem Licht sehen, das Lune auf uns herabscheinen ließ. Tiefer und tiefer versanken wir in diesem Zustand, und als es schließlich dunkel war, sahen wir einen durchschimmernden Schein, der unseren Körper umgab. Ich hörte, wie jemand unglaublich langsam und mit unfassbar tiefer Stimme nach seiner Mutter rief. *Mutter?*, dachte ich, da sah ich sie plötzlich, meine eigene Mutter, wie sie Hunderte Meilen weit weg am Tisch saß und meinen Namen rief. Sie schaute in meine Richtung, konnte mich aber offensichtlich nicht sehen. Es war so real, als hätte ich direkt neben ihr gestanden. Überall um mich herum murmelten Stimmen die Namen von Eltern, Geschwistern und Kindern – die Namen derer, die sie verlassen hatten, als sie sich Johan anschlossen. Vielleicht haben sie sie auch gesehen, so wie ich meine Mutter sah. Doch dann veränderte sich wieder etwas, unsere Schläfrigkeit wurde überlagert von brennendem Schmerz. Alle tausend schrien wir wie aus einer Kehle. Der Schmerz packte uns und wurde immer stärker, als würden unsichtbare Klauen uns bei lebendigem Leib die Eingeweide herausreißen. Viele verloren das Bewusstsein, manche starben. Ich hielt die Hand des Mädchens neben mir fest, die andere hatte ich in den Boden verkrallt vor Schmerz. Es war ihre Hand, die mich in dieser Welt hielt, die meinen Geist davor bewahrte, sich aufzulösen. Es war, als würde die Welt um uns herum verschwinden und wir ins Leere fallen, in endlose Dunkelheit. Doch waren wir dort nicht lange allein, denn plötzlich umgaben uns die Gesichter der Toten, Gesichter von Menschen, die ich einst kannte: Gefolgsleute Johans, die unterwegs verstorben waren, Menschen aus meiner Kindheit. Zuerst verhielten sie sich ganz still, dann begannen sie zu heulen und zu schreien, und schließlich stürzten sie sich mit gespreizten Geisterklauen auf uns. Ich rief Sol an um Schutz, da trug ich plötzlich einen Brustharnisch und hatte ein Schwert in der Hand. Immer noch hielt ich das Mädchen neben mir fest, während ich mit der anderen Hand die Geister vertrieb. Die anderen um uns herum taten das Gleiche oder fast, denn manche benutzten Feuer, andere bliesen die Geister mit einer Art Wind davon oder mit blässlich blauem Licht. Aber es starben auch viele. Sie waren schutz- und hilflos, konnten sich nicht verteidigen wie wir anderen. Ich kämpfte wie ein Berserker, schlug verzweifelt mit dem Schwert um mich, und mit einem Mal waren die Geister und die Dunkelheit weg, wir wurden zurückgespült ans nackte kalte Tageslicht, um uns herum ein Meer von Leichen.«

Meiros erschauderte. »Ich kam wieder zu mir, einen Arm um das Mädchen geschlungen, das später meine erste Frau wurde. Neben uns lag ein junger Mann, ein guter Freund: tot, mit verdrehten Gliedern, Augen und Mund weit aufgerissen in einem stummen Schrei. Neben ihm und um uns herum lagen noch andere. Dann sah ich einen, der überlebt hatte. Allmählich kamen wir einer nach dem anderen wacklig auf die Beine. Vielleicht die Hälfte war noch übrig. Alle anderen waren entweder tot oder verrückt. Dann wanderten unsere Blicke zur Mitte der Gruppe, wo Johan und Selene immer noch am Boden lagen. Selbst aus der Entfernung sah ich das Blut auf Johans Tunika. Ich hörte einen Klageruf, und Selene setzte sich auf. Sie hob die blutverschmierten Hände, dann drehte sie Johan auf den Bauch. Ich werde ihren Schrei nie vergessen. Inmitten all der Verwirrung hatte sie ihrem Geliebten, von irgendeiner Vision besessen, einen Dolch ins Herz gestoßen.«

Ramita spürte, wie ihr übel wurde. Sie hatte fürs Erste genug gehört, aber Meiros nahm sie kaum wahr, so gebannt war er von der Vergangenheit.

»Ich erinnere mich noch, wie man versuchte, sie zu packen«, sprach er weiter. »Selene schlug nach ihren Häschern. Ihre Finger waren wie Messer und schlitzten ihnen die Kehle auf. Dann rannte sie davon, noch bevor irgendjemand sie aufhalten konnte. Unser Lehrer war tot, seine Geliebte geflohen, und wir Übrigen glaubten, wir hätten den Verstand verloren. Einer hob beschwörend die Hände zum Himmel, da schlugen plötzlich Flammen aus seinen Fingern. Ich sah einen Zweiten, der weinte. Doch seine Tränen flossen nicht die Wangen hinab, sie stiegen nach oben und bildeten einen Ring um seinen Kopf. Eine Frau erhob sich schwebend in die Luft und brach in nackte Panik aus, weil sie keinen Boden mehr unter den Füßen hatte. Ich konnte an nichts anderes denken, als das Mädchen neben mir zu retten. Was wir zusammen durchgemacht hatten, hatte uns für den Rest des Lebens zusammengeschweißt. Ich war umgeben von Licht, und um uns herum errichtete sich wie von selbst ein steinerner Schutzwall. Jeder, der überlebt hatte, wirkte unkontrolliert irgendwelche Wunder. Manche töteten mit einem zufälligen Gedanken unbeabsichtigt ihren Nebenmann, andere, die noch weniger Kontrolle hatten, brachten sich selbst um, gingen in Flammen auf oder verwandelten sich in Stein. Es war schlimm, Hel auf Urte. Und in all dem Chaos rückte eine fünftausend Mann starke Legion durch den morgendlichen Nebel gegen uns vor. Etwa sechshundert hatten Baramitius' Trank überlebt. Hundert davon hatten den Verstand verloren, weitere hundert waren unverändert geblieben, verfügten über keinerlei neue Kräfte. Blieben noch vierhundert, die kaum Kontrolle hatten über das, was sie taten. Alles, was wir wussten, war: Wenn wir uns etwas vorstellten, wurde es irgendwie Realität. Und als die Legionäre uns angriffen, fanden wir die Kraft und die Konzentration, uns zu wehren. Wir vernichteten sie mit der Gewalt der Elemente, Feuer, Erde, Wasser, Wind und mit purer Energie. Mehr hatten wir damals nicht, die Feinheiten kamen erst später. Diese erste Schlacht war das reinste Gemetzel, und ich war nicht der Einzige, der entsetzt war über sich selbst. Einige schworen sich, nie wieder mit ihren Kräften zu töten. Baramitius und Sertain jedoch, der später der erste rondelmarische Kaiser wurde, suhlten sich in unserem Sieg. Für sie war das die Erlösung, die Corin ihnen versprochen hatte. Sie sahen sich als junge Götter und schworen, die Rimonier zu vernichten und über ganz Urte zu herrschen. Als sie ihr Vorhaben in die Tat umsetzten, waren ich und viele andere längst geflohen.«

Ramita hatte fast vergessen zu atmen. »Wohin seid Ihr gegangen?«, flüsterte sie.

»Fort. Ich war nie ein Mann der Gewalt gewesen und war zutiefst erschüttert über das, was wir angerichtet hatten, auch wenn wir nicht angefangen hatten mit der Gewalt. Ich nahm die Hand des Mädchens neben mir, und als die anderen fragten, wohin wir wollten, sagte ich: ›Irgendwohin, wo kein Blut fließt.‹ Manche schlossen sich uns an, und wir stolperten durch das Blutbad, vorbei an verkohlten Leichen, herumliegenden Gliedmaßen, Leibern ohne Kopf, überall war nichts als Tod. Aus Johan Corins friedliebender Schar war ein blutrünstiger Mob mit entsetzlichen Kräften geworden, also gingen wir, knappe Hundert an der Zahl. Die anderen, die keine übernatürlichen Kräfte entwickelt hatten, wurden verstoßen, aber sie schlossen sich uns nicht an. Der Rest, der unter Sertains Führung auszog, das Rimonische Reich zu stürzen, um selbst das Ruder zu übernehmen, nannte sich fortan die Gesegneten Dreihundert.«

Meiros seufzte schwer. »Uns blieb nichts anderes übrig, als

zu fliehen. Wir schlugen uns durch die schlessischen Wälder und die Ebenen Sydias. Unterwegs mussten wir wieder kämpfen. Es war unvermeidlich, denn wann immer uns jemand entdeckte, diesen zerlumpten Haufen schutzloser Wanderer, versuchte er, uns zu versklaven. Gewaltfreiheit ist ein hehres Ideal, aber in dieser Welt ist es praktisch unmöglich, es umzusetzen. Doch wenigstens haben wir uns nicht an dem Gemetzel beteiligt, das Sertain in Rimoni angerichtet hat. Wenigstens waren wir besser als das.«

Er blickte auf. »Frau, ich möchte nicht mehr länger von diesen Dingen sprechen. Nicht jetzt.« Einen Moment lang sah er aus wie ein erschöpfter alter Mann, sein Geist gebrochen und der Körper nur noch aufrecht gehalten von der leeren Verheißung, weiter zu existieren. Ramita spürte das Verlangen, ihn zu umarmen, ihm irgendwie Trost zu spenden.

»Ich brauche dein Mitleid nicht, Mädchen«, knurrte Meiros unvermittelt. »Geh zurück in deine Kutsche. Ich will jetzt allein sein.«

Am Abend des nächsten Tages erreichten sie das Ende der Wüste. Nachdem sie die Kamele wieder gegen Pferde eingetauscht hatten, kamen sie wesentlich schneller voran. Auf den festen steinigen Straßen rasten die Tage nur so an ihnen vorbei, oft ritten sie sogar die Nacht durch. Ramitas Sprachkenntnisse machten allmählich Fortschritte. Wenn sie einmal nachts anhielten, kam Meiros nicht zu ihr, sondern schloss die beiden Mädchen mit blauen Lichtbändern um die Türen herum in ihren Zimmern ein. »Wächter« nannte er diese Bänder. Sie sollten die beiden beschützen, aber der einzige Effekt, den Ramita erkennen konnte, war, dass die Türen kleine Fünkchen sprühten, wenn man sie öffnete.

Drei Wochen vergingen. Sie umgingen die großen Städte und schliefen irgendwo auf dem Land. Eines Abends jedoch, Ramita döste gerade in der Kutsche, rüttelte Huriya sie aufgeregt aus dem Schlaf und rief: »Mita, Mita, sieh mal! Jos sagt, das ist Hebusal!« Sie zog den Vorhang zur Seite, und die beiden Mädchen blickten hinaus auf ein weites Tal. Es war ein Anblick wie aus einem Märchen: Überall leuchteten Kaminfeuer, Laternen und Fackeln, am Horizont erhob sich die Stadt, zwischen den Türmen der Paläste die gigantische Kuppel des größten Dom-al'Ahm in ganz Antiopia. Die Stadtmauer war so hoch, dass sie selbst aus dieser Entfernung zu erkennen war. Weißlich glitzernde Lampen erhellten die breiten Straßen, die zum Tor führten, überall liefen Menschen umher wie Ameisen in einem Bau. Es war atemberaubend.

»Hebusal«, keuchte Ramita. Ihr neues Zuhause.

Huriya warf ihr die Arme um den Hals. »Wir sind da, wir sind endlich angekommen! Bei den Göttern, ich hab schon geglaubt, die Reise würde nie zu Ende gehen. Ich bin so glücklich!«

Ramita betrachtete ihre aufgekratzte Freundin. *Ja, meine Schwester, das bist du. Ich wünschte, ich wäre es auch. Aber am liebsten würde ich sofort umkehren und nach Hause zurückfahren...* Dennoch versuchte sie, ein fröhliches Gesicht zu machen.

Die gewundenen Straßen waren voller Menschen, Jos und seine Männer gaben doppelt Acht. Das Geschrei von den Märkten war ohrenbetäubend. Überall sahen sie Soldaten aus Rondelmar. Sie trugen weiß-rote Wappenröcke mit einer goldenen Sonne auf der Brust. »Kaiserliche Legionäre«, kommentierte Meiros knapp. Sie wirkten grimmig, hart wie Stein, und einmal sah Ramita, wie sie einen Einheimischen brutal zur

Seite stießen, weil er im Weg stand. Manche der Legionäre kannten Hauptmann Lem. Als sie ihn anriefen, hörte Ramita hier und da ein Wort, das Meiros ihr beigebracht hatte. Sie bekam eine Gänsehaut, spürte zumindest den Hauch einer Verbindung zu diesem fremdartigen Ort.

»Schau! Wir sind schon fast beim Stadttor!«, rief Huriya. »Ob das die Straße ist, in der mein Vater gegen die Magusfrau gekämpft und Ispal ihn gerettet hat?«

Ramita versuchte, etwas zu erkennen, aber es war zu dunkel, außerdem versperrten die berittenen Soldaten ihr die Sicht. Sie sah die schlanken, fast schon dünnen Keshi und die rundlichen, etwas hellhäutigeren Dhassaner, die sich selbst »Hebb« nannten, um sich auch vom Namen her von den Keshi abzuheben. Besonders interessierten sie die weißgesichtigen Händler aus Rondelmar, die von Bewaffneten beschützt – zumeist von Einheimischen, wie Ramita auffiel – durch die Suks liefen. Alle waren Männer. »Gibt es denn überhaupt keine Frauen hier?«, fragte sie Huriya.

»Die werden zu Hause sein und kochen. Aber nein, schau mal, da ist eine!« Huriya deutete auf eine ganz in Schwarz gehüllte Frau, die gerade in einem Hauseingang verschwand. »Bekiras, oh nein!«, stöhnten sie. Beide vermissten jetzt schon die leichten farbenfrohen Stoffe Lakhs. In Baranasi hatte Huriya sich die meiste Zeit über gekleidet wie eine Omali, aber hier würden beide einen Bekira tragen müssen. Das Schleiergewand, das den ganzen Körper bedeckte, war nach der Frau des Propheten der Amteh benannt und ursprünglich in Hebusal entstanden. Ständig einen zu tragen, war eine ernüchternde Aussicht.

Als sie die breite Prachtstraße hinauf zum Osttor fuhren, war es bereits weit nach Mitternacht, aber sie wurden ohne weitere

Verzögerung durchgewunken und gelangten ins dichte Straßengewirr der Innenstadt. Sie sahen jetzt mehr Hebb-Frauen, immer noch in Bekiras, aber ohne Schleier über dem Kopf. Ihre Gesichter waren blass golden, das glänzend schwarze Haar gelockt. Viele waren in Begleitung angetrunkener Legionäre. Es gab viele Tavernen, überall stank es nach Bier, und fremdartige Lieder hallten durch die Gassen.

»Was für ein Lärm ist das?«, rief Huriya Hauptmann Lem zu.

»Trinklieder aus Schlessen – willkommen in Hebusal, der Jauchegrube Urtes!« Sie kamen an einer Gruppe betrunkener Soldaten und einheimischer Frauen vorbei. Eine hatte die karamellfarbenen Brüste entblößt. Lem lachte nur, genauso wie die Frau, die sich von zwei ebenfalls torkelnden Legionären aufrecht halten ließ.

Ramita war entsetzt. »Das ist hier ja die reinste Lasterhöhle«, sagte sie angewidert. »Hast du diese Frau gesehen? Wir sind hier in einer heiligen Stadt!«, brüllte sie aus dem Fenster.

Die Legionäre drehten die Köpfe, und die Frau lachte nur noch lauter. Zu Ramitas Entsetzen machte einer der Soldaten ein paar Schritte in ihre Richtung, aber Lem rief nur: »Macht Platz für den edlen Herrn Meiros!«, und alle traten zur Seite.

Danach bogen sie ratternd in eine kleine Seitenstraße ab und ließen das Getümmel hinter sich. Ein hoher weißer Turm tauchte vor ihnen auf. Angestrahlt vom wachsenden Mond, schimmerte er wie Elfenbein und füllte beinahe den gesamten sichtbaren Himmel aus. Ketten rasselten, und ein schweres Tor schwang auf. Gesichter erschienen an den Fenstern der Häuser und schauten neugierig auf die Straße, als die Karawane in den kleinen Vorhof einfuhr. Die Mauern waren aus glitzerndem Marmor, Blattgold schimmerte kalt im Licht der

Fackeln. Endlich hielt die Kutsche vor einer Treppe, die zu einem imposanten eisenbeschlagenen Tor hinaufführte. Diener kamen angelaufen, und Knechte kümmerten sich um die nervösen Pferde.

Die Tür der Kutsche wurde geöffnet, und ein Diener half den beiden Mädchen beim Aussteigen. Meiros stand bereits auf dem Hof und sprach mit einem kleinen kahlköpfigen Mann. Beide drehten sich zu den Mädchen um, als sie mit wackligen Beinen das Pflaster betraten.

»Ah«, staunte der Glatzkopf pflichtschuldig. »Das muss die neue Dame Meiros sein.« Er sprach Keshi, aber mit einem eigenartig gekünstelten Akzent.

Ramita schaute ihn nur müde an und fragte sich einen Moment, wer mit Dame Meiros gemeint sein könnte, da fiel es ihr wieder ein, und sie streckte ihm die Hand hin.

Er küsste eher die Luft als sie, berührte ihre Hand weder mit den Lippen noch mit den Fingern. »Eine ganz ausgesucht schöne Indranerin habt Ihr da, mein Herr«, sagte er zu Meiros, als priese er eine Zuchtstute.

»Frau, das ist mein Kammerdiener Olfa. Er wird euch eure Zimmer zeigen.«

Olfa warf ihr ein aufgesetztes Lächeln zu, dann sah er Huriya an und leckte sich über die Lippen. »Habt Ihr zwei gekauft, mein Herr? Heiraten sie in Lakh immer zu viert?« Er lachte leise.

»Sie ist ihr Dienstmädchen«, erwiderte Meiros knapp. Eine schlanke, hochgewachsene Silhouette in dunkelblauer Robe löste sich aus den Schatten. Meiros wandte sich ihr zu. »Tochter.«

Die Frau machte einen Knicks. »Vater«, erwiderte sie mit kühler tiefer Stimme. »Wie ich sehe, bist du von deiner Reise zurück. Unterwegs gute Geschäfte gemacht?«

»Sei nicht unhöflich, Justina«, seufzte Meiros. Ramita hatte ihn die letzten drei Tage nicht gesehen. Er wirkte entsetzlich erschöpft. Es war, als habe die Rückkehr nach Hebusal ihn aller Jugend beraubt, die er in der Wüste zurückgewonnen hatte. »Ich habe eine neue Frau. Ihr Name ist…«

»Es kümmert mich nicht, wie sie heißt!«, fuhr Justina auf. »Alter Narr, bist du jetzt endgültig senil geworden? Ich bin halb verrückt geworden vor Sorge um dich. Ohne ein Wort oder eine Nachricht hast du dich davongestohlen, und jetzt erfahre ich, dass du auf Brautschau warst? Um Kores willen, Vater, eine Indranerin! Was auf Urte hast du mit ihr vor? Hast du den Verstand verloren? Der ganze Orden war in hellem Aufruhr deinetwegen.« Unter der Kapuze waren von ihrem Gesicht nur die elfenbeinfarbene Haut und die verächtlich verzogenen tiefroten Lippen zu sehen.

»Friede, Tochter. Ich werde nicht mit dir…«

»Pah! Vertrottelter Greis!« Justina wirbelte herum und verschwand stampfend in den Schatten.

Meiros seufzte schwer, dann wandte er sich wieder den Mädchen zu. »Ich entschuldige mich für meine Tochter«, sagte er zu Ramita. »Sie ist manchmal etwas überspannt.«

Ramita blickte zu Boden.

»Kommt.« Meiros führte sie zu einer Wandverkleidung aus kunstvoll geschnitztem Holz. Darauf befanden sich, so schien es, mehr als ein Dutzend fein ziselierter Türknäufe. »Ich weiß, ihr seid müde, aber ihr müsst mir jetzt genau zuhören. Im Palast gibt es sieben gnostisch errichtete Sicherheitsebenen. Ich werde es euch noch genauer erklären, wenn ihr ausgeruht seid. Im Moment soll es genügen, wenn ihr wisst, dass Ramita Freigabe drei haben wird, womit sie überall Zugang hat außer zu meinem Turm. Huriya, du wirst Freigabe vier haben, was bedeutet, du kannst Ramita überallhin begleiten außer in meine persönlichen Gemächer. Frau, leg jetzt die Hand auf den dritten Türknauf von links, als wolltest du ihn drehen. Halte ihn gut fest. Es wird ein bisschen wehtun, aber Olfa wird dir danach eine Salbe geben.« Meiros zeigte ihr seine linke Handfläche, und zum ersten Mal sah Ramita das spinnwebenartige Narbenmuster darauf.

Sie schauderte leicht, dann legte sie zögerlich die Hand auf den Türknauf.

Meiros legte einen Finger auf einen in das Holz eingelassenen Edelstein. Er schloss die Augen und flüsterte etwas, und plötzlich fuhr ein stechender Schmerz in Ramitas Hand. Sie zuckte zusammen und zog die Hand weg.

Olfa ergriff sie, noch bevor Ramita etwas dagegen tun konnte, und verteilte eine ölige Paste darauf, die nach Aloe roch.

Durch einen Tränenschleier betrachtete sie das violette Muster auf ihrer Handfläche. Huriya sah wenig erfreut aus, ließ die Prozedur aber stoisch über sich ergehen. Schließlich murmelte Meiros etwas über Justina und ließ die Mädchen mit dem Kammerdiener allein.

Olfa kicherte leise, als der alte Magus seiner Tochter hinterhereilte, riss sich aber schnell wieder zusammen. »Kommt, meine Damen«, sagte er. »Lasst mich Euch Eure Zimmer zeigen.«

Ramita bekam eine ganze Suite im obersten Stockwerk. Alles war aus weißem Marmor, der selbst in der größten Hitze Kühle spendete, wie Olfa ihnen erklärte. Diener brachten ihr Gepäck herauf, während eine dunkelhäutige schwangere Frau eine Kupferwanne mit heißem Wasser aus einem Rohr füllte, das aus der Wand ragte.

»Fließend heißes Wasser«, kommentierte Olfa beiläufig, als

sei dieses Wunder das Normalste der Welt. Unter jedem Fenster stand ein kleiner Diwan, dahinter erstreckte sich ein Innenhof mit Brunnen und Teich. Selbst der Abtritt war anders als alles, was sie bisher gekannt hatten: Statt des üblichen Lochs im Boden fanden sie einen Stuhl mit gepolstertem Rand vor. Ramita fragte sich, ob sie sich mit dem Hintern auf den Rand setzen oder einfach mit den Füßen daraufstellen sollte. Beides schien möglich, aber sie traute sich nicht zu fragen. Das Schlafzimmer war riesig, das überdachte Bett allein größer als ihr Zimmer in Baranasi.

Die plötzliche Erinnerung an zu Hause ließ ihr die Tränen in die Augen steigen, und sie musste sich an Huriya festhalten. Olfa schien verwirrt über ihre Reaktion.

»Sie ist müde«, flüsterte Huriya. »Du kannst jetzt gehen. Ich werde mich um sie kümmern.«

Einen Moment lang stand Olfa verdutzt da, dann verneigte er sich und verschwand.

Huriya führte Ramita ins Bad und half ihr, in die Wanne zu steigen. Die Wangen des Keshi-Mädchens leuchteten nur so vor Entzücken, aber Ramita spürte nichts als eine alles verschlingende Trägheit. »Ich vermisse meine Mutter«, sagte sie endlich. Genauer konnte sie ihren Gemütszustand nicht beschreiben. »Und Kazim.«

»Du Dummerchen«, flüsterte Huriya. »Das hier ist das Paradies auf Urte. Ich vermisse überhaupt nichts.«

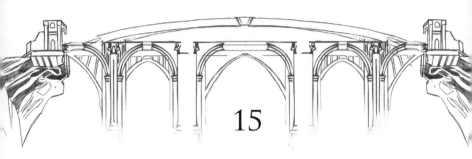

15

Magusgambit

Die Studien

Die Gnosis umfasst vier Hauptstudien. Sie sind es, wo die Persönlichkeit des Magus zum Vorschein kommt, indem sie beeinflusst, auf welchem Gebiet er das größte Geschick zeigt. Es heißt, die Affinitäten eines Magus würden seine Persönlichkeit widerspiegeln. Hierzu ein Beispiel: Magi mit aufbrausendem Temperament sind meist Feuermagi. Hierbei darf jedoch nicht vergessen werden, dass es auch hier Unterschiede gibt und nicht alle Feuermagi notwendigerweise von aufbrausendem Temperament sind. Deshalb genügt es nicht, die Affinitäten eines Feindes zu kennen. Stattdessen erkenne seine Seele.

QUELLE: ARDO ACTIUM, GELEHRTER AUS BRES, 518

Brochena in Javon, Antiopia
Dekore 927
7 Monate bis zur Mondflut

Elena rief ihr Kriegsskiff *Grausperling*. Der kleine Einmaster hatte eine geschnitzte Galionsfigur, und Elena hatte Asche in den Firnis eingearbeitet, um dem schlanken Rumpf etwas Farbe zu geben. Die *Grausperling* hatte schwenkbare Flügel, die dem kleinen Windschiff in der Luft größere Stabilität verliehen, wenn man damit umgehen konnte. Es war vierzig Ellen lang und damit klein genug, um es allein zu steuern, gleichzeitig aber auch groß genug, um bis zu drei Passagiere aufzunehmen. Vom wachsenden Mond beleuchtet, flog das Schiff in westlicher Richtung nach Brochena. Ihre Begleiter schauten, nachdem sie die anfängliche Angst vorm Fliegen verloren hatten, neugierig nach unten. Artaq Yusaini, ein Jhafi-Krieger, saß vorn am Bug. Harshal hatte ihn Elena empfohlen. »Er spricht sowohl Jhafi als auch Rimonisch, er ist loyal, und er ist ein Totschläger«, waren seine Worte gewesen.

Artaq hatte ein weiches Gesicht, und wenn er lachte, sah man, dass mehrere Zähne fehlten. Sein Bartwuchs war löchrig, die Haut gefleckt. Eine Krankheit hatte violette Male in seinem Gesicht hinterlassen. Er sah nicht aus wie ein Totschläger, aber unter seinem Kaftan hatte er mehr Messer versteckt, als Elena zählen konnte. Es machte ihm nichts aus, mit einer Magusfrau zusammenzuarbeiten. »Wenn Ahm einer Weißhäuterin Zauberkräfte gegeben hat, dann sicher nicht zum Spaß«, hatte er gesagt, »sondern als Waffe, so wie ich meine Messer immer bei mir trage. Bringen wir also ein paar Gorgio unter die Erde.« Er spuckte aus, als er den Namen sagte.

Vor dem Mast saß Luca Fustinios, ein Ringer aus der Armee

der Nesti. Er war einen ganzen Kopf kleiner als Elena, sehr muskulös und im Ring genauso berüchtigt wie gefürchtet: Er galt als bester Kämpfer der gesamten Truppe. Auch er sprach fließend Jhafisch. Er hatte die Sprache im Gefängnis gelernt, wo er einige Jahre verbracht hatte, nachdem er im Streit um eine Frau seinen Rivalen erwürgt hatte. Obwohl er aufgrund seiner Vergangenheit in einem anderen Ruf stand, hatte er ein fröhliches Gemüt, und er war durch und durch ein Nesti.

Vor Elena stand Lorenzo di Kestria. »Ich fliege nach Brochena, um gegen Magi zu kämpfen«, hatte sie zu ihm gesagt. »Ich brauche Schlächter, keinen galanten Ritter, Lorenzo. Ihr seid zu weich. Ihr wärt nur eine Last.«

»Ich kann Euch nicht allein mit diesen beiden gehen lassen, Dona Elena«, hatte er widersprochen. »Sie sind beide Verbrecher. Selbst wenn ich Euch nur den Rücken freihalte und das Skiff bewache, ich komme mit.« Und Cera hatte sie schließlich überstimmt.

Es war in der Tat angenehm, jemand Vertrauten dabeizuhaben, aber Elena machte sich Sorgen, ob Lorenzo verkraften würde, was ihn erwartete.

»Da ist der Berg Tigrat«, rief Lorenzo und deutete auf eine dunkle Erhebung im Norden. »Brochena kann nicht mehr weit sein, vielleicht noch zehn Meilen.«

Elena nickte. Sie riss das Ruder herum, der Rumpf ächzte, und Luca Fustinios krallte sich an den Holzplanken fest. Er warf Elena einen fragenden Blick zu, um sich zu versichern, dass das Manöver Absicht war und nicht der Auftakt zu einem plötzlichen und unangenehmen Tod.

»Wir werden westlich der Stadt landen, weit genug weg vom See«, erklärte sie, um alle zu beruhigen. »Wir werden uns beeilen müssen. Ich will noch vor Tagesanbruch an den Stadtmauern sein. Dort wird sich auch unser erstes Angriffsziel aufhalten, Anro Domla. Er verstärkte die äußeren Verteidigungsanlagen.«

Anro Domla war hauptsächlich Erdthaumaturg. Er war ein großer, kräftig gebauter Mann und sanftmütig, sofern man ihn nicht reizte. Elena hatte gesehen, wie er mit bloßen Händen Granitblöcke bearbeitet hatte, als handele es sich um Tonklumpen. Sie mochte Anro und bedauerte, dass er auf der Seite des Feindes stand. Er war der Einzige aus Gurvons Truppe gewesen, der mit ihr in der Revolte gekämpft hatte. Die meisten Magi, die Gurvon später angeworben hatte, waren ihr nicht geheuer. Sie waren talentiert, taumelten aber auch ständig am Rand des Größenwahns.

Anro als Ersten zu beseitigen war sinnvoll. Er konnte nur mit Stofflichem umgehen und war ein vergleichsweise leichtes Ziel. Wenn sie ihn allein erwischten, wäre er nicht in der Lage, die anderen zu Hilfe zu holen. Danach würde es schwieriger werden…

Elena kam sich wieder vor wie früher, dachte nur an Ziele und Schwächen, daran, wie man am besten tötete. Nachdem sie Cera und Timori vor Samir gerettet hatte, hatte Elena das Gefühl gehabt, sich verändert zu haben, ein liebenswerterer Mensch geworden zu sein. Aber diese Person war die falsche für diesen Einsatz. Was es jetzt brauchte, war die Elena, die ihren Feinden, ohne mit der Wimper zu zucken, das Messer in den Rücken rammte, Freunde opferte und das Leben am Rand des Abgrunds in vollen Zügen genoss. Fünf Magi mussten aus dem Weg geräumt werden, dann konnte die ruchlose Elena verschwinden wie ein Kleid, das nicht mehr zu ihr passte und das sie nie wieder tragen würde.

Das machte ihr zumindest Hoffnung. Elena konzentrierte

sich auf Anro und sandte ihre Gedanken aus. Sie rief sich die Augenbrauen ins Gedächtnis, die sich bauschten wie Gewitterwolken, und das kantige Gesicht, das genauso freundlich lächeln wie finster dreinschauen konnte. Anro hatte die Schultern eines Stiers und erstaunlich dünne Beine. Er war ein urwüchsiger, einfacher Mann: stark, geradeheraus und verlässlich. *Es tut mir so leid, Anro, aber du hättest nicht herkommen sollen.*

Den ganzen Tag über war Anro Domlas Laune immer übler geworden. *Warum muss immer ich all die schweren Arbeiten erledigen, während die anderen sich im Palast vergnügen? Und warum hat Gurvon ausgerechnet Sordell das Kommando übertragen? Alles, was der tut, ist, in seinem Turm ängstlich in die Zukunft zu schauen oder vor Alfredo Gorgio im Staub zu kriechen, dieser arrogante argundische Faulpelz. Und die beiden Neuen, diese hochnäsigen Trottel, zu nichts zu gebrauchen, genauso wenig wie Vedya, das Miststück. Ich bin der Einzige, der hier irgendwas arbeitet, und wir müssen diese ganze dämliche weitläufige Stadt befestigen, bevor der verdammte Kriegszug beginnt.*

Brochena, die Hauptstadt Javons, saugte seit Langem die Menschen auf wie ein Schwamm und war schon vor Jahren weit über die ursprünglichen Verteidigungsanlagen hinausgewachsen. Die Dorobonen hatten die Mauern verstärkt, und die Nesti hatten sie wieder eingerissen, weshalb Alfredo Gorgio mit zehntausend Mann einfach so ins Herz der Stadt hatte marschieren können.

Und was hat Elena eigentlich geritten? Warum ist sie Samir in den Rücken gefallen? Will sie noch mehr Beute? Würde ihr ähnlich sehen, dieser gierigen Hexe. Gurvon war außer sich gewesen. Er hatte alle verfügbaren Leute zusammengerufen und sie nach Javon geflogen. Und seit dem Tag ihrer Ankunft hatte Anro nichts anderes getan, als die verdammten Mauern zu verstärken. »Jemand muss die Befestigungsanlagen um die Innenstadt wiederaufbauen, Anro, und du bist der Beste, den wir für diese Aufgabe haben«, hatte Gurvon zu ihm gesagt. Dieser schmierige Scheißkerl. Die anderen ihm dabei helfen? Aber nein! Dann war Gurvon nach Bres verschwunden, sich um irgendwelche Lappalien zu kümmern. Sordell und seine Naseweise hatte er dagelassen, um den Gorgios Gesellschaft zu leisten, während Vedya herumhurte wie immer.

Vielleicht hatte er auch schlecht geschlafen, aber heute hatte er es gründlich satt. Anros Zorn wuchs von Minute zu Minute. Momentan verwendete er ihn dazu, seine Gnosis zu befeuern. Wieder und wieder grub er die Hände in den Stein, zog ihn hoch wie Ton auf einer Töpferscheibe, formte und verstärkte ihn. Eine ganze Meile Mauer hatte er bereits errichtet, beinahe die gesamte Westseite der Altstadt war nun abgeschirmt. Zwei Wochen harter Arbeit, und jetzt reichte es ihm.

Er hob einen Quader, so groß, dass ein indranischer Elefant alle Mühe damit gehabt hätte, und wuchtete ihn an seinen Platz. Den ganzen Tag über arbeitete er schon so hart, wie er nur konnte, um wenigstens ein bisschen Fortschritt zu sehen. Gurvon hatte gesagt, die Nesti-Bälger seien immer noch in Forensa, aber was, wenn sie schon auf dem Weg hierher waren? Diese Möglichkeit mussten sie in Betracht ziehen, vor allem wenn dieses hinterhältige Weibsstück Elena Anborn die Finger im Spiel hatte.

Er spuckte aus, wünschte sich, er könnte noch irgendjemandem außer Gurvon vertrauen. Früher, in den alten Tagen, hatte er so etwas wie Kameradschaft mit den anderen verspürt, aber das war längst vorbei. Nachdem Vedya zu ihnen gestoßen war, war es damit schnell bergab gegangen. Die sydianische Hexe war wandelndes Gift. Trotzdem hätte er nichts dagegen gehabt, seinen Schwanz in sie zu stecken und ihrem Gequieke zu lauschen.

Anro schüttelte verwirrt den Kopf. *Woher kommt diese ganze Wut?* Er hob den nächsten Brocken hoch und wuchtete ihn auf den anderen. Beinahe wäre er ins Taumeln geraten, so schwer war der Quader. Wenn er diesen Abschnitt nur vor Sonnenuntergang fertig bekam... Er gab alles, all seine Gnosis, all seine Muskelkraft und das letzte Fünkchen Willen. *Das Ganze hier muss rechtzeitig fertig werden, verdammt!* Er spürte, wie die vier Soldaten ihn ehrfürchtig anstarrten, und es machte ihn stolz. *Ja, seht her. Schaut euch an, wozu ein echter Magus imstande ist.*

Er rammte die Arme bis zu den Ellbogen in die beiden Blöcke vor sich, knetete sie wie Teig zu einem Stück, glättete die Kanten und stürzte sich wie im Rausch schon auf die nächsten. *Koreverflucht, die Sonne geht schon unter.* Er ließ den Blick über die ärmlichen Hütten der Jhafi-Würmer wandern. Ungewöhnlich: Keiner von ihnen war zu sehen. *Habt wohl Angst vor dem großen Magus aus Rondelmar, ihr Schleimscheißer.*

Anro stöhnte und fuhr sich mit den Händen übers Gesicht. *Was ist bloß los mit mir? Ich bin doch sonst nicht so...*

Aber es ist noch so viel zu tun, flüsterte eine Stimme in ihm.

Richtig, noch viel mehr. Er beugte sich über den nächsten Stein. Der Brocken war so groß wie die beiden vorigen zusammen.

Nur noch einen, flüsterte die heimtückische Stimme.

Das ist nicht meine Stimme, rukka! Da fiel es ihm wie Schuppen von den Augen: Den ganzen Tag über war er angepeitscht worden wie ein Stier in der Arena. Er wirbelte herum, spürte, wie die Schatten näher kamen.

»Vors...!«, war alles, was er noch rufen konnte, da tauchte eine schmale Silhouette hinter einem der Soldaten auf, zog seinen Kopf nach hinten und schnitt ihm die Kehle durch. Blut spritzte über den Stein, schwarz wie Tinte im Zwielicht der anbrechenden Nacht.

Die anderen drei versuchten noch, ihre Schwerter zu ziehen, doch schon schimmerten weitere Klingen im kalten Sternenlicht, durchstießen Luftröhre und Herz, und die Soldaten sackten röchelnd in sich zusammen. Die erste Angreiferin kam mit kalt blitzenden Augen auf ihn zugejagt, das blassblonde Haar zu einem Pferdeschwanz zusammengebunden.

»Elena.« *Du Dreckstück, ich hätte es wissen müssen.* »Wie lange hast du mich schon...«

»Den ganzen Tag, Anro.« Ihre Stimme klang sanft, beinahe traurig. »Ich habe dich immer weiter aufgestachelt. Hast du noch Kraft zu kämpfen?«

»Für dich bestimmt!« Taumelnd hob er den Stein zu seinen Füßen über den Kopf und schleuderte ihn nach Elena, traf aber nur einen Stützpfeiler und brachte die Hälfte des Mauerstücks zum Einsturz, das er heute errichtet hatte. Elena war fort.

Hinter dir!

Anro wirbelte herum und schlug mit einem Hammer nach dem Kopf der Hexe. Pfeifend sauste er knapp übers Ziel hinweg, und Anro wurde vom Schwung seines Schlags mitgerissen. Er fing sich wieder und schlug erneut zu. Diesmal glitt der Hammer an ihren Schilden ab, doch Elena erzitterte sichtlich unter dem Aufprall.

»Mit dir werde ich immer noch fertig, du Miststück!« Wieder schlug er zu, aber Elena sprang in einem Salto von der Mauer herunter und hinunter zwischen die Hütten der Eingeborenen. Schnaubend schaute er ihr hinterher, dann hob er die Hand und formte aus dem Stein zu seinen Füßen eine Gnosisschlange, dreimal so lang wie Elena. Steinstaub wirbelte auf, Anro ächzte vor Anstrengung, und ihm wurde schwindlig. Seine Sicht verschwamm, und einen Moment lang sah er drei Elenas dort unten zwischen den Hütten. Er blinzelte: Ja, es waren drei. Die Schlange stürzte sich auf die mittlere, bekam aber nur leere Luft zwischen die Kiefer, dann krachte sie gegen eine der Hütten, und ihr Schädel zersprang. Ein paar Jhafi schrien.

Die echte Elena rannte inzwischen die Mauer hinauf und berührte sie dabei kaum mit den Füßen.

Anro hetzte die kopflose Steinschlange ein zweites Mal auf sie, aber das Miststück war zu schnell, und seine Kreatur zerbarst beim Aufprall gegen die Mauer in ein Feuerwerk aus Geröll. Anro versuchte, sie im Auge zu behalten, aber Elena wandte sich in drei Richtungen gleichzeitig. *Verdammte Illusionen.*

»Halt still, du safianische Hure!«, donnerte er und schwang seinen Hammer.

Haltet Euch von ihm fern, wies sie Lorenzo, Artaq und Luca an. *Noch nicht schießen. Wir müssen es zu Ende bringen, bevor er auf die Idee kommt, Hilfe zu rufen.* Sie wandte sich nach rechts, zog einen Schweif flimmernder Trugbilder hinter sich her, um ihn weiter zu verwirren, dann landete sie elegant wie eine Katze keine zehn Schritte vor ihm, wo er sie deutlich sehen konnte.

»Da bist du ja endlich«, polterte er, fast besinnungslos vor Erschöpfung. Er sprang vor und ließ seinen Hammer niederfahren, doch Elena war schon wieder außer Reichweite.

Sie breitete die Hände aus und ließ ihn die Kugel blauen Lichts darin sehen, bevor sie sie auf seine Schilde abfeuerte. *Feuer*, befahl sie ihren Männern, und Armbrustsehnen schwirrten.

Wäre Anro noch frisch gewesen, hätte es nicht funktioniert. Er war ein Halbbluterdmagus und beängstigend stark. Aber wie eine lästige Fliege hatte Elena seinen Geist den ganzen Tag lang bearbeitet, hatte ihn verunsichert und angestachelt, ihn bis zur Erschöpfung getrieben. Beim Einschlag zog die blaue Gnosiskugel alle Energie seiner Schilde auf sich, sodass die Pfeile ohne Widerstand ihr Ziel fanden. Einer durchbohrte den Bizeps und nagelte Anros Arm am Brustkorb fest. Der zweite traf ihn am Hals und durchtrennte das Genick, der dritte ging in den Bauch. Er stürzte vornüber von der Mauerkrone, zuckte noch ein paarmal, dann blieb er reglos liegen.

Die drei Männer kamen an den Rand der Mauer und spähten vorsichtig nach unten.

Elena schwebte zu Anros Leiche hinab, stets auf der Hut, ob sich irgendwo etwas regte oder Gnosisenergie aufflackerte, dann kletterten die anderen hinterher.

Anros Augen öffneten sich, und die drei Männer hielten den Atem an. Blut kam in Blasen aus seinem Mund, dann ein ganzer Schwall.

Elena... Ich hätte... dich spüren müssen.

Es tut mir leid, Anro. Sie spürte seine Schmerzen wie am eigenen Leib.

Warum hast du... das getan? War dein Anteil... zu klein?

Es hatte nichts mit Geld zu tun, Anro, sondern mit Liebe, mit richtig und falsch.

Seine Augen flackerten ungläubig, dann packte ihn ein neuerlicher Krampf und tötete ihn beinahe.

Elena hob die Hand. Gnosisfeuer züngelte darin.

Tu es, Elena. Töte mich.

Das kann ich nicht, Anro. Noch nicht. Sie hob ihr Schwert und schlug seinen Kopf ab. Dann versiegelte sie die sprudelnde Wunde mit Heilgnosis, um seine Seele im Schädel gefangen zu halten. Es kostete sie alle Kraft, Anros mentale Entsetzensschreie auszublenden.

Fassungslos starrten ihre drei Gefolgsmänner die offenen Augen an und den Mund, der sich immer noch bewegte. »Was tut Ihr da?«, fragte Lorenzo kreidebleich.

»Werdet Ihr noch sehen.« Sie nahm die grausige Trophäe, steckte sie in einen Wasserschlauch, den sie eigens zu diesem Zweck mitgebracht hatte, und warf ihn sich über die Schulter. Lorenzo blickte sie entsetzt an, und Elena sah, wie sich sein Bild von ihr von Grund auf wandelte. Es fühlte sich an wie ein Verlust.

Neugierige Gesichter spähten aus den Hütten, und hinter einer kam ein Jhafi-Krieger hervorgesprungen, einer von Harshals Kontaktmännern. Er grüßte sie wortlos mit seinem Krummsäbel, dann verschwand er wieder.

»Einer weniger. Bleiben noch vier.«

»Welcher kommt als Nächster, Magierin?«, fragte Artaq leise.

»Sordell. Bei ihm weiß ich wenigstens, wo er sich höchstwahrscheinlich aufhalten wird, genauso wie bei Anro Domla. Rutt ist ein hilfloses Opfer seines eigenen Verfolgungswahns. Es bleibt ihm gar nichts anderes übrig, als ständig in die Zukunft zu schauen.«

»Das kann er?« Artaq sah beeindruckt aus, und Luca machte eine abergläubische Geste.

»Viele Magi können das, aber es ist nicht leicht, und die Ergebnisse sind sehr unzuverlässig. Für mich ist es eher eine Methode, Erkundigungen einzuziehen und meinen Plänen den letzten Feinschliff zu geben. Ich habe selbst ein bisschen in die Zukunft gesehen, bevor wir aufgebrochen sind.«

»Und? Wird unser Unternehmen gelingen?«, fragte Lorenzo.

»Natürlich. Aber das liegt eher daran, dass ich mir so etwas wie Versagen nicht einmal vorstellen kann. Also gebt nicht allzu viel auf das, was ich glaube, in der Zukunft gesehen zu haben. Das ist genau der Fehler, den Sordell begeht. Er ist ein übernervöser Charakter, kann kaum einen Schritt tun, ohne sich an Gurvons Rocksaum zu klammern. Bestimmt stirbt er tausend Tode aus Angst, es könnte in Gurvons Abwesenheit was schiefgehen. Also wird er oben im Mondturm sitzen und alles daransetzen herauszufinden, was.«

»Wird er uns kommen sehen?«, frage Luca. »Mithilfe seiner Magie?«

»Vielleicht. Aber normalerweise können wir Magi uns gut voreinander verstecken und vor den Geistern, die der Feind aussendet, um uns im Auge zu behalten. Ein guter Magus kann sogar Spielchen mit seinem Gegner spielen und ihm falsche Informationen zukommen lassen.«

»Seid Ihr ein guter Magus, Dona Ella?«

Elena lächelte den klein gewachsenen Ringer an. »Gut genug für Sordell zumindest, aber ich schmücke mich nicht gerne damit. Er glaubt, ich hätte keine Chance gegen ihn.«

Luca blickte sie bewundernd an, ganz anders als Männer Frauen normalerweise betrachteten – als versuche er, durch die äußere Hülle hindurchzusehen, um zu erkennen, welche Kräfte darunter schlummerten. »Habt Ihr überhaupt keine Schwächen, Dona?«

»Ein guter Käse aus dem Knebbtal macht mich schwach.«

Luca schüttelte grinsend den Kopf. »Und wie sieht es mit Männern aus, die kleiner sind als Ihr? Habt Ihr für die auch eine Schwäche?«

Elena wedelte lachend mit der Hand. »Eigentlich nicht, aber wenn sich etwas daran ändern sollte, werde ich es Euch wissen lassen.«

Das Sternenlicht reichte gerade aus, damit sie den Weg durch die verwinkelten Straßen fanden. Elena fragte sich, wo Gurvon war. Selbst mit dem schnellsten Windschiff konnte er noch nicht aus Rondelmar zurück sein.

»Was ist mit uns, Frau Hexe?«, fragte Artaq. »Habt Ihr gesehen, dass wir diese Nacht überleben?«

Elena verlor die Geduld. »Ohne jeden Kratzer«, log sie. »Weiter jetzt.«

Tagsüber wimmelte es in den äußeren Straßen von Brochena nur so von Gorgio-Patrouillen, aber bei Anbruch der Dunkelheit zogen sie sich zurück in die Innenstadt, um die Straßen zu bewachen, in denen die Hofbeamten wohnten. Doch Elena war eine Meisterin der Täuschung, ihr kleiner Trupp daran gewohnt, sich lautlos fortzubewegen, und zur zweiten Stunde nach Einbruch der Dämmerung hatten sie ihr Ziel erreicht. Bis jetzt schien niemand Anro Domlas Ableben bemerkt zu haben.

Der Palast von Brochena war ein Würfel mit vier hohen Türmen an den Ecken. Jeder davon erhob sich wie der Glockenturm einer Kathedrale in die Dämmerung. Im Solturm residierte die Königsfamilie. Elena und die Kinder hatten die unteren Stockwerke bewohnt. Bei Tag reflektierte das goldene Dach das Sonnenlicht wie ein Leuchtfeuer. Es war das Erste, was Reisende sahen, wenn sie über die weiten Ebenen zur Hauptstadt unterwegs waren. Die Dorobonen hatten die bombastischen Türme einst errichtet und noch viele andere Prachtbauten, die Javon beinahe in den Ruin gestürzt hatten. Von der Quarzkuppel des gespenstischen Mondturms ging ein schwaches Leuchten aus. In der Mitte der Kuppel befand sich eine Öffnung, um die Elemente einzulassen: Das war der Ort, an dem Rutt Sordell sich zu dieser Stunde aufhalten würde, um sich Sorgen über die Zukunft zu machen. Die Hauptleute der königlichen Garde waren im Engelsturm untergebracht, der Jadeturm beherbergte die Gästeunterkünfte – und, direkt unterm Dach, Elenas Bastido.

Mit ihrer Erdgnosis ließ Elena Stufen aus den Wänden des Palasts wachsen, damit ihre Gefährten daran hinaufklettern konnten. Als sie am Eingang des Engelsturms angelangt war, blitzte ihr Messer kurz auf, dann fiel der Wachsoldat zu Boden. Seinen Todesschrei erstickte sie mit Luftgnosis. Er konnte kaum älter als siebzehn gewesen sein. Trotzdem war Elena erleichtert, dass er keinen Alarm mehr geben konnte.

Mit schmalen Augen betrachtete Lorenzo den toten Soldaten. Er warf Elena einen finsteren Blick zu, dann half er Luca und Artaq wortlos, die Leiche aus dem Weg zu räumen.

Ich war nie die Frau, für die du mich gehalten hast, Lori. Sie nahm den Wasserschlauch von der Schulter und zog Anros Kopf hervor. Sie drehte den Schädel hin und her, und seine Augen flackerten. Er war schon zu weit weg, um zu sprechen, aber das spielte keine Rolle. Vedya hatte ihr einst erzählt, dass man in Sydia das Gehirn eines besiegten Gegners aß, um sich seine Stärke und sein Wissen einzuverleiben. Sie hatte geklungen, als habe sie es selbst schon einmal probiert. Laut Auffassung der Magi war das Gehirn der Sitz der Gnosis, was bedeutete, dass Elena jetzt Anro Domlas schwindende Kräfte in Händen hielt. Von seinem Intellekt war nicht mehr viel übrig, aber über seine Gnosis würde sie zumindest noch eine kurze Zeit lang gebieten können – wenn sie es ertrug.

Elena ließ den Blick über den Turm und die Wehrmauern schweifen. Die anderen Wachen waren weit genug weg. Anscheinend waren die Gorgio leichtsinnig geworden in der Überzeugung, Gyles Leute würden sie schon vor ihren Feinden beschützen. Eine irrige Annahme, die Elena gehörig zurechtrücken würde. Sie schaute hinüber zum Wohnturm, der in Abwesenheit von Mater-Lune fahlgrau im Sternenlicht schimmerte. Es war eins der ersten Dinge gewesen, die ihr aufgefallen waren, als sie vor vier Jahren nach Brochena gekommen war. Die Türme des Palasts waren dreißig Doppelschritte hoch und standen nur vierzig voneinander entfernt. Lächelnd machte sie sich daran, in Domlas Kopf einzudringen.

Rutt Sordell war nervös. Es war ein vertrautes Gefühl, diese ständige angespannte Angst davor, dass irgendwo etwas Unvorhergesehenes geschehen könnte. Im Moment machte er sich Sorgen um das Verhältnis zur einheimischen Bevölkerung. Die Gorgio verachteten sie, ohne auch nur einen Gedanken daran zu verschwenden, dass die Jhafi acht zu eins in der Überzahl waren. Das irritierte ihn. Seit sie hier beim Abendessen zusammensaßen, hatte Alfredo Gorgio nichts anderes getan, als sich selbstzufrieden den weißen Kinnbart zu kraulen und große Reden zu schwingen. Die Dorobonen würden bald zurückkehren, sagte er, und in ihren Diensten würde auch seine eigene Familie wieder zu ihrer einstigen Macht aufsteigen. Seine Selbstgefälligkeit war widerlich. Manchmal wünschte Sordell sich, ihr Auftrag wäre, die Gorgio zu vernichten. Doch dann fiel ihm jedes Mal wieder ein, dass er die Nesti ebenso sehr hasste, wenn auch aus anderen Gründen.

Plötzlich konnte Sordell die Gesellschaft all der durchlauchtigen Gorgio nicht mehr ertragen. Wortlos erhob er sich und ging. Kein sehr diplomatisches Verhalten, aber scheiß auf sie und scheiß auf Gurvon, der sich ausgerechnet in dieser kritischen Phase nach Bres davongemacht hatte. Er winkte seinen beiden Akolythen Benet und Terraux, und gemeinsam verließen sie den Saal. Die zwei hatten gerade erst in Argundy ihren Abschluss gemacht. Sordell hatte sie selbst ausgewählt, sie waren noch nicht einmal zwanzig Jahre alt. Stumm verfolgten die Gorgio ihren Abgang, um dann umso lauter draufloszuschnattern. Aber das kümmerte ihn nicht. Sordell hatte ein schmales Kinn, die ständigen Sorgen ließen ihn vorzeitig altern, gruben tiefe Furchen in die blasse Stirn und dezimierten das ohnehin dünne Haar. Zwar beherrschte er die Gestaltgnosis, und wenn er sie anwandte, könnte er sich jünger erscheinen lassen, hübscher, aber es war eine anstrengende Prozedur, und er konnte sich selten dazu aufraffen. Wenn er in der Stimmung war, konnte er sogar charmant sein, aber auch das war er selten, denn was kümmerte einen Mann wie ihn die Meinung Geringerer? Niedriges Geschmeiß wie Vedya Smlarsk hatte es nötig, Kraft und Energie auf Äußerlichkeiten zu verwenden, aber Sordell war zu Höherem geboren. Die Nacht würde er in Gesellschaft der Sterne verbringen, nicht mit Sterblichen. Er musste die Zukunft erforschen, sehen, welche Veränderungen die letzten Ereignisse bringen würden.

Sordell fragte sich, was Elena Anborn im Schilde führte. Auch sie verachtete er aus vielerlei Gründen. Er hasste sie, weil Gyle ihr in seiner Kabale eine wichtigere Rolle zugedacht hatte, obwohl sie nur ein Halbblut war. Er, Rutt Sordell, reinblütiger Magus aus altem Haus, hatte im Schatten einer Frau die zweite Geige spielen müssen, und das nur, weil sie für Gyle die Beine breitgemacht hatte, der schon immer blind gewesen war für ihre Unzulänglichkeiten. Er hatte es gehasst, wie sie ständig seine Autorität untergraben und ihn lächerlich gemacht hatte, wenn ihm bei einer Vorhersage auch nur der kleinste Fehler unterlaufen war. Wie erhebend war es gewesen, als sie endlich ihr wahres Gesicht gezeigt und sie alle verraten hatte. Endlich war er zu Gyles rechter Hand aufgestiegen. Anro Domla war nie eine Konkurrenz gewesen, aber Sordell hatte sich Sorgen gemacht, Vedya könnte dieselben miesen Tricks anwenden wie diese Anborn-Hure, um ihn aus dem Rennen zu schlagen. Glücklicherweise hatte Gyle diesmal Verstand bewiesen.

Gyles Abwesenheit beunruhigte ihn. Was, wenn etwas passierte? Er blickte sich nach Benet und Terraux um. Sie konnten verführen, erpressen und Wehrlose töten, darin waren sie gut, aber zu einem echten Kampf waren sie nicht zu gebrauchen. Nicht gegen jemanden wie Elena Anborn. Die ganze Woche über hatte er wie besessen die Zukunft erforscht. Er war beinahe absolut sicher, dass sie in Forensa festsaß, aber eine kleine Restsorge war geblieben.

An der Tür zum Mondturm stand Fuls Wache, ebenfalls ein Argundier, dessen wallendes braunes Haar halb von dem traditionellen, oben spitz zulaufenden Helm bedeckt wurde. Sordell wartete ab, bis Fuls nach dem Schlüssel fingerte, dann öffnete er selbst mit einer kleinen Handbewegung die Tür. Er liebte diese kleinen Machtdemonstrationen. Sie erhoben ihn über das gewöhnliche Volk, ließen die Menschen in seiner Gegenwart erschauern, machten so vieles wieder gut.

Benet lachte mal wieder über einen von Terraux' Scherzen. Er sah sich wütend nach den beiden um und bedeutete ihnen, sich gefälligst zu beeilen. Dann schwebte er, getrieben von seiner inneren Anspannung, die Treppen hinauf und hängte die beiden Akolythen ab.

Im Dach des Mondturms befanden sich drei große Fenster. Sie waren unverglast, aber mit Schilden geschützt, die Insekten, Vögel und den Wind draußen hielten. Divination funktionierte am besten unter ungefiltertem Sternenlicht, so war der beste Energiefluss gewährleistet, während die Störeinflüsse abgewehrt werden konnten. Am Arkanum hatte er seine Abschlussarbeit zu dem Thema geschrieben ... Oh, wie er die Zeiten vermisste, als er noch als wahrscheinlicher Nachfolger des Vorstehers galt, bis zu jenem unglückseligen Tag, an dem man ihn bei der Geisterbeschwörung erwischt hatte. *Dabei waren es Waisen gewesen, nicht einmal richtige Kinder.* All die verlorenen Jahre, verschwendete Zeit, bis Gurvon ihn angeheuert, ihm ein Amulett und einen neuen Lebensinhalt gegeben hatte. Allein für diesen Dienst verdiente Gyle seine bedingungslose Loyalität. Dafür, dass er seinen wahren Wert erkannt hatte. Eines Tages würde Sordell an Gyles Stelle treten. Im Gegensatz zu den anderen Toren, die versucht hatten, Gyle gewaltsam zu verdrängen, konnte er warten. Sie alle hatten einen blutigen Tod gefunden, denn Gyle merkte immer, wenn jemand etwas gegen ihn im Schilde führte.

Als Benet und Terraux endlich oben waren, schlug Sordell ihnen die Tür vor der Nase zu. Er musste sich konzentrieren. Es gab Gerüchte, die Harkun würden sich im Norden sammeln. *Überaus ungewöhnlich.* Was hatten sie dort zu suchen? Sordell entfachte ein Feuer in der Feuerschale in der Mitte des Raums, streute seine Pulver hinein, kanalisierte seine Fragen und betrachtete die Bilder, die im Rauch aufstiegen. Die Zeit raste nur so dahin, während er die Visionen sorgfältig interpretierte. Es war in der Tat etwas im Gange bei den Eingeborenen. Die Geister bestätigten es. Sordell sah Lagerfeuer in der Wüste, Jhafi, die in ungewöhnlich großer Zahl nach Norden unterwegs waren. Es war schlimmer, als er befürchtet hatte. Er würde Alfredo Gorgio raten, ein paar seiner Späher auszuschicken, vielleicht in Begleitung eines Magus'. *Anro zum Beispiel.* Da fielen ihm die Befestigungsanlagen ein. Sordell fluchte. *Dann also Vedya.* Es war ohnehin besser, sie rechtzeitig aus der Hauptstadt abzuziehen, bevor sie mit ihrer ruchlosen Rumvögelei das Verhältnis zu den Gorgio noch weiter belastete.

Am Rand seines Bewusstseins spürte er ein winziges Aufflackern von Domlas Erdgnosis, gleich gegenüber im Engelsturm. Aber Sordells Geist war zu sehr beschäftigt mit der Frage, wo die Jhafi sich sammeln, wo sie zuschlagen würden und wer ihr Anführer sein mochte. Dennoch ließ sein Instinkt nicht locker, und schließlich blickte Sordell auf, genau in dem Moment, als ein Beben durch den Engelsturm ging. Er hörte die Schreie der Männer, als der gesamte Turm sich mit alles zermalmender Gewalt gegen den Mondturm neigte. Ein entschlossener Magus hätte noch rechtzeitig reagieren können, aber Sordell war wie erstarrt. Er konnte seinen Geist nicht schnell genug zurückholen in die materielle Welt und sah tatenlos zu, wie der einstürzende Nachbarturm seinen eigenen mit ins Verderben riss.

Auf einem schmalen Steg aus Luftgnosis floh Elena vor den herabregnenden Trümmern. Die drei Krieger folgten auf dem Funkenschweif, den sie hinter sich herzog. Sie wagten nicht, nach unten zu schauen ins Nichts, auf Gedeih und Verderb den Kräften ihrer Anführerin ausgeliefert. Schon vor Jahren hatte Elena sich an jedem Turm die kritischen Punkte eingeprägt. Sie hatte Domlas Zerwirkgnosis heraufbeschworen und sie auf den Engelsturm gerichtet. Einen Moment lang hatte es so ausgesehen, als könnte er in die falsche Richtung kippen, doch dann war er genau auf den Mondturm gestürzt, wie sie es beabsichtigt hatte. Aus dem Turm schmetterten die Entsetzensschreie der eingeschlossenen Soldaten, und vom Hof schallte das Echo zurück, als auch die Patrouillen und Wachposten begriffen, was gerade geschah.

Die Spitze des Engelsturms krachte auf etwa einem Drittel der Höhe gegen den Mondturm. Steinsplitter spritzten in alle Richtungen, verteilten sich über den gesamten Burghof und flogen bis zum Graben. Elena spürte, wie unter den fallenden Mauersteinen und Dachbalken Leben um Leben erlosch. Ein Armbrustpfeil prallte an ihren Schilden ab und verschwand trudelnd in der Nacht.

»Weiter!«, brüllte sie über die Schulter und versuchte, nicht daran zu denken, dass ein einziger Gegenangriff alle drei sofort in die Tiefe stürzen lassen würde. Dann tauchten sie vor dem inzwischen eingestürzten Mondturm in die Staubwolken ein.

Der Platz, der eben noch in so beschaulicher Stille dagelegen hatte, war ein einziges Chaos. Laternen wurden aus Fenstern gehalten, darüber weit aufgerissene Augen, die versuchten, in der Verwüstung etwas zu erkennen. Das Pflaster auf dem Boden war zerschmettert, Holzbalken ragten aus dem Schutt wie die Rippen eines gefallenen Riesen. Elena sah nur wenige Tote – der Mondturm war nicht bewohnt, es hielten sich immer nur wenige dort auf. Sie erkannte die zerquetschten Überreste einer Dienerin und einen toten Argundier: Rutt Sordells Leibwächter Fuls. Elena rannte weiter und blies mit Luftgnosis die Schuttwolken beiseite, um ihre Opfer aufzuspüren.

Als Erstes entdeckte sie Terraux. Der arrogante kleine Widerling war bereits tot, von einer eingestürzten Mauer zu Brei zermalmt. Benet waren nirgendwo zu entdecken, aber sie hatte gespürt, wie er gestorben war. So weit, so gut. Nur: Wo steckte Sordell?

Da! Sie landete sanft und feuerte einen Gnosisblitz in den geschundenen Leichnam. Der Einschlag riss den leblosen Körper herum, aber Sordell rührte sich nicht. Immer noch vorsichtig trat sie an den Haufen aus zerfetztem Fleisch und zermahlenen Knochen heran. Offensichtlich hatte sie ihn kalt erwischt. Sordell hatte keine Affinität zur Erdgnosis, und in der kurzen Zeit war ihm nichts anderes übrig geblieben, als sich unter seinen Schilden zusammenzukauern und zu hoffen. Schilde waren gut gegen Geschosse, aber gegen eine tonnenschwere Steinlawine? Wohl weniger, wie der Zustand von Sordells Leichnam eindrucksvoll bewies.

Doch Rutt verfügte über andere Möglichkeiten: Er war ein Geisterbeschwörer. Diese Brut war noch schwerer umzubringen als Kakerlaken. Schon einmal hatte sie mit eigenen Augen gesehen, wie er scheinbar tot wiederauferstanden war. Sie würde kein Risiko eingehen. Elena feuerte einen weiteren Blitz ab, und diesmal hörte sie ein leises Stöhnen, während Artaq schon auf den vermeintlich Toten zuging.

»Artaq, bleib weg!«

»Er ist tot, meine Dame. Ich werde mir sein...«

Ein schwarzer Lichtblitz zuckte aus einem von Sordells Fingern und fuhr dem Jhafi-Krieger in die Stirn. Artaq schrie auf und fiel hintenüber zu Boden.

Elena schoss Blitz um Blitz auf Sordell ab und eilte Artaq zu Hilfe. Sein Körper wurde wie von einem unsichtbaren Wind gepeitscht, die Gliedmaßen zuckten unkontrolliert. *Rukka, er saugt ihm die Seele aus!*

Sordell riss die Augen auf, und Elena warf sich auf ihn, das Schwert mit beiden Händen hoch erhoben. Sie durchstieß seine Schilde, Funken sprühten, und die Klinge bohrte sich in Sordells Bauch. Blut spritzte, und das Fleisch um den Einstich versuchte zitternd, sich wieder zu schließen.

Ein weiterer schwarzer Blitz – diesmal auf sie gerichtet. Elena konnte ihn mit ihren Heilwächtern zwar abschwächen, aber Sordells geballte Kraft konnte auch sie nicht abwehren. Elena spürte, wie die Haut auf ihrem Gesicht ausdörrte und ihr Haar verwelkte wie trockenes Gras. Sie schrie vor Schmerz, und ihre Lippen platzten auf. Mit letzter Kraft krümmte sie die Finger um den Schwertgriff und stieß ein zweites Mal zu, mitten durchs Herz.

Sordell schlug wild um sich. Die Haut über seinem Gesicht begann sich aufzulösen und gab den Blick frei auf die darunterliegenden Muskeln und Sehnen. Rot pulsierten die Blutgefäße zwischen gelblichem Fettgewebe, während der Magus brüllte und brüllte.

»Schlagt ihm den Kopf ab!«, brüllte Elena. »Schlagt ihn ab!«

Sordell versuchte, sich an ihrem Schwert hochzuziehen. Das Herz war durchbohrt, doch sein Körper, befeuert von der dunkelsten Seite der Gnosis, kämpfte weiter. Eine violett schimmernde Hand packte ihre Kehle und saugte Elena das Leben aus. Neue Kraft strömte den Arm entlang in Sordells Körper und heilte seine Wunden, während Elena verzweifelt versuchte, den Angriff abzuwehren. »Tötet ihn«, krächzte sie, selbst beinahe tot.

Sordells Schädel grinste sie an, während sich sein Körper immer weiter regenerierte.

Ein Schrei, gefolgt von einem silbernen Aufblitzen, dann fuhr ein Schwert mit solcher Wucht durch Sordells Hals, dass die Klinge beim Aufprall auf den Steinboden zersplitterte. Sordells Augen wurden leer, und der Kopf rollte leblos zur Seite.

Elena sank auf die Knie, eine Hand auf den Knauf ihres Schwerts gestützt, das immer noch in Sordells Herz steckte. Ihre Finger waren knotig und verkrümmt wie die einer alten Hexe. Elena war wie ausgehöhlt, innerlich vollkommen leer gebrannt. Es kostete sie den letzten Rest Kraft, auch nur den Kopf zu heben und Lorenzo anzublicken, der mit dem geborstenen Schwert neben ihr kniete.

»Lori ...« Sie konnte nicht einmal mehr krächzen.

Lorenzo sprang entsetzt auf und hob schützend die Hände vors Gesicht.

Bei den Göttern, wie schlimm hat er mich erwischt?

Luca starrte erschüttert auf den toten Artaq. Wo einmal sein Gesicht gewesen war, gähnte jetzt ein tiefes Loch. Ohne Schilde und ihre Heilgnosis würde Elena jetzt genauso aussehen. Überall um sie herum ertönten Alarmglocken, Stimmen schrien wild durcheinander.

»Dona Elena!«, stöhnte Luca und deutete auf Sordells Schädel.

Aus dem Augenwinkel sah sie, wie ein kaum daumennagelgroßes insektenartiges Etwas aus seinem Mund kroch. Sie hob die verkrüppelte rechte Hand und schoss einen schwachen Blitz ab, aber sie war zu langsam. Das grässliche Ding verkroch sich zwischen den Trümmern und war weg. *Verdammt!*

»Was war das?«, keuchte Luca.

»Was von Sordell noch übrig ist«, erwiderte Elena flüsternd. Sie versuchte, mit ihren Gedanken Vedya aufzuspüren, aber sie hatte nicht mehr die Kraft dazu. »Wir müssen verschwinden. Vedya wird jeden Moment hier sein. Wenn sie uns erwischt, sind wir erledigt.«

Luca beugte sich über Artaq und sprach ein paar Worte, dann eilten sie los.

Lorenzo starrte Elena immer noch fassungslos an. »Ella, könnt Ihr …? Was bei Hel ist geschehen?«

»Nur … ein Kratzer. Bin bald wieder auf den Beinen … hab nur all meine Kraft aufgebraucht.«

»Euer Haar«, erwiderte er. Lorenzo sah aus, als würde er sich jeden Moment übergeben.

»Was?« Elena zupfte an ihrem Pferdeschwanz, dann klappte ihr Kiefer nach unten: Ihre Haare waren schneeweiß. »Das ist … nichts, Lori. Hätte viel schlimmer kommen können.« Elena rappelte sich hoch. Sie fühlte sich zerbrechlich, vollkommen schutzlos. Der Kampf mit Sordell hatte sie an den Rand des Todes gebracht.

Zögerlich, als könne er es kaum ertragen, sie zu berühren, legte Lorenzo Elena einen Arm um die Hüfte und half ihr auf.

»Tut mir leid, Lorenzo. Jetzt wollt Ihr wohl keinen Kuss mehr von mir«, sagte sie und zuckte innerlich zusammen beim Klang ihrer Stimme. Sie war nur noch ein elendes Krächzen und das Selbstmitleid in ihren Worten erbärmlich.

Mit undurchdringlicher Miene schaute der junge Ritter Elena an, ließ sie aber nicht los. »Ich werde mir später einen Kuss von Euch holen«, sagte er leise.

»Bringt uns hier raus, und Ihr werdet ihn bekommen«, stöhnte Elena und umklammerte ihr Schwert mit zitternden Händen.

Luca Fustinios kletterte auf einen Haufen Schutt und begann wie wild zu wühlen. »Elena, seht!«

»Was? Luca, wir müssen verschwinden, jetzt!«

Aber der stämmige Javonier ignorierte sie. Er ging in die Knie und richtete sich ganz behutsam wieder auf. Er hielt etwas in den Armen. Strahlend drehte Luca sich zu ihnen um: Er hatte Solinde Nesti aus den Trümmern gezogen. Die Prinzessin war bewusstlos und zerschunden, aber am Leben.

Lorenzo drückte Elenas Arm. »Sol und Lune, die kleine Princessa!«

Elena war verblüfft. *Sie muss weiter unten im Mondturm gewesen sein. Wie auf Urte hat sie das überlebt? Hatte sie Schilde, oder war sie in einer gnostisch geschützten Zelle eingekerkert?* Doch die Fragen mussten warten, bis sie in Sicherheit waren. »Los jetzt«, hustete sie.

Elena, bist du das?

Elena spürte eine gedankliche Berührung, zart und höhnisch zugleich: Vedya.

Verflucht. »Wir müssen verschwinden, sofort! Luca, könnt Ihr die Princessa allein tragen?« Elena machte sich von Lorenzos Arm los und ließ das letzte bisschen Kraft, das sie noch hatte, in ihre Beine fließen. Sie war vollkommen am Ende. Bei jedem Atemzug schmerzte ihr Kehlkopf, Arme und Beine fühlten sich an wie morsche Zweige – ein unangenehmer Ausblick aufs Alter.

Pure Angst trieb sie an. Sie liefen durch menschenleere Straßen, bis sie hinter sich Hufe klappern hörten, und bogen in eine kleine Gasse ab. Hinter der Ecke übergab Luca die Prinzessin an Lorenzo und spannte seine Armbrust. Er lief ein paar Schritte zurück, kniete sich hin und schoss.

Ein Reiter schrie auf, sein Pferd wieherte, und sie hörten, wie es aufs Pflaster schlug.

Elena? Ah, da bist du. Vedyas Kichern hallte glockenhell durch ihren Geist.

»Schneller«, krächzte Elena. Panische Furcht packte sie. *Wir können es nicht mit Vedya aufnehmen, nicht wenn ich so geschwächt bin...*

Das Klatschen von Stiefeln auf dem Pflaster schallte durch die Straßen hinter ihnen. Luca hatte seine Armbrust nachgeladen und schoss erneut. Sie hörten einen weiteren Todesschrei, dann brüllte jemand: »Das ist eine Sackgasse! Sie sitzen in der Falle!«

Bloß nicht. Elena stellte sich vor, was Vedya mit ihnen machen würde, falls sie sie in die Finger bekam. »Lauft!«, flüsterte sie.

Ich komme, Elena, gurrte die sydianische Hexe.

Elena spürte sie, ungefähr eine Furchenlänge über und hinter ihnen. Sie kam schnell näher. »Durch das Loch in der Mauer, und dann verschwindet, Lori«, sagte sie, jetzt wieder vollkommen ruhig. »Bringt die Princessa in Sicherheit.«

Luca lief voraus zu dem Spalt, durch den sie gekommen waren – einer der vielen, die Domla noch nicht hatte reparieren können. Er schob Elena hindurch, dann half er Lorenzo mit Solinde. Ein Pfeil kam aus der Dunkelheit und prallte Funken sprühend von den Mauersteinen ab. Ein zweiter flog über ihre Köpfe hinweg durch den Spalt. Luca packte einen Stützbalken und zog mit aller Kraft daran, bis ein weiterer Teil der Mauer einstürzte und den Durchgang hinter ihnen versperrte.

Endlich waren sie auf der anderen Seite und blickten hinunter auf die verwinkelten Armensiedlungen der Jhafi. Lorenzo ging mit Solinde in den Armen voraus. Zum Glück war sie immer noch nicht bei Bewusstsein.

Luca half Elena die steile Böschung hinunter. Das Entsetzen über ihr Aussehen stand ihm überdeutlich im Gesicht geschrieben, aber er ließ sie nicht im Stich. Sie hatten gerade den Rand der Hütten erreicht, da erschien eine schimmernde Silhouette über der Mauer: Vedya. Sie trug ein blutrotes Seidenkleid, das rabenschwarze Haar umwehte sie wie die Schwingen eines Raben.

»Haben wir einen Plan hierfür, Elena?«, flüsterte Lorenzo und zog sie hinter ein halbhohes Stück Mauer.

Luca ging in die Hocke und spannte seine Armbrust, die Augen fest auf die Hexe gerichtet.

Gute Frage. »Ihr geht besser in Deckung, bevor...«

Vedya stürzte auf sie herab und feuerte genau in dem Moment, als Luca den Abzug drückte. Eine leuchtend blaue Flamme schoss aus ihren Fingern, fegte den Pfeil beiseite und schleuderte Luca gegen eine Lehmhütte. Sein Mund öffnete sich zu einem stummen Schmerzensschrei, er zuckte kurz wie die Marionette eines verrückten Puppenspielers, dann blieb er liegen.

Vedya verschwand hinter einem Dach. Zweifellos fürchtete sie einen Gegenangriff, doch Elena war am Ende ihrer Kräfte.

Lorenzo legte Solinde auf den Boden und stellte sich schützend neben sie. Das geborstene Schwert in der Hand, suchte er mit den Augen den dunklen Himmel ab. »Haben wir einen Plan, Elena?«, wiederholte er.

Ich hatte einen, aber in diesem Plan war ich unverletzt. »Wir müssen sie zu uns herunterlocken und mit nichtmagischen Waffen besiegen. Sie ist keine Kämpferin.«

»Aber sie braucht nur da oben zu bleiben und zu warten, bis die Soldaten der Gorgio hier sind!«

»Ich habe nicht gesagt, es wäre ein guter Plan.«

Solinde stöhnte neben ihnen.

Ich tue das für dich, Princessa. Mit letzter Kraft stand Elena auf und wankte auf die kleine Gasse hinaus.

Eine gleißende Silhouette kam auf sie herabgestoßen wie ein Engel Kores.

Vedya Smlarsk war Gurvon Gyle am Nordpunkt begegnet, dem Zugang zur Leviathanbrücke. Sie war mit ihrem Mann Hygor gekommen, um den Ureche Turla zu bestaunen – den Augenturm, wie die Sydier ihn nannten. Jenen Turm, von dem aus die verhassten Magi bei Tag und bei Nacht über die Brücke nach Süden schauten. Die Brücke selbst lag tief unter den Wellen verborgen, bis zur nächsten Mondflut war es noch lange hin. Der Ureche Turla war ein beeindruckender Anblick: eine Meile hoch und von oben bis unten verziert wie ein kunstvoll geschnitzter Stoßzahn. Überall ragten rechteckige Plattformen hervor mit dicken Seilen daran: Landestellen für die Windschiffe. Das bläuliche Licht direkt unter der Spitze des Turms schimmerte wie ein Stern.

Neunzehn Jahre zuvor hatte Vedyas Mutter einen Brückenbauermagus verführt. Sie war bereits verheiratet, doch es lag nichts Schändliches in ihrem Verhalten, denn das Kind eines Magus zur Welt zu bringen bedeutete Wohlstand und Ansehen für die Sippe. Ihre Mutter war schön gewesen und bewandert in den Freuden des Fleisches. Oft wurde sie berufen, um an Festtagen mit den Priestern die heilige Vereinigung zu vollziehen. Vor den Augen des versammelten Dorfes vollzogen sie den Beischlaf, um die Ernte zu segnen. Ihre Sippe war ein Nomadenstamm, der Pferde züchtete, doch jeden Frühling wurden sie vorübergehend sesshaft, um eine Ernte Gerste, Hafer und Weizen für den nächsten Winter einzubringen.

Vedya wuchs heran, von allen gemocht und hofiert. Die Männer kämpften um sie. Die wenigen Magi, die der Stamm hervorgebracht hatte, lebten in einer Gemeinschaft, der sogenannten Sfera. Die Konkurrenz, aber auch der Zusammenhalt unter ihnen waren groß, und sie brachten einander das wenige bei, das sie von der Gnosis erlernt hatten. Alle Sfera waren zwangsläufig Halbrondelmarer, die meisten unter ihnen Viertel- oder Achtelblute, nur Vedya war ein echtes Halbblut. Sie hatte eine starke Affinität zu Wasser und Tieren. Sobald sie ihre erste Periode hatte, wurde sie einem mächtigen Mann zur vierten Frau gegeben: Hygor von den Armasar Rasa. Als Höhepunkt der Hochzeitsfeierlichkeiten nahm er vor den Augen der versammelten Sippe ihre Jungfräulichkeit, während seine anderen drei Frauen aus dunklen, undurchdringlichen Augen zusahen. Er war doppelt so alt wie sie. Vedya war damals dreizehn.

In jener Nacht in Pontus sah sie noch einen anderen Mann, der den Ureche Turla betrachtete. Hygor, dem stets wachsamen Jäger, war er bereits aufgefallen. Zunächst hatte sie den Unbekannten in dem sydianischen Lederumhang für ein anderes Stammesmitglied gehalten, doch als er näher kam, blies der Wind seine Kapuze zurück, und im Mondlicht war deutlich zu erkennen, dass er aus Rondelmar stammen musste. Er besichtigte auch nicht den Turm: Er beobachtete Vedya.

Hygor knurrte. Wenn ein Fremder die Frau eines Sydiers so unverhohlen anstarrte, war das eine nicht hinnehmbare Herausforderung seiner Männlichkeit.

Der Fremde sah zwar nicht aus wie ein besonders guter Kämpfer, zuckte aber mit keiner Wimper, als Hygor wütend auf ihn zustampfte. Er war klein für einen Rondelmarer, hatte ein verschlagenes Gesicht und einen kompakten Körperbau.

Hygor hatte zweifellos vor, ihn zu töten – bis er den pulsierenden Kristall um seinen Hals entdeckte. Der Mann war ein Vrajitoare, ein Magus.

Vedya hatte Angst um Hygor gehabt. Er war ein guter Gatte, mannhaft und beschützerisch, und er zog Vedya seinen anderen Frauen stets vor. Dann hatte der Vrajitoare die Hand gehoben, um seine friedlichen Absichten zu bekunden, und die beiden hatten sich unterhalten. Der Vrajitoare beherrschte ihre Sprache, und als Hygor zurückkam, sah er höchst erstaunt aus.

In den Händen hielt er drei Armbänder. Jedes davon war mit zwölf Diamanten besetzt, von denen jeder einzelne hundert Pferde wert war. Vedya erinnerte sich, wie sie zu zittern begonnen hatte, als sie die Armbänder sah.

Hygor hatte die Hand ausgestreckt und ihre Hochzeitskette zerrissen, die Tonperlen waren auf den felsigen Boden gefallen und zersprungen.

»Frau, du bist jetzt nicht mehr meine Frau«, hatte er mit im Mondlicht schimmernden Augen gesagt. »Du gehörst nun diesem Mann.«

Sie war auf die Knie gefallen und hatte ihn angefleht – so wurde es von ihr erwartet. Doch ihr Geist wandte sich bereits der Zukunft zu.

»Mein Name ist Gurvon Gyle«, hatte der Vrajitoare gesagt und ihre Klagerufe mit einer Handbewegung zum Verstummen gebracht. »Du gehörst jetzt mir. Komm.«

Manchmal vermisste sie Hygor und die Einfachheit des Stammeslebens, aber nach der Geburt ihrer Tochter war sie unfruchtbar geworden. Die Kleine würde eine Sfera werden, doch mehr hatte Vedya Hygors Stamm nicht zu geben. Sie war weit weniger wert gewesen als dreitausendsechshundert Pferde. Hygor hatte einen guten Preis für sie bekommen.

Anfangs war sie verwirrt gewesen. Dieser Gyle schien nicht zu beabsichtigen, die Ehe mit ihr zu vollziehen, stattdessen verbrachte er seine Nächte mit einer abgekämpften ältlichen Frau, mit der er nicht einmal verheiratet war. Doch nach und nach begriff Vedya: Ihre Rolle war die als Gyles Dienerin. Die andere Frau, diese feindselige zynische Kreatur namens Elena Anborn, war seine Geliebte. Gyle hatte Vedya nicht gekauft, um sein Bett mit ihr zu teilen, sondern um sie auszubilden. Ihr Potenzial zur Entfaltung zu bringen, wie er es nannte, damit sie für ihn arbeiten konnte. Also lernte sie alles über Schilde, wie man einen Feind mit Gnosisenergie vernichtet und andere Techniken, von denen die Sfera nicht einmal etwas ahnten. Wundervolle Dinge: Fliegen, Gedankenlesen, Menschen täuschen. Sie eröffneten ihr ganz neue Horizonte, der gerissene Gyle und seine kalte Elena.

Irgendwann kam sie auf den Gedanken, Elena aus Gyles Bett zu verdrängen. Vedyas Ansehen bei den anderen Vrajitoare, die für ihn arbeiteten, würde beträchtlich steigen. Vedya war aufgefallen, dass die Beziehung der beiden hauptsächlich auf Gewohnheit beruhte, auf alten Erinnerungen, längst vergangener Leidenschaft. Wenn sie es miteinander trieben, dann mechanisch und uninspiriert. Viel zu kurz, dann drehte sich jeder auf seine Seite. Wenn sie miteinander sprachen, ging es stets um Gedanken und Pläne, nie um Träume. Es war leicht, einen Keil zwischen die beiden zu treiben. Vedya war jung, schön und exotisch, sie fühlte sich wohl in ihrem Körper und mit ihren sexuellen Begierden. Mehrmals hatte sie es mit Hygor vor dem ganzen Stamm getan und auch anderen dabei zugesehen. Ständig hatte sie dazugelernt, wie sie einem Mann Vergnügen bereiten konnte – und sich selbst. Es war nicht schwer, Gyle ein paar Hinweise zu geben, ihn hier und da etwas nackte Haut sehen zu lassen. Vedya war geduldig, denn es gab noch so viel zu lernen, jetzt, nachdem sie verstanden hatte, was die Aufgabe von Gyles Truppe war: Menschen für Geld zu töten. Und auch das erlernte Vedya mit Freude und Leichtigkeit.

Es war kein Problem gewesen, dafür zu sorgen, dass sie Zeit mit Gurvon allein verbringen konnte. Beim ersten Mal in Verelon war er nur hektisch über sie hergefallen. Schnell und schuldbewusst hatte er sie genommen. Beim nächsten Mal bremste sie ihn und zeigte Gyle, wie er besser auf seine Kosten kam. Vedya maßte sich nicht an, besonders klug zu sein, aber sie war eine gute Zuhörerin. Sie fand schnell heraus, wie sehr Gyle es mochte, wenn sie ihm das Gefühl gab, er sei ein Weiser, dem man besser nicht widerspricht, wie Elena es ständig tat. Und wie alle Männer hielt er sich gerne für einen meisterlichen Liebhaber. Vedya wusste genau, wie sie ihn kriegen konnte. Sie befriedigte seine Eitelkeit und versklavte seinen Körper, und er gehörte ihr.

Als Elena Anborn allmählich dämmerte, dass ihr gerade der Liebhaber gestohlen wurde, genoss Vedya es in vollen Zügen. Stur tat Elena so, als sei nichts. Gleichzeitig putzte sie sich heraus und erniedrigte sich damit nur selbst, während Gyle immer neue Ausreden fand, sich von ihr fernzuhalten. Amüsant. Gyle tat so, als sei Elena ihm immer noch wichtig, aber das waren nur leere Worte. Gurvon gehörte jetzt ihr.

Vedya jagte über den Dächern der heruntergekommenen Hütten am Rand der Stadtmauer dahin und spähte mit ihren Eulenaugen in die Nacht. Elena Anborn kam aus der Deckung gehumpelt, das Gesicht unter einer Kapuze verborgen, die Bewegungen seltsam ungeschickt. *Ist sie verwundet?* Vedya leckte sich über die Lippen. Es war an der Zeit, dass die Untergebene sich zur Herrin aufschwang, die einstige Schülerin zur Meisterin. Der klein gewachsene Armbrustschütze lag zuckend am Boden, und sie schoss noch einen Blitz auf ihn ab, nur um sich an seinem Todeskampf zu weiden. Immer noch kein Gegenangriff von Elena. Vedya war überrascht.

Kann sie etwa nicht mehr? Innerlich jubilierte Vedya bereits, zwang sich aber, sich zunächst auf Elenas anderen Begleiter zu konzentrieren. Außerdem waren da noch die Jhafi, wie Käfer in einem verfaulenden Baumstamm liefen sie zu Hunderten umher. Vedya kannte viele Arten zu töten, aber diesmal würde es ganz besonders schön werden.

Mit einem schrillen Aufschrei erschütterte sie alle Seelen in der Umgebung mit dem Gefühl tiefster Verzweiflung. Sie spürte, wie alte Männer und Frauen sich plötzlich ihren eigenen Tod vorstellten und ihr Herz augenblicklich aufhörte zu schlagen. Kinder träumten, ihre Mütter seien gestorben, und schrien. Junge Männer glaubten plötzlich, sie seien kastriert worden. Brüllend vor Schmerz, die Hände auf den vermeintlich nicht mehr vorhandenen Hodensack gepresst, wälzten sie sich am Boden. Frauen fassten sich an den Bauch, weil sie zu spüren glaubten, wie auf einmal ihre Gebärmutter verkümmerte. Und die ganze Zeit über wartete Vedya auf Elenas Gegenangriff, aber nichts geschah.

Sie kann tatsächlich nicht mehr! Vedya konzentrierte sich auf den Rimonier an Elenas Seite, schlüpfte in seinen Geist und kannte ihn im Nu in- und auswendig: Ein junger Mann, verliebt in Elena Anborn. *Was hat es nur auf sich mit diesem verschrumpelten alten Weib?* Der Rimonier hatte sein erstes sexuelles Erlebnis mit einer älteren Frau gehabt, und seine Wahrnehmung von Elena hatte sich mit der Erinnerung an seine mittlerweile verstorbene erste Liebhaberin vermischt. Dann hatte er die ruchlose Mörderin hinter Elenas zarter Maske entdeckt – erst vor wenigen Stunden. Vedya spürte sein Entsetzen darüber, wie Sordell Elenas Körper zugerichtet hatte, sah durch seine Augen, wie verunstaltet sie jetzt war. Wie ein zerschlagenes Ei, die Schale zerbrochen, das Innere ausgelaufen, klebrig und schutzlos. Seine Verwirrung war beinahe greifbar, so stark war sie. Eine bereitwillige Waffe. Vedya jauchzte.

Sie ist ein Monster, flüsterte Vedya. *Sie empfindet nicht das*

Geringste für dich. Wie sie jetzt aussieht, das ist ihr wahres Wesen! Die Maske, hinter der sie ihre Grausamkeit verborgen hat, wurde ihr vom Gesicht gerissen! Streck sie nieder, befreie die Welt von ihr...

Vedya jubilierte innerlich, als der Ritter ganz langsam aus der Deckung kam und sein Schwert hob. Dies war ihre Stunde. Sie schoss herab und wehrte mühelos den schwachen Blitz ab, den Elena ihr entgegenschleuderte. Elenas Kapuze verrutschte, und Vedya sah die runzlige Haut und das dürre ergraute Haar darunter.

Vornübergebeugt wie eine Greisin, kauerte Elena am Boden, die Hände vom Alter verkrümmt. Der Ritter war schon fast bei ihr. Sein Schwert war zersplittert, aber immer noch lang genug, um sie zu töten.

»Elena, endlich siehst du so alt aus, wie du bist«, sagte Vedya laut, um sie abzulenken.

Elena richtete sich auf, das frühzeitig gealterte Gesicht verzerrt vor Anstrengung. Der Rimonier wollte gerade zuschlagen, da fuhr Elena herum, und der Recke fiel in sich zusammen wie ein Sack Kartoffeln.

Vedya fuhr erschrocken zusammen, doch dann sah sie, wie Elenas Beine wegknickten und sie keuchend auf die Knie sank. Das Amulett um ihren Hals glomm nur noch schwach. Sie sah aus wie eine zahnlose Hyäne, die in den Müllhaufen am Rand der Stadt nach Fleischresten sucht.

Ha! Vedya landete direkt vor Elena und schlug ihr mit der flachen Hand mitten ins Gesicht. Keine Schilde schwächten die Ohrfeige ab – ein herrliches Gefühl.

Elena griff nach ihrem Schwert, aber Vedya trat ihr aufs Handgelenk.

Knochen splitterten, Elena wimmerte vor Schmerz, und

Vedya schickte noch einen Gnosisblitz hinterher. Von Krämpfen geschüttelt, öffnete Elena den Mund zu einem stummen Schrei, während das blaue Feuer knisternd ihre Haut versengte.

Den nächsten würde sie nicht überleben.

Aber nein, nicht so hastig. Vedya kniete sich neben die Frau, die ihr mehr über die Gnosis beigebracht hatte als jeder andere. In der Kunst der Magi war sie ihre Mentorin gewesen, in der Liebe ihre Rivalin, und jetzt lag sie vollkommen hilflos vor ihr ausgestreckt. »Elena, Liebes, erinnerst du dich noch, wie du mir beigebracht hast, wie man eine Seele verschlingt?«, flüsterte sie. »Wie man sich den Geist und die Kräfte eines besiegten Gegners einverleibt? Genau das werde ich jetzt tun. Deine Seele wird auf ewig mir gehören, in ohnmächtigem Schmerz wirst du toben und schreien, während ich mir alles nehme, was einmal dein war. All deine Kräfte und Erinnerungen. Du wirst mir hilflos ausgeliefert sein, gefangen in mir für den Rest meines Lebens.« Vedya durchdrang das bisschen, was von Elenas Schilden noch übrig war, und schlüpfte in ihren Geist. Es war erbärmlich, wie sehr am Ende ihre einstige Meisterin war. *Siehst du, ich erinnere mich gut an die Formel...* Wie eine Schlange wickelte sich Vedyas Gnosis um das winzige Häuflein, das von Elena Anborns Kräften geblieben war, und öffnete die Kiefer.

Du glaubst nicht im Ernst, dass ich dir alles darüber gesagt habe, oder?, wisperte eine rasselnde Stimme in ihrem Geist.

Die Dunkelheit um Vedya herum veränderte sich, alles Licht verschwand. Sie schrie. Unsichtbare Klauen rissen ihren Geist in Stücke. Vedya schrie und schrie, bis nichts mehr von ihr übrig war.

Ganz langsam kam Elena wieder zu sich. Es war ein entsetzlich hohes Risiko gewesen. Sie war vollkommen erschöpft gewesen, kraftlos und leer. Lorenzos von Vedya herbeigeführten Angriff abzuwehren, hatte ihre letzten Reserven aufgebraucht – bis auf ein winziges Fünkchen, das sie mit aller Macht zurückhielt, um vielleicht die letzte hauchdünne Chance nutzen zu können, die ihr noch geblieben war. Hätte die Sydierin sie mit Gnosisblitzen erledigt oder einfach nur gewartet, bis die Soldaten der Gorgio auftauchten – Elena wäre erledigt gewesen. Doch Elena hatte Vedya einst gesagt, die Seele eines wehrlosen Magus zu verschlingen, wäre stets die beste Methode, ihn zu töten, weil man dadurch selbst noch an Kraft dazugewinne. Das stimmte auch, aber gleichzeitig war es brandgefährlich, denn es eröffnete dem bereits Besiegten eine Möglichkeit zum Gegenangriff. Und diesen Gegenangriff konnte nur abwehren, wer wusste, wie. Das wiederum hatte Elena Vedya gegenüber nie erwähnt, geschweige denn ihr die Technik gezeigt. *Man muss immer einen Plan für den Notfall haben...*

Jetzt lag Vedyas leere Hülle im Straßenstaub, die glasigen Augen vollkommen leblos. Sie war so tot, wie man nur sein konnte: Ihre Seele war für immer ausgelöscht. Nicht einmal die Geisterwelt würde sie noch betreten, kein noch so guter Beschwörer oder Heiler konnte sie zurückholen. Das Bewusstsein, das Elena sich einverleibt hatte, hatte sich restlos aufgelöst. Die schöne, intrigante und vom Ehrgeiz zerfressene Vedya hatte für immer aufgehört zu existieren.

Was für ein grässliches Monster ich geworden bin. Aber ich lebe noch, und ich habe ihre Lebensenergie, bis auch die aufgebraucht ist...

Elena ignorierte die Schmerzen in ihren aufgeschlagenen Knien und stemmte sich hoch. Sie schleppte sich zu Lorenzo und legte den Kopf auf seine Brust. Seine Rippen hoben und senkten sich beinahe unmerklich, aber er lebte. *Dank sei...*

Mit einem Teil der Energie, die sie Vedya ausgesaugt hatte, sandte sie Gelassenheit in die Seelen der Jhafi in den Hütten rundum. Dutzende waren gestorben, viele für den Rest des Lebens seelisch gezeichnet. Sie schloss Lucas blicklose Augen und verfluchte sich, weil sie ihn nicht hatte beschützen können. Dann weckte sie Lorenzo und besänftigte seinen Geist, während er allmählich zu Bewusstsein kam.

Als der Ritter Elena erblickte, schnappte er nach Luft und fuhr ruckartig hoch. Er stieß sie von sich weg und duckte sich hinter die nächste Ecke. »Diablo!«, zischte er. »Rühr mich nicht an.«

Wie viel von seiner Reaktion immer noch auf Vedyas Bann zurückging, konnte sie nicht sagen. *Oh Lori. Ich hatte dir gesagt, du solltest nicht mitkommen.*

Das Siegesgeschrei der Gorgio erstarb. Sie hatten Vedyas Ende mit eigenen Augen beobachtet und fürchteten nun, dasselbe Schicksal zu erleiden.

Jhafi-Männer kamen aus dem Gassengewirr gelaufen und sahen, wie Elena sich schützend über Solinde beugte, während Lorenzo wie benommen mit abgewandtem Gesicht daneben kauerte. Es waren Gefolgsleute Mustaq al'Madhis, angeblich ein Händler, der als »Sultan der Suks« bekannt war – neben anderen, weniger schmeichelhaften Spitznamen. Mustaq handelte nach seinen eigenen undurchschaubaren Gesetzen, in deren Hierarchie die Nesti momentan über den anderen rimonischen Adelshäusern standen. Elena und Solinde wurden in Bekiras gehüllt, dann verschwanden Träger mit den drei Überlebenden in dem nach Abfall, Fäkalien und Schweiß stinkenden Labyrinth der Jhuggis. Der Rauch der Kochfeuer löste bei Elena krampfartige Hustenanfälle aus.

Unterdessen trugen die anderen Sordells und Vedyas Leichen unter Triumphgeschrei durch die Straßen. Wild fuchtelten sie mit den Waffen, die sie aus ihren Verstecken hervorgeholt hatten, Trommeln erschallten, das Licht der Fackeln spiegelte sich blutrot in Säbeln und Messern. Sie marschierten zum Dom-al'Ahm, wo Mustaq al'Madhi, umgeben von seinen Kämpfern, sie erwartete. Sie hatten Fleischerhaken dabei, um die Leichen der verhassten Magi daran aufzuhängen.

Mustaqs mitleidloses Gesicht strahlte vor Freude, und Elena brach unter seinem anerkennenden Schulterklopfen beinahe zusammen. »Eine ruhmreiche Nacht, Dame Elena!«, brüllte er triumphierend. »Fünf Shaitans weniger! Eine Schande, dass nicht auch Gyle hier war, um die bittere Niederlage zu schmecken.«

Wäre Gurvon hier gewesen, hättet Ihr jetzt keinen Grund zum Jubeln, dachte Elena wie betäubt. Laut sagte sie: »Bringt mir Pergament, damit ich es an die Leichen hängen kann.«

Ihre Stimme war so gebrochen, dass es selbst al'Madhi auffiel. »Seid Ihr verletzt, edle Dame?«

»Nichts Bleibendes, Mustaq. Macht Euch keine Sorgen. Ich werde bald geheilt sein.«

Er blickte sie misstrauisch an und machte einen halben Schritt zurück, blieb aber höflich. »Ihr habt Großes für uns geleistet«, erklärte er. »Wir werden uns um Euch kümmern. Nehmt, was immer Ihr braucht. Ahms Segen sei mit Euch.«

Soweit ich weiß, ist Ahm nicht gerade ein Freund der Magi. Trotzdem verneigte Elena sich dankbar. »Ich werde die Princessa mitnehmen«, sagte sie. »Sie muss zur Königin-Regentin gebracht werden.«

»Und vor Gericht gestellt werden«, fügte Mustaq wütend hinzu. »Sie hat auf ihrer Seite gestanden.« Er spuckte aus.

»Und vor Gericht gestellt werden«, wiederholte Elena.

Die Soldaten der Gorgio blieben innerhalb der inneren Stadtmauern, aber die Zinnen wurden mit Wachposten bemannt, die mit wachsamen Augen verfolgten, wie sich der Jubel der Jhafi ausbreitete wie ein Buschfeuer. Die ganze Nacht hindurch hallten die Trommeln und die Gesänge durch die Jhuggis.

»Kommt, kommt und feiert mit uns«, riefen sie immer wieder hinauf.

»Eure Magi sind tot, wollt ihr nicht ein bisschen um sie trauern? Dann kommt morgen zum Dom-al'Ahm! Tod den Gorgio, lang leben die Nesti!«

Einige der Wachposten standen kurz davor, einen Ausfall zu machen, aber die harschen Kommandos der Offiziere hielten sie zurück.

Bei Anbruch der Dämmerung lag der äußere Ring der Stadt unter dicken Rauchschwaden. Alfredo Gorgio höchstpersönlich kam auf die Mauer und blickte hinaus auf die Stadt. Was er sah, erschütterte ihn sichtlich, und wenig später riegelten die Soldaten die Innenstadt komplett ab. Brochena lag da wie gelähmt.

Während der nächsten Tage verkroch Elena sich in Mustaq al'Madhi's Haus. Die meiste Zeit schlief sie. Wenn sie wach war, konzentrierte sie all ihre Kraft darauf, sich zu heilen, vor allem das gebrochene Handgelenk, damit es wieder voll belastbar wurde. Der Spiegel zeigte ihr, wie sie als alte Frau aussehen würde. Gar nicht mal so übel, wie sie fand: ein hageres Gesicht, aber erhaben und schön geschnitten. Trotzdem musste sie weinen. Ihr Haar war grau, doch an den Wurzeln wuchs es bereits blond nach. Elena nahm eine Schere und schnitt es bis fast auf die Kopfhaut zurück. Es sah eigenartig aus, war aber immer noch besser, als auszusehen wie siebzig. *Ich werd einfach sagen, das trägt man jetzt so.*

Dann machte Elena sich daran, wieder die Frau zu werden, die sie gewesen war. Die Tage vergingen, und allmählich kehrte ihre Lebenskraft zurück. Es würde Monate dauern, bis sie sich vollkommen erholt hatte. Sie hatte immer noch tiefe Falten im Gesicht, der gnostisch beschleunigte Haarwuchs war von einem helleren Blond und von silbernen Strähnen durchzogen. Als die Haut sich zu schälen begann, sah Elena ein paar Tage lang furchtbar aus, doch die Haut darunter war glatt und schimmernd. Trotzdem: Sich von einem Geisterbeschwörer halb umbringen zu lassen würde sie niemandem als Schönheitskur empfehlen.

Lorenzo hielt sich von ihr fern. Elena hätte ihm gerne geholfen, aber er wollte sie nicht sehen, also konzentrierte sie sich auf Solinde. Einen Tag nach ihrer Rettung kam die Princessa wieder zu sich, aber sie wirkte verzweifelt und wollte mit niemandem sprechen. Elena hatte den beiden Nesti-Töchtern beigebracht, ihre Gedanken gegen neugierige Magi zu schützen, und jetzt verwendete Solinde die Technik, um sich gegen sie abzuschotten. Wie Solinde den Einsturz des Mondturms überlebt hatte, war Elena ein Rätsel. Vielleicht hatte sie einfach unfassbares Glück gehabt.

Mustaq und den anderen Anführern gelang es, die Jhafi von einem Angriff auf die Zitadelle abzuhalten, nur ein paar junge Heißsporne schossen Pfeile auf die Wachposten auf der Mauer. »Wartet, bis die Nesti hier sind«, lautete die Losung.

Doch die Gorgio kamen ihnen zuvor. Wenige Tage nach Elenas Angriff marschierte eine Legion unter Fanfaren zum Tor hinaus. Zenturie um Zenturie rückte über die Prachtstraße zum Dom-al'Ahm vor. Eine Kohorte sicherte die Flanken, während der Kommandant, geschützt von einer Schildkrötenformation, weiter bis zu den in der Mitte des Platzes errichteten Pfählen ritt. Jeder konnte die Leichen sehen: Anro Domlas kopfloser Körper hing verkehrt herum an einem Fleischerhaken, die Eingeweide um den Haken gewickelt. Mit einem dicken Nagel war ein Pergament an seinem Leichnam befestigt, auf dem stand: »Der Mann aus Stein.« Neben Anro hingen die grässlich zugerichteten Überreste von Benet und Terraux. »Die lästerlichen Zwillinge«, stand über ihnen geschrieben – eine Anspielung auf ein berüchtigtes Gleichnis aus dem Kalistham. Rutt Sordells Kopf steckte auf einem Pfahl, der Rest des Körpers war ein Stück darunter aufgespießt. »Königsmörder«, stand auf seinem Schild geschrieben. Auf dem Pfahl daneben war Vedyas makelloser Körper zur Schau gestellt. Die Aufschrift lautete: »Shaitans Hure.«

Am nächsten Tag flohen die Gorgio aus der Stadt.

Die Nachricht von der Flucht der Gorgio verbreitete sich wie ein Lauffeuer, und einen Tag später führte Mustaq al'Madhi seine Männer unter größter Vorsicht in die Festung. Die ganz in Schwarz gehüllte Elena trugen sie auf einer Sänfte in ihrer Mitte. Es war deutlich zu spüren, wie die Krieger sie gleichzeitig verehrten und fürchteten. Trommeln und Zimbeln wurden geschlagen, Kinder führten Siegestänze auf, während die Männer jedes rimonische Haus plünderten, vor dem kein Nesti-Banner wehte, und diejenigen töteten, die sich öffentlich auf die Seite der Gorgio gestellt hatten. Es waren nur wenige, dennoch war es ein fürchterliches Massaker.

Als sie den Palast erreichten, arbeiteten sie sich vorsichtig durch die Trümmer des eingestürzten Mondturms und marschierten von dort weiter zum Haupttor, das einladend weit offen stand.

»Meine Männer haben bereits einen Teil des Geländes ausgekundschaftet, Dame Elena«, sagte Mustaq und half ihr aus der Sänfte, »aber wir sind nicht ganz sicher, wie wir weiter vorgehen sollen. Wenn Ihr uns bitte Euren Rat geben würdet?«

Elenas Hände zitterten, aber sie konnte gehen, und das Handgelenk war wieder belastbar. Auf einen Stab gestützt, humpelte Elena los, während ihre Gedanken schon den Palast durchkämmten. Überall lagen Trümmer. In einem verlassenen Innenhof fanden sie zerschnittenes Zaumzeug und durchlöcherte Harnische, in einem anderen zerschlagene Weinfässer: Alles, was die Gorgio nicht hatten mitnehmen können, hatten sie zerstört. Überall schlichen maunzende Katzen umher. An einer Stelle kämpften sie um ein paar Fleischbrocken, die sich bei näherem Hinsehen als die in der Mittagssonne verrottenden Arme und Beine einer eilig verscharrten Leiche herausstellten.

Mustaq gab ein Zeichen, und zwei Männer verscheuchten die wild fauchenden Katzen. Ein Tuch über Mund und Nase gepresst, begannen sie zu graben, und kurze Zeit später hatten sie den nackten Leichnam eines groß gewachsenen Mannes mit langem goldenem Haar freigelegt. Es war Fernando Tolidi, Solindes Geliebter.

Elena versuchte gerade, sich einen Reim darauf zu machen, da kam ein Trupp von Mustaqs Männern angerannt. Sie schrien und fuchtelten wild mit den Armen: Sie hatten noch weitere Leichen gefunden. Elena schlug sich die Hand vor den Mund und folgte ihnen.

Wie eine schwarze Wolke erhoben sich Hunderte Krähen vom Fuß des Königsturms, und die Jhafi erstarrten. Manche sanken wimmernd auf die Knie, und Elena würgte wegen des fürchterlichen Gestanks: Das Letzte, was die Gorgio vor ihrer Flucht getan hatten, war, alle Palastangestellten aus dem

Volk der Jhafi zu töten. Elena wankte über den blutbesudelten Platz, und ein tonnenschweres Gewicht senkte sich auf ihre Schultern. *Nichts von alledem wäre geschehen, wenn ich nicht aufgetaucht wäre.*

Sie blickte auf die Leichen der Männer und Frauen hinab, die Augen blind, die Gesichter im Moment des Todes zu Fratzen des Schreckens und der Hoffnungslosigkeit erstarrt. Achtundvierzig Tote insgesamt. Elena wehrte sich nicht gegen die Tränen, die aus ihren Augen quollen. Doch selbst die aufrichtige Trauer verschaffte ihr keinerlei Erleichterung.

Nach ein paar Minuten sandte sie ihre Gedanken erneut aus, suchte nach Überlebenden. *Da, oben links!*

Vorsichtig führte sie die Jhafi-Krieger in den Turm, doch sie trafen weder auf Heckenschützen noch sonstige Fallen. Alle Räume waren verwüstet, als hätten die Gorgio im letzten Moment noch einmal alles durchsucht, um ja nichts zurückzulassen, was von irgendwelchem Wert war. Nur in einem Zimmer entdeckten sie, verborgen unter Schutt und von den Wänden gefallenen Teppichen, eine große Kiste. Sie war verschlossen.

Lautlos glitt Mustaq heran und stemmte sie vorsichtig mit einem Brecheisen auf. Als das Schloss mit einem lauten Krachen aufsprang, fuhren alle zusammen.

In der Kiste kauerte ein Mädchen, das Gesicht dreck- und tränenverschmiert. Sie machte sich so klein, wie sie nur irgend konnte, und wimmerte.

»Schhh, Kind«, flüsterte Mustaq. »Die Dame Elena ist bei uns. Wir werden dir nichts tun.«

Das Mädchen war vollkommen verängstigt. Sein Gesicht war dunkel mit einer kindlichen Stupsnase, und es war dünn wie ein Besenstiel. Elena kannte die Kleine: Tarita, eine der jüngeren Mägde, vielleicht vierzehn oder fünfzehn Jahre alt und kaum mehr als zwei Ellen groß. Sie war ein aufgewecktes, freches Mädchen, das mit den Gedanken oft woanders war. Einmal hatte sie Elena einen Eimer Wasser für die Badewanne gebracht – eiskalt. Das Heißmachen hatte sie einfach vergessen. Tarita hatte eine furchtbare Standpauke oder Schlimmeres erwartet, aber Elena hatte nur eine scherzhafte Bemerkung gemacht, und die Kleine hatte sofort mit eingestimmt, hatte Elena vorgeschlagen, sie könne das Wasser doch sicher mit ihrer Magie erhitzen. Jetzt stand Tarita unter schwerem Schock, und Elena fragte sich, wie sie hatte entkommen können.

»Tarita«, sagte sie leise, »würdest du mir bitte einen Eimer heißes Wasser bringen?«

Einen Moment sah es so aus, als wolle sie lächeln, aber dann verbarg sie das Gesicht in den Händen. Es dauerte eine ganze Weile, bis Elena sie aus der Kiste heraus- und in ihre Arme gelockt hatte. Dann riefen sie eine Jhafi-Frau herbei, die sich um das Mädchen kümmern würde. *Ich darf Tarita nicht vergessen. Ich muss wissen, was sie gesehen hat.*

Sie fanden keine weiteren Überlebenden mehr, nur noch zerstörte Möbel und liegen gelassenes nutzloses Zeug. Lediglich der Raum, in dem Bastido untergebracht war, war unberührt. Elena hatte ihn so eingestellt, dass er jeden außer ihr selbst sofort auf Stufe fünf angreifen würde, sobald er die Kammer betrat. Vielleicht hatten sie sich deswegen von dem Zimmer ferngehalten. Elenas Kemenate hingegen war vollkommen verwüstet. Jemand – wahrscheinlich Vedya – hatte sich die Mühe gemacht, jedes einzelne ihrer Kleidungsstücke in Stücke zu reißen, um dann darauf zu urinieren. Es stank, und es tat auch ein bisschen weh, aber wirklich überrascht war Elena nicht.

Wenigstens habe ich mein Amulett getragen.

Als die Nesti zwei Wochen später nach Brochena zurückkehrten, herrschte eine Atmosphäre wie auf einem Volksfest. Die verhassten Gorgio hatten ihr wahres Gesicht gezeigt, hatten den König und schutzlose Bürger getötet, aber sie waren kampflos wieder abgezogen. Der Mut und die Entschlossenheit, die Cera nach der Auslöschung ihrer Familie gezeigt hatte, war bereits in aller Munde, die Freude über ihre Rückkehr spontan und echt. Elena wartete mit Mustaq al'Madhi und seinen Kämpfern auf der Haupttreppe auf die Ankunft von Ceras Tross. Der Jubel und die Gesänge wurden immer lauter, und Elena schwitzte unter ihrer Kapuze.

Die Königin-Regentin ließ sie nicht lange warten. Elena befürchtete, es könnten sich Attentäter in der Menge versteckt haben, aber Cera erreichte den Palast ohne Zwischenfälle, nahm die zahllosen Glückwünsche entgegen und ließ sich als Heldin feiern. Sie war gefasst, ihre Bewegungen würdevoll. Cera war kein kleines Mädchen mehr, sie war jetzt eine Frau. *Als sei sie zu nichts anderem geboren.* Der Gedanke erfüllte Elena sowohl mit Stolz als auch mit Sorge.

Cera schritt die Stufen hinauf und blickte Elena dabei fragend an. Elena hatte ihr geschrieben, dennoch war Cera nicht sicher, welcher Anblick sie erwartete. Einen nach dem anderen begrüßte Cera die anwesenden Adligen und Hofbeamten, und als sie bei Elena angelangt war, verschlug es ihr für einen Moment den Atem. Die schlimmsten Spuren von Sordells Attacke waren bereits verheilt, doch mit dem stoppeligen silberblonden Haar und den tiefen Falten im Gesicht sah Elena aus wie eine andere. Zehn Jahre älter, nach normalen Menschenjahren gerechnet.

Cera hatte ihre Gesichtszüge schnell wieder im Griff und umarmte ihre Lebensretterin herzlich. »Ella – *Dio!* Was haben sie mit Euch gemacht?« Sie fuhr ihr durchs kurz geschorene Haar. »Ich erkenne Euch kaum wieder«, flüsterte sie.

»Ich hatte gehört, kommenden Winter seien kurze Haare der letzte Schrei bei Hofe.« Sie zwinkerte.

Cera nahm Elenas Hand und küsste sie, um sie danach nur noch fester zu umarmen. »Ihr habt unser Königreich zurückerobert, Ella.« Ihre Stimme zitterte. »Ihr seid eine Wunderwirkerin!«

»Nichts anderes ist meine Aufgabe«, erwiderte Elena trocken.

»Ich liebe Euch, Ella. Ihr seid wie Sol und Lune für mich.«

»Cera! Das ist Blasphemie. Passt auf, dass die Drui Euch nicht hören.« Elena tätschelte ihr die Wange, dann wurde ihre Stimme ernst. »Solinde hat sich geweigert zu kommen. Ich dringe einfach nicht zu ihr durch. Sie schirmt ihre Gedanken gegen mich ab. Wenn ich versuche, die Gnosis zu benutzen, müsste ich ihr wehtun. Die Jhafi fordern ihren Kopf wegen Hochverrats.«

Ceras Blick verfinsterte sich. »Später, Ella. Ich muss fröhlich aussehen heute.« Sie beugte sich ganz nah heran und flüsterte: »Mustaqs Leute haben tausend Sympathisanten der Gorgio umgebracht, und er hat mir eine Liste mit weiteren dreihundert Namen gegeben.« Sie sah Elena fest in die Augen. »Was soll ich tun?«

Elena schluckte. »Sag einfach nichts dazu. Wir sprechen später darüber.« Sie drückte ihre Hand und machte einen Knicks. »Später.«

Cera hielt ihren Blick noch einen Moment lang fest, dann ging sie weiter. Lächelnd begrüßte sie den Nächsten.

Elena zog sich im Schutz der Menge zurück. Alle um sie herum jubelten, doch sie konnte den Jubel nicht teilen. Sie merkte, wie Lorenzo ihr mit den Augen folgte. Als sich ihre Blicke begegneten, schaute er sofort woandershin.

Vier Leute waren an der Entscheidung beteiligt: Cera, Elena, Comte Piero Inveglio und Mustaq al'Madhi, der sich erschreckend schnell unverzichtbar gemacht hatte. Nach zögerlichem Beginn war die Beratung immer hitziger geworden, bis Mustaq schließlich von seinem Stuhl aufsprang und mit dem Finger auf Inveglio deutete. »Als die Gorgio kamen, haben die Händler und Gildevertreter sich auf sie gestürzt und um ihre Gunst gebuhlt. Wie Hunde haben sie sich vor ihren neuen Herren im Dreck gewälzt. Das darf nicht ungestraft bleiben!«

Inveglio protestierte. »Die meisten Leute auf dieser Liste – ich kenne sie. Sie hatten gar keine andere Wahl. Wenn ein Usurpator einem das Messer an die Kehle setzt, würde nur ein Narr sich widersetzen!«

»Ihr beschützt nur Eure Freunde, Eure sogenannten Geschäftspartner!«, geiferte Mustaq. »Diese Leute sind reich geworden durch die Gunst der Gorgio. Sie haben sich an die Brust des Feindes geworfen, um an ihr zu saugen, und jetzt fordert mein Volk Vergeltung.« Er wandte sich an Cera. »Die Gorgio haben die Dienerschaft Eures Palasts abgeschlachtet wie Tiere, und die Hunde auf dieser Liste haben es schwanzwedelnd gebilligt! Es muss eine Säuberung geben, geleitet und durchgeführt von den Nesti. Denn das Blut wird fließen, auch ohne Beteiligung der Nesti, das verspreche ich Euch!«

»Was sagt Ihr dazu, Elena?«, fragte Cera beinahe flehend.

Elena musterte sie nüchtern. *Auch das ist Herrschen, Cera: nicht nur prächtige Auftritte, nicht nur schöne Reden schwingen, sondern auch das Schwert des Richters.* »In Rimoni lebte einst ein Dichter. Sein Name war Nikos Mandelli, er war Berater der Kaiser von Rym, bevor die Magi die Herrschaft übernahmen. Er hat zahlreiche Schriften verfasst darüber, wie ein Reich am besten zu regieren sei. Die Kirche hat seine Texte verboten, aber sie blieben erhalten, und die Magi haben sich eingehend mit ihnen beschäftigt. In seinem Buch *Der Kaiser* schreibt Mandelli, dass ein Herrscher von seinem Volk sowohl geliebt als auch gefürchtet werden muss. Manchmal braucht es Milde und Nachsicht, manchmal aber auch Härte und Strafe. Eure Aufgabe ist, die Herrschaft der Nesti zu sichern. Ihr könnt nicht zulassen, dass die Unterstützer der Gorgio ungeschoren davonkommen. Es würde Eure Position beim Volk schwächen. Somit ist Euer Weg klar.«

Jetzt deutete Mustaq auf Elena. »Ihr habt die Jadugara gehört!«, rief er triumphierend.

Comte Inveglio vergrub das Gesicht in den Händen, und Cera schluckte, totenblass. »Also gut. Es wird Anklagen geben und Kerkerstrafen, aber keine Hinrichtungen«, sagte sie mit fester Stimme.

Mustaq verneigte sich und verließ mit schnellen Schritten die Ratshalle.

Cera gab Mustaq eine Woche und stellte ihm die Soldaten der Nesti zur Verfügung. Tag und Nacht durchstreiften Trupps die Straßen, durchsuchten Anwesen und Kellergewölbe, bis alle Beschuldigten verhaftet waren und die Verliese unter dem Königspalast aus allen Nähten platzten. Die Verfahren würden sich über Monate hinziehen. Und wie zu erwarten gewesen war, liefen die Dinge schließlich aus dem Ruder. Elena hatte den Verdacht, dass die Beamten, die die Liste mit den Verdächtigen führten, Bestechungsgelder von Leuten annahmen, die noch alte Rechnungen mit vermeintlichen Kollaborateuren zu begleichen hatten. Doch das war nicht einmal das Schlimmste: Manche der Namen gelangten auf dunklen Kanälen nach außen, und die Betreffenden wurden gelyncht, noch bevor irgendjemand etwas dagegen unternehmen konnte. Einmal mehr fühlte Elena sich an die Schattenseiten der Revolte erinnert, die sie endgültig hatte vergessen wollen.

Auch an Cera ging das alles nicht spurlos vorüber: An die Stelle ihres anfänglichen Zögerns trat eine Kälte und Rücksichtslosigkeit, die bei einer so jungen Frau erschreckend anzusehen waren. Elena hatte Angst um sie. *Sie wird immer mehr wie ich damals während der Revolte...*

Nach sieben Tagen hob Cera das Kriegsrecht wieder auf. Von nun an konzentrierten die Soldaten sich wieder darauf, den Frieden zu wahren. Die Straßen wurden von den Spuren der letzten Wochen gereinigt und die Opfer beerdigt. Der Wiederaufbau der zerstörten Gebäude jedoch dauerte etwas länger, und das Volk stand nicht mehr geschlossen hinter Cera – die Regentin begann, sich vor öffentlichen Auftritten zu fürchten. »Die Hälfte von ihnen hasst mich«, weinte sie in Elenas Armen.

Stoisch führte sie den Vorsitz bei den unzähligen Gerichtsverfahren und verurteilte die meisten bis auf wenige Ausnahmen, was ihr von manchen als Schwäche ausgelegt wurde, von anderen als Güte und Stärke. Es war unmöglich, es allen recht zu machen – eine alte Binsenweisheit, aber nur allzu wahr.

Am letzten Tag des Jahres hatte Timori sich so weit erholt, dass er nachts wieder allein sein konnte, solange Borsa direkt vor der Tür zu seinem Zimmer schlief. Cera war in die Königssuite gezogen, auch wenn es ihr sichtlich unangenehm war, in den Räumen ihrer toten Eltern zu schlafen. Elena bekam Rutt

Sordells ehemalige Gemächer gleich daneben. Sie hasste ihre neue Unterkunft. Tarita wurde Elenas Dienstmädchen. Sie legte einen unerschütterlichen Humor an den Tag, den Elena dringend brauchte, vor allem an Tagen, an denen sie schmerzgebeugt von ihren morgendlichen Übungen zurückkam. Das Jhafi-Mädchen feierte kurz nach seiner Rettung seinen fünfzehnten Geburtstag, und es schien, als habe Tarita die Schrecken, die sie durchlebt hatte, schnell hinter sich gelassen. Sie konnte Tabula spielen, und das so gut, dass sie – sehr zu Elenas Verwirrung – meistens gewann. *Eine schöne Strategin, die sich beim Spiel der Könige von ihrem Dienstmädchen schlagen lässt.*

Lorenzo blieb weiterhin auf Abstand. Ob aufgrund dessen, was er Elena hatte tun sehen oder wegen Vedyas Einflussnahme auf ihn, war schwer zu sagen. Aber er blieb stets höflich. Solinde benahm sich unverändert wie eine vollkommen Fremde.

Cera erweiterte den Regentschaftsrat um mehrere Vertreter der Jhafi, darunter auch Mustaq al'Madhi. Sie bekräftigte Javons Teilnahme an der Blutfehde und sandte Boten zu Salim, dem Sultan von Kesh. Alfredo Gorgio wurde für vogelfrei erklärt, und das Haus Nesti bereitete sich auf einen Krieg gegen die Gorgio vor, auch wenn es nicht die Mittel dazu hatte.

Elena konnte sich nach wie vor keinen Reim auf Fernando Tolidis Tod machen, aber sie war zu sehr mit anderen Dingen beschäftigt, um der Sache auf den Grund zu gehen. Solinde blieb unversöhnlich, also musste sie entweder vor Gericht gestellt oder stillschweigend aus dem Palast entfernt werden. Traditionsgemäß wurden hochrangige Gefangene in die südlich in den Bergen gelegene Festung Krak di Condotiori gebracht, und alles wurde für Solindes Überführung vorbereitet.

Es waren noch sechs Monate bis zur Mondflut, und Brochena kam nicht zur Ruhe. Spione berichteten, dass Gurvon Gyle in der Gorgio-Festung in Hytel gesehen worden sei. Die Gorgio waren zwar auf dem Rückzug unablässig von den Jhafi angegriffen worden und entsprechend geschwächt, aber wenn der Magus immer noch für sie arbeitete, gab es allen Grund zur Vorsicht.

Die ungewöhnlichsten Nachrichten jedoch kamen aus Hebusal: Der Anführer der Brückenbauer, der greise Antonin Meiros, hatte wieder geheiratet. Und was noch viel erstaunlicher war: Seine Braut war ein Lakh-Mädchen aus einer Familie, von der niemand je etwas gehört hatte. War der alte Magus endgültig senil geworden? *Ein Tattergreis wie er kauft sich ein unschuldiges armes Mädchen – widerlich.* In den Dörfern forderten die Hebb auf offener Straße seinen Kopf, und die Keshi verbrannten Puppen von ihm, während sie Kampflieder der Blutfehde sangen. Die wenigen Windschiffe, die sie aus Pontus erreichten, brachten Kunde von massenhaften Truppenaushebungen. Die Welt bereitete sich auf den Krieg vor, und Javon blieb gar nichts anderes übrig, als dasselbe zu tun.

16

Ein Stück Bernstein

AMULETT

Mithilfe bestimmter Werkzeuge kann ein Magus die Energie der Gnosis fokussieren und damit seine Kräfte verstärken. Ein Amulett aus Holz beispielsweise verdoppelt die Macht eines »Zaubers«, ein Stück Bernstein oder ein Kristall verstärken sie sogar noch weiter. Viele Magi haben eine ganze Auswahl an Amuletten für verschiedene Aufgaben. Ein Amulett an einer Halskette ist gut als Schutzschild geeignet. Komplexe, auf ein bestimmtes Ziel gerichtete Aufgaben lassen sich am besten mit einer Rute oder einem Stab durchführen, ein langer Stock ist gut für Angriffe auf große Objekte. Man begehe jedoch nicht den Fehler zu glauben, das Amulett sei wichtiger als der Magus, der es benutzt. Die Gnosis kommt aus dem Innern.

ARDO ACTIUM, GELEHRTER IN BRES, 518

Norostein in Noros, Yuros
Dekore 927 bis Februx 928
7–5 Monate bis zur Mondflut

Alaron hockte da und starrte auf das heruntergebrannte Feuer. Seit drei Wochen hatte er sein Zimmer kaum verlassen. Durch die halb geschlossenen Fensterläden drang spärliches Tageslicht, und er hörte die gedämpften Geräusche von der Straße. Draußen ging das Leben weiter, aber seins war zum Stillstand gekommen. Die Zurückweisung des Schulvorstehers war wie ein Todesurteil für Alaron gewesen. Er fühlte sich genauso grau und erloschen wie die Asche im Kamin.

Sein Vater hatte versucht, mit ihm zu sprechen, aber Alaron war auf sein Zimmer geflohen und hatte sich dort eingesperrt. Die Pinkelschüssel war randvoll, säuerlich stechender Geruch hing in der Luft. Er hatte sich seit Tagen nicht gewaschen, sein Haar war verfilzt, die Haut juckte, und Alaron konnte nichts essen. Aber all das fiel ihm kaum auf. Wieder und wieder sah er vor seinem inneren Auge jene letzten Momente. Ständig wiederholte er im Geist dieselben Fragen: War es seine Abschlussarbeit gewesen oder der Vorfall in Teslas Haus, oder war er tatsächlich nicht würdig, ein Magus zu sein? Warum weigerte sich der Rat, die Einwände seines Vaters wenigstens anzuhören? Warum war Muhren so hart mit seinen Thesen ins Gericht gegangen – und wer hatte Alarons Unterlagen gestohlen?

Ab und zu versuchte er, sich zusammenzureißen, aber wozu? Es gab keine Zukunft mehr für ihn. Sie war ihm genommen worden. Alaron war eine Witzfigur, eine Zielscheibe für öffentlichen Hohn und Spott. Er konnte sich nicht mal mehr draußen blicken lassen und dachte ernsthaft darüber nach fortzugehen, vielleicht nach Silacia, zu Ramon. Aber alles, wozu er noch die Energie aufbrachte, war schlafen.

Zitternd kniete er sich vor den Kamin und schaufelte die erkaltete Glut in einen Eimer, bis er sich an einem noch glimmenden Stück Kohle die Finger verbrannte. Fluchend ließ er den Brocken fallen, und eine Wolke feinen Aschestaubs breitete sich im Zimmer aus. *Feuer war mein Element. Ich wäre ein Feuermagus geworden, und jetzt kann ich nicht einmal den Kamin sauber machen, ohne mir die Finger zu verbrennen.*

»Alaron? Hast du vor, dich bis ans Ende aller Zeiten in deinem Selbstmitleid zu suhlen, oder soll ich reinkommen und dich da rausholen?«

Es dauerte einige Momente, bis er die Stimme erkannte. Mühsam kam er auf die Füße. *Cym? Verdammt!* Alaron war nur mit einem verdreckten Nachthemd bekleidet, sein Zimmer war von einer feinen Ascheschicht überzogen und stank wie ein Abtritt.

»Alaron?« Cym hämmerte gegen die Tür.

»Geh weg!«

»Nein! Mach gefälligst auf, du Jammerlappen.«

Alaron nahm den Pinkeleimer, schlurfte damit zum Fenster und klappte die Läden auf. Die verbrannte Handfläche tat immer noch weh. Stöhnend leerte er den Inhalt auf die Straße und ignorierte die herzhaften Flüche, die ihm von unten entgegengeschleudert wurden, als er die Fensterläden wieder zuschlug.

»Alaron, du machst jetzt auf!«

»Warte, ich ... ähm, kannst du nicht so lange unten warten, bitte?«

»Warum?«

»Ich muss mich noch waschen!«

»Ich geb dir zehn Minuten. Dann gehe ich, und du siehst mich nie wieder.«

»Hel und Verdammnis«, fluchte Alaron, als er hörte, wie Cyms Schritte sich entfernten. »Geh nicht! Ich komm ja gleich runter, versprochen!« Die Stallknechte waren alle mit Vann zum Pelzmarkt nach Geidenei gefahren, also musste er sich das Wasser selbst vom Brunnen holen. Glücklicherweise war Cym nirgendwo zu sehen. Er kam sich vor wie ein kleines Kind, wie er so dastand, barfuß und zitternd im kalten Schnee und sich vorsichtig einen Eimer Wasser nach dem anderen über den Kopf kippte, bis er sich einigermaßen sauber fühlte. Wenigstens klärte die Kälte auch seine Gedanken. *Cym ist hier… Aber sie war doch nach Süden gegangen, nach Hause.* Er lief in die Küche, wickelte sich in einen Umhang und sah einen Topf mit kochendem Wasser auf der Feuerstelle.

Cym saß auf einer Bank. Sie trug ihre üblichen bunten Gewänder, das unbändige schwarze Haar hatte sie unter einem grell gemusterten Tuch zu einem Pferdeschwanz zusammengebunden, und ihre goldenen Ohrringe schimmerten im Schein der Flammen. Beinahe wären Alaron die Tränen gekommen, so froh war er, sie wiederzusehen.

»Du siehst furchtbar aus«, sagte sie unumwunden und deutete auf das Feuer. »Ich habe Wasser für dich heiß gemacht. Nimm die Seife und rasier dich.« Sie stand auf. »Ich werde draußen warten. Ich habe keine Lust, deinen unterernährten Körper zu sehen, nicht mal aus dem Augenwinkel.« Sie schaute ihm in die Augen. »Du bist wirklich ein Trottel, Alaron Merser.«

Er riss sich den Umhang vom Leib und träufelte mit einer Tasse behutsam das heiße Wasser über die eiskalte Haut. Beim Rasieren zitterten seine Hände so stark, dass er sich mehrmals schnitt, doch sogar mit den Schnitten sah er noch besser aus als vorher. Dann lief er nach oben und warf sich die erstbesten sauberen Sachen über, die er finden konnte. *Hoffentlich ist Cym noch da.* Er fuhr sich mit den Fingern durchs nasse Haar und hastete nach unten.

Cym wartete schon in der Küche. Sie musterte ihn von oben bis unten. »Jetzt darfst du näher kommen«, sagte sie wie eine Königin und hielt ihm die Hand hin. Zögerlich ging Alaron auf sie zu, da zog Cym plötzlich die Hand weg und verpasste ihm eine schallende Ohrfeige, so fest, dass er beinahe hingefallen wäre.

»Was auf Urte hast du dir dabei gedacht, du Narr? Ramon hat mir alles erzählt! Einen kaiserlichen Beamten schlagen? Vor einem Saal voll rondelmarischer Magi über die Skytale des Corineus spekulieren? Hast du vollkommen den Verstand verloren?« Ihre Augen funkelten nur so.

»Du hast Ramon getroffen?«, gab er leise zurück und rieb sich die Wange.

»Als unsere Karawane durch Silacia kam, haben wir in seinem Dorf haltgemacht. Er sorgt sich sehr um einen gewissen Alaron Dummschädel, der seine Zukunft ruiniert hat. Und jetzt sehe ich, dass du auch noch beschlossen hast, dich zu Tode zu schmollen.«

»Ich schmolle nicht, ich…« Alaron verstummte.

»Ich hätte dir mehr zugetraut, Alaron. Nach sieben Jahren, in denen du dich jede Woche heimlich davongestohlen hast, um mir das Magushandwerk beizubringen und dabei jedes Mal riskiert hast, von der Schule geworfen zu werden, dachte ich, du hättest mehr Mumm.«

»Du verstehst das nicht…«

Cym verschränkte die Arme vor der Brust. »Ach ja?«

Alaron lehnte sich gegen den Herd und verschränkte ebenfalls die Arme. Er kam sich so schwach vor unter ihrem sengenden Blick. »Wenn sie dich durchfallen lassen, dann war's das. Für immer. Du darfst kein Amulett benutzen, und wenn sie dich mit einem erwischen, stecken sie dich in den Kerker – oder Schlimmeres. In der Öffentlichkeit giltst du als ein Zurückgewiesener, ein schutzloses Opfer für… für jedermann. Und die ganze Zeit denkst du daran, was eigentlich aus dir hätte werden können. Ich wäre ein Feuermagus geworden und hätte am Kriegszug teilgenommen. Jetzt traue ich mich nicht mal, als Fußsoldat in die Legion einzutreten, weil die anderen Legionäre mich sofort in Stücke reißen würden. Ich kann nicht in Paps Handelsunternehmen einsteigen und ihm auch nicht das Windschiff bauen, das er sich gewünscht hat. Ich werde nie das Geld für das Arkanum zurückzahlen können, und Mutter wird aus unserem alten Haus ausziehen müssen. Die ganze Familie steht kurz vor dem Ruin, und all das ist meine Schuld.« Er schlug die Hände vors Gesicht und flüsterte: »Wahrscheinlich sollte ich mich einfach umbringen.«

Cym schnaubte. »Typisch Jungs: kein Stehvermögen. Kaum geht was schief, jammert ihr davon, eurem Leid ein Ende zu machen.« Sie stellte sich vor Alaron, zog seine Hände weg und legte ihm die Handflächen auf die Wangen. »Alaron Merser, du und Ramon, ihr habt etwas Fantastisches für mich getan: Ihr habt mich unterrichtet, was kein anderer in ganz Yuros jemals gewagt hätte. Ihr wart zwar ziemlich lausige Lehrer und habt die meiste Zeit nur versucht, mir in den Ausschnitt zu schauen, aber ich stehe in eurer Schuld. Ich will dir helfen – ich kann dir helfen, wenn du es schaffst, dich zusammenzureißen. Also, möchtest du dich wieder nach oben verkriechen und weiter selbstmitleidiges Zeug faseln, oder nimmst du dein Leben ab jetzt selbst in die Hand?«

»Das ist nicht fair«, protestierte Alaron.

»Du Armer, das Leben ist ja so ungerecht zu dir.« Sie zog ein Lederbändchen unter ihrer Bluse hervor, an dem ein grob geschliffener honigfarbener Stein hing. Er leuchtete gedämpft im schummrigen Licht. Alaron hielt den Atem an.

»Das ist ein Bernsteinamulett, das meine Sippe einem Magus in Knebb gestohlen hat«, erklärte Cym und ließ den Stein aufreizend hin und her baumeln. »Du kannst es haben, wenn du willst.«

Er streckte die Hand aus, zuckte dann aber wieder zurück. »Aber... das ist gegen das Gesetz. Wenn sie mich erwischen...«

Cym nahm das Bändchen von ihrem Hals und hielt es ihm vor die Nase.

Alaron konnte nicht mehr klar denken. Wieder hob er die Hand, wieder ließ er sie fallen.

Cym seufzte entnervt, dann hängte sie das Amulett an einen Küchenhaken. »Rukka mio, Alaron.« Sie packte ihn bei den Schultern. »Sie haben dich nach Strich und Faden betrogen, macht dich das nicht wütend? Werd endlich wütend!«

»So einfach ist das nicht. Ich kann doch nicht einfach...«

»Du kannst einfach das Amulett nehmen und der werden, der du immer sein wolltest.« Sie drehte sich um und ging zur Tür. »Benutz es!«, rief sie über die Schulter.

»Warte, Cym!« Er lief ein paar Schritte hinter ihr her. »Wie geht es Ramon?«

»Dem kleinen Schuft geht's prächtig. Er macht sich Sorgen um dich. Er hatte gerade ein paar Schlägern eine Lektion erteilt, die der Familioso seines Dorfes ihm auf den Hals gehetzt hatte, und jetzt hat selbiger Familioso ihm ein Angebot gemacht, ob er nicht seiner Bande beitreten will. Er denkt darüber nach. So läuft das, zumindest in Silacia.«

Alaron versuchte ein Grinsen. »Klingt gut.«

»Wenn du meinst. Dann hat der Idiot noch um meine Hand angehalten. Wie kommt der bloß auf die Idee?« Sie wandte sich zum Gehen.

»Cym«, rief Alaron verzweifelt, »das Amulett! Das Gesetz sagt...«

»Das Gesetz«, schnaubte sie verächtlich, »drückt nur die Meinung dessen aus, der gerade an der Macht ist. Mit richtig oder falsch hat das nichts zu tun.« Sie warf den Kopf in den Nacken. »Das Amulett gehört dir, wenn du den Mut hast, es zu behalten. Bis bald, Alaron.« Dann schlug sie ihm die Tür vor der Nase zu und war weg.

Verstört schlurfte Alaron zurück zum Herd, nahm das Amulett vom Haken und starrte in das dunkle Herz des Bernsteins. Stundenlang verharrte er so.

Als Tula wieder nach Hause kam, bemerkte er sie erst, als sie ihm einen Teller Eintopf hinhielt.

»Und, wie geht's dir, Alaron?«, fragte Vann.

Alaron riss die Augen von den Flammen im Kamin los, das Bernsteinamulett fest mit der Hand umklammert. Er hatte nicht gehört, wie sein Vater hereingekommen war. »Ich weiß es nicht, Pap.«

Vann schürzte die Lippen. »Mein Großvater, Kore sei seiner Seele gnädig, sagte immer, man muss sich ein Ziel setzen und dann überlegen, wie man dorthin kommt. Wohin willst du in deinem Leben?« Vann machte es sich in dem Sessel neben dem Kamin bequem und wartete auf eine Antwort.

»Keine Ahnung. Ich bin erst achtzehn.«

»Die meisten Jungen sind in deinem Alter bereits verheiratet und haben Kinder, Alaron.«

»Tja, das steht jetzt wohl kaum noch zur Debatte, oder?«, erwiderte Alaron mit einem Schlucken, doch sein Vater zog gemütlich an seiner Pfeife, als habe er vor, so lange zu warten, bis seinem Sohn etwas eingefallen war. »Mein ganzes Leben dachte ich, ich würde Magus werden – ich kann nichts anderes werden. Aber der Rat – das Arkanum – sagt, ich darf nicht, ich bin nicht würdig. Dabei war ich gut in den Abschlussprüfungen, Pap. Ich habe einen Bronzestern bekommen, das haben sie selbst gesagt – und dann haben sie mich durchfallen lassen! Meine Abschlussarbeit war gut, was auch immer sie behaupten. Auf jeden Fall so gut, dass sie meine Unterlagen gestohlen ha...«

»Was?« Vann beugte sich vor.

»Ich wollte es dir eigentlich schon länger erzählen: Jemand hat alle Unterlagen gestohlen, die ich für meine Abschlussarbeit gesammelt hatte, gleich nach der Präsentation...«

»Aus unserem Haus? Warum hast du mir das nicht gesagt?«

»Weiß nicht. Es schien mir irgendwie nicht mehr wichtig. Nicht nachdem ich durchgefallen war.«

»Du glaubst, es ist egal, wenn dir jemand während der Prüfungen deine Unterlagen stiehlt? Da täuschst du dich, Alaron, und zwar gewaltig. Wir müssen das sofort Hauptmann Muhren...«

»Nein, bloß dem nicht!«

»Was meinst du mit ›bloß dem nicht‹? Jeris Muhren ist mein Freund, und er ist Hauptmann der Stadtwache. Wenn irgendjemand diese Dinge wiederfinden kann, dann er. Vielleicht wird deine Sache dann neu bewertet. Ich werde gleich morgen...«

»Nein, Pap, bitte.« Alaron begann, Vann davon zu erzählen, wie Muhren seine Abschlussarbeit in Grund und Boden geredet hatte und wie er Eli Besko das Nasenbein gebrochen hatte. Aus irgendeinem ihm jetzt unerfindlichen Grund hatte er Vann davon ebenfalls noch nichts erzählt. Und nachdem er einmal angefangen hatte, war der Wortschwall nicht mehr zu stoppen. »Ich wollte als Schlachtmagus am nächsten Kriegszug teilnehmen, Pap. Ich wollte berühmt werden, ich wollte Respekt. Sieben Jahre lang hab ich mich von diesen hochwohlgeborenen Drecksäcken beschimpfen lassen. Malevorn Andevarion ist das gehässigste Schwein in ganz Urte, und er hat einen verdammten Goldstern bekommen. Francis Dorobon kann nicht mal einen Mäusezoo bändigen, geschweige denn ein ganzes Königreich, und Seth Korion ist ein jämmerlicher Waschlappen. Wieso kriegen die alles, wenn sie eigentlich nichts verdient haben?« Bittere Tränen der Verzweiflung stiegen Alaron in die Augen. Er spürte, wie sein Vater die Arme um ihn legte. Wie ein Kind hielt er sich an Vann fest, bis er sich irgendwann stark genug fühlte, wieder loszulassen. »Was soll ich bloß tun, Pap?«, flüsterte er.

Vann betrachtete das Amulett, das sein Sohn immer noch umklammert hielt, dann wanderte sein Blick zu seiner erloschenen Pfeife. Er legte sie aufs Kaminsims. »Du musst tun, was immer du für das Richtige hältst, Alaron. Was das ist, kann ich dir nicht sagen. Ich bin ein Soldat, der sich in eine Magusfrau verliebt hat. Ich bin vollkommen unvorbereitet in diese Ehe gegangen, und noch viel weniger war ich darauf vorbereitet, ein Maguskind großzuziehen. Ich liebe dich, aber wie du dein Leben führen sollst, kann ich dir nicht sagen. Weil ich es nicht weiß. Was ich jedoch weiß, ist: Was sie mit dir gemacht haben, ist eine himmelschreiende Ungerechtigkeit. Ich wusste von der Sache mit Besko. Harft hat's mir erzählt. Aber dann noch dieser Diebstahl, das schlägt dem Fass den Boden aus, und deshalb will ich mit Jeris Muhren über die Sache sprechen. Er ist ein guter Mensch, egal was er über deine Abschlussarbeit gesagt haben mag. Du wurdest um dein Geburtsrecht betrogen, Alaron. Ich kann es nicht ungeschehen machen, aber ich werde dagegen ankämpfen mit allem, was in meiner Macht steht. Weil ich dich liebe. Und was du für dieses Mädchen getan hast – ich bin so stolz auf dich, wie du es dir nicht einmal vorstellen kannst. Sie hat dir ein Geschenk gemacht, um es dir zu danken, und wer würde ein solches Geschenk verschmähen? Nimm es an, Alaron. Und wenn du deshalb ein Gesetzloser bist und von hier fliehen musst, bist du immer noch mein geliebter Sohn und wirst es immer sein.«

Es war alles zu viel. Alaron brach in Tränen aus, als sei es für immer.

Mitten in der Nacht wachte er neben dem Kamin auf und begann, das Amulett auf sich abzustimmen. Es war aufregend, gegen das Gesetz zu verstoßen. Als Cym ihn ein paar Tage später besuchte, drückte sie seine Hand und versprach, bald wiederzukommen. Endlich konnte Alaron wieder träumen.

Sägen. Hobeln. Glätten. Einreiben. Schleifen. Alaron trug alle Kleidung am Leib, die er besaß, seine Hände steckten in warmen Wollfäustlingen, sein Atem stieg in weißen Wölkchen in die Luft. Neujahr war beinahe unbemerkt an den Mersers vorbeigezogen. Der Fluss war komplett zugefroren, und dicke Wolken bescherten Nacht für Nacht neuen Schnee. Die Faust des Winters war hart und eisig, aber es war das Jahr 928, das Jahr der Mondflut, und das machte jeden einzelnen Tag zu etwas Besonderem.

Alaron fühlte sich eher, als wäre es Frühling. Beim ersten Sonnenstrahl machte er im mit glitzerndem Frost überzogenen

Garten seine Waffenübungen. Er trug sein Amulett, sorgsam versteckt unterm Hemd, und eine ganz neue Energie erfüllte seine Bewegungen. Am deutlichsten zu spüren war diese Energie, wenn das Landstreichermädchen aus Rimoni ihn besuchte, aber das ging niemanden etwas an, weshalb die Köchin und die Stallburschen so taten, als bemerkten sie nichts.

Alaron hatte ein neues Ziel. Es macht ihm nichts mehr aus, dass er keine Affinität zu Holz hatte und mit Luft gerade mal so umgehen konnte. Er würde trotzdem ein Windschiff bauen. In Anbetracht der Umstände war es nicht gerade die klügste Entscheidung, aber er hatte sich nun mal dieses Ziel gesetzt. Jeden Morgen machte er seine Übungen, um warm zu werden, dann holte er die Werkzeuge seines Vaters hervor und machte sich an die Arbeit, während Vann unterwegs war, um Vieh zu kaufen. Sein Vater war fest entschlossen, nach Pontus zu reisen und zusammen mit tausend anderen Händlern in der Hoffnung auf gute Geschäfte die Leviathanbrücke zu überschreiten. Trotz des Kriegszugs würde der Handel nie ganz zum Erliegen kommen. Es gab viel Geld zu verdienen.

Seine Mutter war jetzt in einer kleinen Wohnung am Ostende der Stadt untergebracht, zusammen mit ihren Büchern und einer neuen Köchin. Das alte Landhaus der Anborns stand zum Verkauf, nur Gredken würde dortbleiben, in den Diensten der neuen Eigentümer. Alaron hatte seine Mutter bereits in ihrem neuen Heim besucht. Es war schlimm gewesen. Es schien, als sei sie geistig nicht mehr in der Lage zu begreifen, warum sie das Familienhaus hatte verlassen müssen. Aber sie erinnerte sich daran, wie Alaron Besko die Nase eingeschlagen hatte, und lachte jedes Mal herzhaft, wenn er zu Besuch kam, bis Alaron schließlich das Gefühl hatte, dass er damals vielleicht doch das Richtige getan hatte.

Er schlug gerade einen Nagel ein, als er eine altbekannte Stimme hörte, die er gehofft hatte, nie wieder ertragen zu müssen.

»Merser«, sagte sie gedehnt. »Was treibst du denn da?«

Alaron legt den Hammer weg, bevor er noch auf die Idee kam, ihn als Waffe zu benutzen – am besten noch durch sein illegales Amulett gnostisch verstärkt –, dann wandte er sich dem Besucher zu. »Koll.«

Gron Koll hatte sich in den letzten Monaten kaum verändert. Sein Gesicht sah immer noch aus wie eine Pickelfarm, das Haar war immer noch genauso fettig. Nur die Kleidung war noch protziger. Er strich sich über den modischen Zobelmantel und schlenderte mit leicht gerümpfter Nase über den verschneiten Innenhof. »Ein ganz schöner Rückschritt, was? Vor ein paar Wochen noch vom Kriegszug geträumt und sich jetzt nicht mehr aus dem Haus trauen und stattdessen Nägel in Balken hauen! Ist aber wahrscheinlich besser so. Ich kenne viele, die zu gern ausprobieren würden, wie sich ein Zurückgewiesener im Kampf hält. Ziemlich schlecht, würde ich sagen.« Er spuckte aus. »Und, was machst du so den ganzen Tag, Merser?«

»Was eben so zu tun ist«, erwiderte Alaron und kämpfte gegen die in ihm aufsteigende Wut an.

»Kein einziges Mal in Versuchung gekommen, Merser? Du weißt schon.« Er wackelte mit dem Zeigefinger. »Muss schlimm sein, nach sieben Jahren Ausbildung für den Rest des Lebens ausgeschlossen zu sein…« Er ging im Kreis um Alaron herum und schaute neugierig in alle Ecken. »Dein ganzes Leben ist reine Verschwendung, Merser. Lass dich einfach in dein eigenes Schwert fallen, damit du anständigen Leuten nicht länger die Luft wegschnaufst.«

Alaron ballte die Fäuste, rührte sich aber nicht.

»Ich dachte mir, ich schau mal kurz vorbei, bevor ich zur Musterung gehe. Das ist es, was echte Männer dieser Tage tun: sich mustern lassen für den Kriegszug. Aber ich meine echte Männer, keine Versager wie dich, Merser, du armseliges Stück minderwertiger Scheiße.«

Alaron sah rot und machte einen Schritt auf Koll zu, der mit erfreut blitzenden Augen nach seinem Amulett griff.

»Guten Morgen, die Herren«, ertönte eine weitere Stimme, und beide zuckten zusammen.

»Verzieh dich und warte, bis du dran bist«, bellte Koll, ohne sich umzudrehen. Da wurde der junge Magus wie an einer Halsleine nach hinten gerissen und mehrmals hintereinander gegen die Scheunentür geschmettert, bis er mit blutverschmiertem Gesicht und Zobelmantel halb bewusstlos zu Boden sank.

»Verzeihung, Meister Koll, ich habe nicht richtig verstanden«, sagte Hauptmann Muhren. »Was meintest du gerade?«

Alaron grinste zufrieden, während Gron sich ächzend hochrappelte. »Das werde ich dem Gouverneur melden«, murmelte er durch geschwollene Lippen und taumelte davon. Am Arkanum war »das werde ich melden« Kolls häufigster Ausspruch gewesen, und das mit Abstand.

Alaron wollte gerade erleichtert aufatmen, als Muhren sich ihm zuwandte. »Ein Freund von dir?«

Alaron schüttelte heftig den Kopf, dann erstarrte er mitten in der Bewegung aus Angst, sein Amulett könne unter dem Kragen hervorschlüpfen.

»Wie geht es dir, junger Merser?«

Wieder musste Alaron gegen seinen Zorn ankämpfen. »Gut, Herr. Für einen Versager. Immerhin hätte ich ja vielleicht bestanden, wenn Ihr meine Abschlussarbeit nicht so ins Lächerliche gezogen hättet.«

Muhren seufzte und deutete auf eine Bank. »Darf ich mich setzen?«

Alaron nickte stumm, um nichts Falsches zu sagen, doch es war zwecklos. »Wie konntet Ihr das nur tun, Herr?«, platzte es aus ihm heraus. »Ich habe alle Fakten sorgfältig zusammengetragen und überprüft, im Gegensatz zu Euch, und dann habt Ihr auch noch vor dem voll besetzten Saal gelogen und mein Leben zerstört!«

Ganz langsam blies Muhren ein eisiges Wölkchen aus. »Ich bedaure, dass dir das so vorkommt, junger Merser«, sagte er ruhig.

Alaron schaute ihn verdutzt an. »Ihr bedauert, dass mir das so vorkommt? Ihr bedauert, dass Ihr mein Leben zerstört habt?«

Muhren hob die Hand. »Ruhig, Junge! Ganz ruhig.« Er blickte ihm fest in die Augen. »Ja, es tut mir leid, aber ich hatte keine andere Möglichkeit.«

»Ihr hattet keine andere Möglichkeit? Ich war wohl kaum der Erste, der in seiner Abschlussarbeit neue und noch nicht bis ins Kleinste belegte Thesen vorgebracht hat, bei Hel«, schnaubte er. »Und dann kommt Seth Korion angekrochen und tut eine Stunde lang nichts anderes, als Vults Kapitulation bei Lukhazan zu rechtfertigen – direkt unter den Augen des Gouverneurs, der verdammte Speichellecker! Habt Ihr ihn auch in der Luft zerrissen und jedem gesagt, was für eine hundertmal aufgekochte Scheiße er da erzählt? Ihr seid genauso ein Lügner wie alle anderen!« Alaron deutete mit dem Zeigefinger auf ihn. »Mein Vater hat Euch für seinen Freund gehalten, und dann so was!«

Muhren seufzte schwer. »Hör zu, Alaron, du hast mir keine andere Wahl gelassen. Ich konnte dich nicht so weitersprechen lassen, nicht vor den anwesenden Leuten. Ich glaube, ich habe genug getan, um...«

»Genug getan? Mehr als das: Man hat mich durchfallen lassen, und jetzt weigern sie sich sogar...«

Muhren stand auf. »Alaron, lass mich ausreden. Du bist wütend, und du hast jedes Recht dazu, aber hör mir nur eine Minute lang zu! Dein Vater hat mich hergebeten. Er sagt, du wurdest bestohlen. Kannst du mir darüber etwas erzählen? Ohne das ständige Geschimpfe?«

Alaron starrte ihn an. *Weiß ich nicht, aber ich kann's ja mal versuchen.* »In Ordnung. Als ich an dem Tag nach Hause kam, hatte jemand meine Sachen durchwühlt. Alle Notizen, die ich für meine Abschlussarbeit gesammelt hatte, waren weg. Sonst fehlte nichts.«

»Warum hast du es nicht gemeldet?«

»Wem denn?«, gab er verbittert zurück. »Wenn es nicht Gron Koll und seine Kumpel waren, dann war's der Gouverneur oder vielleicht Ihr selbst! Bei wem hätte ich es also bitte schön melden sollen?«

»Verstehe. Ich habe dich also gleich zweimal enttäuscht, und das tut mir doppelt leid.«

»Laut Eurer Meinung war meine Abschlussarbeit sowieso nur ein Haufen Scheiße«, stammelte Alaron selbstmitleidig.

Muhren schüttelte den Kopf. »Nein, Alaron, darum geht es ja gerade: Sie war kein Haufen Scheiße. Deine Argumente waren absolut überzeugend. *Ich* war überzeugt und andere auch. Wahrscheinlich wusste niemand außer Vult und vielleicht noch zwei, drei anderen, dass Langstrit damals hier in der Altstadt verhaftet wurde. Ich hätte mir nur gewünscht, du wärst ein bisschen weniger ins Detail gegangen oder hättest eine andere Schlussfolgerung daraus gezogen. Aber du hast genau das ausgesprochen, was sich einige wenige seit über einem Jahrzehnt hinter vorgehaltener Hand zuflüstern. Deshalb habe ich versucht, dich zum Schweigen zu bringen. Aber ich glaube, du könntest durchaus recht haben: Die Skytale des Corineus ist verschollen, irgendwo hier in Norostein.«

Scharf wie Eisnadeln schwebten die Worte in der klaren Winterluft. Alaron brach kalter Schweiß aus. Er stützte sich auf die Knie und rang nach Luft.

»Hast du irgendeine Vorstellung, wie viel diese Erkenntnis wert ist?«, fragte Muhren und schüttelte den Kopf. »Nein, hast du nicht. Und ich auch nicht. Sie ist unbezahlbar. Wenn die Skytale in Argundy wäre, wäre Pallas schon gefallen. Wenn die Rimonier sie in die Hände bekämen, bei Kore... Wenn die Dhassaner oder die Keshi sie hätten, wären sie jetzt schon in Yuros, und wir hätten nicht die geringste Chance, sie zurückzuschlagen. Im ganzen Kaiserreich gibt es nicht genug Gold, um die Skytale zurückzukaufen. Die gesamte Macht des Kaiserhauses beruht auf der Macht, Magi in die Aszendenz zu erheben, was auch der Grund ist, weshalb nur seine treuesten Diener zu Aszendenten gemacht werden. Und du sprichst vor allen versammelten Würdenträgern laut aus, was andere kaum zu denken wagten: dass die Skytale verschollen ist! Jeden Tag verbringt der Kaiser in ständiger Angst, von fremder Hand erhobene Aszendenten könnten sich gegen ihn verschwören und ihm den Garaus machen. Kannst du dir vorstellen, was das bedeutet?«

Alaron konnte es nicht. »Ich fand es nur ein interessantes Thema«, stammelte er. »Schlau ausgesucht und bearbeitet. Ich hätte nie geglaubt, dass es tatsächlich wahr sein könnte.«

Eine Weile schwiegen beide, dann befragte Muhren ihn wegen des Diebstahls. Ob Alaron versucht hatte herauszufinden, wer es war. Hatte er nicht. Seit jenem Nachmittag war er zu sehr am Boden zerstört gewesen, um auch nur irgendetwas zu tun.

»Falls dir dazu etwas einfällt, jemand, der etwas damit zu tun haben könnte, komm zu mir.« Muhren streckte ihm die Hand hin, und Alaron schüttelte sie zögernd. Langsam, ganz langsam konnte er sich vorstellen, dem Hauptmann zu vergeben. »Du bist ein guter Junge. Gib mir Bescheid, sobald du dich an irgendetwas Neues erinnerst. Oder wenn Gron Koll noch mal herkommt.«

Als Muhren gegangen war, setzte Alaron sich hin und beobachtete tief in Gedanken versunken die Schneeflocken. Er wünschte, er könnte mit Ramon oder Cym sprechen, aber die waren weit weg. Alaron war ganz auf sich allein gestellt.

Vann Merser saß vorn auf dem Kutschbock, während Alaron hinten auf der Ladefläche immer wieder schmerzhafte Schläge ins Gesäß bekam. Andererseits saß Cym mit ihm dort hinten, was die kleinen Unannehmlichkeiten mehr als wettmachte. Sie waren auf dem Weg zum ehemaligen Landhaus der Anborns. Der Himmel über ihnen funkelte silbern. *Noch ein paar Gesetze brechen*, dachte Alaron und strich über den Rumpf des Windschiffs, das er und Cym gebaut hatten.

Bei den ersten Anzeichen des Frühlings war Cyms Karawane Mitte Februx aus dem Süden zurückgekommen, und jetzt lagerten sie unter den verängstigten Blicken der armen Gredken auf der verwilderten Wiese vor dem Haus. Seit mehreren Monaten lebte sie nun schon allein dort, und gegen das fahrende Volk hegte sie dieselben Vorurteile wie alle anderen Bürger Norosteins. In sechs knallbunten Wagen waren sie gekommen, die jetzt in einem Halbkreis auf der Wiese standen.

Dazwischen liefen ständig ihre Besitzer umher, umringt von mehr Kindern, als Alaron seit seinen Schultagen an einem Ort versammelt gesehen hatte. Wie Schmetterlinge flatterten sie umher, doch ihr Geschrei war ohrenbetäubend. Die Männer trugen weiße Hemden und schwarze Hosen, die Hände hatten sie ständig am Griff ihrer Messer. Die Frauen hatten sich in regenbogenfarbene Wollschals gewickelt und schauten kein bisschen weniger finster drein.

Cym hatte sie gewarnt, dass ihre Sippe nicht gut auf Magi zu sprechen war, aber Geschäft war Geschäft.

Freiwillige halfen Vann, den Rumpf vom Wagen zu heben, und Alaron dirigierte die Männer beim Zusammenbau von Mast und Ruder. Um Segel und Spannseile kümmerte er sich selbst, während sein Vater sich zu Mercellus di Regia setzte. Mercellus war ein groß gewachsener schlanker Mann mit wallendem Haar und einem beeindruckenden Schnurrbart, außerdem war er Cyms Vater und Anführer der Sippe. Er hatte eine Magusfrau geschwängert und es irgendwie geschafft, das Kind zu behalten – offensichtlich war er ein Mann, mit dem man rechnen musste –, und jetzt saß er mit Vann beim Kaffee zusammen. Wie Fürsten, die sich bei Hofe von einer wandernden Schauspielertruppe die Zeit vertreiben ließen, saßen sie beisammen und lachten herzhaft über das chaotische Treiben auf der Wiese.

Alaron hatte zwar gehofft, das Ereignis würde mit etwas mehr Feierlichkeit begangen werden, aber wenn Cym die Woche zuvor nicht zurückgekommen und ihre Hilfe angeboten hätte, wäre er jetzt nicht einmal hier. Sie war in so gut wie allem besser als er, und sie war es auch gewesen, die den Kiel des Skiffs so präpariert hatte, dass er mit Luftthaumaturgie gesteuert werden konnte. Er blickte hinüber zu der Ansammlung junger Männer, die Cym und die anderen Mädchen umringten. Sie waren mit beeindruckenden Muskeln bepackt, und ihre Gesichter wirkten, als wüssten sie nicht, was ein Lächeln ist. Mit überheblicher Feindseligkeit erwiderten die Kerle den Blick, aber Alaron ignorierte sie. *Ihr könnt das Ding hier nicht zum Fliegen bringen, ich schon*, dachte er, wobei er selbst nicht ganz sicher war, ob es ihm tatsächlich gelingen würde. Ein Probeflug in der Stadt war nicht infrage gekommen, und er konnte nur hoffen, alles würde funktionieren wie geplant. Wenn ja, würde Cyms Vater ihnen eine Menge Geld für das Skiff geben.

Endlich war alles bereit. Es war ein kleines Windschiff, bot gerade einmal Platz für zwei Passagiere, einen Mast und sechs einziehbare Landefüße. Ein handwerkliches Meisterstück war es auch nicht gerade, wie Alaron zugeben musste. Glücklicherweise hatte Cym ihm geholfen, und mit Naturmaterialien konnte sie recht gut umgehen, ganz im Gegensatz zu ihm. Auch zu Luft hatte sie mehr Affinität als Alaron, aber er kannte sich mit dem theoretischen Hintergrund besser aus und hatte mehr Übung, weshalb er das Gefühl hatte, das Windschiff größtenteils selbst gebaut zu haben. Gemeinsam mit Cym daran zu arbeiten war wunderbar gewesen, aber noch besser war es, ihr unter den neidischen Blicken der anderen jungen Männer an Bord zu helfen, während die Kinder mit großen Augen zusahen. Endlich war es so weit: Der Jungfernflug konnte beginnen.

»Fertig?«, fragte Alaron, vor Selbstbewusstsein strotzend.

Cym runzelte die Stirn. »Und du kannst dieses Ding auch steuern?«

Alaron zuckte die Achseln. »Ist nicht viel dabei.« Oder vielleicht doch, aber Alaron erinnerte sich noch an das ein oder andere aus dem Unterricht. *Was soll schon groß schiefgehen?*

Sein Vater hob anerkennend die Kaffeetasse, und Alaron winkte stolz zurück. Dann konzentrierte er sich auf den bevorstehenden Flug. Er war ein Erdmagus, und Luftgnosis das genaue Gegenteil der Erdgnosis. Doch während seiner Zeit auf dem Arkanum hatte er zumindest den Hauch einer Affinität in sich entdeckt, und es hatte ihm Spaß gemacht, das Skiff zu bauen – wenn er nicht gerade damit beschäftigt gewesen war, Holzsplitter unter seinen Fingern herauszuziehen.

Ohne Cym hätte ich es nie fertig bekommen, aber ohne mich hätte sie nicht einmal gewusst, wie sie damit anfangen soll. Er schloss die Augen und ließ die Gnosis in den Kiel fließen. Der Rumpf erzitterte leicht und hob ein wenig vom Boden ab. Alaron öffnete die Augen und blickte Cym an, die begeistert zurückschaute und ihre eigene Energie mit einfließen ließ, bis der Kiel gesättigt war und das Schiff an den Halteseilen zerrte.

»Leinen los!«, rief Alaron, Cym übersetzte, und die jungen Männer lösten die Knoten der Halteseile. Alle hielten die Luft an, während sich das Schiff einen halben, zwei und schließlich fünf Doppelschritt hoch in die Luft erhob. Ein Windstoß blähte das Segel, Cym schrie leise auf, und Alaron packte das Steuerruder.

»Dreh um!«, brüllte Cym und deutete auf die Baumreihe vor ihnen.

Belustigt über Cyms Ängstlichkeit, schlug Alaron das Ruder ein und ließ das Skiff über der Lichtung kreisen. Unter ihnen brach lauter Jubel aus, die Kinder liefen hinter dem Schiff her, hüpften und winkten begeistert. Mit stolzgeschwellter Brust winkte Alaron zurück. Selbst Vann und Mercellus waren aufgesprungen, und Alaron machte sich schon die größten Hoffnungen. Nach einer Weile hatte sich das Skiff schließlich komplett aus der Brise herausgedreht, aber das schwere Heck drehte es noch ein Stück weiter, bis der Wind direkt von vorn kam. *Was war in so einem Fall noch mal zu tun?*, überlegte Alaron und versuchte, sich keine Sorgen zu machen. Das Segel wurde gegen den Mast gedrückt, dann blähte es sich wieder, diesmal aber in umgekehrter Richtung, und sie trieben rückwärts, was das Steuerruder vollkommen nutzlos machte.

»Alaron, tu was!«, brüllte Cym und zeigte wild auf das Haus hinter ihm, wo das große Fenster des Atelierraums bedrohlich im Sonnenlicht glitzerte.

»Verdammt, wir müssen runter!«, rief er und versuchte, den Kiel zu entladen, aber die Gnosis darin war noch zu stark, er konnte sie nicht schnell genug abfließen lassen.

Cym eilte zum Mast und machte sich hektisch am Segel zu schaffen, aber dadurch wurde das Skiff nur hecklastig und kippte achtern bedrohlich weit nach unten. Mit einem Aufschrei fiel Cym auf Alarons Schoß, während ihre Sippe mit offen stehenden Mündern beobachtete, wie der Mast das erste Dachfenster einschlug.

»Rukka! Geh wieder nach...« Vom Aufprall durchgeschüttelt, fiel Cym hintenüber und krachte mit dem Hinterkopf gegen Alarons Stirn. Inzwischen kippte das Skiff schon wieder in die andere Richtung. Das Steuerruder zerschmetterte das Atelierfenster, genau an der Stelle, an der Alarons Mutter immer gesessen hatte, und der im Dachstuhl verkeilte Mast brach. Holz- und Glassplitter regneten auf die beiden herab und rissen das Segel in Fetzen. Alaron schlang die Arme um Cym in dem Versuch, sie beide vor dem Trümmerhagel zu schützen. Der Rumpf bohrte sich immer tiefer in das Haus, direkt hinein in ein altes Ölporträt des Grafen Gracyn Anborn, bis er endlich mitten in dem verwüsteten Zimmer liegen blieb.

Gredken streckte kurz den Kopf zur Ateliertür herein, schrie laut auf und verschwand. Vor dem Haus herrschte Totenstille.

Alaron vergrub das Gesicht in Cyms Haar und betete, dass in Wahrheit nichts von alledem geschehen war. Cym roch nach Nelken und Patschuli. Sie fühlte sich warm und fest an. Vielleicht war das alles tatsächlich nur ein Traum ...

»Alaron, lass mich los, du Idiot«, fauchte Cym ihn an. Sie schob sich von ihm weg und kam schwankend auf die Beine. »Rukka mio!«

Alaron hob den Kopf und sah sich um. Das Atelier war ein einziges Schlachtfeld. Der abgebrochene Mast hing baumelnd an ein paar Spannseilen und ragte durch das zerschmetterte Fenster nach draußen. Überall lagen Glasscherben.

Cym sank auf die Knie. Ihre Schultern bebten, und es dauerte ein paar Augenblicke, bis Alaron merkte, dass sie lachte.

Aber die ganze Arbeit ... Ihm war eher nach Weinen als nach Lachen zumute. Da spürte er, wie eine Art Gurgeln in seiner Kehle aufstieg, etwas zwischen Schluchzen und Jauchzen. Er gab jeden inneren Widerstand auf, ließ sich neben Cym auf den Boden sinken und wartete, bis der hysterische Lachanfall vorüber war.

»Cym?«, brachte Alaron schließlich unter den neugierigen Blicken der Kindergesichter hinter dem eingeschlagenen Fenster heraus, »glaubst du, dein Vater will es immer noch kaufen?«

Er wollte natürlich nicht, aber sie gingen im Guten auseinander. »Meine Tochter wird Eurem Sohn auch beim nächsten Versuch helfen«, versprach Mercellus dann. »Das war besser als jede Zirkusvorführung!«

Alles in allem fühlte Alaron sich gar nicht mal so schlecht. Natürlich war es das reinste Desaster gewesen, und Cyms Sippe hatte sich halb totgelacht, aber Cym hatte einen Arm um ihn gelegt und ihn auf die Wange geküsst. »Das nächste Mal sorgen wir dafür, dass alles klappt«, hatte sie ihm ins Ohr geflüstert. Und das war mehr wert als alles Gold Urtes.

Alaron saß allein vor den Stallungen des Landhauses und starrte hinaus in den strömenden Regen. Es war Ende Februx, und sein Vater war wieder auf Reisen. Cym war ebenfalls fort. Sie hatte ihre Sippe irgendwohin in die nördlichen Tiefebenen begleitet. Der Wind stöhnte im Dachgebälk wie ein Sterbender im Hospiz, die Bäume ächzten, und ihre Äste peitschten im Wind. Seit Wochen hatte er keinen anderen Menschen zu Gesicht bekommen als Gredken, aber das war ihm nur recht, denn so konnte er sich umso besser auf das Skiff konzentrieren. Sie hatten beschlossen, es an Ort und Stelle zu reparieren, wo die Gefahr, entdeckt zu werden, geringer war. Die Verwüstungen am Haus reparierte er gleich mit, zusammen mit den Winterschäden. Außerdem nutzte er die Einsamkeit, um ein paar Dinge über das Steuern von Windschiffen nachzulesen. Es war schwieriger, als er gedacht hatte.

»Wenn du das alles gleich gelesen hättest, hätten wir uns den Absturz wahrscheinlich sparen können«, hatte Cym vor ihrer Abreise zu ihm gesagt.

»Aber so lernen wir Männer nun mal«, hatte er sich verteidigt.

Seine alles erdrückende Schwermut hatte sich wie in Luft aufgelöst. Ein Ziel vor Augen zu haben tat Alaron unendlich gut, aber noch mehr genoss er die Gesellschaft Gleichgesinnter: von Menschen, mit denen er sich austauschen, gemeinsam an etwas arbeiten, mit ihnen lachen oder traurig sein konnte. Und wenn die Gesellschaft nur in einer Tasse Tee und einem Stück Kuchen mit Gredken bestand.

Das Bernsteinamulett setzte er nur sparsam und unter größter Vorsicht ein. Nicht allzu weit entfernt waren die Übungsplätze der Legionen, massenweise strömten Soldaten und Kriegsgerät nach Noros, und alles machte sich bereit für den großen Marsch nach Pontus. Alaron war einer der wenigen, die nicht zu den sechs von Noros entsandten Legionen gehören würden. Aber er war eigenartig glücklich damit, das Skiff zu reparieren und das zarte Pflänzchen zu nähren, das da gerade aus den Trümmern seines alten Lebens wuchs.

Die Frühlingsregenfälle würden den ganzen Nachmittag nicht aufhören, weshalb Alaron keine Gelegenheit mehr haben würde, seine Reparaturen zu testen. Er legte eine Hand auf den Kiel, schloss die Augen und ließ Energie in das Holz strömen. Hätte er die Augen offen gelassen, hätte er gesehen, wie das Holz im schummrigen Licht sanft leuchtete.

Als er jedoch spürte, wie ein feiner Strom Luftgnosis aus dem Schiffsrumpf nach seiner Hand leckte, riss er die Augen schlagartig auf und griff instinktiv nach dem Hammer neben sich. Am anderen Ende des Windschiffs erkannte er verschwommen eine Silhouette, und sein Herz begann zu rasen.

Ihm gegenüber stand ein alter Mann, die Augen starr auf seine Hände gerichtet, die er auf den Kiel gelegt hatte. Er war groß, hielt sich aber gebeugt, das Haar auf seinem Kopf war schneeweiß und zerzaust. Abgebrochene Zweige hingen im ungestutzten Bart, und sein Blick schien ins Leere zu gehen. Die zerrissene Kleidung war übersät mit Erd- und Grasflecken. Er sah aus, als habe ihn jemand durchs Unterholz hierhergeschleift. Als Alaron näher hinsah, erkannte er, dass es sich bei der Kleidung um nicht mehr als ein Nachthemd handelte, außerdem war der Greis bis auf die Knochen durchnässt.

»Bei Kore, wer seid Ihr, und wo kommt Ihr bei diesem Helwetter her?«, keuchte Alaron eher erstaunt als vor Angst.

»Mmngh!«, stammelte der alte Mann und zuckte zusammen, als sei er erschrocken, seine eigene Stimme zu hören. »Mmngh!« Er schlug sich eine Hand vor den Mund und ließ sich auf die Knie sinken.

»Wer... Alles in Ordnung, Herr?« Alaron schnappte sich eine Satteldecke und eilte auf den Mann zu. »Hier, lasst mich Euch helfen.«

Der Greis blickte auf, das Gesicht verzerrt vor Angst. »Gggnhh!« Dann verdrehte er die Augen und brach bewusstlos zusammen.

»Gredken!«, rief Alaron. »Ich brauch hier deine Hilfe!«

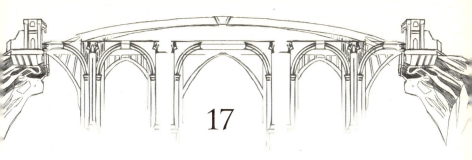

17

WÜSTENSTÜRME

INGASHIR

Während die Bauern die trockene Erde bearbeiten, halten andere sich in den Hügeln versteckt und beobachten sie. Zum geeigneten Zeitpunkt stürmen sie herunter, töten die Bauern und machen sich selbst zum Herrscher über das Land. Nach und nach vergessen sie, woher sie einst kamen, während schon wieder andere sich in den Hügeln verstecken...

BEOBACHTUNGEN AUS ANTIOPIA, QUINTUS GARDIEN, 872

Von Nordlakh nach Kesh, Antiopia
Shawwal (Okten) 927 bis Safar (Februx) 928
9–5 Monate bis zur Mondflut

Ein Wagen kam ratternd ins Lager gefahren, und innerhalb von Sekunden war er umringt von jungen Männern, die wie die Schakale um die kleinen Säcke kämpften, die die Soldaten zu ihnen hinunterwarfen. Einer versuchte, auf den Wagen zu klettern – er bekam den Schaft eines Speers ins Gesicht und fiel wie ein Käfer zurück in die rücksichtslos anstürmende Menge. Kazim kämpfte nicht weniger verbissen als die anderen. Das letzte Mal, dass er etwas gegessen hatte, lag zwei Tage zurück. Es waren nur ein paar Mundvoll Kichererbsenbrei gewesen. Er schlug einem Jungen auf den Hinterkopf und schnappte sich dessen Ration, dann drängte er weiter nach vorn, duckte sich unter dem herabsausenden Speerschaft hindurch und angelte noch drei Säckchen vom Wagen. Taumelnd kämpfte er sich zurück und trat jedem, der ihm am Rand der Menge auflauern könnte, mit dem Fuß in den Bauch.

Kämpfer der Fehde zu sein hatte er sich anders vorgestellt. Drei Wochen lang waren sie marschiert, hatten sich durch die trockene Hitze des nördlichen Winters gekämpft, um Essen gebettelt und um einen Platz zum Schlafen. Am Anfang waren die Menschen noch freigiebig gewesen, schließlich war der Amteh-Glaube die Hauptreligion in Nordlakh. Sie wurden mit trockenem Brot bedacht, mit Linsenbrei, Krügen voll frischem Quellwasser und dem Segen Ahms. Doch als sie das erste Sammellager erreichten, wurde die kleine Gruppe sofort vom allgemeinen Chaos verschlungen. Haroun zog los, um die Gottessprecher nach den letzten Neuigkeiten zu fragen, während Jai und Kazim nach etwas zu essen und trinken suchten. Die wenigen Vorräte, die sie hatten, wurden auf von Soldaten bewachten Wagen unter Verschluss gehalten. Ein dünner Kerl, der seit einer Woche hier war, riet Kazim, sich von den Soldaten fernzuhalten. »Es ist ihnen egal, wenn wir hungern«, erklärte er ihm wütend.

»Aber wir sind Kämpfer der Fehde!«, rief Kazim.

»Geh hin und sag es ihnen. Wirst schon sehen, wohin dich das bringt.« Der Mann lachte grimmig. »Ich bin hergekommen, um Rondelmarer zu töten, aber wenn das so weitergeht, sind wir alle vorher verhungert.«

Kazim ging trotzdem zu ihnen. Die Soldaten trugen Kettenhemden, mit Eisendornen besetzte Helme und Krummsäbel. Die Bärte hatten sie zu Zöpfen geflochten, und ihre Augen waren schwarz wie Kohle – Söldner aus Kesh im Dienst des Moguls. Über ihren Feuern rösteten sie Hühner und tranken Fenni.

Ein Hauptmann trat ihm ohne Eile in den Weg. Das vernarbte Gesicht verlieh ihm eine gewisse Verwegenheit. »Verzieh dich, du kleiner Scheißer«, sagte er nur unter dem Gelächter seiner Kameraden.

»Aber wir haben nichts zu essen«, protestierte Kazim. »Und ihr habt mehr, als ihr braucht.«

Der Hauptmann biss in ein Hühnerbein und schluckte. »Ja, haben wir. Aber ihr nicht. Und jetzt hau ab, verdammter Mata-Choda.«

Kazim rührte sich nicht. Er war genauso groß wie der Soldat und kräftiger gebaut. Aber der Hauptmann hatte einen Säbel. Kazim musterte die Männer hinter ihm. Sie alle waren bewaffnet, und es war keine Frage, auf wessen Seite sie sich stellen würden. *Keine gute Idee.* Er machte einen halben Schritt zurück und versuchte es ein letztes Mal: »Bitte, Herr. Nur ein Huhn. Ich kann bezahlen.«

Der Hauptmann kicherte. »Ich kann bezahlen«, wiederholte er höhnisch. »Ein Huhn also? Gut. Sagen wir: hundert Rupal.«

»Hundert Rupal? Dafür bekomme ich zu Hause zehn Hühner!«

»Dann geh doch nach Hause.« Damit drehte der Hauptmann sich weg.

»In Ordnung, hundert Rupal.«

Der Soldat grinste verschlagen. »Der Preis ist leider gestiegen. Jetzt sind es zweihundert.«

Kazim funkelte ihn wütend an. Der köstliche Duft bereitete seinem leeren Magen schon Krämpfe. »In Ordnung. Zweihundert.«

Der Hauptmann zog einen Hühnerspieß aus dem Feuer und hielt ihn Kazim hin. »Zuerst das Geld«, sagte er und wedelte mit dem Spieß, als würde er mit seinem Schoßhund spielen.

Kazim hatte größte Mühe, sich zu beherrschen. Er streckte ihm das Geld hin. Es war alles, was er besaß.

Der Hauptmann nahm die Münzen, dann ließ er das Huhn einfach fallen, und Kazim griff reflexartig danach.

»Vorsicht!«, brüllte Jai noch, aber es war zu spät.

Kazim sah den Stiefel des Hauptmanns auf sein Gesicht zufliegen, dann ein gleißendes Licht, gefolgt von alles verschlingender Schwärze.

Als er wieder aufwachte, lag er rücklings auf dem Boden. In seinem Kopf drehte sich alles, und der Kiefer schmerzte, schien aber nicht gebrochen zu sein. Er blickte sich um. Jai kauerte neben ihm. Kazim konnte nur ein paar Augenblicke bewusstlos gewesen sein, denn der Hauptmann stand immer noch vor ihm und lachte schallend. Kazim prägte sich sein Gesicht ein.

»Komm jetzt«, flüsterte Jai mit dem verdreckten Hühnerspieß in der Hand. Der Tumult hatte Neugierige angezogen, hungrig aussehende Männer, die alle das Huhn anstarrten.

Schwankend kam Kazim auf die Beine. Er sah einen dicken Ast aus einem Feuer in der Nähe ragen und packte ihn. »Bleib direkt hinter mir«, raunte er Jai zu und schob sich entschlossen durch die Menge. *Der Erste, der sich mir in den Weg stellt, kriegt den Stock in die Fresse.* Aber nichts geschah, die Männer wichen stumm zurück. Als sie das Huhn schließlich mit Haroun teilten, achtete Kazim darauf, dass er selbst das größte Stück bekam. *Ich bin der Krieger in unserer Gruppe. Ich muss bei Kräften bleiben.*

Während der folgenden Tage hatten sie nur das bisschen Brot zu essen, das sie von den einheimischen Bauern erbetteln konnten. Die Soldaten zogen sofort ihre Säbel, wenn jemand sich auch nur in die Richtung der Proviantwagen wandte. Ein paar Männer hatten aus alten Ziegeln einen behelfsmäßigen Dom-al'Ahm errichtet, gerade mal hüfthoch mit umgedrehten Tonschüsseln als Kuppeln. Dort leiteten Haroun und andere Schriftenschüler die Gebete an. Sie beteten für den Sieg über die Ungläubigen, doch viel lauter waren die Gebete um Essen.

Dann kamen weitere Wagen. Anfangs waren es nur drei pro Tag gewesen, und die meisten der freiwilligen Kämpfer hatten die Kichererbsensäcke nicht einmal zu sehen bekommen, geschweige denn etwas zu essen. Doch mit den zusätzlichen Wagen reichte es zumindest, um den schlimmsten Hunger zu stillen. Immer mehr Männer desertierten – manche sprachen sogar davon, das Lager der Soldaten zu stürmen, aber alle wussten, dass das reiner Selbstmord war. Also blieb ihnen nichts übrig, als zu beten und sich mit dem zufriedenzugeben, was sie hatten.

Nach einer weiteren Woche verzweifelten Kampfes ums

Essen kam der Hauptmann, der Kazim ins Gesicht getreten hatte, mitten ins Lager geritten. Es gab keine Latrinengruben und so wenig Wasser, dass es gerade zum Trinken reichte. An waschen war nicht zu denken. Viele der Männer waren krank, es stank nach Urin und Fäkalien. Mit gerümpfter Nase verkündete der Hauptmann, dass der Marsch nach Norden nun fortgesetzt werden würde. »Ruhm erwartet euch!«, brüllte er und ließ höhnisch den Blick über die halb verhungerten Freiwilligen wandern.

»Das sind Prüfungen, die Ahm uns auferlegt«, erklärte Haroun heiser. »Nur wer leidet, wird ins Paradies eingehen.« Auch er war vor drei Tagen krank geworden, und seine Augen waren gelb.

Marschieren war zumindest besser als das ständige Warten. Jeder Hof, an dem sie vorbeikamen, wurde geplündert. Töchter wurden vergewaltigt oder geraubt, und dann zwangen die Soldaten die Bauern auch noch, für die Kolonne zu kochen. Wer Widerstand leistete, wurde auf eine Lanze gespießt und seine Leiche am Straßenrand öffentlich zur Schau gestellt. Mit jedem Schritt wurde Kazims Hass größer. *Dies ist die Fehde!*, schrie es in seinem Kopf, und trotzdem dachte er mindestens tausendmal daran umzukehren. Aber er konnte nicht. Er durfte Ramita nicht im Stich lassen. Also richtete er seinen Hass auf die Soldaten, vor allem auf Jamil, den Hauptmann, der ihn so fürchterlich erniedrigt hatte. Jedes Mal, wenn der Kerl ihn erblickte, grinste er Kazim spöttisch an und tat, als würde er an einem Hühnerschenkel knabbern. Seine Soldaten bewunderten ihn, aber für Kazim war er Shaitan selbst.

Von den endlosen Meilen Sand, durch die sie marschierten, bekam er kaum etwas mit. Der Durchfall suchte sie heim. In langen Reihen kauerten die Männer am Rand der Straße und kackten dünnflüssige Brühe. Nur mit Galgenhumor konnten sie sich halbwegs bei Laune halten. Alle rissen ihre Witzchen über wund gelaufene Füsse, flüssigen Stuhlgang und fauliges Wasser, nur von den Vergewaltigern hielten Kazim und seine Freunde sich fern. »Wir sind keine Tiere«, sagte Haroun. »Andere mögen vergessen, wer sie sind und weshalb wir hier sind, aber wir nicht.«

Haroun sprach viel mit den anderen Männern, um ihre Geschichte zu hören. Überraschend viele waren konvertierte Omali, Männer ohne Heim oder Familie, die Gemeinschaft suchten oder Reichtum oder auch nur etwas zu essen. Keiner von ihnen hatte je einen Rondelmarer gesehen, geschweige denn einen persönlichen Grund, einen von ihnen zu töten. »Aber sie halten die heilige Stadt besetzt«, fügten sie dann jedes Mal hastig hinzu. »Deshalb müssen sie sterben.« Danach hörten sie sich pflichtschuldig Harouns fromme Ermahnungen an, um sich dann doch wieder an den Plünderungen und Vergewaltigungen zu beteiligen. Nur die grösseren Städte mit bemannten Garnisonen blieben verschont, und selbst dort kam es zu Gewalttätigkeiten.

Und in jeder Stadt und jedem Dorf fragte Kazim, ob jemand einen alten Ferang mit zwei Lakh-Mädchen gesehen hatte. Manchmal konnten sich die Leute sogar an eine solche Gruppe erinnern. Sie war vor über einem Monat durchgekommen und hatte wahrscheinlich inzwischen die grosse Wüste durchquert, wie ihm ein alter Mann mitteilte, der mit einem Pfeifchen im Mund am Dorfbrunnen sass.

Er betrachtete die Kämpfer, die wie Verletzte nach einer Schlacht überall herumlagen, um sich auszuruhen, und bot Kazim etwas Ganja an. »Bis ihr dort seid, wirst du genauso schwach sein wie deine Kameraden hier«, bemerkte er trocken.

»Wir werden für dich gegen die Ferang kämpfen, alter Mann«, gab Kazim gereizt zurück.

»Da wünsche ich dir viel Glück, Junge. Ich glaube kaum, dass sie schon aus Angst vor euch zittern.«

Kazim ließ den Blick über die erbärmlich anzuschauende »Armee« schweifen und suchte nach einer geeigneten Erwiderung. Schließlich gab er es auf. *Wahrscheinlich hat der Tattergreis auch noch recht.*

Mühsam schleppte sich die Kolonne dahin. Sie schafften kaum mehr als ein paar Meilen am Tag. Die Städte Kankritipur und Latakwar umgingen sie in weitem Bogen und lagerten am Sabanati, wo sie sich endlich waschen und so viel trinken konnten, wie sie wollten – was für nicht wenige neuerlichen grässlichen Durchfall bedeutete, und manche endeten als Krokodilfutter.

Kazim gelang es immer öfter, Essen aus dem Proviantwagen von Jamils Trupp zu stehlen, weshalb er und seine beiden Freunde in etwas besserer Verfassung waren als die meisten anderen, als sie den Rand der östlichen Keshwüste erreichten. Sie belauschten Jamil, wie er seine Soldaten auf die Wüste vorbereitete, und hörten, dass die schlimmste Gefahr während der Durchquerung nicht die Banditen waren, sondern die Hitze. Ihre Harnische würden in der Sonne so heiß werden, dass man Eier darauf braten konnte. Wasser gab es keines.

Haroun schätzte, dass sie insgesamt über etwa eintausend Feldflaschen verfügten, und das für dreitausend Kämpfer, die diese verfluchte Wüste durchqueren sollten. Also trafen sie entsprechende Vorbereitungen: Nach Einbruch der Dunkelheit nahm Kazim einem schwächlich wirkenden Mitkämpfer seine Wasserflasche ab, und Jai tat dasselbe. Haroun bekam eine von einem sterbenden Greis geschenkt, nachdem er versprochen hatte, für ihn zu beten. Nur zu essen gab es immer noch nicht genug, und ihre Waffen würden sie erst in Kesh bekommen, hatten die Soldaten gesagt. *Schlau von euch*, dachte Kazim, *denn wenn wir sie jetzt schon hätten, wärt ihr jetzt alle schon tot.* Nicht einmal Zelte gab es für die freiwilligen Kämpfer. *Wir können von Glück sagen, wenn wir es überhaupt bis Hebusal schaffen.*

Verdrossen starrte Kazim hinaus in die Wüste, sah die Krähen, Geier und Habichte hoch in der Luft kreisen. Seit Tagen hatten sie nichts anderes gegessen als Eidechsen und kleine Schlangen. Wenn sie nicht bald aufbrachen, würden sie die Rationen angehen müssen, die für die Wüstendurchquerung vorgesehen waren. Und trotzdem saßen sie hier tatenlos herum. Aus einem einfachen Grund: In nordwestlicher Richtung beobachtete von einem hohen Felsen aus ein kamelberittener Späher der Ingashiri ihr Lager. Der Gedanke, direkt unter den neugierigen Blicken dieser Banditen aufzubrechen, machte die Soldaten des Moguls nervös.

»Ich glaube nicht, dass wir eine Wahl haben«, meinte Kazim. »Die Ingashiri werden uns so oder so finden. Wenn die Soldaten uns wenigstens Speere geben würden!«

»Gottes Wille geschehe«, erwiderte Haroun nur. Wie immer.

Das religiöse Getue ging Kazim allmählich auf die Nerven, aber im Moment gab es tatsächlich nicht mehr über ihre Situation zu sagen. Er blickte hinüber zu Jai, der während der letzten zwei Wochen auffällig still geworden war. Kazim hatte einen Verdacht: Jai war ein hübscher Junge, und irgendwie schaffte er es immer, genügend Wasser für alle zu beschaffen. Wasser bedeutete Überleben, und Kazim hatte Gerüchte über einige der Hauptleute gehört, anzügliche Gerüchte… *So weit hätte es nie mit uns kommen dürfen.*

In der nächsten Nacht brachen sie im Schutz der Dunkelheit auf. Es wurde das reinste Fiasko. Ohne Licht oder wenigstens Fackelschein blieb die Hälfte der Ausrüstung einfach liegen. Keinem der Trupps gelang es, sich in die vorgesehene Marschordnung einzureihen, und die Spur menschlicher wie tierischer Ausscheidungen, die sie hinterließen, war so überdeutlich, dass selbst ein Blinder ihr hätte folgen können. Ganz zu schweigen von den Spähern der Ingashiri.

»Vielleicht macht unser Dünger ja die Wüste fruchtbar«, witzelte Haroun unverdrossen.

Bis Anbruch der Dämmerung hatten sie mindest ein Dutzend Späher gezählt. Jedes Mal, wenn die Soldaten Anstalten machten, sie anzugreifen, trabten sie einfach auf ihren Kamelen davon. Überall war Sand, nichts als Sand: in jeder Falte, im Mund, in der Nase, in den Ohren und in den Haaren. Kazim hatte das Gefühl, er würde sogar Sand kacken, so wund war seine Pofalte. Und die Aasfresser kreisten jetzt direkt über ihren Köpfen.

Die Männer wurden schnell schwächer. Am ersten Tag wurde für die, die einfach umkippten, noch Platz auf den Wagen gemacht, am zweiten ließ man sie einfach liegen. Kazim hasste jeden, der einfach so aufgab, und er hasste die unerreichbaren und feigen Späher. Aber am meisten hasste er die Soldaten, die sich einen Dreck um die freiwilligen Kämpfer kümmerten. Mit offenen Augen träumte er davon, wie die Pfeile der Ingashiri Jamil und sein arrogantes Pack aus dem Sattel holten. Aber die Wüstenbanditen blieben stets auf Distanz, und nach zwei Wochen waren sie ganz verschwunden – was die Moral sofort hob. Ohne die zermürbende Beobachtung marschierte es sich gleich leichter, und die Männer schwangen die wildesten Reden, was sie mit den Banditen gemacht hätten, hätten sie sich auch nur ein winziges Stück näher herangewagt.

Haroun nahm Kazim beiseite. »Sie sind immer noch da, auch wenn wir sie nicht sehen können. Sei auf der Hut, Bruder.« Dann drückte er Kazim etwas Hartes, Kaltes in die Hand. Es war ein Krummdolch. »Ein Soldat hat ihn mir gegeben. Ich kann mir keinen würdigeren Träger dafür vorstellen als dich, mein Freund, der du das Herz eines Löwen hast.«

Kazim nahm Haroun kurz in die Arme. »Danke, Bruder. Ich danke dir von ganzem Herzen.« Doch seine Augen suchten Jamil, nicht die Ingashiri.

Drei Tage später griffen sie an. Es war der siebzehnte Tag der Wüstendurchquerung, der Punkt, an dem ein Umkehren unmöglich war und die nächste Oase noch weit, weit vor ihnen lag. Sie kamen im Morgengrauen, als die Soldaten gerade ihre Zelte für eine Rast aufschlugen. Die Wachposten waren müde, ihre Augen stumpf, die Männer erschöpft, durstig und hungrig. Sie griffen genau aus der aufgehenden Sonne an, wo sie schwer zu sehen waren und ein Bogenschütze unweigerlich geblendet wurde. Ihre Taktik war makellos wie aus einem Lehrbuch der Armee.

Eine Stunde vor dem Angriff hatte Kazim sich mit ein paar anderen aus der Marschordnung gelöst. Sie trotteten hinter einem der Proviantwagen her, um sich bei der nächstbesten Gelegenheit die Taschen vollzustopfen. Die Gesichter der Männer neben ihm waren mutlos vor Erschöpfung. Im Norden hatte sich ein trockener Wind erhoben und blies ihnen ständig Sand ins Gesicht, weshalb sie sich Tücher um den Kopf wickelten, was ihre Sicht noch weiter behinderte. Im Osten wurde der Himmel allmählich heller, und im Westen versank der Mond gerade hinterm Horizont, als die Soldaten Befehl zum Haltmachen gaben. Sofort drängte Kazim sich nach vorn zum

Wagen. Niemand stellte sich ihm in den Weg, denn alle fürchteten Kazims wilde Entschlossenheit.

Ein Junge aus Kankritipur mit glänzenden Augen deutete auf die aufgehende Sonne. »Was ist das?«, fragte er.

»Was ist was?«, fragte jemand zurück, als der erste Strahl roten Sonnenlichts über den Sand gekrochen kam und alle schützend die Hände vor die Augen hoben.

»Ich glaube, da hat sich was bewegt«, erwiderte der Junge. »Seht ihr?«

Kazim kniff die Augen zusammen: Ein Vogelschwarm hatte sich in die Luft erhoben wie eine große schwarze Wolke. Er flog auf, beschrieb einen Bogen und hielt dann direkt auf sie zu. Kazim blinzelte. *Das sind keine Vögel, das sind Pfeile!*

»Vorsicht!«, schrie eine Stimme, aber alle standen da wie gelähmt und starrten mit weit aufgerissenen Augen auf die gefiederte Wolke, die immer größer wurde.

Kazim ging in Deckung. Als Einziger.

Ein Pfeil bohrte sich dem Jungen in die Brust, kam zwischen den Schulterblättern wieder heraus und nagelte ihn auf dem Wüstenboden fest, während Arme und Beine noch zuckten. Überall gingen die Männer zu Boden, Pfeile ragten aus Hälsen, Bäuchen und Gliedmaßen, bohrten sich in Augen und Schädel. Direkt vor Kazim brachen drei zusammen. Einer stumm, einen Pfeil direkt im Herzen, die anderen beiden schrien, hielten verzweifelt den Pfeilschaft umklammert. Einen Moment lang herrschte Ruhe, dann kam die zweite Salve angeflogen, und der Boden erzitterte unter dem Trommeln heranpreschender Hufe. Alles rannte wild durcheinander, die Soldaten mit Bogen in westlicher Richtung oder um irgendwo Deckung zu suchen. Kazim hielt auf den nächsten Wagen zu, stopfte sich kleine Säcke voll Linsen unter den Gürtel und nahm dem vornübergesunken auf dem Kutschbock sitzenden Fahrer die Wasserflasche ab. Ein Pfeil ragte aus seinem Rücken, und zwei der Pferde waren ebenfalls tot.

Noch mehr Pfeile, begleitet von heulendem Geschrei: Die Ingashiri griffen an. In weniger als einer Minute würden sie hier sein, schätzte Kazim. Er nahm noch einen Brocken geräuchertes Fleisch, dann rannte er tief geduckt zu der Stelle, an der er Jai und Haroun zuletzt gesehen hatte. »Jai!«, schrie er unter dem lauter werdenden Trommeln der Hufe.

Unterdessen gingen die Soldaten in Formation und richteten ihre Bogen nach Osten aus, während bereits die nächste Salve auf sie niederprasselte.

»Haroun!«

Hinter einem der Wagen kam eine Hand hervor und winkte: Jai. Kazim rannte auf ihn zu und stieß rücksichtslos alle aus dem Weg, die ihm entgegenkamen. Hier flogen die Pfeile spärlicher, weil die Banditen ihr Feuer auf die Reihen der Soldaten konzentrierten. Überall lagen Tote und Verwundete. Die meisten der freiwilligen Kämpfer rannten in westlicher Richtung.

Kazim sprang auf den Wagen, hinter dem Jai sich versteckte. Vom Fahrer war keine Spur mehr zu sehen, doch die Pferde schienen unverletzt. Er packte die Zügel. »Jai, Haroun, rauf mit euch!«

Das grausige Geheul der Ingashiri wurde immer lauter. Kazim ließ die Peitsche knallen, und genau in dem Moment, als der erste Angreifer über die Düne kam, setzte der Wagen sich in Bewegung. Von Kopf bis Fuß in leuchtendes Weiß gekleidet, wedelten die Ingashiri wild mit ihren Krummschwertern und schrien Ahms Namen. Nur eine Handvoll Soldaten befand sich zwischen dem Wagen und den Angreifern. Kazim konnte nur hoffen, dass sie im Kämpfen genauso gut waren wie darin, ihre eigenen Leute zu schikanieren. »Nehmt euch was von den Proviantsäcken!«, rief er über die Schulter. »Und haltet euch bereit, im Notfall abzuspringen!« Wieder und wieder ließ er die Peitsche schnalzen, bis die Pferde endlich in Trab fielen. Da hörte er hinter sich einen Schrei. Es war eine Mädchenstimme. Ungläubig drehte Kazim sich um.

Haroun hob eine Decke an, und da lag sie, zusammengerollt zu einer kleinen zitternden Kugel. Es blieb keine Zeit, länger darüber nachzudenken.

Die Ingashiri pflügten durch die dünnen Linien der Soldaten. Die Verteidiger waren zu wenige und zu weit verstreut, wie Grashalme wurden sie einfach überrannt. Die Überlebenden rotteten sich zu kleinen versprengten Grüppchen zusammen, die Säbel gezückt – ein dankbares Ziel für die Bogenschützen der Ingashiri, aber die meisten preschten an ihnen vorbei auf der Suche nach noch leichterer Beute. Da erblickten die ersten Kazims Wagen und wendeten ihre Pferde.

Kazim rechnete damit, jeden Moment einen Pfeil auf sich zufliegen zu sehen, und duckte sich instinktiv. Er versuchte, den Wagen herumzureißen, nach Westen, wohin auch die meisten anderen flohen. Aber die Hufe der Pferde fanden in dem weichen Sand kaum Halt, und der Wagen schlingerte wild hin und her. Mit einem schmatzenden Krachen überfuhren sie einen anderen Flüchtenden, das Mädchen kreischte, Jai brüllte, und Haroun betete. Kazim schlug wie wild auf die Pferde ein, und Stück für Stück holten sie die anderen ein, gerade als ein entsetzter Aufschrei durch die Gruppe vor ihnen ging.

Der Erste machte schon kehrt, dann folgten auch die anderen und kamen genau auf sie zu gerannt, wobei sie alles wegwarfen, was sie noch bei sich trugen. »Wir sitzen in der Falle!«, brüllte einer.

»Sie kommen auch von Westen!«, schrie Haroun in Kazims Ohr. »Nach Süden, wir müssen nach Süden!« Er kletterte neben Kazim auf den Kutschbock und packte die Zügel. »Ich mach das jetzt, Kazim. Du musst uns verteidigen!«

Kazim sprang nach hinten und sah, wie jemand versuchte, auf die Pritsche zu klettern. Es war einer der freiwilligen Kämpfer. Kazim trat ihm mitten ins Gesicht, und der Kerl ließ los.

Starr vor Entsetzen hielt sich das Mädchen an Jai fest. Dann wanderte ihr Blick über Kazims Schulter, und er drehte sich um: Ein Ingashiri kam in vollem Galopp auf sie zu, seinen Säbel auf Haroun gerichtet. Ohne zu überlegen, riss Kazim seinen Dolch heraus und fing den Schlag ab. Ein metallisches Klirren zerriss die Luft, und Kazims Arm wurde bis ins Schultergelenk durchgeschüttelt. Einen Augenblick lang hatte er keinerlei Gefühl mehr in der Hand und hätte beinahe den Dolch fallen lassen.

Schmale Augen blickten ihn kalt an, und Kazim wusste: Das ist es, Leben oder Tod.

Der Angreifer schlug ein zweites Mal zu, aber Kazim wich zur Seite aus, und der Schlag ging ins Leere. Dann hob er seinen Dolch und rammte ihn bis zum Heft in den Arm des Ingashiri. Ein Aufschrei, und der Säbel fiel scheppernd auf den Kutschbock. Kazim packte den Kragen des Reiters und zog mit aller Kraft. Dann hörten sie nur noch das Wimmern, mit dem der Ingashiri aus dem Sattel kippte und unter die Wagenräder geriet.

Haroun und Jai sprangen auf, um die Schlingerbewegungen auszugleichen, damit der Wagen sich nicht überschlug. Sie hatten es gerade geschafft, da kam der zweite Angreifer in Sicht.

Kazim griff nach dem Säbel und warf Jai den Dolch zu. Dann

sprang er ans Heck des Wagens. Er landete auf den Knien, den Säbel schützend über den Kopf gehoben.

Inzwischen hatte Haroun den Wagen gewendet, und sie jagten in Richtung Süden.

Der zweite Reiter brachte sein Pferd zum Aufbäumen, dann griff er an.

Kazim wehrte zwei gewaltige Hiebe ab, dann schlug er selbst zu, verfehlte sein Ziel und wäre beinahe vornübergekippt. Weitere Säbelhiebe folgten, der Wagen fuhr durch ein Schlagloch, und Kazim wurde von den Beinen gerissen.

Wehrlos lag er auf der Pritsche, da packte das Mädchen einen der Proviantsäcke und warf ihn. Sie traf den Ingashiri an der Schulter, er wurde herumgerissen und fiel halb aus dem Sattel.

Jai schrie triumphierend auf, als einer der Soldaten von hinten herangaloppierte und dem immer noch schwankenden Banditen den Krummsäbel in den Rücken bohrte.

Mit einem Aufschrei krachte der Ingashiri zu Boden, und der Soldat galoppierte neben dem Wagen her: Es war Jamil. »Sohn des Raz Makani!«, schrie er den verdutzten Kazim an. »Bleib in meiner Nähe!« Da kam schon der nächste Bandit herangeprescht, und Jamil musste abdrehen. Der Hauptmann kämpfte wie der Leibhaftige selbst, blaue Funken sprühten aus seiner Klinge, als er auf den nächsten Angreifer einschlug.

Ein Junge aus Lakh kam angerannt und sprang auf das Trittbrett. »Helft mir!«, brüllte er aus vollem Hals und versuchte sich hochzuziehen. Sie verloren bedrohlich an Geschwindigkeit, da kam ein weiterer Ingashiri heran und schleuderte dem Jungen einen Speer in den Rücken. Blut spritzte, und sie hörten einen gurgelnden Schrei. Dann ließ der Junge los – ein weiterer Kadaver im gleichgültigen Sand.

Wild heulend dirigierte der Bandit sein Pferd ein Stück von dem Wagen weg, gerade so weit, dass Kazims Säbel ihn nicht erreichen konnte. Mit einem sadistischen Lächeln spannte er seinen Bogen.

»Haroun!«, brüllte Kazim.

Doch noch bevor der Ingashiri einen Pfeil abfeuern konnte, versenkte Jai Kazims Dolch mit einem Wurf, wie niemand ihn je auf dem Kalikitifeld von ihm gesehen hatte, in der Schulter des Banditen. Der Mann heulte vor Schmerz und verschwand, und Jai jubelte wie von Sinnen.

Sie brachen durch eine letzte Gruppe Flüchtender und erreichten eine freie Ebene. Sie waren jetzt ganz am Ende der Kolonne, vor ihnen liefen nur noch wenige Versprengte ziellos umher, panisch und dem Tod geweiht.

Kazim schlug Haroun auf den Rücken. »Weiter! Denen da können wir sowieso nicht mehr helfen!«

Haroun ließ die Peitsche knallen, und der Wagen wurde wieder schneller.

Ein einzelner Reiter löste sich aus der Kolonne und hielt auf sie zu.

»Schneller, Haroun!« Kazim starrte zu dem Verfolger zurück, während Haroun die Pferde einen flachen Hügel hinauf und dann in eine Senke dirigierte, bis sie das Schlachtengetümmel hinter ihnen komplett aus dem Blick verloren hatten. Die Schreie der Verwundeten und Todgeweihten aber waren immer noch zu hören.

Der einzelne Reiter kam auf dem Kamm in Sicht und preschte weiter auf sie zu: Wieder war es Jamil.

Kazim spuckte aus und machte sich bereit zum Kampf.

Der Hauptmann hatte eine tiefe Schnittwunde im rechten Arm, konnte seinen Säbel gerade noch halten. Die Augen hatte er starr auf das Mädchen gerichtet. »Sie gehört mir, Hühnerdieb!«, rief er.

»Dann komm und hol sie dir«, fauchte Kazim.

Mit schmerzverzerrtem Gesicht hob der Hauptmann seinen Säbel. »Sei kein Narr, Kazim Makani«, knurrte er durch zusammengebissene Zähne.

»Du bekommst sie nicht, du Schwein.«

Haroun zog an den Zügeln. »Hört auf. Bitte, ihr beiden, hört auf. Wir sind alle Brüder«, wimmerte er. »Unser Feind ist da drüben!« Die Pferde blieben stehen. »Bitte, Brüder, steckt die Säbel weg.« Haroun weinte. Er weinte um die Blutfehde.

Kazims Blick wanderte zu dem Mädchen, das sich wimmernd an Jai klammerte. Sie war mollig und hatte sanfte, rundliche Gesichtszüge. Sie wirkte entsetzlich fehl am Platz. »Was kümmert dich das Mädchen?«, knurrte er Jamil an.

»Was sie mich kümmert? Sie gehört mir – *das* kümmert es mich. Gebt sie her.«

Kazim hob seinen Säbel und zuckte mit keiner Wimper. Er *wusste*, er konnte Jamil töten, und er sehnte sich danach. »Hau ab, Jamil. Wir wollen dich hier nicht. Geh, bevor die Ingashiri hier sind!«

»Wenn einer von euch sie auch nur anrührt, seid ihr alle tot.«

»Verschwinde endlich, du hässlicher Scheißkerl!« Einen Moment lang glaubte Kazim, der Hauptmann würde ihn angreifen, aber er tat es nicht. Mit einem finsteren Blick wendete er sein Pferd und galoppierte nach Westen davon. Kazim beobachtete ihn, bis er hinter der Düne verschwunden war. Dann sprang er vom Wagen.

Zusammen mit Jai machte er die Pferde los, dann luden sie ihnen auf, so viel die Tiere tragen konnten: Essen, Wasser, Decken und das Mädchen. Sie selbst würden zu Fuß nebenherlaufen. Sie beschlossen, nach Südwesten zu gehen, wo es flache Täler mit felsigem Boden gab. Hinter ihnen ertönten immer noch die markerschütternden Schreie der Letzten, die von den Ingashiri niedergemetzelt wurden.

Nach ein paar Stunden hatten sie felsigen Boden erreicht, auf dem sie keine Spuren mehr hinterlassen würden. Vor ihnen lag ein kleiner Taleinschnitt, in dem sie sich für den Rest des Tages versteckten und sich fragten, wie auf Urte sie das Massaker überlebt hatten.

Sie waren den ganzen Tag über unbehelligt geblieben, und bei Einbruch der Dunkelheit wagten sie sich wieder hervor. Jai hatte den ganzen Tag einen Arm um das Mädchen gelegt gehabt, das noch kein einziges Wort gesprochen, aber sofort lauthals angefangen hatte zu schreien, sobald Jai sich entfernt hatte. Haroun hatte Stunde um Stunde gebetet und Ahm befragt, weshalb er seine eigenen Kämpfer dem Untergang geweiht hatte. Das ständige Gemurmel hatte Kazim beinahe in den Wahnsinn getrieben, aber er hatte sich zurückgehalten. Sie alle hatten Angst. Und wer sollte sie jetzt noch beschützen, wenn nicht Ahm selbst?

»Sind wir nicht alle deine Kinder?«, klagte Haroun verbittert. »Beten nicht die Ingashiri genauso zu dir wie wir?« Und als es dunkel wurde, schien er endlich eine Antwort gefunden zu haben. »Ein Exempel wurde statuiert«, erklärte er Kazim. »Was wir erlebt haben, war ein Lehrbeispiel für schlimmstes Versagen. Wir wurden Zeugen, damit uns so etwas nie wieder passieren kann.«

Kazim hielt Harouns Interpretation für reichlich eigenwillig, aber ihn beschäftigten andere Fragen: wohin jetzt? Nach Norden ins Unbekannte oder nach Süden, auch wenn das all seinen

Träumereien endgültig ein Ende setzen würde? Wie sollten sie die Ingashiri umgehen? Hatten sie genug Proviant und Wasser? Sollten sie lieber tagsüber oder nachts weitermarschieren? Die Antwort auf jede dieser Fragen war stets dieselbe: Er wusste es nicht.

Zumindest hatten sie etwas zu essen: geräuchertes Fleisch und Brot, das sie mit einem Schluck Arrak und etwas Wasser hinunterspülten – Beutegut aus dem Wagen. Selbst Tanuva Ankesharans Kochkünste waren nichts im Vergleich zu dieser wunderbaren Mahlzeit.

»Was sollen wir jetzt tun?«, fragte Kazim Haroun, nachdem alle gegessen hatten.

Der junge Schriftgelehrte kauerte mit an die Brust gezogenen Beinen auf dem Boden und schaukelte hin und her. »Ich weiß es nicht, Bruder. Mein Kopf sagt mir, wir sollten zurück nach Süden gehen und Aufklärung verlangen für das, was geschehen ist. Über dreitausend Mann, unterernährt, schlecht versorgt und unbewaffnet, auf einen mörderischen Marsch durch die Wüste geschickt, um sich von Banditen abschlachten zu lassen! Wo waren die Offiziere? Warum wurden diese Männer nicht ausgebildet, bevor wir Lakh verließen? Warum mussten so viele unserer Brüder diesen sinnlosen Tod sterben?« Er sah verwirrt aus und zornig, stocherte mit einem Messer im Sand herum, als wolle er die Wüste büßen lassen für das, was sie ihm angetan hatte. »Die Ingashiri lauern auf dem Rückweg bestimmt auf Überlebende, und wir haben nicht genug Proviant, um es bis nach Lakh zu schaffen. Die nächste Oase liegt sechs Tagesmärsche nördlich, hat einer der Soldaten letzte Nacht gesagt. Vielleicht finden wir sie. Alles, was ich weiß, ist: Uns drei allein hat Ahm verschont.« Sein Blick wanderte zu dem Mädchen hinüber. »Oder vier. Von über dreitausend. Falls du noch Zweifel hattest, Bruder, dann ist es jetzt an der Zeit, diese Zweifel abzulegen. Ahm ist mit uns, und er wird uns führen.«

Kazim blickte Jai an, der den Arm ungelenk um das runde Lakh-Mädchen geschlungen hatte, das mit seinen großen feuchten Augen so gar nicht für die gefährliche Wüste geschaffen schien. Sie hielt sich an ihm fest, als sei Jai ihr persönlicher Messias.

»Ich will zurück nach Hause«, sagte Jai niedergeschlagen.

Kazim seufzte. »Ich auch, Bruder. Aber ich bin hierhergekommen, um Ramita vor dem Ferang-Dämon zu retten. Und wenn Ahm mit mir ist, wird es mir auch gelingen.«

Ein leises Kichern hallte durch das schmale Tal. Kazim sprang auf die Füße, wandte sich hierhin und dorthin, den Säbel in der Hand.

Ein Schatten, den er für einen Felsen gehalten hatte, stand auf, und vor ihm stand Jamil. »Von welchem Dämon sprichst du, Kazim Makani?« Er hatte seinen Säbel gezückt und hielt ihn ohne erkennbare Anstrengung in der Hand. Keine Spur mehr von der Schnittwunde.

Wie kommt er hierher? Wie lange belauscht er uns schon? Kazim streckte ihm die Spitze seines Krummsäbels entgegen. »Bleib uns vom Leib!«

»Nicht so laut, Junge. Oder möchtest du, dass die Ingashiri dich hören?« Jamil steckte seinen Säbel zurück in die Scheide und kam näher, die leeren Hände nach vorn gestreckt. »Sieh her, ich komme in Frieden. Ich bin hier, um euch zu helfen.«

Kazim trat einen Schritt auf ihn zu. »Lügner! Du bist nur gekommen, um unser Wasser zu stehlen und das Mädchen. Sie kann nicht einmal mehr sprechen, du Schwein!«

Jamil blieb stehen. »Du tust mir unrecht, Junge. Ich habe

dem Mädchen nichts getan. Zwei Tage nach unserem Aufbruch in die Wüste habe ich sie gefunden. So wie du sie vor dir siehst. Ein paar Narren hatten sie entführt und missbraucht. Deshalb habe ich sie unter meinen Schutz genommen. Ich bin nicht hier, um irgendetwas zu stehlen. Du magst es nicht glauben, aber ich hatte die ganze Zeit über ein Auge auf dich. Woher, glaubst du, hatte Jai all das Wasser? Wer hat den übelsten unter den freiwilligen Kämpfern eingeschärft, euch in Ruhe zu lassen? Wer hat dafür gesorgt, dass ihr nicht längst verhungert seid? Ich halte schon länger meine schützende Hand über dich, als du überhaupt von meiner Existenz weißt.«

»Du hast mir mit dem Stiefel ins Gesicht getreten!«

Jamil zuckte die Achseln. »Meine Befehle lauteten, mir meinen Auftrag nicht anmerken zu lassen. Aber es ist auch egal, ob du mir glaubst oder nicht. Wenn du überleben willst, kommst du mit mir.« Er blickte Jai an. »Und wenn dein Freund dem Mädchen etwas tut, schlitze ich ihn auf.«

»Jai tut keinem Mädchen etwas zuleide«, fauchte Kazim mit einer verächtlichen Geste. »Wir brauchen dich nicht.«

Jamil lachte trocken. »Nein? Ihr habt keine Ahnung, in welche Richtung ihr euch wenden sollt, könnt nicht mal richtig mit euren Pferden umgehen. Ich würde sagen, ihr braucht mich sogar unbedingt. Warum fragt ihr nicht euren frommen Freund, vielleicht war es Ahm höchstpersönlich, der mich zu eurer Rettung geschickt hat? Zumindest hätte er keinen Besseren schicken können: Ich habe unter den Ingashiri gelebt, und ich kenne die Wüste. Ich kann euch führen, sogar bis nach Hebusal.«

»Warum solltest du uns beschützen wollen?«, fragte Kazim.

Jamil lächelte. »Weil meine Befehle so lauten. Und wegen deines Vaters.«

Kazim erschauerte. »Wegen meines *Vaters*?«

»Ja, Kazim, Sohn von Razir Makani. Mir wurde befohlen, ein Auge auf dich zu haben, nachdem du Baranasi verlassen hattest.« Er legte eine Hand auf den Griff seines Säbels. »Ich weiß, warum du dich der Fehde angeschlossen hast, und ich kenne sogar den Namen des ›Dämons‹, der deine Frau gestohlen hat.«

Kazim bekam eine Gänsehaut. *Wer ist dieser Kerl?* »Ich muss Ramita retten!«, rief er.

»In der Tat. Und ich kann dir dabei helfen. Wenn du mich lässt.«

Kazim sah Jai fragend an. »Stimmt das mit dem Wasser?«

Jai nickte beschämt. »Er hat gesagt, ich darf es dir auf keinen Fall erzählen.«

Kazim wandte sich wieder an Jamil. »Wie können wir dir vertrauen?«

Jamil warf ihm seinen Säbel vor die Füße und gleich darauf auch noch den Dolch aus seinem Gürtel. »Genügt das? Behalte sie, bis du bereit bist, mir zu vertrauen.«

»Dann wirst du sie eine ganze Weile entbehren müssen.« Kazim atmete tief durch. »Du sagst, du kennst den Namen des Rondelmarers, der mir Ramita gestohlen hat?«

»Das tue ich. Ich werde ihn dir sagen, sobald wir Hebusal erreichen.«

Kazim explodierte. »Du sagst ihn mir, und zwar sofort!«

»In Hebusal«, wiederholte Jamil unbeeindruckt. »Und keinen Tag früher. Dieser Punkt der Abmachung ist nicht verhandelbar. Das ist mein letztes Wort.« Stumm und mit undurchdringlicher Miene stand er da.

Kazim knurrte vor Wut. Sein Blick wanderte zu Haroun, der zögerlich nickte. »Gut«, sagte er mit einem Seufzen. »Für den Moment kannst du uns führen.«

Jamil verneigte sich spöttisch, und alle starrten ihn an in der Erwartung erster Instruktionen.

»Nun, Hauptmann, in welche Richtung sollen wir uns wenden?«, fragte Haroun.

Jamil lächelte. »Im Moment: in gar keine. Ihr habt noch viel zu lernen, bevor ihr in der Wüste überleben könnt.«

Sie blieben noch zwei volle Tage in dem Tal. Jamil zeigte ihnen, wie sie aus Seilen Zaumzeug knüpfen konnten, und ließ sie die Pferde daran herumführen. Die Hufe umwickelten sie mit Stoff, um das Geklapper zu dämpfen. Jamil sah alles, selbst das kleinste Detail wie eine schief sitzende Satteldecke oder einen nicht vollständig umwickelten Huf. Jai und Haroun hatten nackte Angst vor ihm, doch bei Kazim war es eher Unbehagen. Das ungelöste Geheimnis um die Identität von Ramitas Entführer zehrte an seinen Nerven.

Das Mädchen schlief die meiste Zeit über. Jedes Mal, wenn jemand anders als Jai in ihre Nähe kam, zuckte sie sofort zusammen. Nur Jai konnte sie dazu bringen, etwas zu essen oder zu trinken. Die Nächte verbrachte sie eng an ihn gekuschelt, was Jai sichtlich unangenehm war.

»Wieso durfte so etwas geschehen?«, fragte Haroun ihren neuen Führer in der zweiten Nacht. »Von Kindesbeinen an habe ich die Geschichten von den großen Fehden gehört, von den riesigen Armeen, zusammengerufen von der Liebe zu Gott, entsandt, um unser Land von den Ungläubigen zu säubern. Doch was ich jetzt mit eigenen Augen gesehen habe, war schauderhaft«, sagte er desillusioniert. »Ich kann beinahe hören, wie die Ferang uns auslachen.«

Jamil hatte keine Worte des Trostes für ihn. »Du kannst es auf den Mogul von Lakh schieben, wenn du willst, oder auf

Salim, den Sultan von Kesh. Oder auch auf die Glaubensfanatiker, die sogar zu blöd sind, ihren Schwanz in einem Puff ins richtige Loch zu stecken.« Er spuckte aus. »Die Große Zusammenkunft hat die Blutfehde ausgerufen, und Salim weigert sich standhaft, die Armeen des Moguls nach Kesh zu lassen. Nicht ganz ohne Grund, denn während des zweiten Kriegszugs haben seine Soldaten halb Kesh geplündert. Kesh und Lakh lagen öfter miteinander im Krieg, als sie gegen die Weißhäuter gekämpft haben, und der Hass sitzt tief. Ich selbst habe mehr Lakh getötet als Rondelmarer während der letzten beiden Kriegszüge zusammengenommen.«

Kazim fragte sich, wie alt der Hauptmann war. Er musste mindestens vierzig sein, wenn er schon zwei Kriegszüge erlebt hatte, sah aber jünger aus.

»Salims Soldaten haben alle Straßen geschlossen«, sprach Jamil weiter, »der Mogul spielt beleidigt, und die Gottessprecher in Lakh rufen die Gläubigen zu den Waffen, weil sie auch mitreden wollen. Einfache Bürger wie ihr, nicht ausgebildet und schlecht ausgerüstet mit viel zu wenig Wasser und Proviant. Und weil Salim die besten Straßen im Osten abgeriegelt hält, kommt irgendein Narr auf die Idee, euch mitten durch die große Keshwüste zu schicken, direkt unter den Augen der Ingashiri! Unglaublich! Unbewaffnet schickt man euch los, damit ihr unterwegs nicht meutert. Jede Kolonne wird auf wenige Tausend Mann begrenzt, damit sie euch überhaupt irgendwie durchfüttern können. Gleichzeitig seid ihr damit zu wenige, um euch gegen die Ingashiri zu verteidigen, die euch Mann für Mann abschlachten. Wusstet ihr, dass ihr bereits die dritte Kolonne seid, die diesen Winter aufgebrochen ist? Soweit ich weiß, hat bisher noch keine die Durchquerung geschafft, und die Ingashiri lachen wie die Schakale.«

Haroun hatte in der Zwischenzeit den Kopf zwischen seinen Knie vergraben. Jetzt blickte er auf. »Aus deinem Mund klingt alles so hoffnungslos.«

»Es ist hoffnungslos.« Jamil zuckte mit den Schultern. »Solange Mogul Tariq nicht aufhört zu schmollen und zu einer Einigung mit Salim kommt, wird sich daran auch nichts ändern. Die Kolonnen kommen hier ohne jeglichen Proviant an, und man schickt sie aufs Geratewohl in die Wüste, wo es kein Wasser gibt und, wie inzwischen sogar ihr mitbekommen habt, auch nichts wächst. Der Mogul ist gerade mal vierzehn Jahre alt, also könnte es noch eine Weile dauern, bis er zur Vernunft kommt.« Er beugte sich nach vorn. »In Wahrheit ist es Wesir Hanouk, der Lakh regiert, und der verschlagene Hundesohn wird wegen ein paar Amteh aus dem Süden, die in der Wüste verrecken, kaum schlaflose Nächte bekommen. Er ist Omali und will die Amteh sowieso loswerden.« Er breitete die Hände aus. »Wenn wir es also schaffen wollen, werden wir uns selbst um alles kümmern müssen, wie ihr seht.« Er blickte Haroun an. »Kopf hoch, junger Schriftgelehrter. Ahm hilft vor allem denen, die sich selbst helfen. Wenn ihr tut, was ich sage, schaffen wir es.«

Kazim starrte auf den Boden. Was er soeben gehört hatte, war so vollkommen anders als alles, was er sich vorgestellt hatte. Er hatte an eine Welt mit edlen Herrschern und ebenso edlen Absichten geglaubt, doch Jamils Worte passten allzu gut zu der Welt, die er unterwegs kennengelernt hatte: schäbig, verwahrlost und brutal, ohne jeden Glauben.

»Wer bist du, Jamil? Woher weißt du all diese Dinge?«

»Ich bin ein Amteh wie du, Hühnerdieb. Ich habe an vielen Orten gelebt und meinen Lebensunterhalt sowohl mit dem Schwert als auch mit meinem Verstand bestritten. Die Armee des Moguls war mir mehr als einmal ein angenehmer Dienstherr. Und meine jetzigen Meister meinen es gut mit dir.« Er blickte hinauf zu den Sternen. »Seht zu, dass ihr noch etwas Schlaf bekommt. Wir stehen noch vor Sonnenaufgang auf und reiten den ganzen Tag.«

»Wir reiten bei Tag?« Kazim war überrascht.

»In der Tat. Bei Tag ist es am sichersten, weil die Ingashiri dann rasten.«

Beim ersten Morgengrauen standen sie auf. Die Sonne tauchte den östlichen Himmel in ruhmreiches, unerreichbares Rot und Gold. Die Luft war trocken, aber rein, kein Lüftchen rührte sich, nirgendwo war auch nur eine einzige Wolke zu sehen. Sie hielten sich an niedrige Rinnen und Vertiefungen, dann und wann kundschaftete Jamil das Gelände aus, doch nirgendwo entdeckten sie auch nur eine Spur von den Banditen. Nicht einmal auf dem Schauplatz des Massakers, wo Hunderte von Schakalen und Geiern um die unter freiem Himmel verwesenden Leichen kämpften. Zur Mittagszeit stiegen sie ab und umwickelten die Hufe der Pferde mit Stoff. Den ganzen Tag bekamen sie keine Ingashiri zu Gesicht, auch nicht am nächsten Tag, und am Nachmittag des übernächsten Tages nahmen sie den Stoff wieder ab. Jamil gestattete ihnen sogar zu traben. Das stumme Mädchen hielt die Arme stets eng um Jais Brust geschlungen und presste sich an seinen Rücken. Ein leiser Aufschrei, als sie das erste Mal antrabten, war das einzige Geräusch, das sie von sich gab.

Kazim sah Zeichen von Leben, die ihm beim Marsch in der Kolonne entgangen waren: Spuren, die Schlangen im Sand hinterlassen hatten, hier und da ein hauchdünnes Spinnennetz zwischen zwei Steinen. Ein kleiner Vogelschwarm hatte sich ihnen angeschlossen und labte sich an den Fliegen. Fliegen gab es jede Menge.

Fünfmal am Tag beteten sie. Haroun rezitierte die Texte aus dem Gedächtnis, und sogar Jamil schloss sich ihnen an. Das Mädchen saß stumm daneben und schaute zu. Nicht eine Sekunde ließ sie Jai aus den Augen, egal wohin er ging. Eines Tages, als sie gerade Vorbereitungen für die Mittagsruhe trafen, beugte sich Jamil an Jais Ohr. Danach bauten die beiden gemeinsam ein Blutzelt für das Mädchen, sogar an die roten Bänder dachten sie. Doch das Mädchen war nur schwer dazu zu bringen, von Jais Seite zu weichen. Erst als er das Tuch vor dem Eingang ein Stück zurückschlug, damit sie ihn sehen konnte, ging sie hinein.

Jai hatte immer davon gesprochen, eines Tages eines der stets aufgeregt plappernden Mädchen vom Aruna-Nagar-Markt zu heiraten, und jetzt kümmerte er sich um dieses ängstliche stumme Mädchen, als sei sie seine Schwester. *Mir scheint, als würde dein Leben auch nicht so laufen, wie du es dir vorgestellt hast*, dachte Kazim. Beim Frühstück legte er Jai einen Arm um die Schulter. »Wie geht's dir, kleiner Bruder?«

»Ich bekomme kaum Luft vor Angst«, gestand er, »aber ich muss mich um Keita kümmern.«

»Ist das ihr Name?«

»Sie spricht mit mir, aber nur wenig. Ich habe ihr versprochen, mich um sie zu kümmern.« Er straffte die Schultern. »Also werde ich es wohl tun müssen.« Ein Hauch von Bedauern lag in seiner Stimme, von Träumen, die fürs Erste aufgeschoben waren, aber nicht vergessen.

Kazim schloss ihn in die Arme. »Ich werde mich auch um sie kümmern, Bruder. Sie wird mir wie eine Schwester sein.« Er musterte Jai. Er war jetzt schlanker, sein Bart voller. Er sah erwachsener aus. Auch mit dem Säbel wurde er besser. Sie übten jeden Abend, bevor sie sich schlafen legten, und selbst Jamil schien zufrieden – nicht dass er jemals etwas in der Richtung sagte. »Du siehst jetzt aus wie ein echter Lakh-Krieger. Die Ferang sollten sich in Acht nehmen«, sagte er schließlich.

Jais Mundwinkel zuckten. »Die Ferang sind mir egal. Ich muss Mita und Huriya finden und sie nach Hause bringen. Und mich um Keita kümmern, natürlich. Sie kommt aus einem Dorf in der Nähe von Teshwallabad. Auf dem Weg zurück nach Süden können wir sie zu ihrer Familie bringen.«

»Ich hoffe, es wird tatsächlich so einfach, wie du es dir vorstellst, Bruder.«

Die einzigen Menschen, die sie trafen, waren drei Ingashiri, die eines Morgens wie Gespenster aus dem Nichts vor ihnen auftauchten. Jamil ging ihnen entgegen, und sie wechselten ein paar Worte in ihrer Sprache, dann verschwanden die Banditen wieder. Den ganzen restlichen Tag über behielt Kazim die Dünen hinter ihnen genau im Auge, konnte aber keinen Hinweis darauf entdecken, dass sie verfolgt wurden.

Als Jamil es bemerkte, lobte er Kazims Wachsamkeit und fügte hinzu: »Du hältst den Blick besser nach vorn gerichtet, Junge. Die Ingashiri legen sich lieber auf die Lauer, als ihrer Beute hinterherzurennen. Komm, reite ein Stück mit mir, dann bring ich dir was über das Überleben in der Wüste bei.«

Der Krieger zeigte ihm, wie man das Gelände las und Bodenformationen ausnutzte, um sich ungesehen an höher gelegene Aussichtspunkte zu schleichen. Er erklärte Kazim, was ein erfahrener Späher aus dem Verhalten der Vögel herauslesen konnte, was Sand und Stein dem aufmerksamen Auge verrieten, woran er erkannte, wie lange eine Feuerstelle schon erloschen war und wo man mit etwas Glück Wasser fand.

Im Westen erhoben sich nackt und braun die Hügel Ingashirs. An klaren Tagen konnten sie bis zu den dahinterliegenden schneebedeckten Berggipfeln sehen. Im Osten war der Horizont eine schnurgerade Linie, tot und leer. Der Prophet war einst über diesen Boden gewandert, hatte hundert Tage lang mit Ahm und Shaitan gesprochen während seiner großen Versuchung. Kazim kannte die Geschichte. Die Vorstellung, in den Fußstapfen des großen Propheten zu wandeln, ließ ihn erschauern.

Jamil schnaubte nur, als Kazim es erwähnte, und spähte Richtung Norden, wo ein verschwommener, bräunlich violetter Schleier heraufzog. Ab und zu blies ihnen eine kleine Brise ins Gesicht, und am Himmel war kein einziger Vogel zu sehen. »Wir kehren zurück zum Wadi und warten dort auf die anderen«, erklärte er. »Heute können wir nicht mehr weiter. Und morgen auch nicht, wie mir scheint. Ein Sandsturm zieht auf.«

Sie machten kehrt und ritten zurück zu dem ausgetrockneten Wasserlauf mit dem hohen Felsufer. Eilig nahmen sie das Gepäck von den Pferden und banden sie fest. Jamil gab Kazim einen Hammer und wies ihn an, die Spitzen der Zeltstangen in den Boden zu schlagen und sie über Kreuz gegen das Felsufer zu verkeilen, bevor er die Lederbahnen daran befestigte.

Als die anderen sie eingeholt hatten, wurde der Wind bereits stärker. Jamil war überall gleichzeitig. Er brachte die Pferde dazu, sich hinzulegen, breitete Decken über sie und polsterte sie mit Beuteln gegen das felsige Ufer ab.

»Aber wenn es regnet, wird das Flussbett geflutet, und wir ertrinken!«, rief Haroun besorgt.

Jamil lachte nur. »Die nächsten sieben Monate wird hier nicht ein Tropfen vom Himmel fallen, Schriftschüler. Spar deinen Atem und tu lieber was!« Er stellte ein weiteres Zelt fertig und schob das Mädchen hinein. Jai drückte er ein paar Essensrationen in die Hände, dann schob er ihn hinterher. »Zieh den Eingang von innen zu, so fest du kannst!«, gab er ihm noch mit auf den Weg.

Mittlerweile brüllte der Wind und machte ihnen genauso viel Angst wie den Pferden.

»Werden sie sich nicht losreißen und davonrennen?«, rief Kazim.

»Wohin denn?«, schrie der Krieger zurück. »Sie werden bleiben, wo sie sind. Mach dir keine Sorgen. Nimm dir genug Essen und Wasser. Du gehst in das Zelt unseres Gelehrten. Betet fleißig!«

Der Sand begann auf sie einzuprügeln. Heftige Böen attackierten sie wie tausend Nadeln. Sie hatten Mühe, sich auf den Beinen zu halten, aber alles war beinahe fertig. Haroun verstopfte gerade die letzten undichten Stellen mit Stofffetzen, da kroch Kazim hinter ihm ins Zelt.

Jai winkte noch einmal, dann zog er die Zeltklappe zu und verknotete die Schlaufen.

Jamil kam zu ihnen gewankt und drückte Kazim eine Schaufel in die Hand. »Bleibt im Zelt, dann wird euch nichts passieren, so Ahm will«, schrie er, dann war er weg.

Kazim verschloss die Klappe, und das Zelt erbebte unter dem Ansturm des heulenden Windes. Sie konnten sich kaum bewegen, so eng war es.

Haroun hielt ihm lachend eine kleine Flasche unter die Nase. Er nahm einen Schluck, dann gab er sie Kazim. Sie roch süßlich, nach Arrak. »Allzu schlimm kann es hier drin nicht werden, Bruder«, schrie er gegen das Heulen an und lehnte sich gegen einen Felsen des Wadi. »Eines Tages wird Ahm meine Seele so weit geläutert haben, dass ich diese irdischen Vergnügungen nicht mehr brauche. Doch glücklicherweise liegt dieser Tag noch in ferner Zukunft.«

Kazim nahm einen Schluck. Brennend lief der bittere Schnaps seine Kehle hinunter. Jamil hatte gesagt, der Sturm könne mehrere Tage anhalten. Der Wind brüllte so laut, dass man sich kaum unterhalten konnte. Solange die Zelte standhielten, gab es also nicht viel anderes zu tun, als zu beten und zu schlafen. Und zu trinken, natürlich.

»Haroun, habe ich das Richtige getan, damals bei dem Überfall der Ingashiri?«, fragte er einige Zeit später, als der Lärm vorübergehend etwas nachgelassen hatte.

Haroun blinzelte ihn an. »Du hast uns allen das Leben gerettet, Kazim. Du warst unglaublich!«

»Es fühlt sich aber nicht so an. Ich habe einen Banditen unter die Wagenräder gezogen und ihn getötet. Aber ich habe auch einen der Unseren überfahren. Einen anderen habe ich vom Wagen gestoßen, damit er uns nicht aufhält. Macht insgesamt einen Feind und zwei Verbündete – drei Amteh, die ich wegen der Fehde getötet habe. Wenn man die Männer noch mitzählt, denen ich die Essensrationen gestohlen habe, vielleicht sogar noch mehr. Wird Ahm mir vergeben?«

»Du weißt selbst, dass das Unsinn ist, was du da redest, Bruder«, erwiderte Haroun. »Ahm liebt dich, Kazim Makani, so viel ist sicher. Und jetzt lass uns beten, es wird deine Seele erleichtern.«

Also beteten sie, und für eine Weile fand Kazim Frieden. Doch wie sonst auch konnte er sich nicht lange auf die hehren Dinge konzentrieren. Er war noch am Leben, andere nicht. *Denk nicht darüber nach*, sagte er sich. *Schau nach vorn.* Schließlich konzentrierte er seine Gedanken voll und ganz darauf, den Sturm zu überleben, und nach einer Weile wünschte er sich, er könnte mit Jai tauschen. Der Glückspilz hatte wenigstens eine warme weiche Frau, an die er sich kuscheln konnte. Obwohl mit Keita wahrscheinlich nicht viel anzufangen war. Vielleicht war Jai sogar in der schlimmeren Lage: auf engstem Raum zusammengepfercht mit einer frigiden Jungfrau in dem Wissen, dass Jamil ihn umbringt, falls er sie gegen ihren Willen anrührt – auch wenn Jai ein Mädchen niemals zu irgendetwas zwingen würde. Wahrscheinlich lag er da, einen Ständer in der Hose, und konnte sich nicht mal selbst befriedigen. Kazim grinste.

Das Brüllen des Windes wurde wieder lauter. Wie wild zerrte der Sturm an ihren Zelten, doch fürs Erste hielten sie stand. Wenn sie kacken oder pinkeln mussten, taten sie es in der windabgewandten Ecke des Zeltes und schütteten Sand darüber. Jamil hatte dort eine winzig kleine Öffnung gelassen, damit der Gestank nicht zu schlimm wurde. Eigentlich war es gerade Mittag, aber der schmutzig braune Himmel draußen sah aus, als würde es gleich dunkel werden. Sie nippten weiter an der Flasche Arrak, bis sie leer war, und irgendwann schliefen sie vor Langeweile und berauscht vom Alkohol ein.

Irgendwann, er konnte nicht sagen, wie viele Stunden oder Tage vergangen waren, wurde Kazim von einem dünnen Lichtstrahl geweckt, der durch das kleine Luftloch ins Zelt drang. Draußen ertönte der Schrei eines Habichts. Ein Pferd wieherte leise. Die Luft roch säuerlich, und Haroun murmelte im Schlaf vor sich hin. Kazim betrachtete ihn: Sein Bart war um einiges voller als bei ihrer ersten Begegnung, gekräuselt hing er bis zu den Schultern herab. Der weiße Stoff seines Kaftans war ausgefranst, unter den Achseln hatten sich bräunlich gelbe Flecken gebildet. Der Gedanke, dass sie sich erst seit wenigen

Monaten kannten, war seltsam. Für Kazim fühlte es sich an, als wäre es bereits eine Ewigkeit.

Er rieb sich den eigenen wuchernden Bart. Unwillkürlich fragt er sich, ob er Ramita gefallen würde oder ob sie ihn drängen würde, sich zu rasieren. Er stellte sich ihr Gesicht vor und wo sie jetzt wohl sein mochte. Dachte sie immer noch an ihn, so wie er es gerade tat? Oder war sie schon schwanger und mit ganz anderen Dingen beschäftigt?

Er schüttelte die düsteren Gedanken ab und befühlte die Zeltklappe. Von außen war sie bis auf halbe Höhe mit Sand bedeckt. Kurz entschlossen öffnete er die obere Hälfte und kroch über den kleinen aufgeschütteten Hügel ins Freie. Seine Beine schmerzten, weil er sie so lange nicht bewegt hatte. Sie zu strecken tat sogar noch mehr weh. Das Licht blendete seine Augen, aber um ihn herum war alles ruhig. Überall war Sand. Auf der gegenüberliegenden Seite türmte er sich beinahe bis hinauf zur Böschung des Wadi, aber hier auf der Leeseite waren sie einigermaßen verschont geblieben.

Jamil sattelte gerade eins der Pferde und lächelte ihn an. »Sal'Ahm!«, rief er Kazim zu.

Kazim sah sich um. Die Sonne stand linker Hand niedrig über dem Horizont. Im Osten also, falls es Morgen war. »Ist alles gut gegangen?«

»Alles ist gut gegangen. Weck die anderen. Wir müssen etwas essen.« Jamil deutete auf ein kleines Feuer mit einem dampfenden Topf darauf. Kazims Magen begann sofort zu knurren.

Von dem Gedanken an Essen beflügelt, weckte er Haroun. Dann lief er hinüber zu Jais immer noch sorgfältig verschlossenem Zelt und spähte durch das Luftloch: Jais Augen waren geschlossen, Keitas Kopf lag auf seiner Brust, das Haar fiel ihr über die nackte Schulter. Auch sie schlief noch. Kazim schnupperte. Er roch Schweiß und andere Körperflüssigkeiten. *Dieser verdammte Glückspilz.* »Jai, wach auf!«

Sein Freund schlug die Augen auf. »Ich bin wach«, flüsterte er mit einem entrückten Lächeln.

»Dann komm gefälligst raus und hilf bei der Arbeit. Außer du bist noch so schwach von der letzten Nacht, dass du dich nicht bewegen kannst?«

»Fünf Minuten«, erwiderte Jai und zauste zärtlich Keitas Haare, woraufhin das Mädchen sich kaum merklich bewegte und etwas Unverständliches murmelte. »Vielleicht auch zehn.«

Sie ritten weiter nach Norden, der Mond nahm ab und verschwand schließlich ganz vom Himmel. Wochen vergingen, jeder Tag war wie der andere. Die Vorräte wurden langsam knapp, aber Jamil achtete darauf, dass die Rationen strikt eingehalten wurden und ihnen das Essen nicht ausging. Der Hauptmann kundschaftete den Weg vor ihnen jetzt nicht mehr aus. Es war nicht mehr nötig, wie er sagte. Der Boden war felsig, der Sand gröber, vereinzelt wuchsen drahtige Büsche. Dicke bläulich schwarze Fliegen summten ständig um ihre Köpfe, nur von Jamil hielten sie sich fern. Und das war nicht das einzige Ungewöhnliche, das Kazim auffiel. Manchmal sah er nachts im Zelt des Hauptmanns ein blasses blaues Leuchten, und er schien oft lange mit sich selbst zu reden. Aber er hatte sein Versprechen gehalten und sie sicher durch die Wüste gebracht. Außerdem behandelte er sie alle jetzt mit weit mehr Respekt. Wenn er Kazim »Hühnerdieb« nannte, dann nur noch zum Spaß.

Kazim fühlte eine Verbundenheit mit ihnen allen, wie er sie noch nie zuvor gespürt hatte. Sie hatten das Massaker überlebt und den Sandsturm, und jetzt hatten sie gemeinsam die Wüste durchquert. Sie beteten zusammen und aßen zusammen, und niemand nahm Anstoß an Jais Bettgemeinschaft mit Keita. Das Mädchen kochte inzwischen für sie und verlor sogar etwas von seinem Babyspeck. Allmählich wurde Keita zur Frau, und wenn Jai nicht aufpasste, würde ihr Bauch bald kugelrund werden. Kazim sprach ihn darauf an, als sie die Pferde zu einer kleinen natürlichen Tränke brachten, die Jamil entdeckt hatte.

»Sie blutet immer bei Dunkelmond«, erwiderte Jai, »darum waren wir letzte Woche vorsichtig. Bald werden wir das Blutzelt wieder brauchen. Jamil sagt, dass Gujati, das südlichste Dorf in Kesh, nur noch wenige Tage entfernt ist.« Er blickte über die Schulter. »Irgendwie werd ich die Wüste vermissen.«

»Ich auch. Sie hat was Besonderes... Aber ich bin froh, wenn ich endlich mal wieder baden kann.« Er richtete seine Gedanken nach vorn, auf Hebusal und Ramita, die dort irgendwo gefangen saß – den Vogel, den er aus seinem goldenen Käfig befreien würde. *Geliebte, wir kommen.*

Zwei Tage später erklommen sie in den länger werdenden Schatten der untergehenden Sonne eine Düne und blickten hinab auf eine Ansammlung von etwa dreißig Lehmhütten mit einem Brunnen in der Mitte. Sie waren zu erschöpft, um den Moment gebührend zu feiern – drei Monate waren sie jetzt unterwegs, und das neue Jahr war bereits zwei Monate alt. Und sie waren endlich in Kesh.

Anhang

Die Geschichte Urtes

Jahr Y500 v. S.: v. S. steht für »vor dem Sieg«, Y für »yurische Zeitrechnung«. Das Jahr 500 v. S. ist der ungefähre Beginn der Rondelmarischen Eroberung Yuros'.

Jahr Y1: Beginn der Herrschaft Kaiser Victorianus', Einführung des neuen Kalenders.

Jahr Y380: Tod und Himmelfahrt des dissidenten Predigers Corineus. Seine überlebenden Anhänger erhalten die Gnosis. Dreihundert von ihnen beginnen mit Sertain als Anführer, Yuros zu erobern. Weitere hundert entsagen dem Krieg und gehen unter Antonin Meiros' Führung nach Osten, weitere hundert »vom Mond Berührte« tauchen unter.

Jahr Y382: Sertain wird in Pallas zum ersten Kaiser gekrönt und begründet die Sacrecour-Dynastie, die bis zum heutigen Tag in Pallas herrscht. In der Folgezeit bringt Rondelmar fast den gesamten yurischen Kontinent unter seine Kontrolle.

Jahr Y697: Von Pontus aus entdecken Windschiffe den Kontinent Antiopia. Handelsbeziehungen entwickeln sich, Meiros und dessen friedlicher Magusorden arbeiten Pläne aus, um die beiden Kontinente durch eine Brücke zu verbinden.

Jahr Y808: Das Jahr der ersten Mondflut. Die Leviathanbrücke ist fertiggestellt und zum ersten Mal passierbar.

Jahr Y820 und danach: Während der zweiten Mondflut kommen massenhaft Rimonier nach Ja'afar (Javon), sie kaufen Land und werden dort sesshaft. Als ihr politischer Einfluss wächst, droht ein Bürgerkrieg, der jedoch durch die Javonische Schlichtung abgewendet werden kann, die 836 in Kraft tritt. Die Monarchie von Javon wird demokratisch, der Throninhaber muss von Rechts wegen gemischten ethnischen Hintergrunds sein.

Jahr Y834: Die Keshi marschieren in Nordlakh ein. Sie begründen die Amteh-Religion in Lakh und setzen eine Keshi-treue Mogulndynastie ein.

Jahr Y880/881: Die siebte Mondflut und das ertragreichste Handelsjahr in Hebusal, in dem sich jedoch herausstellt, dass der Kaiserpalast von Pallas hoffnungslos überschuldet ist. Die Finanzkrise in Yuros kann nur durch Intervention des Bankierhauses Jusst & Holsen abgewendet werden, das für die Schulden der Kaiserkrone bürgt.

Jahr Y892/893: Die achte Mondflut wird überschattet von Gräueltaten, sowohl seitens fanatischer Amteh als auch Ritter der Kirkegar. Der Handel kommt zum Erliegen.

Jahr Y902: Das »Jahr der blutigen Messer«. Kaiser Hiltius wird ermordet, und sein Schwiegersohn Constant besteigt den Thron. Nach Berichten über einen angeblich geplanten Umsturz werden die Unterstützer von Hiltius' älterer Tochter verhaftet und hingerichtet.

Jahr Y904/905: Die neunte Mondflut und Zeitpunkt des ersten Kriegszugs. Kaiser Constant entsendet seine Legionen nach Hebusal. Der Ordo Costruo gestattet Constants Truppen, die Brücke zu überschreiten, die Armeen von Dhassa und Kesh werden geschlagen. Die Rondelmarer errichten in Javon die Dorobonen-Dynastie und plündern Sagostabad. In Hebusal errichten sie eine Garnison und lassen eine Besatzungsmacht zurück, um eine Rückeroberung Hebusals zu verhindern.

Jahr Y909/910: Die Norische Revolte. Der norische König Phyllios III. weigert sich, Steuern und andere Tribute an Pallas zu entrichten, und provoziert damit eine militärische Reaktion des Kaiserhauses. Obwohl Nachbarreiche ihre Unterstützung zugesichert hatten, ist Noros bald isoliert. Im Jahr 910 kapitulieren die letzten Armeen unter General Robler, die Revolte ist niedergeschlagen.

Jahr Y916/917: Der zweite Kriegszug. Die kaiserlichen Legionen in Hebusal werden verstärkt. Dhassa und Kesh werden erneut in der Schlacht geschlagen, die darauffolgenden Plünderungen erstrecken sich östlich bis Istabad. Wieder ziehen sich die kaiserlichen Truppen ins Hebbtal zurück, als die Brücke sich schließt.

Jahr Y921: Ein Aufstand in Javon zwingt die dorobonischen Monarchen ins Exil. Die Nesti übernehmen den Thron, Olfuss Nesti wird König von Javon.

Jahr Y926: Die Achte Große Zusammenkunft der Amteh ruft eine Blutfehde gegen die rondelmarischen Eroberer aus.

Jahr Y927: Die nächste Mondflut im Jahr 928 steht kurz bevor. Kaiser Constant ruft zum dritten Kriegszug auf, auf beiden Kontinenten laufen die Vorbereitungen auf die kommende Konfrontation auf Hochtouren.

Anmerkung: Der antiopische Kalender ist dem yurischen um 454 Jahre voraus. Das Jahr Y927 entspricht in Antiopia dem Jahr A1381.

Zeitrechnung auf Urte

Auf Urte wird ein Mondkalender benutzt. Urtes Mond ist extrem groß und hat entsprechenden Einfluss auf die Kulturen beider Kontinente, weshalb Yuros und Antiopia beinahe denselben Kalender verwenden (manche glauben sogar, dass die beiden Kontinente einmal miteinander verbunden waren). Lediglich die Namen der Monate weichen voneinander ab. Jedes Jahr besteht aus zwölf Mondzyklen, jeder davon dauert dreißig Tage, wodurch das Mondjahr eine Gesamtdauer von dreihundertsechzig Tagen hat. Der Sonnenkalender ist ein paar Stunden länger, weshalb der Ordo Costruo dem Kaiser von Yuros und den Herrschern von Kesh empfiehlt, alle paar Jahre einen Extratag einzufügen.

Die Namen der Monate:

Monat	*Jahreszeit*	*In Yuros*	*In Antiopia*
1. Monat	Frühling	Janun	Moharram
2. Monat	Frühling	Februx	Safar
3. Monat	Frühling	Martris	Awwal
4. Monat	Sommer	Aprafor	Thani
5. Monat	Sommer	Maicin	Jumada
6. Monat	Sommer	Juness	Akhira
7. Monat	Herbst	Julsept	Rajab
8. Monat	Herbst	Augeite	Shaban
9. Monat	Herbst	Septnon	Rami
10. Monat	Winter	Okten	Shawwal
11. Monat	Winter	Novelev	Zulqeda
12. Monat	Winter	Dekore	Zulhijja

Der Mondzyklus wird in fünf Phasen unterteilt, jede davon ist sechs Tage lang. Die Namen der Mondphasen sind: Neumond, wachsender Mond, Vollmond, schwindender Mond und Dunkelmond. Der letzte (in manchen Gegenden auch der erste) Tag der Woche gilt als heiliger Festtag, an dem keine gewerbliche Arbeit verrichtet wird. Dieser Tag ist der Ausübung der Religion und der Erholung vorbehalten.

DIE NAMEN DER WOCHENTAGE:

Wochentag	In Yuros	In Kesh	In Lakh
1. Tag	Minasdag	Shambe	Somvaar
2. Tag	Tydag	Doshambe	Mangalvaar
3. Tag	Wotendag	Seshambe	Budhvaar
4. Tag	Torsdag	Chaharshambe	Viirvaar
5. Tag	Freyadag	Panjshambe	Shukravaar
6. Tag	Sabadag	Jome	Shanivaar

Die Zeit wird mithilfe von Sanduhren gemessen und durch Läuten einer Glocke im höchsten Turm einer jeden Stadt und eines jeden Dorfes angezeigt. Die Zahl von Tages- und Nachtstunden variiert übers Jahr. Bei Sonnenaufgang wird die Glocke zum ersten Mal geschlagen, von da dann zu jeder weiteren Stunde bis zum Sonnenuntergang. Bei Anbruch der Dunkelheit wird auf eine tiefer tönende Glocke gewechselt. Abhängig von Jahreszeit und Breitengrad kann ein Tag sechzehn helle Stunden und acht dunkle umfassen oder acht helle Stunden und sechzehn dunkle. Insgesamt sind es jedoch stets vierundzwanzig. Da die Qualität der Sanduhren (und das Pflichtbewusstsein derer, die die Glocke läuten) stark variiert, kann auch die Dauer einer Stunde innerhalb desselben Tages entsprechend variieren. Die verschiedenen Tageszeiten werden wie folgt bezeichnet:

Der Sonnenaufgang entspricht der ersten Stunde, auch erste Tagglocke genannt.

Die Mittagsstunde wird meist als sechste Tagglocke bezeichnet (egal wie viele helle Stunden der jeweilige Tag tatsächlich hat).

Der Sonnenuntergang wird erste Nachtglocke genannt. Bei Tagundnachtgleiche fällt er mit der zwölften Tagglocke zusammen.

Mitternacht wird auch als die sechste Nachtglocke bezeichnet.

Die Hauptreligionen in Yuros und Antiopia

Sollan (Yuros): Der Sollan-Glaube war die vorherrschende Religion im Rimonischen Reich. Er entwickelte sich aus den Sonnen- und Mondkulten der Yothic, die vor der Bildung des Reiches von Nordosten nach Rimoni kamen. Sol (die Sonne) ist die männliche Gottheit und Stammvater der Menschheit. Seine eigenwillige Gattin Dara, auch Lune genannt, steht für den Mond. Die Priester des Sollan-Glaubens werden Drui genannt. Ihre Hauptaufgaben sind die Geschichtsschreibung, als moralische Instanz zu fungieren und die jahreszeitlichen Rituale zu leiten. Im Jahr 411 wurde der Sollan-Glaube vom Kaiserreich verboten und Kore als oberste Gottheit eingesetzt. In Sydia, Schlessen, Rimoni und Pontus sowie von Rimoniern in Javon wird der Sollan-Glaube jedoch nach wie vor praktiziert.

Kore (Yuros): Mit der Eroberung Rimonis durch die rondelmarischen Magi wurde die Kirche Kores etabliert. Ihre Lehre besagt, dass Corineus, der Anführer der Gruppe, die das Ambrosia entdeckte und die Gnosis erhielt, der Sohn Kores sei. Diese Kirche stellt Religion und vor allem Menschen mit Magusblut über alles andere. Sie vertritt die Lehre, Kore habe durch den Tod seines Sohnes den Menschen die Gnosis gegeben. Kore ist die Hauptreligion in Yuros, außer in den Gebieten, in denen das rondelmarische Kaisergeschlecht nicht herrscht (Teile Sydias, Schlessens, Rimonis sowie Pontus').

Die Kirche Kores wird von Männern dominiert und verspricht ihren Anhängern ewiges Leben im Himmel. Ein Magus kommt nach dem Tod sofort in den Himmel, gewöhnliche Menschen können sich das Leben dort verdienen. Die Sündigen brennen in Hel, einem unterirdischen Flammenmeer, in dem ein Geist namens Jasid herrscht, dessen Name jedoch nie genannt wird, da es heißt, das bringe Unglück.

Amteh (Antiopia): Der Amteh-Glaube entstand in den Wüstengebieten Nordantiopias und geht auf den Propheten Aluq-Ahmed von Hebb zurück, der in etwa im Jahr A100 auftrat (Y450 v. S.). Seine Lehren sind im heiligen Buch Kalistham zusammengefasst. Der Amteh-Glaube verdrängte die Vorgängerreligionen, die Götter verehrten, die aller Wahrscheinlichkeit nach wiederum auf den Omali-Glauben zurückgingen. Die Religion ist ebenfalls von Männern dominiert und verlangt zeitaufwendige, in der Öffentlichkeit zu zelebrierende Rituale. Ihr Gott heißt Ahm, ist männlichen Geschlechts und herrscht im Paradies, wohin alle Gläubigen nach dem Tod kommen. Die Sündigen werden in eine Eiswüste verbannt, in der Shaitan (»der ewige Feind«) herrscht.

Zentrum des modernen (Y900 und danach) Amteh-Glaubens ist die Stadt Sagostabad in Kesh. Er ist die vorherrschende Religion in ganz Nordantiopia und seit der Invasion der Keshi und Einsetzung der Moguln im Jahr Y834 auch in Teilen von Lakh. Es gibt mehrere Splittergruppen, unter ihnen die Ja'arathi, eine eher liberale Sekte. Die Ja'arathi trennen religiöse strikt von weltlicher Rechtsprechung, Frauen müssen keinen Bekira tragen, und Witwen dürfen wieder heiraten. Den Ja'arathi hängen hauptsächlich Wohlhabende und Intellektuelle an. Ihre Gelehrten nehmen für sich in Anspruch, die genauere Auslegung der ursprünglichen Lehren Aluq-Ahmeds zu vertreten.

Es gibt eine Reihe fanatischer Amteh-Sekten, unter ihnen die berüchtigten Hadischa, die von den Sultanen von Dhassa und Kesh verboten wurden, sich aber in Mirobez und Gatioch immer noch halten und in Nordlakh viele Anhänger haben.

Omali (Antiopia): Die Religion entstand zu vorgeschichtlicher Zeit in Lakh. Ihre Anhänger glauben an ein höchstes Wesen (Aum), das sowohl männlichen als auch weiblichen Geschlechts ist und sich auf verschiedenste Art manifestieren kann, hauptsächlich jedoch als Gott oder Göttin (die sogenannten Omar). Die Omali schreiben den jeweiligen Omar bestimmte Fähigkeiten zu. Es gibt mindestens fünfzehn Hauptgottheiten und Hunderte kleinerer.

Die Omali glauben, Leben und Tod seien ein endloser Kreislauf. Dieser Kreislauf wird Samsa genannt. Jede Seele wird immer wiedergeboren, bis sie sich so weit vervollkommnet hat, dass sie ins sogenannte Moksha eintritt, wo sie eins wird mit Aum. Es gibt drei Hauptgottheiten, die zusammen Murti genannt werden. Sie sind männlichen Geschlechts und stehen für Schöpfung, Erhaltung und Zerstörung.

Obwohl das nördliche Lakh vor einhundert Jahren (etwa Y834) von den Amteh-gläubigen Moguln erobert wurde, ist der Omali-Glaube die Hauptreligion in Lakh.

Zainismus (Antiopia): Der Zainismus soll auf den Omali-Glauben und die Lehren eines Mannes namens Zai von Baranasi zurückgehen, der bei den Omali als eine Inkarnation Vishnarayans, des Erhalters, gilt. Er predigte spirituelle, intellektuelle und physische Vervollkommnung, die erreicht werden soll, indem der Mensch sich allen weltlichen Einflüssen enthebt. Samsa und Moksha spielen zwar auch in den Lehren Zais eine zentrale Rolle, doch wird alles Weltliche strikt zurückgewiesen. Der Zainismus ist eher eine Randreligion, aber aufgrund seiner liberalen Grundhaltung gegenüber den Geschlechtern, der Sexualität und den Künsten, begleitet von der Beschäftigung mit den Kampfkünsten, hat er eine feste Anhängerschaft vor allem unter der intellektuellen Elite.

Die Gnostischen Künste

Grundlagen: Nach der Lehre der Magi verlässt die Seele den Körper, wenn ein Mensch stirbt. Dieser körperlose Geist verweilt für eine gewisse Dauer in der Welt, er kann sich frei bewegen und auch kommunizieren. Die Skytale des Corineus versetzt die Magi in die Lage, sich zu Lebzeiten dieser Fähigkeiten zu bedienen, und verleiht ihnen auf diese Weise »magische« Kräfte.

Magusblut: Der Blutrang eines Magus' wird von dem Anteil Magierblut bestimmt, das in seinen Adern fließt. Dieser Anteil entspricht dem Mittelwert des Blutranges der Eltern. Kinder von Vollblutmagi und Nichtmagi zum Beispiel sind Halbblute. Die Gnosis ist bei ihnen nur noch halb so stark wie bei einem Vollblut.

Die Kinder von Aszendenten sind weniger stark als ihre Eltern, da die Einnahme von Ambrosia größere Macht verleiht, als genetisch vererbt werden kann.

Aszendenten: Aszendenten werden jene genannt, die Ambrosia trinken und überleben. Sie sind die stärksten unter den Magi. Die Einnahme von Ambrosia ist jedoch riskant, denn nicht jeder erträgt die mentale und physische Belastung. Die Wahrscheinlichkeit, zu sterben oder den Verstand zu verlieren, ist relativ hoch.

Seelentrinker: Magi, die von den »Zurückgewiesenen« abstammen, können sich nur Zugang zur Gnosis verschaffen, indem sie die Seelen anderer in sich aufsaugen. Sie sind eine Geheimsekte, die unter Kore als durch und durch böse gilt.

Aspekte der Gnosis:

Die Gnosis umfasst drei Aspekte: Magie, Runen und Studien.

Magie bezeichnet die magischen Grundfähigkeiten: einen Energieblitz (auch Gnosisblitz genannt) auf einen Feind abfeuern, Gegenstände mithilfe der Gnosis bewegen (Kinese), Gedankenkommunikation und Selbstschutz mithilfe der Gnosis (Abwehr).

Runen sind Symbole aus dem alten yothischen Alphabet. Die Runen selbst verfügen über keinerlei magische Kraft, können jedoch benutzt werden, um gnostische Rituale abzukürzen. Es gibt Runen für allgemeine Zwecke (wie die Kettenrune, die zur Abwehr dient) und solche, die für Kräfte stehen, die nur durch die Studien zugänglich gemacht werden können.

Die Studien sind die komplexeste Anwendung der Gnosis. Selbst die begabtesten Magi können normalerweise nur zwei Drittel nutzen, da jeder Magus bestimmte angeborene Affinitäten hat. Es gibt vier Studien, und jede dieser Studien umfasst vier Teilgebiete, was insgesamt sechzehn Teilgebiete ergibt. Welche Kombination von Teilgebieten ein Magus für sich nutzen kann, hängt zum großen Teil von seinen Affinitäten und seiner Persönlichkeit ab.

Klassenaffinität:

Die Gnosis umfasst vier Klassen, zu der jeder Magus eine unterschiedlich starke Affinität hat. Ist sie zu einer Klasse besonders ausgeprägt, ist die Affinität zur entgegengesetzten Klasse umso schwächer. Thaumaturgie beispielsweise ist das Gegenteil der Theurgie, Hermetik das Gegenteil der Zauberei.

Elementaffinität:

Jeder Magus verfügt über eine Affinität zu einem Element, welches darüber bestimmt, wie er agiert. Im Zusammenwirken mit der Klassenaffinität bestimmt die Elementaffinität, was ein Magus besonders gut kann, was er gerade noch kann, und die gnostischen Fertigkeiten, die ihm überhaupt nicht zugänglich sind.

Eine absolute Affinität bedeutet, dass ein Magus auf einem bestimmten Teilgebiet außerordentlich begabt ist. Sowohl Klassen- als auch Elementaffinität müssen besonders stark ausgeprägt sein. Eine absolute Affinität entsprechend zu nutzen, verlangt vollkommene Hingabe. Meist ist der jeweilige Magus in den anderen Teilgebieten entsprechend schwächer.

Die Klassen der Gnosis:

Thaumaturgie: Manipulation der Hauptelementarkräfte Erde, Wasser, Feuer und Luft. Erde und Luft sind Gegensätze, genauso wie Wasser und Feuer. Die Thaumaturgie ist die einfachste gnostische Disziplin.

Hermetik: Anwendung der Gnosis auf lebende Organismen. Sie wird unterteilt in Heilen, Morphen (Formveränderung), Animismus (Besitz von einem Geschöpf ergreifen und es kontrollieren) und Sylvanismus (Manipulation von pflanzlichen Organismen).

Theurgie: Anwendung der Gnosis auf den menschlichen Geist. Theurgie wird unterteilt in Mesmerismus (Einflussnahme auf andere Geister), Illusionismus (Sinnestäuschung), Mystizismus (geistige Vereinigung) und Spiritismus (den eigenen Geist projizieren).

Zauberei: Umgang mit den Geistern der Toten. Wird unterteilt in Hellsicht (mit den »Augen« eines Toten sehen, auch und vor allem an entfernten Orten), Divination (auf das Wissen der Geister zurückgreifen, um die Zukunft vorherzusagen), Hexerei (Kontrolle über Geister) und Geisterbeschwörung (Vereinigung mit kürzlich Verstorbenen).

Magi und Gesellschaft: Magi rangieren ganz oben in der yurischen Gesellschaft. Aufgrund ihrer Fähigkeiten sind sie oft hoch angesehen und wohlhabend und verfügen über großen gesellschaftlichen Einfluss. Von ihnen wird erwartet, im eigenen Leben als leuchtendes Beispiel voranzugehen und die Lehren Kores vorbildlich und mustergültig umzusetzen.

Die Fruchtbarkeit ist bei beiden Geschlechtern sehr schwach ausgeprägt. Für eine Frau gilt es als schändlich, ein uneheliches Kind oder ein Kind mit einem Mann von geringerem Blutrang zu haben. Bei Männern wird dies eher toleriert. Dennoch ist die Zahl unehelicher oder gemischtblütiger Kinder aufgrund der eingeschränkten Fruchtbarkeit unter den Magi eher gering.

Gnosis und das Gesetz: Die Nutzung der Gnosis wird von der Kirche und den Arkana peinlich genau überwacht, vor allem die Anwendung von Theurgie und Zauberei. Dennoch können alle gnostischen Künste missbraucht werden.

Die Studien:

Thaumaturgie

Feuer: Eine Offensivkunst, welche die Fähigkeit verleiht, Flammen zu kontrollieren. Kommt hauptsächlich beim Militär und in der Metallverarbeitung zum Einsatz.

Luft: Eine sehr vielseitige Kunst, die das Fliegen ermöglicht und auch die Manipulation des Wetters. Breite Anwendungsgebiete beim Militär und im Handel.

Wasser: Fähigkeit, Wasser zu formen, zu reinigen, zu atmen und als Waffe zu verwenden. Ein entsprechend geschickter Magus kann einen Gegner mitten in einer Wüste ertränken.

Erde: Die Fähigkeit, Stein zu formen, ist in der Baukunst von großem Wert. Erdgnosis wird außerdem häufig im Bergbau, auf der Jagd (zum Spurenlesen) und im Schmiedehandwerk angewendet. Selbst Erdbeben können mit Erdgnosis kontrolliert werden.

Hermetik

Mit Heilkunst (dem Element Wasser zugeordnet)
Kann Gewebe in seinen unbeschädigten Zustand zurückversetzt werden. Wird auch gegen Krankheiten und Erreger eingesetzt. Sehr geringes Prestige.

Morphismus (dem Element Feuer zugeordnet)
Durch Manipulation der menschlichen Gestalt können Muskeln gestärkt oder geschwächt oder die äußere Erscheinung verändert werden. Wird oft benutzt, um sich für körperliche Aufgaben mit der nötigen Kraft und Ausdauer zu wappnen. Die gefürchtetste Anwendung – die Gestalt eines anderen anzunehmen und sich als dieser auszugeben – ist verboten und kann nur über kurze Zeiträume aufrechterhalten werden.

Animismus (dem Element Luft zugeordnet)
Kann benutzt werden, um die Sinne zu verstärken, andere Wesen und Geschöpfe zu kontrollieren oder Tiergestalt anzunehmen.

Sylvanismus (dem Element Erde zugeordnet)
Kann benutzt werden, um Holz oder Pflanzenmaterial zu verstärken oder zu schwächen. Wird oft beim Bau von Gebäuden sowie zur Herstellung von Werkzeugen und Transportmitteln eingesetzt, außerdem zur Herstellung von Tränken und Salben, die gnostische Wirkung haben.

Theurgie

Mesmerismus (dem Element Feuer zugeordnet)
Geistige Verbindung oder Einflussnahme, um mit anderen zu kommunizieren, ihnen zu helfen, sie zu beherrschen oder zu täuschen. Kann verwendet werden, um die Entschluss- oder Willenskraft anderer zu stärken, aber auch um sie zu manipulieren oder fehlzuleiten.

Illusionismus (dem Element Luft zugeordnet)
Die Fähigkeit, anderen falsche Bilder, Gerüche, Geschmäcke oder Geräusche vorzutäuschen. Kann auch eingesetzt werden, um sich vor derartigen Angriffen zu schützen oder auch nur zur Unterhaltung.

Mystizismus (dem Element Wasser zugeordnet)
Geistige Vereinigung, die extrem schnelles Lernen oder Gedächtniswiederherstellung ermöglicht. Geisteskrankheit und Angstzustände können geheilt werden. Magi vereinen sich auf diese Weise, um ihre gnostischen Kräfte zu verstärken.

Spiritismus (dem Element Erde zugeordnet)
Die Fähigkeit, den eigenen Körper zu verlassen. Der eigene Geist kann beträchtliche Strecken außerhalb des Körpers zurücklegen und sich – wenn auch in Grenzen – der Gnosis bedienen. Wird zur Kommunikation, zum Kundschaften und Ähnlichem eingesetzt.

Zauberei

Hellsicht (dem Element Wasser zugeordnet)
Die Fähigkeit, an andere Orte zu blicken. Wie weit diese entfernt sein können, hängt von dem Geschick und der Begabung des Magus' ab. Kann durch besonders dichte Schichten von Erde oder Wasser oder andere Widrigkeiten beeinträchtigt werden.

Divination (dem Element Luft zugeordnet)
Befragung der Toten. Die Geister der Toten antworten oft in Bildern oder Symbolen, anhand derer der Magus die wahrscheinliche Zukunft voraussagt. Unzuverlässige Methode, deren Ergebnisse oft durch eigene Interpretationen und Wissenslücken zusätzlich verfälscht werden.

Hexerei (dem Element Feuer zugeordnet)
Die Fähigkeit, einen Geist heraufzubeschwören und ihn zu kontrollieren, entweder in seiner normalen immateriellen Form oder in einem Körper, in dem er sich manifestiert. Gefährlich, da Geister oft feindselig sind. Gilt als theologisch fragwürdige Methode. Wird oft angewendet, um über den beschworenen Geist Zugang zu anderen Teilgebieten der Gnosis zu erhalten.

Geisterbeschwörung (dem Element Erde zugeordnet)
Die Fähigkeit, jemanden zu töten, in dem man den Geist zwingt, den Körper zu verlassen. Kann auch angewendet werden, um mit kürzlich Verstorbenen zu kommunizieren oder Tote wiederzubeleben. Legale Anwendungen sind, den Geist eines durch ein Verbrechen zu Tode Gekommenen nach den Umständen seiner Tötung zu befragen oder einem Geist dabei zu helfen, Urte zu verlassen (Exorzismus). Andere Anwendungen gelten als ethisch und/oder theologisch fragwürdig, und tatsächliche Wiederbelebung ist strengstens verboten.

ÜBERSICHT DER AFFINITÄTEN

Klasse	Element: Erde	Element: Feuer	Element: Luft	Element: Wasser
Thaumaturgie (Manipulation unbelebter Materie)	Erdgnosis	Feuergnosis	Luftgnosis	Wassergnosis
Hermetik (Manipulation belebter Materie)	Sylvanismus	Morphismus	Animismus	Heilkunst
Zauberei (Manipulation von Geistwesen)	Geisterbeschwörung	Hexerei	Divination	Hellsicht
Theurgie (Manipulation von Menschen und Geistwesen)	Spiritualismus	Mesmerismus	Illusionismus	Mystizismus

Jeder Magus hat eine Hauptaffinität zu einer bestimmten Klasse oder einem Element, die meisten sowohl zu einem Teilgebiet als auch zu einem Element. Auch schwächere Nebenaffinitäten treten häufig auf.

Jede Affinität schließt ihr Gegenteil aus:

Feuer	Erde
Luft	Wasser

Feuer und Wasser sind Gegensätze. Luft und Erde sind Gegensätze.

Thaumaturgie	Theurgie
Hermetik	Zauberei

Thaumaturgie und Zauberei sind Gegensätze; Hermetik und Theurgie sind Gegensätze.

Ein Magus mit Affinität zu Feuer und Zauberei ist somit in der Hexerei am stärksten und am verwundbarsten durch Wassergnosis.

Glossar

Rimonisch

Alpha Umo: Erster Mann; gemeint ist der Anführer einer Gruppe
Amiki/Amika: Freund/Freundin
Amori/Amora: Geliebter/Geliebte
Arrici: Leb wohl
Buonnotte: Gute Nacht
Castrato: Kastrierter Mann; im Rimonischen Reich war es üblich, Sängerknaben und männliche Diener zu kastrieren
Condotiori: Söldner
Cunni: die Scheide einer Frau (obszön)
Dio: Gott
Dona: unverheiratete Frau, gleichbedeutend mit der Anrede »Fräulein«
Drui: sollanischer Priester
Familioso: Mitglied eines verbrecherischen Familienklans
Grazi: Danke
Pater: Vater
Paterfamilias: männliches Familienoberhaupt
Rukka mio!: obszöner Ausruf, Fluch
Rukker: obszöne Beschimpfung
Safia: lesbische Frau
Si: Ja
Silencio: Stille, Schweigen

Keshi/Dhassanisch/Jhafisch

Arrak: Reisschnaps, in Lakh als Rak bekannt
Bekira: weiter schwarzer Überrock der Amteh-Frauen
Dom-al'Ahm: Tempel der Amteh
Eijeed: dreitägiges Fest nach dem heiligen Monat Rami
Fawah: Todesurteil, das über jemanden verhängt werden kann, der Ahm gelästert hat
Gottessänger: ruft die Gläubigen zum Gebet
Gottessprecher: Amteh-Priester und Gelehrter
Ifrit: böser Luftgeist aus der Keshi-Mythologie
Suk: Markt
Wadi: ausgetrocknetes Flussbett

Lakhisch

Achaa: ja, in Ordnung, gut
Babu: »Großer Mann«, lokaler Anführer
Bashish: je nach Kontext Trinkgeld, Geschenk oder Bestechung
Bapa: Vater
Bhai: Bruder
Chai: Tee, meist stark mit Kardamom, Zimt, Minze oder Ähnlichem gewürzt
Chapati: ein Fladenbrot
Chela: Schüler eines Sadhu (Heiliger der Omali)
Chod!: obszöner Fluch
Choda!: obszöne Beschimpfung
Dalit: ein »Unberührbarer«, Angehöriger der untersten Gesellschaftsschicht in Lakh
Didi: Schwester
Dodi Manghal: Mahlzeit, die vor einer Hochzeit noch vor dem Sonnenaufgang eingenommen wird
Dupatta: von Frauen meist zusammen mit einem Salwar getragenes Tuch, das dazu dient, das Gesicht vor der Sonne zu schützen oder es vor den Augen Fremder zu verbergen
Fenni: billiger Weizenschnaps
Ferang: Fremder

Ganja: Marihuana
Garud: Vogelgottheit, Reittier des Gottes Vishnarayan
Ghat: breite Treppen am Ufer des heiligen Flusses Imuna, die in Lakh zum Beten und Waschen dienen
Gopi: Küchenmagd
Guru: Lehrer, Weiser
Havan Kund: Teil des Hochzeitrituals, bei dem Braut und Bräutigam zuerst getrennt voneinander und dann gemeinsam um ein Feuer gehen und dabei rituelle Formeln sprechen
Hawli: Steinhaus mit ummauertem Innenhof, typisch für wohlhabende Lakh
Jadugara: Hexe oder Hexer
Lingam: Penis des Mannes
Mandap: das Allerheiligste eines Schreins (oder auch ein gesegneter Ort in einem anderen Gebäude), in dem der Hochzeitsschwur gesprochen wird
Mandir: Omali-Schrein
Dom-al'Ahm: lakhisches (ursprünglich gatiochisches) Wort für einen Amteh-Tempel
Mata: Mutter
Mata-Choda: Mann oder Junge, der Sex mit seiner Mutter hat; obszöne Beschimpfung
Nehin: nein
Pandit oder Purohit: Omali-Priester
Pooja: Gebet
Pratta: religiöser Bann; die Blut-Pratta verbietet einer menstruierenden Frau, sich in männlicher Gesellschaft aufzuhalten
Rak: Reisschnaps, in Kesh und Dhassa Arrak genannt
Rangoli: farbenprächtiges Bodengemälde oder Muster
Sadhu: omalischer Wanderheiliger
Salwar: einteiliger Kittel, meist mit Sackhose und Dupatta getragen
Siv-lingam: Ikone, die den Penis des Gottes Sivraman und die Scheide seiner Gemahlin darstellt
Tilak: Gebetsmahl, das auf die Stirn gemalt wird
Walla: Mensch, Geselle, Freund, normalerweise im Zusammenhang mit einer Aufgabe oder einem Beruf. Ein Chai-Walla ist ein Diener, der Tee serviert
Yoni: Scheide der Frau

Handelnde Personen

Urte im Juness 927

Kontinent Yuros

Kaiserlicher Hof in Pallas
Kaiser Constant Sacrecour: Kaiser von Rondelmar und ganz Yuros
Mater-Imperia Lucia Fasterius: Constants Mutter
Graf Calan Dubrayle: Kaiserlicher Schatzmeister
Großer Kirchenvater Dominius Wurther: Oberhaupt der Kirche Kores
General Kaltus Korion: Oberbefehlshaber der rondelmarischen Armeen
Adamus Crozier: Bischof der Kore

Rondelmar
Echor Borodium: Herzog von Argundy und Kaiser Constants Onkel
Jean Benoit: Oberhaupt der Händlermagi

Norostein in Noros
Gouverneur Belonius Vult: Kaiserlicher Gouverneur von Noros
Großmagister Eli Besko: Berater und Magus in Norostein
Jeris Muhren: Hauptmann der Stadtwache
Feldwebel Harft: Offizier der Stadtwache
Vannaton (Vann) Merser: ein Händler
Tesla Anborn-Merser: Magierin und Vannaton Mersers entfremdete Ehefrau
Gredken: Hausmädchen der Anborns
Tula: Vanns Koch
Jostyn Beler: ein Händlermagus
Gina Beler: Jostyns Tochter und Magusschülerin

Mercellus di Regia: Oberhaupt einer rimonischen Wandersippe
Cymbellea di Regia: Mercellus' Tochter
Jarius Langstrit: verschollener norischer General

Arkanum Zauberturm in Norostein
Lucien Gavius: Vorsteher des Arkanums Zauberturm
Agnes Yune: Lehrerin
Lorton Hout: Lehrer
Malevorn Andevarion: Magusschüler im letzten Jahr
Francis Dorobon: Magusschüler im letzten Jahr
Boron Funt: Magusschüler im letzten Jahr
Gron Koll: Magusschüler im letzten Jahr
Seth Korion: Magusschüler im letzten Jahr, Kaltus Korions Sohn
Alaron Merser: Magusschüler im letzten Jahr, Vannaton Mersers Sohn
Ramon Sensini: Magusschüler im letzten Jahr

Gurvon Gyles Graue Füchse, alle Magi
Gurvon Gyle: Anführer einer Söldnertruppe und Spion
Elena Anborn
Rutt Sordell
Samir Taguine
Vedya Smlarsk
Anro Domla
Benet
Terraux

Kontinent Antiopia

Ordo Costruo (Magusorden in Hebusal)
Antonin Meiros: Erzmagus
Justina Meiros: Antonins Tochter

Hebusal
Tomas Betillon: Kaiserlicher Gouverneur Hebusals
Jos Klein: Magus und Wachhauptmann der Casa Meiros
Olfa: Hofmeister der Casa Meiros

In Javon
Forensa
Olfuss Nesti: König von Javon
Fadah Lukidh-Nesti, Königin von Javon
Homeirah Lukidh: Fadahs Schwester
Cera Nesti: Prinzessin von Javon
Solinde Nesti: Prinzessin von Javon
Timori: Prinz von Javon
Paolo Castellini: Kommandant der Leibwache der Nesti
Harshal al-Assam: jhafischer Adliger
Ivan Prato: sollanischer Druipriester
Seir Lorenzo di Kestria: rimonischer Ritter und Kommandant der königlichen Wache
Fuls: argundischer Wachmann und Diener Rutt Sordells

Brochena und andere Orte in Javon
Massimo di Kestria: Rimonier und Graf von Lybis
Acmed al-Istan: Gottessprecher der Amteh
Pita Rosco: königlicher Zahlmeister
Luigi Ginovisi: königlicher Einnahmenverwalter
Seir Luca Conti: rimonischer Ritter
Comte Piero Inveglio: rimonischer Adliger
Artaq Yusaini: Jhafi-Krieger
Luca Fustinios: Soldat der Nesti
Ilan Tamadhi: jhafischer Emir von Riban
Alfredo Gorgio: Rimonier und Graf von Hytel
Fernando Tolidi: Mitglied der Gorgio-Familie
Borsa: Kindermädchen der Nesti
Tarita: Dienstmädchen
Mustaq al'Madhi: jhafischer Händler und Verbrecherkönig

In Kesh
Sagostabad
Salim I.: Sultan von Kesh
Sabele: Seelentrinkerin
Jahanasthami: Sabeles Lieblingsgeist

In Lakh (Indrania)

In Teshwallabad
Tariq: Mogul von Lakh
Hanouk: Großwesir
Keita: entführtes Mädchen

In Baranasi
Ispal Ankesharan: Händler
Tanuva Ankesharan: Ispals Frau
Jai Ankesharan: Ispals Sohn
Ramita Ankesharan: Ispals Tochter
Razir (Raz) Makani: Keshi-Krieger, Ispals Blutsbruder
Falima Makani: Raz' verstorbene Frau
Kazim Makani: Raz' Sohn
Huriya Makani: Raz' Tochter
Pashinta: Tanuvas beste Freundin
Baghi: ein Freund von Jai
Haroun: Student der Amteh-Schriften
Ramesh (Ram) Sankar: Händler
Vikash Nooradin: Händler
Lowen Graav: Händler und Agent aus Verelon
Guru Dev: Guru der Familie Ankesharan
Arun: Pandit (Gelehrter) der Omali
Chandra-bhai: Verbrecherkönig
Jamil: Kämpfer der Fehde

Wichtige historische Figuren

Johan Corin (Corineus): Messias des Kore
Selene Corin (Corinea): Schwester und Mörderin Johans,
    Verkörperung des weiblich Bösen
Baramitius: Alchemist und Jünger Corins
Mikal Sertain: Jünger Corins und erster Kaiser Rondelmars
Arkimon Robler: norischer General.
Jaes Andevarion: rondelmarischer General

Lycien Dorobon: erster und einziger dorobonischer König von Javon
Fulchius: norischer Kanoniker
Keplann: norischer Kanoniker
Reiter: norischer Kanoniker
Lynesse Meiros: Antonin Meiros' erste Frau
Edda Meiros: Antonin Meiros' zweite Frau

Danksagung

Zuallererst ein großes Dankeschön an Jo Fletcher, JFB und Quercus, die von Anfang an an diese Serie geglaubt haben. Ihr fachlicher Rat und der hervorragende Blick fürs Detail gaben meinem Text den nötigen Feinschliff.

Auch meiner Agentin Heather Adams bin ich zu größtem Dank verpflichtet – sie hat den Weg geebnet und stand mir während der Entwurfsphase mit unschätzbarem Feedback zur Seite.

Ein weiterer Dank geht an all meine Testleser: meine Frau Kerry Greig und meinen Freund Paul Linton, die beide ihre Spuren im Manuskript hinterlassen haben. Außerdem an Tanuva »Sister Tina« Majumdar für ihren Expertinnenrat zum Ablauf indischer und vor allem bengalischer Hochzeitsrituale. Alle Abweichungen sind entweder beabsichtigt oder schlichtweg mein Fehler!